聞物
WEN WU ZHI MING
知命

闻物知命

王晨百

| 著 |

中国文史出版社

图书在版编目（CIP）数据

闻物知命／王晨百著. -- 北京：中国文史出版社，
2025.1

ISBN 978-7-5205-4585-3

Ⅰ．①闻… Ⅱ．①王… Ⅲ．①长篇小说-中国-当代
Ⅳ．①I247.5

中国国家版本馆 CIP 数据核字（2023）第 254133 号

责任编辑：薛媛媛
封面题字：刘亚谏

出版发行：**中国文史出版社**

社　　　址：北京市海淀区西八里庄路 69 号院　　邮编：100142

电　　　话：010-81136606　81136602　81136603（发行部）

传　　　真：010-81136655

印　　　装：廊坊海涛印刷有限公司

经　　　销：全国新华书店

开　　　本：720×1020　1/16

印　　　张：29.5　　　彩图：19 幅

字　　　数：453 千字

版　　　次：2025 年 1 月第 1 版

印　　　次：2025 年 1 月第 1 次印刷

定　　　价：79.80 元

目　录

1

第一章 民国往事

∕ 薄记当铺

但见昨日高楼在,且可高枕纳清福。他年再观门楣匾,物是人非岂不闻。多少物事能传家,到底都归了他人。荣衰更替命使然,忠孝节烈皆可传。

天津法租界薄记当铺,传出噼里啪啦拨弄算盘的声音,账房先生正一丝不苟地盘点当日账目。薄记当铺与别处不同,此处只可典当古董,诸如名人书画、古瓷、青铜器、玉石、珠宝、古籍等奇珍异宝,寻常之物一概不收。东家薄凤鸣是劝业场巡捕房的头目,因职务之便,结交了不少前清遗老和政要军阀,在法租界颇有些影响力。不少商户为寻他庇护,免不了送些好东西打点。于是在这片花天锦地里,薄家也有了经营的本钱,除当铺外,还开了绸缎庄,私宅有一栋三层高小洋楼,十几间砖木平房,雇了佣工数人,出入有洋车可乘,十分体面。

这会儿当铺东家不在店里,一位穿着极其考究的男子抬脚迈进薄记当铺,手中拿只书画锦盒。此人为溥仪身边的随侍,名唤大李,常替溥仪外出办事,深得主子信任。在来薄记当铺之前,他业已去过英法租界好几家当铺。

这位大李双手递上锦盒,说是一幅五代十国的《阆苑女仙图》,想拿它当些钱使。当铺伙计问:"不知先生想当多少?"大李说:"三千大洋。"当铺伙计露出白眼珠子,"嗬,口气不小,弄幅假画也想当三千大洋,我瞅您纯粹穷疯了!您这玩意儿根本不值钱。"大李大为恼火,"大胆,竟敢口出狂言,简直对皇上大不敬。"当铺伙计不屑道:"您这都哪跟哪呢,我说句话怎么就成了对皇帝大不敬。这都民国多少年了,哪来什么皇上?"大李怒喝道:"大胆,天津静园里住的难道不是当今万岁爷?"当铺伙计说:"皇上不是早就退位了,成了中华公民。"大李说:"尔等小人见识粗鄙,总有一天,万岁爷还是天下人的

1

主子,眼前只不过暂时屈尊在天津卫而已。这是皇上从宫里带出来的宝贝,你们敢不敢收?"当铺伙计见他说得有几分逼真,也不敢武断,便说:"这事我做不得主,得让掌柜的定夺。"于是将此画拿与当铺王掌柜鉴定真伪,王掌柜仔细鉴赏,确定为真迹,当即付给大李三千大洋。

傍晚时分,当铺王掌柜把新收的名贵书画送至薄宅,呈与东家薄凤鸣上眼。薄凤鸣把画放在桌上赏玩半天,沉吟道:"此画果然精致不俗,但不知真伪,当户当的是活当,还是死当?"王掌柜说:"薄爷大可放心,绝对真迹,那人当了死当。"薄凤鸣问:"当户有没有说明书画从何而来?"王掌柜说:"此事我已打听清楚,这是打皇宫弄出来的文物。"薄凤鸣闻言大吃一惊,"画的前主人是谁?"王掌柜说:"大清最后一任皇帝。"薄凤鸣瞪大眼睛,"什么,皇上的宝物!真没想到当今万岁爷都到了靠典当为生的地步。"王掌柜叹口气说:"人有旦夕祸福,世事难料。"薄凤鸣吩咐:"管家,备车,我要去静园见驾,将此画归还皇上。"

薄凤鸣坐车赶去日租界,来至静园门首,与看门的警卫报了名姓:"鄙人薄凤鸣,天津法租界劝业场巡捕房任职,今日特来贵地觐见皇上,烦劳通报一声。"

溥仪在天津生活的七年时间里,广交三教九流之辈,一心只为复辟清室做打算。

在侍卫的引领下,薄凤鸣走进一楼会客厅。见到溥仪,薄凤鸣慌忙行大礼跪拜,"天津法租界劝业场巡捕薄凤鸣拜见皇上,小民恭请皇上圣安。"溥仪满面悦容,"薄先生请起,如今已是民国,不必拘礼。不知薄先生来此有何贵干?"薄凤鸣起身答话:"小民今日有缘得遇皇宫宝物遗落民间,特来纳还。"言罢恭恭敬敬将书画呈递溥仪。溥仪尴尬一笑,"难得你有此心,不愧为忠君爱国栋梁之材,朕颇感欣慰。"薄凤鸣说:"此生有幸得见天颜,与皇上请安,实乃小民此生莫大福分。"

溥仪问道:"你祖上可有在京作宰的?"薄凤鸣答:"回皇上,小民祖辈世代为官,当的可不是京官,不过为天津卫地方小官,无缘在圣主身边鞍前马后。"溥仪说:"朕欲效仿先辈,励精图治,复辟帝业,你可愿意助朕一臂之力?"薄凤鸣说:"国民政府根基不稳,军阀混战多年,腐败不堪,陷人民于水深火热之中。人心思旧,民心所向。救民于水火,必当为帝制。若有用得到小民的地方,我辈愿肝脑涂地,为皇上效犬马之劳。"溥仪说:"卿肯出力,便是忠臣孝子,等朕重回紫禁城宝座,少不得与你加官晋爵。"

2 不问时局不从政

薄凤鸣虽广为结交,却不让家人参与时政。他膝下有一爱子,取名鑫农,念过私塾,识字颇多,常帮人写信与念信,且分文不取,深得他人赞赏,因写一手好字,人送外号"薄秀才"。

一日,薄鑫农正在书房练习书法,写了一张蝇头小楷。薄凤鸣看了赞道:"鑫农书法大有长进,已远胜于我。好生练习,将来有望成为一代书法名流,光耀门楣。"薄鑫农说:"多谢爹教诲。"薄凤鸣说:"你成日诵读文章,可能吟诗作对?"薄鑫农说:"尚能敷衍几篇拙作。"薄凤鸣说:"你书写一诗,我看你进益如何。"

薄鑫农研墨铺纸,凝神聚气,摒除杂念,略一思索,题写《闻道》一诗。

"多少春华将已尽,何必苦恋此一秋。今朝过后复明日,寒来暑往又一春。岁月轮回终不改,春夏秋冬几时更。但怀壮志赴清明,岂无来日朝霞升。"

薄凤鸣玩味一番,脸色忽然一沉,"此诗词义颇不吉利,似这等诗往后不作也罢!乱世之中,我们要本分做人,不入任何党派,不从政,不过问时局。"薄鑫农说:"谨遵父亲教诲,我必当反思。"

鑫农有两个妹妹,大妹名唤薄玉兰,兄妹俩感情甚笃。玉兰上小学那阵,甚爱鑫农的书法,便请大哥教她写毛笔字。薄鑫农说:"玉兰,书法学习,先从临摹开始,每日勤加练习笔画,悟性高的话很快便可入门,倘若悟性低,时间可能会长些。"薄玉兰说:"哥哥,你看我成不成?"薄鑫农抚摩她的脑袋,"你如此聪明,必定可以的。万事开头难,但凡你能沉下心来,不怕吃苦,就能练好毛笔字。"薄玉兰说:"那我试试,烦请大哥多多指教。"

薄鑫农见她拿起毛笔,便悉心纠正她的握笔姿势,"握笔要稳,下笔要准,心无杂念,胸有丘壑,下笔有千斤之力。先从你的名字练起吧。"说着拿笔示范,在纸上写下"薄玉兰"三字。薄玉兰依葫芦画瓢临摹一遍,感觉自己写得丑极了,害羞地把纸握成一团丢在地上,"唉,毛笔字太难了,不练了。"薄鑫农说:"做事切忌浮躁,练习书法本身就是修身养性。你才开始练,当然不可能立马达到书法家水平,须知冰冻三尺非一日之寒。练习书法要有恒心才成,你省得么,小丫头?"薄玉兰说:"我明白,哥哥。我一定会坚持练好书法。"薄鑫农说:"不经一番寒彻骨,怎得梅花扑鼻香。愿吾妹学有所成!"

那时节,薄凤鸣常携薄鑫农到英租界袁公馆做客,拜访被誉为"民国四公子"之一的袁克文。只要薄家父子一来,总能听到袁府管家清脆地喊上一嗓子:"薄爷到,赏银圆二百。薄爷请!"

袁克文比薄鑫农年长,为一代收藏大家,家中收藏甚多,对古籍颇有研究。薄家父子皆对收藏有着浓厚兴趣,与袁克文意气相投。袁克文与薄家父子经常一起探讨古玩字画,互赠藏品,情谊非同寻常。

薄记当铺的王掌柜偶然收得一部《宋刊巾箱本八经》,立刻将此物送至薄宅,请薄凤鸣鉴赏。王掌柜笑说:"薄爷,与您道喜!"薄凤鸣一笑,"王掌柜,今天你又在当铺收到甚般稀奇宝贝?"王掌柜将《宋刊巾箱本八经》搁到桌上,"薄爷,委实好东西,此乃清廷内府藏本,宋刊巾箱本,真真难得一见。"薄凤鸣大喜,唤来儿子一同欣赏。薄凤鸣说:"古籍花多少钱购得?"王掌柜说:"一百大洋。"薄凤鸣欣然道:"值了。"

薄鑫农向父亲问安,"爹,您唤我来何事?"薄凤鸣说:"王掌柜在当铺收得宋刻本,叫你过来瞅瞅,长长见识。"薄鑫农看罢不以为稀奇,"但不知古籍收藏有何价值?"薄凤鸣说:"价值在于文化传承。物以稀为贵,如今宋刻本越来越少,堪称珍品,今后贵不可言。"薄鑫农说:"据我所知,袁爷极爱藏书,不如将此物送与袁爷,岂不成人之美。"薄凤鸣说:"如此甚好,此事交你来办,务必办好。"

次日,薄鑫农坐洋车赶赴袁公馆,告诉门房要见袁爷。门房忙进去通禀。袁克文说:"请客人进来,日后薄少爷过来,不用通报,直接带他过来见我便可。"

袁府管家出来迎接薄鑫农,接过其手中礼物,恭敬地带路至袁克文房中。薄鑫农作揖,"袁爷安好!"袁克文让座,"鑫农来了。来人,给贵客看茶。"薄鑫农说:"家父收藏一套古籍《宋刊巾箱本八经》,知您喜欢藏书,特地献与袁爷赏玩,还请您笑纳。"袁克文说:"替我向令尊问好,感谢薄爷一片美意,盛情难却,我便不推辞,改日必到薄府拜谢。"薄鑫农说:"那就恭候袁爷大驾光临敝舍。"

没过几日,袁克文备礼,亲自登门道谢。薄家父子站在门首相迎,薄凤鸣搀扶袁克文下了车,"袁爷大驾,令寒舍蓬荜生辉。您请!"袁克文说:"薄爷,您先请。"

薄凤鸣陪袁克文走入府邸,请客人上座。香茶沏上,薄鑫农立在一旁伺候。

袁克文说:"承蒙抬爱,前日薄爷叫令郎送我《宋刊巾箱本八经》,此物甚合我意。今日特奉上弘一法师字画一幅,聊表寸心,不成敬意。"薄凤鸣说:"您太客气。"薄鑫农说:"袁爷,平日我父亲喜欢字画,在当今名流中,尤喜您的墨宝,不知可否赐一幅墨宝?"袁克文慨然答应:"如不弃嫌,愿表芹献。"薄凤鸣起身抱拳,"如此,多谢袁爷赐墨。"

薄鑫农往桌上铺纸,研好了墨,袁克文屏气提笔,挥墨写下"四世同堂"。书写已毕,道声献丑。薄凤鸣连连称赞:"好字,字义更妙! 四世同堂,得是多大的福报! 鑫农,好生将此墨宝裱起来,没事照着袁爷的书法多加临摹。"袁克文叫声惭愧。

8 援救地下党

国共第一次内战时期,天津法租界内常有地下党进行革命活动,为此,劝业场巡捕房少不得要协助国民政府抓捕地下党。

一日,法租界巡捕房的人抓获一名地下党,随即向薄凤鸣汇报情况。薄凤鸣来到审讯室亲自审问,得知此人名作谢家轩,是江西南昌人,既不承认自己是革命党,也坚决否认自己是国民党或者地下党,只说自己是个普通老百姓。旁边的巡捕看他不肯交代,拿枪朝他脑袋上砸了一下,狠着声说:"眼前国民政府痛恨地下党,说实话免受皮肉之苦,再敢不老实,请你尝尝鞭抽和烙铁滋味!"薄凤鸣摆摆手说:"你们先出去,我单独和他聊聊。"

待几名巡捕离开审讯室,薄凤鸣走到谢家轩身边,轻轻拍打他的肩膀,"我看你骨头很硬,不像一般人物。劝你别找苦吃,早点说实话吧。"谢家轩说:"我就是经商的,来天津做点生意。"薄凤鸣慢慢坐下来,眼睛逼视着他说:"恐怕你嘴里说的并非普通生意,是不是要干一笔大买卖?"谢家轩说:"长官,我没那胆子,不过做些小本买卖。"薄凤鸣点起一根烟,"你肯承认自个儿是干买卖的就好,再要问下去你也不会承认是地下党,我没必要继续追问你到底是不是国民党的死对头,你只需要告诉我为嘛要干介行买卖就成。"

谢家轩说："薄爷，我在天津早就听过您的大名，只恨无缘相识。"薄凤鸣说："甭在我跟前掇臀捧屁，把话说明白，交代清楚你的动机。"谢家轩说："我做买卖一者为自家能有口饭吃，二者为让家人过上安稳日子，三者为千千万万百姓摆脱压迫与剥削，甘愿抛头颅洒热血，四者愿为中华民族振兴肝脑涂地。"薄凤鸣说："干这笔买卖，脑袋随时搬家，难道你不怕？"谢家轩说："怕就不会选择这条路。我深信无数有志之士都会沿着这条路走下去，新的中国迟早有一天会到来，人民受苦受难的日子将一去不复返，薄爷以后管辖的地界也将不再是法租界，而是彻底属于我们中国人的地界。为了能有这么一天，牺牲我一个算得了什么！"

薄凤鸣赞道："是个爷们，可惜生不逢时。我打算放了你，继续走你尚未走完的道路。"谢家轩不禁有些怀疑自己是否听错，"薄爷，您说什么？"薄凤鸣说："我放了你，敬你是个血性男儿。三十年河东，三十年河西，等到你所说的新社会到来那天，也望你们不要与我为难。"谢家轩说："薄爷恩情，家轩此生铭记，若有机会，必当报答。"

薄凤鸣叫巡捕进来，吩咐把人放了。巡捕说："薄爷，此人是地下党，天津国民政府要求法租界巡捕房协助抓捕地下党，移交国军处置，而且有重赏，岂可轻易放了他呢？"薄凤鸣提高嗓音说："我已审清，他是个做小本买卖的商人，赶紧把人放了。"一巡捕在旁察言观色道："是，薄爷。"薄凤鸣说："告诉弟兄们一声，今晚我做东，请大伙儿到国民大饭店吃饭。"巡捕恭敬地说："谢薄爷请饭。"

与袁克文的最后一面

薄凤鸣年轻时一顿能吃下三斤肉，喝干两瓶酒，人送外号"薄大吃"。他不仅饭量惊人，且为人豪爽，常请人吃饭，威信颇高，法租界的巡捕都听他的话。巡捕房抓过不少地下党，其中被他放的也不少。生逢乱世，他从来不得罪人，始终以明哲保身作为首要处世原则。

这日，薄鑫农向薄凤鸣言说前去袁公馆探望的情形。薄凤鸣说："依你所言，袁爷近日病得不轻？"薄鑫农答说："如今袁爷身体欠安，已无法正常下床。凡登门求字者，袁爷仰睡榻上，悬空写字。"薄凤鸣说："真没想到袁二爷家事日渐式微，竟落到卖字维持生计的地步，实在令人叹息。改日你随我再去登门拜望,叫管家整备一千大洋接济袁爷。"

袁府管家通报薄家父子前来探望,袁克文从床上挣扎坐起,"快迎进屋来。"薄凤鸣父子进了屋,管家接过客人手中礼物。袁克文说:"不知薄爷大驾莅临,弟有恙在身,有失远迎。管家,快与薄爷搬把凳子坐我身边。"薄凤鸣说:"不想多日不见,袁爷贵体欠安。未能及时看望,实在过意不去。袁爷近来可曾用药?"袁克文说:"一日早晚两服汤药,连日未曾间断。汤药好似泼进井里,不见半点功效。日来只觉气短胸闷,夜卧不安,恐怕来日无多。"薄凤鸣说:"病从心起,袁爷切莫胡思乱想,安心养病才好。"袁克文说:"薄爷关切,乃克文之幸。"薄凤鸣说:"我今日来得匆忙,不曾备下好礼。特赠银圆一千,还望袁爷笑纳。"袁克文说:"无功不受禄,我怎好收薄爷钱财?"薄凤鸣说:"钱财乃身外之物,你我并非以利相交,而在以心相交。我与袁爷志趣相投,视为知己,何必见外。"袁克文说:"实在有愧。来人,笔墨伺候,我要为薄爷题写一幅字,以作他日纪念。"薄凤鸣忙说:"袁爷保重身体要紧,今日且不必为我题字。"袁克文说:"不妨事,这是我一点心意,否则收您钱财心下不安。"薄凤鸣说:"如此,便有劳袁爷了。"

家人把纸两端扯住,宣纸悬空,袁克文挥毫泼墨,题写"闻物知命"。薄凤鸣见此情形心生悲凉,"袁爷,生受了。"袁克文命人将书法拿到一旁晾干,盖上他的印章。薄凤鸣说:"袁爷书法苍劲有力,不落俗套,想必日后定能名垂青史。"袁克文说:"薄爷过奖,实不敢当。"薄凤鸣说:"每每拿起银圆,必然想到令尊大人。"袁克文说:"唉,不提他也罢,他原为一代枭雄,和曹操一样英雄盖世,结果落得被千万人唾骂。"薄凤鸣说:"成者为王败者为寇,历史人物向来褒贬不一。无论如何,令尊对中国历史做出的贡献,是不可否认的,他督修了中国人自己建造的第一条铁路,加速了清王朝末代皇帝的退位,倡导大力发展实业,主张废除科举制度,兴办新式学校,禁毒禁赌,推行币制改革。只是一失足成千古恨哪。"袁克文说:"家父功过参半,多谢薄爷对家父功勋的认可,他老人家在天之灵若能听到,也定会感到安慰。"

薄家人无论如何也没想到,那次和袁克文见面竟成了永别。不久后,袁克文在天津英租界离世,薄氏父子听闻此消息后忙去袁公馆吊纸。袁克文人生最后一程,薄鑫农目睹为其送葬者数千人,尽管风光无限,只可惜一切终究化为尘土。

5 静园拜访溥仪

一日,《大公报》赫然登载了一条皇妃文绣与溥仪离婚的新闻,薄鑫农将报纸拿与父亲看,薄凤鸣看罢报纸,神情严肃。薄鑫农问道:"爹,您看消息是真是假?"薄凤鸣说:"《大公报》乃天津公认权威的报纸,不会杜撰造谣。"薄鑫农叹口气,"看来世道真的变了。"薄凤鸣说:"跟世道没关系,岂不闻家家有本难念的经。"

薄凤鸣再次踏入静园拜访溥仪,溥仪对他有些印象,因每天要见许多人,一时半会儿竟没想起他的名字,便问随侍:"这位是不是上次给我送画的那位法租界巡捕房的人?"随侍说:"正是此人。"溥仪说:"他叫什么名字?"随侍说:"姓薄,具体叫什么记不得了。"

却见薄凤鸣双膝跪地大礼参拜,"小民薄凤鸣恭请皇上圣安。"溥仪离座,搀起薄凤鸣,"薄先生不必行如此大礼,请坐。"薄凤鸣说:"谢皇上赐座。"溥仪问道:"不知薄先生今日造访所为何事?"薄凤鸣说:"我辈向来关心皇上千秋大业,恐其经费不足,今日特来为皇上奉上一万银圆,略表寸心。"溥仪闻言分外高兴,"难得你有忠君之心,朕自然不会辜负你这份情谊。来人,赏薄先生乾隆年制珐琅彩瓷瓶一件,和田玉瓶一对,以嘉奖薄先生忠君爱国之义行。"薄凤鸣作揖道:"承蒙皇上赏赐,今日我辈也算光宗耀祖了。"

6 做人要放宽眼界

法国俱乐部发生盗窃案,一时间引起轩然大波。薄凤鸣召集巡捕开会,讨论如何破案,"想必这些天发生的怪事大家全都晓得,法国俱乐部近日怪事频频,时有偷盗,要知道在法租界管辖地界内之前从不丢东西的。最可恨的是小偷不偷钱财,专盗皮包里的机密文件。如今闹出这么大的动静,查无所获,于巡捕房名声不利,现在上头又找人秘密侦查此事。最近诸位且得上点心,动起来,别叫上头觉得咱弟兄是吃干饭的。"巡捕们都叫薄爷放心,说弟兄们一定尽力查清此事,不给巡捕房丢脸。薄凤鸣说:"弟兄们为巡捕房争口气,看看到底是咱们巡捕房的弟兄有本事,还是侦探技高一筹。等查到水落石出,我请大伙儿撮一顿!"

半个月后，法国俱乐部盗窃案被侦破，有一名巡捕将盗窃案主谋告知薄凤鸣，"薄爷，看来这回轮不到您请客吃饭了。"薄凤鸣问："难道小偷被抓着了？"巡捕说："目下已查明惯犯踪迹，但没人敢抓。小偷便是躲藏在日租界的日本特务土肥原，专门窃取各国情报文件。"薄凤鸣说："今后提防此人在法租界作乱。告诉弟兄们一声，到交通饭店，今晚我请客。"

九一八事变后，东北三省相继沦陷，自此东北人民长期陷于水深火热之中，过上了亡国奴的苦难生活。薄鑫农从《大公报》上看到东北沦陷的消息，忧心忡忡地与薄凤鸣谈起国家大事，薄凤鸣说："莫谈国事，这是国家的事体，与我等平民百姓无关，无须操心这些与自个儿无关之事。"薄鑫农说："怎么没关系？日本人侵占东三省，倘若国民政府不采取行动，等日本兵在东三省站稳脚跟，势必对整个国家构成巨大威胁。"薄凤鸣说："国民政府自会操心这些大事，我们只要过好自个儿的小日子就成。"

民国二十年（1931）11月，土肥原一手策划了天津事变，妄想再造一个九一八事变。

薄鑫农在报纸上无意间看到日本特务土肥原秘密抵达天津的报道，忽然想起前些日子发生的事情，"原来又是日本特务搞鬼，在天津制弄出如此大的乱子，可恨还有中国人掺在里边乱起哄。日本特务太坏了，一天到晚总想破坏治安。不知道土肥原究竟安了一颗什么心，往后再也不能跟日本人来往，迟早有一天，政府会找他们清算，将日本侵略者撵出中国。"

没过几天，薄鑫农在报纸上看到溥仪离津的消息，忙将新闻与薄凤鸣说知。原来正是在土肥原的威逼利诱与恐吓下，溥仪被日本人骗出天津。薄凤鸣叹息道："怕日后再难和溥仪先生相见。东北业已沦陷，溥仪先生此去东北，怕是凶多吉少。"薄鑫农说："爹，吉人自有天相，您不必太忧虑。"薄凤鸣叮嘱道："鑫农，此后不可再去日租界，更不要与日本人有任何瓜葛，以免吃瓜落儿。"薄鑫农点头应许。

一日，薄凤鸣带薄鑫农逛街，恰巧撞见天津安青帮的头领袁文会。袁文会主动上前问好："哎哟，薄爷，好久不见，您发财！"薄凤鸣说："老袁，最近生意咋样？"袁文会说："仰仗关照，赌局生意还算过得去，混口饭钱。"薄凤鸣说："鑫农，见了袁爷为何不打招呼？"薄鑫农抱拳拱手道："袁爷，幸会。"袁文会说："哟，这是令郎大公子啊？"薄凤鸣说："正是犬子，今后仰仗袁兄多多帮衬。"袁文会说："好说，好说。果真是虎父无犬子，大少爷长得一表人才，一看便知是能干大事的人。今儿有幸碰见薄爷,我请您吃酒,不知薄爷肯不肯赏光?"薄凤鸣说:"您客气,应当我请袁爷才对。"

薄家父子二人陪着袁文会到国民饭店大吃一顿,薄凤鸣酒量特大,薄鑫农也丝毫不逊色,席间父子二人轮流给袁文会劝酒,袁文会喝得迷迷瞪瞪连眼睛都睁不开,摆手说:"薄爷,今儿个不能再喝了,改日我再回请您吃酒,咱们就此分别,来日再见。"薄家父子将袁文会扶至饭店门口,薄鑫农招手叫来一辆洋车,薄凤鸣亲手扶他坐上车,给了车夫一块大洋。袁文会醉醺醺地谢道:"薄爷,今后天津地面上有事您说话。"薄凤鸣说:"多谢老袁,后会有期。"

父子俩目送袁文会离开,薄鑫农见车子走远,不禁抱怨起来,"爹,他在天津不过是个大流氓头子,您何必对他如此客气?"薄凤鸣说:"你太年轻,还不懂人情世故,记住,无论是君子抑或小人,都不可轻易得罪。逢人要笑脸相迎,你可以不与他们交好,但绝对不能和他们交恶,否则对你没有一点好处。"

民国二十四年(1935),国际金融市场风云变幻,国民政府为加强对货币的控制,避免白银外流,便推行法币改革。薄鑫农从报纸上得知此消息后,告诉薄凤鸣:"父亲,报纸已经刊登政府新法令,由中央银行发行法币,要求商铺及个人限期三个月内兑换法币,市场将不再使用银圆,个人不得私藏白银和黄金,违者悉数没收。"薄凤鸣听罢大吃一惊,"国民政府简直要变天,银本位制尚可保持物价稳定,钱币也会一直值钱。可若国家强推纸币,一旦滥发,造成物价不稳定,老百姓手头的钱就不值钱了。"薄鑫农说:"爹不看好法币?"薄凤鸣说:"纸币这东西根本没谱,不如银圆实在。银圆即便不增值,但也不会过分贬值,法币未来命运实在堪忧啊。"薄鑫农若有所思地说:"我看爹不是对法币担忧,而是对国民政府信不过?"薄凤鸣说:"鑫农,你要记住一点,盛世古董乱世黄金,这句话在任何朝代都错不了。"

薄鑫农想得到一个确切的说法,"爹,那咱拿不拿家里的银圆兑换法币呀?三个月内不换,以后也不能在市场上流通了。"薄凤鸣说:"军阀混战多少年,而今国家局势不稳,岂可胡乱推行纸币。"薄鑫农说:"以后咱家买卖还收不收银圆?"薄凤鸣说:"继续收银圆,可以兑换法币,但不可超过家里财产的五分之一。另外家里要多藏古董,多买黄金,日后留着大有用处。鑫农,你就往后看吧,法币早晚有一天会变成一堆废纸,甚至连张白纸都不如。"薄鑫农说:"爹,眼下我还看不透将来的局势。"薄凤鸣拍拍儿子的肩膀,"做人一定要有眼界,眼光看长远一些,这样才不至于吃亏。"

7. 大小姐拒坐洋车

薄家大小事体都得请示翟氏,甚至连家里买粮这样的小事,也必须经过翟氏点头同意,才能从账房拿出钱来买粮。这天,刘管家与翟氏商量买粮一事,"太太,家中粮食不多了,该买些米面。"翟氏摸摸手腕间戴的一只翡翠手镯,"管家,如今粮食啥价?"刘管家说:"太太,如今一块大洋可以买二十斤大米,够买二十多斤面粉。"翟氏说:"这要搁在民国初期,一块大洋至少能买四十斤大米,如今银圆一年比一年不值钱,还不知道再过十年一块银圆能买到多少东西呢。你拿十五块大洋籴粮,记得在账房记好账。"刘管家说:"是,太太,我这就去账房拿钱买米面。"

刘管家和用人马三拉辆洋车买回三百斤米面,累得马三气喘吁吁,浑身大汗淋漓。马三从洋车上扛起一袋米,嘴里嘟囔着:"您倒是搭把手,帮帮忙啊,成天跟个大爷似的,老看着我干活儿。"刘管家说:"我也没闲着,路上没少帮你小子推车。"马三说:"家里又不是我一张口吃饭,吃饭就该干活儿,剩下一袋面粉,您自个儿扛到屋里去。"刘管家说:"我是府里大管家,你居然敢指使我干活儿,信不信我把你辞了?"马三不甘示弱,"不够揍儿,您都赶上爷了,我能不信吗!"刘管家说:"少废话,抓紧干活儿,你小子干活儿再发牢骚,往后每顿饭只准吃一碗,省得你白吃饱儿。"马三说:"吃的又不是你们家的,我爱吃多少就吃多少。薄爷不嫌弃我吃得多,说我能吃有福气。"刘管家火冒三丈,"你那叫吃饭吗,脸大的碗,你一顿要么吃三四碗干饭,要么喝五六碗面条,简直跟个饭桶差不多。要不是在薄家干活儿,谁能管起你吃饭?!不知道感恩,干点活儿就他妈的啰唆,薄家有没有少给过你一分钱?"马三说:"您老跟我过意不去作甚,我干活儿还不成吗?"

薄家姊妹二人就读于天津法租界内的圣功学堂,薄玉兰已由小学部升为中学部,如今上了初一,薄玉珍比薄玉兰小三岁,目前在读小学部四年级。马三每天负责接送薄家两位小姐上学。自打薄玉兰上了中学后,她宁可走路,也不愿坐车。她觉得人人生而平等,自个儿不该坐车,更不该把用人当牛马使唤。

那天下午放学后,马三早早来到校门口接两位小姐回家。薄玉珍坐上洋车，但薄玉兰无论如何不肯上车，还说以后都不会坐了。马三感到过意不去，回到家里将此事告知翟氏，翟氏一听孩子走着回家，心疼坏了，把马三骂了一顿，又拉着大女儿的手软言相劝，薄玉兰依然油盐不进。

夜晚，翟氏同薄凤鸣谈起女儿宁愿走路不愿坐车的事情，薄凤鸣觉得奇怪，夫妇俩讨论一番，推测玉兰许是嫌弃家里的车太旧了。第二天吩咐刘管家从账房取出二百大洋，去购置一辆新的洋车。

傍晚时分，马三拉新洋车到校门口接两位小姐回家。薄玉珍在学校门口一眼瞅见马三拉辆新车，心中特别高兴，"马师傅，这是家里换的新车吗？"马三说："是啊，二小姐，薄爷特地为接送两位小姐上学换的新车。"薄玉珍说："车子真漂亮！"她高兴地坐上洋车，"我姐肯定喜欢这辆车。"

薄玉珍扭脸瞅见薄玉兰走出校门，高声叫道："姐姐，家里买了新车，专门接送咱俩上学用的，你快上来呀。"薄玉兰瞅了瞅新车，却没说话，也没上车。任马三如何低声下气恳请，玉兰都坚持走路回家。

马三只好拉着洋车带二小姐先行一步回了家。翟氏站在门口等候，见车上没大女儿，问道："玉兰呢？"薄玉珍说："姐姐不愿坐车，自己遛弯了。"马三诉起委屈，"大小姐还是不肯坐我拉的车，我也没办法。实在不行把我换掉，找个年轻漂亮点的小伙子拉车。"翟氏说："不像话，等玉兰回来，我再问问她为啥不坐车。"

没过多大会儿，薄玉兰高高兴兴回了家进母亲房中问安，"妈，我回来了。"翟氏问她为何不坐新车，玉兰只说自己坐车让别人拉，心里觉得不是滋味。翟氏说："闺女你有享福的命，好生珍惜便是了。"薄玉兰说："谁也不见得一辈子命都好。"翟氏骂道："呸！不兴说晦气话，赶紧洗脸吃饭。"

一天下午放学后，天都黑了，薄玉兰迟迟未回家。翟氏心下着急，吩咐马三、刘管家出去找人。大伙儿出门找了好几圈扑了空，薄凤鸣到家后发现家里气氛与往日不大一样，于是问道："怎么回事，个个垂头丧气？"翟氏说："这么晚了，大女儿还没回家。他们出去找了没十遍至少也有八遍，没瞧见玉兰人影。"薄凤鸣说："或许跑同学家里耍去了，没事，都吃饭吧。"翟氏又气又急，埋怨他心大如斗，女儿丢了也不担心。薄凤鸣说："遇事不要慌张，在家坐等消息，真要被人绑票，无非是为了索财，那就破财消灾。如是玉兰命不好，人生该有这么一遭劫难，谁也替不了她。"翟氏也没了主张，唯有默默等信儿。终于等来夜半有人敲门，抽冷子送来一封信。一家人全慌了，真就是封绑票勒索信。信上说三日后前往河北蓟县八仙山佛像前晚十点赎人，金条两根，大洋两千。翟氏一屁股坐凳子上哭了，薄玉珍跟着母亲哭。薄鑫农说："爹，您看眼下如何是好?"薄凤鸣说："只好拜托袁文会来办此事。"薄鑫农说："兹事体大，怎可放心托付流氓来办?"薄凤鸣说："你有本事，由你去办最好不过。"薄鑫农说："玉兰是我妹妹，我当大哥的怎能不管不顾。"刘管家说："老爷，少爷去不得，万一少爷再被绑票，到时匪徒要钱更多。"薄凤鸣说："刘管家，你去?"刘管家说："薄爷，我没有金刚钻揽不得瓷器活儿，去了没准人财两空。"薄凤鸣说："叫马三去。"刘管家说："那么多钱，薄爷就不怕他把钱卷跑了?"薄凤鸣骂道："你们都是酒囊饭袋，关键时刻还得求有本事的人来摆事。"

次日，薄凤鸣坐车来到赌局，找袁文会说："袁爷，今日我有一事相求，请找个方便说话的地方。"袁文会领他到一处安静的房间，薄凤鸣拿出三根金条送给袁文会，"您请收下，我才好开口。"袁文会见三根明晃晃的金条十分动心，接到手中，笑呵呵道："我向来无功不受禄。有嘛事，薄爷一句话，我袁文会义不容辞。"薄凤鸣便将前因后果说了一遍，袁文会大骂："他奶奶的，真不开眼，薄爷家的千金都敢绑票，真他娘的活腻歪了。"薄凤鸣说："此事仰仗袁兄帮忙。"袁文会拍着胸脯保证，"薄爷的事就是我的事，此事包我身上，我亲自带兄弟深入虎穴解救令爱。"薄凤鸣说："有劳费心。袁爷手头有枪子儿没有? 如若短缺，我与您准备。"袁文会说："混江湖，吃饭的家伙事儿还是有的。"

薄凤鸣有话想说，但又不好意思开口。袁文会说："薄爷，您还有甚话交代?"薄凤鸣长叹一口气，"唉，一个姑娘家被人绑票，怕贞洁难保。"袁文会说："您的意思是?"薄凤鸣说："去时带个妇人，一则方便照顾小女，二则问明姑娘失身没有，若姑娘清白被人玷污，对待匪徒就不必手下留情，超度他们升天便是。"袁文会说："明白，这事一准给您办好，薄爷等我信儿吧。"

袁文会带二十多个兄弟和一个妇人，从天津出发，雇六辆马车赶往河北蓟县八仙山。

他们来到八仙山，打探好地形，只等夜晚的到来。袁文会对手下人说："兄弟们，都打起精神，今晚势必有场恶战。他们既然敢绑架薄爷的千金，可见不是一般匪徒。今儿不是他们死，便是咱们亡。大伙儿晚上卖卖力气，先把薄家大小姐拿钱赎过来，等人安全了，大家见机行事。或许他们收了钱，未必放人，我们更得卖命救人。咱既要保住薄家大小姐的性命，又要灭掉对方的势头，两根金条、两千银圆可就都成了咱的。兄弟们想不想分大洋?"兄弟们异口同声答道:"想!"袁文会说:"那就在今晚拼命卖力气，银圆人人有份。"

深更半夜，大山里凉风习习，时不时有野兽出没。八仙山佛像前亮起十几根火把，有人提着煤油灯，双方见面，拿枪对峙起来。袁文会说:"对面的兄弟，报个名号?"对方回应道:"东北帮苍鹰胡二爷。"袁文会不屑道:"原来是东北的苍蝇，你不在伪满洲国老老实实待着，跑我们这里干甚?"胡二爷骂道:"他娘的，嘴巴干净点，小心惹急了老子，老子叫人灭了你。钱带来没有?"袁文会说:"把钱给他瞅瞅。"一个兄弟在地上放下大半袋子银圆，故意抓起一把从指间滑下，哗啦作响。袁文会说:"听见声响了吗，都是真家伙。"胡二爷说:"金条呢?"袁文会从怀里摸出两根金条，"金条在这儿。"胡二爷说:"一手交钱一手放人。"袁文会派个机灵点的兄弟，"你过去送钱，务必保薄家大小姐周全。"胡二爷说:"少一个大洋就得撕票。"袁文会说:"放心，只多不少。"

袁文会的小兄弟扛一袋银圆和两根金条站在阵势中间，胡二爷对面过来两个人，一人拿枪顶着薄玉兰的脖子，一人蹲在地上数大洋。薄玉兰胳膊被反绑，嘴里塞着东西，脸上有血迹，额头缠布。胡二爷的弟兄数了半天，才数清大洋，"大哥，两千大洋，分文不少。"胡二爷脸色阴沉，"把钱拿过来，放人。"袁文会的兄弟急忙用身子护住薄玉兰，步步靠近袁文会身边。袁文会忙把姑娘口中塞的东西拿掉，"玉兰，你没事吧? 我是你袁叔，你父亲的至交，薄爷托我来赎你。"薄玉兰有气无力地道声谢谢，身子虚弱差点摔倒。

妇人急忙上前扶住薄玉兰，走到一群男人身后低声询问:"小姐，他们有没有对您做那种见不得人的丑事?"薄玉兰呜咽着回道:"绑匪头目想要强暴我，我不从他，一头撞墙昏死过去，也不知道是否被贼人玷污。"妇人说:"咱俩到一旁去，我帮您看看是否破瓜。"薄玉兰说:"恶心，有什么好看的，我的事用不着你一个外人操闲心，我要回家。"

胡二爷见他们不走，心下一惊，"道上的朋友，人已经还给你们，往后咱们井水不犯河水。"袁文会冷笑道:"薄爷家的千金岂是能够随随便便白绑的，你们要为自己的所作所为付出代价。"胡二爷硬着头皮说道:"你想怎样，难道我会怕了你们不成?"袁文会一枪打中胡二爷的一条腿，命令手下人:

"弟兄们,干死他们,大洋抢回来!"

两下交起火来,胡二爷的手下见势不妙边打边撤。袁文会带着一帮兄弟穷追不舍,胡二爷有好几个兄弟中枪倒下,实在被逼得没办法,只得求饶道:"别打了,别打了,我们给钱。"袁文会的兄弟上前把钱抢了回来,"今儿算你识相,要不识相,非打死你们不可。我且问你,你如实交代,有无强暴人家姑娘?"胡二爷说:"我瞅那妮子长得水灵,本想破了她的身子,但那妮子宁死不从,故此没能得逞。"袁文会又朝胡二爷腿上崩了两枪,"妈的,你要真把薄家大小姐给糟践了,今天只有死路一条。下次再敢胡作非为,老子非弄死你不可。"胡二爷疼得满地打滚,连连求饶道:"大哥饶命,再也不敢太岁头上动土了。"

袁文会给每个弟兄分了二十块大洋,两根金条和余下的钱财全归了他,人人欢喜。

一伙人护送薄玉兰回家,妇人在马车上照顾薄家大小姐。翟氏见着女儿后,一把搂住薄玉兰心肝宝贝地哭起来,大家都来看薄玉兰。翟氏紧紧拉住女儿的手,"阿弥陀佛! 玉兰,土匪有没有对你做出不轨之事?"薄玉兰哭诉道:"他们想要非礼我,我誓死不从。"翟氏愤怒地骂道:"一帮畜生,他们作恶多端,日后必定要遭报应!"

薄凤鸣令家人张罗一桌精致饭菜,请袁文会吃了顿家宴,真诚致谢。因了这一劫,薄凤鸣特地为车夫马三准备了一支枪,枪膛上满子弹,令他随身携带,以确保接送两个女儿的路途安全。翟氏告诉大女儿,若不肯坐车上学,便要中断她的学业。薄玉兰也害怕再遭绑架,才勉强答应每日坐车上下学。

8 爱子风光大婚

薄鑫农业已到了谈婚论嫁的年纪,翟氏一直操心儿子的终身大事,不少媒人与薄家说亲。薄家属于高门大户,自然要找门当户对的人家挑选儿媳妇,若女方家庭条件一般,翟氏自然也看不上,因此薄鑫农的婚事迟迟未能定下。

一日法租界寓公陈先农来劝业场巡捕房拜访薄凤鸣,薄凤鸣见是故交,热情相迎,"陈爷,许久不见,精神抖擞,越加年轻。"陈先农说:"薄爷,别来无恙?"薄凤鸣说:"托您的福,能吃能喝。不知陈爷今日来此有何指教?"陈先农说:"我特来为府上令郎说一桩好姻缘。"薄凤鸣让座,亲自倒茶,"陈爷坐下慢慢谈,请用茶。"陈先农入了座,喝上一口茶,说:"听闻令郎尚未定亲,我愿为令郎介绍一户人家,其家有女,名唤陶玉金,年方二十二岁,中西女学毕业。此女容貌姣好,是家中独苗。其父是名翻译,在英租界为英国人工作,祖辈乃前清遗老,与我颇有交情。薄爷,您看这门婚事如何?"薄凤鸣闻言大喜,"您提的这门亲事再好不过了,多谢陈爷与犬子作伐,实在感激不尽。"陈先农说:"既如此,我便与陶家把亲事说下。"薄凤鸣说:"烦劳陈爷,若这门亲事能成,改日必登门道谢。"陈先农说:"到时我必去贵府吃喜面。"

晚间用饭时,薄凤鸣向家人宣布这门亲事,翟氏听了喜悦地说:"我们两家正好门当户对,姻缘巧得很。"

薄玉珍一旁插嘴道:"哎呀,大嫂名字与我有几分相似,回头嫁到咱家,老太太一喊玉金,弄不好我还能听成叫玉珍。"翟氏说:"这二妮子,你大哥还没结婚呢,就胡乱叫人家嫂子。"

薄玉兰却毫无喜色,只问父亲:"您也不问问哥哥他喜不喜欢,这般草率替哥哥做出决定安排亲事,哥哥的婚姻能幸福吗?"翟氏说:"玉兰,怎么和你父亲说话的,没大没小。自古以来婚姻大事自有父母做主,你个小孩家少掺和。"薄凤鸣变了脸色,"看来你不该多念书,接受新思想太多,被西式文化荼毒太深,人家与我们门当户对,这桩婚事有何不妥?"薄玉兰说:"如今为新时代,主张男女自由恋爱,婚姻再也不是过去的媒妁之言父母之命。"

翟氏说:"你多大点的孩子,懂什么?"薄玉兰说:"我今年十五,什么都懂。您二老不妨问问哥哥,他愿不愿意您说的这门亲事。"薄凤鸣说:"鑫农,方才对你说的话,你听进心中没有?"薄鑫农说:"自然听进心里。"薄凤鸣说:"你同意不同意爹提的这门亲事?"薄鑫农瞅瞅妹妹,又看看父亲,"父母当家做主,儿子欣然接受。"薄凤鸣说:"这就对了。玉兰,要向你大哥学习。何为孝道? 一者听父母之言,二者不违父母之命。"薄玉兰说:"哼,我才不跟他学,大哥唯唯诺诺,从小到大没一点自己的主见,就知道顺从爹妈。等我长大一定要找个称心如意的丈夫,若遇不着称心的,宁可一辈子不嫁。"翟氏责备道:"姑娘你说话都不知道害臊,说这话也不脸红。"

饭后,薄鑫农坐在自个儿屋里看报。薄玉兰悄悄溜进大哥房中,抬手捂住他的眼睛。薄鑫农笑说:"玉兰,别闹。"薄玉兰松开手,"大哥,你怎知道是我?"薄鑫农说:"家里就你一个大姑娘,别人的手没这么温柔。"薄玉兰站在大哥面前,"家里不只有我,还有二妹呢。"薄鑫农说:"二妹还是个小丫头!"薄玉兰说:"爸爸说的亲事,哥哥同意了?"薄鑫农说:"不同意又能怎样?"薄玉兰说:"那你就和父母反抗到底。"薄鑫农说:"父母这么做,完全出自好心,希望子女幸福。"薄玉兰说:"你们连面都没见过,就要结婚生子过一辈子,哥哥觉得这样好吗?"薄鑫农说:"我也不省得。"薄玉兰说:"等你娶了嫂子,嫂子会像妹妹这般疼爱哥哥吗?"薄鑫农说:"或许会的。"薄玉兰说:"你娶了媳妇,往后就不待见我了。"薄鑫农说:"你是我妹妹,当然待见你。"薄玉兰眼中噙泪,"等你有了媳妇,妹妹就没了哥哥。"薄鑫农抬手替她擦擦眼泪,"傻丫头,哥哥永远是你的亲人,任何时候都不会改变。"

鑫农大婚当日,天津法租界巡捕房警车在前开道,鼓乐齐鸣,声势浩大。薄鑫农身着长袍,头戴礼帽,骑着高头大马,英姿飒爽。喜轿紧随其后,而轿子的后边为英租界车队,最后为西式乐队,吹吹打打,好不热闹。新娘的嫁妆多达六十四抬,长长的队伍,尽显风光。

在鞭炮与锣鼓声中,新人被迎进薄宅。院内高搭喜棚,宫灯明亮,彩饰华丽,设有戏台,显得格外喜庆,一台柜式留声机播放着时下流行的歌曲。当天不仅来了前清遗老、民国军阀,就连法租界、英租界的洋人都来薄宅贺喜。

一对新人按照传统中式婚礼仪式举行婚礼,薄凤鸣夫妇满面笑容地接受新人行跪拜礼。薄玉珍看到新娘羡慕不已,寻思不知道自己这辈子有没有机会办一场如此热闹的婚礼,她出神地望着新娘,"大姐,你瞧嫂子的脚。"薄玉兰说:"你不也是天足吗?"薄玉珍说:"嫂子必定为新时代女性,能和咱俩玩到一块儿去。"薄玉兰说:"再过几年你也要嫁人,恐怕家里没你一席之地,她怎会与你玩呀。"薄玉珍说:"瞧姐姐话说的,我离嫁人还早哩!过会儿咱俩进新房看看嫂子是何标致的美人。"薄玉兰说:"没兴趣,要看你自个儿去看吧,说不定没你长得秀气。"

礼毕,喜棚里开了宴席。薄凤鸣特地请了京津名角来唱堂会,堂会戏一开唱,整个喜棚中愈发热闹。

9 七七事变后的法租界

薄鑫农结婚不久,震惊世界的七七事变爆发了。战火在中华大地上熊熊燃起,人世间从此不太平,处处充满腥风血雨。北平仅仅坚持二十一天便彻底沦陷。天津形势岌岌可危,即将迎来一场前所未有的劫难。

天津沦陷前期,大量难民涌入英法租界避难。此时在法租界的空地上随处可见老百姓搭起的临时帐篷,可怜无助的人们只能默默祈祷这场战争早点结束,好重返自己的家园。

数十架日军战机从天上飞过,对天津城区狂轰滥炸,飞机过处,美好家园瞬间化为废墟瓦砾,硝烟四起,哀号之声不绝于耳,遍地尸首横陈,血流成河。此时的天津如同人间炼狱,无辜的人们性命如同蝼蚁一般低贱,任强者恣意荼毒。日军所到之地,皆拿机枪扫射、投炸弹,四下杀人放火,天津百姓死伤无数。这时让国人向来引以为耻的租界成为人们最好的避难场所。空气中到处弥漫着血腥的味道,飞机轰炸声和枪弹声不断,火光冲天,即便处在英法租界的人们也无不人人自危。

薄家后院有个小地窖,大约四米深。过去在冬季时节用来储藏红薯及其他蔬菜,地窖不大,仅能容纳四人。薄凤鸣临出门前,与家人嘱咐一番:"眼下日军和国军打得正酣,局势分外危险,说不定几时日本人的炸弹就会投到家里来。鑫农夫妇暂且躲到地窖里避难,在地窖里放些食物和水,下去尽可能不要点灯,千万别在里边弄出动静。"薄玉兰说:"爸爸,我怕。咋不让我妈下地窖躲着?"薄凤鸣说:"下边地界小,空气稀薄。你们屋里躲着,哪儿都别去。"薄鑫农说:"爹,让我妈和两个妹妹下地窖躲难,我俩在上边守着。"薄凤鸣说:"不成,你是家中长子,往后家里还得指望你顶门立户。况且你媳妇有孕在身,要替薄家接续烟火。炸弹无情,万一炸弹落家里,整个家将会夷为平地。"

听到此,薄玉珍吓哭了,薄玉兰安慰二妹:"妹妹,不哭,有咱妈在,什么都甭怕。"翟氏说道:"听老爷的话,你们两口子到地窖里躲藏,我会叫人每天往下边送吃的。"薄凤鸣说:"这几日我不在家,家里不必替我担忧。生死有命,倘若运气好,兴许咱一家人还能团聚。运气差了,今日只当永别。"薄鑫农眼中含泪,"爹,您多保重。"薄鑫农拉着媳妇陶玉金跪下来与父亲磕头。

薄凤鸣脸色凝重地看着一家人，像是人生最后一面。翟氏叮嘱说："老爷，您千万多加小心。"

薄凤鸣一早接到法租界工部局安排的重任，巡捕协助法国军队一同守卫万国桥，提防日军由此处闯入法租界，进而影响到整个法租界的安全。

守在万国桥的巡捕与法国军队，誓死保护大桥，免遭日军破坏。日本军方要求通过万国桥，法国军队严阵以待，翻译官郑重告知日军："退后，退后！不得侵犯法租界领土安全，万国桥乃法国工部局建造，我方有权拒绝你们通过，请往别处通行。"两国军队此刻剑拔弩张，势均力敌，一时僵持不下，但都保持克制，谁也不敢第一个开火。日本军方代表说："我军保证法租界安全，通过万国桥，只为围剿中国国民政府军队。"法国翻译官坚决回应："此行动已对法租界安全构成威胁，我方决定不准从万国桥通行。"

法国军方紧急下达命令，此时万国桥上警报声响彻天际，与不远处的枪炮声交织在一起，显得格外刺耳。万国桥双向桥梁升了起来，彻底切断了日军从万国桥通过的计划。

租界内外，俨然是两个截然不同的世界。日本兵所到之处即成炼狱，放眼整个天津城区与农村到处残垣瓦砾，四下火光，尸横遍野，血流成河，多少良家妇女惨被先奸后杀，多少房屋被毁，而侥幸逃脱死亡的人，无家可归者不可胜数。而在法租界内，繁华依旧，丝毫看不到战争的迹象。

漆黑的夜晚，一个疲惫不堪的妇人怀中抱着孩子坐在薄宅门前歇息，她蓬头垢面，衣服破烂，无精打采。孩子因饥饿难耐啼哭，看到孩子哭，大人也跟着伤心落泪。

哭声引得薄宅用人的注意，马三走到门口开了门，问明情况，转身回屋与翟氏禀报此事。翟氏吩咐道："快去门外把人迎进家来，与他母子二人弄点吃的。"

马三随即将门前母子二人请至家中，妇人跟主人家问好。翟氏说："坐吧。来人，去厨房弄点饭来，叫他们用饭。"妇人感激道："多谢太太赏饭。"翟氏说："甭客气。"妇人抱孩子坐到桌旁。翟氏问起妇人的遭遇。妇人哭诉道："我本家姓张，叫红霞。随丈夫来租界避难，路上碰见日本兵枪杀百姓，丈夫为保护俺们娘儿俩，不幸被打死。我和孩子随人群逃到租界。孩子吵着饿，我丢了包袱，没钱为孩子买口饭吃，走投无路，只好坐在门前哭泣。"妇人的话惹得翟氏不禁流出同情的眼泪，翟氏叹了口气，"真是太可怜了，你家在租界里可有认识的亲戚?"张红霞说:"没有沾亲带故的。"翟氏说:"既然你们娘儿俩能来我家,咱们也算缘分一场,今晚你便暂住我家,有事明日再做打算。"张红霞感激涕零,连忙跪地磕头,"多谢太太收留。"用人把饭端上桌。翟氏说:"快吃吧,吃罢饭,我叫管家与你安排房间休息。"张红霞说:"太太,您真是菩萨心肠。"

夜色笼罩大地,租界外却是这般光景,日本兵以搜查中国军人的名义强行进入村庄百姓家中挨户搜查,见东西又抢又拿。日本兵汉奸翻译说:"你们窝藏中国军人,赶紧交出来,否则就是抗日。"被逼问的男主人说话:"我家没藏军人,你们都搜遍了,这不明摆着没人?"日本兵说:"你是中国军人。"不容分说,鬼子一刀刺死男主人。几个日本兵将家中的年轻妇女轮奸,然后恶狠狠地砍掉妇女的头颅,又在屋里浇上汽油,一把火掩盖了他们所犯下的赤裸裸的罪行。

天津沦陷后,无数百姓家中尽遭洗劫,日本兵惨无人道,对无辜百姓施以殴打恐吓、奸淫掳掠、杀人放火等种种暴行,从那一刻起,日本侵略者的罪恶行径便成了中国人民的苦难与血泪史。

转眼到了第二天,张红霞领着孩子与薄家人辞行,"感激太太昨夜收留,今天我去寻找丈夫尸体,找个地方好把家人安葬。"翟氏说:"兵荒马乱的,出去多危险,不如你留在我家,等来日太平,你再走也不迟。"张红霞一把鼻涕一把泪,"太太,我实在不忍心丈夫暴尸野外,定要替丈夫收尸。"翟氏说:"好个重情重义的妇道人家。管家,拿两百圆法币送她做盘缠,帮她渡过眼前难关。"

管家应声从账房取来两百圆法币,送与张红霞,"拿着吧,这是我家太太一片心意。"张红霞感激不已,"太多了,我不能要。"翟氏说:"别嫌少,多少能对付一阵日子,往后家里生活困难,只管到我家来借钱。"张红霞接过钱,又向翟氏磕头谢恩,翟氏一把拉起她,"甭跪了,快起来。"张红霞洒泪道别,拉着孩子的手离开薄宅大门。

租界外的世界里弥漫着死亡的气息,随处可见有尸体遭野狗分食,臭气熏天,令人作呕。张红霞在半路上遇到日本兵,抱起孩子转身往回跑,一个日本兵急追上去,一刀刺死小孩。张红霞跪地哭号,日本兵脸上露出胜利的笑容,扛起张红霞,拎着沾满人血的刀,把她弄到一处没人的房屋,扒净她的衣服。十几个日本兵把她轮奸,而后惨无人道地割掉她的乳房,凄厉痛苦的

20

哀号之声荡漾在令人不安的空气中。有个矮个子的日本兵拿刺刀朝她腹部狠狠刺上几刀，肠子都流了出来。

几日后，薄凤鸣见法租界安然无事，于是回到家中，叫薄鑫农夫妇从地窖里爬上来。薄鑫农夫妇见父亲归来，连忙磕头请安。

翟氏瞧见丈夫回家，心下安定许多。翟氏说："老爷，您这几日不在家中，听到外边枪炮声，感觉小命随时就没了。"薄凤鸣说："外边世界乱哄哄，天津城里已不知死了多少人。如今山河破碎，民众困苦不堪。国军全部撤出天津，天津再也不是国民政府的天津，成为日本人的天下。日军现在成立了天津治安维持会，恐怕日后少不得要听日本人的话了。告诉玉兰和玉珍，目前局势不稳，往后别叫她们上学了。"

翟氏来至薄玉兰的房间，见女儿正在用功读书，"玉兰，你爹说了，今后你们姐儿俩不用上学了。"薄玉兰分外吃惊，"妈，我中学还没读完呢，咋就不准我上学了？"翟氏说："时局动荡不安，外出上学很不安全。"薄玉兰说："怎么不安全，有租界保护我们，飞机撂下的炸弹也没落在我们学校。"翟氏不免有些生气，"你这孩子咋这么倔呀，老爷说不让你上学，就不准你去上学。"薄玉兰气得把书一摔，趴床上呜呜大哭。翟氏说："哭也没用，往后在家老实待着。要死一家人一块儿死，要活就一块儿活。"女儿痛哭，翟氏连句安慰的话都没说，关门走了出去。

翟氏又到小女儿房间传话，告知薄玉珍日后不必上学的事情。薄玉珍听到这等消息感到开心，"真好，终于不用每天起早贪黑念书了。"翟氏劈头盖脸骂道："有什么好的，都是日本人闹得你们有学没法上，你怎么就没点上进心，根本不知道珍惜上学的机会。"薄玉珍说："娘，女儿错了，今后再也不贪玩了，多看点书，多明事理。"翟氏说："这还差不多。"

薄玉兰进入薄鑫农的房间，扑进大哥的怀中，哭了一阵。薄鑫农抚摩妹妹的头，"小姑娘，别哭了，到底出了什么事，让你感到如此委屈？"薄玉兰擦把眼泪，"从今往后爸妈不准我和二妹上学了。"薄鑫农说："爹娘做这般决定完全是为你好，现在外边太乱，学校比不得家里安全。"薄玉兰说："我不管，我要上学。日后我还想念大学，出国留洋呢！"薄鑫农说："玉兰，你心气太高。父母说什么话，做子女的听着就是，不可违背长辈。"薄玉兰说："我要上学，你不知道我们学校有多好，那是知识的殿堂，能够改变一个人的命运。"薄鑫农语重心长地劝说："妹妹，你要清楚不是爹娘不准你上学，而是日本人在中国为非作歹,眼下并非太平年月,山河支离破碎,随时有可能生离死别。听父母的话,好生在家待着,爹娘能够时时看见你,他们也能感到安心。"薄玉兰说:"我恨死日本这群强盗,我要参加抗日。"薄鑫农说:"别胡闹了,父母不允许家里有抗日分子。"薄玉兰说:"不懂爱国的人,什么时候都不会有民族大义。"

陶玉金踏入房间,见到小姑子正抱着大哥哭泣,不禁有些拈酸,拿她打岔:"唉,什么委屈还值当求人安慰。你个大姑娘今儿有点出格,旁人不知道的,还以为你俩是对小情人。"薄鑫农说:"她还是个孩子,心中不痛快,我安慰小妹,你想多了。"陶玉金打趣道:"小姑子个头儿比我高,哪有这么大的小孩?"薄玉兰听到后站起身来,抹把眼泪,"要你多管闲事,你说对了,妹妹本来就是哥哥上辈子的小情人。我早知道哥哥娶了嫂子,心头就没有妹妹了。"说罢,面有愠色地走出房间。陶玉金扑哧一笑,"你家妹妹脾气真大,不识逗,哪个男人能降得住她。"薄鑫农说:"玉兰人好着呢,谁能娶了她那是福分。"

越来越多的人为避难涌入法租界,一时间物价飞涨,生活益发艰难。此时,薄鑫农已在薄记当铺学做生意。王掌柜说:"少爷,最近店里收的老物件太多了,连一件也没卖出去,眼瞅新收的物件都快没地放了。您看是不是应该考虑少收,或者压低价钱收购?"薄鑫农沉思片刻道:"按规矩不当这么做,目前局势不稳,大家急需用钱过日子。先观察后期情形,再作调整。如果长此以往,只得暂时关掉当铺。店里库房放不下,就往家里放些珍贵古玩。"

连日来,薄凤鸣没有再读报纸,薄鑫农注意到了这一点。他问父亲:"爹,您现在怎么不看《大公报》了?"薄凤鸣说:"别提了,《大公报》已经停办。"薄鑫农感到诧异,"多年老报纸突然停办,这是怎么回事?"薄凤鸣说:"报纸上发表抗战言论,不利于日本在华形象,受到日本军方打压和迫害,不得已停刊。如不停刊,恐怕只会沦为敌伪的宣传报纸。"

这日,薄鑫农悄悄给父亲一份报纸,名为《小公报》,刊登内容均为抗战消息。薄凤鸣看罢报纸大为震惊,"鑫农,这份报纸打哪儿弄来的?"薄鑫农说:"我在当铺,有个陌生人上门送我这份报纸。"薄凤鸣说:"眼下到处都是日本人的眼线,最好不要把这种报纸拿到家里来,以免招来祸患。"薄鑫农说:"日本人在中国大地上犯下的罪行,实在令人痛恨。我想加入地下党,参加抗日活动。"

薄凤鸣瞪大眼睛望着儿子,厉声训斥:"目今日本特务满世界抓捕抗日分子,抗日是要掉脑袋的,家里就你一根独苗,不许你冒险。你安安分分在租界做生意,万万不可再起抗日念头。"薄鑫农说:"父亲,眼见国家就要亡了,难道我们还能安稳生活下去吗?儿子誓死不当亡国奴。"薄凤鸣说:"说一千,道一万,不准你参加革命,不准发表抗日言论。安分守己当个老百姓,如若再有此打算,甭想走出家门一步。"

薄玉兰对国家大事格外关注,得知大哥往家里带了报纸,便找他索要报纸阅读。薄鑫农说:"报纸上刊登的全是抗日消息。"薄玉兰说:"大哥,你身为顶天立地的男子汉怎么不去当兵抗日?"薄鑫农说:"我也想参军,可咱爹不准我去。"薄玉兰说:"我要是男子,才不管那么多,一准跑出去当兵打小日本。"薄鑫农说:"妹妹,你以为当兵那么容易?作为军人是要流血的,随时要为国家豁出性命。"薄玉兰说:"能为国流血,死得其所。我看哥哥分明胆小,不敢抗日。"薄鑫农说:"凡事我会听从父母安排,不想让父母为我过于操心。"

一日,薄凤鸣行走在法租界街道上,迎面走来一人,穿身灰色长衫,此人是天津地下党成员陈先华,负责在天津沦陷区宣传抗日工作。他故意用肩膀撞了一下薄凤鸣,匆忙前行。薄凤鸣转过身呵斥道:"站住!"陈先华识相地停下脚步,薄凤鸣一把揪住他的衣袖,"路面那么宽,你走道就不知道看着点路,撞了人也不道歉,就想这么着走了。"陈先华说:"实在抱歉,不小心冲撞与您。恕我眼拙,阁下您是?"薄凤鸣说:"劝业场这块治安归我管。"

陈先华摘下帽子,露出一副笑脸,"原来是大名鼎鼎的薄爷,失敬失敬。薄爷您这是遛弯?"薄凤鸣说:"闲逛,瞅瞅街上有没有不法分子。你是干吗的?"陈先华说:"做小本买卖的。"薄凤鸣盘问道:"我看你仪表不俗,不像买卖人,倒像个日本特务。"陈先华说:"我脚踩中国土地,吃的是中国粮食,违法的不干,薄爷,您可不能平白无故冤枉好人。"薄凤鸣说:"莫非你是国民党特务?"陈先华说:"我就是来天津做个小本买卖。"薄凤鸣咋呼道:"瞎说,天津业已沦陷,怎会有外地人跑到这儿做买卖?我越看你越像汉奸,是不是跑到法租界抓抗日分子的?"陈先华说:"薄爷,误会。"薄凤鸣冷笑,低声说:"既然你什么都不肯承认,那必定是地下党。"陈先华说:"薄爷,此处不是说话之地,咱们借一步说话。"薄凤鸣说:"去哪儿谈?"陈先华说:"去您当铺喝茶。"薄凤鸣说:"行啊,我的底细全被你摸清楚,我倒要看看你安的什么心,你敢对我要花样,我立马办你,保证让你出不了法租界。"陈先华说:"借我一百个胆子,我也不敢在您面前抖机灵。"

薄记当铺里间,陈先华与薄凤鸣递出两根金条,当作初次见面礼。薄凤鸣摆手拒绝,"不必来虚套的,有什么事,直接说吧,就知道你在街上撞我不怀好意。"陈先华说:"薄爷,无论如何,您得收下这两根金条。"薄凤鸣说:"无功不受禄,来路不明的钱我可不要。"陈先华说:"薄爷,您还记得在巡捕房放过一个名叫谢家轩的人吗?"薄凤鸣说:"你什么意思?"陈先华说:"没别的意思,我们是朋友,您帮过大忙,所以这份心意,请您务必收下。"薄凤鸣说:"看出来了,你们是一路人?"陈先华说:"薄爷,好眼力。"

薄凤鸣看着眼前的地下党,心下疑云满腹,冷说道:"难道你就不怕我抓你?"陈先华说:"薄爷根本不会抓我,以前我们同国民党斗,您都给放了。如今天津沦陷,更没有理由抓地下党。"薄凤鸣说:"你们现在不跟国民政府斗了?"陈先华说:"中国人应该联合起来一致对外抗日。"薄凤鸣说:"你说这话,就不怕我把你抓了交给日本人?"

陈先华望望屋里多宝阁上摆放的老古董,丝毫不在意地笑了笑,"您不会这样做,因为您是薄爷,薄爷脸上没有写'汉奸'二字,我信得过薄爷,所以才敢来见您。"薄凤鸣对他越发警惕起来,"当心点,年轻人,眼下法租界不仅有国民党,更有日本特务潜伏,日本人抓地下党的手段比国民党更加心狠手辣,抗日分子处境岌岌可危。"陈先华说:"多谢薄爷提醒。国共内战时期,法租界巡捕抓过地下党,您没有把地下党引渡给国民政府,而是选择放人,证明您很有正义感。我想请您加入地下党,一同抗日。"薄凤鸣毫不客气地拒绝,"此话免谈,我断然不会拿身家性命做赌注的。"陈先华说:"将来若有抗日分子在法租界被抓,还望薄爷高抬贵手,不要将爱国志士引渡给日本人。"薄凤鸣说:"你大可放心,我是中国人,绝不会替日本人办事。"陈先华对他肃然起敬,起身离座,拱手抱拳,"薄爷,咱们青山不改,绿水长流,后会有期。"

《小公报》因公开揭露日本侵略者的真实嘴脸,彻底激怒了日本军方。日本宪兵队贴出告示,悬赏三千圆抓捕《小公报》的办刊人员。令人遗憾的是《小公报》开办仅半月时间,居然有人贪图日本人的赏钱而出卖了爱国志士,导致报社成员均被日本兵抓捕。这些爱国的仁人志士遭受到惨无人道的对待,甚至有人为此丢掉了身家性命。

薄凤鸣将此消息告知薄鑫农,"你之前给我看的那份《小公报》,恐怕日后再也看不到了。"薄鑫农无比惊讶,"为何看不到呢?"薄凤鸣心绪略显沉重,"日本宪兵队已将《小公报》办刊人员全部抓获,中国人一旦落到日本人手中,必定没有好果子吃。日本人做事手段极其残忍,跪生死板、灌汽油、灌辣椒水、火烧等等,没有一样轻的。为正义而战需要付出流血的代价,你还敢抗日吗?"薄鑫农义愤填膺地回答:"爹,如果能够以小我换回中国的光明,我情愿抗日赴死。"薄凤鸣语重心长地说:"只怕你死了,日本鬼子还在祸害人间,你还是安分当个老百姓为好。"

有黑暗的地方必然也有光芒,不少进步青年在英法租界散发传单,积极宣传抗日思想。两国租界到处都有汉奸和日本特务的身影,他们无时无刻不在监视着抗日分子的一举一动。法租界内的巡捕看见有人散发抗日传单,忙向薄凤鸣报告,"薄爷,在咱们租界内,有人宣传抗日,这些人咱们抓不抓?"薄凤鸣说:"睁只眼闭只眼,只当没看见。"巡捕说:"会不会引起不必要的骚乱?"薄凤鸣说:"只要日本人不干涉,抗日分子不在法租界杀人放火打劫,我们就不动手抓人。"

汉奸与日本宪兵队通风报信,日本人对此怒不可遏,迅速派代表与法租界工部局进行交涉,要求巡捕房的人协助抓捕抗日分子,并引渡给日本当局。法租界代表承诺会抓捕抗日人员,但拒绝引渡给日本军方,因为法租界自会有处置方法,并保证本租界内日后不会再有人大庭广众之下宣传抗日救亡运动,这下日本人才肯罢休。

天津法租界工部局上司向薄凤鸣下达命令:"近来日本人气焰嚣张,可不是好惹的。你去带人把本租界内的抗日分子统统抓获,关起来教训一顿,省得他们在租界生事。"薄凤鸣回复一句:"是,长官。"

法租界巡捕镇压抗日志士,奉命抓捕抗日分子,并将其关进拘留所。薄凤鸣特意交代手下,"弟兄们,我们都是中国人,不必为难他们,只要他们保证今后不再闹事,等日本人消了气,就把他们放了。"巡捕问:"薄爷,打不打?"薄凤鸣说:"多一事不如少一事,先把他们关押几天,日本人不施压我们没必要打人。"

几天后,陈先华来法租界巡捕房找薄凤鸣,不等说有什么事,先上前为薄凤鸣敬烟,薄凤鸣说不必让他,有话直说。只见陈先华从皮包里掏出四根金条,"薄爷,恕我冒昧,四根金条能不能把你们抓的人给保释出来?"薄凤鸣不动声色。陈先华说:"钱不够的话好商量,您开个价,我尽量满足。"薄凤鸣说:"人是上头让抓的,你找我没用。"陈先华说:"这事不归您管吗?恐怕上头懒得搭理这样的小事。"薄凤鸣皱起眉头,"你能保证他们日后不会在法租界闹乱子,我便让你把人带走。"陈先华说:"薄爷,我保证他们今后不在法租界宣传抗日思想。"薄凤鸣说:"我通知弟兄把人放了。"陈先华感激地站起身来,"多谢薄爷仗义相帮。"说着,递上四根金条。薄凤鸣说:"不必了,这些钱你留着做大生意用吧。"陈先华说:"薄爷深明大义,容我来日报答。"

薄鑫农接手当铺经营古玩生意时,因时局动荡,买卖已大不如前,平日偶尔有外国商人批量低价购买古玩。好在家底厚实,当铺得以维持下去。

10. 暗地支援抗日

一日,陈先华来到薄记当铺,随意看了看,将一份《纪事报》放在桌上,便离开了。薄鑫农已有多日未曾看到报纸,忽见报纸倍感亲切。他拿起《纪事报》,如饥似渴地阅读起来。报纸刊登抗日文章与本地新闻,属宣传抗日的地下报。

薄鑫农又把此份报纸拿与父亲看,"爹,您请看报。"薄凤鸣接过儿子递来的报纸,瞥了一眼,"打哪儿弄来的这种报纸?"薄鑫农说:"陈先生送的。"薄凤鸣问:"哪个陈先生?"薄鑫农说:"父亲应该和陈先生认识,你们见过面。"薄凤鸣说:"这种人少与他来往,他是地下党。"薄鑫农说:"陈先生不是坏人。"薄凤鸣面带不悦,"鑫农,不要忘记害人之心不可有,防人之心不可无。"薄鑫农说:"陈先生必定是当今英杰,为国为民,值得我辈敬重。"薄凤鸣说:"还是那句话,抗日是要掉脑袋的,难道你不知道日本侵略者天天在租界外杀人放火,无恶不作,唯恐天下不乱。不抗日尚可幸免于难,跟日本鬼子对着干,能有好果子吃吗?"薄鑫农说:"爹,如果人人不去抗日,只会导致越来越多的无辜百姓惨死。作为一个中国人,您就不想为国为民做些事情?"

薄凤鸣长叹一口气,"我唯一能做的就是管住自己不去当汉奸,也不允许家里出一个汉奸。往后你也要为人父母,切不可再生抗日念头,好生照顾家人,如今你媳妇有孕在身,千万别让自家老婆孩子最后沦为孤儿寡母。"薄鑫农说:"爹,我明白您老意思。"薄凤鸣说:"明白就好,眼下你应该做的就是当个好丈夫。"薄鑫农说:"爹,我思来想去还是想加入地下党。"薄凤鸣说:"不成,脑袋搬家的事情绝不能干。"薄鑫农据理力争,"倘若人人贪生怕死不去抗日，到时只怕会有更多人沦为日军刀枪之下的孤魂野鬼，覆巢之下岂有完卵，国破家亡，倘若指望法租界庇佑安全，恐怕连我们这个家也保不住。"薄凤鸣如梦方醒，听儿子这番话大为感动，"你说的不无道理，一个小小租界怎抵挡得住日本兵在中国大地上胡作非为。"

薄鑫农察言观色，"当前地下党在沦陷区抗日经费短缺，咱家是不是也该为抗日做点事情？即便抗日不出人，出些钱总是应该的。"薄凤鸣说："我不反对为抗战捐款。"薄鑫农说："爹，您打算捐多少钱资助地下党抗日？"薄凤鸣说："捐两万圆法币。"薄鑫农说："日后还支援抗日吗？"薄凤鸣说："一直资助到打走日本鬼子为止。"薄鑫农紧紧握住父亲的双手，"爹，只要人人像您这般爱国，为国出钱出力，支持抗日，同仇敌忾，我相信国家一定能很快迎来胜利的曙光。"薄凤鸣说："鑫农，或许抗日是对的，我原本不该阻挠，难得你有民族大义，我甚感欣慰。怎奈我身不由己，不能光明正大支持抗日。你要低调行事，万万不可让外人知道你干的事情。"

薄玉兰站在门外听到父亲愿意捐款支持抗日时，为父亲所做的决定感到骄傲。等薄鑫农从父亲书房走出来之后，薄玉兰把大哥拉到自个儿房间，"哥哥，刚才我听到你和爸爸谈论的事体。"薄鑫农一脸紧张，"妹妹，有些事情你知道得越少越好，往后不可偷听别人说话。"薄玉兰说："看得出哥哥还有家国情怀，小妹也想为抗日做点贡献。"薄鑫农说："你个姑娘家能做什么？"薄玉兰说："哥哥太小瞧人了，我愿捐五百大洋。"薄鑫农闻言大吃一惊，"你手头咋有那么多钱？"薄玉兰说："都是咱妈这么多年给的零花钱，我没舍得花，一直攒着呢。"她从抽屉里掏出十卷用红纸包裹的银圆，拿给薄鑫农，"虽然我不清楚这些钱捐出去有没有用，但人人支持国家抗日，我想对抗战胜利而言必定是有好处的。"薄鑫农拿起沉甸甸的银圆，"好妹妹，你有这份胸怀很了不得。"

转天，陈先华悄悄走进薄记当铺，薄鑫农在店铺门口四处张望一回，忙叫伙计把店门合上。陈先华说："薄少爷，生意兴隆。"薄鑫农说："日来生意愈发难做，怕是兴隆不了。"陈先华从包里拿出一份新报纸递给薄鑫农，"不知我上次送的报纸，薄少爷看了没有？"薄鑫农说："陈先生，您别喊我少爷，可算寒碜我了，叫我鑫农便可。您送的那份报纸，我已阅读。"陈先华说："你觉得报纸如何？"薄鑫农说："在当前而论是一份难得的好报纸。"陈先华说："您可有兴趣订一份报纸，支持伟大事业？"薄鑫农说："只要有益于国家和苍生，支持一回又何妨。"陈先华抱拳，"在此谢过鑫农仗义疏财。"薄鑫农说：
"不客气，是家父点头同意，我才敢做此决定。"陈先华十分惊讶，"没想到薄
爷义薄云天，委实令人敬重，鑫农兄弟替我与令尊说声感激。"薄鑫农说："我
父亲愿资助两万法币用于抗日，只待将敌人赶出中国，还故土一片清净。"陈
先华说："放心，抗战早晚会胜利的。"

薄鑫农令账房先生拿出两万圆法币，亲自把钱交到陈先华手上，"陈先
生，把钱收好，回头别忘了定期与我送上两份报纸，也好让我了解外边的世
界。"陈先华把钱装进牛皮公文包里，"多谢鑫农，我一定为你送上报纸。"薄
鑫农另外拿出五百块银圆给了他，"这是舍妹一点心意，愿为抗战捐银圆五
百。"陈先华说："令妹巾帼不让须眉，实在可敬。替我向你家人表达谢意。"
薄鑫农说："您客气，陈先生。"陈先华凑到薄鑫农耳边低声言语，"入地下党
的事情，你考虑得怎样？"薄鑫农说："我上无兄，下无弟，家中就我一个男子，
故此家父不同意。我家虽不能为抗日出人，但情愿出钱，尽一份绵薄之力。"
陈先华说："你们一家人都是爱国啊，我替党组织谢过你们一家。"

《纪事报》伴随薄鑫农的生活有很长一段时间，他长期阅读《纪事报》，深
入了解国内战事，对日本侵略者的嘴脸看得越来越清楚，他痛恨日军无端发
起的侵华战争，以致生灵涂炭。尤其看到南京大屠杀的新闻报道时，更感寝
食难安，恨不得立马去参军打日本鬼子。

薄鑫农把报纸拿给陶玉金看，让她也知道南京大屠杀的新闻。陶玉金
看罢报纸，泪流满面，"简直是人间炼狱，太残忍了！日本侵略者的罪行罄竹
难书，只恨我不是男儿身，要不然我必定会上战场浴血奋战保家国。"薄鑫农
说："玉金，即便不上战场，也能保家卫国，你可以拿出部分嫁妆钱资助地下
党抗日。"陶玉金说："你认识地下党？"薄鑫农说："我订阅的《纪事报》便是
天津地下党工作者送我的。"陶玉金说："只要能支持抗日，我情愿将全部嫁
妆钱捐献出来。"薄鑫农心下为之一颤，"此话当真？"陶玉金说："君子无戏
言，自然当真。国破家何在？有国家才有我们的小家。"

当陈先华再次来薄记古玩店为薄鑫农送报纸时，薄鑫农依旧关了店铺
门，"陈先生，今日告诉您一件事，我家人愿为抗日再捐六千大洋。"陈先华
说："您和令尊都非常爱国，有你们这样支持，胜利曙光就在眼前。"薄鑫农
说："这次捐款并非家父的意思，而是贱内决定捐出她的全部嫁妆钱来支持
抗日。"陈先华说："您的太太了不起！我代表天津地下党组织向你们一家致

谢,国家不会忘记你们一家的爱国之举。"

陶玉金头一个孩子出生时,正值天津沦陷的第二个年头,整个中国正处于全面抗战的风雨飘摇岁月,世道艰难,因此便没摆满月酒邀亲朋庆祝。

薄家是个思想上颇为封建的家庭,历来重男轻女。陶玉金一生育有两子三女,凡生了闺女都由陶玉金一人照顾,生了小子则是薄鑫农与家里的姑奶奶薄玉兰帮忙来带。因此在薄家也就形成两派,男孩一派,女孩一派。

当时,中国联合准备银行在北平成立,在金融界汉奸大张旗鼓的助推下,联银券很快进入天津沦陷区流通,一场针对金融界汉奸的锄奸行动自此展开。那天晚间,天津法租界丰泽园门前,爱国志士持枪锄奸,几声枪响过后,汉奸当场丧命。

值班的巡捕循声赶到事发现场查看情况,并立即给薄凤鸣打电话汇报人命案。薄凤鸣在家接听了电话:"死者是谁,查出凶手没有?"巡捕说:"死者系天津商会会长,薄爷,您看此事怎么办,要不要抓凶手?"薄凤鸣说:"天色已晚,兄弟们都累了一天,等明天再处理此事。你派兄弟保护好现场,我过去看下,等上头问起此事,也好有个交代。"

次日,日本当局要求法租界工部局抓捕抗日分子,碍于日本人在中国的强硬势力,法租界工部局只得委派巡捕房的头目跟日本人交涉此事。一个汉奸翻译对薄凤鸣说:"为大日本帝国服务的中国人在法租界被刺杀,法租界巡捕房如若不交出凶手,就是有意包庇抗日分子,更是对日本帝国不尊重。你方若不配合,休怪皇军对法租界日后利益不再关照。"薄凤鸣说:"巡捕房从不纵容抗日分子,一旦抓获抗日人员,必然按照法租界的律法惩办,绝不侵犯日本帝国在华利益。"汉奸翻译说:"希望贵方信守承诺,全力缉拿凶手,将其引渡给皇军处理。"薄凤鸣说:"法租界巡捕房势必维护好社会治安。"待日本兵走后,薄凤鸣狠狠骂上一句,"呸,狗日的倭寇,还敢在法租界耀武扬威,真不知天高地厚。"

法租界工部局下达最高命令,要加强租界治安巡查,禁止公开场合宣传抗日,违者一律拘捕,以免日军再到法租界兴师问罪。薄凤鸣安排巡捕四处巡逻,以防租界内滋生事端。

几天后,日本宪兵队的汉奸翻译再次来到法租界巡捕房询问案件进展情况,"你们究竟有没有抓到凶手?"薄凤鸣说:"此事棘手,目前根本找不到凶手,想必凶手早已逃离了法租界。"汉奸翻译咄咄逼人,"皇军绝对不认同你说的结果,你们法租界内的巡捕要继续严查凶手,直到给皇军一个满意答复为止。"薄凤鸣只能应承,"我们必当竭尽全力缉拿凶手。"汉奸翻译说:"一旦抓住凶犯,务必引渡给皇军。"

日本宪兵队多次派人到法租界巡捕房打听是否抓到凶手,均被搪塞过去,法租界巡捕对日本人阳奉阴违,压根儿不愿管这档子闲事,日本人最后只能不了了之。

时隔几个月,中国联合准备银行天津分行的一名汉奸在天津英租界被刺杀,彻底激怒日本军方,宪兵队闯入英租界抓捕几名中国人。英租界拒绝向日军引渡抗日分子,此举引起日军不满。日本人以英法租界为抗日分子提供庇护为由,从而对英法两国租界实施封锁。

因时局不稳,薄凤鸣决定让薄鑫农暂把当铺关门歇业,等来日局势转好再开门做生意,薄鑫农遵照父亲意思行事,将当铺暂时关门。薄鑫农说:"爹,如今报纸已经刊登消息,日伪政权颁布《扰乱金融暂行治罪法》,沦陷区禁止使用法币,只允许使用联银券,凡持有非联银券者,不仅判刑,而且处以罚金。照目前形势来看,租界内一时半会儿还取缔不了法币,但这不过是早晚的事。"薄凤鸣沉吟片刻,"法币不靠谱,联银券更不靠谱,往后日子益发艰难,我们也只能跟着租界形势走。"

英法租界为保护自身利益不受日本压榨,不断与日军交涉,联银券想要全面进入两国租界替代法币遭遇不小的阻力。

在天津沦陷区,爱国志士从未向日军的残酷屠刀和枪炮屈服,越是有压迫,越是有反抗。社会各界通过不同方式来宣传抗日思想,奋起抵抗日本帝国的侵略。日军为给中国反抗者一个沉重打击,采取了极其愚蠢的做法,多处决堤放水。殊不知疯狂行为的背后,将为整个天津地区带来一场人类历史上尤为惨痛的浩劫。

11 不吝家财赈济灾民

往年七、八月份北方地区进入防汛期,雨水较多,时常不乏暴雨来袭。日军大肆破坏天津海河防汛设施,正值八月份赶上华北地区特大暴雨,海河洪水泛滥,这场洪水给天津造成了严重灾难,无数房屋被淹没在洪水之中。日、英、法三国租界同样在劫难逃,变成一片汪洋。

船只成为这座城市当前主要交通工具,大街小巷,船来船往,有救人的,有抢救物资的,也有人趁机兜售货物,整个租界宛若一座水上城市。

当洪水刚淹没小腿时,薄凤鸣恐社会秩序大乱,有人趁火打劫,于是请巡捕房的人帮忙将当铺里的贵重物件搬上船运回家中保存。

洪水不断上涨,涌进屋里,翟氏组织家人抢险,把平房里及一楼的东西全部搬上楼,因此挽回家中不小损失。好在家里有一栋三层洋楼,全家上上下下不至于泡在洪水之中。

此时,陶氏跪在佛堂菩萨神像前,虔诚地烧香磕头,祈求洪水快快退去,保佑家人平安无事。初一、十五,翟氏雷打不动烧香拜佛。但凡遇到大事难事,翟氏必然会拜菩萨,这是翟氏的精神信仰,她一生如此。其行为举止慢慢影响到家人,薄玉兰起初不信佛,正因在母亲的影响下,渐渐信奉宗教。因家中收藏了不少古籍善本,薄玉兰有机会接触到《法华经》《华严经》《楞严经》等大乘经典。她不仅诵读经书,而且时常抄写经文,每每诵念经文都会将功德回向芸芸众生,祈愿战争早日结束。

当铺最后一批老古董运回薄宅时,家里的房子已被洪水淹了大半间深,全家人面对灾难都感到惊恐不安。薄凤鸣有条不紊地指挥大伙儿干活儿,打开窗户往楼上拉东西。

薄玉兰见楼上十几间房屋堆满了古代名人字画、珍珠、玛瑙、翡翠、玉石、历代佛像、紫檀雕刻、唐宋元明清瓷器、青铜器等。她随意翻看书画,无意间看到唐寅和吴道子的书画作品,不禁被这些古画所震撼,优美的线条和悠远的意境深深将她慑服,她想,古人创作的书画太美了,为何古人能把山水和人物画得那般有诗意,让人能在画中感受到艺术生命力的存在?薄玉兰看了多幅名人字画,其中就有弘一法师的书画作品,对此爱不释手。忽然她对书画产生了极大兴趣,并萌生出学习绘画的念头,不如自己也尝试绘画,诚然不能流传千古,但也可陶冶情操,消磨无聊光阴。自此她每天花大把时间用于临摹古人书画。

日本当局为避免水灾给自身利益造成不必要的损失,从而彻底解除对英法两国租界的封锁。在自然灾害面前,四国人民联合抗洪抢险,救助灾民。这期间也有不少逃难的人划船涌入英法租界。

薄宅门口停靠几只逃难的小船,有人望向薄家一栋小洋楼,似乎是渴望能够暂时到楼上躲避水灾。

翟氏透过窗户瞧见小船上的难民，心生悲凉。日本人发起侵华战争已让老百姓的日子苦不堪言，一场水灾更令普通民众的生活雪上加霜。翟氏说："刘管家，家里还有空余房间吗？"刘管家说："也有，也没有。"翟氏疑惑地问道："此话怎讲？"刘管家说："只要挤挤就有地方，不挤便没。"翟氏说："那就叫大家挤挤，看看能不能腾出空房让外边的难民进来十个八个的，到咱家避难。"刘管家说："老太太就是活菩萨在世，我请家人腾地方，叫外边进来几个老弱妇幼。"刘管家吩咐家人收拾楼上房间，腾给难民居住。

刘管家拿根绳子绑在腰间，从楼上窗户顺着木梯慢慢下到下边的船上，解开绳子，把船划到院墙处，对墙外的人说："过来几个妇女、孩子、老人，我家老太太请你们到楼上避难。"刘管家接了十个难民，又把船划至楼下。刘管家指挥难民腰间系住绳子，楼上的人用力往上拉绳子，难民顺着木梯爬上二楼，穿过窗户，一一进入楼内。

夜幕降临时分，洪水已经淹没一层房屋，甚至差点把二楼也给淹了。屋里停了电，只得点蜡烛。楼上客厅，家人早已在地上铺了两层砖，火炉上架起大锅，煮上一锅稀饭，分给大家吃。

刘管家说："亏得老太太您有远见，叫人把做饭的家伙事儿全搬到楼上来了，要不连碗热粥都没得吃。"翟氏说："管家，家里的粮食够吃几天？"刘管家说："老太太，省着点吃能将就一个月。"翟氏说："柴火和煤球够用几天？"刘管家说："只熬粥的话，勉强对付十天半个月的。"翟氏说："水够喝几天？"刘管家说："省着点喝，大概够喝十天。您一下子救这么多人，怕干净水也不够用了。"翟氏说："你看洪水几天能退去？"刘管家说："太太，这事不好说，快则三四天，慢的话估计得十天半个月的。"翟氏叹口气，"真是天灾人祸，世道艰难。待会儿吃完饭，你和鑫农去外边看看，街上有没有人淹在水里，若有的话赶紧救回家来。"刘管家说："老太太，楼上放满了各样东西，家里实在没多余的地方。"翟氏说："叫两个小姐腾出房间跟我一块儿睡觉。"刘管家说："此事要不要和薄爷商量一下？"翟氏说："你家老爷有法国人给安排的任务，出去抢险救灾，不定几时才能回来，这个家我做主。刘管家，古人讲积善之家必有余庆，这会子咱可不能光想着自个儿，要多积阴德，日后子孙后代才能得到祖上荫庇。"

街上黑漆漆的，整座城市全都淹在一片黑暗之中。昔日的繁华消失不见，夜晚出奇的安静。薄鑫农手提一盏马提灯照明，站在船头四处张望。刘管家撑船慢慢行驶在街道上。薄鑫农说:"管家,我看街上这般光景怎么如此瘆得慌。"刘管家说:"确实挺吓人的,少爷,晚上不比白天,您坐好,不要站在船头,当心掉下去。"薄鑫农说:"你估摸此处被淹得有多深?"刘管家说:"这条街地势还算高的,水差不多能淹到我的脖子。有些地方地势洼,水深能有三四米,也有地方位置高,可能水有半人深,每个地方被淹深浅不一。"薄鑫农说:"人都往高处躲灾,咱该去水浅的地方救人。"刘管家说:"那可不一定,水深水浅的地方保不齐都会有人,不过咱们能力有限,只可救助有缘人。"

薄鑫农突然瞅见水上漂浮一具死尸,心中怦怦直跳,"管家,你看那边有具尸体。"刘管家看了一眼,面色凝重,"别看了,看了怪难受的,这都是日本鬼子酿成的人间惨剧。"薄鑫农说:"可恶的侵略者,他们迟早会遭报应的。"刘管家说:"唉,谁知道这日子多咱才是个头呢,我是看不到任何希望,丧尽天良的日本鬼子,我相信他们总有一天要遭报应,老天爷会开眼的。"

小船继续往前行驶,一路上碰见十几具死尸漂浮在水面上。薄鑫农心下五味杂陈,不禁为这些死去的人掉下眼泪,对日本人的憎恨愈发强烈。二人的船行至一处水势相对较高的地方,见一男人站在水里,洪水淹没了男人的胸膛。男人冻得瑟瑟发抖,脸色发紫,体力不支,硬撑着双手扶住木盆,以防木盆随水漂走。有个妇人和孩子坐在木盆里,妇人紧紧抱着身旁一棵树,孩子则紧紧抓着母亲的胳膊。

薄鑫农忙对刘管家说:"管家,快看那边有人,我们过去救人。"刘管家说:"我瞅见了,少爷,您甭着急,我得慢慢划过去,免得翻了船。"小船小心翼翼地驶到那家人身边,薄鑫农一把抱过木盆里的孩子,"快上船。"女人先上了船,薄鑫农搭手将男人拉到船上,这家人感激涕零,连连道谢。男子想帮忙撑船,薄鑫农连忙说:"你在水中泡那么久了,身体虚脱无力,快坐船上歇会儿,不用你来撑船。"男子说:"谢谢先生好心搭救我们一家。"薄鑫农说:"你在水里泡多久了?"男子答说:"泡了半天,如果不是遇到您,我真撑不下去了。"薄鑫农说:"你白天瞅见附近有人泡在水里吗?"男子:"我看到有人淹死,沉在水下。"薄鑫农叫刘管家在船上休息一会儿,亲自撑船回了家去。

眼见几天过去了,洪水丝毫未退。刘管家与翟氏汇报家中情况:"太太,家里已没干净水了,粮食所剩无几。"翟氏吩咐道:"赶紧去买。"刘管家说:"眼下物价贼贵,很难买到生活用品。"翟氏说:"甭怕花钱,该花钱的地方就用钱去买,家里不差这仨瓜俩枣。"刘管家说:"老太太,现在英法租界为难民提供避难场所,还给救济食物,要不咱把难民送到避难场所那里去吧。"翟氏说:"只要家里还有一口吃的,就别把他们推到外边。等水灾过去了,再叫他们各谋生路。"刘管家说:"别的东西倒好说,唯独干净水很难得到。"翟氏说:"那就在院子里拿盆子盛水,把水澄清烧开再吃。"刘管家只得照办,由于饮用不净的水,不少人因此生了病。

十多个难民大概在薄家住了将近一个月,临走之时,翟氏命管家与每家送上两百圆法币,并请大家吃了顿面条,难民与薄家人洒泪告别。

天津水灾全部退去已是当年十月份,时值秋季,天气渐冷,水灾过后,迎来物价暴涨,时疫肆虐。而日军对中国的侵略暴行从未停止,人们短吃少穿,天津一带死亡人数多达几万人,数以万计的家园被洪水毁灭,以致数十万老百姓无家可归。

时代总是裹挟着人们往前走,而不会停留在原地。当洪水退去,法租界的薄记当铺重新迎来开业,但生意十分萧索。没过多久,陈先华再次造访薄记当铺。薄鑫农依旧接待了他,"陈先生,许久不见,近来可好?"陈先华说:"此次天津水灾极为惨重,多地尽被洪水淹没,抗日暂且转为救灾救荒。"薄鑫农说:"外边水灾影响如何?"陈先华说:"难民不计其数,许多人既没家,也没粮食,被疾病所困,饿殍枕藉,惨不忍睹。天津粮食极度紧缺,眼下抗日工作正面临着巨大困难。"薄鑫农说:"我能为抗日做些什么?"陈先华说:"如果鑫农兄愿意的话,不妨多捐善款,以便赈济无家可归的难民。"薄鑫农说:"大概需要多少捐款?"陈先华说:"自然是越多越好。"薄鑫农说:"此事容我和家父商量一二,明日再答复陈先生。"陈先华说:"兹事体大,劳烦鑫农兄了。"薄鑫农说:"我想救民于水火之中,但凡事还要听从父母。陈先生尽管放心,我会尽心办好此事,为国为民出力。"

薄鑫农回到家中,与父亲商议捐款赈灾之事,"爹,今日陈先生同我谈起当下灾情,数百万人口正面临饥荒,爹可愿为灾民做点事情?"薄凤鸣沉思良久,"那就捐五根金条。"薄鑫农心下激动,"明日我便把金条与陈先生拿去,爹有话要对陈先生说吗?"薄凤鸣说:"望他勿贪此金,钱为民所用。"薄鑫农说:"爹放心,我相信陈先生必然能做到。"

劝业场本为法租界繁华之地,随着战争影响,加上百年难遇的特大水灾,以至于商户生意愈发难做,越来越多的商店关门停业。薄鑫农明显觉察到租界繁华不再,死气沉沉,随之而来的是一种压抑与无奈,令人看不到任何希望。

12 刺刀下夹缝生存

仅两个月的工夫,薄玉兰绘画技艺已登堂入室。薄鑫农惊讶于大妹对艺术的悟性,没想到她无师自通,短短时间内,临摹书画便有模有样。薄玉兰在绘画方面拥有极高天赋,因此学作画可谓一日千里。如今她的书法业已赶上薄鑫农的水平,而且她在刺绣方面也有极高的造诣,针线活儿比母亲翟氏做得都要好。

薄鑫农忍不住夸赞薄玉兰,"妹妹,你的画画得好,字写得漂亮,人长得也好,家里数你最有福气。"薄玉兰害羞地说:"是大哥平日教得好。"薄鑫农说:"我只教过你书法,作画是你自学来的,看来妹妹相当聪慧,将来谁要能娶了你,那真是有福之人。"薄玉兰满脸羞红,"哎呀,大哥说这话羞死人了。"薄鑫农说:"回头你教二妹画画,她整日在家待着出不了门怪闷的。"薄玉兰说:"二妹才不愿学呢!哥,回头我把画画好了,你能不能拿到店里帮我代卖?"薄鑫农说:"目今你水平欠佳,将来若画成经典,我倒乐意卖你的书画。"薄玉兰说:"我一定会画好的,今后我还打算展览书画作品。"薄鑫农说:"小丫头,你志向真不小呀!"薄玉兰说:"那当然喽,有志不在年高,无志空活百岁。俗话说人过留名雁过留声,我想这辈子不能白活,要在历史的长河中留下生命的痕迹,让别人知道我薄玉兰曾经来过这个世上。"薄鑫农说:"果然有志气,你就朝着目标努力。"

家里的粮食马上见底,刘管家叫马三拉洋车和他一块儿去买粮食,因水灾影响,如今的粮价比先前贵了好几倍。翟氏见粮食买回来,问了具体价格。刘管家说:"米面越来越贵,如今快要吃不起了。"翟氏说:"要是咱们这样的人家都吃不起米面,那穷人的日子该怎么过呀。告诉家人,一天吃一顿干饭,两顿稀饭,勒紧裤腰带将就着过日子。"刘管家说:"不当家不知柴米贵,我同家人说下,免得大伙儿骂我克扣饭食。"

有一天,吃晚饭时,餐桌上少放了一碗米饭。一家人围桌吃饭,唯独没有薄玉珍的碗筷。薄玉珍已长成十五岁的大姑娘,正处在能吃的年纪,"妈,今儿桌上咋没安排我的碗筷,这是不让我吃饭了吗?"翟氏问起立在一旁的管家，"刘管家，是不是少端一碗米饭？"刘管家愣了一下，"我去厨房问问，顺便把饭给二小姐端来。"薄玉珍不免扫兴，"算了，不吃了。"翟氏说："不许胡闹，坐下来等着。"

刘管家到厨房瞅瞅锅里是否还有米饭，问起负责做饭的用人，"今天桌上怎么少放一碗干饭？"张嫂说："米饭是我盛的，桌上一共六个人吃饭，怎么会少哩？"刘管家说："明明五碗饭，不信你去看看。"张嫂说："饭是我盛的不假，但不是我端过去的。"刘管家问："谁端过去的？"张嫂说："马三端的饭，您去问他便知。"

刘管家气呼呼地找到马三，马三蹲在院子里啃块咸菜，端碗喝粥。刘管家不带好气地问道："马三，你往桌上端饭怎的少了一碗？"马三说："没少，我明明端过去了六碗米饭、四碟菜。"刘管家骂道："放屁，明明五碗米饭，你是不是偷吃了一碗干饭？"马三一口咬定，"我没偷嘴。"刘管家上前一脚踢飞他手中的饭碗，粥洒了一地，碗也碎了，"好小子，敢不老实交代，走，跟我去见薄爷评理。"马三苦着脸说："别这样，刘管家，这不是诚心要我难堪吗？"刘管家说："你个混账东西也配吃干饭，偷嘴时咋就没想着要脸。"

刘管家揪着马三的衣袖进入饭厅，"薄爷、太太，我已查清，马三偷吃一碗干饭，您看此事该怎么处理？"一家人望着马三，马三可怜兮兮地耷拉着脑袋。薄凤鸣问话："马三，米饭可是你吃的？"马三说："薄爷，我老多天没吃米饭，闻着怪香的，没忍住吃了。"薄凤鸣说："吃就吃了，不是嘛大事。厨房有粥没有，与你家二小姐盛一碗粥喝。"薄玉珍抱怨道："又是稀饭。"薄玉兰说："二妹，你吃我的米饭，我喝粥。"薄玉珍说："不必了，谁叫我是家里的老小，合该孔融让梨。"翟氏说："刘管家，往后家里有人想吃米饭，你叫张嫂多做些，东西吃了一点不可惜。"

薄玉兰日来痴迷于绘画艺术，甚至有时会忘记吃饭，整日一门心思作画。她并不在意一日三餐吃什么，因为她在画画中得到了精神上的满足，以至于她忘记战争岁月的饥饿感。假若没有这份精神上的信仰，她必定会像别人一样每天为一日三餐而发愁，天天盼着能吃饱饭。

在日本当局操控下，英国政府迫于时局压力，不得已将天津英租界归还伪国民政府，这也让法国人嗅到了不安全的信号。不久后，法国维希政府决定放弃在天津的租界权益，将法租界归还伪国民政府。虽然租界表面上是中国的，但实则已被日军掌控。

自此,法租界的气氛空前紧张,随处可见日本兵和汉奸的身影,人们的衣食住行处处受到日本人的严格管控。百业萧条,唯有烟馆生意兴隆,且大烟馆越开越多。薄凤鸣特意叮嘱儿子谨言慎行:"今后不要和地下党交往,法租界已不再是曾经的避难所,现在成了日本人的一亩三分地,倘若他们发现谁抗日,必然遭殃。日本特务一直在法租界搜捕抗日分子,抗日工作很难在此继续开展下去。切记言多必失,不要发表任何有关不利日军的言论,不看任何宣传抗日的报纸,记住明哲保身。店里的生意能做则做,不能做则关门。反正家里的钱财够你吃上一辈子没问题,眼下保命要紧。"薄鑫农说:"爹放心,我必定多加注意言语,不招惹是非。"

薄凤鸣辞去法租界巡捕的职务后,伪政府力邀薄凤鸣在天津伪政府任职,但被他委婉拒绝,因为薄凤鸣不愿当汉奸,从此不再过问时事。他对未来局势颇感担忧,毕竟法租界成为日本人的地盘,法国人仅在租界内保留了部分权利,未来这片土地必然不会像之前那般风平浪静,生命和财产根本得不到任何保障,所有的一切随时都有可能被日本人夺去。

常言道,民以食为天,在沦陷时期,因战争影响,外地粮食很难运输到天津,加之日军不断疯狂掠夺中国资源以此维持战争,想要买到足够的粮食对普通老百姓而言是可望而不可即。日军在沦陷区实行一套粮食配给制度,伪政府给老百姓按照人口颁发粮食配给证。

薄家买粮这项重担交与刘管家和马三,为买到粮食,马三成了家里头最辛苦的人,每次都是天不明就得拿着粮食配给证到粮店排队等着买粮。

薄记当铺的仓库里堆放着历朝历代名人书画、青铜器、瓷器、玉器等,其中不乏从皇宫流出来的珍贵文物。薄凤鸣担心日本人哪天盯上这批文物,从而导致中国文物流失海外。为此他秘密交代儿子办了一件大事,那天爷儿俩谈事,房门紧闭。薄鑫农说:"爹,您有什么事,搞得神神秘秘的。"薄凤鸣说:"你知道当铺里有多少古董?"薄鑫农说:"账本上记得明白,眼下已有几万件古玩。"薄凤鸣说:"怕这些东西很难保住。"薄鑫农说:"爹,此话怎讲?"薄凤鸣说:"以前有法租界势力在,日本人有所忌惮,因此不敢胡来。而今法租界名义上归还中国,实际上已被日本人玩弄于股掌,你不寻思一下,这些东西还属于咱家的吗?"薄鑫农闻言惊出一身凉汗,"爹所言极是,这该如何是好?"薄凤鸣说:"我告诉你办法,你这般来做。"薄鑫农侧耳倾听。薄凤鸣低声说:"你将名贵物件俱搬回家中封藏,把寻常之物留在当铺。接下来的事情很重要,你再收一批假画和假古董放在当铺来掩人耳目。"薄鑫农说:"爹,为何要收一批假古董?"薄凤鸣说:"以防日本人上门索取文物,如果他们硬抢,你就给假的。"薄鑫农说:"日本人不傻,倘或有懂行的,了解中国历史,假东西必定能识破,到时岂不落得麻烦。"薄凤鸣沉思一会儿,"这些文物一旦被日本人抢去,我们薄家真就成了历史罪人。那就在当铺里留点真的,弄些假的。将皇宫流落民间的典当之物一律拿回家中,断然不可被日本人拿去。"

薄鑫农遵照父亲指示行事,将珍品速速搬回家中,店中所留皆为普通之物,并收了一批假古董放在当铺里,虽为赝品,但价格不菲。薄鑫农望着这些假货,心下五味杂陈,毕竟这可是真金白银买来的,没有太大价值,他也不想拿假货来坑骗别人。王掌柜对此十分不解,"少爷,您眼力不行,收的东西全是假的,没一件真的。"薄鑫农说:"王掌柜,你不懂,岂不闻假作真时真亦假。"王掌柜说:"真是假的。"薄鑫农说:"哪来什么真假,对外边一口咬定是真的。"王掌柜说:"那咱收真的,还是收假的?"薄鑫农说:"只按新旧来收便可。"王掌柜恍然大悟,"我明白了。"

薄玉兰平日里临摹了不少古代名人书画,历时四年学习,如今她的画技颇有造诣。薄鑫农见薄玉兰临摹古画可以达到以假乱真的水平,便同她说:"妹妹,你不是一直想卖自己的书画吗?"薄玉兰说:"是啊,我只能想想罢了。"薄鑫农说:"眼下有个机会,现在我可以把你临摹的古画拿到当铺来卖。"薄玉兰说:"合适吗?"薄鑫农说:"自然合适。"薄玉兰说:"我临摹的书画没有印章,看起来不像真的。"薄鑫农说:"无妨,我找人刻些印章,有了章不就行了!"薄玉兰一脸兴奋,"但愿能卖出去。"

刘管家向翟氏汇报家里的存粮情况,"老太太,家中粮食所剩无几,米面加起来不到二十斤。"翟氏说:"拿钱买粮去吧。"刘管家一脸难为情,"您老说话轻巧,可眼下粮食不大好买。"翟氏问道:"咋回事,是不是因为粮食涨价太高?"刘管家说:"粮食业已涨了好几倍,涨价对咱这样的家庭而言不算什么大事,可穷人家里早已买不起,生活捉襟见肘,难以为继。如今不光是涨价的问题,关键是粮食紧缺,有钱也难买到粮食。"翟氏说:"杂粮好买吗?"刘管家说:"难买。"翟氏说:"那咋整呢,总不能叫一家老小喝西北风吧?"刘管家说:"配给粮根本不够吃,市场高价粮更难买到手。为今之计,全家只有天天喝稀饭的份了。"翟氏叹口气,"管家,有没有别的办法弄到粮食?"刘管家说:

"老太太，目今毫无办法，只能饿着肚皮过日子。"翟氏说："好吧，我和家里人说一下，以后改成顿顿喝稀饭，这样省得为难你。"

正值饭口，桌上只有稀饭和咸菜。薄玉珍瞅瞅饭菜很不满意，"怎么一天到晚净是稀饭，没有馒头烙饼米饭吗?"翟氏说："玉珍，你就将就着吃吧，如今能有一碗稀饭喝实属不易，别人家未必能喝上一碗热粥，不光今天吃稀饭，日后天天都是稀饭。"薄玉珍说："不行，妈，我要吃米饭，面条也好。"薄凤鸣端碗喝稀粥，"你今天不知足，明儿个连碗粥也没得喝。"薄玉珍说："爹，眼下咱家真的穷到每天只能喝粥吃咸菜过活的地步吗?"薄凤鸣说："你个小孩家哪里晓得外面的情况，就算有钱也买不到粮食，你到外边瞅瞅如今的世界乱成了什么样子，天天大街上都有饿死的，谁家也没多少粮食。等日本人离开我们的地界，就不愁吃不饱了。"薄玉珍说："我求菩萨保佑，让日本鬼子快快滚出中国，我就盼着能吃饱饭。"

待吃过饭，薄凤鸣将大女儿叫到书房，翟氏陪坐一旁。薄凤鸣问道："玉兰今年二十了吧?"翟氏说："可不二十岁了。"薄凤鸣说："到了嫁人年纪，你这当妈的要多操点心抓紧给闺女找个婆家。"翟氏唉声叹气，"现在兵荒马乱的，婆家哪有那么好找的。况且咱家吃口饭都难，谁家还能多出一双碗筷来。"薄凤鸣说："也不知道战争要打到何年何月，难道战争不结束，姑娘就不找婆家了?"薄玉兰说："爹，娘，若世间无太平，女儿这辈子都不嫁人。家里究竟有没有女儿一双碗筷?"翟氏说："傻丫头，用人尚且有一碗饭，何况你是家里人呢，没人多嫌你。"薄玉兰说："俺爹怎的这般着急把我嫁出去?"薄凤鸣眉头紧皱，"能不着急吗，因为天下不太平，不但中国乱，全世界都跟着乱，而今处在第二次世界大战，国难当头，不定有没有明日，你要连婚都没结上，该经历的没经历过，人没了，岂不等于白来世上走一遭。"翟氏说："闺女，老爷是为你好，想你日后能有个好归宿，毕竟父母陪不了你一辈子，你早晚要成家的。"

薄宅门首，一阵急促的敲门声打破了原有的家庭平静。马三打开大门，只见几个日本兵持枪闯了进来，马三急忙伸胳膊拦住，质问道："你们干吗的，竟敢私闯民宅，懂不懂规矩，还有没有王法?"一日本兵二话不说上去朝他的脚底放两枪，马三吓得倒退几步。马三说："你们有甚事，我去通报一声。"一个名叫孔老二的日本汉奸说话："把家里能喘气的全叫到院子里来，查查你家多少人口，与你们登记办理良民证，往后每月按人头为皇军献金，但凡家里有喘气的都必须献金,否则视同为抗日分子,一律枪毙。"马三说:"以前咋没收人口税,谁准你们收的?"孔老二说:"要是没有法租界关照你们,早就找你们收税了,不献金,就去为皇军当壮丁效力。"马三说:"您哪院里等着,我去叫俺们家老爷出来。"

外边放枪那么大的动静,家里人听得真真的,透过窗户向外瞧看,个个惊慌。马三跑进屋里,与薄凤鸣说明外边之事,薄凤鸣说:"刘管家,走,出去看看日本人今儿唱的哪出戏。"刘管家吓得腿肚子直打哆嗦,走都不敢走,"马三,架着我到院里瞅瞅。"

薄凤鸣到了院里,抱拳拱手问道:"不知皇军大驾本宅有何贵干?"孔老二重复了一遍对马三说的话,薄凤鸣说:"刘管家,去屋里告知家眷出来接受皇军登记造册,孩子也要带出来。"刘管家说:"是,老爷。"

薄家男女老少站在院子里,孔老二数了数人头,"你家一共十二口人,屋里还有人吗?"刘管家说:"没人。"孔老二说:"有没有漏的,没有良民证,等同抗日分子。"刘管家说:"我家大少爷不在家。"孔老二说:"干什么去了?"刘管家说:"去了当铺。"孔老二说:"你家一共十三口人对不对?"刘管家说:"对对对,十三口。"孔老二说:"家里几个佣工?"刘管家说:"三个用人。"孔老二说:"一瞅你们家便知是家大业大的有钱人,家里主人每人每月献金二十,用人一个月献金五块,本月要献金二百一十五圆,拿钱吧,要法币,交完钱,好给你等登记造册颁发居民身份证。"薄凤鸣说:"管家,快快拿钱为皇军献金。"

刘管家从账房拿来法币交到孔老二手中,孔老二点清钱数,问清名姓,把薄家人口逐一登记在册,"长官,这家良民大大的,可以与他们颁发良民证。"一个日本兵嘴里叽里咕噜说了几句话,似乎不同意颁发良民证。孔老二说:"皇军老爷怀疑你家窝藏抗日分子,要进屋搜查。"薄凤鸣说:"那就请便吧。"

日本兵进入楼房,挨房间进行搜查,刘管家和薄凤鸣在一旁战战兢兢陪着。楼上有好几间房门上锁,日本人没能推开门。孔老二说:"房门打开,皇军要进屋搜查抗日分子。"刘管家格外紧张地望着薄凤鸣,薄凤鸣微微点头,得到主人许可后,刘管家才敢开了房门。推开房门后,日本兵见满屋子奇珍异宝,便上前抢夺。薄凤鸣不动声色道:"屋里东西俱是假的,皇军喜欢随便拿去。"孔老二向日本兵翻译一遍,告诉他们这是假货。有日本兵嫌弃地摔掉手中瓷器，一个日本兵拿枪朝着屋里瓷器放上几枪泄愤，薄凤鸣心疼归心疼，但仍面不改色。

进入其他房间，日本兵见到书画又要动手抢。薄凤鸣照例说道："这些是仿古画，赝品，根本不值钱，皇军若喜欢全部拿去。"孔老二又对日本兵翻译一遍，几个日本兵直接将书画给扔在地上，有个日本兵则把手中古画给撕得稀巴烂。

日本兵进入别处房间，少不得大肆破坏。一日本兵骂道："怎么全是假的，没有一件真品，实在太可恶了。"孔老二说："长官，古董这玩意儿本就是假的多真的少，中国人就这搡性，喜欢专门干坑蒙拐骗的勾当。"日本兵说假的也要。薄凤鸣故意说："这东西毫无收藏价值，皇军喜欢什么，尽管随便拿便是。"孔老二对日本兵如此一说，日本兵彻底相信古玩是假的，反而不想拿了。

日本兵没搜刮到称心的宝贝，不免有些扫兴地走了出来。再回院中，有个日本兵忽见薄玉兰长相清秀，不禁兽性大发，当众对薄玉兰动手动脚，意图强奸。薄凤鸣急忙拦住，"皇军使不得，她是我女儿，不可无礼。"其他日本兵将薄凤鸣打倒在地。薄玉兰拼命挣扎反抗，衣服被一个日本兵给撕扯烂，露出红肚兜来，几个日本兵见状哈哈大笑。翟氏上前忙把薄玉珍藏在身后，气得身体站立不住，"一帮畜生，你们会遭天打雷劈的。"薄凤鸣忙说："告诉皇军，我愿拿十根金条换我女儿。"

孔老二急忙拦住日本兵，胡说女子身上有病，会传染死人的，他家愿拿六根金条来孝敬皇军。日本兵一听有金条，才肯住了手。薄玉兰扶起薄凤鸣，薄凤鸣忙把自己的衣服脱下来，披在女儿身上。薄玉兰跪在地上，双手死死抱住父亲的一条腿不敢松开，满脸屈辱的泪水，不敢哭出声来。

孔老二随刘管家一块儿去拿金条，他把十根金条私吞四根，给六个日本兵每人分上一根金条。孔老二讨好地说道："这户人家良民大大的，没有人参与抗日，支持皇军大东亚共荣，可以为他们一家办良民证。"日本兵这才点头同意。孔老二说："回头你家每个人都要照相，有照片好替你们办良民证，想要把良民证领到手再多准备点钱。"刘管家低声下气地说："辛苦皇军老爷专为此事跑一趟，你们走好，恕不远送。"

待日本兵走后，翟氏拉起两个女儿进了佛堂，烧香磕头拜菩萨。薄玉兰跪在佛像前，泪眼汪汪，寻思人的一生为何如此多灾多难，自己到底做错了什么，竟遭如此劫难。

英法租界存在时，联银券想进到两国租界替代法币一直未能得逞，如今英法两国租界大抵归了日本，在日军的控制下，联银券名正言顺替代了法币。

日本当局布告原法租界内的老百姓，即日起一律不得使用法币，违者悉数没收，并处以罚金，所有法币、金条、银圆持有者需在中国联合准备银行天津分行兑换联银券。

那日，薄鑫农一早关了当铺，回到家里与薄凤鸣讨论当前局势，"爹，您听说了吗，日本人已发出通告，法币必须兑换联银券，否则将予以处罚。"薄凤鸣说："早在前几年日本人便已扬言要用联银券取缔法币，若非英法租界极力反对，恐怕日本人早就得逞了。"薄鑫农说："爹，今后生意怎么做呢，收不收联银券，咱家的法币是否兑换联银券？"薄凤鸣说："事到如今，家破国亡，不得不听命于日本人，只能委曲求全。你拿家里法币兑换少许联银券，够用就成。如今当东西的人多，买古玩的人少，有人要来买古玩，你只收银圆或者法币，抑或美元、港币，联银券一概不收。等哪天日本人走了，联银券迟早要变成一张废纸。"薄鑫农说："父亲所言极是。"薄凤鸣说："生意能维持则维持，不能维持趁早关门歇业，我看日本侵略者如同秋后的蚂蚱，没几天可蹦跶的。"薄鑫农说："日本人为维护大东亚共荣形象，不准商铺私自关门歇业，否则会有极大麻烦找上门。"

这日一大早，薄记当铺刚开门，便进来一个中年人，个头儿不高，留着山羊胡，肥头大耳，手里拎只公文包，穿着打扮看起来倒和中国人差不多，实则为日本特务，且精通汉语，名叫田中一夫。王掌柜笑脸相迎，问道："这位先生是想典当东西吗？"田中一夫说："不当东西，想买些别人典当之物，你们当铺是不是收了不少古董？"王掌柜说："古董倒有一些。"田中一夫："麻烦带我参观一下，我打算买些古董。"王掌柜说："您想要些什么物件？"田中一夫说："只要东西好，随便甚般老物件都可以。"

王掌柜领着田中一夫进入库房，请他观瞧收来的物件。田中一夫略略瞅了一眼，随意挑选一百件物品，"你算算多少钱。"王掌柜大为惊讶，"先生，这些您都要了？"田中一夫说："当然。"王掌柜问道："您要这么多老物件作甚？"田中一夫说："这就不劳你过问，告诉我多少钱便可。"王掌柜拿算盘算了价钱，"您要的东西拢共十五万六千法币。"田中一夫横眉立目，"怎么收法币,而不是联银券?"王掌柜解释说:"小店只收法币,银圆或者金条也成。"田中一夫道:"岂有此理,当前政府规定只允许使用联银券,其他一律不准用,难道一家小小当铺竟敢不听皇军的话?"王掌柜一瞧来者不善,"先生您要这么多东西,小店从没大宗买卖,这得问问东家意思。请到前边喝茶,等东家来了,您和我们东家谈。"

王掌柜将田中一夫请到前边坐下喝茶,田中一夫一脸阴沉。过了半天,才见薄鑫农迟迟赶来。王掌柜将薄鑫农拉到一旁,小声嘀咕一阵说明原委。薄鑫农瞅瞅那人面相,猜测来者不像个好人,"我是当铺老板,这位先生有话可以同我讲。"田中一夫说:"我要你们一百件物事,为何不收联银券?"薄鑫农说:"您若要个几件,给我们联银券自然是收的,而今您却要用联银券买如此多的藏品,怕是不行。万一哪天日本人战败回国,联银券岂不成了废纸一堆。再者,中国乃至国际上只认法币,不认联银券。"田中一夫怒气冲冲地站起来,"看来你想抵制联银券,要和大日本帝国对抗,想必你肯定是地下党抗日分子了。"王掌柜一瞧阵势不对,忙说:"先生,您可不要乱讲话,我们是正经商人,不是抗日分子。"田中一夫从公文包中拿出十五万联银券,丢在桌上,"这是我买一百件东西的钱,待会儿我会派人过来把东西取走,你若胆敢拒收联银券,视同抗日。"王掌柜说:"自然不敢,我辈怎敢与皇军作对,联银券我们收下便是。"

田中一夫走后,薄鑫农发起牢骚,"王掌柜,何必跟日本人低声下气说话。"王掌柜说:"少爷,您还没看出来吗,咱要不收联银券,日本人回头就得收拾咱们,给弄个抗日分子的罪名,这还得了。"薄鑫农咬牙切齿,"他们这叫经济侵略,拿一张世界都不认可的废纸套取咱们家里的东西,日本鬼子一走,联银券就成废纸了。"王掌柜劝说:"没办法,这不眼下日本人还没走,只好听人家的。"

第二日,田中一夫带个手下,拿着联银券再次来到当铺。田中一夫在当铺里挑选两百件东西,最后给了三十万联银券。薄鑫农敢怒却不敢言,纵然现在手头有大量联银券,可想买米面却是万万买不到的,几乎如同废纸。

薄鑫农一直忙到天黑才回家,他与父亲说了此事。薄凤鸣眉头紧皱,"眼下一时半会儿日本人还走不了,你就拿着联银券大量收购古董,以便规避后期金融崩盘的风险,手头千万不要留太多的联银券。"薄鑫农说:"爹,我晓得怎么做了。如果日本人再来咱家当铺买古董怎么办?"薄凤鸣说:"典当的珍品是不是全都搬回家里了?"薄鑫农说:"按照您的意思,早已把文物之类的物件搬回家中,仓库里多为没太大收藏价值的清代老物件和假货。"薄凤鸣说:"不必担心,去安心看店就成。"

第三天头晌,田中一夫带两名手下,扛着一麻袋联银券来到薄记当铺,一下子要了五百件古董,其中有真有假。田中一夫说:"薄先生,我很有诚意与你合作,希望你能多收些好东西,我会继续来你店里大批收购古董。"薄鑫农说:"如今生意难做,很少有人典当东西。"田中一夫说:"你说得不对,皇军来了要在中国土地上建立大东亚共荣圈,中国人的日子只会越过越好,薄先生必然生意兴隆。我会源源不断给你送来联银券,你要相信联银券未来会非常值钱,甚至可能赶超黄金的价值。我把这些收购的古董送往海外,来弘扬博大精深的东方文化。"

薄凤鸣很少去薄记绸缎庄,这日闲来无事来到自家店里看看。绸缎庄的掌柜姓陈,陈掌柜见东家来了,忙端茶倒水伺候,"薄爷,您请喝茶。"薄凤鸣说:"陈掌柜,近日店里生意如何?"陈掌柜说:"生意大不如前了,一年比一年差,眼下已有半月光景没卖出去一匹布。如今兵荒马乱的,满世界都是日本人,谁还敢上街买布料。"薄凤鸣说:"别着急,总会好起来的。店里两个伙计呢?"陈掌柜说:"这不没生意,我把他们辞退了。"薄凤鸣说:"你辞伙计,难道今后叫他们喝西北风不成?"陈掌柜说:"薄爷,您真仁义。东家都没饭吃了,还管他们干甚?"薄凤鸣说:"陈掌柜,今儿不妨把店铺关门歇业。"陈掌柜闻言一惊,"薄爷,咱这店铺向来是不关门的,不吉利,再说皇军也不准私自关门闭户。"薄凤鸣说:"绸缎庄明日也不用开门了。"陈掌柜一惊,"薄爷,咱这店开了几十年,咋说关就关,这要等到几时才能开门?"薄凤鸣说:"等日本人走了,再开店门。"陈掌柜不禁沮丧起来,"这要等到猴年马月啊?!"薄凤鸣说:"你就盼点好的,侵略者迟早有滚出中国的那天。陈掌柜打今儿起回家歇着吧,我给你两千法币,权当今年分红。"陈掌柜愁眉苦脸,"薄爷,您辞了我,可怜我到哪儿混口饭吃啊?"薄凤鸣说:"甭觉得委屈,我这不也是天天喝稀粥,就这么熬着吧,等盼到抗日战争胜利那天,到时候大家都有一碗干饭吃。"

晚间饭毕,薄凤鸣和儿子坐在书房叙话,"今儿我把绸缎庄关了门,日后家里又少了进项。"薄鑫农说:"父亲为何把店关了?"薄凤鸣说:"我本不想关店,一则实在没生意可做,二则店铺陈掌柜无故辞掉伙计,我一生气就辞了他。"薄鑫农说:"店里没生意,陈掌柜辞掉伙计无可非议,并没做错事情呀。"薄凤鸣说:"做人要厚道,千万不要卸磨杀驴。现在时局混乱,社会动荡不安,谋生艰难,无故辞去帮工,叫他们如何糊口?至少在我们这里还有一碗粥喝,起码养大伙儿三五年不成问题。而陈掌柜只想自己,不管别人死活,这不厚道。"薄鑫农说:"爹的话是何意思?"薄凤鸣语重心长道:"任何时候都不要亏待身边人,不要让别人对你有怨言,只要你有一口吃的,也要让他们有一口吃的。"薄鑫农点点头,"多谢爹教导,我明白了。"

中午时分,薄记当铺的伙计在厨下特地为东家烙了张饼,薄鑫农见伙计端个碗喝稀饭,啃咸菜,便不忍心独自一人吃饼,毕竟时下粮食难买,能吃上一顿干饭实属不易。薄鑫农说:"王掌柜,把这张大饼分给大伙儿吃。"王掌柜说:"东家,您好多天没吃上一口干粮,一张饼不够大伙儿分的,饶这样吃上几口也不顶事,况且容易把胃口惯坏,惹起馋虫老想吃好的,还是您自个儿用饭吧。"

店门半开,此时门外进来一位老者,年纪五十多岁,头发发白,脸上饿得精瘦,但穿着倒挺讲究,老者手拿一幅画,"请问贵店能不能当物品?"店伙计说:"老先生,您要当什么物件?"老者说:"当我手中这幅画。"老人把画递与伙计,伙计瞧瞧,看不大明白,便喊了王掌柜。王掌柜细细辨别真假,"您这是明朝的书画,从哪里弄来的?"老者说:"祖辈传下来的。"王掌柜:"此画贵重得很,我请东家上眼,然后为其估价。"

王掌柜走进里间与薄鑫农说话,"东家,来买卖了,有人要当一幅画,我瞅是明代四大家沈周的书画,要不您到外边瞅瞅,看他想当多少钱?"薄鑫农对书画颇有兴趣,"好,我去看看真假。"

薄鑫农打里间走出来,两手拿画细细端详半天不言语,辨不出书画真假,"王掌柜,你看是真是假?"王掌柜说:"我看倒不像赝品,您瞧纸张颇旧,自然泛黄,看起来分外有岁月感。绘画生动传神,题字苍劲有力。"薄鑫农问道:"老先生,你想当多少钱?"老者说:"这幅画能不能换个馒头吃?我好多日子没吃过干粮了。"薄鑫农以为老者开玩笑,"馒头没有,大饼倒有一张,你要不要?"老者说:"我拿这幅画来换您一张饼子吃。"薄鑫农说:"不和您说笑了,谈谈您多少钱出手?"老者说:"我没逗您玩儿,就想拿这幅画跟您换口吃的,别的我还真不稀罕。"薄鑫农说:"拿如此贵重的一幅画只为换张大饼,您不后悔?"老者说:"后悔嘛呢,眼巴前儿饿得连命都快没了,纵然手里有块金条不抵一块馒头受用。"薄鑫农说："您说的倒是实在话,眼下有钱根本买不着米面。"

薄鑫农拿张大饼与老人换了一幅古代名人书画,老人手握大饼狼吞虎咽吃了起来。薄鑫农忙给老者端杯茶水,"老人家,这幅画您要多少钱?"老者说:"一分不要,一张饼就够了。"薄鑫农:"那我岂不成了坑蒙拐骗?"老者说:"我感激您还来不及呢,吃了这张饼,起码这几天饿不死。"薄鑫农说:"老人家,我给您五百法币。"而老者坚决不受,薄鑫农执意把钱送与老者,老人千恩万谢一番走了。

家中一连多日没吃过干饭,但这并不影响薄玉兰作画的兴致。尽管肚子饿得咕噜直叫唤,薄玉兰仍神情专注地画菩萨。薄玉珍闷坐在屋里,发起牢骚:"饿死我了,整天喝稀饭,几泡尿下去肚里空空的,只剩下饿。姐姐你不饿吗,连饭都没得吃,你倒有心情画画,这境界未免也太高了。"薄玉兰停下手中的毛笔,"画画也饿,不画也饿,眼下家家户户没粮吃,我能有什么办法呢?!"薄玉珍说:"别画了,省省力气,床上躺着睡觉便能减少饥饿感。"薄玉兰说:"那也不能成天睡觉,总得找些事情干呀,要不整个人废掉了。"薄玉珍骂道:"可恶的日本鬼子,他们一天不走,姑奶奶一天吃不上饱饭。"薄玉兰说:"妹妹,你知足吧,眼前能活着就不错了,不要奢望太多。"

薄记当铺已有好几日没见那个日本人上门买古董,薄鑫农心下暗自庆幸,"日本人终于不登门了。"王掌柜说:"是啊,不来才好,您瞧那人长个驴头马脸,见他犹如见瘟神一般,令人避之不及。"

然而怕什么来什么,田中一夫领着几个日本兵来到薄记当铺。薄鑫农一见日本兵心下突突乱跳,预感肯定没好事。王掌柜问:"不知田先生今日来此有何贵干?"田中一夫说:"我很有诚意在你们店里买东西,给你们的全是真金白银,可你卖给我的物件居然掺杂不少假货,良心大大地坏了,这种事情不应该发生在礼仪之邦。薄先生请到宪兵队走一趟,看看你卖的东西是真是伪。"王掌柜听罢心头咯噔一下,暗叫坏事了,这要进了日本宪兵队,岂会有好果子吃。

日本兵将薄鑫农抓至宪兵队,投进监狱,吊起来鞭打一顿。田中一夫说:"老实交代你是不是抗日分子?"薄鑫农恨得咬牙切齿,"我是良民,不是抗日分子。"日本兵用皮鞭蘸盐水又打了一阵,薄鑫农被打得皮开肉绽。田中一夫说:"你有没有通共抗日?"薄鑫农说:"长官,我没有通共,也没有抗日。"田中一夫骂道："狡辩，你是不是为地下党捐献抗战经费，支持抗日活动？"薄鑫农说："我从不支持抗日，亦不发表抗日言论。"田中一夫道："你扰乱市场，贩卖假古董，有没有此事？"薄鑫农说："我没贩卖假古董，都是人家典当之物，我们按新旧来收。"田中一夫道："那就等着让你家人拿钱把你保释出去。"

王掌柜急急忙忙赶到薄家报信，家人一听薄鑫农被日本人抓了起来，生死未卜，女人哭成一团。薄玉兰抹着眼泪，"爸爸，您得想办法救大哥。"薄凤鸣说："少在我跟前哭哭啼啼，我这不在想办法嘛！"薄凤鸣忧心忡忡，他在屋里急得团团转，感到束手无策。王掌柜说："要不把联银券给他们送回去？"薄凤鸣止住脚步，"用脑子想想他们会要联银券吗，联银券本来就是日本人在中国玩的一出空手套白狼的把戏。你想日本人抓鑫农的真正目的是什么？"王掌柜说："必定想要一个说法，既想要东西，又想要钱。"薄凤鸣说："日本人稀罕法币吗，他们更在乎的是黄金和白银。"王掌柜说："您的意思是？"薄凤鸣说："拿金条换鑫农的命。刘管家呢？"

刘管家听到屋里喊他，忙从外边走进来，"薄爷，您叫我？"薄凤鸣说："去账房拿二十根金条，我亲自去趟宪兵队把鑫农保释出来。"刘管家说："老爷和宪兵队的不熟，只怕这条道走不通，您贸然去见日本人凶多吉少。"薄凤鸣唉声叹气，"这该如何是好？"刘管家说："您不妨去求袁爷。"薄凤鸣一愣，"哪个袁爷？"刘管家说："还能有哪个，就是袁文会，袁爷和日本人关系走得颇近。"王掌柜说："听说他死心塌地为皇军效力，名声不大好。薄爷求他办事，只怕毁了清誉。"刘管家说："此言差矣，袁爷曾经帮过薄家，坏事干过，却也干过好事。"薄凤鸣说："顾不得那么多了，为了鑫农安危，我情愿搭进自个儿名声，即便与鬼子下跪，我也认了。"刘管家说："还是老爷有心胸，大丈夫能屈能伸。"

薄凤鸣将二十根金条装进公文包里，随后坐上洋车去见袁文会。果然有钱能使鬼推磨，袁文会看他肯给十根金条的好处，当即答应帮忙摆事。

袁文会从中与日本人交涉，经过一番周折，薄凤鸣终于见到田中一夫，他没有在日本人面前卑躬屈膝，"田先生，皇军从当铺里抓人是何意思？"田中一夫说："薄记当铺破坏市场秩序，贩卖假货，坑我一大笔钱，此事应该有个说法。"薄凤鸣说："犬子糊涂，不懂文物鉴定，被典当之人蒙骗，故此收了假货。我向田先生赔个不是，至于田先生的经济损失，小店情愿做出赔偿。"

田中一夫说:"你打算赔偿多少,我可是花了一笔巨款买了一堆假货。"薄凤鸣从包里掏出十根明晃晃的金条摆在桌上,"不知道这些够不够赔偿田先生的损失?"

袁文会为其说情,"薄爷原来在法租界也是有头有脸的人物,田先生应该给薄爷一分薄面,我看此事就这么算了吧,得饶人处且饶人。"田中一夫见金条不觉大喜过望,"看来阁下是带着诚意而来,中国有句老话叫作伸手不打笑脸人,今日看袁爷面子,我不与你为难。好生在日本管辖境内做生意,支持大东亚共荣建设。大日本帝国皇军来此就是帮助中国发展的,你们要好好配合皇军。"薄凤鸣说:"田先生,眼下可否放人?"田中一夫瞅着桌上的金条,甚是满意,"可以放人,记住不要和皇军为敌,否则后果很严重。"

薄鑫农被两个日本兵架出宪兵队大门外,当时人已被打得动弹不得,身上散发出一股腥味。薄凤鸣和马三把他抬到洋车上,急忙拉车回家去了。家里女人看薄鑫农浑身惨不忍睹,又哭了一阵。薄凤鸣说:"哭什么哭,鑫农的命能捡回来,你们应该高兴才是。"翟氏握手绢抹把眼泪,"甭哭了,叫鑫农安静躺会儿,快去请个大夫来给鑫农瞧病。"

陶玉金和薄玉兰为薄鑫农脱掉脏衣服,与他擦拭身体。陶玉金说:"玉兰,你出去吧,我来照顾你哥就行了。"薄玉兰说:"嫂子,怎么还嫌弃我了?"陶玉金说:"不是嫌弃,你个姑娘家不方便做这些事情。"薄玉兰说:"他是我亲哥,有何不方便的?"陶玉金说:"男女授受不亲,再者你哥的身子不是姑娘家该看的。"薄玉兰说:"都到什么份儿上了,这么老封建。自家老公,您自个儿心疼吧,我懒得管了。"她把毛巾摔在脸盆里,生气地走出哥嫂房间。

家里请来老中医与薄鑫农诊断伤势,与他敷上活血化瘀的药物。薄凤鸣问道:"先生,小儿身体有无大碍?"老大夫说:"都是皮肉外伤,幸好没伤到骨头,待过一两个月就能康复。"薄凤鸣说:"有劳先生,辛苦您跑一趟。管家去账房与先生拿一百圆诊金,叫马三拉车送先生回去。"老大夫说:"多谢薄爷。"薄凤鸣说:"我就不送先生您了。"大夫说:"薄爷留步。"

薄凤鸣问儿子,"目今觉得怎么样,鑫农?"薄鑫农想要坐起来回话,却被薄凤鸣拦住。薄凤鸣说:"不要动,床上躺着。"薄鑫农说:"爹,我没事,这点疼痛还能忍受,日本鬼子这次没把我往死里整,无非想与我点颜色,敲诈咱家一笔钱财而已,那帮畜生真要下起死手,骨头也得被敲碎。"薄凤鸣说:"你后悔吗?"薄鑫农说:"我有什么可后悔的,不过是被日本人毒打一顿,前方有多少爱国志士为抗日牺牲,相比之下,这点皮肉伤根本不值一提。"薄凤鸣说:"我准备把当铺关门。"薄鑫农说:"即便关上门,但日本人的迫害犹在,仍解决不了实质问题,况且日后还有多少家庭需要靠典当维持生计。"薄凤鸣说:"你不怕日本人再上门来捣乱?"薄鑫农说:"不怕,大不了在日本人面前夹紧尾巴做人。"

薄鑫农一连在家躺了多半个月光景,皮肉伤口渐渐愈合,已能下床走路。他对日本侵略者充满无尽仇恨,恨不得上战场拿起枪打鬼子,然而现下只有默默期盼战争早日结束,希望这些罪恶的人早日离开中国的土地。

随着战争吃紧,需要的资源越来越多。伪政府对粮食管控极为严格,米面成为日本人的军用物资,老百姓在市场根本买不到任何米面,混合面成了维持生计的糊口之物。

薄家人围桌喝起混合面熬成的粥,个个觉得难以下咽。薄玉珍说:"这么难吃的饭,怎么能让人吃,咱家没有米和面吗?"翟氏叹息道:"闺女,甭挑剔了,对付着吃吧。"薄玉珍说:"没想到日子越过越穷酸,家里不是有钱吗,为什么不派人去外地买些粮食回来?"薄鑫农接过话茬,"二妹,有钱未必能买来米和面,目今米面可是日本人的军用物资,老百姓吃这些是要没命的。"翟氏哀叹,"日本人一天不走,谁也甭想吃上一顿好饭。"刘管家说:"多少家庭连碗混合面都没得吃,眼前能有口吃的已经算不错了。而今再多的钱也没用,没钱更难活命。"薄凤鸣说:"听见没有,有口饭吃知足吧,这不家里还有水煮土豆吃。"

吃罢晌午饭,薄凤鸣找刘管家谈话,"我吃了多日混合面,浑身难受无力,管家,你能不能想想办法弄些米面回来?"刘管家说:"老爷,这可难办,当前只有日本人,还有一群为日本人办事的汉奸家里有粮食。想整到米和面,只能去找您那些做了汉奸的朋友借粮。"薄凤鸣说:"古人有云,'志士不饮盗泉之水,廉者不受嗟来之食。'我宁愿饿死,也不去找汉奸借粮食。你能不能去外地搞些粮食带回家里?"刘管家说:"此事难办,只可出去试试,成不成还不一定。"薄凤鸣说:"实在不行,叫鑫农和你一块儿去外边搞点粮食。"刘管家说:"那可使不得,万一碰到日本兵有个好歹,我可担不起责任,还是派马三跟我走趟远门籴粮。"薄凤鸣说:"这回出门多带点盘缠,无论粮价多高咱也买。另外带上两根金条以备不时之需。"

刘管家与马三拉着洋车,赶去蓟县的农户家里高价籴粮,费尽千般周折,凑齐了一百来斤大米,一百斤玉米面,三十斤黄豆。然而,在回程的路上,好巧不巧撞着伪政府的日本特务盘查路上行人。前边有个中国人私自携带了几十斤大米,粮食被日本人没收之后,日本兵将那人一刀捅死。刘管家和马三远望见这一幕,吓得半死,连忙拉车往回跑。

从白天躲到晚上,直至夜半三更,刘管家手持气死风灯照明,马三拉洋车,星夜赶路回家。不料半夜又碰着汉奸和几个日本兵。汉奸喝住二人,"站住,接受检查。车上装的什么?"马三吓得大气都不敢喘。刘管家战战兢兢答话,"没什么,不过是些日常物品。"汉奸破口大骂:"狡诈,我看分明是粮食。"日本兵用军刀刺破麻袋,白花花的大米流了出来。汉奸郑重宣告,"你们犯了死罪,竟敢偷吃皇军军用物资,粮食统统没收,请皇军顺便赏你俩几刀,安心上路去吧。"刘管家闻言直冒冷汗,"我等是良民,有良民证的。"说着,忙从身上摸出两根金条,递与汉奸。汉奸一见金条满眼放光,对日本兵说道:"皇军老爷,他们良民大大的,是为皇军献粮食的。"日本兵似乎明白了什么,把二人放过。汉奸说:"皇军说你等识相,死罪可免,粮食留下孝敬皇军。"刘管家作揖言谢,"多谢皇军饶命。黄豆不是日本军用物资,与我们留着吧。"汉奸对日本兵叽里咕噜说了几句,日本兵搬下来两袋粮食。汉奸凶神恶煞地说道:"你们可以走了。"刘管家见马三吓得不敢动弹,踢他一脚,"赶紧的,还不拉车滚蛋!"马三惊魂未定拉起车子飞快地跑出老远,刘管家可劲追赶,边跑边骂:"狗日的东西,蹿得比兔子都快。马三等等我。"

刘管家回到家中,与薄凤鸣讲述买粮经过,"薄爷,多亏您叫我带了小金条,要不然我俩性命都得搭进去,白天我大老远见日本鬼子用刺刀捅死人,就因为那个中国人手里拿了大米。"薄凤鸣感慨道:"日本兵跟土匪有何区别,有过之而无不及。看来今后只能在外边多买点混合面,实在买不到就整点豆饼和豆渣吃也成。"

薄鑫农在当铺里闲来无事看书,这时有人拿着一个老物件前来典当,但见那人样貌颓靡不振,看样子像是长期吸食烟土的缘故。那人说:"老板,我有一件唐三彩,您看看能给多少?"那人解开外边的包袱,薄鑫农看清老物件原来是尊唐三彩侍女,随口一说:"联银券三百。"王掌柜急忙过来,斜着眼瞅了瞅东西,"东家您把价说高了,这物件最多值两百联银券。"那人说:"老板,您给这么少,还不够抽几回烟土。"薄鑫农递个眼色,"王掌柜,我怎么瞧着最多就值个一百,你仔细掌眼,甭再给多了。"王掌柜拍下脑门,附和道:"哎哟,还真是，顶多一百联银券。"那人无可奈何叹口气，"唉，一百就一百吧。"

待那人走后，王掌柜夸道："东家，我看您越来越会做生意了。"薄鑫农说："我可不是会做生意，这种人不值得同情，所以给的少。想他可怜之人必有可恨之处，你瞅他那般模样，早已被日本人的大烟毒化，完全没点精气神，日本人想要看到的必然就是这种局面，国人没有丝毫反抗意志，这样才好任其摆布。正因国人软弱，以致中华儿女长期以来遭到贼人奸淫掳掠。"王掌柜说："是啊，日本人委实可恨，这些年一直在中国土地上大搞毒化，造毒贩毒，光天津租界就有上百家大烟馆，至少十之有一的人吸食烟土，都是这群日本人搞的鬼，以此麻痹中国人的神经，让国人停止对敌人的反抗。如今多少家庭因此而家破人亡，卖儿卖女，吸食烟土任你再多钱财也不够使费。"

过了很长一段时间，陈先华再一次走进薄记当铺，此行目的只为地下党筹措活动经费。薄鑫农见陈先华过来，拱手道："陈先生久违了，请坐下一叙。"陈先华说："鑫农兄日来境况如何？"薄鑫农说："店中无生意，家中无口粮，生存益发艰难。抗日已有好多个年头，不知几时才能拨开云雾见天日？"陈先华说："鑫农，切莫着急，胜利曙光在望，我坚信中国不久的将来必然迎来全面抗战胜利。"薄鑫农唉声叹气，"这种日子真是让人受够了，不知道我还能不能等到抗战胜利那天？"陈先华说："不必悲观泄气，只要万众同仇敌忾，不出两三年抗战胜利指日可待。"薄鑫农说："但愿如先生所说，国家若能抗战胜利，百姓也能有一顿饱饭吃。"陈先华话锋一转，"我党经费仍然紧缺，不知鑫农可愿继续支持抗日活动经费？"薄鑫农说："我情愿再捐三万法币支持抗日。"陈先华感激地说："如此多谢鑫农仗义之举。"薄鑫农说："愿战事早日结束，人人有饭吃，而非像今天这般只能天天饿肚皮，朝不保夕。"陈先华说："抗日战争很快就会结束，快则一两年，慢则三年五载。"

18. 战后艰难维生

民国三十四年(1945)8月15日，日本政府宣布无条件投降，长达十四年的侵华战争彻底宣告结束。振奋人心的消息迅速在大江南北传开，人们奔走相告。薄鑫农特意在集市上买了鞭炮，一口气跑回家中，与家人说了这件重大新闻。薄鑫农说："爹，战争结束了，日本人投降了。"薄凤鸣简直不敢相信是真的，"什么？你再说一遍。"薄鑫农铿锵有力地重复说道："老爷子，日本人向中国投降了,战争业已结束,往后咱家就有好日子过了。"薄凤鸣内心无比激动,紧紧抓住儿子的手,"是真的吗,鑫农?"薄鑫农说:"千真万确,爹,您听外边有人放鞭炮庆祝呢!"薄凤鸣眼泪夺眶而出,"好好好,咱家也放鞭炮庆祝抗日战争胜利。"

院子里响起了鞭炮声,一家人欢天喜地。薄凤鸣说:"张嫂,今天做面条吃,庆祝国家抗战胜利,往后家里就有粮食吃了。"张嫂说:"老爷,厨房仅有一点混合面和咸菜,做不了面条。"薄凤鸣说:"那今天多熬点粥喝,等过几天买到粮食再做面条。"

翟氏领着两个女儿进入佛堂,烧香拜起菩萨,"菩萨保佑,战争胜利了,我们得以活命了。"薄玉兰心下默诵《心经》,并将此功德回向给那些在战争中死去的人。

薄凤鸣泡了一壶上等普洱茶,叫儿子在书房里一块儿喝茶。薄鑫农说:"爹,这茶真香。"薄凤鸣说:"你喝的是老普洱茶,在家中放了几十年都没舍得喝。"薄鑫农说:"难怪口感如此醇香。"薄凤鸣询问儿子,"家下大概有多少联银券?"薄鑫农说:"差不多有几十万。"薄鑫农说:"日本人一走,联银券立马变成废纸。咱家当铺从今往后不收联银券,如有人当东西,必须给人家法币,联银券宁可烂在自个儿手中,也不要去坑别人。"薄鑫农说:"家里的联银券还花不花呢?"薄凤鸣说:"日军侵略咱们的苦难日子已经成为过去,何必留恋这些带有侵略印记的联银券,暂时放着吧,看看到最后国民政府有什么说法没有。"薄鑫农说:"爹,我记下您的话了。"

战争结束后,天津人民的生活逐渐回归了正常。虽然国家积贫积弱,但好在有粮食源源不断运到天津,这让老百姓买粮难题得以解决。翟氏特命管家一次购买了八百斤米面,当全家人看到粮仓里堆满粮食时分外高兴。薄玉珍说:"妈,家里终于有粮食了,今天中午吃啥?"翟氏说:"叫张嫂做面条吃。"薄玉珍说:"好几年没吃过面条,想想面条肯定很好吃。"

中午时分,薄玉兰在厨房帮着张嫂做了一大锅香喷喷的手擀面,一家人还吃上了新鲜蔬菜。用人马三一连吃六大碗面条,最后撑坏肚子,疼得满地打滚。翟氏忙问:"马三怎么回事?"刘管家见多识广,解释道:"老太太,没事没事,这小子吃撑了,见着东西玩命吃,也不管肚子能不能受得了。"翟氏说:"真没出息,咱家又不是吃了上顿没下顿,你着急忙慌干吗,吃坏肚子可不自个儿忍着。管家,扶他去屋里躺着。"

刘管家使劲拉马三一把，没能扶起来，"老太太，您瞧我都瘦成猴子了，没力气扶他站起来。"翟氏说："往后多吃几顿饱饭，身上就有力气。叫张嫂帮忙搭把手，你俩一块儿扶他到屋里躺着。"刘管家说："马三听见没有，老太太多关心你，你吃那么多，都没怪你贪嘴，今后你要感恩戴德，好生给家里干活儿。"

抗战年月，薄家女人从未踏出家门一步，家是女人的一亩三分地，再说外边世界乱哄哄的，日本兵在中华大地上无恶不作。薄凤鸣曾经交代翟氏，不许家里女人外出。薄家的女人在宅子里整整熬了八年时间，才等到了走出家门的机会。

在这八年时间里，薄玉兰深爱画画和抄经书，不知不觉看了不少书，没事常教妹妹薄玉珍学书。因赶上战争，薄玉珍连小学都没读完，家人便让她中断学业。一则外边世界太乱，二则薄家较为封建保守，仍保留着女子无才便是德的思想，不太主张女子多念学。

薄玉兰平常除了读书，还向母亲学做针线活儿。因处在旧时代，女红是女人的必修课，毕竟要居家过日子，少不得要做衣服，或缝补衣服之类的。为让两个女儿练好女红，家里人穿的衣服，皆出自翟氏和两个女儿之手。

薄家姊妹二人，薄玉兰最为心灵手巧，尤其擅长刺绣。然而薄玉珍却不愿做针线活儿，勉为其难学了些。论起做衣服，薄玉珍自然没大姐做得好。

伪政府垮台后，国民政府重新登场，老百姓过日子似乎也有了安全感与归属感。翟氏心下高兴，便与薄凤鸣商量："老爷，如今战争终于熬出了头，咱家是不是应该好好庆祝一下，上上下下做套新衣裳，您看如何？"薄凤鸣说："这是好事，那就为家里每人做一套新衣裳。"翟氏说："也不知道家里存放的布料还能不能做衣裳？"薄凤鸣说："能用则做衣裳，不能用就纳鞋底。实在不行，叫管家去集市买些新布回来。"

翟氏从屋里找出存放的布匹，两个女儿抓住两头用力扯了扯，布料依旧结实。薄玉兰说："妈，这布真好，放了好几年，还挺瓷实的。"翟氏说："咱娘儿仨给家里每人做一套衣服。"薄玉兰说："我不给大嫂做，三个丫头片子的衣裳我也不做，只给大哥和侄子薄虎城做衣服，妈可把布料分与大嫂，叫她做她们一家子的衣服去，我可不伺候。"薄玉珍说："我不做男人衣服，顺便替张嫂做一件倒还可以。"

翟氏与儿媳陶玉金分了些布料，叫她自个儿做母女四人的衣服。薄玉

53

兰为薄虎城量尺寸,薄虎城特淘气,不让薄玉兰量身。薄玉兰一把拽住侄子的胳膊,"小兔崽子别动,我帮你量好尺寸,好与你做件新衣裳穿。"薄虎城说:"大姑给妹妹们做衣服吗?"薄玉兰说:"我又不是你家老妈子,叫你娘给她三个做衣裳。"薄虎城说:"我不要大姑做衣服,叫娘给俺做新衣裳。"薄玉兰说:"别不识好歹,惹姑奶奶生气,就不给你做了。"

薄玉兰量过尺寸,在薄虎城脑袋上轻打一下,"小家伙,玩去吧。"薄虎城高高兴兴跑街上耍去了。薄玉兰又为刘管家和马三测量尺寸。马三说:"大小姐倍儿橡儿亮,让您费心裁剪衣裳。这辈子能穿上大小姐亲手做的新衣服,没白活。"薄玉兰说:"不必谢我,要谢你就去谢老太太,这是老太太赏大家的穿用之物。"刘管家骂道:"马三,你可别想入非非,大小姐能亲手替你做件衣服,是把你当人看了。"薄玉兰瞪了刘管家一眼,"怎么说话那么难听,我几时不把你们当人看了?"刘管家抽自个儿一个嘴巴,"瞧我这张嘴说错话了,您见谅,大小姐,只当我没说。"薄玉兰说:"犯不着与你置气。"

不过几天工夫,全家人都穿上了新衣服,个个高兴。刘管家拍起马屁,"瞧瞧,还是大小姐手巧,薄爷穿这身衣服既有派头又体面,比裁缝店的师傅做的要强。"薄玉兰说:"好不好就这样了,将就穿吧。"薄玉珍说:"你们看我给张嫂做这件衣服怎样?"张嫂说:"二小姐与老奴做这身衣服穿着既合身又得体,多谢二小姐。"

翟氏见薄玉兰没穿新衣服,"女儿,你为何没换新衣裳?"薄玉兰说:"等我几时工作了再穿。"翟氏说:"现在就穿上,让娘瞅瞅。"薄玉珍说:"姐姐,我也想看看你的衣服漂亮不漂亮。"

薄玉兰回房更衣,出来已是一身旗袍打扮,看起来格外漂亮。翟氏忍不住夸赞,"闺女穿上旗袍真俊,跟个新媳妇差不多。"薄玉兰一脸羞红,"瞧老太太话说的,您家女儿还没婆家呢!"薄玉珍不禁有些眼红,"姐姐的旗袍好看,梅花绣片绣得巧,能不能帮我做一件?"薄玉兰说:"等我上班挣了钱,给你买布做上一件。"薄玉珍缠着大姐不放,"不嘛,我现在就想要,姐姐替我做件旗袍,你手艺比我好,我再学几年未必能赶上姐姐。"

薄玉兰与翟氏商量,"妈,我想出去找份工作干活儿挣钱。"翟氏说:"姑娘,做女人宁可饿死也不失节,再说家里不缺你挣个仨瓜俩枣,在家好好待着享清福,家里有饭吃,饿不着闺女。"薄玉兰说:"妈,我想自食其力,总不能老叫您二老养着。"翟氏说:"爹妈愿养你,家里养的又不是你一个人。"薄玉

54

兰说:"反正我想出门工作。"翟氏说:"干活儿多苦多累啊,挣钱养家糊口是男人家的事情,女人只负责生儿育女,相夫教子。"薄玉兰说:"妈,家里有钱是您二老的,不是我的,我长大了,有能力养活自己。"翟氏说:"此事我做不了主,得问问你爹答不答应。"

薄玉兰步入书房与薄凤鸣请安,"爸爸,我想参加工作,您看可以吗?"薄凤鸣瞥了一眼女儿穿的新衣服,觉得她一身旗袍平添三分颜色,"现在外边社会太乱,你就好好待在家里,陪伴你母亲和妹妹,照顾一下侄子侄女不也挺好吗。"薄玉兰说:"我再不想过这种衣来伸手饭来张口的日子,女儿情愿自食其力。"薄凤鸣断然拒绝,"薄家向来没有女人出去挣钱的先例,一个女人家成天抛头露脸成何体统,难道你就不顾及薄家的脸面?"薄玉兰说:"眼下是新社会了,爸爸还保留着封建陈旧思想,为何女人就不能出去挣钱,只能靠家里父母或者靠男人来养活?"薄凤鸣听女儿这番谈论,面有不悦,"下等人家才会让女人出去挣钱,男人在外挣钱养家糊口是天经地义的事情,女人本就该在家纳福。玉兰,你生来为享福的命,不要去总想着出门讨生活。"薄玉兰说:"战争这些年,您女儿在家也没享到什么福。成天在家里待着太没趣了,我想去纱厂当工人,靠劳动来养活自己。"薄凤鸣说:"想都不要想,我绝不允许自家女儿在外头抛头露面,这样有失体面。"薄玉兰说:"爸,我就要出去工作,您管不着我。"薄凤鸣狠狠摔了茶杯,"不准出去工作。"薄玉兰哭着离开书房,回到自个儿房中痛哭一场。

抗战胜利后没过多久,国民政府颁布了一项新法规,规定五圆联银券兑换一圆法币,并禁止联银券在国内流通。薄鑫农看到报纸刊登出来的新闻,连忙将此消息与父亲说知,"爹,政府现在准许联银券兑换法币了,以五比一的比例来兑换。"薄凤鸣说:"看来国民政府并没失信于天下,对咱们小老百姓还是很负责的,这事超出我的预料,联银券终究没有沦落为一张废纸,那就赶紧拿联银券去银行兑换法币,此事宜早不宜迟。"薄鑫农说:"是啊,国民政府有信誉,值得老百姓拥戴。"

次日清晨,薄鑫农带一大箱联银券赶往银行兑换法币,马三负责拉洋车,刘管家随身带把手枪跟车而行,以防有人打劫。当他们到达交通银行津平分行时,只见门外排起长队等待兑换货币。好在薄鑫农平日与银行常有业务来往,银行管事的为他开了后门,让他直接进去办理兑换业务。银行经理问他,"薄先生,您要兑换多少法币?"薄鑫农直接搬来一大箱子联银券,

"这箱子里有两百万联银券,麻烦您清点清点。"银行经理惊叹道:"您的钱真不少啊,这得花上半天时间才能数完。"薄鑫农说:"原来在日本统治期间,法币八比一兑换的联银券,如今侵略者走了,我们却只能五比一兑换回法币,换来换去,最后损失的还是老百姓的利益。"银行经理深有同感,"薄先生,还好联银券能兑换法币,倘若政府不承认联银券,一分钱不予兑换,那也毫无办法。"薄鑫农叹息道:"您说得对,这一切罪魁祸首都是日本侵略者,给中国人带来了巨大损失,我心下十分感激政府。"

　　翟氏见大女儿连日愁眉不展,也不提笔作画写字,便走进女儿房间谈心。翟氏说:"闺女,你几岁了?"薄玉兰说:"妈,我今年虚岁二十三,您不记得了?"翟氏说:"妈老了,黄土埋了大半截,哪记得那么多的事情。想当年,我在你这个年纪早已出阁。如今你这么大的姑娘还没个婆家,都是战争闹的,耽误你的终身大事。我回头张罗一下,与你物色个好女婿。"薄玉兰说:"我这辈子才不要嫁人呢。"翟氏笑说:"孩子话,女孩家长大了总归要嫁人的。到了想男人的年纪却没嫁人,迟早要生出丑事。"薄玉兰说:"妈,女儿能出什么丑事?"翟氏说:"那谁知道呢? 万一哪天红杏出墙,偷偷跟个男人野合,没结婚就大了肚子,你说父母老脸往哪搁啊?"

　　薄玉兰听罢满脸通红,"老太太,您这说的是什么话,难道我会做出那般不守妇道见不得人的勾当吗?"翟氏说:"所以你要趁年轻嫁出去,这种事自然才能杜绝。"薄玉兰说:"可我不想嫁人,眼前只想出去工作。"翟氏说:"女儿用不着考虑谋生的事,我替你张罗婚事,等你嫁了人,下一个就轮到你家二妹了。"薄玉兰斩钉截铁地说道:"不准我工作,这辈子我都不嫁人。"翟氏说:"大胆,你连父母的话也敢不听,真是忤逆不孝。你不结婚,不生孩子,等你老了谁来养,病了谁来伺候?"薄玉兰说:"我好好待虎城,等他长大来养赡我。"翟氏说:"虎城是你亲侄子不假,但他并没义务与你养老送终,毕竟人家不是你亲生儿子。"薄玉兰低头说:"那我不管,我对他好,等我老了,他要对我不管不问便为忘恩负义。"翟氏闻言大怒,"胡话,你的终身大事只能由我和老爷替你做主,你就等着听喜信儿便是。"薄玉兰说:"说一千道一万,我不嫁人,除非许我出去工作,我自个儿找个中意的男人。"翟氏见女儿如此固执,便拍案而起,"想要自己挑女婿,自古以来没这号道理,没父母之命媒妁之言,便是名不正言不顺,我劝你断了念想,你爹这关根本过不去。"

　　翟氏心下着急女儿的婚姻大事,于是托人与大女儿介绍了几户富家子弟,薄玉兰与人相见后没一个中意的。翟氏毕竟心疼女儿,只得任由她自个儿选择婚姻。

在国民政府统治时期,老百姓的好日子还没过上几天,居然吃不起粮食了。天津粮价持续攀高,这才仅仅开了头而已,未来几年间,老百姓的日子益发艰难,日子过得一年倒不如一年。

这日,翟氏与刘管家说话,谈起最近粮价之事,不免忧心忡忡。刘管家说:"老太太,粮食天天涨价,几天一小涨,一个月一大涨。您看去年抗战胜利之初,粮价还算公道,大米几圆一斤。今年年初,大米一百八十圆一斤,这才几个月光景,眼下大米涨到五百圆一斤。"翟氏跌足长叹,"如此这般下去,恐怕日后家里真吃不起粮食了,这种苦日子几时才能熬到头呢。今后家里每天吃一顿干饭,两顿稀饭。你去告诉马三,饭要少吃,活儿要多干,咱家可养不起太能吃的人。"

刘管家将翟氏的话转告马三,"马三,你今后饭少吃点,人勤快点,总之多干活儿少吃饭。日后每天一顿干的,两顿稀饭,稀饭也不准多吃。"马三说:"薄家有的是钱,外头又不是买不到粮食,凭啥还不让人吃饭?"刘管家骂道:"你这人不觉闷,不当家不知柴米贵,你可知道现今米面有多贵? 米贵如珠,谁家再有钱也经不住你这般糟践粮食,简直跟个饭桶差不多。老爷太太肯赏一碗饭吃就不错了,换成别人家,早把你赶出去了,这年头谁家还敢多出一副碗筷,一碗饭可比钱金贵多了。你若贪吃,趁早收拾铺盖滚出薄家。"马三急赤白脸,"姓刘的,你日后要多吃一口饭,干脆你改姓王,叫王八。"刘管家抬脚踢马三一脚,"你个狗杂碎,胆敢教训起我来。说话再敢没大没小,信不信我把你辞掉?"马三不屑地说:"你在薄家顶多算个奴才,老太太不发话,你有本事辞我?"刘管家骂骂咧咧,"你小子,居然蹬鼻子上脸,倘或在大清那会儿,非打断你两条狗腿不可。"马三说:"拉倒吧,还大清呢,清朝都灭了几十年了。"

物价一刻不停地上涨,老百姓的日子愈发艰难,不光粮食贵,各类物品价格高昂,法币购买力迅速下降。薄记当铺里的生意倒是热闹,典当物品的远比买家要多。当铺仓库被各式各样的老物件堆得满满的,已然到了装不下的地步。王掌柜与薄鑫农商议对策。薄鑫农说:"店里的现金还够吗?"王掌柜说:"钱倒不缺,只是没地方放东西,您看还收不收古董?"薄鑫农深思熟虑,"王掌柜,甭着急,待我向家父汇报此事,看他老人家有何建议。"

57

薄鑫农回至家下,把当铺情况与薄凤鸣说知,"爹,如今靠典当过日子的人愈见其多,当铺仓库已没地存放物件,您看如何是好?"薄凤鸣说:"当铺若真没有地方存放,可将名贵之物放到家中,家里有人看守倒也安全。"薄鑫农说:"目前典当物品之人众多,要不要压低收购价格?"薄凤鸣断然否定儿子的想法,"鑫农,切莫发国难财,别人都到了典当为生的地步,可见生活何其艰难,你若无故压低价格,实属趁火打劫,不义之财且莫取,否则容易招致灾祸。"薄鑫农说:"谨记爹的教诲。"

薄玉兰一直渴望出去工作,但家人始终不允许,常逼着她早日嫁人。薄玉兰不愿出嫁,父母拿她毫无办法。为打发光阴,她只可在家每天作画写字,要么练习女红,抑或看书读报。薄鑫农每每看到她的书画作品总会忍不住夸赞一番,"玉兰,你的书画越发有长进,我看能当画家了。"薄玉兰画得越多,越知道自己不足之处,"小妹与真正的画家相比还有很大距离,否则抗日年间我的画不至于一幅也卖不出去。大哥,要不您把我的画再放在当铺试试,看看能否卖出去?"薄鑫农说:"那就放在当铺试试运气,书画落款用你的名字,还是别人的?"薄玉兰说:"当然要用我自己的名字。"薄鑫农说:"你目前无人识得,怕难卖出去一张书画。"薄玉兰说:"能不能卖出去并不重要,横竖我也不指望卖画吃饭。"

薄记当铺挂出薄玉兰的书画作品后,没承想还真有人来询问价格,薄鑫农报价不低。一连多日过去,薄玉兰的书画一幅也没售出去,她对此不抱有太大希望。

忽一日,薄记当铺来了一位英国古董商,一眼相中薄玉兰的仿古山水画。英国古董商会说一口流利的汉语,"请问这些书画多少钱一幅?"薄鑫农说:"一幅五万法币。"英国古董商认为价格太高,"太贵了,不值这么多。"薄鑫农耐心解释道:"这要放前些年,五万法币确实算得上老大一笔钱,如今钱毛了,五万法币充其量只够买五十斤大米,要知道十年前一百斤大米还花不到十圆法币。"英国古董商说:"可不可以用港币购买?"薄鑫农说:"没问题,港币、美金、银圆,我们统统都收。"英国古董商仔细看了看书画上的落款,"薄玉兰是不是中国的书画名家?"薄鑫农说:"画上有落款,证明有这么一号画师。"英国古董商说:"你们店里有多少幅薄玉兰的书画作品?"薄鑫农说:"二十幅。"英国古董商说:"这位画家的作品颇具特色,绘画技艺高超,具有传统古典美,展现出东方艺术的博大精深,她的画我全部要了。两千港币可愿出手?"薄鑫农心下暗喜,"当然可以。"英国古董商说:"麻烦与我包上,日后你们店里再有薄玉兰的书画作品,给我留着。"薄鑫农说:"好说好说,我帮您留意。"

薄鑫农到家把两千港币交给薄玉兰,"妹妹,今日有个英国人一下子买走你二十幅画,人家付了两千港币,人家说店里再有你的书画还要呢。"薄玉兰说:"大哥辛苦,我分您一半。"薄鑫农说:"你留着吧,日后还要嫁人过日子,需要花钱的地方很多。"薄玉兰说:"大哥,我决定这辈子不嫁人了,住在娘家,你和嫂子会不会嫌弃我呀?"薄鑫农说:"说什么胡话,女人终究是要嫁人的,你不出嫁怎么行呢,若真成了老姑婆,背后不定会被多少人戳脊梁骨。"薄玉兰说:"我才不怕别人嚼舌头根子,这辈子就这样过了。"薄鑫农说:"简直胡闹,你若再有这般念头,往后我就不帮你卖画了。"薄玉兰赌气道:"哼,不帮拉倒,我也没想靠画画养活自己,我只想出去做工不在家里待着。"

民国三十七年(1948),国民政府滥发法币导致通货膨胀,法币购买力断崖式下降。

五月的一天,待吃罢早饭,翟氏同刘管家叙话:"管家,家下粮食还剩多少?"刘管家说:"老太太,米面省着点吃能维持十天半个月的。"翟氏说:"听说近来物价飞涨,一天一个价,东西一天比一天贵,家里缺什么可要尽早置办,多囤些生活物资。"刘管家点头赞同,"还是太太有远见。没想到短短十来年间,现在物价比抗战前涨了上万倍。老太太,我记得当年刚推行法币那阵,民国二十四年(1935),一百斤大米高低不超过六圆法币。民国三十五年(1946)五六月份,一斤大米五百法币。民国三十六年(1947)年底,一斤大米折合九千多法币。如今一斤大米约莫八万法币。"翟氏长叹一声,"唉,世道艰难,国民政府专一坑蒙老百姓,钱越来越不值钱,日子越发不好过,刘管家,你得多操心粮价,没事多去买粮食,甭再过几天咱家的法币嘛都买不了。"刘管家问:"老太太,这回咱买多少米?"翟氏说:"先买一百斤大米吧,眼下得多少钱?"刘管家说:"大概得八百多万法币。"翟氏道:"到账房拿钱买粮。"

刘管家从账房里拎出几捆法币,叫马三拉上洋车,一块儿去集市买米。

街头巷尾,只见人们手里拎着钱,或背着钱袋子,抑或用车子拉着钱买东西。刘管家到米铺买了一百斤大米,又逛了逛市场,了解一下当日物价。

等回到家里,刘管家与翟氏回禀买粮一事,"老太太,粮食买回来了,一百斤大米，花了八百万。"翟氏看到粮食满脸堆笑，"家下有粮心中不慌，多腌点咸菜，可别腌坏了。"刘管家说："好嘞，老太太，您老放心，这回保管把咸菜腌好，一定坏不了。"翟氏吩咐道："下午你去买点面粉和棒子面回来。"刘管家问："老太太，要多少斤面？"翟氏说："各买一百斤。"

下午时分，刘管家领着马三又去粮铺买面，"掌柜的您发财！面粉、棒子面各来一百斤。"面铺掌柜说："刘管家，您来了。您要的粮食统共需要一千万。"刘管家大吃一惊，"老板，您这做生意忒不地道了。现在一天一个价，您咋成了一天两个价。今儿晌午我可过来了解过市价，两样加起来，估计也就八百多万，一眨眼的工夫，成了一千万。"面铺掌柜说："刘管家，您见好就买吧，我这还算厚道人，您出我的门，到别地买更贵。我再涨钱，也赶不上法币贬值速度快，想想还是大洋好使，法币不顶袁大头管用，嫌贵您就拿银圆来买面便宜。"刘管家唉声叹气，"要知道涨价这么快，我还不如趁晌午买了。"面铺掌柜说："要多少面粉、棒子面？"刘管家说："八百万，您看着给粮食吧。"

刘管家愁眉苦脸回了家。翟氏说："管家，什么事苦着个脸？"刘管家自责地抽自己一个大嘴巴。翟氏说："好端端的，打自个儿的脸作甚？"刘管家说："老太太，怪我没远见，该打该骂。"翟氏说："到底怎么回事？"刘管家说："我说出来，您老别生气。"翟氏说："你说吧，我不生气。"刘管家说："今儿晌午我去买米的时候，顺便问了一下面粉价格。您叫我下午去买面粉和棒子面，我在账房拿了八百万，倘若在晌午买的话，您说的二百斤粮食准能买到。可到下午，您猜我统共才买了多少？"翟氏说："我哪能猜出来。"刘管家说："这钱原本在前半晌还能买到两百斤面，可到了下半晌两样面只能买到一百五十斤。"翟氏惊讶地瞪大眼睛，倒吸一口凉气，"嗬，咱们这样的人家都吃不消了，往后叫穷人家可怎么过日子啊？"刘管家道："谁说不是呢，现在国家越来越乱，老百姓的日子苦不堪言，都揭不开锅了。"

翟氏将管家白天买粮的事情说与薄凤鸣，薄凤鸣眉头紧锁，敏感地意识到家族存亡危在旦夕，此时必须当机立断做出决定，来为家族财产止损，为此他想了一宿，不曾闭眼。

次日，薄凤鸣把全家老少召集到一块儿，谈论当今时局。薄凤鸣说："目前物价不断暴涨，家道艰难。你们说说日后该怎么办？"翟氏说："老爷，您看该怎么办就怎么办，家下都听您的主张。"薄凤鸣问起儿子，"鑫农，你有何见地？"薄鑫农说："爹，打今儿开始，咱家当铺不收法币，只收银圆和金条、美元、港币，或其他外国钱币，也可以物易物。"薄凤鸣说："主意不错，生意上就照你说的来做。管家，你说家里情况该当怎样？"刘管家局促不安道："眼前吃饭确实困难，赶上抗日时期处境艰难，那会儿有钱买不到粮食，如今是有粮食却买不起。不如把家里用人全辞退，只留我一人伺候府里上上下下。"翟氏骂道："刘管家，你这人咋这么坏，把别人辞退了，他们出了薄家的门吃什么喝什么，到最后还不得饿死？"刘管家闻言当即跪下请罪，"太太，我也没别的招，要不连我一并辞退，这样也能给家里省口粮食。"翟氏说："起来说话，日后言语要注意点分寸，再有下回，头一个先辞你。虽然眼下家里艰难，但还没到把人都给辞了的地步。"薄鑫农说："爹，您有甚好主张？"薄凤鸣说："把账房所存法币统统兑换成美金，多买黄金、犀角、象牙、字画和古董。往后不得拿家里银圆兑换法币，买东西多用银圆。"

　　且不过两个月光景，物价如同脱缰野马一般疯涨。虽然平日节衣缩食，但架不住家里人口多。眼见家中粮食又见了底，刘管家忙向翟氏汇报，"老太太，家里没粮食了，又该买粮了。"翟氏格外关心物价，"眼下米面都什么价格？"刘管家说："老太太，我昨儿个打听了一下，目前一百斤大米将近四千万法币。"翟氏惊得跳了起来，瞪大眼睛问道："什么，多少钱？"刘管家说："一斤大米需要四十万。"翟氏捶胸顿足，哭了起来，"唉，日子真没法过了，短短两个月，物价又上涨好几倍，咱家彻底吃不起饭了，怨我没早点叫你多囤点粮食。"刘管家说："老太太，您甭太难过，家家日子过得都艰难，不光咱们一家这样。您看怎么办，粮食还买不买了？"翟氏擦擦眼泪，"不买粮食，难道叫全家老少喝西北风不成，再贵也得吃饭。"刘管家说："买多少粮食？"翟氏说："大米一百斤，棒子面一百斤。往后过日子可要精打细算，十天吃一顿干饭，其余时间每天喝两顿稀饭。老爷和鑫农、虎城他们爷儿仨五天吃一顿干饭，家里其他人谁也不准吃一口干饭，都去喝稀粥啃咸菜。"刘管家说："老太太，家里人全听您老的。"

　　国民政府统治末期，法币一度滥发，通货膨胀日益严重，进而引发国内严重金融危机。百业凋零，人民生活极度困苦，薄家生意难以为继。

　　中元节前夕，刘管家与翟氏商量如何祭祖的事体，"老太太，现在物价式贵，今年咱家还买不买冥纸烧给祖宗？"翟氏说："冥纸和法币哪个更贵？"刘管家说："如今一张冥纸比一张百圆法币值钱，不少人家直接拿法币当冥纸烧与先人。"翟氏沉思半晌，"当下日子艰苦，顾活人要紧。冥纸就甭买了，今年中元节,咱也给祖宗烧些法币。"

在薄记当铺里,许多家庭为了补贴家用而典当物品。那日店里来了个老妇人,她从怀里慢腾腾掏出一只用手绢包裹的翡翠手镯,"我手头有块家传的翡翠手镯,您瞅瞅能值多少钱?"薄鑫农把手镯接到手中仔细鉴别,成色不错,"老太太,您想当多少钱?"老妇人说:"掌柜的,您看着给吧,够买口粮食吃就脱手。"薄鑫农说:"一千万法币,老太太愿意出手吗?"老妇人说:"好好好,能买三十斤面粉,够我一个人吃一个月的。老板,您是大好人,别的地儿只给我三百万,您说眼下三百万够干什么用的,还不够外边下馆子吃顿饭。我这手镯卖您了。"薄鑫农说:"王掌柜,把东西收了,给老太太拿钱。"王掌柜收下翡翠手镯,从当铺里拿出厚厚一沓钱,"老太太,这沓钱一共一百张,每张都是十万圆法币,总共一千万圆,您点点够不够数。"老妇人说:"不点了,您说多少就是多少,多几张少几张没关系,一两百万不算钱。"

民国三十七年(1948)八月,盛夏已经过去,时值秋季,国民政府为防止法币进一步崩盘,便推行了金圆券,这是国民政府垮台前期的最后垂死挣扎。自八月中旬颁布《财政经济紧急处分令》之后,金圆券成为人们街头巷尾谈论的焦点,一时间银行兑换业务再度繁忙起来。

民国时期不到四十年的时间里,人们经历了好几次货币兑换,对此早已习以为常。薄鑫农与薄凤鸣谈论国民政府时下推行的新货币,"爹,您听说了吗?当前国民政府规定,全国禁止法币流通,开始推行新货币金圆券。"薄凤鸣说:"自从银圆兑换法币那刻起,我便猜出来早晚有一天纸币会崩盘,果然这天终于来了。"薄鑫农说:"政府禁止使用黄金、白银、银圆,还有外币,要求必须统统兑换金圆券,三百万法币可兑换一圆金圆券,过期不兑换,持有者即属违法,一律没收处理。爹,您觉得金圆券可信吗?"薄凤鸣说:"这种问题你还要问我吗,难道你没看清眼前形势?"薄鑫农说:"恕孩儿愚钝,看不明白未来发展情形。"薄凤鸣说:"国民政府早已失去信用,你说金圆券靠谱吗?法币和金圆券有何分别,不过是换汤不换药,解决不了根本问题。你做了这么久的典当生意,连点金融常识都不知,怎能做好生意。"薄鑫农说:"家中法币是否兑换成金圆券?"薄凤鸣说:"自然要兑换的,否则法币就会成为一堆废纸。"薄鑫农说:"咱家金条和银圆还兑换金圆券吗?"薄凤鸣大为不悦,"鑫农,你脑子真不开窍,怎可把金银兑换成前途未卜的纸币?!"薄鑫农说:"我担心政府会不会像日本人那样搜家?"薄凤鸣说:"我宁可被他们搜查出来没收,也不能明知风险的情况下拿真金白银去兑换没用的废纸。"薄鑫农说:"爹所言极是。"

之前薄凤鸣向来很少过问家中的粮食,如今他最为关心的事情就是家里有没有粮食,毕竟粮食比钱贵重。薄鑫农将家中法币兑换成金圆券之后,薄凤鸣头一件事便派刘管家购买了上千斤粮食囤在家中,以防金圆券过度贬值。

在动荡不安的年代,怕什么来什么,短短数月,金圆券滥发,一天比一天贬值,其贬值速度甚至赶超法币,从而导致物价飞涨,多少家庭陷入破产的境地,生活变得入不敷出。

薄凤鸣寻思应当关了当铺,不再经营任何产业,只待国家稳定,经济恢复正常,再重开当铺。薄凤鸣与儿子谈论此事,"鑫农,你把咱家买卖停了吧,东西拉到家里放着。且等日后局势稳定,再图东山再起。"薄鑫农说:"爹,我听您的安排,但愿这样的日子早点过去。现在家里除了咱们爷孙三人几天能吃一顿干饭,其他人全是稀饭。您看要不要把用人全部辞退?"薄凤鸣说:"眼下世道最为艰难,如若辞退用人,他们去哪里讨碗饭吃?只要咱家还没到断粮的地步,断然不能辞退任何一个。等到外面形势好转,他们出了薄宅大门也能找份差使养活自己,到那时再将他们辞退为好。做人一定要讲仁义,卸磨杀驴的事千万不能做,如果做了必然损阴德。"薄鑫农说:"孩儿铭记您老教诲,以诚待人。"

平津战役之后,国民党军队溃败,大量国民党官员逃往台湾,当时天津国民党队伍已被新政府收编,即便留下来的人也不免对未来命运感到担忧。许多故交与薄凤鸣告别,甚至也有朋友劝薄凤鸣举家南迁。

那段时间,薄鑫农分外关心时局,报纸刊登的内容必读,对当前国家大事多少有所了解,心下不免担心,有去台湾的打算,他问父亲有何主张,"爹,您老如何看待日后局势?我们一家应当尽早做打算。"薄凤鸣说:"莫非你也想去台湾不成?"薄鑫农说:"爹,您看咱们身边多少旧交都去了台湾,如果眼下不走,怕有一天会被新政府清算。"薄凤鸣说:"我儿大可不必担心新政府会对我们下手。首先咱家没有国民党,与新政府不存在敌对关系。抗战年间,天津沦陷,家里没出一个汉奸。再者我在法租界任职期间,曾帮过地下党,这是有目共睹的事实。天津水灾,咱家捐款五根金条,支持抗日,家里前后捐过几十万圆法币。如此论起来,你有什么好怕的,新政府有何理由难为我们一家?"薄鑫农说:"爹,您一番话打消我心中多日疑虑。"薄凤鸣说:"告诉家里人,安心过日子,不要担惊受怕。"

天津国民政府要员张团长与薄凤鸣相交甚好,曾在解放前期劝过薄凤鸣搬到台湾生活,朋友的好意却被薄凤鸣果断拒绝。张团长与薄凤鸣分别时说:"薄爷,您也知道,平津战役结束了,天津已经解放,不久将迎来全国解放,总有一天,像我们这样的人必然遭到新政府清算。薄爷您走不走? 我要去台湾了,您要不走,这辈子我们恐怕再也没有见面机会。"薄凤鸣说:"老兄啊,我一家老小俱在天津,行动不便,去不得台湾。至于今后命运如何,一切听从天意。"张团长洒泪告别:"薄爷,您保重!"薄凤鸣说:"老兄,多多珍重,咱们日后他年他月他日再聚。"

自一九四九年许多故交纷纷前往台湾后,薄凤鸣直到去世再也没有与他们见过面。

第二章　忠厚传家

╱ 解放后遣散用人

天津解放后,迎来了中国人民银行第一套钞票,天津地界全面禁止流通金圆券,自此新币占据天津市场,金圆券赶在全国解放前提前退出天津经济史的舞台。

薄鑫农当下最为关注的仍是钱方面的问题,他对新金融总拿捏不定,遂请教起薄凤鸣:"爹,您听说了吗? 新政府规定,往后金圆券不能在天津市面上流通了,叫大家把金圆券兑换成新的法定货币,您觉得中国人民银行券如何?"薄凤鸣说:"不好说,眼下国共两党战争打得正激烈,如今天津已不属于国民党的地盘,至于共产党能不能拿下别的地方,目前还不得而知。"薄鑫农说:"爹,咱家是否兑换人民券?"薄凤鸣说:"当然要换,如果不换,金圆券迟早会变得一文不值,但又不知道新币寿命如何,能不能经得住通货膨胀的考验,而今金圆券与人民券的兑换比例是多少?"薄鑫农说:"六圆金圆券兑换一圆人民券。"薄凤鸣说:"家中有多少金圆券?"薄鑫农说:"估计得有八十万金圆券。"薄凤鸣说:"抓紧时间兑换,兑换之后,尽可能多买实物,少在家里放钱,以免人民券到以后也变得不值钱。"

薄家兑换新币后,薄鑫农和刘管家一同去集市买回五百斤大米,五百斤面粉,五百斤玉米面,另外买了两百斤大豆。家人看到满屋的粮食,格外高兴。翟氏提醒道:"甭高兴过了头,到了夏季,米面容易发霉长虫子的,粮食一时半会儿吃不完,可得放好,千万别坏了。"刘管家说:"老太太,您放心,粮食肯定存放好。"

薄凤鸣叫张嫂做了顿面条改善家里生活,一则庆祝天津解放,二则庆祝国家迎来新币。薄玉兰在厨房帮张嫂擀面条忙活着做午饭,那顿饭,一家人吃得无不开心。刘管家逗趣地说道:"马三,你可别再吃撑了,饭要少吃,活儿要多干。"马三大口吃面条,"撑死我也愿意,手擀面做得筋道,真是人间美味,这碗面比得上太平年间的山珍海味好吃。"刘管家说:"这是大小姐亲手做的面,能不好吃吗!"

初期人民券在经济市场中的表现不尽如人意,因国内经济形势极其复杂,其通货膨胀同样难以抑制,物价仍持续上涨。

时值盛夏时节,薄家的粮食还没轮到生虫,就已经所剩无多,薄鑫农合计家里要不要购买新粮。此时国内的金圆券业已崩盘,市场上流通着各种钱币。薄鑫农没事少不得与父亲谈论金圆券的购买力:"爹,我听外边的人传言如今金圆券什么都买不到了,眼前金圆券兑换新币可少了,十万比一进行兑换。多亏当时兑换早,要搁到现在,八十万金圆券就成了八圆新币。不到半年工夫,眼下人民券也没二月份那么值钱了,现在还是美元、港币、银圆好使。"薄凤鸣说:"金子永远是硬通货,任何年代都要比纸币值钱。你以后一定要多拿纸币买黄金,否则赶上通货膨胀,手头纸币贬值将如同废纸,甚至不如擦屁股的纸值钱,法币和金圆券就是最好的证明。"

全国解放初期,百业待兴,薄家在历史的洪流中彻底没落下来,早已没有了民国初期的辉煌。算着管家、用人,薄宅一大家子能有十几口人,家里没一个上班挣钱的,天天只有出项,没任何进项,只落得坐吃山空的份儿。

眼见家里每况愈下,连锅都快揭不开了。刘管家跟翟氏说明情况:"老太太,家中要断粮了,您老看该怎么办?"翟氏解下自己的布腰带,上边穿着一串金戒指,她取下两只金戒指交与刘管家,吩咐道:"拿去当了,换些米面,买点油。告诉家人省着点过日子,目今日子不比当年,什么也别穷讲究了,能有口饭吃就对付着过日子吧。"刘管家说:"好嘞,老太太,家里人都听您的。"翟氏感慨道:"真没想到,咱家过去是开当铺的,而今自己家中却沦落到了要典当为生的地步,这正应了老祖宗那句话,三十年河东三十年河西。"

薄家第三代人薄虎城已然长成十二岁的小伙子,薄氏家族的振兴寄托在了薄虎城身上。尽管家中靠典当度日,但薄鑫农仍不惜重金为儿子请了武术教师,教儿子在平日练习武术。在薄鑫农看来,练习武术一则可以强身健体,二则可保家护院。薄虎城作为家中日后的顶梁柱,只有身子骨硬朗才能撑起这个家。

除了上学之外,薄虎城打小坚持每天苦练基本功,诸如扎马步、练揣皮拳儿、举石锁。

一天,薄虎城在院子里扎马步。刘管家和马三从外边买菜回来,薄虎城叫住管家:"刘大爷,陪我练练功夫如何?"马三傻笑一回,便扛着一袋子菜走开。刘管家已年过五旬,人长得精瘦,两眼凹陷。他不客气地骂道:"小子,净胡闹。我多大岁数了,陪你练功还不要了我的老命。"薄虎城说:"您才五十五,比我大不了几岁,咱俩一块儿练练。"刘管家说:"滚犊子,谁陪你个破孩子耍闹。"薄虎城说:"好啊,老刘,你敢骂我,看我今天怎么收拾你。"薄虎城上前抱住刘管家的腰部,立个门户,硬生生把管家给扛了起来,原地转上几圈,吓得刘管家脸色惨白,连连求饶,"小祖宗,快放我下来,放我下来。"翟氏从房中走出来,喝住孙子,"胡闹,还不把人放下来,甭把人摔了。"薄虎城将管家两脚放到地上,刘管家稳稳心神,"老太太,您得管管小少爷,这般胡闹若把腰闪了,您说算不算我的罪过。"翟氏当面责备孙子:"小子忒不像话了,给管家道歉。"薄虎城说:"刘大爷,我错了。"

翟氏把孙子干的事情说与薄凤鸣,薄凤鸣听后直乐,"我孙子有把好气力,舞枪弄棒,长大准能成气候。"翟氏说:"鑫农小时候可没这般淘气。"薄凤鸣说:"瞧你儿子那点出息,还不如老子有本事。小时不淘气,长大没出息,孩子就该淘。"

新中国成立的第二年,薄文龙在薄宅降生。他是家中老小,由大姑薄玉兰帮衬带大,哥哥和姐姐待他百般疼爱。

薄文龙自幼老实,免不了遭别人欺负。每次只要薄虎城一出现,欺负薄文龙的一帮小孩就会慌忙四下逃散。薄文龙有什么事都是抹着眼泪找哥哥,薄虎城一准帮自家兄弟拔创。

薄鑫农近来一直考虑如何辞掉家里的佣工,毕竟目前家里没任何产业,一大家子人天天要张口吃饭,纵然积蓄再多也有用尽的一天,不如趁早辞去佣工,也好省出一些嚼谷。经过深思熟虑,他同父亲商量此事,"爹,要不咱把家里用人都辞退了?"薄凤鸣甚觉惊讶,"辞退用人,他们失去生计,往后到哪儿混口饭吃?"薄鑫农说:"爹,这句话您都说了多少年了。现如今咱家没买卖了,天天一分钱的进项也没有,这样下去迟早要坐吃山空。"薄凤鸣说:"瘦死的骆驼比马大,现今工作多不好找,他们离开咱家,没地儿找饭吃。"薄鑫农说:"您老仁义归仁义,毕竟咱家养不了他们一辈子。抗战年间吃粮困难,您体谅他们没处吃饭,留下他们是您厚道。内战时期,民不聊生,吃饭也是件难事,您留下他们称得上仁至义尽。可如今为新社会,人人平等,大家都要自力更生,劳动挣钱。只要勤快到哪儿都能有碗饭吃,再说当下吃粮食没以前那么困难,大家没必要再依赖您吃饭。"薄凤鸣说:"想他们为薄家效力几十年,如今叫他们出去合适吗?"薄鑫农说:"咱家月月给他们钱了,并没亏待佣工。如今赶上新社会,就该跟着时代走,没有什么不合适的。"薄凤鸣说:"你看着办吧,千万别让大伙儿埋怨薄家人无情。家里还有没有金条?"薄鑫农说:"还有几十根金条,一直没敢动用。"薄凤鸣说:"每人分一根金条,好叫他们安心离开薄家,顺便请大伙儿吃顿散伙饭。"

薄鑫农预备了三根金条,叫来刘管家、马三和张嫂,与家人做起思想工作。薄鑫农说:"现在是新社会了,与旧社会不同,政府不允许有钱人家使奴唤婢。你们在薄家干了几十年,多少是有功劳的,我代表薄家谢谢你们。这些年,薄家不曾亏待你们,粮食困难时期,家里到断顿儿的地步,也没赶走任何一个人,怕的是你们出去没有饭吃,可见老爷和太太一直没把你们当外人看待。如今旧政府已经垮台,咱们步入了新社会,至于日后政策如何,我也说不清楚,反正有一点大家可以放心,政府肯定会让人人有口饱饭吃。眼下薄家家事衰败,今无任何产业,日日都在花钱,却没有一分钱的进项。常言说'坐吃山空',长期如此下去,家里早晚没饭可吃,不当家不知柴米贵,望你们能够理解当家人的苦衷。今后大家各奔前程,自谋生路。"

三人闻言变得不安起来,没有任何思想上的准备。刘管家说:"少爷,您让我们出去,我们能干什么,离了薄家大门还不得饿死。"马三说:"是啊,出去吃什么喝什么,我除了拉洋车干苦力别的嘛也不会。"张嫂说:"我早已没了家,不想走。"薄鑫农安慰道:"车到山前必有路,天下间没有不散的宴席。若是愿意离开薄家,我给你们每人一笔安家费,保管吃喝五年不愁。"马三说:"您打算赏多少?"薄鑫农说:"老爷说了,不叫你们在薄家白辛苦,你们走时一人分一根金条。"

听到主人家给分这么多的遣散费,于是个个转悲为喜。马三说:"我走便是,此地不留爷自有留爷处。"刘管家说:"既然少爷把话说到这份儿上,我也不能厚着脸皮赖在薄家不走。"薄鑫农说:"张嫂,你主意如何?"张嫂迟疑道:"我没想好要走,这么多年薄家待我不薄。"刘管家说:"走吧,张嫂,甭死乞白赖与薄家添麻烦,人家自有难处。"

薄鑫农不仅与佣工分发了金条,还额外多算半年工钱。翟氏分别赏了三人一些物件以作念想。翟氏说:"薄家的辉煌业已成为过去,今后我们都要自力更生,再也不能指望别人伺候了。"薄玉兰说:"妈,您伤感什么,这是时代进步,人人平等,人家原不该天天伺候咱们一家老小。往后我给您老人家当丫头使唤,伺候您老一辈子。"翟氏不满道:"哼,家里自有儿子和媳妇侍奉爹妈,你有这份孝心去奉养公公婆婆,我只盼你早点嫁人,用不着你来养赡我们。"

临走那日,薄家女人在厨下做了一桌佳肴,鸡鸭鱼肉样样都有。张嫂非要下厨房搭手做饭。薄玉兰说:"张嫂歇会儿吧,伺候了我们半辈子,今天轮到我们伺候你一回。"

饭桌上,薄凤鸣和薄鑫农陪三人吃散伙饭,刘管家、马三和张嫂都感到有些不自在。刘管家忙起身给薄氏父子倒酒。薄凤鸣说:"老刘,坐下吃饭,叫玉珍为大家倒酒。"薄玉珍站在一旁倒酒,薄玉兰在一旁倒茶。薄凤鸣说:"你们为薄家出力半辈子,全家上下都很感激。如今社会形势大变,旧社会成为历史,我们走进了新社会,只要人勤快,到哪里都有饭吃,所以你们出去之后,大可不必担心吃饭问题。"

刘管家端着酒盅起身敬酒,马三和张嫂见状也跟着站起。刘管家说:"薄爷,您对我们有恩,旧社会家里那么艰难,薄家还养着我们,我心下明白是老爷一家人善良,不忍心赶我们出去挨饿。过日子家家有难处,而今老爷家里遇到困难,我们都清楚。不过今天还是要感恩薄爷,一直把我们养到今天,度过了艰难饥荒年月,临了还给一笔费用,免去我等后顾之忧。我祝薄爷长命百岁,今后家里需要用人帮忙做事,我情愿继续为老爷一家出力。"薄鑫农说:"日后你们生活上有难处,尽管过来找鑫农,能帮的薄家一定帮忙。"刘管家一杯酒入肚,眼圈一红,眼泪啪嗒啪嗒滚落下来。马三和张嫂也掉下眼泪,皆说些感激话语。

2. 二女儿出嫁

家里最让翟氏操心的是两个女儿的婚姻大事,小女儿薄玉珍已二十五岁,成了大龄女青年,还没婆家。翟氏心下万分着急,一心盼望俩闺女能有个好归宿。翟氏忙托人给闺女撮合对象,无论两个姑娘哪个先嫁出去,父母就少操一份心,虽然大女儿尚未出阁,但也只能先紧着张罗二女儿的婚事。

媒人李嫂来为薄家二姑娘作伐,告知翟氏:"老嫂子,今天和您道喜,我替您家二姑娘说门亲事。"翟氏闻言大喜,"真谢谢您了,别管婚事能不能成,您的好意我肯定忘不了。"李嫂说:"老嫂子,客气。我介绍这年轻人,二十五岁,当过十年兵,打过日本鬼子,已经复员了。人挺老实,就是家里穷点。"翟氏问道:"您介绍的对象是国民党,还是?"李嫂笑说:"国民党早被打到台湾去了,我介绍这个年轻人十四五岁便去参加红军。"翟氏笑说:"红军好,根正苗红,人必定错不了。"李嫂说:"您不嫌弃他家穷?"翟氏说:"瞧您说的,好像谁家多有钱似的,这不俺家也是穷得叮咣响。"李嫂说:"您老谦虚,我不找您借钱,谁不知道您家过去有钱,是资本家,瘦死的骆驼比马大。您看这桩婚事成不成?"翟氏说:"不妨叫他们年轻人见个面,若彼此能看上对方,婚事就能成。"李嫂说:"有您这句话,我就安排人家登门看亲。"翟氏说:"那就有劳李嫂牵线搭桥,如果这门婚事能成,少不了您的好处,到时请您吃喜面。"

李嫂为薄家二小姐介绍的小伙名叫高进忠,小伙在媒人的陪伴下,拎着鲜货、点心和罐头来到薄家相亲。李嫂与薄家人做了介绍,一家人看他样貌端正,是个中意的人选。薄凤鸣随意问话:"你当过兵?"高进忠说:"小时候因为家里穷吃不上饭,就去当兵吃了军粮。"薄凤鸣说:"有没有杀过日本鬼子?"高进忠说:"从战场上活过来的人,必定沾过敌人的血。"薄凤鸣说:"你杀鬼子时心下害怕不害怕?"

高进忠讲起侵略者的罪恶行径,不禁义愤填膺,"日本人罪恶滔天,在中国土地上烧杀抢掠,无恶不作,根本不把中国人当人看。日本侵略者屠杀太多无辜百姓,罪行累累,罄竹难书,禽兽不如,我恨不能吃他们的肉,喝他们

69

的血,杀这种人间败类怎会心慈手软。"薄鑫农说:"兄弟,你在战场上杀过鬼子,真不愧当代英豪。"高进忠说:"英雄倒称不上,但凡是个有血性的男儿都会在特殊时期为保家国抛头颅洒热血。"

薄凤鸣接着又问:"你有没有同国民党军队打过仗?"高进忠说:"当然打过。"薄凤鸣说:"你与国军打仗时有何感触?"高进忠说:"大家站的立场不同,说实话我很不愿意亲兄弟打架。"薄凤鸣说:"鑫农,听到没有,在大是大非面前要有主见。中国人是一家人,情同手足,然而彼此站的立场不同罢了。进忠是个热血男儿,面对真正的敌人毫不手软,待兄弟兵却怀一颗同情心,这就是人性。"薄鑫农赞叹道:"这位兄弟的确很有心胸,人品也不错。"薄凤鸣说:"我对进忠很满意,夫人觉得如何?"翟氏说:"老爷看人准错不了,我瞅孩子不错。二姑娘,你看如何?"

一家人看向薄玉珍,薄玉珍脸蛋红扑扑的,"女儿愿听爹娘安排。"翟氏说:"我同意你和进忠的婚事。"薄凤鸣说:"进忠能不能看上我家姑娘?"高进忠瞅瞅薄玉珍,见她长得俊俏,并且是个非常传统的女性,心下喜欢,"只怕我要高攀了。"薄凤鸣说:"既然如此,你俩的婚事尽早定下。"高进忠感激道:"多谢薄爷和太太周全。"

待吃过晚饭,薄玉兰收拾罢碗筷,过薄玉珍房中来说话,"妹妹,大喜。你女婿好人品,我看你俩倒是十分般配。"薄玉珍说:"怎么,难不成姐姐看上人家了?你若真对他有意,小妹心甘情愿把女婿让与姐姐。"薄玉兰抬手点下二妹的额头,"瞎说什么呀,这是人又不是个物件,岂能拱手相让。人家相中的人是你,就知道拿我打趣。"薄玉珍说:"姐姐,赶紧找个好女婿嫁了吧。您不嫁人,我倒要嫁到姐姐前头,叫人怪难为情的。"薄玉兰说:"姐姐对男人没兴趣,这辈子不打算嫁人。"薄玉珍说:"真的假的?姐姐说这话,我怎么就一百个不信呢!"薄玉兰说:"信不信由你。"薄玉珍说:"姐姐,可别这么想,一辈子不嫁人必定会被人说闲话的,您趁年轻寻个差不多的丈夫,凑合着过日子得了。"薄玉兰说:"这种事我不会将就,遇不到中意的,一辈子宁可不嫁。"

薄玉珍出嫁时的排场,远不及大哥的婚礼。薄凤鸣自然没亏待小女儿,二老为薄玉珍准备了不少嫁妆,红木书桌一张、黄花梨顶箱柜两台、金丝楠木八仙桌一张配太师椅两把、条案一张、花几一对、黄花梨柜子两台、紫檀屏风一扇、酸枣木饭桌一张配紫檀圆凳六把、黄花梨脸盆架一个,还有十八条绸缎棉被、座钟一个。家里又分她两根金条,一尊唐代鎏金佛像,以及金镯子一对,民国时期的翡翠和明清两代的玉器摆件若干,清代将军罐一对,元青花梅瓶一对,明清书画十幅,大大小小加起来得有上百件嫁妆。

尽管薄玉珍的嫁妆丰厚,但赶不上嫂子陶玉金的多。翟氏说:"闺女,你不会嫌弃家里替你准备的嫁妆少吧?"薄玉珍说:"怎么会呢,妈,咱这可比穷人家嫁闺女的嫁妆多出很多。"翟氏说:"你的嫁妆比不得你嫂子的,就连我年轻时的嫁妆数量也不如你嫂子的多。"薄玉珍说:"我与嫂子攀比什么,人家来自名门望族,家里唯一的女儿。况且连年战争,这么多年生活困难,我都经历过,能活下来有口饭吃已经很不容易,爹妈还为我陪嫁这么多的嫁妆,女儿知道爹妈疼我。"翟氏眼中闪过泪光,"闺女,难得你通情达理,妈就放心了。往后你成了人家的媳妇,可得常回家看看爹娘。"薄玉珍说:"妈,您甭难过,我会常回家多看您二老的。"翟氏说:"你姐姐今年二十八了,这么大年纪也没婆家,多少人看咱家笑话,想起此事成了我一块心病。"薄玉珍劝慰道:"妈,您别担心我大姐嫁不出去,不定几时我姐就能遇到合适的男人。我当然也盼着姐姐早日嫁出去,这样爹妈也能安心。"

薄玉兰特为二妹量身定做了一件旗袍,赶在薄玉珍出嫁前送给她,"你一直想要我与你做件旗袍,现在给你做好了。妹妹,你穿上试试合不合身。"薄玉珍拿起旗袍试穿,"姐,您的手艺真好,比裁缝店里做的还要好,我很喜欢这件衣裳。"薄玉兰说:"不嫌弃就好。我原本想与你随些份子,但这些年父母不准我出去工作,我身上也没钱,现在只能送你一件旗袍。"薄玉珍说:"大姐的心意可比金子值钱,姐姐送我这件旗袍小妹会珍藏一辈子。"

薄玉珍端详薄玉兰的面容,发现姐姐竟比自己还显年轻,拉起大姐的手,"姐姐,您抓紧找个女婿,父母都操心您的终身大事,盼您能有个好归宿。"薄玉兰说:"这难道不是我的归宿吗?"薄玉珍说:"眼下父母在世,还是姐姐的家,等父母百年之后,此处便不再是姐姐的家,到时候嫂子和晚辈们也许会嫌弃您待在家里,毕竟名声不好。不管怎样,女人这辈子应该有属于自己的家庭才对。"薄玉兰说:"我这辈子不嫁人,一直待在家里,倘若他们真嫌弃我,等父母老去,我搬出去一个人住就是了。"

薄玉珍见她如此坚决,不免替姐姐的未来担忧,"等您老了,身边无儿无女,孤苦无依,老了病了,死活谁来管呀?"薄玉兰说:"不指望侄子给我养老,只要他们能为我送终,也不枉我白疼他们一场。"薄玉珍说:"姐姐,您这何必呢,趁自个儿年轻,早些嫁出去,有自己的老公和孩子多好,人活一辈子才算圆满。"薄玉兰说："你嫁了人好好过自个儿的小日子就成，不必为我考虑后事。"薄玉珍说："姐姐糊涂，不听人劝迟早会后悔的。人家薄虎城和薄文龙有自己的父母，您只不过是人家的姑姑罢了，等您老了，人家愿意管是情分，不管不顾是本分。自家老公自个儿疼，自家爹妈自个儿孩子孝敬。人生大事，姐姐可要考虑清楚。人生短短几十年，眨眼即逝，人总有老的那天，年轻时莫一时任性要风流，也该多为年老之时多做打算，否则老来必受苦。"薄玉兰说："二妹不必同我讲大道理，我自有分寸。"

待薄玉兰离开薄玉珍的房间，陶玉金拿个红布包裹的物件走进屋来，"你大姐走了？"薄玉珍说："大姐为我做了一件旗袍，嫂子你瞅怎么样？"陶玉金说："真漂亮，玉兰的手真巧。"薄玉珍说："等我嫁了人，就不能陪着嫂子玩了。"陶玉金说："是呀，你一走家里就冷清了。嫂子没啥好送你的，送二妹一对手镯。这对手镯是我娘家的陪嫁之物，今日送给妹妹做个念想。"说着从怀里掏出一对翡翠手镯，"这些年物价太贵，钱不值钱，手头的钱基本上都花干净了。我送二妹一对手镯，你要不嫌弃就收下。"薄玉珍推让道："嫂子，我看看就行，您自个儿留着。"陶玉金说："妹妹好歹收下我才高兴。"薄玉珍见她诚心实意相赠，"谢谢嫂子，实在却之不恭，我留一只好了。"陶玉金握住她的手，"好事成双，妹妹收下便是。"

8. 青年薄虎城

薄虎城在青年时期喜好玩闹，五十年代的玩闹跟现在截然不同，如今天津人说起玩闹一词叫地痞流氓打架斗殴，过去玩闹比较"文"，也很新潮，趋向运动。薄虎城酷爱练拳击、单杠、吊环，尤其练起吊环，两只胳膊伸起来可以轻松做出小燕飞的动作。由于常年锻炼，他的胸肌特别发达，能夹起一捆钢笔。

五十年代的天津地界流行舞会、拳击、石锁比赛，薄虎城常常参与其中。社会上的人，难免一言不合会发生口角。薄虎城从不欺负人，如果谁要欺负他的同伴，他必定挺身而出为其解围，因此他在周围十里八乡颇有声望。

到了"大跃进"时期，薄虎城正是二十一二岁的青壮年。那阵全国闹饥荒，粮食极度匮乏，人们都是凭粮票买粮，而每天的粮食仅能维持温饱。纵然吃不饱饭，薄虎城饿得面黄肌瘦，两眼冒金星，但他仍然坚持练石锁。薄鑫农很是心疼儿子,"虎城,往后甭练了,眼前饭也吃不饱,还是省点力气,免得饿得难受。"薄虎城说:"爹,我瞅报纸上写的全是粮食亩产量上万斤,可到咱们老百姓身上咋就没粮食吃了,日子怎么越过越穷?"薄鑫农叹口气,"谁知道这叫哪门子事情,挨饿的不只咱们一家,反正大家一块儿挨饿。现今相比国民党统治时期法币崩盘那会儿要好许多,那阵穷人连碗粥都喝不上,眼下粮食虽然不多,一天只有二三两吃食,但不至于把人活活饿死。"

尽管生活艰苦,薄虎城仍对生活充满希望。因他勤于锻炼身体,加上从小力气大,因此得了个大力士美名。

六十年代初期,薄虎城作为薄氏家族的长子长孙,已经成长为家中的顶梁柱。由于家里人都不上班,薄虎城是家中主要劳动力,年轻轻便扛起了养一大家子人的重担。

薄家祖孙三辈人对酒有着浓厚的兴趣,皆嗜酒如命。薄虎城的酒量惊人,一顿能喝下一斤半的白酒。但因时代条件不好,平常只能在供销合作社打些散酒解馋。

有一段时间,天津公安部门招募警察,有人知道薄虎城有把力气,便把这等消息告诉了他。薄虎城寻思自己长大成人,应该有一番事业,于是前去应招。公安局管事的令他介绍一下家庭成分。薄虎城说:"在下薄虎城,一九三八年生人,未婚,无业,家住天津和平区。祖辈薄凤鸣曾在天津法租界劝业场巡捕房任职,父亲薄鑫农曾是开当铺的商人。我打小练武术,会拳击,两手各能抢起五十斤石锁,能扛起上百斤石礅子。"管事的问:"有什么喜好?"薄虎城说:"古玩收藏,拉二胡,跳舞,吹口风琴。"管事的接着问:"除此之外,有无别的嗜好,比如抽大烟、酗酒、逛窑子、赌博?"薄虎城说:"薄家祖宗遗训,不准家人赌博、抽大烟、逛窑子。从爷爷到我这辈人,向来尊重女性,从不逛窑子,也不赌博,家族之中亦没有人抽大烟。"

管事的听他这般回答,甚是中意,"那么酗酒呢?"薄虎城说:"我们薄家爷们爱饮酒,我也能喝。"管事的忙问:"你是偶尔喝,还是经常喝酒?"薄虎城说:"每天都喝。"管事的眉头一皱,"一天能喝多少酒?"薄虎城说:"一到两斤白酒。"管事的脸色忽变,"能不能戒酒?"薄虎城说:"戒酒等于要命,我实话实说可以少喝,但戒不了酒。"管事的严肃问道:"我再问你一遍,能不能为工作把酒戒了?"薄虎城说:"没酒不成生活。"管事的叹口气,"遗憾啊,饮酒误事。这份差使,你不适合。"

薄虎城人生头份工作是在一家造纸厂当搬运工,负责搬运和装卸重物。那年代工业设备相对落后,没多少机械,很多地方需要靠人力。与他搭档一块儿干活儿的是厂里老员工老王,四十多岁,指着货物问起薄虎城,"这东西少说得有两百斤,我扛起来老费劲。薄师傅,您能扛动吗?"薄虎城伸手一试,扛起两百斤的重物。老王对他格外敬重,"薄师傅,您真有把力气,到哪儿混都不愁有碗饭吃。今后咱俩搭伙搬抬东西,多多关照。"薄虎城说:"王师傅,您客气,大家出门都是为了讨生活,相互帮衬。"

自从进入造纸厂工作,薄虎城经常和同事老王一起搬抬超过三百多斤的重物,而且一干都是一整天。薄虎城从没言过累叫过苦,浑身有使不完的劲儿,一个月下来能挣几十块钱,这比普通人挣的工钱高出不少,他把大部分钱都拿来补贴家用。

除了平常工作,薄虎城自然也有生活中的乐趣。父亲每个月都会带他遛市场,那阵并没有古玩市场,只有委托行。薄家人口袋里不富裕,所以平时看的多,买的少。毕竟薄家在民国年间是开当铺的,家里不乏奇珍异宝,薄虎城从小耳濡目染,故此喜欢杂项收藏。薄家父子二人专门留意古玩字画和玉器,薄鑫农手把手教薄虎城古玩鉴赏知识。

薄虎城不仅喜欢收藏,更对古籍感兴趣,酷爱研究古籍善本,细细研读过《麻衣神相》和《黄帝内经》。薄虎城根据祖上传下来的秘方,平日也能根据家人身体状况开些方剂。薄虎城勤奋好学,他对艺术品有很深的感悟。

薄文龙打小爱玩,喜欢鱼、花儿、鸟儿,凡是薄虎城喜欢的,他都喜欢。因受祖辈薄凤鸣的影响,薄文龙钟爱青铜器,尤其是带铭文的,并深入研究过青铜器文化。

薄宅的门梁已褪去了昔日的光泽,露出了厚重的楠木原色,门楣上悬挂的"薄宅"匾额显得分外醒目。在薄宅中,一栋西式风格的洋楼更惹人注目,与院落中传统砖木结构建造的房屋形成了鲜明对比。

外墙早被红卫兵贴满各种宣传标语,"伟大的无产阶级万岁""打碎旧世界,创立新世界""打倒走资派,横扫一切牛鬼蛇神"等。大门前一对庄严肃穆的石狮已被推倒,门上张贴"告别旧世界"的大字报,"破四旧"的传单被红卫兵随便塞进薄宅的门缝里。

这时,不远处走来两个稚嫩的青年红卫兵,他们在薄宅大门口停下脚步,用力拍打门环,其中一个红卫兵喊道:"开门,开门,主动接受人民教育,清除毒思想,破四旧,立四新。"红卫兵叫了半天门,没见个人影儿。另一红卫兵说:"你歇会儿,我来。"这人一手拿红宝书,一手从腰间解下皮带,拿只皮带狠狠地朝门子抽打几下,"他姥姥的,一看这家必然是资本家,住这么好的房子,吃人民的肉,喝人民的血,迟早要他们一家血债血偿。"两人骂骂咧咧一气,有说有笑地离开了。

屋里,薄虎城早就按捺不住性子,非要出去瞧瞧究竟怎么回事,"爹,妈,我出去看看,谁敢这般放肆砸咱家的大门,别再把老爷子、老太太吓出个好歹。"陶玉金咳嗽一声,"老实在屋里坐着,不准出去。"薄虎城说:"大白天的,我才不怕鬼敲门。"薄鑫农拿烟管敲敲桌子,"听你娘的,外面的事少管,现如今恐怕天下又不太平了,动不动就会惹祸上身。"

大门口没了动静,陶玉金蹑手蹑脚步出房间到门外瞧了瞧,旋即回了屋,"阿弥陀佛,难缠的小鬼终于走了。"薄鑫农说:"走了就好,这下我也能心安。"薄虎城说:"爸,我看您往后很难心安,红卫兵再踹门子咋办?"薄鑫农喝口茶水润润嗓子眼,"你爹我一辈子什么大风大浪没赶上过,难道会害怕几个毛头小子踹门不成。咱把门子关紧过日子,守着祖上留下来的这点家底饿不死。虎城,你去知会老爷子、老太太一声,家里没事,别叫老人家担惊受怕。"陶玉金说:"明儿个我去庙里烧香,祈求家里平平安安,虎城这孩子早日成家立业。"

薄虎城走进薄凤鸣的房间,对祖父说知方才之事,"老爷子,您不必担惊。适才红卫兵砸门,没给他们开门,畜生嘴里不干净,骂了三两句滚了人。"薄凤鸣嘱咐儿孙,"孙儿,往后你多加小心,外出做事一定要低调,千万别站队,什么'左派''右派'的,躲得远远的。虎城,你年轻气盛,血气方刚,容易意气用事,爷爷劝你一句闲事少管,遇事能忍则忍,千万别逞强好胜,与红卫兵起冲突。"薄虎城说:"老爷子放心,孙儿我记下您老教诲。"

第二日,家门口风平浪静。陶玉金胳膊上挽着个篮子,篮子里装有纸元宝和香烛,哼唱着民国老歌曲《夜来香》,赶去庙里烧香。

陶玉金行至寺庙,只见庙宇房门遭到涂画,神像皆被打砸,东倒西歪,头和身子分了家。她吓得两腿一软跪在地上,"天啊,世道真的要变了。阿弥陀佛! 各路神佛保佑薄家平平安安。来日,弟子多捐善款,帮助各路神佛重塑金身。"她急匆匆地往回赶,嘴里不住念叨,"家里千万别出事,大鬼小鬼全在薄家门前绕道走。"

晚饭后,薄鑫农愁眉紧锁地问起儿子,"虎城,你是家中长子,怎么看待家里这批宝贝?眼下红卫兵三天两头过来闹,家里收藏的珍品,万一哪天被翻出来就坏事了。"薄虎城说:"爹,我也担心此事,这场运动,我相信早晚会过去。要不咱把东西运走成不成,找个地方藏起来。"薄鑫农说:"你想得太容易,家里如此多的物件往哪儿运?你瞅瞅当前抄家运动风声多紧,咱家还算好一点,有的直接家破人亡。东西肯定是运不走的,如果把东西搬走,半道上再被人截住,盘查出来麻烦岂不更大。这些老古董都是你爷爷心爱之物,况且还有许多物事极其珍贵,有不少是打皇宫流出来的文物,都是民国时期我在当铺收来的,这批文物历经多少劫难,才保留到今天,委实不容易。"

隔壁房间飘来烧纸的味道和清脆的敲砸声,把他二人吓了一跳。薄鑫农说:"快去隔壁房间瞧瞧咋回事,是不是着火了?"

薄虎城赶到隔壁房间,只见祖母翟氏将一幅幅珍贵字画投入火盆中,旁边的瓷器已破碎不堪,不觉惊得瞠目结舌,"老太太,您老这是干吗?"翟氏说:"烧画,砸古董,把东西毁了,省得哪天被红卫兵抄家,人家给咱安个罪名那就坏事了。"薄虎城急忙拦住翟氏,夺过祖母手中的书画,"老太太,您甭烧了,这可是明清字画,烧了着实可惜。家里物件来路正当,又不是偷的抢的,更不是掘人祖坟得来的,您老甭怕事。"

薄虎城劝住祖母,回房接着与父亲说话。薄鑫农说:"老大,刚才咋回事?"薄虎城把情况一五一十告诉父亲,薄鑫农叹息道:"唉,无价之宝就这么毁了,再也没了。"但转念一想,"家里东西真保不住了,或许老太太眼光比我看得长远,留这些东西终究是惹祸的根本。"薄虎城疑惑地望着父亲,眉头紧锁,"爹,您的意思是?"

薄鑫农下意识地朝门口望望,然后做个手势,薄虎城俯身侧耳倾听。薄鑫农低声言语,"拣你喜欢的,赶紧埋地下,能埋多少算多少,此事千万不可对外人说,人心险恶,关键时刻谁也靠不住。"薄虎城说:"爹,我明白,何时动手埋古董?"薄鑫农说:"时不我待,就在今夜。"

夜深人静,院里一片漆黑。一家人来到薄宅后院的一处地窖,这口地窖许久之前在冬季用于储藏蔬菜,曾在抗战年间作为家中防空洞使用,后来荒废多年,没想到今日还能再次派上用场。薄玉兰和陶玉金各提一盏马灯照明。陶玉金说:"老爷子、老太太,您二老回屋歇着去吧,我们小辈来办此事就成。"薄凤鸣说："我和你妈在旁边看会儿。"

薄鑫农拿条绳子递给儿子，"把绳子系在腰间，待会儿顺着暗台阶慢慢爬下去。"薄虎城在身上系好绳子，"放心吧，爹，我小时候经常下去玩，从来没摔过。"

薄虎城口中衔着一盏煤油灯，下了地窖，放好煤油灯。薄鑫农喊道："要下铁锹了，快躲进洞里，甭砸着脑袋。"薄虎城躲进土洞中，薄鑫农慢慢将铁锹和铁桶送至窖底，薄虎城取下铁锹，搓搓手掌，在洞穴原有基础上接着掘起土来。很快，一桶又一桶的软土被提出窖外，堆成了小山丘。

次日，抄家风声更紧了。薄鑫农对儿子交代一番，"我看今晚别挖洞了，抓紧挑些喜欢的东西藏到地窖里，能藏多少算多少。"薄虎城左右为难，"爹，我件件喜欢，哪件都舍不得。"薄鑫农说："现在是非常时期，甭贪恋财物了，不管东西贵重与否，紧着喜欢的埋地下。"薄虎城说："我喜欢书画、玉器和瓷器，还有那架美国留声机。"薄鑫农说："想要留着就埋地下，今天不埋，指不定明天就成人家的了。拿牛皮纸或油纸包裹一下，免得东西埋地下被潮气腐蚀，另外你再铺上一层木炭。古书记载中提到，放木炭可以防潮。不用放太多，薄薄一层便可，然后再包裹一层油布。"薄虎城说："明白了，今天我又学会一招。"薄鑫农说："虎城，把这些老物件包好了，你爷爷喜欢青铜器和玉器，这几十件玉器是你爷爷的心爱之物，都是战汉年间的珍品，无论是纹饰还是工艺，都极为精致。每一件藏品都要细细包裹，一定要裹好了，多裹点。"薄虎城："爹，您就放心吧。"

天空中挂着零落的星星，薄家人聚在后院地窖口旁边，小心翼翼地将数百件老物件藏至地窖，用土将其彻底封埋。即便日后家里被挖地两米，此事仍不会败露。待埋藏过家中少许物件之后，全家人都长舒了一口气。

薄凤鸣与翟氏在屋里谈论当前社会乱象，他们对于家中处境格外担忧，一番商议后，下狠心做出决定：打今儿起，家里做饭就用家具当柴火烧，他们两人没事就出去扔些古董。

第二天薄虎城回到家下，闻到一股从未闻过的气味，感到十分纳闷。他觉察气味是从厨房里飘出来的，便走进厨房瞅瞅，见到薄玉兰烧火的木柴就是一愣，惊讶问道："大姑，您怎么拿紫檀木烧火？"薄玉兰说："老太太说了，这东西属于资本余毒，留在家里会惹祸，非要亲自动手劈了当柴火烧。"薄虎城心疼不已，唉声叹气地离开厨房。

连续几天,一到晚上,薄家人都忙碌起来,老的出门将古董扔进海河,年轻的在院子里挖坑藏宝物,终究能埋到地下的东西毕竟只有少数。

忽一日,薄宅门外驶来十辆大卡车,红卫兵下了车,乌压压站在大门口。有人可劲儿砸门,门外动静闹得非常大。

薄玉兰和陶玉金姑嫂二人正在厨房忙着为一大家子做早饭,当听到异常叫门声,陶玉金吓得腿脚突突打战,"阿弥陀佛,大白天的怎么又有小鬼敲门,吓死人了。"

薄虎城从正房走出来,径直到大门口开了门,见门前站了一群红卫兵,多少有些害怕,"你们有什么事?"其中一个红卫兵问道:"你是家里的当家人吗?"薄虎城说:"俺爹是当家人。"为首的红卫兵说:"把你家里人都叫到院里。"

薄家男女老少站在院子里,无不对眼前命运担忧,谁也不敢跟红卫兵说话。只见红卫兵拿出一张盖有红章的"罪状",大声宣读,说他们成分是资本家,家中财产予以全部抄没,念完让户主签字,薄鑫农代表全家被迫无奈签了字。随后一群红卫兵进入薄宅,在整个宅子里翻找值钱的物件,他们见什么值钱搬什么,木器、瓷器、家具当场砸坏不少,抄家之物整整装满十辆大卡车。

待红卫兵走后,薄家人走进屋里,眼前杂乱不堪的景象令他们一家痛心疾首,合家悲悲切切,哭了一阵子。薄鑫农劝道:"娘,别哭了,人没事就是万幸。"翟氏说:"家里什么都没了,连个床跟桌椅板凳都没了,全被抄走。"薄凤鸣说:"鑫农,你瞅瞅家里的金条还在不在?"薄鑫农说:"爹,您和我娘坐地歇会儿,我去找找。"

薄鑫农在一间屋里找了半天,跌足长叹,与薄凤鸣说知,"爹,家里金条全没了。"薄凤鸣说:"没了就没了,这是薄家命里该有此一劫,天塌了砸的不止咱们一家。"

薄鑫农劝道:"玉兰,别哭了,爸妈一天没用饭,赶紧去厨下造饭叫咱爹娘填饱肚皮。虽然东西没了,好歹家里还有个窝,往后日子还得一天一天过下去。床没了,可被子衣服还在,晚上打地铺睡觉便是。"陶玉金和薄玉兰忍泪含悲去厨房做晚饭,薄鑫农父子三人忙着收拾杂乱无章的房屋。

然而,这种日子并没持续多久,就连可以栖身的老宅也不再属于薄家人。

不久后的一天，薄宅又来了几个红卫兵，到薄家进行二次抄家。红卫兵还当场宣布，他们住的这所宅院不再归薄家所有，限半小时之内搬离，否则按现行反革命处理。薄虎城听了怒从心起，想据理力争，被薄鑫农死死拦住，薄家人被红卫兵生拉硬拽揪出宅门，只给了些棉被和衣服。红卫兵在大门上把新锁，贴张封条。薄家人自此搬进天津光华里一处破落的大杂院里，真正成了一清二白的穷人。

"文革"时期，薄家被打成了走资派，这名头对一家人影响很大。薄虎城二十来岁原本应该成家立业，却因成分不好，婚姻大事都给耽搁了，直到三十多岁，经人说合才娶上一房媳妇。

在破落的大杂院里，薄家的第四代长孙出生了，当时"文革"业已持续八年仍未结束。老太爷薄凤鸣和翟氏尚在，虽然门庭没落，却也是个名副其实的四世同堂。

薄虎城之妻何淑琴生孩子时，是大姑替侄媳妇接生的。薄玉兰见是个小子，高兴得不得了，"淑琴，你生了个儿子。"何淑琴听后更感高兴，因为生了儿子，这下也能被薄家人高看一眼。

薄凤鸣问起曾孙的名字是否起好。薄鑫农说："老爷子，小孩名字已经有了，叫薄维。"薄凤鸣笑问："名字不赖，起这名字有嘛讲究没有？"薄鑫农说："三国时期蜀国名将叫姜维，唐朝时期有大诗人名叫王维，民国时期有文学大师叫王国维，可见'维'字多才，左为丝，寓意身穿绸缎，右边则代表有楼房可住，一生不缺财富。"薄凤鸣说："真是难得的好名字。"

薄维作为家族第四代长孙，自然备受全家人疼爱，他的出生给整个家族带来了新的希望。

薄玉兰在薄家像极了老妈子，她细心伺候侄媳妇坐月子，替薄维换尿布、擦屎、洗澡，教他说话和走路，成天抱着孩子上街玩，对薄维疼爱有加。

薄维周岁那天，家人特地在他身边搁了印章、玉器、毛笔、银圆、书、算盘和玩具，叫孩子抓周，看看小家伙到底会抓哪样东西。薄维好奇地望着大人，随手抓了一块玉和一枚象牙制成的印章。

薄凤鸣看到曾孙手中抓起来的两样物事，一时高兴得流出眼泪。薄凤鸣说："看来我曾孙子将来能继承薄家祖业，可惜啊可惜，眼下家里已没有任何东西可让曾孙子来继承。"薄鑫农说："老爷子，儿孙自有儿孙福。纵然留与儿孙一座金山银山，子孙后代不知勤俭持家，早晚也会坐吃山空。儿孙的福气,就由他自个儿去争取。"

七十年代中期,"文革"接近尾声。薄虎城已由造纸厂转到冶炼厂工作,负责搬运铜料。冶炼厂冶炼钢铁所用的原料中有不少为四旧物件,诸如铜佛、铜香炉、铜盆,统统都被拿去冶炼。有些铜炉和铜像非常重,需要两个人才能抬得动。

当时一般人根本不懂这些老物件的价值所在,不少文物被当成破铜烂铁在整个厂区乱扔乱放。薄虎城在冶炼厂见过许多精美佛像,纵然心中喜欢,但也不可能将它们据为己有。当他看到不计其数的老物件被拿去冶炼时,感到无比痛心,却又无可奈何,他想拯救老物件的命运,但在现实面前,让他感到有心无力,就像当初没能力守护住自己的家园,还不是眼睁睁看着被红卫兵一次次抄家。人在时代面前总是苍白无力的,他只能在心下默默哀叹这些古物的命运不济。

当时的冶炼厂,也叫生产队。在征得冶炼厂队长同意的情况下,薄虎城拿钱买了一些带腿的或经典造型的小鎏金佛。似这般根本无人问津,其中不乏一些较为特殊的文物。薄虎城深知文物价值不菲,他一眼认出那些老物件中还有北魏时期的佛像。

多年以后,薄虎城又把这些古董传给儿子。他在特殊年代侥幸得来数十件文物,薄氏家族将此当作文化传承下来,至今一直完好无损地保留在薄氏家族中。

薄维儿时对佛像并没什么概念,经常看到父母在初一和十五给佛龛里供养的神像烧香磕头,他也学着父母模样,虔诚地跪在地上拜佛。

薄维三岁那年,曾祖父薄凤鸣时年九十岁高龄,虽行动不便,但老人对曾孙子的疼爱丝毫不减。老人每天见着薄维就乐,喜欢看曾孙子在自个儿跟前跑来跑去。

有一回,薄凤鸣坐在院子的躺椅上晒太阳打盹,薄维两手拿把斧子悄无声息地走到曾祖父身边,一下子把斧子砸在老太爷的脚面上,当时就把曾祖父的脚面砸坏了,疼得老爷子直叫唤。薄维见此情形嘎嘎直笑。家人听到惨叫连忙到院子里看看啥情况,瞬间明白怎么回事。薄玉兰忙一把拉住薄维的胳膊,"小子,你咋把老太爷的脚给砸了?"薄鑫农骂道:"臭小子,胆敢在老太爷面前造次,砸伤老太爷,你还敢看笑话。告诉你妈,叫她好好收拾你个小兔崽子。"薄凤鸣怕吓着曾孙子,忙摆摆手说:"不妨事,孩子玩去吧。你们甭嗔着孩子,把他吓着了。"

兄妹二人搀扶老爷子回房将养,薄凤鸣躺上床,薄鑫农与老爷子慢慢脱下鞋袜,查看伤势后直龇牙花子,"老爷子,您伤得可不轻,咱家这惹祸的小祖宗把您老脚面砸凹陷了。"薄凤鸣强忍疼痛说:"不碍事,千万别叫他爸妈埋怨孩子。我能被曾孙子砸到脚,这辈子得是多大的福气。"薄鑫农与父亲脚面敷上中药,包扎一番,叮嘱道:"老爷子,您今后可不能随意走动,只能待在屋里静养。伤筋动骨一百天,过几天还得给您换药。"

何淑琴下班回家后,忙活完吃饭的事,在院子里水管处接上半盆水,坐小板凳上洗一大家子人的衣物。这时,陶玉金走过来跟儿媳妇提起白天的事情,"淑琴啊,你平日怎么管教孩子的?你家孩子忒淘气,居然拿把斧子砸老爷子的脚玩,我都不知道你家孩子咋就想这么一出整人的损招。老爷子一把年纪了,怎经得起这般折腾。薄维太难带了,跑这儿跑那儿,一会儿也不闲着,我们都看不住你家小孩。你在纺织厂干活儿一个月挣不了几个钱,要不你别上班了,在家看孩子吧。"

何淑琴一脸难为情,"妈,叫您老费心了。干脆我把孩子送到托儿所,您二老省心,老姑也省心。"陶玉金反对道:"孩子怎可送到那种地界,何况人家对孩子照管不周,可不委屈了孩子?"何淑琴说:"妈,您甭担心,如今托儿所可好了,孩子进去还能早接触文化知识。"陶玉金说:"淑琴,你也别埋怨妈说话直,孩子着实淘气,三天两头惹祸,他这么小,打也打不得,骂也骂不得。不带孩子,你都不知道有多累,生怕孩子出点啥事,万一摔着、磕着、烫着,跟你们年轻人没法交代。再者,你爷爷奶奶年纪大了,身边也离不开人照顾。"何淑琴说:"妈,我理解您老难处,那就这么定了,我把孩子送到托儿所,您让俺参每天接送一下孩子,这样白天家里倒落得清静。"

晚间停了电,薄维已睡下。何淑琴洗把脸,从脸盆架上拿起毛巾擦了擦脸。薄虎城正在煤油灯下把玩他的玉器。何淑琴放下毛巾,对丈夫说起话来,"往后甭花钱买这些没用的老古董了。"薄虎城笑说:"你不懂,这叫历史文化印记。你瞅这么小的一个物件,此生却经历多少主人,才有缘与当下主人相遇。古玩和人一样都有自己的命运,一生起起落落。"

何淑琴拿块布轻轻擦拭她那辆心爱的凤凰牌自行车,这是她的嫁妆,平日格外爱惜,虽然结婚已经四年了,但这辆自行车看起来依旧如新。何淑琴说:"净说些没用的废话,你们薄家恁多古玩字画,破四旧时不照样被抄了家,现在你又花钱买这些破玩意儿,是不是还想被人抄家?"薄虎城说:"历史只有一次,断然不会再次重演。"何淑琴显然有些不满,"你如此能掐会算,怎么就没算到你们薄家要遭此劫难?"薄虎城说:"天有不测风云,人有旦夕祸福,这叫世事难料。"何淑琴说:"说话不着边际,你能不能多关心一下家人?"薄虎城说:"我成天努力工作,还不是为了家人能过上好日子吗!"

何淑琴说:"今天你儿子干的好事,动斧子砸伤老太爷的脚,家里出这么大的事,怎么你这孝子贤孙居然不知道。"薄虎城说:"爸妈没给我念叨这事,我怎会知道。没想到咱家出来个狠人,我打小见了爷爷心下发怵,我儿子居然敢在老太爷脚上动斧子,比老子有出息。"何淑琴抱怨道:"家里有什么事从不告诉你一声,却把我一阵数落。老太太说了,你儿子太顽皮,他们都看不了,要我别上班,待在家中看孩子。"薄虎城说:"你听妈的话没错,何必上班呢,在家相夫教子不挺好吗?这样老太太看着儿媳妇也觉得贤惠。"何淑琴说:"难道我工作就不贤惠了?这都什么思想,真是老封建。我是新时代女性,怎么可能跟旧社会那般在家相夫教子。"

薄虎城说出一个冠冕堂皇的理由,"老薄家不需要女人趁钱养家,我奶奶、我妈、大姑一辈子没出门挣过一分钱,日子过得不挺好吗。咱家用不着你挣钱,我能养活你们娘儿俩。"何淑琴心气很高,"我才不想一辈子仰人鼻息,就你那点工资每个月都拿去买了老物件,月月还不是靠我这点微薄工资度日。若靠你养家糊口,指不定全家老少要喝西北风了,我还是自食其力靠谱,起码不至于眼前挨饿。"薄虎城说:"你不在家看孩子,叫谁给咱带孩子,难道你想让大姑帮忙替咱看孩子?"何淑琴说:"我把儿子送到托儿所。"薄虎城说:"你咋那么狠心,多大点的孩子,你送他去托儿所,孩子跟个孤儿有何分别?"何淑琴说:"在你们一家眼中,就我一个人心狠。你不狠心,干脆别工作了,在家带孩子吧。"薄虎城被媳妇噎得没话说:"我去看看老太爷,小崽子胆儿真肥。"

何淑琴决定把儿子送进托儿所,这家托儿所离他们家有七八百米,中间隔着两条马路和三条胡同。

薄虎城夫妇每天照常各自去单位上班,接送孩子成了薄鑫农的任务。每天下午,薄鑫农必会准点到托儿所接孙子回家。开始的时候,薄维还算听话,乖巧地等着爷爷接他回家。然而没过多久,薄维厌烦被爷爷接送,总想自己一个人走回家。

一日下午，薄鑫农照例去托儿所接孙子，却发现孙子不见了，他焦急万分，担心孩子丢了如何跟他父母交代。薄鑫农来了脾气，和托儿所的人员争执起来，"你们怎么看孩子的？我孙子薄维被你们看丢了，你们得负责任，把我孙子找到送回家去，要不这事跟你们没完。"工作人员一瞅不见了孩子，也跟着着急，"老先生，您甭生气。刚才孩子还在呢，会不会是您家孩子自个儿走回家去了？"薄鑫农说："不可能，他才三岁，怎么认得回家的路？你们抓紧派人帮我找孙子。"

托儿所的人全部出动，帮忙四下寻找薄维。薄鑫农沿着回家的路，见了街坊就打听，"有没有见我孙子，三岁小男孩。"有街坊说："我见你孙子自个儿朝着家里方向去了。"薄鑫农急忙赶回家中，见薄维正在院子里玩耍，心中的石头终于落地。他感到很惊讶，朝孙子头上轻拍了一巴掌，"行啊，小子，都认道了。再有下次，当心叫你妈揍你，胆子真大，敢一个人回家。"

陶玉金听老伴儿说起此事，越想越觉得后怕，于是又在儿媳妇面前念起经来。陶玉金说："淑琴，我看你儿子不是一般的淘气，可得好好数落数落你家孩子。今儿个下午，你爸去托儿所接小孩，不知道你家孩子咋想的，故意躲着他爷爷，自个儿偷偷摸摸回了家，好悬人没走丢。你爸着急，差点跟人家动手。你家孩子万一走丢了，我们老两口可担不起这个责任。"何淑琴说："妈，您放心，我会用心管教孩子的。"陶玉金说："可不能再有下次了。"

晚间一家三口吃饭时，何淑琴忍不住扑哧一笑，口中差点喷出饭来。薄虎城说："你笑嘛呢，媳妇，今儿哪根筋不正常？"何淑琴说："我儿子出息了，一个人从托儿所跑回家。怎家老爷了着急差点和人家干架。"薄虎城说："嗬，小家伙又给你爷爷惹麻烦，你三天不打上房揭瓦，儿子你是不是皮痒痒？"薄维说："你才皮痒痒呢，你敢欺负我，我叫老太爷治你。"薄虎城说："小子行啊，居然搬起老太爷吓唬我。你把老太爷的脚砸坏了，老太爷才不管你的事。"薄维说："你骗小孩，老太爷可待见我了。"何淑琴说："我儿子脑瓜聪明，长大准有出息。"薄虎城说："往后老实点，甭老给家人惹事。"何淑琴说："孩子太老实，那不就成傻子了。小孩就该有孩子样，他能跟你一样吗？"薄虎城埋怨道："你这当妈的，心真够大。"何淑琴说："不是说我心狠，就是说我心大，合着我里外不是人。"

薄维似乎没把长辈的话放在心上，仍是由着性子做事。过了两个月，他再次独自一个人从托儿所走回家。薄鑫农当时没接到孙子，并不像第一次那样着急,甚至没让托儿所的人帮忙寻找孩子。他大步流星赶回家中,见孙子和邻居家的大孩子玩得热火朝天,薄鑫农欣慰地笑了起来,"到我孙子辈,老薄家又该兴旺发达了。"

⁄ 大杂院冷暖人生

"文革"结束后,地方政府将薄宅原有的部分房屋退赔给薄家,此时的薄宅已不再是昔日的景象,除了那栋洋楼被政府没收不准住人以外,其他的平房早已住进四户人家。当薄家人重新搬回薄宅时,其他的住户并没搬走,薄宅俨然已变成了大杂院。

薄家人凭谁也没想到能在有生之年搬回来住,虽然房子还是原来的房子,但已物是人非。然而造物弄人,薄宅老主人薄凤鸣和翟氏再也回不到这个家了,他们没等到这样的机会,相继撒手人寰。

薄维生活在这样的家庭,注定他的童年生活将不同于其他同龄人,他的童年充满了别样的趣味。家庭环境对一个人的成长影响至关重要,甚至这种影响是一生的。

在特殊的年代,薄家人在院中可用的空间里零零散散埋下宝贝,只不过有些老物件埋得深些,有些则埋得浅些罢了。

一把普通的小铁铲对薄维而言简直赶得上洛阳铲,一不小心铲下去,兴许就能在院子里挖出一尊小金佛,或者几块银圆来。薄维凭着神秘感觉,曾在院子里挖到过不少好东西,诸如不同年代的铜钱、鼻烟壶、小金佛、玉器、象牙品等。而这些东西在那个年头根本没市场,除了银圆还能值几个钱,其他老物件压根儿都不值钱,但在一定程度上却能满足薄维的好奇心与对世界的探索欲。

薄维将挖出来的古董兴高采烈地拿给大人看时,长辈们看罢面目表情则十分平静,丝毫看不出任何惊讶。

孩童时代总是无忧无虑的,渴望了解外边的世界。薄维从小就表现出较强的探索欲望,经常在家里翻箱倒柜,四下乱找稀罕物件。在院子里挖宝已然无法满足他的好奇心,他把对未知世界的探索延伸到家庭以外的地方。有一回,薄维外出玩耍,在一处丢垃圾的地方翻找东西玩,找了半天竟然有意外收获,他在垃圾中间捡起一袋东西。薄维打开袋子一看装有跟水差不

84

多的物质,当时他并不知道那是水银。他把袋子里的东西倒在掌心,然后用手一拍,这些水银瞬间变成一颗颗小珠子。

薄维像发现了人间奇迹一般,感觉好玩极了,兴兴头头拿这袋水银向其他小伙伴炫耀,声称自己会变魔术,玩伴笑话他白话。薄维说:"不信,我给你们变一个,睁大眼睛,都瞧好了。"薄维与小伙伴展示了他这项神奇的发现,几个小子一起玩得不亦乐乎。

出门玩了半晌,薄维拿着捡来的宝贝回到家里,又向大人迫不及待地展示他的新发现。薄鑫农看见孙子手中的水银吓得脸色大变,紧张地问道:"小子,这东西你有没有往嘴里放?"薄维笑说:"爷爷,我没往嘴里放,只是拿它来玩玩罢了。"薄鑫农听孩子这么一说,才不至于那般紧张,"你知道这是嘛玩意儿吗,也敢随便拿在手里乱玩?"薄维说:"爷爷,这是我的魔法玩具。"薄鑫农说:"小子,这叫水银,有剧毒,把东西给我,从今往后不准再碰这些玩意儿。搞不好,小命就没了,听见没有?"尽管薄维还认识不到水银的危害,却隐约意识到自己犯下错误,立刻把水银交给大人处理,"我知道了,爷爷。"

薄鑫农将此事告诉薄虎城,令他好生管教孩子。薄虎城中年得子,对薄维很是偏爱,根本舍不得打孩子。何淑琴知道此事后,不免感到后怕,她可不像丈夫那样纵容孩子,而是直接抓住薄维的胳膊,拉下他的下身衣服,拿笤帚狠狠朝儿子屁股上打了一顿。何淑琴问他:"知道错了吗?"薄维满眼含泪,"妈,我错了。"何淑琴追问道:"知不知道悔改?"薄维说:"妈,往后我再也不乱捡东西玩了。"何淑琴说:"妈妈打你对不对?"薄维顺从地说些讨好的话,"妈打得对,是想叫我往好处学,做个有出息的人。"

天津市色织七厂里,何淑琴在生产车间一边干活儿,一边和女同事聊家常。何淑琴问起万国花,"大妹子,今年多大了?"万国花说:"二十二,嫂子今年多大岁数?"何淑琴说:"我一九四〇年生人,都快奔四了。"万国花说:"嫂子长相年轻,真就看不出您实际年纪,跟二十七八岁差不多。"何淑琴笑说:"甭夸我,我都老了,不像你们年轻人跟朵花似的,嫩得很!"万国花说:"嫂子一点也不显老。"

何淑琴打听起她的隐私,"妹子有婆家没有?"万国花说:"没呢。"何淑琴说:"妹子长这么俊,咋还没找婆家?"万国花说:"我家成分不好,没人来我家提亲,所以就耽搁了。"何淑琴说:"你家什么成分?"万国花叹口气,"地主家庭,怪咱命不好呗,赶上了凡事都讲成分的年代。"何淑琴说:"妹子,我瞅你人不错,咱俩平时处得来,你要信得过嫂子,嫂子帮你介绍个对象咋样?"万国花一脸羞涩,"真要成了,到时候我妈也会感激您的。"

晚间快要睡觉时,何淑琴与薄虎城躺在床上拉话,"薄维他爹,你们厂里有没有单身小伙子,二十岁出头的?"薄虎城说:"我哪知道谁单身啊,从不打听人家私事。"何淑琴说:"你能不能帮忙打探?"薄虎城说:"怎么你想跟我离婚,再找个年轻女婿啊?"何淑琴抬手拧住丈夫的腮帮子,骂道:"呸,瞎白话,老不正经。"薄虎城说:"嚄,气性不小,逗你玩的。说吧,媳妇,到底什么正事?"

何淑琴拿手拢了拢头发,"俺们厂里有个女同事叫万国花,瞧瞧人家这名字起得多中听,人长得那叫一个俊俏,今年二十二,家庭成分不好,至今还没婆家。我瞅她人不错,想帮她说媒找个婆家。"薄虎城说:"这敢情好,我二十二岁也没娶上媳妇呢,要不你把我介绍给她怎样?"何淑琴坐起身来骂道:"你是不是腻烦上我了,恁不要老脸,我说老家伙,你就甭抱热火罐儿了。人家和你说正事,打什么岔。"薄虎城说:"真不识逗,甭生气,媳妇。世间正经话本没几句,说多了都是废话,我逗你玩的,快躺下安置。"

薄虎城拉着何淑琴的胳膊躺下来。何淑琴说:"这个忙,你说帮不帮,我已经把话许给人家,要给小姑娘寻个婆家。"薄虎城说:"我帮还不成吗,多大点事,还值得你和我闹别扭。我说孩子他妈,当红娘这种事,往后少干。你帮人家男女撮合,人家两口子日后即便过得好全然不会念你半点情,万一人家过得不如意,抑或离了婚,可不恨你一辈子?这种吃力不讨好的事往后少干。"何淑琴说:"你懂什么啊,常言说得好,'宁拆十座庙,不毁一桩婚。'替人说媒,算是积德行善。要不是人家当初管你们家的闲事,到现在你不照样打光棍。"薄虎城说:"媳妇说得有道理,我替你物色个单身小伙。"何淑琴说:"老薄啊老薄,你这可真是骂人不带脏字,什么叫替我物色单身小伙,我又不嫁人,你是帮我同事物色。人家小妮俊着呢,你可甭找歪瓜裂枣来糊弄人,到时叫我难堪下不了台。"薄虎城说:"萝卜白菜各有所爱,你哪知道人家姑娘喜欢啥样的,备不住小姑娘爱哥哥这样的。"何淑琴说:"瞧你那德行,忒自恋了,谁不喜欢漂亮的,谁不爱俊的。你搞收藏,不是也光拣着好的往家里弄吗,难道连这点道理你还不懂?"

薄虎城真就把媳妇的话当回事,仔细观察厂子里的那些年轻小伙。他把人看了一遍,觉得陈年华模样不寒碜,看着顺眼。一天吃晌午饭时,薄虎城和陈年华蹲在一块儿吃饭,说起闲话。薄虎城说:"兄弟,吃着了。"陈年华说:"薄大哥。"薄虎城说:"兄弟,方便询问你的家事吗?"陈年华说:"有话,薄大哥您请说。"薄虎城说:"小陈兄弟,今年多大了?"陈年华说:"二十四。"薄虎城说:"孩子几岁了?"陈年华有些不好意思地回答:"不怕薄大哥笑话,我连个对象都没有。"薄虎城说:"我看你相貌堂堂,咋没谈个对象?"陈年华说:"我在家排行老小,上头有三个哥哥,都成家了。俺家穷,到我这就娶不上媳妇了。"

薄虎城摸清情况后,对他笑说:"兄弟,我给你介绍个对象如何? 你嫂子她们厂里有个姑娘年方二十二,人长得水灵,就是家里成分不好。你要不介意的话,叫我家娘儿们与你俩撮合撮合。"陈年华一听顿时来了精神,"那敢情好,感谢薄大哥和嫂子,让您为我的事操心。"薄虎城说:"家里有没有照片,先把照片拿给女方瞅瞅,如果人家中意,再提见面相亲的事情。"陈年华说:"改天得空儿我去拍张照片,到时麻烦嫂子捎给女方看看。"

这日,何淑琴把一张黑白照片递与万国花,"大妹子,瞅瞅这张照片能不能瞧上眼?"万国花细看照片,没说一句话。何淑琴干着急,"妹子,你表个态,如果不入眼的话,我再替你寻个好的便是。"万国花害羞地说:"嫂子,我瞅照片里的人挺顺眼,不如周日叫他来我家一趟,让俺爸妈相相,父母同意,我就应下。到时候,烦劳嫂子和大哥过来一趟。"何淑琴一听有门,"没的说,回头我跟恁大哥一准去登你家的门。"

没过多久,陈年华手拎十斤肥肉、两瓶烧酒和两包点心,过薄虎城家中来感谢他们两口子与其作伐。何淑琴热情招待客人,"兄弟过来了。"陈年华把礼物搁到桌上,"薄大哥不在家吗?"何淑琴说:"你大哥他陪着我家老爷子遛古玩去了。"陈年华说:"嫂子,我得好好谢谢您,要没您帮忙,兄弟这辈子可能都娶不上媳妇,嫂子介绍的姑娘贤惠,我家人都夸人长得俊。"何淑琴说:"你两家亲事定下了吗?"陈年华说:"定下了,打算年底结婚。等俺俩结婚那天,请嫂子和薄大哥到我家里来吃喜面。"何淑琴说:"放心,大兄弟,我和你大哥肯定过去随份子。"

在薄维儿时的记忆中,母亲一天到晚总是有干不完的活儿,平常一到歇班,何淑琴准会端个大木盆洗衣服,或者擦地,屋里东西摆放得规规矩矩的,把家下打扫得一尘不染。闲暇之余,她还会给儿子做些好吃的。

一天,何淑琴正在院子里洗衣裳,薄维凑到母亲身边说想吃小炸糕。何淑琴说:"儿子你要听话,好好学习,想吃什么妈都给你做。"薄维闻言立马变得乖巧起来,搬个小板凳坐在母亲身边看书。何淑琴瞅瞅儿子,欣慰地笑了笑,"待会儿我洗完衣服,再给你做小炸糕。"

其实小炸糕并没什么特殊的制作工艺,就是用面粉做的,里边放点白糖抑或红糖,放在油锅里炸,两面炸到金黄便可捞出锅。母亲做的小炸糕对于薄维而言,是他童年最爱吃的一道美食。直至多年以后,步入中年的薄维仍清晰地记得小时候母亲为他做的这道美食。何淑琴知道儿子爱吃小炸糕,所以每次都会多炸几个,好让儿子吃个够。小炸糕外焦里嫩,咬上一口脆脆的,一不小心糖汁便会从里边流出来。成家立业之后,薄维曾多次尝试做小炸糕,却始终做不出妈妈的味道。

在七八十年代,天津虽然没有古玩市场,然而却存在一个可以进行古玩交易的地方,那便是鬼市。鬼市往往在夜间交易,大家从四面八方汇集于此,这就自发形成了一个庞大且又复杂的交易群体。薄虎城经常去逛鬼市,收获颇丰,总能买到心仪的老物件。

八十年代初,薄虎城进入天津物资局下属企业单位工作,所在单位主管钢材方面的经营业务,他负责管理钢材与盘条的发货。这是一个"肥差",不少领导和职工利用职位便利捞到油水,吃得五饱六饱。薄虎城却不与他人同流,他为人古板,从不占公家的便宜,工作上坚持原则,只要他认准的事,九头牛也拉不回来。

那个年代物资匮乏,属于卖方市场。一些买家为了能买到盘条和钢材,甚至找到薄虎城的家里来,给他送钱送礼,求他帮忙开个后门。薄虎城断然拒绝别人走后门,"抱歉,我人微言轻,实在帮不了您的忙。"买主王天通说:"薄师傅,您在单位专门负责发货,怎么可能连这点小忙都办不到?这是我的一点小意思,事成之后定有重谢。"薄虎城说:"您的忙我真的帮不了,带上您的礼物,请回吧。"王天通见他不肯通融,很是生气,"既然薄师傅连这点小忙都不愿帮,看来我只好麻烦你们领导,我就不信这年头还有钱办不了的事情。有些人不识时务,真是无药可救。"说完话,拿着自己带来的礼物起身离开。薄虎城淡淡回了一句:"慢走不送。"

王天通来到业务办公室里,将厚厚一沓钱放到领导办公桌上。李书记瞥了一眼鼓鼓囊囊的牛皮纸文件袋,然后从口袋中掏出烟和火柴来,还没轮着自个儿点上火,王天通眼疾手快拿个汽油打火机为领导点燃香烟。李书记吸了一口烟,问道:"说吧,你来找我究竟有何事?"王天通说:"领导,我想在您这买些钢材,希望领导广开方便之门。"李书记说:"这年头什么都缺,就是不缺人。放眼全国,钢材物资十分紧缺,单位供应是有数目的,你若没有钢材票,恐怕我们单位没有多余的钢材卖与你,你还是到别处看看吧。"王天通说:"在您这都买不到,去别地更没戏。领导,钱不成问题,可以商量。只要您开口,我一准出钱购买。您给行个方便,大家都方便。"李书记笑说:"看来你是个聪明人,我很乐意跟明白人打交道。钢材不是问题,只要你的钱到位,多少钢材都能为你提供,回头你找发货部门的薄虎城对接钢材具体出货数量。"王天通皱起眉头,"您还是安排别人和我对接业务吧,薄师傅这人很不好说话。"李书记说:"你们认识?"王天通说:"打过招呼,前日我去他家,请他帮忙把这些礼物送给领导。怎奈薄师傅油盐不进,一点面子没给,当场严词拒绝。"李书记说:"他是我们单位有名的老顽固,这样吧,我先和他打声招呼。"

李书记派人叫来薄虎城,薄虎城见了领导不卑不亢,"书记,您找我有事?"李书记说:"小薄啊,王老板要从咱这进二十吨钢材,你对接一下此事。"薄虎城说:"有钢材票证吗?"李书记说:"我都开口说话了,你还要哪门子钢材票证,照我说的办就行。"薄虎城说:"实在抱歉,没有钢材票给不了钢材。"李书记火冒三丈,拍打桌子,"你个榆木疙瘩,想不想在这干了,不想干趁早滚蛋。如果还想在单位继续干下去,就给我学聪明点。往后竖起你的耳朵听领导讲话,一句话最好别让我重复二遍。"薄虎城说:"我这是为您好,千万甭瞎干,万一今后出了事不是闹着玩的。"李书记拍胸脯保证,"放心,出不了事,即便来日出事,有我顶着,跟你没关系。"薄虎城说:"既然领导把话说到这份儿上,我只好按照您的意思来办事。"李书记说:"这就对了,我看你人还是蛮聪明的,好好干,前途无量。"

李书记拿出两百块钱递给薄虎城,"王老板一点小意思,你收下。"薄虎城说:"不该拿的钱我一分不要,我只按领导意思办事,其他与我一概无关。"李书记说:"拿着吧,你一个月才一百来块钱,这都赶上你两月工资了,收下改善一下家里生活。"薄虎城对不义之财丝毫不动心,"办事可以,但钱我一分不收,这是我做人的原则,希望李书记能够理解。"李书记装模作样地说:"你小子忠于职责,单位里能多一些像你这般忠诚的员工,我也省心多了。快去把我交代的事情办好,日后亏待不了你。"

当年天津有一项政策,凭一张购物票证,再加一块钱就可以买到一样东西。每到周末,薄虎城必去委托行买古玩,业已成为他生活中的一大乐趣。

薄虎城喜欢杂项收藏,诸如瓷器、玉器、书画和水晶图章,都是他十分钟爱收藏的物件。当时那个年代少有赝品,根本不存在估值体系。交易基本上就是想买什么价钱随便给,有的几块钱,贵点的大概要十几块钱一件。

每逢见到喜欢的老物件,薄虎城必然不吝钱财买上一两件。他在委托行买着好东西,总有一些朋友愿意加价收购。薄虎城轻易不卖,多半是拿这些古玩以物易物,如用一个盘子换两只碗,一只碗换一个瓶子,久而久之东西越换越多。

何淑琴长期受到丈夫收藏古物的影响,渐渐对收藏生出几分兴趣,平常她对薄虎城购买古玩并不大反对。薄虎城每次在鬼市或在委托行带回老物件,总会跟妻子和小儿子讲古玩的鉴赏知识。何淑琴有时也会对古玩背后的价值提出个人观点,夫妻拉话时不时都会谈到古玩收藏,二人对收藏持有不同的看法。

薄虎城几乎每个月都把为数不多的工资用在买古玩上面,因只买不卖,家里的古玩越积越多,钱却越来越少。何淑琴一个月只能挣几十块钱,薄虎城花光自己的工钱买古董也就罢了,甚至还要拿走妻子一部分微薄的收入搞收藏。而家中藏品无法变现,但过日子也需用钱。怎奈收藏花钱又是个无底洞,何淑琴很不乐意,这也就无可避免导致家庭矛盾发生。

薄文龙在十九岁那年结的婚,当时家里穷,面临最大的问题就是房子少。在大哥薄虎城的帮衬下,薄文龙才顺利结了婚。

薄维起先就读于汉阳道小学,学校离家相对远一些,后来之所以能够转入劝业场小学读书,离不开大杂院里邻居赵姨的帮忙,因邻居在劝业场小学当老师,薄维这才有机会转到离家较近的一所学校。

常言说隔代亲,薄家亦是如此。薄维上小学时,薄鑫农每天准时接送孙子上下学。薄维上小学一年级那阵还不到六岁,第一个书包是爷爷给他买的。书包为挎式的,比薄维的个子还高,由于书包太大,薄维挎着书包走起路来难免会拖到地面,看起来颇为滑稽。

薄维读一年级时还能勉强接受爷爷接送,可到了二年级,他死活不让爷爷再送自己上下学,细究起来,这与班里同学的一次嘲笑是分不开的。有一回,同学在班上笑话薄维:"你这么大了都不认路,还叫你爷爷接送,丢不丢人。"薄维反唇相讥道:"放屁,谁说我不认得路,我三岁就能自个儿从托儿所走回家,你三岁会干吗,怕连路都走不稳。"同学说:"那你以后自己走道上学,看你能不能找到学校。"薄维说:"你敢跟我打赌不,我要能独自一人走到学校怎么办?"同学说:"我给你一块新橡皮。"薄维说:"一言为定,我要食言,情愿送你个文具盒。"两人拉钩约定,"拉钩上吊一百年不许变,谁变谁是王八蛋。"

转天,薄鑫农像往常一样打算送孙子上学,薄维撒泼打滚坚决不准爷爷接送,在他幼小的心灵中觉得叫长辈接送是件栽面儿的事情,何况他已经跟同班同学打了赌,这个面子无论如何不能栽。薄鑫农见孙子这么倔,便骂了一句:"小兔崽子,不识好歹。你要不是我们薄家的种,我才懒得天天搭工夫接送你,管你揍嘛。"薄维站起来,拍拍身上的尘土,飞快地向学校方向走去。

虽然薄鑫农嘴上把话说得无情,但他还是不放心让孙子一个人去上学,于是偷偷跟在后边暗中保护。薄维朝后边一转身,薄鑫农赶紧靠路边背脸藏身。他见爷爷背后跟着自己上学,生气地叫唤:"老鬼,别送了,回家去吧。"他加快脚步往前跑了一段路,想甩开老头,可回头一看,爷爷仍在不远处跟着他。薄维气得七窍生烟,两手围成个小喇叭,叫骂起来:"老鬼甭跟着我,你再跟我上学,我咒你早点躺棺材板。"

薄鑫农拿孙子没办法,便叫老伴儿与他父母说明情况。陶玉金见着儿媳妇便是一阵数落:"淑琴啊,你家孩子犟种,他爷爷原本好心,不避风寒雨雪,一年四季辛辛苦苦接送你家孩子,跟头老牛似的,从没一句怨言。你这孩子倒好,没一点感恩之心,今儿跟他爷爷杠上了,死活不叫他爷爷接送。我告诉你啊,不是老头不管你家小孩,是你儿子不准老头接送,今后你儿子万一在路上有个好歹,你们两口子可别埋怨长辈没尽到责任。"何淑琴说:"知道了,妈。这孩子要强,我拿他没辙。"陶玉金说:"要强是好事,但也得分地方,这就是你教育孩子有问题。"

自从薄鑫农不再接送孙子上下学,白天喝酒成为他打发日子的一种生活方式。每天下午,薄鑫农总会坐在供销社里,要上一大碗酒,少则有半斤以上,买一小包五香花生米当下酒菜,不厌其烦与他人讲述民国时期的家族辉煌史。

薄维一天中最期待的事情就是放学后去供销合作社找爷爷,因为爷爷向来舍得为他花钱。薄维一进供销社,大声叫一句爷爷。薄鑫农高兴得把眼睛眯成一条缝望着孙子，"乖孙子，放学了。"薄维说："爷爷，你又喝酒了，千万别喝多了。"薄鑫农便对供销社老板说："给我孙子沏碗麦乳精，让他解解馋。"薄维说："爷爷真好，爷爷长命百岁。"邻居见状夸赞道："真是个机灵鬼，这么小的人就会说讨人喜欢的话了。"

随着时代的变迁，如今早已没有那种牌子的麦乳精了，不过早在七八十年代，麦乳精绝对称得上奢侈饮品。薄维每每回想起来，至今仍对麦乳精记忆犹新，那种味道格外香甜，喝上一碗足以记上一辈子。他乖巧地坐爷爷腿上，端碗喝着麦乳精。爷爷讲起故事有滋有味，薄维听得入港，那是他童年最幸福的时光，甚至萌生出传承家风和复兴家族的念头。

每当薄鑫农给孙子讲故事时，薄维总会注意到爷爷脖子上戴块新疆羊脂玉，手中盘玩一块玉石，"爷爷，我摸摸你的玉。"说着就从爷爷手里抢过玉石把玩。薄鑫农忙说："小子甭毛手毛脚的，当心点拿，搁在桌上看。"那块玉在薄维眼中看来是完美无瑕的，且是那么油润，他分明感觉到爷爷十分珍惜那块玉，"爷爷，你看玉比看我还重，我不如你这块玉贵重？"薄鑫农说："小维，你在爷爷眼中是最金贵的。"薄维说："爷爷，你为啥喜欢这块玉呀？"薄鑫农说："孩子，这可不是一般的玉，距今已有两千多年历史了，属于战汉时期的物件，这玉是咱薄家的家传宝贝，等你长大，物事全归你。"

薄维每次看见那块古玉，都会有一种莫名的熟悉感与亲切感，冥冥之中注定他今后将走上收藏道路，一切机缘似乎是跟祖辈分不开的。薄鑫农不止一次地问起薄维未来的梦想，"孙子，你长大了，想干嘛行当？"薄维脱口而出："我要当收藏家。"薄鑫农听后颇感欣慰。

薄虎城平生最大缺点是太爱喝酒，他仗着身板好，误将饮酒当养生。不仅在家喝酒，而且在外边也喝，经常喝得酩酊大醉。虽然喝大酒，但他从不耍酒疯。

有一回下雨天，薄虎城喝醉酒骑车回家，一路上摔了好几回，回家后鼻青脸肿，雨衣也烂了，浑身湿透。

看到丈夫跟个落汤鸡相仿，何淑琴既心疼又有些埋怨，责备道："说你多少遍，叮嘱你出门少喝酒，你偏不听，这下可好，吃醉酒脸都摔破了，你说你到底图个什么？再有下次，干脆别回家了。"薄虎城醉醺醺地说："媳妇，我酒量好得很，再喝一斤嘛事没有。"何淑琴骂道："再喝，喝死你。儿子可别跟你爸学，他这辈子就这点出息，不过是个酒鬼，醉生梦死，从不过问家里有无柴米油盐酱醋茶,也不关心家中缺不缺钱,一心扑到收藏古玩与喝酒上边。"何淑琴替丈夫擦擦身子,换了衣裳,扶男人躺床上歇息。她倒杯热水泡了茶,等茶凉得差不多了,给丈夫灌下一杯茶水,"睡吧,明儿个请老爷子训示他这宝贝儿子。"

次日,何淑琴将薄虎城醉酒骑车摔倒之事与薄鑫农说知,"爸,您得管管您儿子,叫他改改饮酒的坏毛病。他不听劝,这回喝醉酒骑车摔破了脸皮,没准下回摔断骨头。见天喝酒什么劲儿呢?"薄鑫农说:"薄家爷们都爱喝酒,这个改不了。再说,他这么大的人了,你当媳妇的枕边风这么久都没能劝动他,我这把老骨头怎能说动他。算了吧,淑琴,虎城这孩子人还算不错,别的毛病没有,你就将就着过小日子吧。"何淑琴说:"爸,您这是没带好头。往后他要吃醉酒摔了,您做长辈的可别埋怨儿媳妇。"

这天,薄维放学后到供销社找爷爷,薄鑫农照例正在喝酒,见孙子过来,要了一碗麦乳精。薄维看薄鑫农精神状态倍儿好,况且今天又有麦乳精喝,老大开心。他见爷爷手上戴只满绿的扳指,好奇地问道:"爷爷,您手上戴的是玉还是翠,咋这么绿呢,是嘛物件?"薄鑫农说:"小子,这叫翡翠,翡翠越绿越好。"薄维说:"爷爷,您多咱买的,我怎的没见过。"薄鑫农说:"爷爷平时不舍得戴,这是你曾祖父留给我的。小子知道何为曾祖父吗?"薄维说:"爷爷的爸爸,是曾祖父。"薄鑫农笑说:"行啊,小子,能分清辈分了,还挺聪明。当年你曾祖父在法租界帮人处理难事,人家出于感激,便送给老爷子这枚翡翠扳指。老爷子临走又把此物留给我做个念想。"

薄维抢拿爷爷手上的翡翠扳指,薄鑫农很是在意自己的扳指,叮嘱道:"小心点拿,甭摔了,告诉你多少回了,古玩应该搁桌上赏玩。接触古玩时,你要记住了,千万不能手递手拿物,以免失手摔坏,我把东西放桌上,然后你再慢慢拿起来看。"薄鑫农轻轻从手指间取下扳指小心翼翼摆在桌上,"你曾祖父在法租界帮过不少人,乐善好施,是个有头有脸的人物。"薄维把玩扳指,"那阵老太爷赚了不少钱吧?"薄鑫农说:"你曾祖父在法租界巡捕房担任重要职务,有不少人巴结老太爷,白给了咱家一些子干股,有的为家里投钱参股,有钱庄、纺织厂。到了抗战时期,加上历史水灾等因素影响,许多民族工业破产,咱家也就此败落下来。民国晚期,法币崩盘,薄家当铺也就关了门。"

薄维听长辈讲家族往事,似懂非懂,"爷爷,法币崩盘是啥呀?"薄鑫农说:"眼下你还小,等你长大了就会明白。简单来讲就是钱毛了,早期一块银圆能买几十斤大米,国民党统治末期需要几十万法币才能买一斤大米。"薄维说:"我懂了,爷爷。"

薄鑫农平常爱抽烟,当他把烟抽完,烟壳便会留给薄维,让孙子攒着。起初薄维对这些烟壳并不大感兴趣,可时间一长,渐渐对收集烟壳产生了兴趣。他喜欢各种彩色图案的烟壳,觉得这些烟壳图案格外漂亮。

无疑,这些烟壳成为薄维走向收藏之路的启蒙,令薄维在懵懵懂懂中感受到收藏的乐趣。薄鑫农鼓励孙子收集不同的烟壳,"你想收集烟壳,看谁抽的烟好,你就跟人家客客气气说话,问问人家能不能把烟壳给你。"有些长辈知道薄维打小爱好收集烟壳,少不得送他一些。短短几个月时间,薄维收集了数百个样式各异的烟壳。但凡他见到过且喜欢的烟壳,必然想方设法经过各种挑战尽收囊中。

薄家大杂院距离哈尔滨道颇近,那条道上有家外贸出版社。薄鑫农告诉孙子薄维一则重要信息,"外贸出版社大门口旁边有个垃圾箱,丢的不是生活垃圾,都是些文件、信封之类的东西。你每天放学或周末可以去看看,在那找找有没有邮票,有的话你便捡回来。"薄维说:"我正愁没地界找烟壳呢!"

在以后的一段时间,薄维得空儿就去哈尔滨道的出版社旁边拾烟壳,倘若碰到之前没见过的烟壳,那份心情如获至宝。孩子的世界里,快乐永远是那么简单,且容易满足。薄维捡到过中华牌香烟纸壳,在八十年代初,中华牌香烟已很有名了,薄维喜欢这个牌子的烟壳。

童年的经历,都在潜移默化中影响着薄维对未知事物的认知能力。而今有一个词叫作"研学",指的是学习课堂以外的东西。薄维经历过一个漫长且又辛苦的收集烟壳过程,也为他后来走上收藏事业打下坚实基础。经过多年坚持,薄维手头收藏了几千只烟壳,包括民国时期的,其中不乏一些绝版的。

除了收藏烟壳外,薄维从小还收藏邮票,因为这个年代信件来往较为频繁,邮票在使用过后基本上没多大用处,也用不着花钱买,薄维到处找别人要寄过信件的邮票。有时遇到一些名贵的邮票,薄维就拿东西跟人家换。

薄虎城极其重视对儿子的教育,为了培养薄维持之以恒的定力,不仅通过长期收藏来磨炼薄维的心性,同样还以体育的方式来锻炼薄维的意志力,特地与儿子报了武术班。

在薄维童年时光的记忆中，经常是每天早晨五点半起床，热身、跑步、扎马步。每逢到了周末或假期，父亲总会骑辆自行车带他去南开体育馆学习武术。

对于这样的生活安排，让薄维不免有些厌恶父母太过严苛，因为别人家的孩子都可以睡懒觉或玩耍，唯独他没有这般自由。每天要起那么早，父母从来不允许他懈怠。薄维心下极不情愿起早锻炼，有时倒希望自个儿生病，如果病了，就不必起床，那样也能睡上一个懒觉。但在父母的强势教育下，薄维整个童年时期的寒暑假，几乎每天要练一个钟头的武术。

书法同样为薄维成长中的一门必修功课，薄虎城每日必给他规定书法作业，要求儿子一天练一张报纸大小的小楷，倘若写不好，必然重练一张。如不认真完成作业，便不准他出去玩耍。薄虎城常常对儿子讲家风："堂堂正正做人，规规矩矩练字。练字好比做人，字正了，人也就正了。你应该做个什么样的人呢？首先要正直善良，别人有困难，你有能力就去多帮助人家。懂得长幼尊卑，见到长者要主动问好。常怀感恩之心，感恩父母，感恩粮食，感恩老师。做人重要的要记住一句话，害人之心不可有，防人之心不可无。"薄维听得腻烦，"爸，你翻来覆去絮叨了多少遍，我耳朵听得起茧子。"薄虎城说："怕你当成耳旁风，一只耳朵进一只耳朵出。儿子，记住了，做人要谦虚，满招损谦受益，谦虚才能接受别人的意见。人最为金贵的是做人的品行，品行好坏在于是否有孝道之心，有孝心的人，一般他的品行差不了。"薄维两手捂住耳朵，"爸，甭在我跟前念经了成不成，请你出去吧，我要练字。"

光是练习书法基本功这一项，薄维整整坚持了三年时间。练习书法、画画与练武术一直伴随着他的整个童年时光。

从记事开始，薄维似乎就没有过星期天和假期，直至后来长大成人，亦是如此。活了半辈子，婚礼也就参加过一次，除了自己的，别人的婚礼一概没参加过，因为在他的世界里从来没星期天，一直有忙不完的事儿。

多年以后，薄维为人父，才明白当年父母对他的教育是那般良苦用心。若非从小得到父母严格教育，断然也不会有他日后的成就。收藏靠的是一股韧劲、喜欢、感悟，从点滴开始，从小做起，方能练出火眼金睛的本事来。学习书法与绘画本身就是在提升个人的审美能力，更是传承传统文化的初心所在。坚持练习武术,让薄维不仅拥有一副强健的身子骨,从小远离懒惰心理,做事具备持之以恒的毅力,并由此养成勤奋吃苦的精神。因从小能吃苦,在他人生中也就形成了正确的三观与信念,指引着薄维在古玩收藏道路上摸爬滚打几十年。

薄虎城几乎月月都把自己挣的钱全部用于收藏古玩,从而导致日子过得拮据不堪。家下不得不指望何淑琴那点工资过活,好在何淑琴勤劳能干,家下才有了人间烟火气。

薄家不远处有一家医院,医院的锅炉房天天烧煤,锅炉工每天都要把燃烧过的煤渣倒在附近一处垃圾场。何淑琴每逢休息日便会换件旧衣服,拿个化肥袋子蹲在丢煤渣的垃圾场,去捡那些没有燃尽的煤块。当捡完煤块回家时,身上和脸上不免整得黑乎乎的。薄维回回见着何淑琴就会数落几句:"妈,你说你掉价不掉价?老弄个大花脸回来,咱家缺你捡的那几块烂煤渣吗?你给儿子留点脸面成不成,人家都笑话我,说咱家闲话,简直太丢人了。"何淑琴说:"儿子,你不当家不知柴米贵,不养儿不知父母恩。人人都有一张嘴,你还能管住别人不叫人家开口说话?你妈我站得正,行得直,为了家里能过好日子,我捡个煤块丢谁的人了?有句老话说得好,'儿不嫌母丑,狗不嫌家贫'。薄维你可不能这么小就爱慕虚荣,嫌弃你妈我。"薄维说:"谁说我嫌弃你了,我是想让你注意点形象,甭再出去捡烂煤渣了,把衣服穿好看点,体面一些好不好?"

何淑琴晓得儿子嫌弃她穿得不体面,在旁人面前丢了颜面,但他毕竟是个孩子,给他讲这样做全是为了养家活命的话语他未必能听懂。何淑琴只得冲着儿子苦笑,"好好好,妈保证今后不给你丢脸。"

虽然何淑琴当着孩子的面承诺以后存点体面过活,但她仍偷偷背着孩子去捡煤渣。

薄宅大杂院里,每个邻居命运各不相同,因为时代特殊,从而让不同的人交集在一起,无论是否愿意,想不想成为邻居,但大家毕竟同住在大杂院里,由不得选择成了邻居。大杂院里是非多,此间演绎着人世间的亲情冷暖与悲欢离合。

在大杂院里,住着一位姓丁的老爷子,他年轻时曾是领导,后来退休了,不知为何搬进薄宅的大杂院里。丁老爷子有两大绝活儿,一是下象棋,二是做肉松。

丁老爷子家中藏有一副民国年间象牙制成的象棋,棋子做工精致,个个有鸡蛋那么大。每逢周末,丁老爷子总会喊上薄虎城杀两盘象棋。

薄维打小就看大人下棋,耳濡目染,对象棋倒生出几分兴趣来。大人下象棋时,薄维便站在一旁观棋。有句话叫观棋不语,薄维才不管那一套,有时看得兴起,忘乎所以在一旁给大人指点,大人哪会听他说话。薄维上前动手动了一个棋子使劲一摔。这下可把丁老爷子给心疼坏了。丁老爷子忙说:"孩子甭摔,这可是象牙做的,不经摔。虎城啊,看你家儿子越大越淘气。"薄虎城说:"小孩家忒胡闹,也不怕你丁爷爷笑话,快回屋练毛笔字去。"薄维受到责备后,负气走开,嘴里嘀咕着:"这老头真抠门,象棋都不让摸,往后不搭理你个老帮菜。"

有几次,薄维放学回家,见着丁老爷子没有主动问好,丁老爷子放下身段跟他说话,薄维也不搭腔。丁老爷子笑着对邻居说:"瞧这孩子气量小得跟根针差不多,正所谓从小看到老,他这辈子也就这么点出息,目无长辈,鼠目寸光。"薄维一听这话更生气了,暗自发誓与丁老爷子老死不相往来。

薄维进屋闷头写作业,没和母亲打招呼。何淑琴看儿子闷闷不乐,问道:"你咋回事,今天回家也不知道跟你妈我说句话?"薄维低头写作业,"烦不烦,不和大人说话,你们就挑理。"何淑琴说:"谁得罪你了,这种态度冲你妈说话?"薄维说:"我见丁老头没打招呼,他在邻居面前说我坏话,说我鼠目寸光,就这点出息。"何淑琴说:"你见人为啥不打招呼,懂不懂规矩?"薄维说:"前些天丁老头和我爸下象棋,我动了一下他的烂棋子,老头吹胡子瞪眼,我不愿搭理他。"何淑琴说:"我看你气量不够大,你个小孩家岂能挑长辈的理,你有短处,长辈还说不得你了?"薄维捂住耳朵,"聒噪,我要写作业。"

薄维立刻拿着作业本跑去邻居赵姨家躲清静,"大姨,玲姐在家没有?"玲姐应声说:"我在里屋呢。"赵姨说:"去和你玲姐一块儿写作业吧。"

赵姨七十年代没了丈夫,孤儿寡母住在大杂院里。她在劝业场小学当老师,工资不高,家里日子过得清贫,平常连个鸡蛋都舍不得吃,更别说肉了。赵姨有一女,名唤玲姐,比薄维大几岁,是薄维儿时的主要玩伴之一。在薄维心中,玲姐就像自个儿的亲姐姐一样,倍耐人儿,薄维喜欢找玲姐玩,常和她一块儿写作业。

赵姨做好晚饭,留薄维在家吃饭。薄维一听赵姨留他吃饭格外高兴,他总感觉别人家的饭比自己家的饭吃着香。薄维还没吃上几口饭,何淑琴赶过来叫儿子回家用饭。薄维说："大姨今儿个留我吃饭，我不在家吃了。"何淑琴埋怨道："你这孩子，脸皮比城墙还厚。"赵姨笑说："一顿家常便饭而已，孩子愿意留下来吃饭，我家多少也热闹些。"

平常要是家里做了什么好吃的，像肉菜、饺子、包子、油条，何淑琴就会吩咐儿子给赵姨家送上一份。两家人非亲非故，不过是普通邻居，因同住在大杂院里，却处得像亲戚一般。

一日，何淑琴在家做了一锅土豆炖肉，盛了一碗肉菜，叫薄维与赵姨家送去。

薄维端只瓷碗，敲响赵姨家的房门，"大姨，开门，俺妈叫我给您送碗肉菜解馋。"赵姨欢喜地接过碗，"小维，替我向你妈问好，大姨谢谢你们家。我家不短吃的，往后就别送吃食了。"薄维说："大姨甭客气，这是俺妈一点心意，特意请您尝尝她的厨艺。"

大杂院里住着这样一户人家，姓韩，邻居见面喊他韩爷，至于为何这般称呼他，薄维小时候始终没弄明白，胡乱猜测或许跟他的家世有关。

韩爷膝下无儿无女，据说只有一个远房亲戚，平日里很少走动。韩爷大概七十多岁，是位独居老人，平常走路拄根木头棍，行动迟缓，身上总有一股老年味。薄维十分好奇韩爷一个人是怎样过日子的。有一回，薄维悄悄掀开破旧的门帘子，窥探韩爷究竟在屋里干什么。只见屋里脏乱不堪，韩爷把满口假牙取出来，泡在盛水的玻璃杯里。当时薄维并不懂假牙，看到这一幕，吓得赶紧跑回家里，感觉韩爷像个老怪物，从而也就增加了薄维对韩爷认知的一层神秘感。薄维不仅觉得韩爷古怪，同样觉得韩爷异常可怜。

虽然丁老爷子也是一个人生活，但时不时还会有人前来探望。然而，韩爷却没那么幸运，在薄维的记忆中，韩爷孑然一身，从来没见有人看望过韩爷。薄维一直想知道韩爷的身世，却始终没有机会打探到他的人生遭际。

每逢节日，薄维便领上几个同学去看望孤寡老人，并帮助老人干些力所能及的家务活儿，其中韩爷是孩子们主要帮扶的对象之一。一群小孩不惜气力，干起活儿来丝毫不马虎。薄维与同学把韩爷家里卫生打扫得干净，窗户玻璃擦得亮堂。韩爷看着家里焕然一新，眼睛里流露出久违的喜悦。

薄维先前曾向韩爷要过烟壳，韩爷心底清楚薄维喜欢收藏，他本身不抽烟，为讨好小孩，他特地去外边捡些品相好的烟盒送与薄维。韩爷家中实在没值钱的物件，只有一些不起眼的乾隆通宝、康熙通宝的铜钱儿。小孩过家里来帮忙干活儿，韩爷不想白使唤他们，于是找出屋中藏有的几十枚铜钱分给小孩，"你们若喜欢就拿走玩吧，只当韩爷爷与你们留的念想。"

在韩爷家搞完卫生，薄维又带小伙伴去丁老爷子家中献爱心。还没进屋，他们就闻到一股特别的香味，馋得孩子们流哈喇子。薄维对同伴轻声说道："都出息点，可不能找这老头要嘴吃，老先生抠门得很，连象棋都不让我摸。"

这不正好赶上过节日，子女过来看望丁老爷子，顺便为老人捎来几斤肉改善生活。原来丁老爷子在屋里做大餐，怪不得离得老远便能闻到香味。一块普通的肉到他手上，经过精心制作，就能变成一盘美味可口的肉松。他的烹饪技术在方圆几里是出了名的，制作肉松更是他的拿手绝活儿，每到过节时，不少邻居请他帮忙做肉松。

薄维和同学来到丁老爷子家中，先做过一番简单介绍，然后帮忙干起家务。丁老爷子是个极爱干净的人，家里整得井井有条，尽管地面、桌子连同窗台卫生俱干净，但一群孩子仍旧拿起笤帚或抹布有模有样干起活儿来，丁老爷子自然不好拒绝孩子们的这份心意。

待孩子们收拾罢房屋，丁老爷子往桌上端了一盘肉松请孩子们品尝。孩子们连手也顾不得洗，争先恐后抓起肉松就往嘴里塞。别人都拿，唯独薄维不肯动手拿肉松，薄维仍对之前丁老爷子不准他摸象棋一事耿耿于怀。丁老爷子似乎能看透小孩子的心思，亲手捏些肉松递到薄维手里，"吃吧，小子，你要不吃就是和你丁爷爷记仇。"薄维心虚地接过肉松，仰着头说："常言说宰相肚里能撑船，将军额头能跑马，谁跟你个老帮菜记仇啊，况且我又不是小心眼的人。"丁老爷子闻言大笑，"行啊，小子，这么小就会引经据典，我看你小子长大后准能成气候。"小孩同样也喜欢听好话，打那以后，薄维与丁老爷子算是冰释前嫌，见到丁老爷子接着打招呼。

小孩正津津有味吃着肉松，只听隔壁一户人家传来老太太的叫骂声，扰乱了孩子们吃东西的兴致。丁老爷子说："小孩，你们吃完肉松各自回家去吧，千万别去张爷爷家搞卫生，一则他家脏不拉儿，二则家里有个疯老太太还打人呢。"小孩说："我们不去他家献爱心了。"

大杂院的四户邻居当中，薄维唯独不敢踏进张爷爷的家门。张爷爷与妻子搬进大杂院时已经八十多岁了，他们老两口中年得子，"文革"时期，儿子被批斗致死，儿媳妇带着孙子走了，从那以后，张爷爷的老伴儿就疯了。

在这座大杂院里,邻居们都不愿同他们老夫妇俩打交道。因为张爷爷的妻子有时犯起病来,没日没夜嗷嗷叫骂号哭,严重影响邻居休息。在邻居的眼中,张爷爷的老伴儿堪称一无是处的疯婆娘。

自从搬回祖宅后,薄虎城对不同邻居的命运十分关注。薄虎城同情张爷爷一家的不幸,他见张爷爷年老行动不便,时常帮张爷爷干些活儿。当张爷爷家中缺油少米,短煤球用时,薄虎城总会帮衬一把。倘若赶上老两口有不舒服的,薄虎城还会替老人把脉看病,然后开出药方,买些中药送老人煎服。

眼看着要过八月十五,薄虎城走进张爷爷家的门,送上月饼、肉和菜。张爷爷两眼忍不住地流泪,“虎城,往后别给我家送东西了,你家人多,日子不富裕,还是把东西孝敬你家父母才好。”薄虎城说:“张叔,这不过节吗,我和淑琴一点心意,您老收下,给婶子改善一下生活,好好过个节日。”张爷爷感激道:“俺们这两把老骨头多亏你夫妻关照,要不早就成了一堆白骨。”薄虎城说:“都在一个院里住着,帮您是应该的,您老甭见外,有事您张嘴,晚辈一定出力。”

平常闲暇之余,薄虎城常常走进张爷爷家中坐坐,与老人聊聊家常。张爷爷与薄虎城提起自己年轻时的经历。他曾是孙文先生的御厨,专门负责给孙先生做饭,他的厨艺深得孙先生赏识。后来与孙先生分别之际,孙先生赠他一些物件当作纪念,其中便有佛教圣物惹呼拉、一枚活佛水晶印章和几幅古代名人字画。张爷爷几十年来一直将这些东西视为宝贝珍藏,从不轻易示人。

这日,薄虎城在家教儿子拉二胡,耐心指点拉二胡基本手法。爷儿俩一人一把二胡,薄虎城一边示范一边讲其中的门道。何淑琴坐在缝纫机前为儿子缝制过冬的衣服,觑着父子二人在家拉二胡,心下很是欣慰。薄维学了半个钟头,感到有些累了,“爸,我去上厕所。”薄虎城说:“去吧,儿子。”薄维跑出去玩了一阵子,早把学二胡的事情忘在一旁。

何淑琴与丈夫叙话:“听你们拉二胡,聒得我耳根子疼。”薄虎城说:“正所谓台上一分钟,台下十年功。我给媳妇拉一首《二泉映月》,你听听我水平有没有长进?”何淑琴说:“你拉便是,我听着呢。”薄虎城把二胡演奏得出神入化,令人不禁沉浸在优美的旋律中。

这时,门外响起敲门声,何淑琴放下手中的活儿,打开房门往外瞅瞅。

何淑琴问道："你找谁?"来人手中拎着一扇排骨，"大嫂，薄大哥在家吗?"何淑琴转头叫道："老薄，有人找你，别拉二胡了。"薄虎城反应过来，收起二胡，走到门口接待客人。薄虎城和客人见面握握手，"老张，你咋来了，有何贵干?"张老板说："今儿个特意来给您送点排骨，感谢您上次帮我装货。大嫂，您家厨房在哪儿，我把排骨给您搁到厨房。"何淑琴望望丈夫，没吱声。薄虎城说："来家里做客啥都别带，你的心意我领了。"张老板说："走了半天道才找到你们家，薄大哥也不让我把东西放下，请我喝杯水?"薄虎城说："快请进屋坐。"

张老板把排骨撂在桌上，薄虎城让了座，何淑琴忙为客人倒杯热水。张老板说："薄大哥，您为人仗义，值得深交。如今像您这样的好人不多见，说句心里话，这次您真帮了大忙。"薄虎城说："这是我分内工作，您有钢材票，一切我按规矩办事。"张老板说："那我也得感谢您，光有票证，换成别人不给盘条，我也得干瞪眼，日后还得仰仗薄大哥多帮忙。"薄虎城说："说千道万，还是一句话，按规矩办事准错不了。"张老板说："您这话说得没错，咱们来日方长，好好处着，往后需要拜托您的地方还有很多，薄大哥先忙着，我走了。"薄虎城说："吃了中午饭再走吧。"张老板起身要走，薄虎城硬是把排骨塞给张老板，"心意领了，东西拿走，我不能要。"张老板说："东西不值钱，薄大哥，您留下，要不我真不好做人了。走啦，嫂子，薄大哥。"薄虎城一直将客人送到大门口，张老板骑上车子离开了。

薄维跑出去玩了半天回到家里，看到桌上有一扇排骨可高兴了，"妈，你买的肉?"何淑琴说："人家送你爸的。"薄维脱口而出，"爸，你是不是贪污受贿?"薄虎城说："你看爸爸像这种人吗?"薄维思考了一下，"不晓得。"薄虎城说："儿子，你要记住爸爸今天对你说的话，君子爱财取之有道。"薄维挠挠头，似懂非懂，"爸，你讲话太深奥，我听不懂。"薄虎城说："将来有一天你会懂的。今天这肉，是别人送的人情，并非爸爸收受贿赂得来的。我敢拍胸脯向全家保证，绝不做违法违纪的事情，一定会为家庭负责任。"薄维说："爸，什么都不用说了，我信你。快叫我妈炖排骨。"何淑琴说："儿子真馋。"薄虎城说："淑琴，你把排骨切成几份，给咱院里住的邻居每家送上一份。"何淑琴说："你还不帮忙拿到案板上。"薄虎城把排骨拎到案板上。何淑琴洗把手，拿刀分切排骨，装到筐子里，叫儿子挨家送排骨。

薄虎城在工作上因坚持原则秉公办事，经手的货物从没出过一分钱的差错,这一点深得单位领导器重,领导很放心把事情交给他做。

入冬时节,薄虎城购买了八百斤冬白菜,他与家里老爷子分三百斤大白菜,又送张爷爷家一百斤白菜,张爷爷非要给薄虎城钱,薄虎城执意不肯收,"张叔,白菜几分钱一斤总共值不了几个钱,我送您老人家的。回头我再送您几十斤大萝卜,您晒成萝卜干腌起来,来年春季家里就不缺咸菜吃了。"张爷爷激动万分,"叫我老头子怎么感谢你好呢!"他不住地作揖,薄虎城赶忙扶住张爷爷,"老人家千万别这样,您不嫌弃就好。"

薄虎城见张爷爷家门口的煤球快用完了,又帮老人买煤球。每次帮忙,薄虎城总往里边搭钱,从来不张口找张爷爷要钱,好在何淑琴并不埋怨丈夫大手大脚。薄虎城夫妇深知他们老两口不容易,能帮助一点算一点,这样也能心安。

张爷爷向来不去邻居家串门,即便家中煤球炉灭了火,也不拿火筷子去别人家里引火,回回都在屋里生炉子。生炉子是件麻烦事,如果炉子里的柴火生不好的话就会弄得满屋子烟,呛得人直咳嗽。张爷爷为了黑更省下一块煤球,常常导致家中的炉子三天两头灭火,薄虎城为此不少帮张爷爷家生炉子。

常言说得好,穷年不穷节,眼看快过年了,薄虎城一下割了四十多斤肉,何淑琴将肉切成块入锅下料煮了。待煮好肉,何淑琴吩咐薄维给大杂院里的四户邻居每家送一块熟肉。薄维说:"妈,我想吃肉松。"何淑琴说:"你给丁爷爷拿块生肉,请他帮忙做肉松,顺便送他一块熟肉。"

薄维挨家为邻居送肉,唯独张爷爷家没要。何淑琴见儿子拿着一块肉回来,"你咋没给邻居家送肉呢?"薄维说:"我都送了。"何淑琴说:"这块肉谁家没要?"薄维说:"张爷爷没要,他说老太太病了,吃不得肉,他们准备走了。"

薄虎城听闻张爷爷家中的情况后,夫妻二人立刻赶去探望。他们踏入张爷爷家的门,薄虎城嘘寒问暖,"张叔,婶子她老人家没大碍吧?"张爷爷愁眉苦脸地回答:"你婶她身子骨越来越差,怕是撑不到来年春天。以前她还有气力叫唤,现在连叫唤的力气也没了,病快快下不了床,整天流泪,我知老婆子有心事,可又说不出话来,我心下跟着难受。"薄虎城说:"张叔,您别太伤感,往后日子还长着呢。有我在,您甭担心,万一婶子哪天有个山高水低,我帮您料理婶子的后事。您老多保重身子,凡事看开些。"

张爷爷叹息道:"我今年快九十了,人能活这么长寿,这辈子值了。可话说回来,长寿未必是件好事,活的时间越长,受的罪就越多。不仅自个儿遭罪,还会拖累别人。这几年,要没你家一直帮忙,怕俺们也活不到今天,我得好好谢谢你们。"说着,张爷爷下床要给薄虎城夫妻俩跪下磕头。夫妻二人忙将老人搀住。薄虎城说:"张叔,这可使不得。咱是邻居,就该好好处着。邻居间帮个忙,这都应该的,您老就甭跟我个小辈客气。"张爷爷眼圈湿润,"你们一家真是好人,我一辈子记着你家恩情。"薄虎城说:"张叔,以前多难的日子不也挺过来了,往后日子还得好好过。我替您二老养老送终,您把心安下来。"

　　张爷爷深深眷恋着自己的家乡,总想着落叶归根,"你的好意我心领了,眼下我走路也不稳当,身子骨感觉一天不如一天。我担心客死他乡,即便死,也要葬在故土。"薄虎城说:"可您二老回老家也没亲人,谁来照顾二老晚年生活?"张爷爷无奈地叹口气,"唉,过一天少三晌,不想那么多。我们老两口要走了,打算明天回老家,此一别日后再也不能见面了。"

　　话说到此,张爷爷已是老泪纵横,薄虎城夫妻俩也跟着掉下眼泪。薄虎城拿手绢擦擦眼泪,劝道:"张叔,可别这么说,我看您老身子骨还硬朗呢。今后有机会,我去您的家乡看望您和婶子。"张爷爷说:"身子不中用了,或许来日无多,人生无常,我们早走早了心愿。亏得你们一家照顾,若没你家帮衬,我们两把老骨头也不知道死了多少回。欠你们家的恩情太多了,只怕这辈子也还不上。我没啥可送你们的,就把这几样东西留给你当个念想吧。"

　　张爷爷将孙文先生送他的几件东西全部赠予薄虎城,薄虎城哪里肯要,"老人家千万别这样,这是伟人留给您的东西,太贵重了,您老保管好才是。"张爷爷说:"我已是黄土埋到脖子的人,没几天活头儿。我省得你喜欢收藏文物,这些物事正好送你,权当我对你一家的报答。"薄虎城说:"委实太贵重了,我真的不能收。"张爷爷说:"你若不收,老汉我下黄土心也不安。你收下这些东西,也算成全了我。"说到激动处,张爷爷又要下跪,薄虎城忙把东西接到手中,"张叔,您这份情我收下了。"

　　薄虎城叫何淑琴回家整饭,打算为张爷爷饯行。好在家里什么都有见成的,何淑琴喊上邻居赵姨过来帮忙做饭。不大一会儿,便整了一桌子饭菜。

　　薄虎城把张爷爷请到家中吃饭,告诉何淑琴,"与婶子端碗饭吃。"何淑琴答应一声去送了饭。

薄虎城往两个大酒盅里斟满酒,二人碰杯喝起酒来。薄虎城不住地为张爷爷斟酒布菜,张爷爷心中有事,不胜酒力。薄虎城酒量却是极好的,回回能喝一两斤散酒。见张爷爷实在吃不下酒水,便陪张爷爷闲聊半天,方才搀扶张爷爷回去休息。

张爷爷带老伴儿计划乘坐火车踏上多年未归的故乡,薄虎城亲自把两位老人送至火车站。分别之际,薄虎城硬往张爷爷口袋里塞了一百块钱,作为老人回乡的盘费。八十年代初,薄虎城一个月工资刚刚能挣到一百块钱,因平日喜欢收藏,家里大部分钱都用来买古玩。薄虎城本想再多给老人一些钱,可手头拮据实在拿不出来。薄虎城与张爷爷老两口在火车站洒泪而别,自此分别后,再也没见过面。

薄宅大杂院的房屋刚空下来,不久就有一户人家随之搬了进来。这是个三口之家,男人姓李,名叫李十全,女人名叫方敏,儿子叫李庆。他们一家的到来,却让邻居避之不及。

刚过完年,大杂院里的韩爷病倒了,一连几天都没出过屋门。薄虎城注意到这几日没在院子里见到韩爷的身影,总觉得有些不大对劲。

于是,薄虎城走到韩爷家门口,敲响了房门,"韩爷。"韩爷不吱声,薄虎城接着敲门,"韩爷在不在家?"过了半天,韩爷这才支应一声,"别敲了,人快没气了。"薄虎城忙问:"韩爷,您身体有恙,我带您去卫生所,好吗?"韩爷说:"我手头没钱,不瞧病,死了也算好事,这副臭皮囊倒能解脱了。"薄虎城说:"您可别胡思乱想,家里有困难,尽管告诉我,我能帮的一定帮忙。"韩爷说:"给你们添的麻烦够多的,不想再麻烦你们了。"薄虎城说:"您老开开门,待会儿我给您端碗饭吃。告诉我哪儿不舒服,我去给您买些草药煎服。"韩爷说:"忙去吧,不必在我一个将死之人身上浪费时间。"薄虎城心下着急,"韩爷,您把门打开,我进屋探病。"韩爷说:"我没力气开门,老死在这挺好的,毕竟这座大杂院里还有几分人情味。"薄虎城说:"韩爷,您要开不了门,我就把门给您撞开。"

韩爷闭眼不再言语,薄虎城两手搬来一根粗木头,对着门框哐当几下把房门撞开。

如此大的动静,惊得邻居纷纷走出家门过来瞧看到底怎么回事。丁老爷子说:"你怎么好么眼儿地撞老韩家的门子,这有多大仇多大恨,大过年的整这么一出。"赵姨也劝:"快把东西放下,你们平常也没啥矛盾,邻居之间即便有矛盾也不兴这样坏人家的房门。"薄虎城解释道:"误会,误会。韩爷病倒,下不了床开不得门,我撞开房门好进去看明情况。"原来虚惊一场,大家各自散开回家去了。

薄虎城将粗木头放在墙角,走进韩爷家的门里。只见屋里脏得不成样子,尿桶几天没外倒,整个屋子熏得奇臭无比。他忙把尿桶掇出门外,走近床边看了看韩爷,发现他面有几分脱相。薄虎城与韩爷倒水,拿起暖壶才知壶里没一点水,煤球炉灭了火,房中冷如冰窖。

薄虎城转身回家拎起热水壶,嘱咐妻子煮碗鸡蛋面给韩爷送去,"方才我到韩爷家中探望,韩爷病倒好几天,我还纳闷怎么从大年初一到现在没见他的面。老人家里灭着火,估计这几天没吃饭,我先去给他送壶热水。"薄虎城喊薄维一块儿过去,叫儿子帮着给韩爷家打扫卫生。

大正月没过完,韩爷便一命归西,没有一个亲戚过来吊唁,薄虎城忙前忙后替韩爷操办后事,韩爷这才存了个体面离开大杂院。

有房子的地方就会有人间烟火气,原来韩爷住的那间房子,没过多久搬来一户人家。这也是个三口之家,男主人叫杨义和,女人姓张名佳慧,夫妻俩有个儿子名唤杨昱宽,比薄维小三岁。他们一家住进大杂院后,杨昱宽特爱找薄维玩,两个小孩从小就能玩到一块儿。

两户新邻居搬来不久,大杂院里时不时丢东西,这在以前是从来没有过的。

改革开放初期,杨义和夫妻俩成为第一批个体户,大妻二人起初在和平区批发市场租了摊位,专卖布料。那个年代,服装行业尚未兴起,许多家庭都是买布做衣服。

这两口子每天进完布拉到家里,往布上喷水,然后将布拉长,这样每匹布也就能多卖出一些钱来。薄维瞅见此状迷惑不解,便问起母亲。何淑琴是纺织工人,解答了孩子的疑惑。

没过多长时间,邻居全都晓得他们一家干的勾当,大家原本还想去他家买布,见他们这般举动,也让邻居打消了去他家买布的念头,邻居对这种投机取巧的行为嗤之以鼻,而这两口子根本不在意邻居背后嚼舌根。

薄虎城家的煤球堆放在门口屋檐下,上边用砖块压着蛇皮袋来防范雨雪打湿煤球。连续几天,何淑琴在拿煤球时,发现煤球数量一天比一天少,她与薄虎城说了这件事。薄虎城对这点小事压根儿没放心上,因为他满脑子里除了工作,就是搞收藏,不操心家中缺不缺生活用品。薄虎城说:"谁家的煤球还能越用越多? 少就对了。"何淑琴说:"可少得离谱,以前咱家可从来没丢过一块煤球,现在无缘无故一天比一天少。"薄虎城说:"别疑神疑鬼的,邻居家缺煤球,临时拿几块用用能算个事吗?"何淑琴说:"那也该跟咱家打声招呼不是?"薄虎城说:"又不是值钱东西,拿着用就是了,打什么招呼,我说你真够抠门,媳妇,做人要大气才能干出丰功伟业。"何淑琴气呼呼地给他个大脖溜儿,"就你大气,你不当家不知柴米油盐贵,好像家里丢东西跟你半毛钱关系没有似的。回头等你收藏的老古董丢了,看你上心不上心。"薄虎城说:"你可别咒我少东西,那可都是宝贝,我的命根。"何淑琴呸了一声,"还宝贝呢,能当吃还是能当喝,我看你那些破玩意儿抵不上我这几块煤球实在。"薄虎城说:"女人家头发长见识短,不和你拌嘴。"何淑琴:"你个老封建,男女平等懂不懂,你是不是新时代的人? 我就纳闷了,破四旧那会儿咋就没把你这种旧社会的少爷给教育成新时代的人,都什么年代了,还搞四旧玩意儿。"

邻居赵姨来到薄虎城家门口,敲响房门,"大嫂,在家不?"何淑琴开了门,打声招呼:"大妹子,今儿没去上班啊。"赵姨说:"这不星期天,学校没课,在家休息。"何淑琴拍拍脑门,"你瞧我人还没老就犯起糊涂,竟忘了今天是星期几。"赵姨说:"大嫂最近有没有收错过衣服?"何淑琴说:"我穿的衣服从来没收错过,不信你到家里来,我打开柜子叫你瞅瞅。"赵姨一脸歉意,"不用看,大嫂,我信得过您,就是过来随口问问,您千万别放在心上。"何淑琴说:"哪能呢,咱们这几年处得跟亲姊妹差不多。"赵姨说:"您一家人总那么热心肠。"何淑琴说:"到家里坐会儿。"赵姨说:"不坐了,我去别处问问,可能被猫给叼走了。"

何淑琴把赵姨拉到家里坐下闲聊,与她倒碗红糖水喝。何淑琴说:"大妹子,我告诉你个事,这几天,俺家煤球一天比一天少,我估摸五天时间少了能有三十块煤球。"赵姨说:"我在院里晾衣服,前天连内衣和裤子都不见了,今天又少双鞋子。"何淑琴低声说:"会不会是那两家邻居干的?"赵姨摇摇头,"不好说,不知道到底是哪家人干的,兴许不是他们两家,咱可别冤枉了人家。算了,不找了,只当破财消灾。"何淑琴说:"往后出门把家中房门锁好,省得别人钻空子,再丢了东西。最近咱俩都留心点,一定要弄个水落石出，等抓住贼，咱们好好臊他一回，看谁还有脸干这丢人败德的事情。"

李十全没正经工作，跟几个无业游民组成小团伙到处游飞，见什么偷什么。偷了东西贱卖换成现钱，坐地分赃。李十全平日不在家，十天半个月回家一趟，第二天就匆匆离开家。

那日早上，何淑琴上班出门前，把屋里的几棵白菜搬到窗台上晾晒。冬白菜到了春季很容易坏，而且菜也变得格外不中吃。

傍晚时分，何淑琴下班回到家门口，发现窗台上的几棵白菜没了。于是来到公爹房中，询问老人，"爸，我家窗台晒的白菜您帮忙收了没有？"薄鑫农说："没收。"何淑琴说："真奇怪，今儿晒的几棵白菜没了。"薄鑫农淡淡地说了句："没了就没了，又不是啥值钱的物件。"

晚上一家人围桌吃饭，桌上只有咸菜。薄维问："妈，今天咋没菜？"何淑琴替薄维夹了一块咸萝卜干，"儿子，这不就是菜吗？"薄维说："这是咸菜。"何淑琴说："咸菜也是菜，你就对付着吃吧，回头连咸菜也没得吃。"薄维说："妈，我想吃鸡蛋。"何淑琴说："没有。"薄维说："你骗人，我看到家里明明有鸡蛋，你给我炒鸡蛋吃。"何淑琴说："叫恁爹给你做去。"薄虎城放下碗筷，"多咱家里做饭成大老爷们儿的事了，这得从哪个朝代论起？"何淑琴："老封建，儿子又不是我一个人生的，你就不能为他做回饭？"薄虎城说："我看你今天说话态度有问题，说说吧，遇到啥烦心事了？"何淑琴说："家里丢了几棵白菜，我去问你爹，你爹说东西不值钱，没了就没了。这是老人该说的话吗？"薄虎城说："老爷子说得没错，不就是丢了几棵白菜，多大档子事，女人家就是小心眼。"何淑琴牢骚一句："有其父必有其子，你爷儿俩一样清高，事不关己，高高挂起，从不过问人间烟火。一大家子就我一个俗人，眼里只有柴米油盐，你收藏的古董也不是我该关注的东西。"

吃罢晚饭，何淑琴将锅碗瓢盆刷洗已毕，到邻居赵姨家来念叨白天丢菜的事情。赵姨说："大嫂用过晚饭了？"何淑琴说："刚吃过，你用过饭没有？"赵姨说："我也吃了，洗了碗筷，准备看会儿书。"何淑琴说："我来闲话打扰你了吧。"赵姨说："嫂子说哪儿的话，您来我家坐会儿，是看得起我。"何淑琴说："我家今天又丢东西了。"赵姨对大杂院丢东西这种事情已见怪不怪了，"嫂子家里丢了甚般物件？"何淑琴说："也不是值钱的东西，不过几棵白菜而已。虽然不值钱吧，但这事叫人觉得恶心，谁会这么缺德，连几棵烂白菜都偷，太不值钱了。"赵姨说："大嫂，我可没拿您家的白菜。"何淑琴说："我当然

107

知道你不是那种偷鸡摸狗之辈,再说你是老师,我还能不信你吗？到你家没别的意思,就是和你念叨念叨。这事谁干的,回头定要弄个明白,咱们也好提防小人。我想出一个主意,需要你帮忙才好。"赵姨说:"您有什么好法子,我一定配合。"何淑琴说:"改天我请个假,白天不去上班,你帮忙把我反锁到屋里。我在窗台上放对银耳坠,悄悄观察到底有没有贼惦记。"

杨义和夫妻俩卖布的生意越做越大,成为八十年代第一批万元户。原来在和平区租个小摊位做买卖,几个月光景,他家已不在小摊位经营,而是盘下一家店铺来卖布。张佳慧忍不住向四邻炫耀,请大家到她家布店捧场买布。赵姨对何淑琴说:"我看他们家的生意做不长久,因为走的是歪门邪道。"何淑琴说:"这种人,咱少搭理,他跟咱不是一路人。"赵姨说:"我才不眼气他家有钱。"何淑琴说:"哼,有啥值得显摆的。薄家祖上可比他们家强多了,祖上也曾开过当铺和绸缎庄,当年薄家的辉煌,他家这点小成就根本不值一提。整个大杂院都是薄家的,包括被封的那栋洋楼也是薄家财产,他们比得了吗?"赵姨说:"大嫂,甭跟他们一般见识,他们就是个没见识的暴发户而已。"

这日,赵姨站在院子里四下瞅了一眼,帮何淑琴锁上房门,离开大杂院上班去了。

邻居方敏待在家中无事可做,白天瞎逛,在院子里东晃晃西晃晃,眼睛乱瞅。转了几圈,她看到薄虎城家窗台上放着一对银耳坠,蹑手蹑脚走到门前,撩开门帘,发现房门锁着,这才放下心来,环顾四周,见院里没人,偷偷摸摸顺走窗台上的银耳坠,装作若无其事的样子走开。

何淑琴悄悄拉开一点窗帘缝,看清楚拿东西的人,轻蔑一笑,"原来是她,我还以为姓杨的一家干此勾当。"

赵姨下班后赶回大杂院,头一件紧要事便是帮何淑琴打开房前门锁。何淑琴见着赵姨别提有多高兴,"憋死我了,简直赶上做贼的了。"赵姨说:"窗台上银耳坠不见了,嫂子瞅见是谁拿走了吗?"何淑琴说:"好在今天没有白白蹲守一天,到底看清了小偷的嘴脸,就差抓个现行。"赵姨说:"谁干的?"何淑琴说:"老李家那口子干的。"赵姨说:"大嫂,我陪你去老李家讨个说法。"

二人登门问罪,见方敏正在做晚饭。何淑琴说:"老李家的,我家窗台上放的一对银耳坠丢了,你瞅见没有？要是见着猫叼走帮忙捡到,你就还给我。"方敏脸色阴沉,"你嘴里都说了东西让猫给叼走,我哪里见得你家东西。"赵姨说:"该不会是你拿的吧?"方敏愤愤地把锅铲子往地上一摔,两手又腰,"你拿人家东西,还有脸赖到我头上。有你这号不要脸的扫把星吗,生生把自家男人克死不说,这辈子连个儿子也没有,活该你们家断子绝孙!……"后面跟着一长串儿腌臜话,让人简直没耳朵听,赵姨被她气得浑身突突,"这辈子没见过你这般不要脸的娘儿们。"何淑琴说:"你那张嘴别不干不净的,逮谁咬谁。今儿明话告诉你,我丢的不是什么值钱货,也不与你讨要,再有下次被我逮着偷东西,往后就甭在大杂院住了。"

李十全正好赶到家中碰到这种尴尬场面,何淑琴拉起赵姨的胳膊往外走,见着老李冷嘲热讽道:"老李,管好你家媳妇,手也太长了,都伸到我们家里来了。邻里邻居低头不见抬头见的,可不能把路给走绝了。"李十全打个淡哈哈:"嫂子慢走,不送了。"

待闹事的主儿走了人,李十全二话不说,狠狠抽媳妇一个大嘴巴,张口骂道:"你是傻子,还是缺心眼?兔子不吃窝边草,你掏摸邻居家的东西干啥,不能跑远点的下手?"方敏面对自家男人打骂愣就没点脾气。李庆放学回到家,吵着饿了。方敏说:"儿子,你爸他今天一回来就打我。"李庆骂道:"你个老王八蛋,敢动手打我妈,他妈的我抽死你信不信?"说时迟那时快,李庆拿把凳子朝他老子砸去,替母亲打抱不平。李十全没防备儿子真敢动手,身上挨了一下。李十全气急败坏将儿子摁倒在地,解开皮腰带抽打儿子,"好啊,你个小畜生,忤逆不孝,居然敢打老子。"方敏忙拿起菜刀照着李十全身后用刀背猛砍一刀,"再动我儿子一下,你试试看,老娘与你喝雷捣撒子!"李十全疼得吱哇乱叫,狼狈不堪地负气离家。方敏拉起儿子,摸摸儿子的脑袋,"儿子知道向着妈,你妈我这辈子有指望了。"李庆说:"妈放心,长大后我一定叫妈吃香的喝辣的,俺爸敢对你不好,我替你揍他。"方敏说:"这才是我的好儿子。"

每逢周六日,杨昱宽一天在家写作业,一天跟父母去布店。父母在店里忙着做生意,杨昱宽守着柜台,见柜子里有不少的钱,便动了歪心思,起初只拿几块钱,平常花钱买零食吃,少不得担惊受怕,生怕父母发现遭打骂。由于柜子里的钱没数,加之杨义和夫妻俩不擅管账,这便给儿子留出空子。后来,他的胆子越来越大,几块钱已经满足不了他日常零花。他由之前几块钱到后来一次拿几十块钱,甚至多则拿一两百块钱。

杨昱宽在校园里出手阔绰,总是花钱买各种各样的零食与玩具,同学没有不羡慕他的。杨昱宽和薄维走得颇近,每次放学买了好吃的,必然讨好地分薄维一半,在他心中十分敬重这位大杂院里的哥哥。

平日出去玩,薄维口袋里至多装三五块钱,而杨昱宽的口袋就能装一两百。薄维向他请教怎样与父母讨零花钱的方法,杨昱宽偷偷告诉薄维一个秘密,"其实我家人也不给我零花钱。"薄维说:"你的钱打哪来的?"杨昱宽说:"家人不给钱,我就在钱柜里拿钱,反正他们挣的钱早晚都要留给我花。我起先拿得少,慢慢再多拿家里的钱,如此这般可以试探家人到底在不在乎钱财。这事千万别让大人知道,否则肯定没好果子吃。"

薄维觉得此法甚妙,决定尝试一二。他清楚家里平常放钱的地方,趁父母不在屋里,偷偷拿了五十块钱。身上有了钱,薄维变得大手大脚起来,连续几天时间,买了许多零食与杨昱宽一块儿分着吃。

这天,薄虎城相中一件古玩,准备花七十块钱买下来。当他回到家准备拿钱时,却发现抽屉里少了五十块钱。薄虎城问妻子,"家里少了五十块钱,你拿了没有?"何淑琴说:"我没动你的钱。"薄虎城说:"怎么会突然少了五十块钱?我这几天也没往外使过钱。"何淑琴说:"该不会是老李家的人偷咱家的钱吧。"薄虎城说:"无凭无据,可不要随便给人家栽赃。"何淑琴说:"老李家一窝都是贼,贼性难改,保不齐就敢把手伸到咱家来。"薄虎城说:"会不会是你儿子拿了钱,这几天,我老见他吃嘴。"何淑琴说:"千防万防家贼难防,嗬,敢情出了家贼,你儿子都跟老李家的学上了。"薄虎城说:"你去问问儿子,看他到底拿钱没有,真要拿了钱,批评教育一顿就是了。"

何淑琴推门进来,正好撞见薄维吃嘴。何淑琴说:"吃嘛呢?"薄维赶紧咽下口中零食,"没吃什么。"何淑琴在薄维书包里翻出几样零食,"哪来的?"薄维说:"别人送我的。"何淑琴用犀利的眼神逼问儿子:"有没有动你爸的钱?"薄维说:"没动。"何淑琴说:"要是被我翻出来,决不轻饶,主动承认错误,到底拿没拿家里的钱?"薄维说:"我没拿。"

何淑琴在屋里翻找起来,枕头、铺盖、被子下边翻了个遍都没找到,接着又在书包、书本里翻找,仍没看到钱的影子。薄维格外紧张地把铅笔盒藏到身上,何淑琴似乎有所察觉。何淑琴说:"站起来。"薄维站起身,何淑琴在薄维身上翻找,拿出铅笔盒,打开铅笔盒一看里边有十几块钱。

何淑琴厉声质问:"这些钱从哪来的?"薄维一时语塞,只好编了个谎,

"老姑奶奶给的。"何淑琴扇了儿子一耳光,薄维的眼泪不争气地流了出来。何淑琴说:"我最讨厌说谎,今天非把你打改不可,不然你长大后就会成为老李家那号人,蹲监狱的货色。"

何淑琴一把将儿子拉到院子里,拿起笤帚狠狠打薄维。薄虎城顾及颜面在旁劝谏,"孩子他妈,别打了,家丑不可外扬,你非要把孩子拉到院子里打,叫孩子难堪。有嘛事,咱不能在家里说吗,非要闹得整个大杂院的人都知道。"

薄维的哭声引来大杂院里的邻居围观,薄玉兰急忙拉住何淑琴的衣袖,"侄媳妇,孩子有错应该好言教育,你这般打骂只会伤了孩子的自尊心。"何淑琴说:"你们今天谁也别劝,我就要让他知道做人不能当贼,家贼也不能当。他现在这么小都敢偷家里的钱,如果不趁早悔改,将来大了必然走上犯罪道路。我让他一辈子记住今天的教训,再也不敢犯同样的错误,倘或打得不痛不痒,他能改得了坏毛病吗?"薄鑫农皱着眉头,"好了,好了,说两句就得了,还真下得了狠手,哪有你这样当妈的,真够狠心。"何淑琴说:"爸,您回屋歇着。我教训自家儿子,这事您甭管。"

张佳慧在一旁冷嘲热讽,"要是我儿子拿家里钱,我才不会这般动粗。多大点的事,非要在大庭广众之下教训孩子,孩子当众丢丑还不记恨当妈的一辈子。老爷子说得对,我看大嫂教育孩子忒过分,跟个后妈似的。"何淑琴说:"站着说话不腰疼,真要轮到自个儿头上,我就不信你不管。"张佳慧看了看儿子,"儿子,往后你要钱只管找爸妈要,咱家不缺仨瓜俩枣,你妈可没那么狠的心,也不会为一点小钱连亲情都不顾了。"

方敏则在一旁拍手叫好,幸灾乐祸道:"薄维他妈打得好,教育得对。最可恨的就是家贼,小小年纪不学好,就该打!倘若我儿子偷家里的钱,你看我怎么收拾孩子,非得把他吊起来个竹丝炒肉,我看你打孩子打得太轻,怕你家孩子长不了记性。"薄玉兰气急败坏地骂道:"说哪门子的风凉话呢,有你这样劝架的吗?不要狗拿大眼贼,没事少掺和别人家的事。"

何淑琴不顾邻居指指点点,把儿子一阵好打,完事后罚站两个钟头,叫薄维面壁思过。

暑假来了,薄维手中拿把铁铲子又在院子里挖宝。李庆感觉好奇,问道:"薄维,你在干吗呢?"薄维说:"挖宝。"李庆忍不住嘲笑道:"一个破大杂院里能有什么宝贝?"薄维说:"谁说没有宝贝,我在院里挖出来过玉件、金佛、银圆。"李庆套起话来，"你怎么知道哪里有宝贝？"薄维说："这是我们薄家祖上的老宅子，爷爷告诉我哪个方位大约莫有嘛，我就能挖出来。"李庆说："我才不信你的鬼话，除非你真能挖出宝贝来。"

薄维不紧不慢在院子里挖宝，一天工夫，真就挖出两件古董，一件玉器佛像，一件清代小瓷瓶。李庆不禁有些眼红，"薄维，让我看看你挖的玩意儿。"薄维说："你看完得还给我。"李庆说："你们一家子都小气，看看还能不给你吗？"他拿过两件古董爱不释手，一心想据为己有，"薄维，我给你两块钱，把这两样东西归我如何？往后有人欺负你，只管告诉我一声，我替你拔闯。"薄维对钱没概念，觉得两块钱也不少，"成交，两块钱东西出手。"李庆说："你等着，我回家给你拿钱。"

归齐没想到竟成了肉包子打狗，薄维左等右等，等了半天，没见李庆出来给钱。薄维等得不耐烦，硬着头皮进了李庆的家门，问道："你给我拿的两块钱呢？"李庆矢口否认，"谁欠你钱。"薄维想了想，的确李庆不欠自个儿一分钱，遂改了口，"你把那两件宝贝还我。"李庆张嘴说瞎话，"你有哪门子宝贝，我没见过。"薄维登时急了，"你耍无赖，想昧下我的东西。"李庆瞪着两只大眼理直气壮地说："我没拿你东西，还个鸡巴毛。"薄维气得破口大骂："妈了个巴子，你小子有种不还，信不信你老爷我黑更半夜放把火烧死你们一窝狗日的。"李庆仗着个头儿比薄维高大，敲他一记暴栗，"滚，再胡搅蛮缠，弄死你丫的。"

薄维对李庆恨之入骨，回到家中满心委屈，气得晚饭也不吃直接躺床上。何淑琴走进儿子房间，问他怎么连饭也不吃就躺下。薄维说："妈，我没心情吃饭。"何淑琴说："我看你今天有点不太对头，给妈说说跟谁家孩子闹矛盾了。"薄维坐起身来，"妈，老李家的龟孙子欺负我，今儿我在院子里挖宝，挖了两样东西，一尊佛像，一只小瓷瓶。李庆花言巧语骗我东西，说给我两块钱，我答应了。可他把东西拿回家，耍无赖躲着我不肯给钱。我找他讨要两样宝贝，他不还，动手朝我头上打了两拳头。"何淑琴说："儿子别怕，穿上鞋子，咱娘儿俩去找他妈评理去。"

何淑琴敲响邻居家的房门，方敏知来者不善，因为儿子已经和她言明白天的事情，方敏直夸儿子聪明能干。李庆说："妈，他们找上门了。"方敏说："儿子，有妈在，甭怕他们。"

方敏若无其事地打开房门，阴阳怪气问道："哎哟，您大晚上的来我们家有何贵干?"何淑琴说:"儿子,与你婶子说清楚怎么回事。"薄维把白天之事说了一遍,方敏装模作样问起儿子,"小庆,你说句实话,拿人家东西没有?"李庆说:"妈,我没拿他东西,白天也没跟薄维一起玩过。"方敏说:"儿子,你可不能当大人面说谎,拿了就是拿了,假若拿了不属于自个儿的东西就要还给人家,你若真没拿,妈替你主持公道,决不叫你受半点冤枉。"李庆说:"妈,我真没拿薄维的东西。我要昧良心说假话,这辈子不得好死。"任谁都没有想到,多年后,此话一语成谶。

方敏语气生硬地下起逐客令,"我儿子业已立下重誓,他说没拿便没拿。怎么着,你想无中生有,讹诈我们家不成。告诉你,我可不怕你血口喷人,老李家的人向来脚正不怕鞋歪。哪像你们家的人那么阴险,总把别人想象成坏人。想敲诈勒索我儿子,门儿都没有。还不快走人,我们屋里不欢迎外人。"

何淑琴见他们娘儿俩一副死猪不怕开水烫的嘴脸,懒得再去搭理他们,便带着薄维走了出去。何淑琴说:"儿子今后要远离这号儿人,他们家的人不通人性,根本一点道理不讲,谁沾上他们谁倒霉。"薄维说:"妈,我不和老李家的人来往,免得被他们一家人熏臭。"

此后在大杂院生活的几年间,薄维几乎没和李庆玩过,见他一家人远远躲着走,生怕近墨者黑。

李庆初中没读完就辍了学,青年时期长得人高马大,整天无所事事,混迹于社会。俗话说"有其父必有其子",李庆的行径与他父亲如出一辙,游手好闲,不仅偷家里钱,而且也在外边偷,常与人打架,年纪轻轻在社会上已劣迹斑斑。

薄文龙十几岁就进入天津盛锡福帽厂工作,盛锡福在民国时期的天津租界便已享誉盛名。薄文龙爱钻研,擅长做帽子,没过几年,他从学徒成为一名设计师。

天津人称叔叔为伯伯(音"掰掰"),这位比薄维年长二十几岁的伯伯倍儿待见薄维,他问侄子:"小维,你喜不喜欢戴帽子?"薄维说:"喜欢,伯伯想给我买顶帽子吗?"薄文龙说:"伯伯不给你买,打算与你做顶帽子。"薄维笑说:"好啊,好啊,我等着戴伯伯亲手做的帽子。"

薄文龙特地为小侄子设计了一款时下流行的帽子,俗称鸭舌帽。没想到帽子做出来之后,十分抢眼。薄维戴上鸭舌帽兴高采烈地跑出去玩,其他小孩见他戴这顶帽子无不羡慕,结果他的鸭舌帽被别的小孩抢来抢去拿走了,因这顶帽子还与他人闹了一点矛盾,好在家人最后又把帽子要了回来。

5 院里埋的宝贝重见天日

时代发展的浪潮滚滚向前永不停息地推进着,大杂院拆迁的风声传得沸沸扬扬,这使得几家欢喜几家愁。薄家人听到动静之后,薄鑫农特地主持一场家庭会议,"大家可能都已听说了,咱们这个地方不久就要拆迁,政府征用土地来建造大楼,至于什么时候拆,目前还没有准信,不过咱们一大家子人应当提前做好准备。"

薄虎城眼前最关心的是那些埋藏在院子里的老物件,"爸,要不咱把地下埋的东西挖出来吧。"薄鑫农说:"虎城,你分析当前局势,一旦将老物件挖出来会不会对咱家有不利影响,或者说东西会不会被政府再次没收?"

薄虎城陷入沉思,想了半天,"爸,我想这种事不太可能发生,那段特殊历史已然成为过去,以后断然不会发生如此荒唐的事情。这几年,家里搞的收藏多多少少也有几百件,没见有人过来抄家。"薄鑫农说:"我老了,看不透日后发展形势,如果现在不挖,以后拆迁了这些老物件就不再属于薄家,与其这样,倒不如当下冒险挖出来。介事要悄无声息来干,千万不要同外人说起,以免招惹是非。"

家里的男人以薄虎城和薄文龙为主参与挖掘工作,女人负责晚间望风。经过一整宿的挖掘,"文革"时期埋藏的物事得以重见天日。其中包括银圆、书画、青铜器、玉器、金银首饰、象牙艺术品,以及不同年代的钱币等等,拢共挖出数百件老物件。

打那之后,薄鑫农手中换了一块玉把玩,那块玉有小孩子拳头那么大,分外油润。薄维见此玉心生欢喜,心下总会涌起难以言喻的感觉。他每次都会忍不住伸手摸这块玉,觉得玉石完美无瑕,他问爷爷这块玉叫什么名字。薄鑫农说:"此玉出自汉代,名为望天犼,是一种神兽,摸了它能够让你学习成绩提高。"薄维半疑半信,"真的吗,爷爷?"薄鑫农微笑着点头,"你今晚好好复习,明儿准能考个好成绩。"

薄维接着又问:"爷爷,它为什么有翅膀呢?"薄鑫农解释道:"因为它是神兽啊,有翅膀意味着它能飞。你看它整体造型,不管是羽翼还是两个角,都显得非常抽象与夸张。这块望天犼质地为和田玉,玉器在中国古代社会尤为尊贵,上到帝王将相,下到黎民百姓,人人无不爱玉。古人常把君子比喻成美玉,于是便有了君子如玉的典故,足以见得人们对玉的推崇程度之深。你愿学吗? 爷爷教你。"薄维乐得手舞足蹈,"太好了,我愿学。"薄鑫农说:"玉石有多种类型,以新疆和田玉质地最好,你知为什么和田玉好吗?"薄维挠挠头,"爷爷,您不是难为我吗,我哪懂这些呀。"薄鑫农摸摸薄维的脑袋,"因为和田玉的玉质温润,越盘越亮,有个词语叫温润如玉,其赞美的就是人的品性,符合正人君子的性格。"薄维说:"爷爷,这块玉能给我吗?"薄鑫农说:"等你大了就归你。此物先传你父亲,而后你爹再传你。"薄维说:"那叫我天天摸摸,一准儿学业有成。"

薄维惊讶地发现爷爷还有一件特殊藏品,由多块玉件组成,每每见到此物薄维都想拿起来把玩,可爷爷偏不准他碰。薄维询问:"爷爷,这到底是什么东西?"薄鑫农说:"此物为玉组佩,又名佩玉,盛行于春秋战国时期。玉组佩非常珍贵,并非普通人可以佩戴的物件,这件看看可以,但不能动手拿。你现在还小,日后大了,教你慢慢学习这些东西。"

过了两天,考试成绩出来了,薄维惊喜地发现这次考得竟比往常要好一些。薄鑫农说:"怎么样,孙子,爷爷没骗你吧? 记住了,你每天看看我的玉石,再去好好复习功课,定能考出个好成绩。"爷爷的话无意之间为望天犼增添了神秘色彩,在薄维幼年的心中益发坚定这种神兽似乎有一种无形的力量。

有一天,薄维鼓足勇气问起父亲:"爸爸,多咱能把家里的玉给我呀?"薄虎城问:"你说的是哪块玉?"薄维说:"爷爷那只带翅膀的玉,叫神兽望天犼,爷爷说先给你,然后你再给我。"薄虎城说:"小子,这玩意儿可是咱们家的传家之宝,像这样的玉,你爷爷有几十块呢! 想当年,你爷爷也是大收藏家,许多物事是老太爷传给你爷爷的。你还有个伯伯呢,到时候你爷爷分财产,他给什么咱要什么。"

到了春天,一日阳光明媚,薄鑫农让老大和老二把几个大箱子从屋里搬出来晾晾,里边装的是古玉、书画、青铜器等。他让家人知道家里有多少东西,顺便也给家人讲讲老物件的历史。薄虎城与薄文龙对这些老物件颇感兴趣,薄鑫农讲话,他们听得认真。

薄维见这些古董,心中涌起一种莫名的感觉,似曾相识,却又有几分陌生,但心中大抵是喜欢的。其中一件青铜盘,深得薄维喜爱,青铜器双耳圈足,中间刻有几个铭文。薄维问爷爷这是干什么的,薄虎城说:"这件青铜盘有上千年历史了,铸造于西周时期,异常珍贵,也叫墙盘。"薄维说:"它是烙饼用的吗?"薄鑫农哈哈大笑,"这可不能烙饼,过去为贵族家庭盥漱的物件。"

如何与家人分配财产,薄鑫农连日来一直琢磨此事,经过几日的慎重考虑,他决定再开一次家庭会议。薄鑫农说:"这些老物件中有些是传家宝,也有民国时期咱家当铺收来的珍品。没被抄家之前,家中古玩大大小小的有几万件,历经那场浩劫之后,东西所剩无几。我这几天在考虑怎样公平分配财物,倘若存在厚此薄彼,你们谁都别埋怨,毕竟家里的财产本理应儿子继承。"

最终大部分物件分与薄虎城和薄文龙两兄弟,薄玉兰、儿媳妇则分了些金银首饰。薄虎城喜欢乐器,薄鑫农便将民国时期的一台美国维克多牌柜式留声机给了大儿子。

薄虎城分到这份财产,并没有过多欣喜,因为他不知道这台已过半个世纪的留声机是否还能放出音乐。薄虎城小心翼翼地把这台留声机搬进自个儿房中,搁上一张民国年间的老胶片,轻轻摇动手柄上紧了发条,留声机响起《天涯歌女》的声音。当听到久违熟悉的经典旋律,薄虎城欣喜若狂,眼中不经意间泛出泪光,不禁勾起了他对往事的回忆。

这日,薄维放学回家,忽见房中多出一只大箱子,遂问起家人箱中装的是何物。薄虎城说:"你最喜欢家里什么物件?"薄维说:"我没听明白。"薄虎城说:"你喜欢爷爷家的什么宝贝?"薄维随口说:"我想要爷爷的小神兽。"薄虎城打开箱子,把其中一件红布包裹着的东西递向薄维,薄维揭开红布后,看到心仪已久的望天犼玉件。薄维说:"爷爷怎么舍得给您了?"薄虎城说:"这是你爷爷分家给的,一共有三十多件玉器。老爷子晓得你喜欢此物,就把这件玉器分给我,以后不就成了你的。"

听父亲如此一说,薄维连蹦带跳,此时他在箱子里看到了许多以前从未见过的精美玉器,其中还有之前见过的那件玉组佩。薄维随意打开箱子里的一个小盒子,指着造型特异的玉器问道:"爸爸,这是什么物件呢?"薄虎城说:"古代帝王将相用的承露杯,此物乃和田羊脂玉制成,出自战汉年间,不管是器物的纹饰雕刻,乃至材料,都称得上一件顶级艺术品。"薄维十分好奇,"那它为何没底呢?"薄虎城说:"承露杯属于特殊物件,置于特定高度在晚间接露水使用,故此没有杯底。"薄维说:"雕刻的是望天犼吗?"薄虎城说:"这叫赤龙,你看它外表像一条大龙盘绕在杯子上,试想一下,帝王天天拿着赤龙承露杯饮着琼浆玉液,祈求长生不老,那是多么奢侈的生活。此物也被称为玉爵杯。你看古人多么富有想象力和创造力,就连一件器物都造得如此精致,把古人艺术审美的观念展现得淋漓尽致。"薄维说:"我感觉杯子造型奇特,但不实用,我不喜介物件,因为它没法摆。"

薄虎城听罢乐了,笑说:"这些都是传家宝,而今又历经十年动乱,因为深埋地下保存,所以你才有幸见到。你爷爷现在岁数大了,分了财产,把青铜器分你伯伯,多数玉器分了我。你长大之后,这些都是你的,你一定要好生保管。这些物件传承有序,不光是咱家的传家宝,更是社会历史的文化遗产,你要好好学,多研究文物。把古董收藏看好,以便传给你的下一代。"薄维似懂非懂地点点头,"爸爸,我长大了要当收藏家。"薄虎城笑了,笑得那么开心,仿佛在儿子身上看到了家族的兴旺。

薄鑫农嗜酒如命,薄玉兰为此劝过多少回,让他少喝酒,但他就是不听。薄玉兰说:"大哥,您这把年纪了,六十多岁的老人应该少喝酒。"薄鑫农说:"酒是我的命,生活少了酒就没滋味。大妹,你今年多大岁数了?"薄玉兰说:"大哥把小妹出生年月都给忘了,我一九二三年民国十二年出生,转年六十整了。"薄鑫农拍下脑门,"老了,不中用了,记性越来越差。二妹她今年多大岁数?"薄玉兰说:"玉珍小我三岁,说起二妹,我就想起二妹和大嫂名字相近,原来老太太在时,一喊玉珍、玉金,不注意听根本分不出来喊的是谁,大嫂和二妹两人同时应声,想起来不觉好笑。"薄鑫农说:"老二家媳妇再过几个月就要生了吧?"薄玉兰说:"最多三个月就生孩子了。"

薄鑫农望着自家妹妹,不禁叹口气,"玉兰,老薄家最苦的人是你,你一辈子没结婚,没儿没女。眨眼间,都快成了六十岁的老人,将来谁为你养老送终?"薄玉兰说:"虎城、文龙,还有薄维不都是我一手带大的,我就不信,我老了,他们对我不管不问。"薄鑫农说:"可他们毕竟不是你亲生的,跟你可能不会太亲近。"薄玉兰说:"亲近与否并不重要,我也不指望他们孝敬我,等我百年后,小辈们能为我送终,我就心满意足了。"

薄鑫农始终心存疑问:"玉兰,你这辈子不结婚,难道就没后悔过吗?"薄玉兰说:"有嘛可后悔的,我一个人过习惯了。"薄鑫农说:"没个知冷知热疼你的人,可不委屈一辈子。"薄玉兰说:"大哥,我还是那句话,不后悔当初的选择。"薄鑫农说:"你啊,这辈子太要强,总是那么固执。"薄玉兰说:"大哥的婚姻幸福吗?"薄鑫农沉吟片刻,"你嫂子给我生了这么多儿女,这难道不叫幸福吗?"薄玉兰说:"大哥所谓幸福的标准如此便宜,两口子老了老了,还闹分居,多少年你俩没一张床上过日子。人常说少年夫妻老来伴,人家越老越体贴,而你和大嫂却越来越生分。要不是老二家结婚需要房子,怕你俩也不会合到一间屋住。"薄鑫农说:"什么幸福不幸福的,两口子能搭伙对付着过日子就成。不吵不闹,过一辈子不挺好吗。"

那天,薄鑫农在屋里喝多了酒,突然一头栽歪倒地。陶玉金吓了一跳,赶忙蹲下来扶一把,连喊几声"老头子!"见他毫无反应,拿手触摸老伴儿的鼻孔,人已断了气。陶玉金拉着老伴儿的手,哭着叫喊:"玉兰,玉兰,你哥没了。"

一家子人上班的上班,上学的上学,只剩下三个老人和一个待产的孕妇在家,薄玉兰闻声赶来。陶玉金坐地用腿垫着薄鑫农的头,抬手抚摩老伴儿的脸,涕泗横流。薄玉兰和嫂子忙把薄鑫农抬到床上,只等薄虎城回家料理后事。

薄文龙的儿子出生后,家里增添了几分喜气,长辈为孩子起名薄越。这下姑奶奶薄玉兰又有事可做了,忙前忙后伺候侄媳妇坐月子,又帮侄媳妇看了几年孩子。

6. 少年薄维

薄维上小学三年级时出现了叛逆心理,此时他调皮得出格,成了姥姥不疼舅舅不爱的孩子。

一日,校园铃声响起,孩子们规规矩矩坐在教室里等老师上课,老师精神焕发地走上讲台,班长高声喊道:"起立!"同学们齐声问好:"老师好!"老师微笑着回应:"同学们好,请坐下听课。"就在此时,薄维一脚放倒同桌杨乃纯的凳子,杨乃纯一个没留神,摔了个四脚朝天,哎哟一声,惹得同学哄堂大笑。老师气得脸色难看,"薄维,去站到最后一排听课,明天叫家长来学校一趟。"

被请家长之后,薄维总算老实一两天,但过不了三天,老毛病就又犯了。

当时杨乃纯正趴桌上写作业,薄维把提前预备好的一包粉笔末一下子倒进同桌的领子里,杨乃纯找班主任打小报告。班主任走到薄维身边,拍拍他的脑袋,"薄维,不好好学习,就知道调皮捣蛋,明儿个把家长请来。"薄维不敢抬头,"是,老师。"

隔了几天,薄维早晨刚来到学校,忍不住又捉弄起同学来,他突发奇想从家里拿了一把图钉。杨乃纯到班里即将坐下的一刹那,薄维立马使坏朝他板凳上撒了一把图钉,杨乃纯一屁股坐到凳子上疼得叫跳起来,急忙拔下扎在屁股上的几颗图钉,薄维和周边的同学拿他取乐。杨乃纯骂道:"薄维,你小子缺德带冒烟,有娘生没爹教的小厮,等着叫家长吧。"

下午放学后,只有一个教室还亮着灯。何淑琴说:"实在抱歉,老师,又给您添麻烦了。"班主任说:"姐姐,您这周第几次来学校了?"何淑琴说:"第三趟。"班主任说:"薄维,能不能叫你妈省点心。看看你学习成绩,语文数学多咱考及格过?不为父母在学习上争气也就罢了,你还没事找事,喊你妈隔三岔五来学校,知不知道丢人?"何淑琴说:"老师,我家孩子错了,是我们管教无方,回头我一定好生教育小孩,不给老师惹麻烦。"

何淑琴拉着儿子的胳膊穿过院子,进了家门,她在墙角抄起一把笤帚狠打儿子,"叫你不听话,在学校惹是生非,你妈的脸不是脸啊,都被你丢光了,看你以后改不改?"薄维哭得歇斯底里。

薄玉兰听到动静赶忙过来,拉住侄媳妇的胳膊,"淑琴,孩子小打不得,万一打坏了咋办,你那火暴脾气得好好改改。"薄玉兰把薄维护在身后,"以后可不兴这么打孩子了。"何淑琴说:"大姑,您甭护他,今儿我非把他打改不可。这孩子忒淘气。我一个星期去三趟学校见老师,被老师说得没羞没臊,脸都没地儿搁了。"薄玉兰说:"哪家男孩子打小不淘气,都是这样长过来的。虎城小时比你儿子还淘,长大就好了,孩子就该有孩子的样。听姑的劝,可别打了。"

后来,杨乃纯每次来到班里坐凳子时,总要留神提防凳面有没有撖钉,或是凳子被忽然踢开。杨乃纯坐下来后,眼瞅同桌不理他,便拿手指在自个儿脸上刮羞,"薄维,昨天被你妈教训了吧,羞不羞?"薄维将他冷觑一眼,"往后别跟我说话,你敢打小报告,真够小肚鸡肠。"杨乃纯说:"咱俩为这点小事根本犯不上闹矛盾,往后咱们还得一块儿耍。"薄维说:"谁跟你玩啊,简直跌份儿。"

杨乃纯从书包里掏出一套整版的女排邮票,故意讨好地说:"这是刚发行的邮票,送你了。"薄维瞅了瞅,欣喜地一把接到手中,"哪弄的?"杨乃纯说:"我妈在邮局工作,知道咱俩的事情,听说你喜欢收藏邮票,她让我送你一套,让你今后别再欺负我。"薄维拿着邮票再次确认,"真的送我了?"杨乃纯说:"这还能有假,东西不都在你手上。"薄维说:"你不会反悔?"杨乃纯说:"为了同学间的友谊,这点东西算什么。送你的,我不会找你要回。"薄维说:"拉钩。"杨乃纯说:"拉钩就拉钩。"二人拉钩。薄维说:"拉钩上吊一百年不许变,谁变谁是乌龟王八蛋。"杨乃纯说:"你和我做朋友,等我有了新邮票,到时候再送你。"薄维说:"好,一言为定。"

在同学杨乃纯的帮助下,薄维小学毕业前业已收藏了好几本非常珍贵且完整的中外世界邮票。

随着薄维对邮票的深入认知,他越发痴迷于集邮,甚至早已超过对烟壳的喜爱。

那年薄维上小学四年级,有一回学校组织周末旅游一天,班主任让学生自愿报名参加。

薄维放学回到家里,与家人说了此事,"妈,我们学校周六组织旅游一天,要三十块钱报名费。"何淑琴说:"咋要这么多钱呢?"薄维说:"老师说周六坐车去蓟县,包来回车费,管午饭,还照相。"何淑琴在柜子里拿出三十块钱递给薄维,"儿子,把钱收好了,千万别在上学路上弄丢了,明儿个到学校抓紧交与老师。"

班主任在班里负责收钱,统计周六参加旅游的学生名单。全班同学几乎都交钱报名参加旅游,唯独差薄维一个。班主任问:"薄维,你怎么不报名参加活动?"薄维说:"我家困难,委实交不起三十块旅游钱,家人不让去。"

然而,周六一大早,薄维装模作样出了家门,朝学校方向走去。归齐转弯抹角,去了邮局,花三十多块钱买了一套喜欢的邮票。

直至天色很晚,薄维鬼鬼祟祟溜回家,忙把书包放到自个儿房间,洗把手拿筷子吃饭。何淑琴见着儿子问道:"小维,今天出去玩得怎么样?"薄维张口答道:"蓟县挺好玩的,那边风景可漂亮了,有山有水,建筑宏伟,古香古色,置身其间如在画中游,恍若人间仙境一般。我们在景区拍了大合影,大家玩得可开心了,出去玩一天长了不少眼界。"

过了两天,何淑琴问起薄维,"儿子,你们出去拍的旅游照片洗出来没有？我想看看。"薄维搪塞道："妈,着什么急啊,一张破照片有啥好看的。"何淑琴说："你妈我从小到大没出过远门,也想看看外边的风景。"薄维说："回头您也出趟远门,想到哪儿就去哪儿,看看祖国大好河山。"何淑琴说："我也想啊,可咱家没那么富裕。"

一周后,何淑琴仍旧问起旅游相片的事,"儿子,旅游照片洗出来了吗?"薄维原以为母亲早就忘了这茬,没想到今日又提起此事,"妈,您甭惦记了,学校没洗照片。"何淑琴说："咋回事?"薄维说："你问我,我问谁去,没洗就没洗呗,一张照片有啥稀罕的。"

照片在那个年代确实稀罕,何淑琴特别想看儿子在景区的留念,于是干脆来到学校问起班主任,"老师,我家孩子去蓟县旅游的照片怎么到现在还没洗出来?"班主任听后,略显诧异,"姐姐,您家孩子根本没报名旅游。"何淑琴就是一愣,"老师,班里学生多,恐怕您记错了吧,我儿子明明报名去旅游了,还找我要了三十块钱。周六晚上回来,薄维告诉我,说蓟县风光甚好。"班主任说："旅游收三十块钱这事没错,可您家孩子真没去,他说家庭困难,三十块钱拿不出来,家长不准去。我这么大的人,没必要骗您。"

何淑琴意识到事情的严重性,寻思这么小的孩子就敢撒谎,这让她不禁担忧起来。班主任叫过来薄维,当着家长的面问他："给你妈说句实话,那天你跟大家一块儿旅游去了没有?"薄维耷拉着脑袋,"没去。"班主任说："有没有找你妈要三十块钱?"薄维说："要了。"班主任说："三十块钱哪去了?"薄维说："我买邮票用了。"班主任说："这下前因后果您都清楚了吧?"何淑琴尴尬不已,"抱歉啊,老师,没想到这回孩子把我骗了。"

母子二人回到家,何淑琴越想越生气,"薄维,收藏是你的兴趣爱好,但你说谎骗家里的钱,就是人品问题。这次怎么办,是打还是改?"薄维求饶道："妈妈,饶打一回,我改成不成?"何淑琴说："我也不跟你爸说了,你犯的错误相当严重。儿子,做人要诚实,不能欺骗家长,知道吗?"薄维说："关键我太喜欢那套邮票了。"何淑琴训斥道："你再喜欢,也不能对大人说谎。你这么做,多伤家人的心,如果今后再有下次,决不轻饶。"薄维说："我知道了,妈。"

这日,大杂院门口站着一只小猫,一身雪白的毛,两只溜圆的蓝眼睛。薄维正好瞧见小猫,觉得小猫样子甚是可爱。他忍不住伸手去摸小猫的脑瓜,小猫用头顶顶他的手,丝毫不怯生人。薄维顺手把小猫抱到家里,薄玉兰见他抱只猫，"孩子，你抱只猫干吗，当心猫急了拿爪子挖你。"薄维说："我在大门口捡了只流浪猫，大姑奶奶，您瞧小猫多乖，多漂亮啊。"薄玉兰说："是啊，这只猫长得真好看，你们家哪有空养小动物。要是你妈不愿养的话，我替你养着小猫。"

好在何淑琴喜爱小动物，故此小猫得以在此安家，成为薄维童年的"朋友"，薄维与小猫起了个名字叫大班。薄维养猫，无形之中给母亲多添了一个活儿，何淑琴不得不经常给猫换猫砂，操心猫的日常饮食。

附近居民楼有个人叫二壮，家住四楼，从事环卫工作。二壮有个爱好，没事喜欢半夜抓猫，为此专门做个诱捕猫的笼子，笼子里撒上诱饵，只等猫钻进去吃食。二壮趁机逮住猫，将猫装进袋子里系住口，拿回家把猫从楼上扔下来活活摔死，然后扒了猫皮，炖着吃肉。

何淑琴听闻二壮的恶行之后，格外气愤，但对此也没办法劝阻，因为二壮脾气不太好。有一次，何淑琴见二壮手中拎只大猫，便叫住二壮。二壮问："大嫂，吃猫肉吗，我给你弄只尝尝新鲜。"何淑琴灵机一动，"二壮，我有个同事想养一只猫，我瞅你这猫不错，要不卖给我咋样，我给你拿十块钱。"二壮假意推让，"不要钱，大嫂，想养猫，送你便是。"何淑琴塞他手中十块钱，"拿着，不能叫你白忙活。"二壮接过钱，不觉喜上眉梢，"谢了，大嫂。"何淑琴顺便问了一嘴，"二壮，你这猫打哪儿买来的？"二壮说："王井堤买的。"

何淑琴把大猫带回家，先给猫弄点水吃点东西。她换身衣服，带着大猫乘公交车坐了十站地，将猫送至王井堤放生，这样便于大猫找到家。后来邻里知道此事，无不对何淑琴的善举深表敬佩，而二壮抓猫与摔猫的行径则被人唾弃。

那日，薄维走进薄玉兰的房间，却见大姑奶奶床上躺着，身子蜷缩在一起，疼得直掉眼泪。薄维忙问："大姑奶奶，您怎么哭了？"薄玉兰说："孩子，我肚子疼。"薄维心疼道："我去告诉家人，让他们送您去医院看病。"薄玉兰说："不要麻烦你父母，他们平日赚钱养家很辛苦。小维，你能帮我个忙吗？"薄维抬手抚摩薄玉兰的额头，"大姑奶奶，我能替您做些什么？"薄玉兰说："帮我去卫生所买点止疼药，就说我肚子疼。"

薄玉兰挣扎着坐起来，在柜子里翻出一个裹着钱的手帕，她打开手帕拿出两块钱递给薄维，"孩子，帮我买一块钱的止疼药，另外一块钱给你当零花钱。"薄维只拿了一块钱，"我不要大姑奶奶的零花钱，您躺下歇着，我去给您买药。"薄玉兰嘱咐几句,"别把这事告诉你家人,免得他们为我担心。"薄维说:"大姑奶奶,我会替您保密的。"

从那时起,薄玉兰每日饱受腹痛的折磨,每当疼痛难忍之时,回回都是薄维跑去卫生所帮她买止疼片。一家人都不晓得薄玉兰究竟身患何病,只知道她肚子疼,疼起来吃上几片药,疼痛症状便有所缓解,并没将此事放在心上。

大杂院拆迁之前,房屋外墙早已被写上大大的"拆"字,并在"拆"字上面画了个红色圆圈。大家对大杂院充满了不舍,谁也不想搬离大杂院。丁老爷子进薄虎城的家门询问拆迁进度,"虎城,咱这大杂院还得多久拆迁呢?"薄虎城说:"快了,撑不到三个月,您老找好地方住了吗?"丁老爷子说:"回头我跟儿子一块儿住,已经商量好了。在这住了好几年,真舍不得离开咱们这大杂院。我把象棋拿来了,咱俩杀两盘。"薄虎城陪丁老爷子下了半天象棋,薄维在一旁观棋,老想动手摸摸棋子。

丁老爷子说:"小薄,喜欢这副象棋吗?"薄维说:"喜欢。"丁老爷子说:"我今天送给你,不过你要好好留着,千万别弄坏了。"薄维说:"谢谢丁爷爷。"薄虎城说:"使不得,这可是您的宝贝,象牙做的,太珍贵了,孩子岂能收如此贵重的东西。"丁老爷子说:"咱俩的交情在这摆着呢,我待见孩子,想把这玩意儿送给孩子。小薄打小喜欢收藏,我把象棋给小薄,也算留个念想。往后咱不在一块儿住了,一年到头很难见上几回面,孩子看到这副象棋自然就能想起大杂院里有我这个老头子。"

八十年代中期,薄维升入初中,就读位于劝业场的第十一中学。此时薄宅大杂院业已拆迁,一家人进入房屋拆迁后的过渡期。薄虎城家搬到生昌里的一间平房住,大姑奶奶薄玉兰则搬到了民权门,跟侄子薄文龙夫妇一块儿生活。民权门的平房位于城乡接合部,那边养了很多头猪,猪粪味、泔水味混在空气里,令人作呕。尤其到了下雨天,道路泥泞不堪,倘若这时候赶过去必然会崴泥。

薄维上初一时,差不离每个周日都要去民权门那边看望大姑奶奶薄玉兰,并替她买药。近两年,薄玉兰的身体越来越差,后来她不仅肚子疼,而且胀得厉害。最后去大医院做检查,家人才知道她得了肝腹水,而且已到了无药可救的地步。一九八六年熬不住,走了。

薄玉兰一辈子没结婚,膝下无儿无女,操劳一辈子,在薄家带大了两个侄子和两个侄孙,为父母养老送终。临老身患重病,终日被病痛折磨得痛苦不堪,直至去世,这便是她一生的命运。

好在有两个侄子为薄玉兰送终,丧事办得体面,侄子将其厚葬。

何淑琴所在的天津市色织七厂因企业效益不好,迫不得已办理内退,可内退也拿不了多少钱的补偿。自从没了工作之后,家里的日子每况愈下。过日子免不了磕磕碰碰,有时不免因为一些鸡毛蒜皮的小事导致夫妻间争吵。何淑琴是个极要强的女人,从不靠男人养着,经常在外边捡纸壳和塑料瓶等废品,卖钱补贴家用。

有时薄维看到母亲在外拾荒,既心疼又觉得没面子。他曾劝母亲说:"妈,看您身上弄得多脏,捡那些东西背着多沉,恁多废品您拿不动的,再说路上拾荒很危险,往后别捡垃圾了。"何淑琴泰然自若地说:"我靠自己本事挣钱,不偷不抢,不靠别人养活,这钱花得心安理得。你如今上了中学,正长身体的时候,需要多增加营养。我没事的,儿子,靠汗水挣个辛苦钱不丢人。"

平日生活里,夫妻二人多是因为钱而争吵,薄虎城热爱收藏,经常花钱买一些老物件。因当时没有古玩市场,大家谁也不清楚这些古玩到底能值多少钱。虽然老物件价格便宜,但大伙儿手头都没几个钱,很少有人去买,而薄虎城却始终不断地来购买古玩。何淑琴有时难免会埋怨丈夫不顾家,为了虚无缥缈的爱好将本就不富裕的家庭给弄得拮据不堪。薄维每每听见父母为钱吵架感到痛心,暗自发誓长大后一定要努力多赚钱,千万不能为钱而烦恼。薄虎城有时也很无奈,毕竟古玩收藏本身就是费钱的事情。

7 从叛逆到懂事

在天津经济发展史中,最早的市场除了"鬼市",另一个地方便是沈阳道,沈阳道属于自发形成的市场。一九八五年上半年人流稀少,可到了下半年便已形成气候,这里渐渐地收起摊位费来。后来成立天津沈阳道旧货交换市场,成为全国旧货交易市场最早的试点。

和平区沈阳道出现了第一批商户,邻居将此消息告知薄虎城,"老薄,你眼力好,不妨去沈阳道摆个摊儿,那儿有市场,你可以在那儿卖旧货。你收藏的东西好,我们也想买点。"薄虎城说:"我这人嘴笨,磨不开脸面,摆不得摊儿,卖不了货。"邻居说:"可别错过机会,该尝试的一定要趁年轻去尝试,失败了也没遗憾。"

在何淑琴眼中没有做不成的事,凡是家里有什么事,何淑琴必然迎头上前,令所有问题都迎刃而解。薄虎城把此事说与媳妇,"老朋友总撺掇我去沈阳道摆摊儿,告诉我这地方特别好,我说脸薄摆不了摊儿。"何淑琴听说这事后,自告奋勇道:"我去,摆摊儿怎么了,不偷不抢,摆摊儿我行。"薄虎城说:"妇道人家从没做过买卖,我个大老爷们儿都干不了,你行吗?"何淑琴说:"是马是骡子拉出来遛遛,不试试咋知道能不能成事。"薄虎城说:"你去摆摊,我旁边看看。"何淑琴说:"你个大男人倒不如妇道人家能干事,做事畏头畏尾,死要面子活受罪,做什么事总端着一副少爷架子拉不下脸面,想讨饭吃,你还嫌害臊。"

在摆摊儿的头一天,何淑琴预备了一对花瓶、两件小玉件、一个墨盒,以及精品杂项,她往篮子里装了二十多件古玩。何淑琴说:"我明天带块红布过去,铺在地上图个吉利,期盼咱的生意红红火火。"

和平区沈阳道每周四是大集,摊位面积不算小,约为一米乘两米那么大的地儿。当时卖货的少,顶多也就二十多个摊位。早期市场,很少有人会做生意,更没多少人愿意抛头露面摆摊儿,大家都是图个新鲜,因此看热闹的人多,做买卖的人少,市场虽小无形之中却充满活力。

次日清晨,一家三口人早早去了沈阳道自发市场。何淑琴往地上铺块干净整洁的红布,小心翼翼地从篮子里拿出古玩一件件摆好。何淑琴摆完摊,薄维便去学校上课,他所在的中学离此并不太远。临走时,何淑琴嘱咐道:"儿子,好好学习,晚上听好消息吧。"薄维见母亲坐在摊位后边的小马扎上,而父亲躲在老远的地界盯着看,不敢出头露面。何淑琴心下不免有几分焦虑,这些物件到底能否换成钱,一切对她而言都是未知数。

头次做生意,何淑琴感到脸上臊得火辣辣的,见生人不好意思主动开口说话。每件古董该卖多少钱,心中根本没谱,仅仅知道每个老物件购买时大概花了多少钱,心想只要不赔本卖出去就成。

有人询价,何淑琴不会直接开口说价,而是反问一句:"您看能给多少?"客人挑选一件中意的瓷瓶,估了一下年代,"大姐,您这花瓶八十块钱卖不卖?"客人给的价钱出乎意料,何淑琴略感惊讶,因为当年这件物品买时花了不到二十块钱,现在居然有人愿意出价八十元购买,她怎会不愿意?"成,就按您说的价给您。"客人爽利地付钱离开。卖完第一件古玩,何淑琴心下怦怦直跳,寻思:"好家伙,这钱也太好赚了,一件老古董赚的钱就能赶上我一个月工资。"

不过多大一会儿,又有人来买古玩,客人看了半天玉器,问起价格。何淑琴说:"我也不懂,您看值多少,看着给吧。"客人随意报价,"二十块钱卖不卖?"薄虎城曾告诉何淑琴此玉花了三十块钱购得,何淑琴听买家出价太低,直摇头晃脑,"不成,不成,您给的价连本钱都不够,我家前几年买的时候还花了四十块钱呢。您出的价儿,真没法卖。"客人试探道:"这玩意儿四十五块钱转手,成不成?"何淑琴说:"今天刚开张,不赚钱卖给您了,我只当赚个人气。"

顺利卖出两件东西后,何淑琴显得不再那么扭捏。人有了精神头,卖起货物更有劲儿。没想到一天下来竟然卖了一千六百多块钱,比薄虎城一年的工资都要多,这在当时而言,无疑是笔巨款。何淑琴用手帕把钱小心包裹起来装进口袋,生怕别人瞅见她身上揣有一笔大钱,心下格外紧张地走路回家。

傍晚时分,何淑琴在家做了四道可口的饭菜,脸上神采奕奕。薄虎城猜测妻子白天必定卖出去了东西,否则不会这么高兴,至于妻子一天卖出去多少钱,薄虎城猜不出来。何淑琴特意打开一瓶白酒,倒上两杯酒,坐下来和丈夫一块儿用饭。薄虎城忍不住问妻子摆摊的情况:"东西卖出去了吗?"何淑琴说:"卖出去了。"薄虎城喝口酒,吃口热菜,"这也不逢年过节的,干吗烧这么多好菜?"何淑琴说:"因为今儿个值得庆祝。"薄虎城说:"有嘛值得庆祝的,不就是卖出去一两件小玩意儿,换瓶酱油钱而已。"何淑琴说:"老薄,你太小看人了。"薄虎城说:"怎的,难不成你能卖到一百块钱?"何淑琴说:"何止一百块钱,还要多些。"薄虎城着急问道:"今儿到底卖了多少银子?"何淑琴说:"一千六七。"

薄虎城听到老婆的话,没能忍住扑哧一笑,口中酒水喷到地上,咳嗽几声,他以为妻子是在逗闷子,根本不相信是真的,"我看你啊东西未必卖出去一件,故意做顿好饭来堵住我的嘴,怕我笑话你不是?放心,我怎会笑话自家老婆没能耐呢,再说你从没做过买卖。慢慢来,早晚会开张的,沉住气,千万甭着急。"

何淑琴被丈夫一番话弄得哭笑不得,可无论自己说什么,薄虎城就是不相信。何淑琴只可把一沓子钱拿出来放到桌上，"自个儿数数有多少。"薄虎城见到钱一脸吃惊，"你真的一天卖出去一千多块钱？"何淑琴说："真金白银摆在你面前，这还能有假。"薄虎城一口气喝下杯中酒，"淑琴啊，你真是我们老薄家的福星，能娶到这么好的娘儿们是我几辈子积德行善修来的福分。"何淑琴笑说："甭在我跟前掇臀捧屁，说话正经点就成了。"

薄维放学回来，见父母满面堆笑，桌上留着丰盛饭菜，心下高兴。何淑琴说："儿子，你猜妈妈今儿个把一篮子古玩卖了多少钱？"薄维胡乱猜测，"一百。"何淑琴一笑，"不是。"薄维再猜一遍，"二百块钱。"何淑琴摇摇头，"不对。"薄维说："几十块钱？"何淑琴激动地说："今天卖了一千七。"在薄维的意识中，认定这是一笔巨款，因为他平常手里的零花钱最多只有几块钱。薄维高兴之余，对母亲十分崇敬，母亲不认命有股冲劲，不管是思路还是干劲，都为自己的孩子树立了好榜样。

一次摆摊卖古玩的经历，没想到无心插柳柳成荫，此后薄虎城与何淑琴正式走上古玩生涯，他们所不知道的是眼前干的事情将会影响到儿子后期事业的选择，而这种影响甚至是一生的。

何淑琴把家中古玩卖罢之后，薄虎城拿这笔钱用来购买更多的老物件，因此家中藏品越来越丰富。薄虎城钟爱瓷器，买了不少瓷器以及玉器等精美杂项。因从小接触古玩，凡经他购买的古董，几乎没一件赝品。

每到周末或赶集的日子，薄虎城偶尔也会带上儿子出门长长见识。每当看见父亲手中拿起一件古玩凝神端详，薄维就感到十分欣喜，在他心中同样深爱这些精美的艺术品。薄虎城每每购得好物件都会拿与薄维看，教他如何鉴赏。虽然薄维懵懵懂懂，但通过父亲教导，触摸不同年代的文物，能够感受到古玩散发出的独特文化魅力，也为他今后鉴赏能力的养成打下了深厚基础。

薄维就读的中学位于劝业场繁华地段，街道两旁的商铺多数为服装店、鞋店、家电，其中不乏一些新潮的东西，电子手表、录音机、游戏机等。

八十年代流行霹雳舞，这种舞蹈风靡大街小巷，深受年轻人喜爱。薄维正值青春期，同样痴迷跳霹雳舞，他特意买了双回力鞋和霹雳手套，放学后和一帮同学三五成群来到中心公园聚会，双卡录音机播放着动感十足的迪斯科舞曲，一群年轻人跟随音乐疯狂地跳着霹雳舞。

当时刚刚流行染发，薄维见几个同学染了头发，心下蠢蠢欲动，也想赶时髦。他在存钱罐里取出几块钱,赶去理发店染发。薄维喜欢棕红色,头发微红的那种感觉,他和理发店老板说了个人颜色偏好。老板问他:"用好点的染发剂,还是普通的?"薄维说:"好的得多少钱?"老板说:"好的染发剂五块,一般的三块。"薄维咬咬牙,下定决心,"那就用顶好的染发剂。"

然而在那个年代,染发技术并不成熟。染完头发之后,理发师为他吹干了头发。薄维睁开眼对着镜子一照顿时大吃一惊,整个头发通红,心中忐忑不安,心想完了,回家准得挨揍。薄维掏出五块钱给了理发店老板,也没好意思说些什么。老板却不住地夸赞:"这头发真精神,下回还来我们家理发。"

晚上十点多钟,薄维偷偷摸摸回到家,屋里黑乎乎的,他蹑手蹑脚上床躺下睡觉。薄虎城觉得有些不对劲,儿子往常回来都会先打声招呼,今天回家也不说话,问道:"怎么这么晚才回来,薄维?"薄维不敢吱声,把头钻进被窝里。薄虎城打开手电筒,穿上鞋走到儿子床边,拿手电筒一照,瞧见薄维满头红发,形如赤发鬼,登时急了眼,一手将薄维从被窝里揪了起来,训斥道:"好小子,我说你今儿咋鬼鬼祟祟,原来办了坏事。看你染的头发,不三不四,跟个小流氓有何区别,是不是不想念学混社会啊?"说话间,挥起铁硬拳头朝薄维身上揍了两下。何淑琴吓了一跳,鞋子没顾得穿,赶忙下地拉开薄虎城,她知道儿子平常犯多大错,丈夫从来不责打儿子,这次动手打儿子必然是生气了。平日自己教训儿子时,倒没觉得心疼,可如今丈夫动手打儿子,她却格外心疼,"别打了,大老爷们儿下手没个轻重,把我儿子打出个好歹,往后谁替你老东西养老送终。"薄虎城说:"瞧你儿子把好生生的头发染成杂毛,让人看起来像没教养的社会败类。"

何淑琴纵然生气,但还是尽量克制住情绪,"把头发染回来不就完事了,大晚上的吵吵什么,有事明儿个再说,赶紧床上挺尸去。"薄虎城训斥道:"薄维,明天你必须把头发染回来,你没经过父母允许,为什么把头发染成这样?正经人是不会染这种头发的。"薄维心中非常害怕,眼泪吧嗒吧嗒直流。

何淑琴看儿子哭,老大不忍,忙拉着丈夫回床睡觉。薄虎城一宿不曾闭眼,琢磨自己该不该动手打儿子,对孩子动粗,此刻他也感到几分后悔。

第二天一大早起了床,薄虎城和儿子语重心长地谈起话来:"昨儿个我原不该动手打你,爸爸当得不称职,你甭往心里去,爸爸向你道歉。"薄维听父亲说话不似昨天那般横眉立目,也就不怎么害怕了,"爸爸是想叫我学好,才动手教训,我理解您的本意。"薄虎城说:"儿子,我跟你讲,其实做人追赶时尚潮流无可非议,但说到底还是要做一个中规中矩的人。中国人黄皮肤黑头发,这是大众所能接受的印象,也是老祖宗留给我们的,骨子里是改变不了的。黑头发不美吗,为甚染成杂毛? 染头发本身并不时尚,而是对文化缺乏自信,更是对自己不够自信。我们要接受现实,认可现实,适应现实,将好的一面永远传承下去,不好的一面要及早摒弃。古人常讲,'吾日三省吾身',圣人尚知不断反思自己过错,何况我等凡夫俗子? 你合当好生反思,这样才能在成长中有所感悟与进步,切记不要随波逐流。"薄维说:"爸爸,我记住您的教诲了。"

在父亲的教导下,薄维意识到自己犯的错误,当天就去理发馆把头发又染了回来。

跳霹雳舞的小年轻多为调皮捣蛋学习不好的学生,随着跳霹雳舞的小伙伴不断加入,小青年都血气方刚,好面子,在社会上难免会跟人发生摩擦,一言不合免不了打群架。学校老师高度重视此事,薄维参与打群架,因此而被请家长。

何淑琴知道此事后很着急,生怕儿子不往好处学,她严厉警告儿子:"薄维,我可告诉你,从今往后不准和这帮小孩玩,你要再跟狐朋狗友混在一起,就别上学了。"对于母亲的话,薄维根本听不进去,毕竟年轻气盛,加上此时正处在青春叛逆期,认为江湖义气才是最重要的。薄维说:"妈,我们都是同学,假如这次人家帮了我,我以后怎么能不帮人家。"何淑琴生气地说:"好,你要这样,我就天天接送你。"薄维满不在乎地说了句:"随您了。"

何淑琴每次卖古玩的钱几乎全被薄虎城拿去买了老物件,家里可供支配的生活费仍旧很少。因家里条件并不好,何淑琴除了每周四去沈阳道摆地摊,另外干了一份兼职工作,在一家酒厂为人家刷酒瓶,一个月下来能挣个一百块钱。干活儿的地方离家不算近,蹬自行车上班来回得两个钟头。

一日,薄维放学回家,进入家门第一眼并没看到母亲熟悉的身影。转身一看,只见何淑琴床上躺着。何淑琴见儿子回家,声音无比虚弱地说了一句:"儿子,回来了。"薄维走到床边,注意到母亲半边脸都肿了,关心地问道:"妈,你咋啦?"何淑琴说:"下立交桥时洋车歪了,不小心摔的。妈没事,儿子甭担心,过两天就好。"薄维觑着母亲受伤的脸颊,忽然发现她的额头上有了些许白发,心头很不是滋味,摸着妈妈的手不禁潸然泪下。何淑琴安慰道:

"妈妈没事儿,都怪我太不小心,我以后路上注意点安全就是了。"

薄维此刻意识到母亲为了这个家庭很不容易,他下定决心今后不再跟狐朋狗友交往,不叫父母再为自己操心,一定要趁年轻奋发图强,通过努力学习来改变家庭命运。

彻底与小伙伴断绝来往之后,薄维曾一度有些失落感。当看到别人家里有了电视机,而自己家里却没有,薄维心下多少有些眼气。父母本身工资不高,手上没有富裕的钱来买电视机。因攀比心作祟,从而导致薄维在一段时间里产生了极度自卑的心理。

薄虎城只要手上一有钱就会买古玩,这让原本就不富裕的家庭,日子过得紧紧巴巴,往往因为钱的问题而闹出家庭矛盾。薄维听到耳朵里,同样也产生一定的自卑心理。那时薄维不止一次地告诉自己,长大后要努力赚钱,改变家庭状况。

何淑琴摆摊为了能够占个好位置,回回天不明就得起来,拎着篮子去占摊位,收摊之后总是拖着疲惫的身躯回家。薄维特别心疼母亲,心想要替父母分担些家务,等他们回家能够吃上一口现成的热饭。

上初二那年,薄维学会做饭,起先是他一个人在家捯饬做饭,蒸饭、炒菜、蒸馒头、烙饼,后来母亲指点他把饭做好吃的窍门。没过多久,薄维厨艺大有长进,平常能够做些简单的家常菜,如蒸鸡蛋羹、炒醋熘白菜,整个爆炒羊肉。他在生活中学会做饭,既能照顾家里人,又能练习厨艺,同样也让自个儿大饱口福。

初二下半学期,薄维杜绝任何娱乐,放学回家总会学习到凌晨。因之前没用功学习,此时基础相对薄弱,好在他有一股学劲儿,不懂就问。

紧张学习之余,薄维最开心的事情莫过于父亲时不时拿回家里一些玉器或瓷器,薄虎城与家人讲解古玩鉴赏知识,这让薄维在枯燥的学习中平添了些许乐趣。

薄虎城专门给儿子传授过玉器和钱币方面的知识,因家中收藏了很多古代钱币,都是成盒的五帝钱,收藏的钱币中包括中国历史上早期货币,即三千年前的贝币。薄虎城说:"人类早期起源于海边,那会儿的交易用的贝币,谁家的贝币多,谁就是头领。"薄维说:"爸,咱家现在收藏这么多的贝币,这要在当时是什么身份?"薄虎城听后直乐,对儿子提出的问题却又无法正面回答。

经过一年半的刻苦学习,薄维参加中考时考了五百四十二分,在当年已经过了重点高中分数线,全家人都感到高兴。薄维对计算机比较感兴趣,他没有上高中,而是选择天津最好的一所中专,就读于天津机电工业学校,所学专业为机电一体化。

8 探路潘家园

眨眼间到了八十年代末,何淑琴和薄虎城在天津沈阳道摆摊已经小有名气,因他们是第一批古玩商人,大伙儿给薄虎城一个官称叫老薄,他的眼力好,而且名气响当当。有同行对薄虎城说:"老薄,听说北京潘家园现在也有自发形成的古玩交易地方,业已成了气候,您不妨哪天去北京探探路子。"薄虎城说:"我没去过北京潘家园,对那边不熟悉。"同行说:"一回生二回熟,多去几次就熟了,说不定到北京有的是大好发展机会。"对于同行的话,薄虎城听后心中为之一动,便同妻子商量:"淑琴,要不哪天咱去北京潘家园转转如何,如果有市场或许是个机会?"何淑琴说:"趁年轻走出去看看也好。"

读中专三年,薄维在班里绝对算得上是个另类。学生时代,基本上谁都会交几个知心朋友,而薄维一向很少与同学交流。别的同学周六日结伴出去玩耍,人家叫他,薄维根本不去。

到了中专二、三年级,学生谈恋爱现象十分普遍。即便不谈恋爱,多数会交个笔友倾诉感情。薄维似乎与他所在的时代脱节,既没谈过恋爱,也没交过笔友,至于是否有人暗恋过他,薄维全然不知晓,反正他没有过青春期的躁动不安,更没有过单相思的情结。

每当学校有文艺活动,薄维必然踊跃报名参加文艺演出,他喜欢曲艺,比较爱唱。舞台上的薄维阳光帅气,焕发出年轻人的风采,看起来不是那种老古板的人。可到现实生活中,令大伙儿感到费解的是薄维咋就那么不合群。

薄维的同桌名叫张钊,张钊是班长,在学生会参加一些组织工作,与薄维同龄。他的父母是教师,对其教育十分严格。张钊爱和薄维聊天,两人倒能说到一块儿。张钊喜欢看人际关系方面的图书,顺便将此类书借与薄维阅读。薄维深读励志与口才类的图书对他有很大启迪,让他了解到如何与人相处,如何通过肢体语言和语速语气来综合判断对方属于什么性格的人。

向优秀的人看齐,自身也会变得优秀。张钊乐于公益活动,能说会道,硬笔书法写得大有水平,成为薄维学生时代的榜样,在同学中间,薄维对这位班长尤为尊敬。

上中专那阵,薄维觉得去北京卖古玩挺有意思,常在周六日陪家人去潘家园摆摊。

那会子北京潘家园尚没正式的古玩市场,周边一带平房多见,高楼屈指可数,俨若农村市场。华威路旁边有一大片开阔的平地,聚着一群人,大部分为北京本地人,偶尔也会有陌生的面孔,人们操着南腔北调,将所售之物拿在手上买卖或交换。晌午的时候,三三两两的人聚在一起买卖老物件。到了中午,人相对多些,大概能有几十个人。

后来因自发市场的人越聚越多,当时管街道的人就不大乐意了,生怕会影响到治安。虽然那阵没城管,但街道戴红袖箍的常会驱赶这伙搞古玩交易的人。

于是大伙儿便换了交易阵地,不约而同地聚到潘家园华威里的广西大厦附近,在那儿有个地方,老古玩人称为大土坡。大土坡实则为建筑工地,有很多土堆在一块儿形成土坡。

在大土坡这地界,谁去得早就可以随便圈地摆摊,虽为自发形成的市场,却也相当热闹。此间早期卖古玩的数天津人最多,因此也就形成了天津帮。

薄虎城夫妇来北京潘家园,向来是何淑琴摆摊卖货,薄虎城则四处闲逛,见着好物件就抓货。薄虎城对古玩收藏十分懂行,眼力颇好,常常能买到货真价实的古玩。由于受父亲教育的影响,薄维青年时期对玉器和瓷器有着浓厚的兴趣。有时父子二人竟能对同个物件的年代判断完全一致,薄虎城说:"小子行啊,眼力不错。"何淑琴说:"有其父必有其子,这话说得一点没错,虎父无犬子嘛!"

随着天津帮古玩商卖的物品种类愈来愈多,乘坐火车去北京多有不便。于是有人联系了一辆从天津直接开往北京潘家园的专车,这辆专车是国外淘汰下来的破旧大巴车。天津古玩帮,最初规模有二十多人。车子在半夜出发,车票一人二十块钱,乘车所带物品不限,一人可带三四只大箱子。到后来车票慢慢涨至一人五十块钱,但可以带很多东西。

在潘家园大土坡因争占摊位免不了生出打架的事端,占个好摊位对于卖古玩的人来说极其重要。天津帮有个优势,半夜出发,往往到得比较早,因此也就能占个主干道。市场是临时的,杂乱无章,没有规矩可言。谁占了好位置,也就意味着一天能够把货卖得很好。那会儿大家出门差不多都带两个篮子去卖古董。运气好的话,两篮子物件全部卖完,或者卖出去一篮子物件也是相当不错的战绩。倘若没占上好位置,一天下来能够卖出去的东西寥寥无几。毕竟出老远的门,一宿不睡觉,折腾一天格外辛苦,往返路费不是一笔小钱,谁都巴不得多卖一些自个儿带来的物事。

天津人来北京卖古玩,通常会和熟悉的人一起搭伴,三五成群在潘家园占摊位。有时你帮我占个摊,有时我帮你占个摊,互帮互助是常有的事儿。

天津帮里有个叫王哥的,年纪五十来岁,他主要经营绣片,为人不赖,说话大嗓门,声若洪钟,天津人管这叫咋呼,能张罗,所以大家爱跟着他一块儿摆摊。薄虎城这帮人占好摊位,然后去吃个早饭,或在坐车上休息一会儿,等着白天做买卖。

所谓占摊是按照先来后到的原则,在空地上随便占位置,有多大摊布,往地上一摆那就属于自个儿的地盘,反正也没人收摊位费。薄虎城这伙人吃饭回来之后,发现摊位竟比原来小了一半,摊布被裹着。摊位本来为三个人一块儿占的,见摊位被别人挤小一半,这下三个人都不乐意了。旁边站着几个年轻人,薄虎城等人便找他们理论。其中一个辩解说:"这是公共地方,谁占了,就是谁的摊位。"

王哥见年轻人不懂规矩,抑或瞧他们想耍无赖,顿时火冒三丈,"我们在这摆摊又不是一两天了,你新来乍到,竟敢随便侵占我们的地盘,是不是有点过分了? 今儿是我们提前过来占的摊位,识相的赶紧把地界腾出来。"几个年轻人压根儿不理王哥那套话,耍赖皮不肯挪窝。

王哥不禁怒从心头起,二话没说,将他们的摊布掀起来扔到一边,"小子,我可告诉你,不惯你这毛病。出来混,最好懂点规矩。"几个年轻人不甘示弱,直接把这边摊布掀起来,重新铺上自己的摊布。来回几番相争,彼此各不相让。一个年轻人上前一把揪住王哥胸前衣服,王哥面不改色,"怎么着,你敢动手打人?"两人撕巴起来。薄虎城生怕王哥吃亏,赶紧过去劝架,好心把两人拉开。薄虎城说:"别打了,老王,他们不听,咱换个地儿,何必跟个愣头青计较。"对方不依不饶,满嘴脏话。

天津帮的徐二哥在此处占摊,实在看不惯年轻人气焰嚣张的狂样,"你们有事说事,甭在这骂大街。"年轻人叫嚣道:"我骂大街怎么的,狗拿耗子多管闲事。"徐二哥上前给那个口出狂言的年轻人一个大嘴巴子。年轻人震惊之余,拧眉瞪眼道:"有种别走,你在这儿等着。"徐二哥说:"我不走,倒要看看你有多大本事。"

挨嘴巴子的年轻人气呼呼转身离去,不一会儿找来几个小伙伴,薄虎城这帮人加入进来,两地人打了一场群架。

天津帮这伙人身体素质好,三下五除二把几个年轻人全给打趴下了。徐二哥怕出事,便对大家说:"把人打成那揍性,今天别在这儿摆摊了,咱们赶紧走吧,免得被抓进局子里去。"薄虎城说:"今天只当玩了。"徐二哥撂下一句狠话,"下次再不懂规矩,见一次打一次。"然后大家十分解气地走了,那天什么东西也没卖成,白跑了一趟北京。

徐二哥过去当过大货车司机,经常开车去江苏宜兴替人拉货。有一次,他无意当中去宜兴拉回来一些紫砂壶,当年在天津很少能见到宜兴紫砂壶。徐二哥就让自家兄弟拿了一小部分紫砂壶去沈阳道摆地摊,看看这东西到底能不能卖出去。出乎意料的是紫砂壶在天津根本不愁销路,两个兄弟都跟着徐二哥在天津做起紫砂壶生意。

一次机缘巧合,邻居老王同徐二哥透露一个商业机密,"你的紫砂壶这样卖,卖不上大价钱,我有个绝招,你不妨试试。我这秘方从没传过任何人,咱俩是好朋友,我可以帮你把紫砂壶做旧。不过我有个要求,你每卖一把壶,必须给我提十块钱。"徐二哥说:"老哥,您试试吧,我先看看做旧是何效果。"邻居老王向徐二哥索要一把紫砂壶,拿回家去施展他那做旧的手段。

邻居老王这门做旧技术,属于独门绝技。老王年轻时是做化学的,故此精通做旧技术。转天,老王把做旧的紫砂壶交与徐二哥,徐二哥惊讶地发现一把普通紫砂壶俨然如同用过多年的一般。徐二哥欣然同意每卖一把壶与他十块钱分成要求,老王这门做旧技术也为徐二哥后来做紫砂生意带来了巨大收益。

徐二哥在天津做紫砂生意,一个星期能售出五个烟卷箱的货物,所售之物不光是紫砂壶,还有其他紫砂类产品。最后大伙儿都知道老王有一瓶神奇的药水,只要抹上,晾上几个钟头,然后一经打磨,就与老物件分毫不差。

起初在潘家园自发形成的古玩市场,打架的事情并不多见,大部分人都是本分经营。作为学生的薄维曾目睹过几场群架,从中悟出一个道理来,在民间尤其是社会底层,谁的拳头硬,谁说了算。有些地方可以讲理,但有些地方就得靠拳头来讲道理。天津帮在北京潘家园摆地摊一般人不敢惹,因为天津帮里有几个厉害的人物。外地人轻易不敢和天津人在潘家园争地盘,大家各守规矩,相安无事。

自上次大土坡群架之后,薄维已有很长时间没见过打群架的那帮河北年轻人。大概过了五个月,曾经参与打群架的几个河北年轻人又出现在北京潘家园占摊位卖古玩。他们见着天津人客客气气说话,正所谓不打不相识,再到后来彼此经常见面,两下也就成了江湖朋友。

半夜坐车从天津赶往北京,最怕酷暑与寒冷。夏天酷暑难耐,车里很热,司机图省油舍不得开空调,只能敞着车窗,后果可想而知,车里必定少不得蚊子做伴。薄维身上特爱招蚊子,不过多大会儿就得在自个儿脸上驱赶一下蚊虫,一晚上下来整张脸都会被蚊子咬肿。薄维的皮肤有点过敏,有时被蚊子一咬,加上挠痒,甚至不经意间就会把脸挠破皮。有一次因为被蚊子咬后感染,导致脸上流脓,抹了好多天的药才算好利落。蚊子咬得轻时,整张脸发红。别人与他半开玩笑道:"小薄,你这今天时来运转,满面红光。"薄维说:"什么红光满面,蚊子咬肿的。"人家笑说:"蚊子放着一车人不咬,专叮你,证明你肉香,蚊子与你有缘分。"

在北京潘家园大土坡卖古玩这段日子里,薄维常常跟随父母摆摊,母亲很会卖货,卖的全是精品,一天下来与周围的人相比,要比一般人卖得多。

随着大土坡三教九流的人越聚越多,以至于人满为患。因此间要施工建楼,施工方便把这群人请到河南大厦旁边。大家沿道路两侧摆摊卖东西,当时人已非常多了,从事古玩交易的人来自全国各地。

这里起初小偷少,后来小偷也跟着多了起来。那阵潘家园治安并不太好,小偷在这儿尝到甜头,变得越发猖獗,随之形成几大帮派,偷的方法五花八门,让人防不胜防。

早晨天不亮,外地卖古董的小贩刚摆好摊儿。一帮小偷盯好几样东西,他们晓得什么样的东西好,能值几个钱。几个偷子低声耳语一番,他们分工明确,于是朝着卖古董的小贩下手。小偷手里拿着军用强光手电,照照摊位上的古玩,有的搭话转移卖家注意力,"老乡,你东西不错,多少钱一件?"说话间,小偷故意用手电照卖古董小贩的眼睛,谁也架不住这么一照,没有丝毫心理防备,一眨眼的工夫,这帮贼人便以迅雷不及掩耳之势将摊布一裹拿

135

起东西赶紧跑了人。等到卖古董的反应过来，一帮人早已跑远，当时就没地找人。

卖古董的小贩气得跺脚叫骂，诅咒恶贼，问候起别人的祖宗："一帮狗娘养的畜生，吃人饭不拉人屎。狗杂碎，不得好死，日他娘的祖宗八辈都是贼，丫头养的东西。"一旁的人紧劝："别急出个好歹，这儿没人管，只能认栽，咱下回注意点就是了。"失窃的人仍旧怒气冲天，"这群有娘生没爹管的畜生，早晚要受报应，老天爷天上看着呢，他们做缺德事，下场好不了，必定断子绝孙，死了下地狱。"

有些小偷属于两人搭伙的小团队，看哪个人卖的东西好，趁天不亮，一个负责偷窃，一个负责在后方策应。东西一旦得手，他们有指定的逃跑路线。失窃的人在后边穷追不舍，到了拐弯地方，小偷拿着东西突然一拐弯。追赶的人不知其中门道，也就跟着拐弯。没想到此处竟然埋伏着一个人，冷不防一块砖头朝着卖货的人身上扔来，把人砸得满脸是血，甚至有些失主被小偷一砖头下来头上瞬间开瓢儿。

薄虎城看到这种情况，便告诫薄维如何行事："儿子，往后可得多加小心，这些贼一般不是单干的，多是拉帮结派。万一遇到心怀歹意抢咱家东西的人，你只当破财消灾，千万别和他们起冲突。"薄维说："爸，你不是会武术吗，怎么不去打抱不平？"薄虎城说："不是有句老话吗？恶虎害怕群狼，好汉架不住人多。爸爸与他们单挑还行，但双拳敌不过四手，何况贼人身上带刀，只可闲事莫管。"薄维说："爸，我要有您那两下子功夫，肯定路见不平拔刀相助。"薄虎城说："儿子，你太年轻。年轻气盛是好事，但容易吃亏。见义勇为值得称赞，前提你得保证自己不会出事。切记《论语》'三戒'中的一句话，讲的是'血气方刚，戒之在斗'。年轻时，千万不可争强好胜，最忌好勇斗狠。"

市场上的小偷形形色色，除了偷偷摸摸的，还有明火执仗的，这起人并非专业小偷，更像混黑社会的。此类团伙往往由吸毒人员组成，趁着中午卖古玩的人感到疲惫之时，他们直接走到看好的摊位前，明目张胆把古玩拿走。被盗的摊主本想找他们理论一番，见他们手中拿着大砍刀，吓得连话也不敢说，只能眼巴巴望着小偷把自家东西拿走。

这帮穷凶极恶的小偷回回都是揣着大砍刀肆无忌惮来市场行窃，卖货的摊主见着他们无不感到惊恐，唯一能做的事情，就是提防小偷背后捅刀子。

　　此为北京潘家园古玩市场的前身,诸如此类事情周六日时有发生。各种人性丑恶皆在早期市场中不断上演,有些人为了钱不择手段,将他人生命视为蝼蚁,彻底泯灭人性的良知,或许这便是一个时代一小部分人的活法。

　　在潘家园卖古玩的众多地域帮派中,山西帮尤为抱团,且实力强大。有一次,一个小偷拎着大砍刀偷盗山西帮商贩的古玩,摊主大喊一声:"山西的老少爷们快来帮忙,有贼偷俺东西,拿刀捅我。"一旁卖古玩的山西人闻讯蜂拥而至,将小偷抓住摁到面包车里,毒打一顿,"王八蛋,敢偷到俺山西人头上,你这鼠辈是不是以为俺山西人都是软柿子,想捏就捏。"小偷骂道:"放开我,敢再动我一下,我大哥来了弄死你们。"山西帮的爷们一听七窍生烟,"好啊,不见棺材不掉泪,还敢在爷爷面前叫嚣,不给你开皮,你不知道马王爷有三只眼。"山西帮的好汉心一狠索性在小偷身上捅几刀,捅完人后扔出车外,同伙将受伤的小偷送至医院,人没抢救过来死了。

　　潘家园出了人命案,引起了有关部门的高度重视,便将自发形成的市场彻底取缔,连续几个月,凡来此交易者一律轰走。

　　潘家园的自发市场被区政府勒令禁止后,对于周六日到底去不去北京卖古玩,何淑琴犹豫不决,薄虎城说:"天津帮的人不去咱也不去。"何淑琴说:"要是人家去呢?"薄虎城说:"那就随大溜。"何淑琴疑惑道:"潘家园去不成了,能到哪儿卖古玩?"薄虎城说:"常言说大河有水小河满,他们去哪儿,咱跟着去哪儿,准错不了。"

　　大巴车有个鲜明的特点,夏天吸热,车里比车外还热;冬天吸冷,车里甚至比车外都冷。一年之中冬天坐大巴车特别遭罪,尤其到了十二月中下旬,处在一年中最寒冷的时节,车里根本不会开暖风。薄维晚间坐车去北京下身穿两条棉裤,上身里面穿棉袄,外边再穿一件军大衣。那会儿没有保暖裤,都是何淑琴亲手为儿子做的厚棉裤。到第二天大清早下车时,腿脚早已冻得麻木,半天走不了道。

　　全国各地卖古玩的人不约而同聚在亮马桥,亮马桥自此成为一个新的旧货交易地点。但这里规模不大,维持时间并不长,仅存几个月便消失了。似乎亮马桥一带天生缺少古玩文化氛围,名气不如潘家园那般大,客流自然也没潘家园大,大伙儿在这里卖了四个月的古玩,个个生意惨淡,此处始终成不了潘家园的气候。

天津帮来北京卖古玩的,要在周六日连摆两天的地摊儿。夏天还好办,直接露天地上铺个凉席也能睡觉,天冷了可不行,大家结伴找旅馆,为了图省钱,只可找地下室旅馆。地下室旅馆虽然价格便宜,但又潮又凉,即便大夏天进去仍能感到一股凉气。

房东通常会把一间房子租给六七个人住,一人一天十五块钱。当然也有便宜的,过道里住一宿十块钱。当时天津帮到北京卖古玩的能有三十多人,大家是老乡,就几个人包一间地下室住在一块儿,以便有个照应。

天津帮里有个老吴,年纪六十岁开外,老吴跑北京卖古玩分外节俭。大家都是几个人住一间地下室旅馆,唯独老吴一个人住过道。老吴连续住了几年地下室的过道,因为过道风侵入人体,以至于后来患上风湿,一双手看起来跟鸡爪子一样。另外老吴还有个非常不好的习惯,为图省事,每次来北京从不带水杯,而是拿个塑料瓶子接热水喝,长此以往,也就为老吴患上肝癌埋下隐患。这件事对薄维触动相当大,有时候越能赚钱的人越节俭,灭了自个儿身体害上病,省下来的钱还不够看病用的。

一天夜里,从天津开往北京潘家园的大巴车在夜幕中滚滚前行,车上大多数人早已进入梦乡,时不时传出阵阵鼾声。凌晨两点多钟,突然一声巨响,随之整个车子剧烈颠簸,颠簸尺度高达三十厘米。薄维瞬间被惊醒,当时整个人就蒙了。由于车子惯性不能瞬间停下来,只能一边前行,一边颠簸,最后嘎吱一声停下,行李架上的货物忽然落下砸在人的脑袋上,有人当场被砸得头破血流。人们惊慌失措,有妇女被吓哭,大家还不知道咋回事,事后大家才清楚,原来是大巴车前胎爆胎了。

多年往返于北京和天津之间,薄维先后几次遇到过自己所乘坐的大巴车爆胎。倘若后胎爆胎倒无大碍,就怕前胎爆胎,后果则万分危险。尤其是前胎爆胎,假如司机缺乏经验,只要一踩刹车,整个车势必前倾,随之就会翻跟头,那就会成为血淋淋的事故了。

当时,薄维往车窗外一瞅,见大巴车距离防护栏仅有十厘米,而防护栏的另一侧则是个沟底。如果车子再往前开点儿,后果真不堪设想。这次事故成为天津帮古玩人终生难忘的一次车祸经历。那次人们没去成北京潘家园,大巴车司机在高速路上,自己一个人换了轮胎,出了高速路口,带大家赶到附近医院,给砸伤的人包扎一下脑袋。之后,大巴车原路返回天津。对于事故的处理方式,司机只给大伙儿退了车票钱,给受伤者支付了一点医药费,至于其他赔偿一概没有。好在那个年代人的身体都比较皮实,且思想单纯,不惹事,面对那场车祸,只自认倒霉,并没向大巴车司机索赔。

亮马桥自发形成的古玩交易市场可谓僧多粥少,卖古玩的远比买的人多。每当周六日,偶尔也会有老外来到此间买古玩。大伙儿聚在一块儿聊天,无不怀念在潘家园卖古玩的日子。几个月后,有人发现潘家园那边没人管了,倒腾古玩的人纷纷重返潘家园。

潘家园自发市场再次形成规模,人流如织,名气一天比一天大。潘家园街道为规范管理,开始设立正式摊位,管理员按摊位收费,治安问题从此得到了根本保障。

薄维见母亲年事已高,在外边上个厕所很不方便,不忍心母亲为家庭太过操劳。他考虑了许久,于是同父母商量:"妈妈,您如今岁数大了,别跑北京摆摊了,往后让我去北京摆摊就成。"何淑琴听罢坚决反对:"不成,你现在还小,有些事应付不过来。"薄维说:"妈,我跟你们去了多少趟北京,多少有些经验,您还不放心哪。"薄虎城犹豫了一下,"淑琴,让孩子去吧,年轻人也该及早进入社会历练本领。凡事你自个儿多注意,这么多年你接触古玩,横竖也算个古玩老人。我与你介绍两个年轻点的朋友,一个叫王二哥,比你年长十岁。一个叫老贾,比你大八岁。你去北京,我跟他们打声招呼,叫他们照应着你点。"薄维听父亲如此一说,有一种莫名的兴奋,心想自己总算可以独当一面,证明自己长成大人了。

在薄维即将踏上潘家园正式摆摊的前一天晚上,薄虎城对两位朋友交代一番,希望他们能够关照薄维,千万别出事。老贾说:"老薄放心,一定帮你看好孩子,保管他在北京出不了意外。至于能不能卖出去货物,这得慢慢来,毕竟谁也不能一口吃成大胖子。"薄虎城说:"仰仗二位了,回头我请客。"王二哥笑说:"老薄,自家人甭客气。"

半夜十一点多,开往北京潘家园的大巴车停在天津东站。薄维手提两篮子货,既紧张又感到兴奋,上车前与父母告别,"爸妈,你们回家休息去吧,不用担心我。"何淑琴叮嘱道:"儿子,到北京千万别和人家口角,有委屈且忍着点,忍一时风平浪静,退一步海阔天空。遇事不要争强好胜,多和你爸的朋友商量。"薄维说:"妈,知道了,我走了。"大巴车缓缓离去。何淑琴挥挥手,"儿子,到那边注意安全。"

万事开头难,做生意事实上并没薄维看到的那般容易,以前跟父母去潘家园卖货，倒没觉得卖古玩有多难，可真轮到自个儿单干，方知做生意原来是门大学问。薄维坐在车里，激动得一宿没睡着，心想两天一定要把篮子里的物件卖完，好让父母知道他们的儿子有本事。

到北京潘家园，薄维摆好摊儿，旁边摊主是天津赵氏家族的赵金刚，赵家过去是在天津说曲艺的，口才十分了得，而且能说一口流利的英语。薄维以前早就听人说过赵金刚很会卖货，但没亲眼见识过。

这回正好挨着赵金刚，薄维一天竟成了光看人家卖货。每当有人从摊位前路过，赵金刚总有办法留住人，最后能叫人乐呵呵地掏钱买下他的东西。

赵金刚吆喝道："来了，您内！瞧一瞧看一看，件件都是传世之宝，瞧了您不后悔，看了您不白来。走千家串万户，无非是想寻珍宝。不用跑，莫折腾，真正的好货尽在您眼前。是金子，是银子，外行看来不过寻常物，内行掌眼为珍品。您长一双伯乐眼，慧眼能辨是楛还是珠，买楛还珠蠢事可别干。买古玩甭瞎看，咱不是小孩三岁半，到这儿来您买不了亏，受不了骗。到了此处停下脚，管叫您时来运转铁成金。您要不信我的话，胡乱信了他人言，保管您进了圈套买了骗，岂非运去金成铁。听人劝吃饱饭，行家一伸手，便知有没有。要想买好货，还得是赵家古玩讲诚信，有信誉。今天您若骑着洋车来，保管您明儿个换辆小轿车。眼下一入手，过上三两年，管叫您小屋换别墅。"买主听后一乐，选了件中意的老物件，"老板，你这瓷瓶多少钱？"赵金刚说："这位大哥好眼力，慧眼识金，不是池中物。咱这件是康熙年间的青花瓷，属于官窑的，皇宫御用之物，价格三百块。今儿您买下，放上个三年五年，回头香车宝马任您选。"买家掏钱买了东西离开。赵金刚眉开眼笑道："慢走，您嘞，等着来年发大财吧！"

薄维对赵金刚的口才佩服得五体投地，毕竟他初出茅庐，面嫩口拙。眼瞅人家旁边摊主赵金刚一天卖了六七千块钱，薄维头天做生意一分钱没卖出去。到后来，每每说起此事成了个笑话。

从那以后，薄维暗下决心，谦虚做人，多学多看，看他人卖货风格，如何与客户沟通交流。薄维善于观察周边，凡是谁在市场卖得好，他默默观察，偷学别人的话术和卖货技巧，默默记在心下，这也为他今后形成自己的销售风格打下了坚实基础。他深刻认识到社会是一所最好的学校，能将一个人历练成想要成为的那种人。

中专毕业那年,天津市安全局部门领导到天津机电工业学校直招两名公务人员。薄维的同桌张钊有幸成为面试对象之一。同学们都感到好奇,因为面试场地不让进,所以大家都在外边等着。

当张钊走出办公室,薄维立刻上前询问:"安全局的人问你什么问题?"张钊说:"他们先让我写了一下简历,确认笔试中的字是不是我写的,又问我小学三年级的语文老师是谁,姓什么,你能回答上来吗?"薄维说:"要我说,我得想一想。你怎么回答的?"张钊说:"其实我也想不起来,当时我灵机一动,随便说了一个姓王。其实这道问题考的就是临场反应能力。"

9 高速跳车

转眼来到了一九九一年,潘家园旧货市场成立,薄维和他的父母成为潘家园第一批商户。

潘家园旧货市场开业那阵儿,人山人海,热闹非凡。市场规定周六日清晨五点半开门,自潘家园旧货市场成立以来,负责开门的人总能看到有一个熟悉的身影站在门口等着进市场,这人便是薄维。如果不是薄维排在第一,那么必然是赵氏家族的弟兄五个排在最前边。

潘家园大门前聚集了许多人,有人拎皮箱,有人骑三轮车,也有人推小车。当大门被打开的那一刻,人们争先恐后地一拥而入。岁数大的老者恐落后于人,此刻也健步如飞。

凡是拉车的、推车的,抑或手里掂着大件行李箱的,无疑都是商户;凡是手里拿着电棒儿的,多为来此淘宝的人。

早晨刚摆下摊,就有不少人打手电筒来买货。一般来说,大清早抓货的人相对比较多,其中不乏一些老外来潘家园买古玩。通常早上六点到七点之间,属于卖货的黄金时间段。

薄虎城的这些朋友对薄维颇为欣赏,因薄维年轻力壮,乐于助人,特有眼力见儿,所以在圈子里口碑不错。大伙儿提起老薄小薄,无不夸他父子俩人缘好。

从天津开往北京潘家园的专车因车子老旧,不是出现爆胎,就是出现别的故障。有一次,大巴车司机在廊坊一处加油站加完油,便上了高速。但车子开不起来,时速顶多二十迈。大家焦急地问道:"师傅,咋回事,车子开这么慢啊?"司机说:"车出了点小问题,过油不好。"大伙儿说:"那咋整呢,这车比走路快点,跟小跑似的,几时才能抵达北京?"

大巴车司机事先没跟大伙儿商量,做出一个惊人举动,直接在高速路上掉头,大家一看无不担惊受怕。车里有人厉声喝道:"师傅,您这干吗呢,后边要是过来辆车,还不把整个车给横着端了,快停车,停车。"司机是艺高人胆大,根本听不进去别人的意见。车上的人害怕出车祸,慌乱之中打开车窗,纷纷跳车逃命。司机忙喊道:"别跳,没事儿。我驾车这么多年,经验很丰富,都放心吧,保管不会出事。"压根儿没人理大巴车司机这茬,薄维也跟着跳下车。几个年轻人问题倒不大,有的把脚崴了。其中有个六十多岁的老大爷,从车窗跳下后直接摔骨折,当时就动不了地,两个年轻人赶忙上去把老大爷架到路旁避险。

得亏后边没车跟来,因为距离加油站不远,刚上高速,公路相对较为宽阔,司机真就把车给掉了个头,逆行开了回去。最后车主给老大爷赔了几千块钱才算息事。相比之前的爆胎经历,薄维对这次坐车印象颇为深刻。

天津赵氏家族弟兄五个,个个很会做生意。当时他们在北京潘家园卖的是紫砂之类的物件,以及鎏金佛等杂项。起初卖老货,后来卖仿古货。薄维在潘家园卖古玩两天销售额能达到四五千块钱时,而赵金刚两天时间就能卖一万多块钱,这笔钱在当年绝对称得上一笔巨款。

周日下午在潘家园旧货市场收完摊,薄维准备回天津。天津同来北京卖古玩的老乡说:"兄弟,我们发现一条回天津的乘车路径,票价便宜,你坐不坐?"薄维一听省钱,不假思索地答道:"能省钱,这么好的事,当然坐了。在哪儿坐车呢?"天津老乡说:"北京南站。"

薄维利用所学知识做了个带轮子的大铁箱子,这东西比篮子装货方便,上边还能驮个皮箱子,可以把东西拉着走。薄维跟老乡行至华威路南口的公交车站,在此搭乘公交车到金鱼池站下车,然后换乘一辆公交车,就能到达北京南站。北京南站在当年是北京四座火车站里最破的一个站,火车站里头又脏又乱。

时值冬季,薄维上身穿件军大衣,头戴毡帽,一只手拖着个铁皮箱子,另一只手抱个皮箱,这身打扮看起来不像个好人。薄维下了公交车,需穿越过街天桥前往北京南站,从过街天桥经过时,他这身行头不免引起值班人员的怀疑,别人都能顺利通行,唯独薄维每次通过必被盘查,这令他颇感苦恼。

10. 步入职场与社会

　　薄维中专毕业后被分配到天津红桥区继电器厂工作,那阵子每月工资能挣到一百七十块钱,他对这份收入还算知足。为提升自身学历,他报名进入新华职大深造,利用业余时间,晚间去夜大进修。学校一周两天学习课程,上课时间固定在周一和周三的晚上,每次共有三节课。

　　薄维所在单位是国营企业,主要业务为继电器生产与销售,针对工业做一些大型断电保护设备。九十年代全国各地电力产能没那么大,停电更是家常便饭。天津政府出台限电措施,每到周四为红桥区停电日,单位一般安排员工周四和周六休息。薄维主动要求在周四来单位值班,周六日休息,这样就有时间去北京潘家园卖古玩。

　　薄维在财务科工作,任职记账会计。至于他为什么能进入财务科,说起来与他在学校是预备党员有关,领导认为他"根正苗红",还让他兼任了本单位团支部书记。虽然薄维组织过很多次周六的活动,但实际上他一次也没参加过,无疑成为他人生一大遗憾。因为每逢周六日他必在潘家园古玩市场上度过,多年来,这业已成为他雷打不动的生活规律。

　　前些年大杂院拆迁,熟识的邻居已搬迁别处,平日很少来往。一日,许久未见的邻居突然出现在薄维面前,薄维见着老邻居只觉眼熟,但一时半会儿竟想不起他的名字,"你是那个,嗨,七八年没见面了,连你名字也给忘了。"李庆说:"老弟,我是李庆,你这是贵人多忘事。听说你们家这几年发达了?"薄维说:"哪有哪有,你家发达了吧?"李庆说:"可比不得你家富裕,家里一穷二白。兄弟,在哪儿上班?"薄维说:"一家小工厂。"李庆说:"哪家单位?"薄维说:"红桥区继电器厂,听说过没,那是我们单位。"李庆说:"一个月能挣多少钱?"薄维说:"一百多块钱。"李庆打破砂锅问到底:"一百几呢?"薄维说:"一百七。"李庆说:"混得不错啊,比我阔气多了。兄弟,眼下我手头有点紧,能不能借我几个毛壳?"薄维说:"你打算借多少?"李庆说:"借我两百成不成?我一周还你。"薄维打小对他没半点好印象,但又磨不开面子,于是大方地借他二百块钱。至于李庆今后是否会还钱,薄维心中没底,心想倘若他日后不肯还钱,只当上辈子欠他的。

　　财务科的工作对薄维来说称得上一份好差使,单位有几百名员工,每到发工资的时候,薄维拎个皮箱,一次要去银行取三十多万的现金,走在单位里十分耀眼。

最让人羡慕的是,薄维所在的财务科简直赶得上女儿国,财务科一个科长,四个科员,加上薄维一共五人,其中四名女士,数他年龄最小。薄维无论在科里还是在单位,都很吃香,部门女同事对他关照有加。薄维平日不累,都是月底忙,到月底报完账,其他时间倒也清闲。

薄维从没向单位任何人透露过他去北京潘家园卖古玩的事体,放眼当前整个社会大环境,收藏特别小众,并不热门,知道古玩的人并不多。

财务科的女科长张姐四十出头,身量偏瘦,戴副眼镜,平日里说话不大爱说笑。话里话外,薄维觉得她是个城府极深的女人。

每逢周一和周二,薄维总显得格外疲惫,工作间隙经常打瞌睡。张姐说:"小薄,你年纪轻轻,怎么老爱趴着睡觉?是不是身体有什么状况?最好趁早去医院瞧瞧病。"薄维笑说:"没事儿,张姐,就是晚上没睡好觉,有些失眠。"

读夜大那段时间,生活分外充实。薄维学的是计算机专业,同学年龄相当,差不多都是二十岁左右的年轻人,以单身男女青年居多,不少年轻人在上夜大期间自由恋爱。然而,薄维似乎对谈恋爱没多大兴趣,始终没往这方面发展。

薄维在新华职大认识了几个能够说得来的朋友,其中与他交好的朋友便有小葛。小葛喜欢摄影,拍照技术相当不错,时常和薄维分享摄影知识。除此之外,小葛爱打台球,在朋友的影响下,薄维渐渐学会打台球。

每当单位发工资时,同事们总能看到一个年轻小伙子,身边跟着两个漂亮妹子,手上拎着一箱钱,那神气的模样让人忍不住心生羡慕。薄维有时也会抱怨自己的工作,有一次,他同单位领导闲谈,发起牢骚:"领导,我拿最低的工资,干世界上最危险的活儿,您看香港警匪片,到最后被逮的全是拎钱的人,叫我一个大小伙子去银行取钱,工资不给补贴,我图嘛呢?"单位领导听后直乐,"因为你有功夫。"

过了一周,李庆竟然找到薄维的单位,并将二百块钱如数归还。薄维顿时惊讶不已,原本对李庆不好的印象也因此改观,他一时高兴,竟破天荒地请李庆喝了一顿酒。

令薄维万万没想到的是,没过几天,李庆又来找他借钱。薄维不便当面拒绝,只问:"这次你要借多少银子?"李庆伸出手掌晃动一下,"五百就够,我四天还钱。"出于上次对李庆建立起来的信任,薄维毫不含糊借他五百块钱。

因薄维在单位身居财务科,各个科室的人员几乎都要到财务科报账或者报销,财务科好比单位里的唐僧肉,颇受大家巴结。平日里免不了常有同事请薄维吃饭,薄维主动买单是常有的事。同事说:"你一个月才一百多块,怎么还能请客?"薄维笑说:"大家都是朋友,应当来而不往非礼也。"其实别的同事全然不知薄维的经济实力,在九十年代初,普通人的工资多数才一百出头,薄维已能挣到一百七十块钱。到九十年代中期,薄维月工资能拿到五百块时,多数人的平均工资顶多只能挣三百块钱。而工资对他来说不过是个小钱罢了,薄维实则通过卖古玩早就成了万元户。

李庆貌似很守信用,按照约定时间准时归还五百块钱,回请薄维吃了顿饭,这让薄维不禁对他多出几分好印象,认定他是个讲诚信的人。

可没过两天,李庆再次找薄维借钱,频频借钱难免遭人厌烦。李庆说:"老弟,借点钱应急。"薄维说:"你咋老三天两头借钱呢?"李庆说:"兄弟,我如今做买卖,需要进一项大货,这次不白借你的钱,我给利息。"薄维说:"利息就不必了,只要你能准时还钱便好。"李庆说:"等我日后发了财,定然不忘老弟介份恩情。这回能不能借我两千块钱,等货一出手,两天准把钱还你,到时再给你二百块钱利息。"薄维说:"咱俩这些天处得也不错,而且又是发小,不就是两千块钱吗,借你。"

薄维从家里拿出两千块钱借给李庆,李庆满口承诺必定准时还钱。薄维说:"我信你,哥们儿。"李庆说:"谢谢老弟,咱们回见。"

此事过去三天,薄维始终没见李庆过来送钱,到了第四天头晌仍没见到他的面。等到第五天,薄维忍不住用寻呼机给李庆发了个信息,李庆便以各种理由搪塞过去。再到后来,薄维与他始终联系不上。

不知不觉已过几个月,薄维打听之后方才知道,李庆玩的原来是一种骗术,起初借钱借得少,及时还钱,建立信任后勤借勤还,等时机成熟,便多借钱,然后玩失踪,这属于典型专找熟人下手作案的诈骗手法。以薄维当时的经济实力并不在意两千块钱,而是经过此事彻底看清楚了一个人的人性。

后来听说李庆落得下场并不好,他在社会上打架,还吸毒,最后被警方带走了,此后再也没有关于他的任何音信。薄维内心深处但愿他好,毕竟是在同个大杂院成长起来的一代人。

11. 奉公守法的警示

天津帮的古玩商坐夜车去北京,有时为了消磨时间会在车上玩扑克。三四个人砸红一,打一宿的牌,白天还要摆摊卖一天的货,体力依旧旺盛。薄维明显感觉十八岁到三十岁之间,浑身有用不完的劲儿。

在潘家园卖古玩的日子里,薄维过得相当充实,无论刮风下雨,抑或冬季下雪,每周六日的早晨五点半,薄维都会准时摆摊儿,一直摆到六点,然后忙忙在市场里抓货。因为潘家园名气大,吸引了全国各地的商贩汇聚于此卖货。有人专门倒卖古玩,也有人想转手自己不玩的藏品。清晨早些逛市场,捡漏的机会就越多。

薄维抓货,练出一套自己的风格。早间薄虎城是做杂项的,尤为喜欢瓷器。受到父亲的影响,薄维同样爱买瓷器。有时他在市场随便抓几件瓷器,摆到自个儿摊位上基本上都能卖出去,若遇到特别喜欢的便自个儿留着,即便买家出多高的价,他也舍不得出手。

俗话说常在河边走,哪能不湿鞋,当然薄维也有打眼的时候。有一回,早晨六点钟,一个老乡从包里掏出来一只瓷瓶。因是冬天,清早天还黑着。薄维一瞅是只乾隆年间的瓷瓶,瓶上的缠枝莲画得相当精致,品相为相对完整的将军罐。

薄维和卖古玩的经过讨价还价,最终花了三千块把物件买下来,当时心中挺美的。等到天亮,薄维仔细一瞅将军罐,发现瓶口修过,而自己却是按完整器型买的。古玩行有个不成文的老规矩,买了假货不能退货,因此没法去找人家,再说人家也没法保你,怪自个儿眼力不到家,只能认栽。

那年头行骗的人多,上当受骗的人同样不少。行骗者往往利用别人贪图蝇头小利的心理,采用高薪,抑或贿赂方式,使用空头支票,或篡改合同,让人把货物发给他们,一骗就是一笔巨款。

九十年代,反腐倡廉行动已在国内开展得轰轰烈烈。此时,国有资产清查工作领导小组进驻天津物资局对其下属单位国有资产进行清查,国营企业单位不少领导相继落马。

国有资产清查工作领导小组办公室内,薄虎城正接受上级部门领导的审问。清查小组人员问道:"你叫薄虎城?"薄虎城说:"是。"清查小组人员接着问道:"什么时候进入天津物资局下属钢材企业参加工作的?"薄虎城说:"一九八〇年。"清查小组人员说:"你在单位负责过哪些具体工作?"薄虎城说:"库管和发货。"清查小组人员盘问:"交代清楚,你工作这几年干过哪些违法违纪的事体?"薄虎城说:"交代个甚,我嘛坏事都没干过。"清查小组人员恩威并施,"老实交代,争取得到组织宽大处理。"薄虎城理直气壮地说:"我行得正,站得直,违法违纪的事向来不干。"清查小组人员厉声呵斥:"苍蝇不叮无缝的蛋,你非法侵占国有资产的事情早晚原形毕露,不要再遮遮掩掩,赶紧说出来,坦白从宽,抗拒从严。"薄虎城义正词严:"同志,你们可不能冤枉好人,贪赃枉法的事我从不涉及。"

清查小组人员继续给他施压,以期攻破对方心理防线,"早说晚说早晚都得说,等你交代晚了,罪过性质就不一样了。劝你老老实实交代非法侵占国有资产的经过和数量,争取得到宽大处理。我吐口唾沫是个钉儿,只要你肯供出事实,一定轻判。"薄虎城说话斩钉截铁,声若洪钟:"大丈夫敢作敢当,我身正不怕影子斜。"

清查小组人员听他话语十分硬气,气得拍案而起,"坏人我见得多了,还敢在我跟前装好人,好话跟你说了一箩筐,别不识好歹,我的耐性是有极限的。"薄虎城从来没有受过这般不公待遇,强压胸中怒火,"说话最好别跟我拍桌子,你再敢拍下桌子,信不信我把桌子给你掀了。你们不信我的话可以去调查取证,你们要发现我私下里贪污公家一块钱,就凭一块钱判我十年监狱,我也不冤。"

清查小组人员和薄虎城谈过话,进行严格调查,最后并没查到薄虎城收受钱财贿赂的任何证据。清查小组人员说:"经过调查发现,你在工作期间接受过他人贿赂,别人最多一次给你送过三十斤排骨,有没有这回事?"薄虎城说:"有这回事,我当时把肉还分给邻居了。"清查小组人员说:"你不止一次收别人送的排骨,有无此事?"薄虎城说:"有,这不过是人之常情,都在允许范围之内。但我没有利用职务便利为自个儿谋取一分钱,也没非法占有、窃取、骗取单位公共财产,这是不容否定的事实。"清查小组人员商讨一番,认为帮别人办事,收别人送的一点肉吃,构不成违法犯罪,因此清查人员不再追究下去。

这事过去之后,薄虎城感到有惊无险,庆幸自己当年坚守原则,不随波逐流,才保住了名节,不至于锒铛入狱。薄虎城便拿此事教育薄维:"儿子,无论做任何事体都要坚守底线，你目前在单位负责财务，绝不可私自侵占单位里的一分钱，记住一句话，对你终身有益，莫取不义之财，不贪不义之利。"薄维说："爸爸，我明白您的意思，您身边的同事都是前车之鉴，当年您若动了歪念接受别人贿赂，盗卖单位钢铁，估计现在也无法脱身。"薄虎城说："明白就好。"薄维一直将此事当成人生的深刻警示案例，奉公守法，明哲保身。

第三章　大浪淘沙

╱ 潘家园摆摊逸事

何淑琴时不时会到北京潘家园进货，她在潘家园古玩市场算得上老人，颇受尊敬，很多人见了她称呼"薄大姐"。也有不少外地古玩商去天津沈阳道古物市场卖货，都顺道看望何淑琴。

夜大学习的时光，让人不免有时觉得上课枯燥无味。到晚间第三节课，小葛便会约上薄维等三五好友逃课去打台球。经过在夜大深造，薄维顺利拿到新华职大的毕业证书，他惊讶地发现自己的台球技术在这两年间竟然也有了很大提升。

去北京潘家园做古玩生意的出行方式大致分为三种，一拨是像薄维这样的人，喜欢乘坐大巴车。还有一拨人喜欢坐十人座，虽然名义上为十人座，但实际上只能坐八人，因为需要留出空间来放货物。另外一拨人则选择乘坐轿车，三两个不错的朋友包一辆小车去北京，但这种出行费用是最昂贵的。薄维之所以选择坐大巴车，是因为他觉得既安全又便宜。

每周五乘坐夜班车前往北京潘家园，薄维最享受的季节是在夏天。夏季时节，薄维到集合坐车的地方比较早，一般在夜间十点半就到了。大巴车十一点前准能赶到沈阳道与山东路交口处接乘客。司机是个东北人，大家叫他胖哥。胖哥见人总是热情地打招呼："薄老板来了。"胖哥帮忙把货物搁到侧面后备厢里。薄维说："辛苦胖哥。十二点准时发车吧?"胖哥说："还是老时间，咱们十二点走。"薄维说："我到旁边溜达一圈。"胖哥说："您放心去玩,我准替您看好行李,保管丢不了东西。"

停靠大巴车的地界距离海河仅有五百米左右,薄维漫步在海河边上,欣赏着夜色风景。天津人夏季夜生活是丰富多彩的,晚间有跳舞的,踢毽子的,锻炼走步的,而最吸引人的莫过于露天卡拉OK。露天卡拉OK曾在九十年代风靡全国,随处可见,成为一个时代的热潮。

那时花上两块钱就能唱上一首歌,倘若肯出三块钱便能唱两首歌。露天卡拉OK围观者众多,谁唱得好,一旁的观众从不吝啬掌声,都会叫好或鼓掌,甚至吹个流氓哨为其助兴。薄维懂乐器,擅长唱歌,所以他当众唱起歌来,现场叫好声不断,掌声雷动。

薄维经常唱歌,时间久了,便和露天卡拉OK的老板李明生熟络起来。如果谁的场子有人唱歌比较突出,可以招来更多围观者,生意自然更好一些。薄维唱罢两首歌曲,老板与薄维闲聊天。李明生说:"兄弟,嗓子不错,歌唱得不赖。你是干什么的?"薄维说:"我在厂里上班,这不到了周六日搞个副业,去北京潘家园干古玩。"李明生说:"兄弟,你说这行我也不懂,古玩生意好干不好干?"薄维说:"怎么说呢,难者不会,会者不难,古玩是门大学问,得有一定的文化功底,才能干好这行。"李明生心生羡慕,"今后多向老弟讨教,还望老弟不吝赐教。"

薄维打趣道:"老板,你这生意这么好,莫非准备改行吗?"李明生说:"别看眼前生意火爆,但花无百日红,不知道再过多长时间就不行了。再者,这一行属于季节生意,到十月份以后,天一冷就干不成了。眼下不考虑将来,日后会越来越难,古人说人无远虑必有近忧,我得做好长远打算。"薄维说:"保持联系,你想学古玩,我教你。"李明生说:"太好了,兄弟你以后来我的场子唱歌,我给你按一块钱一首,你还能帮我带点生意,不过你最少要唱六首歌。"薄维觉得他的提议很划算,既能唱歌,又花不了多少钱,便欣然同意下来。

李明生以前是做电子配件生意的,他痴迷电子器械,无师自通,任何电器只要他拿过来捣鼓一番,就能明白其中的原理,即便没有说明书,他也能维修各种电器。薄维认为李明生是个难得的人才,做事执着,而且有悟性。李明生属鸡的,比薄维大几岁,一来二去之间,两人成了无话不谈的好朋友。

李明生晓得薄维爱喝酒,每回薄维过来唱歌,特地奉送一瓶冰镇啤酒,请他边喝边唱。薄维知他爱喝茶,有时会把客户给的茶叶转送李明生。

早晨六点多，潘家园旧货市场人头攒动。薄维抓货时，见一个地摊围满了人，大家议论纷纷，有人出价，有人看热闹。薄维顿时来了兴趣，上前围观，看看大家究竟在瞧看什么物件。原来是件乾隆御题诗和田玉山子，此物有三四斤重，玉体雕刻的山水景观精美绝伦。底座为印度小叶紫檀御题诗文，刻有江水和松竹梅，及奇石图案。

这件和田玉山子相当名贵，摊主要价五千元，在那个年代已属天价。薄维一眼便认出是好物件，因为父亲曾与他讲过玉器方面的知识。薄维翻看口袋里的钱，早晨只卖出去了两千多块钱。

此时，有人出价三千块钱。怎奈摊主咬了死口，"少五千不卖。"薄维一心想买，可钱不够，一时干着急。这时迎头走来一位朋友，正是徐二哥。薄维忙问："二哥，您身上有钱吗，我暂时借用一下，买个老物件。"徐二哥慷慨大方地掏出钞票，"方才我卖了一千，你拿去应急。"薄维说："谢谢二哥帮了个大忙。我再找别人借点，二哥您先忙着。"

薄维去找老贾借钱，见他直接言明来意，"老哥，您手头现在有多少钱？我抓货急用钱。"老贾说："这不，大早上才卖了八百。你要不嫌少，先拿着用。"薄维说："多谢老哥帮衬。"

薄维拢共凑了四千块钱，急忙赶到那个摊位，此时摊位前围了老多人看热闹。摊主与薄维打过交道，彼此都熟悉。薄维说："老乡，我凑了四千块钱，你把东西让给我如何，算帮我一个忙，日后忘不了你的情分。"大伙儿一听，议论道："出价真高。"有人附和道："这个价确实买贵了。"摊主见有利可图，便欣然答应，"行吧，兄弟，看在咱俩认识的情分上，卖你个人情。"薄维说："四千块钱要了，这物件的确叫你卖少了，中午我请客。"两下欢欢喜喜成交一笔买卖。众人七嘴八舌评估此件古玩极为珍贵，属于乾隆御用。薄维捡了个大漏，一直将乾隆御题诗文的和田玉山子珍藏。

薄维在单位平常负责组织过不少文体活动，诸如书法展、摄影展、乒乓球赛、霹雳舞赛、诗歌朗诵会、运动会、外出旅游、读书分享会，以及公益活动，但他从不在周六休息时间参加任何活动。

在他工作的单位里有不少年轻漂亮的小姑娘，其中有个名叫马芳的女孩与薄维是中专同学，两人被学校一同分到继电器厂工作。马芳长得眉清目秀，高挑的身材，扎个马尾辫，模样标致极了，她身后有不少爱慕者与追求者。有些好事的同事总把马芳和薄维说到一块儿，戏称二人青梅竹马，十分般配,流言蜚语传得满天飞。

马芳性格腼腆,每每见到她都是一副纯洁的笑容和一双清澈的大眼睛,水灵得跟朵花一般。其实薄维心下很中意这般女子,但并没有往谈情说爱方面想。

财务科的张姐试图向薄维打听个人隐私,"小薄,听说你和生产科的马芳在谈恋爱,你俩现在处得咋样?"薄维微微一笑,"张姐,您误会了,没有的事。"张姐说:"小姑娘是你们学校的校花?"薄维说:"估计是吧,我在学校从来不关注女同学。"张姐说:"我敢说马芳在咱单位绝对称得上厂花,难道你对人家小姑娘不动心?"薄维说:"没时间考虑男女事情。"张姐说:"咱们部门工作有那么忙吗,忙得你没空谈恋爱?"薄维说:"我还年轻,感情的事不着急。"张姐说:"我听说你俩青梅竹马,关系可不一般哩。怎么还在姐姐面前掖着藏着,不敢让人知道? 年轻人就应该趁年轻好生谈一场轰轰烈烈的爱情,这样才不辜负青春的美貌。"

中午闲暇时间,马芳主动来找薄维搭讪,说:"下班有空吗,咱俩去公园散步如何?"薄维说:"今天刚好有点时间。"马芳:"那就这么说定了。"男同事故意走过来,打趣道:"哟,这么黏糊,你俩一有空就打情骂俏!"薄维顿觉尴尬,"哥们儿,误会,我们只是工作上的交流而已。"男同事笑说:"甭蒙我,怎般甜事我还能看不出来。"马芳臊了一脸红,慌忙走开。

傍晚,薄维陪马芳在公园散步,马芳时不时瞅薄维一眼,"你听说了吗,单位里边传咱俩闲话。"薄维说:"略有耳闻。"马芳试探道:"你怎么想的?"薄维说:"身正不怕影子斜,不要在意别人说闲话。"马芳害羞地说:"难道你就没考虑考虑?"薄维说:"考虑什么?"马芳羞得满面通红,"你没考虑休息日多跟同事接触一下吗?"薄维说:"我没空。"马芳鼓足勇气说道:"我想约你一块儿出去玩。"薄维说:"周六日我真没时间,有事要忙。"马芳觉得自讨没趣,不禁有些失望,"哎呀,真真榆木疙瘩,忙你的事去吧,懒得搭理你。"

在北京周六晚上住地下室旅馆的那段时间,薄维明显感觉夏天住地下室最难受。虽然住地下室费用相对便宜,但有个大问题,味道不好闻。住的地界像防空洞一样,里边打了多间隔断房,每间六七平方米,空气流通差。进入三伏天,地下室旅馆甚是闷得慌,且此处蚊子跟别处还不太一样,非常具有隐蔽性,一晚上都有可能会被蚊虫叮咬得睡不安稳。

甚至半夜十一二点,还有人在地下室做晚饭,油烟味倒是可以忍受,怕的就是南方人在地下室炸辣椒,浓浓辣味呛得人直咳嗽,而且味道久久不散。好不容易睡着觉,偶尔半夜可能会被隔壁邻居的叫床声聒醒,等到一切归于平静,才能好好躺着睡觉。次日还要继续摆一天的地摊,出来做古玩生意的日子哪里比得上家里舒坦。

此外,地下室旅馆的消防隐患犹如一颗不定时炸弹,随时可能引爆,令人担忧。有一次,地下室旅馆发生火灾,薄维半夜被呛醒,急忙叫醒大家,慌乱之中连衣服都顾不得穿上,拿起各自的物品和衣裳,仓皇失措地逃离地下室旅馆。

薄维决定今后不再住地下室旅馆,于是他同两个朋友在朝阳区垂杨柳找了一家小旅馆,虽然距离潘家园旧货市场稍远了一些,好在小旅馆价格便宜,且位于一楼,出入十分方便。

与薄维同住旅馆的朋友当中,一位是王二哥,他主要做字画生意;另一位是老贾,他起先是做杂项的,涉及"文革"时期的旧物、银圆、连环画等。早期这些物件卖得挺好,等到后来,老贾改行做起紫砂壶生意。

那天吃罢晚饭,王二哥与薄维闲话,"兄弟,你看我卖的书画怎么样?"薄维仔细欣赏他卖的书画,不觉赞叹起来:"真不错,作品一看都是出自名家之手。"王二哥沾沾自喜,"这些画都是自个儿画的。"薄维闻言格外惊讶,"果真出自您的圣手?"王二哥正儿八经言说:"我所言真实不虚。"薄维赞叹道:"没想到您居然还是个大画家。"王二哥故作谦虚,"画家,不敢当,充其量不过是个画匠而已。"薄维说:"那您一直卖的是高仿画?"王二哥坦然承认,"没错。"薄维恭维道:"厉害,我真佩服您,二哥多才多艺。您是自学成才的吗?"王二哥说:"我先前在美院学习过一段时间,从小喜欢画画。"

王二哥画的马栩栩如生,当时已有不少人和他订画。然而他画的每幅画皆用名家落款,一周能出手几张画。薄维有心与王二哥学习绘画。王二哥劝告薄维,"想画画得有天赋才成,天赋是最好的老师,没天赋一辈子画不好画。"薄维说:"我打小学过画画和书法,那阵对绘画兴趣不大,因此没坚持下来。"

王二哥每次出门自带筷子和饭盒儿,从来不用别人的碗筷。他去餐馆吃饭无非是点一份鸡蛋炒豆腐和一碗米饭,多少年雷打不动,从没换过别的口味。

潘家园旧货市场大清早开了门,薄维拉着铁皮箱子一溜小跑进去,到自个儿摊位上麻利地铺上摊布,小心翼翼地把所带的物品一件件摆好。五点半到六点半这一个钟头,薄维的地摊销售额不出意外的话一般能卖个三五千。

早上七点钟,薄维与旁边的摊主打个招呼:"哥哥,帮忙看着点摊儿。"一旁摊主爽快答应:"兄弟,没得说,肯定帮你照应摊位。"薄维说:"多谢哥哥帮衬。"

在杂项收藏中,薄维对木器门儿清。因薄虎城喜欢木器,曾手把手教过薄维如何鉴别紫檀、黄花梨、金丝楠木、红木与乌木。薄维在潘家园旧货市场见过不少黄花梨小家具,有些卖家不懂行,误将黄花梨当红木来卖。凭借对古玩知识的掌握,薄维没少在潘家园捡漏。

一日,朝阳区垂杨柳有一家自助火锅店头一天开业,饮品随便喝,每位消费六十八元。薄维一行三人前往新开的饭馆吃火锅。王二哥对服务员提了个要求:"老妹,可否为我单独整个锅子。"服务员说:"您不是仨人一块儿用餐吗?"王二哥说:"没错,三个人。给我单独弄个锅子有问题吗?"于是服务员专门与他端来个火锅搁在桌上,王二哥满意地笑了笑,"我下次还来你家吃火锅。"服务员说:"您甭来了,好嘛,仨人点俩锅子,我们还赔钱呢!"

那阵薄维虽不太懂字画收藏,但倍儿喜欢王二哥画的马,"王哥,你能送我一幅画吗?"王二哥慷慨应下:"没问题,等你买了房子,结婚的时候,我送你一张画。"

做紫砂生意的徐二哥在潘家园摆了几年地摊,慢慢站住了脚。薄维与徐二哥关系不错,经常从他手头拿些精致的紫砂工艺品摆到自家摊位上售卖。徐二哥通常会把特殊品种的紫砂工艺品只给一个人在市场上销售,这样可以避免市场上打价格战,对大家都有好处。诸如紫砂莲藕摆件,长约四十厘米,造型别致,上边有朵莲花,与真的相仿。周六日两天时间,薄维差不多能卖掉十来个紫砂莲藕摆件。薄维还独家代理徐二哥的点彩紫砂壶,徐二哥给他的价格比其他人要便宜些。

单位财务科有个同事姓王,薄维平时喊她王姐。王姐的丈夫是上海人,夫妻二人对股票投资颇有研究,茶余饭后,王姐常去证券公司看股票行情走势。回到办公室,便和同事们分享最新股市动态。薄维本来不懂股票,却常常听到王姐讲某只股票今天赚多赚少,明天又赚了许多钱,薄维听罢感到心潮澎湃。

153

经不起同事的鼓动,薄维一头扎进股市。薄维在潘家园摆摊卖古玩赚钱相对容易,一个月流水通常在一万至一万四五左右。在九十年代中期,薄维已然有了自己的小金库,挣到了十多万,而这个钱属于他的零花钱,不用交给父母,他便把这笔钱存了起来。

薄维刚进入股市那阵,股市尚未设立涨跌停限制。他在王姐的指导下买入人生第一只股票,恰好赶上牛市,股票涨势很猛,一周时间,投进去的资金翻了几倍,这给薄维造成一种错觉,以为股市的钱太好赚了,简直跟天上掉馅饼似的。

初次尝到甜头,薄维被一掷千金的快感冲昏头脑,他陆续往股市里边投资三十四万,甚至他把借来的钱全部砸进股市。这次豪赌无疑得到幸运之神的眷顾,一周时间所投资金再次翻倍。这使薄维无比兴奋,忘乎所以,万万没想到的是此举为他后期带来无尽的烦恼。

2 中国通布朗

薄虎城夫妇在天津古玩生意做得风生水起,因年纪大了,摆摊格外辛苦,便在天津沈阳道开了家古玩店。这年头沿街店铺稀少,炙手可热,为盘下小店,不惜多花了五千块钱。

薄氏古玩店开业赶在周日,当时来了不少人捧场,其中有不少是薄虎城的朋友。当天有人来此出手老物件,也有人过来买古玩。店铺虽小,珍品却是不少。薄维周六只在潘家园摆了一天地摊,匆匆赶回,和父母一同庆祝薄氏古玩店开张。

在北京潘家园旧货市场摆摊卖古玩的那些年,有一位客户给薄维留下了深刻印象,此人是个英国客户,名叫布朗。布朗每次都在天气好的时候,上午九点多来逛潘家园古玩市场。薄维与布朗初次相识,是他在薄维的摊位上买了一件瓷器。布朗辨别瓷器的方式与众不同,几乎把半张脸贴到瓷器上观察。薄维起初以为他通过闻气味来鉴别真伪和年代,后来经过交流,方知原来是他视力不佳。

布朗是个地地道道的中国通,钟爱中国瓷器,虽有视力障碍,但听觉极其灵敏。布朗收藏了大量中国不同年代的瓷片,因视力弱,他最早学习瓷片,掌握了一套特殊方法,通过手感触摸和弹听声音辨真伪,他拿手摸瓷器上面的胎工,感知胎骨的细腻程度,便能断定年代。此外,他还用手弹瓷器,听声音来判断新旧。布朗能观察到瓷器上的彩,虽然模糊不清,但也能分辨出斗彩、青花、釉下彩、粉彩等瓷器类型。薄维对布朗的鉴定技巧感到格外吃惊,寻思这需要多大悟性和经验才能做到。

起初薄维并没太看上布朗这一身本领,即便视力正常的人,睁大眼睛看古玩都能上当,别说他是个外国人,况且视力又不好。薄维和几个朋友特意试过布朗几次,大家看到布朗确实有独到之处,他具有超凡的鉴赏力,鉴定方法独特,称得上民间鉴定瓷器的高手。薄维在北京请他吃过几次饭,布朗深爱北京的传统小吃。

薄维得空儿就在潘家园旧货市场抓货,主要买瓷器、玉器等杂项。多年来,他养成一个习惯,假如一次买十件东西,卖七件,留三件精品,年头一长,家中积累了许多珍贵的藏品。

这日,大清早的,几人围着一个刚摆完的地摊看热闹。薄维恰巧在市场抓货,见有人围着地摊议论纷纷,薄维紧走几步过去,打手电筒一照,看到一把琵琶。有人说:"这把琵琶是老红木做的。"另一人说:"不对,像乌木。"薄维仔细一瞧,觉得此物颇有分量,应当比红木贵重。琵琶上有些许牛毛纹,薄维初步断定眼前的乐器极有可能为紫檀木。

薄维不露声色地询问摊主:"老乡,琵琶要多少钱?"摊主说:"二百块钱。"薄维故作惊讶,"这么贵啊,肯定不值您说的价钱,能便宜点不?"摊主说:"俺没多要,不能便宜了。"为证实琵琶到底是否为紫檀木,薄维悄悄拿片白纸贴在琵琶身上,用指甲在纸上使劲一划,果然见白纸上现出一道紫红印儿,无疑证明是紫檀木制成的。

薄维心下有数,一般红木琵琶能值个百十块钱,没那么贵。如果是紫檀,那可就不一样了,琵琶的价格可能几倍几十倍地往上翻。薄维说:"老乡,便宜点,我要了。"摊主说:"俺的底价,一百五。"薄维说:"老乡,一百三十块钱,给我包上。您要觉得亏得慌,中午请您吃饭成不成?"摊主见薄维诚心实意想买,"不用你请客吃午饭,一百三就一百三,今天我算开张了。"

薄维将买来的琵琶拿到自个儿摊位上出售,等到下午,来了个大藏家。大藏家见到这把琵琶,两眼放光,"老板,这把琵琶有一眼。"薄维恭维道:"您是行家,眼光毒辣,慧眼识珠,这琵琶乃紫檀木做的老物件。"白天细看紫檀琵琶紫黑生光,分外漂亮,买来时没顾得擦,薄维得空儿拿布擦了下,琵琶瞬

155

间变得乌紫油亮。

大藏家抬手触碰琴弦，琵琶声音悦耳动听，"老板，琵琶多少钱能拿下？"薄维说："此乃祖传之物，三千可脱手。"大藏家说："老板，饶减五百块钱，我要了。"薄维说："也快收摊了，合该您与琵琶有缘分，那就两千五给您。"大藏家掏出钱包，点了两千五百块钱递与薄维，拿起琵琶不住点头，"好东西啊，今儿捡漏了！谢谢老板割爱。"

时过境迁，十年之后，这把曾经过薄维之手的紫檀琵琶竟被古玩行拍卖到两百多万。或许这便是古玩的魅力所在，不同的时间，经手不同的主人，不同平台的加持，最后古玩呈现的价格却天壤之别，而古玩依旧为原来的物件，变化的是，东西变得更老了，更旧了，甚至残缺不全。

一日，布朗来到薄维的地摊看东西。有个老人手里抱件瓷器，朝着薄维摊位而来。当时薄维有点事临时没在摊儿上，老人便想将手中的瓷瓶卖与旁边的摊位。摊主说："老人家，您想要多少钱？"老人说："您给三千。"

老人手中拿的是只观音瓶，瓶高二十多厘米，瓷器呈侈口，瓶上为五颜六色的花卉图案。摊主细看一回，有点嫌贵，"收起来吧，要的价钱给不了，顶多给五百。"布朗一直盯着老头手上的瓷瓶看，心下喜欢，正准备找合适的时机入手。

薄维回摊位与布朗打声招呼："老布，让你久等了。"布朗说："我找你有点事儿，待会儿再说。"布朗走近老人身边，"老先生，我可以看看你手中的瓶子吗？"老人说："你喜欢，给你瞧瞧也无碍。"老人小心拿着瓷瓶递给布朗，布朗双手接过瓷瓶，把瓷瓶贴住脸，采用他的独特绝技鉴别了真假，然后将瓷瓶还与老者。

布朗恳切地询问："老先生，你的瓷瓶可否卖给我？"老人说："谁给的钱多，我卖谁。"布朗说："不妨说个价吧？"老人说："三千。"布朗说："可不可以便宜点？"老人说："两千五，不能再低了。"布朗摇摇头，"贵了，把你的诚意给到我，我今天要了你的瓷瓶。"老人咬了死口："两千块钱，再要砍价免谈。"布朗说："老先生，我出一千八百块钱，东西归我好不好？"老人瞅了一圈，见其他人没有想要的意思，便答应了："好吧，一千八，一手交钱，一手交货。"

待老者走后，薄维跟布朗谈起此物，"老布，你收这价格，我认为不便宜。"布朗用一口标准的普通话，字正腔圆地与薄维讲解其中缘故，"我为何要买这只观音瓶，方才没同老人讲，怕他知道了后悔。这物件为珐琅彩，也

156

叫画珐琅，落款康熙年间，据我判断此物为清末瓷器，因为肌形不是那么饱满，但珐琅彩却是皇家御用之物，瓷器应该为官窑。"

布朗讲起中国瓷器文化头头是道，薄维与他多次打交道，觉得他不仅鉴赏水平高，而且是个相当有实力的藏家。薄维寻思自己要买这件瓷器，可能就给一千出头，而他则出价一千大几，比普通人给的价钱要高点。通过这件事儿，更让薄维对布朗刮目相看。

8 情场与股市双失意

薄维在继电器厂上了几年班，一个月工资才能拿到四五百块钱，心下合计，自个儿一个月工资还不如随便卖件古玩赚的钱多。薄维跟父母提起想要辞职，专门干古玩行当，他话语一出遭到父母极力反对。薄虎城劝说："你眼下有份稳定工作，我和你妈也能帮你打理生意，再者我们老两口有点退休金，这样保持现状不挺好吗?!"薄维却不这么认为，有时因为与父母意见不合而闹别扭。薄维总想单干，可父母是思想保守的人。何淑琴劝道："儿子，你要踏踏实实工作，不要有别的想法。你有铁饭碗，一个月能拿几百块工资，周六日赚点外快，这多好的日子啊。工作很重要，咱可不能捡了芝麻丢了西瓜。"日子并非大风大浪与大起大落，而是平平淡淡来过，薄维平常上班，周六日继续跑北京潘家园卖古玩。

单位工会主席姓刘，人长得肥头大耳，面相跟个大和尚似的。刘主席爱好收藏，家里有不少宝贝，平常总爱盘玉手串。有一回二人闲聊，薄维不经意间说出刘主席手中老物件的名称，刘主席甚感惊讶，便问薄维："你小子懂古玩?"薄维说："瞎玩，家下也有这玩意儿。"薄维忙止住话头，生怕说漏嘴，毕竟自己就是在潘家园倒腾古玩的。

盛夏时节，单位里分配过来一名新员工，大家都喊他刘同学。此人比薄维大两届，矮个头儿，身高一米六五左右，胖乎乎的，圆脑袋，小眼睛，小尖鼻子，面相憨憨的。即便他不乐，别人看到他就想笑，况且他本身也挺幽默，薄维见他喊师兄。

刘同学被分到生产科，正好和厂花马芳在同一个生产车间。自从刘同学见了马芳之后便被迷得神魂颠倒，没事总跟马芳套近乎，没话找话。刘同学说："马芳，你多大了?"马芳说："二十一。"刘同学说："我比你大两岁，你哪所学校毕业的？"马芳故意说："我跟薄维一个学校。"刘同学说："看来你我缘分不浅，咱俩念的是同一所中专。小马有对象吗？"马芳说："有。"刘同学说："谁啊？"马芳说："偏不告诉你。"

旁边同事实在看不过去丑男引逗美女，拿他打趣道："刘同学，少打人家小姑娘的主意，小马早就名花有主，人家跟薄维青梅竹马，如胶似漆，你这辈子注定没得机会。"刘同学信誓旦旦地说："只要功夫深，世上便没有挖不了的墙角。马芳没结婚，任何男人都有机会追求她。"同事嘲笑道："算了吧，你想都别想了，鲜花是不可能插在牛粪上的。"刘同学说："谁说我没机会，我瞅薄维根本没把马芳放在眼里，追女孩一点都不主动。"同事说："人家不是把马芳放在眼里，而是放在心底。你必定追不上马芳，你俩云泥之别，根本不可能走在一起。"马芳爱慕虚荣地说："凡事不能说得那么绝对，那可不一定。"有了马芳在人前说的这句话，刘同学如同得了法旨，心下吃了颗定心丸，追美人的信心十足。

每次马芳在车间说想吃冰激凌，刘同学屁颠屁颠跑去小卖铺买一箱子冰激凌，"来来来，大伙儿吃雪糕，今天马芳请客。"大家看看马芳，又瞅瞅刘同学，他俩真在一块儿处对象，都觉得好笑。

时下已进入中伏，马芳和同事聊天时抱怨道："晚上宿舍太热了，热得整宿睡不着觉，要是天天能下雨就凉快了。"刘同学不知打哪里听了她的话，在马芳面前讨好道："今晚保管下雨，叫你凉快，睡个好觉。"马芳说："我不信你的话。"同事笑话道："刘同学，可别在人家小马面前吹大牛了，你又不是龙王爷，哪能管得了下雨的事体。不是有云就有雨的，欲要云雨那得天赐良缘。"同事们一阵哄笑，马芳羞得脸红，生气地瞪了刘同学一眼，刘同学赶紧知趣地走开。

傍晚时分，刘同学找来一段长长的塑料水管，接上水龙头，将马芳所在的宿舍房顶及外墙给浇了一遍水。女同事七嘴八舌议论："你们瞧，刘同学求雨呢！追马芳真卖力气。马芳追薄维，薄维待马芳不冷不热。到底他们谁才是青梅竹马？"另一位女同事说："小刘追女朋友这种劲头叫人感动，我想马芳此刻必定小鹿乱撞，自个儿都不知道该去选择爱一个人，还是被人爱着更幸福。"

男同事听说此事后，好意提醒薄维，"兄弟，你可要当心。如今你的情敌最近老对马芳大献殷勤，大有捷足先登之意。你再对小马不闻不问，眼瞅这么漂亮的媳妇就成人家的了。"薄维笑说:"我们之间没有情人关系,一者老同学,二者同事,仅此而已。"男同事说:"好嘛,你这人太怪了,不近女色,不食人间烟火,简直赶上柳下惠坐怀不乱,算我多嘴。"

股市风云变幻莫测,板块轮动倍儿快,一段时间一只概念股。有段时间流行炒作垃圾股,薄维跟风重仓交易垃圾股。然而,只有一时的疯狂,却没有永远的风口,站在风口浪尖上被吹起来有多高,到最后就会被摔得有多惨。这阵几近疯狂的股市妖风,并没持续多长时间陡然变了风向。

随着股市制度的调整,中国股市设立了涨跌停板制度,这对后市的走势影响巨大。自此牛市转入熊市。薄维采取重仓交易的玩法,其购买的几只股票连续跌停,他舍不得及时割肉,到最后不仅没有赚到任何利润,就连本金也被套牢。

薄维一直稀里糊涂地看待股市涨跌幅,他对股票的认知全凭运气,完全不知买入的股票是如何赚来的钱,更不知到最后怎的就无缘无故赔了进去。一段时间里,薄维无精打采,在股市经历大起大落,心绪糟糕到极点。

当薄维从低谷走出来之后,他重新审视自己,当前能做什么不能做什么,认为当下还是要把自己的副业做好才是紧要事体。毕竟做古玩生意从没赔过钱,九十年代干营生竞争压力小,周周都有稳定收入,况且还有几个长期固定的大客户,故此干古玩稳赚不赔。

没过多久,薄维恢复了原来的精气神。但他并不甘心自己在股市中赔钱,特意买了专业财经书籍,自学股票知识,如各种理论知识,阴阳线理论,价值投资。没事的时候,他就慢慢研究,琢磨怎样做理财投资,坚持做笔记写学习心得,终于悟出些许道理,原来股市存在概念股以及板块。薄维懂得了何为随机指标和倍利率,对股票的指标背得滚瓜烂熟,他沉迷其中,平常把大把时间耗在没有意义的事体上面,而他却浑然不觉。

设计补子工艺品热销

薄维在九十年代后期一个月摆八天地摊,就能卖到两三万块钱,但这个成绩对他而言算不上最好的,要说他在北京能挖到人生的第一桶金,与他结识的一位美国古玩商有关。

薄维爱在古玩收藏方面钻研,为此下了很大功夫。他出售的老物件中包括补子这样的杂项,补子是时代的产物,眼下这门服饰技艺早已在历史的长河中失传。补子为过去明清两代官员的服饰上两片对称的织物,多为刺绣和织造而成。由于年代久远,经过岁月的洗礼,在当下不易收藏,有些补子不免小残破,或缺点东西。

论起补子在封建统治时期,则象征着权力与身份,可从补子的图案来判断文官或武官,文官的补子为飞禽图案,武官的补子为猛兽图案。而不同图案的纹样,代表着官员的等级。倘若补子有残破,收藏难度极大,甚至也没法摆弄。残破的补子在市场上价格并不贵,几十块钱就能买到手。

为解决补子不易收藏的难题,薄维独出心裁,将补子装置于玻璃框中,然后把它裱平,可做成装饰品,如同字画一样可挂在墙上供人欣赏。有了这个想法之后,薄维在天津找会做装裱的能工巧匠来帮他实现创意。装裱师傅称此前并没做过这项工作,不知道此法是否行得通,只能试上一试。装裱师傅按照薄维的创意,根据补子大小来装入玻璃框中,一件成品做下来,成本在一百块钱左右。

薄维起初让人做了几块补子工艺品,然后摆到潘家园旧货市场的地摊上售卖。他的创意在市场上是独一无二的,且补子工艺品格外精美。老外见了甚是喜爱,连连夸好。薄维用简单的英语和外国人交流,两天工夫,几块补子工艺品全卖了出去,售价少则三百块一件,特殊的则能卖到五百块钱。

薄维嗅到了潜在的商机,紧接着又让装裱师傅帮忙做了一大批补子工艺品,这些物件拿到摊位上一经摆出,基本上有多少都能卖完。

这段时间,生意颇顺,薄维忍不住诱惑拿出在销售古玩中赚取的一半盈利投入股市,又把炒股当成副业。薄维心想,有钱就往里投资,跟存钱一样,天天盯着股市,只要涨得好就卖,但凡股价低就抄底。然而事实并非如此简单,也不会因他多看了几本炒股书,大盘便会顺着他的意向发展。他在股市中陆续又投入几十万,发现有赔有赚,细算下来赔的多赚的少。而且这种投资极其容易让人上瘾,很多时候都在天天盯着大盘,追涨杀跌是股民惯用的投资伎俩。每天在股市里杀进杀出,赔钱后悔之余,又有一个新的决心,告诉自己下次一定要沉着冷静。一旦陷入进去,反复在煎熬当中一次次赌运气,有钱就想往里入,赔了丝毫不气馁,大有从头再来与破釜沉舟的勇气,永远不见黄河不死心。

当时天津最流行的娱乐活动就有拱猪和打百分,中午吃完饭,人们三五成群打扑克牌。薄维与生产科的张科长及销售科的丁经理,每天中午休息时间基本上都在一块儿玩牌。

张科长没事常找薄维聊天,有意无意地跟薄维处关系。两人每天中午玩拱猪,有时一块儿吃饭喝个小酒。

一天,张科长与薄维闲谈,问起他工资待遇,"小薄,你现在一个月能拿多少钱?"薄维说:"六百。"张科长说:"工作干得顺心吗?"薄维说:"我在单位干得挺好的。"张科长说:"有没有打算另谋高就?"薄维说:"以前倒有过这种想法,不过现在没了。"张科长说:"兄弟,你看老哥我能力怎样?"薄维恭维道:"张哥出类拔萃,您在单位一个人能撑起半边天,咱单位没谁都可以,但没您绝对不行。"

张科长试探着问道:"小薄,你觉得我有没有能力开个继电器厂?"薄维说:"以张科长的能力开个工厂不在话下。"张科长说:"我计划办家继电器厂,不如你回头跟我一块儿干吧。你在单位财务科是科员,回头跟我干,我请你当财务科长如何?"薄维说:"此事干系重大,非同儿戏,容我和父母商量一二,咱们回头再聊此事。"

在潘家园摆摊的几年时间里,薄维长期观察哪个人能卖货,哪个人讲话是什么水平,属于什么风格,为此总结归类了几种销售模式。有人卖货讲起话来滔滔不绝,口若悬河,如同说相声中的贯口一样,让人听得津津有味。有一种人卖东西不言不语,装作一副软弱老农样子。有人买东西就愿找这号老坦儿,其实这便是丑恶的人性,典型想占便宜。有的人卖东西话少,就是利用人的心理,装屄把东西给卖出去。有一种属于理论派,与顾客讲各种知识,历史文化典故,由此赢得顾客信任,最终达成交易。还有靠年轻美女来吸引人,使出十八般武艺将古玩出手。

薄维不仅研究卖货的,同样揣摩顾客会有什么样的消费心理。为了揣摩透彻顾客心理,薄维没少去锻炼。没事的时候,薄维装成顾客去地摊或古玩城买东西,他本身平常也抓货,晓得如何拿捏对方,故意压低价格来观察卖家的反应。

比如在询价中,如果卖家要价一万,薄维则会出价一千五,而后察言观色。有时不免遭到卖家大声呵斥,薄维不急不慢与卖家商量,将价格涨至三千块钱。卖家到底卖与不卖,观察卖家的面部表情,往往通过一个细微的表情就能判断出能否成交。

假若遇到卖家愿意低价出手,自己又不想要该如何处理?薄维同样有一套方法。比如卖家愿意把一件东西以三千块钱的价格卖出,薄维再拿一件东西往低处报价,反正就是让卖家无论如何都不可能出售的价。

薄维为提升自身综合能力,到书店购买心理学和销售学方面的图书,不断深入研究卖方与买方心理,经过系统学习和实战经验,薄维的沟通能力及销售水平明显提高,加上他独有的气质,逐渐形成了一套薄氏销售风格,能游刃有余地把卖家与买家拿捏得死死的。薄维无论与谁沟通起来都极具亲和力,所有接触过他的人,感觉他不像个古玩商,倒更像一个搞文化的人。

又是一年寒冬季节,薄维对那个冬天至今记忆犹新。薄维仍是头一个排队站在潘家园旧货市场大门口等待开门的商户,当时天黑乎乎的,北风呼啸,天寒地冻,他身穿厚厚的军大衣,不时地原地蹦两下,这样不至于腿脚冻僵。

薄维的摊位处在进入市场最边上的第一个摊位,此处视野极佳,凡是进入市场的人一眼就能看见他摆卖的物件。尽管是个黄金摊位,但却面临着严峻的现实问题,摊位位于风口,寒风刺骨。冬天最冷时节,薄维摆摊时既怕保暖又怕冷,戴着手套生怕拿不稳摔了古玩,不戴手套可能手会被冻坏。他干脆将棉手套铰去手指间部位,跟个霹雳手套似的,露出五根手指头,然后一件一件地拿东西,每摆一个物件,都要赶忙搓搓手,脚在地上蹦跶蹦跶,因为此刻天凝地闭,清早气温在零下十几摄氏度。在这种恶劣的环境中摆摊,身体备受煎熬,只盼旭日东升,那样心下也就跟着暖和了。

将补子做成的工艺品在潘家园旧货市场大卖后,薄维寻思既然补子这么有市场,还有那么多的刺绣、绣片,且物件收购价格全然不贵,有十块二十一块的,不妨将这些小物件也做成工艺品,拿到市场尝试究竟有无销路。薄维试图将各种绣片、水烟袋、三寸小金莲、老式的铜筷子、铜锁、荷包等物镶进玻璃框中,作为民俗进行展示。这种新颖工艺品在市场一经推出,深受客户追捧,瞬间成为地摊文化一道靓丽的风景。

有一回,薄维乘坐夜车前往北京潘家园,那日恰逢西方圣诞节。路上车辆并不多,大巴车疾驰在高速路上,车上满载五十多名带着货物的乘客。当大巴车开到天津外环线中间地带时,突然前边斜侧方出现一起小车事故。司机见状,大巴车瞬间减速下来。在外环线干道上,后方一辆半挂大货车飞速驶来,而大货车丝毫没有减速的意思。大巴车司机急忙打方向盘避让大货车,但两车最终还是撞上了,而撞车的部位就在薄维车座下方。只听一声巨响,车上的乘客全被吓得惊慌失措。好在大货车是辆空车,如果车上载满货物,加上车身自重,大巴车势必被撞飞,后果则不堪设想。而这次车祸中,唯有一人受了轻伤,其他人则安然无恙,此事成为薄维一辈子刻骨铭心的坐车经历,让他彻底领悟到人生无常的真正含义,生命往往就在瞬息之间,死亡与活着仅仅只有一步之遥。

5. 赴沈阳抓货被抄后路

做杂项的老贾合计着到沈阳抓货,邀请薄维同行,"我在沈阳有家亲戚,关系不错。沈阳那边市场有好物件,而且收货价格相对便宜,我准备去趟沈阳,兄弟你要不要跟我搭伴同去?"薄维听到这等消息,既兴奋又焦虑,年轻人谁不愿意到广阔的世界去看看,可又担心父母不让他去,"容我先和家人打声招呼,再决定是否跟你出远门。"老贾说:"我等你信儿。"

薄维把去沈阳进货的打算与父母说了,父母对此持有不同态度。何淑琴说:"不准你去,现在混社会的人倍儿多,万一出了意外咋办。潘家园那么大的地界还不够你抓货吗,何必千里迢迢走关东。"薄维说:"我和老贾一块儿搭伴去,妈有啥不放心的。"何淑琴说:"那也不成。"薄虎城说:"叫儿子去吧,到外边长长见识兴许是好事,总不能一辈子不让孩子出远门吧,不出去闯荡一番永远长不大。"何淑琴说:"儿行千里母担忧,当妈的能不操心吗?"薄维说:"妈,我决定好了,这回要去沈阳走一遭,您就别阻拦了。"那时节家里也没电话,只有寻呼机,通信很不方便。临行前,何淑琴对儿子千叮咛万嘱咐,告诉他出门务必注意安全,千万别惹事。

周五晚上,薄维和老贾在天津火车站坐上开往沈阳的火车,与之同行的还有天津沈阳道卖古玩的老张。一路上,薄维满怀憧憬,满脑子想着要在沈阳寻到一批好物件,才不枉此行。经过一宿颠簸,次日清晨抵达沈阳火车站,三人下火车直奔沈阳南湖市场而去。时值冬天,此间天寒地冻,薄维觉出一股深深的凉意。

南湖市场上的人并没薄维想象中的那般多,或许跟去得太早有关。薄维在地摊上见到许多稀罕的老物件,其中不乏银质印章和银质纪念章,"二

163

"战"时期的军用物资、留声机等,多数东西价格十分便宜。

这些见证历史风云的老物件在北京极少能见到,潘家园旧货市场的古玩居多,而在沈阳南湖市场则是日本侵略时期的遗物较多。薄维当时由于经验不足,只买了一小部分东西,与很多老物件失之交臂。

老贾在沈阳这边有认识的亲戚,这户亲戚过去算得上大家族,解放前是做烧酒生意的,不过后来家道中落了。老贾当天带着薄维和老张去了亲戚家,三人在他亲戚家中各买了些瓷器和杂项,薄维总共买了大概能有一万块钱的小物件。

主家有一套老式中堂,象牙镶嵌其间,包浆和雕刻格外精美。薄维看罢心下喜欢,便问起价钱,"老哥,您家这套中堂多少钱愿意出手?"主家给出价格,"两万八千块钱。"薄维说:"您要价忒贵了。"老贾和老张立在一旁观瞧,都不说话。主家说:"这是清代红木家具,祖宗传下来的,用了上百年。"薄维与他讨价还价,"老物件笨重,一则不太好运输,二则路上易损坏。我与您一万五,可否转手?"薄维虽没买过大件贵重的家具,但能够看出来此物件委实漂亮,工手和皮壳堪称完美无瑕,太师椅上雕刻狮子图案,寓意事事如意,让人看了终生难忘。主家说:"最低一万八,低了这个价儿不卖。"薄维来沈阳带的钱并不多,价格没谈妥,最终没能拿下,心中不免感到几分遗憾。

当天回去,大家在火车上聊天,聊的全是关于收藏方面的话题,不经意间谈到在沈阳那户人家看到的中堂。薄维心下琢磨,下次再来抓货,定要将那套中堂搞到手。

一个月后,薄维在潘家园旧货市场卖古玩时忽然想起沈阳那户人家的中堂,于是来到老贾的摊位前说话:"我还想去趟沈阳,去你亲戚家里把那套中堂给拿了。"老贾说:"兄弟,甭惦记了,已有人将那套老物件买走。"

原来那日老贾也看中那套中堂,不过转个礼拜,老贾带远房亲戚,两人合伙将其收入囊中,仅仅比薄维的出价高了八百块钱。这在收藏圈叫抄后路。薄维十分气恼,更加体会到什么叫江湖险恶。

薄维脸色一沉,"是不是你买走的?"老贾说:"是别的朋友买走的,不是我买的。"薄维心想此事肯定与老贾脱不了干系,老贾的行为给他上了生动一课,也叫薄维明白在利益面前,朋友情分什么都不是。后来隔了两三年,听说老贾把那套中堂转手卖了十几万。

潘家园,一个充满传奇色彩的地方,这里更像古玩人的江湖世界,琳琅满目的艺术品呈现出大千世界中精神乃至物质文明的印记。潘家园不仅为地名，更是中国古玩收藏的文化符号，是一处可以触摸历史的文化高地。它不仅是中国人情有独钟的民间文物交易阵地，就连外国政要同样流连潘家园这片神秘的东方圣地。

盛夏时节，太阳炙烤大地。尽管天气炎热，但依然挡不住人们逛潘家园的热情。

那日，薄维正在潘家园旧货市场排队交摊位费，无意间听到保安队副队长老索对安保人员交代任务："今天接到上边通知，美国总统夫人来逛咱们潘家园，大家务必全力以赴做好安保工作，绝对不能出任何意外。"安保人员答说："保证完成任务。"老索说："今天安保任务重大，都打起点精神，百分之百确保美国政要的人身安全。他们此行也就一两个小时，大家辛苦，赶紧做好迎接工作。"

老索不经意间瞅见薄维，他与薄维相熟，之前二人聊过天，知道薄维懂些英语，而且熟悉市场行规。于是老索给薄维安排一个任务："小薄，待会儿美国总统夫人来逛潘家园，你跟在后边一块儿遛市场，如果有碰瓷的，咱就把东西摔了好解决问题。"薄维闻言感到几分紧张，毕竟保安队副队长令他陪大人物逛市场，此事不便推辞，这项任务说大不大，说小不小。

没过多大会儿，美国总统夫人携家眷及随行人员走进潘家园，薄维紧跟其后。美国总统夫人东瞧西看，不住地啧啧称赞，同随行人员夸赞东方文化博大精深，来到此间大开眼界，潘家园堪称艺术博物馆。美国总统夫人被一处地摊上摆放的藤编手提食盒所吸引，在此停下脚步，拿起食盒细看一回，对此物件大有兴趣。随行人员忙询问价格，并买下两个藤编食盒。美国政要一行人在潘家园逛了一个多钟头，心满意足地离开。

在潘家园摆摊的朋友知道此事后，问起薄维："你有没有跟美国总统夫人照个相？"薄维笑说："咱就是在潘家园练摊的，怎么可能和大人物照相。即便你想和人家合影，人家也不会答应同你照相。"

薄维见着老索开起玩笑："老索，你这人忒不厚道，叫我陪领导逛潘家园，拿我当奴才白使唤，你应当安排我和洋人照个相才对，这样我也好在人前吹嘘。"老索说："得了吧，兄弟，你甭托着屁股上树了，连我都没资格跟洋老爷照相，这等光宗耀祖的好事还能轮到你头上？"

6. 二赴东北遭遇碰瓷

上回去沈阳收来的老物件在北京潘家园卖得紧俏,这让薄维下定决心再去东北跑一趟。薄维与父母商量二赴东北的打算,"爸,妈,我想去东北收些老物件。"薄虎城说:"老贾去不去?"薄维说:"上回他独吞了我的货,往后不跟他玩了,免得哪天再被他阴了。"薄虎城说:"你自个儿去不成,得找个靠谱的陪你一块儿抓货,要不我和你妈不放心。"薄维毅然决然说道:"这次我不跟任何人去,就我一个人去。"父母挡不住薄维去东北的决心,只好由他去,在他出门前再三叮嘱,千万注意安全。

北方的树叶黄了,天已渐凉,时下进入初冬季节。在天津,白天气温十摄氏度左右,薄维早就穿上了秋裤,他上身着一件皮衣,里边搭配白色衬衫,尽管他知道东北此时业已降温,但觉得自个儿年轻,应该扛冷,因此没穿太厚的衣服。

晚间,薄维从天津火车站坐上车,次日到达沈阳火车站。因上次来南湖市场认识了一个卖老物件的沈阳朋友,薄维在沈阳朋友手头买了一万多块钱的杂项,有银圆、玉器、清末民初的墨盒等。

薄维遛了一整天的南湖市场,购得不少中意的物件。当晚又坐上火车赶往吉林长春,他之前从没到过长春,这是头趟去。从沈阳去往长春的途中下起了雪,气温骤然降到零下。

当火车抵达长春火车站时,薄维下了火车,突然感到肚子一阵剧痛,他之前肚子从未如此难受过,肠道似乎拧到一块儿。薄维担心是不是患上了盲肠炎,但他此前从未得过此类疾病。

旅客下火车都走了,薄维手扶墙壁,脸色苍白,走路艰难,迟迟未能出站。这时走来一名车站工作人员询问情况:"先生,您怎么了?"薄维说:"我身体不舒服,出不了站。"客运员说:"您到休息室歇会儿吧。"说话间,便帮忙拉行李箱,一手搀扶乘客走进休息室。

薄维坐在休息室里的椅子上,连忙道谢。客运员说:"先生,您哪儿不舒服?"薄维说:"不知道怎么回事,我一下车肚子疼痛难忍。"客运员倒杯热水,"喝杯热水暖暖身子。"薄维接过热水,又说句感谢话。客运员见多识广,"您怎么穿这么单薄,肯定是着凉引起的。"薄维说:"或许还真有可能是着凉的缘故。"待喝下半杯热水,薄维肚子里咕噜作响,忍不住放了两个屁,瞬间感到身子舒服许多。薄维在休息室歇息片刻,觉得身上有点力气了,再次向客运员致谢后便离开了。

长春大世界市场的地摊远没有北京潘家园那么多,多数地摊上摆的东西不乏老乐器,如二胡、琵琶,以及木器,当地人大多数不懂老物件的收藏价值,故此价格相对便宜。纵观整个市场还有不少民国时期日本遗留下来的打字机、电风扇、铃木小提琴,以及进口乐器等。小提琴此类物件实在便宜,一件大概一两百块钱,而且带原盒,薄维在此地买了不少小提琴。

薄维走到哪里,朋友交到哪里。摆地摊的刘老板成为他在长春结识的第一位朋友,二人话语投机,薄维付过钱,便委托刘老板帮忙将他所购老物件发往天津。

到了晚上,他走进一家小饭馆,当晚天也冷,薄维寻思吃点什么,不妨要一菜一汤,看罢菜单,胡乱点了个东北乱炖和砂锅豆腐。饭店老板问道:"你几个人吃饭?"薄维说:"就我一个人吃。"饭店老板用诧异的目光望着薄维,薄维心下挺纳闷,难道自个儿饭菜点少了,饭店老板不高兴?

约莫十分钟,饭店老板端上饭菜,先是一道砂锅豆腐,薄维一瞅万分惊讶,自己点的饭菜价格明明也就十几块钱,却见盛饭的家伙事比家里泡脚的脚盆稍微小一号,先前从没见过这么大的饭盆。随后东北乱炖端上桌来,再看那盆子菜也不小。整整两大盆,老板还以为他是个特别能吃的主儿,结果薄维连一半都没吃下。这让薄维不禁感慨东北人做生意太实在了,长春那家饭馆给他留下了深刻印象。

当晚,薄维坐火车离开长春,转天来到黑龙江省哈尔滨,当地温度最低零下三四摄氏度。薄维冻得实在受不了,便在哈尔滨中外民贸市场买了件防寒衣服,衣服穿上身瞬间暖和很多。

中外民贸市场有不少俄罗斯人来这做买卖,这是个大型综合批发市场,市场不仅有中国货,还有外国货。薄维在此间找到一家专卖洋货的店铺,其中日系东西居多。薄维瞅见一把东洋刀,只觉眼前一亮,其刀鎏金镀银,锷上刻有名字,图案华美,目贯十分精致。薄维一眼相中此刀,询起价来。光头老板说:"一万八卖你。"薄维说:"您这是天价,五千。"光头老板不同意,薄维经过一番讨价还价,最终以一万块钱拿了此物。

光头老板问话:"老弟,今晚走不走,倘若不走,我请你吃饭。"薄维时刻记着母亲叮嘱的话语,出门在外一定要提防别人,"不必麻烦了,谢谢您的好意。"光头老板说:"你坐火车带这东西不安全,告诉我地址,我帮你发货。"薄维说:"谢谢老哥替我着想,我再买些物件。"光头老板说:"老弟,瞅瞅喜欢哪些,尽管挑选,我一并发货。"薄维在他店里又挑买了红木小杂项和文房用品,光头老板当天寄走薄维挑选的物品。

薄维当天没能坐火车赶回去,只好在中外民贸市场附近找间宾馆住下。薄维图便宜,选择住进条件一般的宾馆,屋里没有独立卫生间,住宿的人通常都在公共洗澡间洗漱。

有了上次在长春吃饭的经验,这回薄维只点了一碗饭和一道菜,吃完饭,算过饭钱,起身回到宾馆休息。连续奔波了三天,薄维打算舒舒服服洗个澡。他从行李箱中取出洗漱用品,顺便买了个塑料盆,随后进入宾馆的公共洗澡间洗漱。

洗澡间呈八字形,一进门左边为公共洗手池,里边正对的是道门,进去为一排淋浴喷头,当时有三个人正在洗澡,薄维找个没人的地界搓洗一番。

薄维洗完澡,穿好衣服,出了洗浴室准备往外走。离门口不远的地方,站着一位拄拐的大哥。当薄维走近他时,那人突然冲向旁边叫唤一声:"快来!"薄维下意识地扭头看了一眼,并没停下脚步,正好打此人身旁经过,拄拐大哥突然伸出手抓住薄维的胳膊,往后一仰顺势一屁股坐地。当时薄维有点发蒙,还没弄清楚咋回事,顺嘴问了一句:"你没事吧?"拄拐大哥一听口音不是本地人,肯定是个外来的,装模作样骂道:"你是不是眼瞎,走路也不看道,把我撞倒了。"

拄拐大哥与薄维理论,此时走过来两个人。一个东北大汉问拄拐大哥:"怎么样,大哥,有事没有?没事就起来吧。"拄拐大哥说:"哎哟,疼死我了,被这鸟人撞得起不来身。"两人将拄拐大哥搀扶起来,那人重新拄上拐。另一人说:"走走走,换个地方说话,咱屋里解决问题。"两个东北人生拉硬拽把薄维推进旁边小屋。四人进去之后,东北大汉锁上房门,堵在门口。薄维脑子里一片空白,不知所措,因为从来没人告诉他遇到这种事应该如何处理。在人家地盘上,只得任由人家摆布。

薄维慌忙道歉:"大哥,实在对不住您,您看这事怎么解决,要不我带您去医院看病?"拄拐大哥说:"你知道吗,我刚做完手术,还没恢复。"说话间,拄拐大哥便把脚上的绷带解开,一块儿地方黑乎乎的,像是敷着狗皮膏药。

拄拐大哥说:"你看我这有个洞,光做手术花了一万多块钱。被你这么一撞,肯定坏了。"然后又把影像片子拿与薄维看。旁边之人趁机敲诈道:"二次复发更严重,再做一回手术没两万块钱下不来。"

薄维寻思今天遇见碰瓷的了,不放回血事情必定难摆平,心下紧张,假装镇定,"要不我给亲戚打个电话,我家亲戚是哈尔滨市公安局的,让他过来看看这事该怎样解决?"东北大汉喝道:"谁来了也不好使,你就明说吧,能给多少钱?"薄维说:"我没带钱,身上就二百块钱,给你们二百块钱行不?"东北大汉不屑道:"二百那哪成啊,你掏一千块钱,这事我帮你摆平。"薄维说:"大哥,一千块钱真没有,我是出差来的,打工的没钱。"东北大汉说:"我不和你多费吐沫星子,拿五百块钱,今天的事就算了了,要不跟你没完。"薄维心想五百块钱能解决问题已经很不错了,忙从口袋钱夹子里掏出五百块钱给了对方,东北大汉才肯让开房门放他走。

薄维有惊无险地回到宾馆房间,冷静下来,细想方才发生的事体,明显是东北一伙人故意设下圈套碰瓷,出门在外还真得多长几个心眼,否则很容易吃亏的。这是他人生中第一次被碰瓷的经历,三个人配合天衣无缝,表演太过精彩,以至于蒙蔽了薄维的眼睛,令当事者在浑然不知的情况下已入了对方的局。

王二哥时不时拿着他的画在薄维面前显摆,这张画是给谁画的,那张画是给谁画的。老贾见薄维跟王二哥要画,也向王二哥求画。王二哥没给薄维,却把画给了老贾。因为王二哥代卖老贾的紫砂壶,二人交往有实实在在的利益关系。为此,薄维和王二哥闹了点别扭。

王二哥的高仿画靠着名人光环的落款价钱卖得很高,且在市场上属于俏货。薄维与家人说:"王二哥说要送我一幅画,他一幅高仿画现在能卖到上千块钱。"何淑琴说:"什么高仿画那么值钱,我也想瞅瞅,他多咱送你画?"薄维说:"王二哥说给我留着呢,等我结婚时再送我画。"

老贾后来改做紫砂壶批发生意,这门生意在老贾手上做得顺风顺水。老贾有个发财的门道,他会把新东西给做旧,在普通紫砂壶上涂抹鞋油和高锰酸钾,然后再用蜡处理。经他的手做旧之后,紫砂壶就跟用了几十年和上百年的一样。老贾做旧的紫砂壶在京津两地十分有名,不少人慕名购买他的紫砂壶。

老贾炒股多年,经验丰富,他知道薄维玩股票,两人有时切磋炒股技巧。

老贾特向薄维传授了他的炒股秘诀,那就是买便宜的股票,买了就搁着,无论是涨是跌都不要过分关注,等一段时间后再把股票抛出去。老贾炒股擅长做长线投资,特别能沉住气,因此投资股票赚得盆满钵满,后来在天津买了好几套房子。

7 赚到第一桶金

在潘家园旧货市场,清晨六点多钟,总能见到金发碧眼的老外打手电筒买古玩,大部分欧美顾客都在八九点来逛潘家园。而市场摊位前顾客人数最多的,无疑当数薄维的地摊。

薄维推出的补子与绣片工艺品深得顾客喜爱,一上午几乎忙不过来,一般到了中午,摊位上的工艺品就能卖脱销。其中有个名叫詹姆斯的美国朋友,他买薄维原创工艺品的数量最多,都是五块或十块地买。

一个周末的早晨,詹姆斯来到薄维的摊位前,用一口蹩脚的中文同薄维交谈:"薄先生好啊。"薄维说:"您好,来自美国的朋友。"詹姆斯指了指摊位上的绣片工艺品,"你出售的货物十分精美,到底有多少这样的东西?"薄维说:"您想要多少就有多少,我可以把所有小巧精美的物件,统统镶嵌在玻璃框里头。"詹姆斯说:"绣片艺术品可不可以全部卖给我?"薄维说:"您究竟想要多少?"詹姆斯说:"一个星期,能否为我提供一百件?"薄维毫不犹豫地回答:"当然没问题。"詹姆斯十分高兴,主动与他握手,"薄先生,跟你合作非常愉快。"薄维说:"谢谢詹姆斯先生光顾小摊生意,能和您合作也是我的荣幸。"

两人并没有签合同,仅为口头约定。薄维回到天津,着手筹备货源。

收集绣片和补子并非难事,这些物件在民间价格不贵,几十块钱一个绣片或补子,有点残破的价格更便宜。然而将老物件加工成工艺品却面临着一个巨大难题,因为之前没那么大的量,原来与薄维合作的一家工艺品店一周时间完成不了那么多的订单。于是薄维又找了两家能加工工艺品的地方,协调三家一块儿做这笔订单,五天时间终于做完第一笔大订单。

周六那天,詹姆斯准时出现在薄维的地摊前,"薄先生,我要的一百件绣片工艺品,您今天能否把货物给到我?"薄维说:"詹姆斯先生,您要的东西,我已为您预备齐全,专等您来验货。"詹姆斯一块一块翻看,赞不绝口,"质量上乘,做工精细,完全符合我的预期。"詹姆斯花了半个钟头验完货,对薄维伸出大拇指,"薄先生,货真价实,言而有信。这批东西,我全要了,希望薄先生今后能为我每周继续提供一百块绣片工艺品。"薄维笑说:"没问题,詹姆斯先生,期待与您更多的合作。"自此,两人做了多笔生意。

半年后,詹姆斯又给薄维介绍了一位大客户,是个欧洲艺术品采购商。在接下来的半年时间里,民俗物件及框子,基本上十天一个集装箱运往国外。为了方便装运业务,薄维特意在天津租了个仓库。不到半年时间,薄维赚了几十万,这是他九十年代攫取的第一桶金。

在潘家园旧货市场里,有一家北京人,哥嫂兄弟三人合伙卖古玩,他们与薄维的摊位紧挨着,起初这家人和薄维关系处得不错。薄维上个厕所,或者想到市场上遛遛,少不得麻烦他们帮忙照看摊位。这家人瞅薄维的文创品卖得相当火爆,不禁有些眼红起来,于是他们仿效薄维,也整了些类似的工艺品摆到自家摊位上来卖。在古玩这行叫追货,当然他们的产品做工粗糙,但价格便宜,薄维早先并没在意他们的行径。

后来,薄维渐渐发现这家人一直卧薪尝胆,等薄维离开时,他们就会把一些新的工艺品偷偷展示给薄维的老客户。北京邻居在潘家园有家店,经营工艺品,但生意一直不温不火。他们长期暗中观察与模仿薄维摊位上的工艺品,无意间找到了发财门道,同样收集绣片、补子等老物件,做成相似的文创产品,不久便追上了薄维在市场中出售的主力产品,且跟薄维卖的工艺品一模一样。因当时市场比较好,这家人陆续增加了别的文创项目,他们店里自从上了新工艺品,生意起死回生。

北京邻居特有想法,在摊位上挂起一面广告板子,做了个小型灯光秀,看起来十分显眼,也格外引人注目。他们一家将原本属于薄维的客户拉走不少,就连帮助薄维赚取第一桶金的大客户仅合作了半年,也被北京邻居给撬走了,薄维不得不终止国际贸易。

北京邻居在短短一年时间,仅靠刺绣工艺品这个项目,便在欧美市场赚下一两百万,这钱在九十年代无疑是笔巨款。此事也是薄维后来听人说起,为此他特地挪了摊位,及早远离这号不讲德行的人。

多年以后,这家北京摊位邻居再次见着薄维,非要请薄维吃饭,薄维一笑泯恩仇。北京邻居说:"特别感谢薄老板,如果不是看到薄老板的创意,我们家断然做不成国际贸易。"薄维违心一笑,"都是你们自己通过努力换回来的。"

事后,薄维悟出个道理来,所有东西,第一,核心产权要掌握在自个儿手中;第二,商业机密不能让别人轻易知道,因为别人知道了就会抄袭。薄维在潘家园租下一处仓库,所有特殊物件不会在市场轻易露面。

8. 上海之行

薄维人生中第三次出远门,是跟着赵金刚去了南方。赵金刚是天津古玩商在北京潘家园旧货市场最能卖货的一位古玩人,早在一九九三年那阵,他在潘家园摆摊,周六日两天时间就能卖一万块钱的货物,而薄维才能卖两千多块钱。自从薄维和赵金刚在潘家园认识后,两人关系一直处得不错。

有一天,赵金刚与薄维聊天,"小薄,你卖的古玩不错,有机会不妨跟我去上海蹚路子。"薄维迟疑不决,"我对上海市场不太了解,没去过南方城市。"赵金刚说:"没事儿,改天咱们一块儿去。"薄维说:"多谢赵大哥提携。"赵金刚说:"自家兄弟,甭跟我客气。"

薄维跟随赵金刚头趟跑上海,坐的绿皮火车。去时,薄维带了两篮子老物件,而赵金刚拉了一皮箱的货物。硬座和卧铺相差好几百块钱,两人图省钱,坐的皆是硬座。从天津到上海火车站,火车足足行驶了有十八个钟头。一路上十分辛苦,困了就眯一小会儿,坐的时间长了脖子既僵硬又疼痛,异常难受。加上手头带着货物,车上治安一般,一路上担着心生怕丢了东西。

初来上海,他们所去地方为上海老街方浜路,旁边为藏宝楼,摊位摆在胡同里,一切似乎都和北京潘家园似曾相识。赵金刚在上海有家亲戚,早就有人替他占好摊位,大清早就摆摊卖东西。薄维和赵金刚摆摊的位置在路口拐弯处,此间乃商贩必争之地,金角银边为摆摊儿的一门技巧。此处摊位挺大,一百块钱可以摆上一天。

上海方浜路摆摊卖的物件中有新货,也有老货,其中不乏做旧的。那阵新货已抬头,而且有些物件属于俏货,无论在哪儿都好卖。薄维早晨卖了一两千块钱,他请赵金刚帮忙照应他的摊位,然后去藏宝楼逛了逛。

薄维在一个摊位上看中一块金丝楠木制成的匾,上面雕刻着菊花与其他花卉,字迹刻得十分工整,落款为吴昌硕,而且属于原脏原旧的老框子。摊主老板说:"我家里还有一块,你要感兴趣的话,我给你拿来。"薄维说:"匾是谁的落款？"摊主老板说："王震落款。"薄维说："这个可以,贵吗?"摊主老板说："不贵,五千块钱一块。我看你是从北京过来的,人挺爽快的,我中午给你拿来,你看看如何?"薄维确实有意向购买,便点头答应。

中午时分,摊位老板真就把那块匾拿了过来。薄维仔细观瞧那块匾,匾高约一米,宽六十厘米,上边写着书法,一看便知为草书,书法苍劲有力。薄维自幼练习书法,对书法有着浓厚兴趣,看到此物只觉眼前一亮。竖匾也是金丝楠木的,落款为白龙山人王震。

薄维搞收藏多年,心下清楚王震乃民国著名画家,见到此物倍感欣喜。摊位老板说："你也不用搭钱,我晓得你喜欢,这块匾五千让与你。"薄维说："东西包上。"薄维花了一万块钱,把两块匾收了。从此二人交上朋友,薄维在他手上先后收了有一百多块匾。

除了收匾之外,薄维还在上海古玩市场买了些瓷器和玉器等杂项。他有个习惯,不管到哪儿,反正每次必买玉器。

薄维对上海总体印象还算不错,但他的生意却不如别人好,一天勉强卖了两三千块钱,再看看赵金刚,一天则卖个一两万。上海之行,他虽没挣到钱,但却买了一批精品,花去三四万,能抓到称心的好货,薄维感到不虚此行。

从上海购得的老物件在北京潘家园转手几件货,赚了钱还有盈余。那两块金丝楠木匾和两块玉,薄维一直留着。

9 一场没开始的恋爱

薄维将他使用几年的数字寻呼机给淘汰了,花上几千块钱换成汉显传呼机。在单位除了厂长使用汉显传呼机,另一个就是薄维。每当传呼机嘟嘟嘟响的时候,薄维拿起汉显传呼机,感觉倍儿有面子。

薄虎城夫妇的古玩店在天津沈阳道开了几年,店里生意颇颇过得去。每当薄维歇班时,若因天气原因去不成北京潘家园,必然帮父母盯店。古玩店约有十五平方米那么大,狭小的空间里摆了很多东西。店里至多同时站四个客人,再多了恐怕就要转不开身子。店虽小,因地处沈阳道黄金位置,每周营业额相当可观。

在这间小屋里头,古玩给薄维的感觉始终是寂寞的。到底是年轻人,古玩店不像单位里能和同事有说有笑,当时店里只有一台录音机,卡带播放的多为香港四大天王的流行歌曲。

薄氏古玩店旁边不远处的邻居是卖盒饭的,所卖快餐每天始终只有两样,要么红烧茄子配鸭腿儿,要么西红柿炒鸡蛋与红烧肉,主食为一盒大米,除此之外别无选择,薄维每每盯店时都吃这种饭食。他吃饭时有个习惯,爱听音乐,听得最多的歌曲是《我可以抱你吗》。由于总听这首歌,以至于后来无论置身何地无意间听到这首歌时,便会不由得想起邻居家卖的快餐红烧茄子和鸭腿儿,以及红烧肉的味道。

薄维一个人待在古玩店,此时店中没有顾客。每当店里冷清下来,薄维免不了胡思乱想,寻思自个儿的事业究竟在哪里?望着别人开公司,开着各样的小轿车,而自己不过是个小商贩而已,心头很不是滋味,大有比上不足比下有余之感。尽管每周跑北京摆摊,虽然对生活很有信心,但只要待在这间小屋,总觉得自己在滚滚红尘中是个无足轻重的小人物。

薄维第一次跑东北,其实就暗下决心,一定要混出个人样。他打小听爷爷讲薄氏家族的辉煌历史,到了父亲这代人,由于历史原因,导致家族彻底败落下来。薄维打心底渴望出人头地,以家族兴旺为己任,并将此作为奋斗目标。

自从张科长把单位里的核心人员挖走后,天津红桥区继电器厂的业绩不断下滑,效益越来越差。在单位有个铁规律,经济不好抓纪律。每天中午吃罢饭,薄维照例跟同事一块儿打牌,这些年一直如此,基本上从没人过问。而今厂长特意找到他们告诫一番,"你们今后注意点,人家反映你们声音大,影响别人午休。听歌声音小点,打牌甭在这瞎吵吵,下不为例。"薄维知趣地关上录音机,"知道了,领导,往后我们注意小细节,不给领导添麻烦。"

单位里又来一个新同事,是位年轻姑娘,名唤李晓丽,被分配在销售科。李晓丽身材瘦高,皮肤雪白,双眼皮大眼睛,扎个马尾辫,模样标致。李晓丽心气颇高,一般人根本入不得她的眼睛,故此一直单身。她在单位时间长了,总是有意无意地接近薄维。

这日,李晓丽鼓足勇气找薄维搭讪:"你好,我是咱们单位销售科的,我姓李,叫我晓丽就可以。可以告诉我,你叫什么名字吗?"薄维说:"姑娘好,我叫薄维。"李晓丽说:"百家姓里有姓薄的吗?这个姓挺少见的,我头次听说。"薄维说:"百家姓里当然有姓薄的,不过姓氏确实不常见,说起薄姓历史可追溯到春秋时代。"李晓丽说："冒昧问你一下，你今年多大了？"薄维说："二十四。"李晓丽说："你猜我年纪？"薄维故意说："看着很年轻，估计也就十八九岁吧。"李晓丽扑哧一笑，"我比你小三岁呢！薄哥，你结婚了吗？"薄维说："说起女朋友，尚不知在天涯何处。"李晓丽说："薄哥英俊潇洒，怎么会没女朋友啊，是不是哥哥眼光太高，咱们厂里的女孩一个都没看上？"薄维说："不是我眼光高，关键我现在没事业，不着急一时半会儿找女朋友。"李晓丽说："遇到合适的姑娘，薄哥会考虑吗？"薄维说："一切随缘。"

一天午饭后，薄维陪销售科王科长打牌。李晓丽悄悄走到薄维身边，塞给薄维一个水果，慌忙走开。男同事瞅瞅薄维，再看看李晓丽离去的背影，不禁笑了起来。王科长说："行啊，小薄艳福不浅，桃花运正旺，挺有女人缘。咱们单位生产科的厂花追你，你却不中意。现在轮到我们销售科的小姑娘对你落花有意，怎么样，这小姑娘能不能看上眼？"薄维说："不过普通同事而已，还没处到那份儿上。"王科长说："唉，咱一群大老爷们儿打牌，人家小姑娘单单给你一人送水果，叫我们看着眼馋。"同事起哄道："老弟，多咱能吃上你俩的喜糖？"薄维说："哥们儿别瞎说，传出去对人家小姑娘影响不好。"

李晓丽认为薄维这个人靠谱，一心想和他单独约会，"薄哥，要不周六咱俩一块儿去郊游好不好？"薄维说："周六日有事，去不了。"李晓丽说："那下周末呢？"薄维说："最近比较忙，下周恐怕也没空。"李晓丽多少感到有些失望，"下下一周总可以吧？"薄维说："实在抱歉，晓丽，周六日我根本抽不出时间，从来没跟任何人出去玩过。"李晓丽疑惑不解，"你咋那么忙，比个领导都忙。要是白天不方便，周六晚上我请你看场电影行不？"薄维说："晚上也不得闲。"李晓丽一脸不开心，"你这人没趣，是不是嫌我长得不体面，不愿跟我一块儿处朋友。"薄维说："姑娘，你想多了。"

薄维家住天津中环线，每天骑摩托车上下班，一路上跨越和平区、南开区、红桥区三个城区。李晓丽住在南开区，上班骑个木兰摩托车。二人顺道，下班时分，李晓丽总爱跟着薄维一块儿走。他们在辅路上慢慢骑乘摩托车往家的方向赶去，一路有说有笑。薄维说："姑娘，你车子骑过头了，赶紧掉头回家去吧。"李晓丽说："薄哥，白天各忙各的，没空说话，我也不好意思老去找你，怕人家笑话我脸皮厚。我就想在下班路上陪着你回家，多送你一段路。"薄维说："上了一天班，够辛苦的，别送我了。"李晓丽说："我不累，下班这段路对我而言是一天中最幸福的时光，我多希望咱俩能够一直这样把车骑下去，永不停下来。"

李晓丽每次都会在回家的路上多送薄维一段路，这让薄维心下十分感动，他能感受到李晓丽追求爱情那份火热的心。薄维不经意间喜欢上了这位阳光可爱的姑娘，却不敢捅破窗户纸来表达心间的爱意。他一心想干一番事业，暂时没考虑过人生大事，面对李晓丽这份纯洁的情谊，薄维没有把握机会，而是选择刻意回避。在爱情和事业之间，薄维认为当前对他来说事业更为重要。

天津红桥区继电器厂为老牌子的国营企业，光退休职工就有三五百人，在职的也有几百人。张科长从单位挖走一批核心人员，包括生产、销售、技术，在离单位不远的地方建了一家新继电器厂，生产的产品跟原来单位一模一样，虽然新厂员工加起来才三十多人，但产量却达到了原先单位的一半，这给原单位的发展造成了巨大冲击。

此刻，单位里总是闹哄哄的，各种声音不绝于耳，议论单位后期可能改制或者出现其他特殊变动，因为赶上了时代下岗潮，国企的工人都有可能面临着下岗。其实在单位这几年，薄维职场生涯感到很快乐，虽然有时累点，但他觉得日子过得充实，同事之间关系处得融洽，况且这是他人生头一份工作，从没跳过槽。

倘若自愿下岗，单位解除劳动关系会给职工三万块钱的补偿，大家戏称一脚踢。每个人面对下岗的心态是完全不同的，有一部分人等着下岗拿三万元的赔偿金，大部分人则非常听话，害怕被单位解雇。

薄维将单位情况如实告诉父母，他有意主动离职。母亲则劝告他："儿子，踏踏实实工作，只要单位不辞你，你千万别自愿下岗。你们单位是国有企业，瘦死的骆驼比马大，一定要牢牢抱住这个铁饭碗，千万别松手。"

那天下班后，李晓丽和薄维同行回家。半路上途经小卖铺时，李晓丽放慢车速，"我口渴，今天请你喝汽水。"薄维停住摩托车，"晓丽，你等着，我去给你买瓶汽水。"

薄维买回两瓶汽水，两个人站在路边上喝汽水。李晓丽涨红着脸问起薄维："你觉得我怎么样？"薄维说："晓丽，你是万里挑一的好姑娘。"李晓丽说："你愿和我处对象吗？"薄维望着她那张俊俏的脸，不觉自惭形秽，"我记得你曾对我说过，你父母都是机关单位的干部，级别不算低。我父亲不过为事业单位退休下来的普通职工，母亲是个下岗工人。姑娘家境优越，只怕我与你不堪配。"李晓丽说:"我想和你结婚,又不是嫁给你父母,你为什么总拿两个家庭做比较?"薄维说:"目今我面临一个很现实的问题,极有可能被单位一脚踢,到时我没有稳定工作,我对自己,同样对你的未来担忧。"其实薄维说这番话语也是考验对方,李晓丽听罢当时便已沉默不语。薄维瞅瞅她的脸,明显能够觉察到她内心的挣扎,"晓丽,你回去再考虑考虑,不要贸然做出决定。你我来日方长,缘分或许早已是老天注定好的,并不是我们选择的结果。"

此后一段时间里,李晓丽在下班回家的路上总是刻意避开薄维,不再与薄维顺路骑行,渐渐地,二人关系也就生疏了。

那天,薄维心血来潮,第一次在下班后主动找到李晓丽,于是两人一块儿骑车回去,路上,车子速度很慢,他们都有各自的心事,不过心照不宣罢了。李晓丽见着薄维几乎无话可谈,薄维不免尴尬。薄维一句问话打破了两人的沉默:"晓丽,你期望自己未来的丈夫是什么样子?"李晓丽说:"父母希望对方在国企上班,有一份稳定工作,每月能有稳定的收入。"薄维明白她的意思,二人一路不再搭言。平日里最为熟悉不过的马路忽然变得无比漫长,仿佛没有尽头。

10. 好位置才有好生意

天津红桥区继电器厂陷入发展困境,眼下处于半死不活状态。单位里不少科长和科员主动提出辞职,他们如愿以偿地拿到三万块钱补偿都走了,就连职工敬重的厂长也辞了职,许多人替厂长离职感到惋惜,其实大家并不知道他们早被张科长收买,已提前安排好后路。

这些离职的核心员工掌握着单位重要的命脉资源,那便是企业的技术和老客户。他们带走了企业很多老客户,同样的产品,比原来单位供货便宜四分之一。而且新的继电器厂单位福利特别好,没有后顾之忧,原单位不少主力骨干都跑到新继电器厂上班去了,从而导致天津红桥区继电器厂的经济效益从此一落千丈。

北京潘家园旧货市场将面临着重新布局与改造,东地摊的位置准备盖一排房子,要征用部分地摊,而薄维的摊位正好就在其间。摊位被市场征去后,薄维不得不挪到一个不太起眼的位置摆摊,此时他的地摊位于市场最后

177

边。之前薄维在潘家园摆摊，平常一周卖好的话，能卖到两三万块钱。自从搬到偏僻的位置摆摊儿，两天只能卖个两千来块钱。而这种情况持续了得有三周。

这下薄维心中火急火燎，他清楚这样下去不是办法，不能坐以待毙，必当改变当前困局。薄维动用关系找到潘家园旧货市场的老所长，请老所长吃了顿饭。席间，薄维从包里掏出个鼓鼓囊囊的信封，里边装了六千块钱，"一点小心意，不成敬意，希望领导别嫌少。咱们来日方长，日后少不得要处处麻烦老所长关照。"老所长瞅瞅信封，毫不客气地把钱收了，"还是你小子会来事儿，将来准有出息，能办大事。说吧，有什么事需要我帮忙？"薄维说："您瞧我现在的摊位有多偏，赶上鸟不拉屎的地界了，手头物件一天卖不出去几个散碎银子，还不够来往北京的盘缠，领导能不能想想办法，帮我换个稍微好点的摊位？"老所长拿起筷子往薄维面前的碟子里布菜，"小菜一碟，请吧。"薄维说："多谢所长关照，您真是我人生中的大贵人。"

果然不假，有钱好办事，老所长真就给薄维帮忙在市场弄到一个好摊位，位于北门进来的第六个摊位。此间处于黄金地段，人一进来差不多都能看到薄维的摊位。

薄维搬到潘家园旧货市场北门摆摊儿的第一天，大清早一开门，就见人群乌压压地往市场里边而来。他在潘家园摆了好几年地摊，相当有经验，第一注意防范丢东西，第二注意节奏把握好了。仅一天时间，他的地摊上卖了将近三万元的货物。薄维敏锐觉察到摊位所处的位置尤为重要，再好的东西，再强的销售能力，都不及有个好位置。商场如战场，同样讲究天时、地利与人和，三者缺一不可。

此处摊位对薄维而言简直是块风水宝地，他每次带四个篮子过来，两天时间一般情况下能卖空三个篮子。他卖的古玩既精致又抢眼，加之善于言谈，两日销售额可达三四万块钱。

随着摊位生意越做越好，薄维不得不考虑眼前面临的现实问题，自己一个人去摆摊，很多时候去市场抓货还得请旁边的摊位邻居照顾一下他的摊位。而别人也有生意要做，不能总麻烦别人，且摊位上时不时还会丢物件。思量再三，薄维认定为今之计很有必要招人帮忙一块儿打理潘家园旧货市场的地摊生意。

薄维招聘的第一位员工，是经朋友介绍过来的，叫老张，天津人，一米八一的个头儿,人长得精神。老张数学特别好,过去是天津理工学院毕业的,后来在天津钢铁厂下岗了。薄维与老张谈妥工资待遇,一天给一百块钱,周六日两天共两百块钱的报酬,包去北京的往返路费和住宿。老张对这份兼职工资很满意,一个月八天兼职能拿到八百块钱,在九十年代无疑是笔相当可观的收入。

老张平常看摊还算认真负责,但他有个问题,有时薄维说他两句,老张听不进去。由于沟通存在问题,两人闹过几次小矛盾。

有一回,老张在摊上摆东西,不留神摔了一件瓷器。薄维说:"老张,你拿东西时一定要小心点,应该两只手一块儿拿,轻轻搁在摊位上。"老张说:"天儿太冷,冻得手疼拿不住东西。东西没了就没了,只当'碎碎平安'吧。"薄维听到这种话很不满意,老张干了两个月就被他解雇了。薄维评价老张总体还可以,但思想上始终没有摆正自己的位置。

薄维缺少帮手,但又不想再找熟人,于是便在《今晚报》刊登招聘信息。果真有人看到报纸后,拿着报纸到天津沈阳道薄氏古玩店来面试。薄维见面试者挺干练,请他坐下喝茶,"您大概介绍一下自己的经历?"面试者说:"我叫刘武,今年五十岁,精通英语。原来是驻刚果的一名武官,现已离休。"薄维说:"您兼职一天想要多少钱?"刘武说:"我跟老板干是想学习古玩知识,给多少都没关系,我不怕吃苦。"

薄维看刘武乃忠厚之相,决计用他当帮手。刘武勤快能干,从不偷奸耍滑,每到周五晚上便和薄维拿着货物坐大巴车去北京,在潘家园摆两天地摊,住一宿。但刘武跟随薄维时间并不长,原因是他家里的孩子心疼父亲,不忍心父亲吃那么大的劳苦,说什么也不让他再跟薄维去北京摆摊。

在潘家园旧货市场北门摆地摊的生涯中,薄维经常会见到形形色色的人,甚至还有一些行为怪异的人。其中就有这么一位,人称金哥。金哥早期在薄维眼中是个无比神秘的人物,后来金哥成为薄维人生中的一大贵人。

那天是周六,薄维的摊位生意并不如往常那么好。到了下午三点多,从市场北门由远及近走来三个人。走在前边的男子身穿一件呢子大衣,年纪大约五十开外,此人便是金哥,旁边跟着两个助手。金哥每到一处地摊必然买些物件,前几个摊位皆买几百块钱的古玩。三个人走到薄维摊位前,金哥精挑细选几件东西,问了价格,薄维耐心地一一介绍。金哥说:"东西不错,我要两件瓷器,这个玉器,还有那个紫砂物件,你看四件总共多少钱?"薄维算好价钱，"一共六千八百块。"金哥说："要的价钱吉利，不跟你划价了。"他从钱包里掏出一沓钱数够数，递给薄维。这是薄维摆摊这么多年，头一次遇到不破价的买主，周边摊位的人无不羡慕。

打那以后，每到周六下午三点半，金哥必定准时出现在潘家园旧货市场北门的摊位上，见着摊位多少总会买点，且一个摊位不落。他到薄维摊位来，有时买四千多，抑或六千多，多则买八千多的物件，反正就是不过万。

金哥的神秘举动令人感到费解，谁也猜不透他到底是个什么样的人物。金哥在薄维地摊上买过几回东西便熟络起来，薄维与他攀谈："金哥，怎么回回周六买这么多古玩，您专业搞收藏的吗？"金哥说："嗨，我就是喜欢古玩。每次来潘家园只带三万块钱，我们三个人提不动了，三万块钱花没了，我们就走。"薄维说："金哥在哪儿高就？"金哥说："国贸。"薄维说："您做什么行业的，这般有实力搞收藏？"金哥说："我跟俄罗斯人做跨国贸易，做金属生意，还有铁路生意。近来家中出了点变故，风水大师对我说，叫我散财买些古董回来，特意交代要买有历史感的文物。"

薄维在单位跟人事部领导关系不错，人家与他透露一个内部信息："薄维，你要现在离职，就是单位跟你解除关系，单位一次性给补偿五万块钱，如果晚了，以后这项政策就没了。"薄维说："多谢领导关照，我和家人说下此事，再做打算。"

对辞职这件事体，薄维业已想了很长一段时间，他和父母重提离职一事。毕竟在这个年头有一份稳定工作实属不易，因此遭到家里人反对。薄维坚定地表达了自己的立场："第一，世上没有永远的铁饭碗。以前单位经济效益特别好，在全国市场排前三名。我们单位生产科的科长，人家自己建了新厂子，把单位骨干和业务全挖走了，如今单位业绩跳崖式下滑，我在单位待着是不可能有一辈子铁饭碗的。第二，老在单位上班，甚是牵扯精力，我没时间出去抓货，或者创新一些模式，到最后只能停留在贩卖古玩的水平。"父母觉得儿子的话不无道理，但又不想让他离职。薄虎城语重心长地对薄维讲："你一定要想好了，做父母的希望你能有份稳定工作，我们能帮你做点事，你条件比上不足比下有余，也没后顾之忧。"

薄维向单位里所有交好的同事透露了他即将离职的打算，他平时与人为善，不遗余力帮助同事，大家对他都认可。不少同事与他做思想工作，劝说挽留，但薄维心意已决。

在离职之际，薄维和李晓丽见了一面。薄维说："晓丽，我马上要离开单位了。"李晓丽说："我已经听同事说了。"薄维送与李晓丽一件玉佛，"此物留作你我之间相识一场的青春纪念吧。"李晓丽接过玉，紧紧握在手中，"谢谢你送我的礼物，我会好好珍藏一辈子的。你今后有何打算？"薄维说："继承父母的衣钵，去卖古玩。"李晓丽说："什么时候不来单位上班？"薄维说："大后天。我希望你……"李晓丽一双充满柔情的眼睛注视着薄维，"你希望我什么？"薄维说："我愿你以后过得幸福，能找一个真正懂你爱你的男朋友。"李晓丽眼睛不禁湿润了，"还有别的话要对我说吗？"薄维说："明天晚上我请同事吃饭，如果你方便的话，一起吃顿饭吧。"李晓丽说："我会去的。"

转天傍晚，天津一家饭店包间里，十八人围坐一桌。薄维邀请了财务科的同事，以及平日里关系处得不错的同事，马芳和刘同学、李晓丽等人如约而至。桌上罗列杯盘，觥筹交错，男同事喝白酒，女同事则喝啤酒或饮料。一同事提议说："我们每个人给薄维说一句话，可以是祝福，可以说自己最想说的一句话。谁先来？"同事们附和道："当然是财务科的美女先说。"

财务科张姐说："祝愿薄维事业有成，今日我敬小兄弟一杯酒，愿我们明日相见再续友情。"薄维和张姐碰杯喝下一口酒。王姐说："小薄，你跟我学会了炒股，现在还玩股票吗？"薄维说："感谢王姐带我赶上一波牛市，体验了一把大起大落冰火两重天的资本市场，目下偶尔也玩股票。"王姐说："我祝你今后日子红火，股票长红。"财务科小刘说："我祝薄维早日找到心仪的女朋友。"

男同事赵哥插话道："小刘说的祝福不算，人家薄维不缺女朋友，这不今天都来了两个。"大家的目光纷纷投向马芳和李晓丽。刘同学赶忙当起护花使者，"嘿，甭瞅了，马芳是我女朋友，你们瞅那位。"陈哥调侃道："以前大伙儿都说马芳和薄维青梅竹马，他俩没成事，我看你俩更没戏。"钱哥说："小胖，你行吗？"刘同学当着众人搂住马芳的肩膀，"瞧见没有，我行不行？"钱哥端起杯子，"小胖比我行，我可没胆量当众搂厂花，自罚一杯。"赵哥说："小刘也要自罚一杯。"财务科小刘端起一杯啤酒一饮而尽，"我祝薄维早日成家立业，结婚时别忘了我，我去给你随份子。"

钱哥见薄维和李晓丽离得远远的，打趣道："晓丽怎么没和薄维坐一块儿，来来来，换个位置，让他俩多亲近亲近。"李晓丽难为情地挨着薄维坐下，满脸羞红。赵哥说："下面有请厂花给薄维说句祝福好不好？"众人起哄叫

181

好。马芳端酒杯站起身来和薄维碰杯，"衷心祝愿薄同学早日和晓丽修成正果，敬薄同学一杯。"马芳喝下一杯啤酒，薄维干了酒杯中的白酒，坐下来捂住嘴咳嗽两声。李晓丽瞅薄维一眼，"没事吧你？烈酒要慢点喝，别逞英雄好汉。"

陈哥继续调侃刘同学："小胖，你不同昔日情敌敬上一杯酒吗，要不是薄维主动退出三角关系，你压根儿没机会可乘。"刘同学走到薄维跟前敬酒，"师弟，我敬你一杯，感谢师弟成全了我。"薄维拍拍刘同学的肩膀，二人碰下酒杯，各喝上一大口，"师兄，都是你凭自个儿努力争取到的，你们最终能不能走到一块儿，看你的表现了。"刘同学说："师弟放心，我这辈子肯定对马芳好。"薄维说："愿你俩比翼双飞，天长地久。"刘同学回到自己的座位上。薄维随之也坐下来，李晓丽忙为薄维夹菜，"少喝酒，多吃几口菜。"

赵哥重新找话头取乐，"下面有请青春貌美的李晓丽对薄维说句最想说的知心话，大家想不想听？"大家鼓掌叫好。李晓丽满脸通红，端酒杯站起身，扫视一圈，最后把目光落到薄维身上，"小妹祝薄哥能与红颜知己琴瑟和鸣，永结同心，鱼水相欢。"说完，一仰脖喝尽杯中酒，薄维同样干了杯中白酒。钱哥起哄说："小薄，你俩拥抱一下。"众人掌声热烈响起，"抱一个，抱一个。"薄维鼓足勇气拥抱李晓丽，李晓丽并没有拒绝，激动地流出眼泪，随之抽噎起来。薄维轻轻拍拍她的后背，二人分开落座，李晓丽忙拿纸擦去脸上泪花，往自己酒杯中倒满啤酒，端起酒杯与大家敬酒，"我敬同事们一杯酒，从此天涯有故人。"李晓丽喝完酒放下酒杯，急匆匆地说："我还有事，先走了，你们慢慢吃。"李晓丽拎包转身离开。薄维紧接着站起来，"都喝着，我到门口送送晓丽。"

饭店门口，李晓丽开了车锁，当她看到薄维从屋里跑出来的那一刻，不禁泪眼模糊。薄维说："晓丽，你走了？"李晓丽抬手抹把眼泪，"爸妈担心，不叫我回家太晚。"薄维说："谢谢你对我的祝福，我真心愿小妹早日找到情投意合的男人。"李晓丽眼泪再也止不住地往下流，"谢谢，我会的。"薄维说："你喝了酒，路上回去慢点。"李晓丽骑上木兰摩托车走了，薄维恋恋不舍地望着她远去的背影，心下有说不出的惆怅。

那晚，一桌人喝了十瓶白酒，三十瓶啤酒，男同事基本上一人一瓶白酒和两瓶啤酒。大家最后喝得晕乎乎的，伸着两手指头要酒喝，"老板，再来几瓶啤酒。"桌子底下全是酒瓶，老板见状格外震惊，不敢再给这帮年轻人上酒。

薄维喝得酩酊大醉,这是他平生头一次吃醉。他烂醉如泥,走起路来摇摇晃晃,出了饭店坐在路边休息,此时夜已深。

几个同事将薄维送至洗浴中心,帮他办理了住宿。薄维醉醺醺地任别人搀扶走路,怎么进入房间的全不知晓。

半夜,薄维腹中灼烧,呕吐两回,只觉头疼欲裂,心想要告别工作几年的单位,要和朝夕相处的同事自此分别,十分不舍,想到动情处,不禁失声痛哭。面对自己未来的前途,一切都是茫然未知,薄维此刻感到前所未有的失落。

11 下定决心辞职

经过深思熟虑,薄维毅然决然买断工龄,主动找单位领导谈了离职一事,当与单位解除劳动关系后,他顺利拿到五万块钱,成为单位第一批买断工龄的职工。

辞职后,薄维几乎天天去盯店。薄氏古玩店承载着一家人生存的希望,因有小店的存在,起码生活有着落。店铺空间十分狭隘,屋里除了货便是人。望着外边车来车往,薄维既对未来怀有美好憧憬,又有些许迷茫,自己的未来到底在哪儿,他在茫然中思索人生,以及探索生活意义的所在。

在天津沈阳道盯店的那段日子里,他每天读读书,没事练练书法,或把玩古玩,还有听卡带录音机。薄维爱听歌曲,也爱唱歌,特别爱听四大天王、迈克尔·杰克逊、惠特妮·休斯顿等中国港台及欧美歌星的歌曲,几乎每天都会听。

不久之后,马芳和刘同学等一帮同事也都去了新的电器厂工作。张科长因撬走了原单位的核心资源,他厂子里的生意则越做越大,最终击垮了老厂。

在沈阳道开店的邻居差不多都知道薄维周六日去北京摆地摊,平常闲暇时光,邻居会到他店里串门,闲聊抑或探讨古玩收藏的话题。

薄维随祖辈钟爱白酒,可酒量一般,有时在中午和邻居小酌一杯。倘或生意冷清时,他在下午也会跟邻居打会儿扑克牌。薄维虽有点赌瘾,但没赌术,逢赌十次得有六次输。有一段时间,他几乎每天输掉几百块钱。

同街开店的老邻居实在看不下去,便对薄维提了个醒:"小薄,与你打牌的这两个人,你往后可要注意点。别看他们在这条街上开店,实际上不务正业。他们不思进取,拿开店当副业,把玩牌当主业,他们合伙玩牌赢了不少钱。"薄维好奇地问道:"他们怎么回回打牌有那么好的运气,是不是这伙人玩牌有高超技术?"老邻居淡淡一笑,"你还年轻,不懂其中的门道,这叫做局,在牌里动了手脚,你跟他们玩牌,根本赢不了钱。"薄维说:"谢谢您实情相告,看来我今后真要提防这号小人。"

　　自那以后,薄维很少和他们再闲谈,毕竟志不同道不合。偶尔也会一块儿吃顿饭,但不会一起玩牌。邻居说:"兄弟,咱三个玩儿把牌怎样?"薄维说:"我没牌瘾,戒了打牌。你们玩牌就行,往后甭找我凑数。"邻居说:"兄弟,你才输了几回,大赌伤身,小赌怡情。"薄维斩钉截铁地说:"真不玩了。"别人见他主意已决,便不再勉强。

　　一日将近傍晚,薄维正在店里整理货物。这时,门外进来一个年轻小伙子,长得一表人才,个头儿有一米八。小伙子看了看青花瓷,问起价米:"老板,这件瓷瓶多少钱?"薄维循声望去,"瓷瓶三千。"薄维仔细一瞅顾客,顾客抬头望望薄维,当时两人瞬间愣住。薄维见是过去大杂院里的邻居杨昱宽,当年分开那阵彼此还是少年,如今相见已长成大小伙子。两人相视一笑,杨昱宽说:"薄维,原来你在这儿干活儿?"薄维说:"这是我们家开的店,你这些年怎样,小杨?"杨昱宽说:"嗨,我就是上班,在单位财务科做个小职员。你现在有出息了,混得不错,都当小老板了。能喝酒吗? 咱哥儿俩一会儿喝点。"薄维说:"好啊,今晚我请客。"杨昱宽说:"还是我请你喝酒。"薄维说:"别和我争了,你到我这来,必须我做东。"杨昱宽说:"那下回我请你。"

　　薄维关了店门,二人有说有笑走进沈阳道旁边的一家小饭馆。小饭馆老板姓刘,以前是个厨师,后来岁数大了,因患腱鞘炎不便做饭,索性雇了人当起老板,大家尊称他刘哥。刘哥说:"小薄老板来了,几个人吃饭?"薄维说:"就我们两个。"刘哥说:"你请后边位置坐吧,这边环境好,一般吃饭我都坐这儿。"薄维说:"谢谢老板关照。"

　　两人坐下来,点了六道下饭菜,边喝边聊,叙起旧来。杨昱宽说:"薄维,你干古玩这行咋样?"薄维说:"混口饭吃,不至于像别人那样下岗挨饿。"杨昱宽说:"一月能挣多少钱?"薄维说:"没准,运气好了一个月能卖几万块钱,利润忽高忽低。"杨昱宽说:"别傻干了,哪天你跟我在一块儿混吧,周六我带你去长长见识。"薄维说:"周六没空,周五晚上我得去北京潘家园摆两天地摊。"杨昱宽说:"下周咱俩约个时间。"薄维说:"下周一有空。"杨昱宽说:"那行,得空儿我带你开开眼界,让你晓得什么叫有钱人的世界,什么叫作一掷千金。"

眨眼到了周一,薄维跟随杨昱宽来到和平区大理道的一处小洋楼,从外边看,建筑外观并无特别之处。门口设有小卖部,两人进入小卖部,只见杨昱宽冲着看门的人点头示意,然后两人就进去了。小院里还有个后院,后院门口也坐着一个人,那人冲杨昱宽点头,薄维觉得他们很熟。此处院门已被打开,里边为院子套院子,小院中有一扇门。

二人穿过那扇小门进去,只见此处有个地下室。薄维觉得既紧张又神秘,寻思到底是怎样一个去处?在杨昱宽引路下走进地下室,拐了几道弯,行至一间房门前,停下脚步。杨昱宽有节奏地敲门,像联络暗号似的。等了足足一分钟,才有人给开了门。薄维只觉这里乌烟瘴气,摆有三张桌子,聚着形形色色的人在此赌博。薄维心中直打鼓,想立马走人。杨昱宽说:"进来看看。"薄维只好硬着头皮走了进去,进屋之后,过来一个中年人打声招呼:"来了,你坐最里边那张桌。"杨昱宽背个书包,从书包里拿出几摞钱放在桌上,"今儿个筹码足,我带哥们儿来的,万一赢了钱有我哥们儿百分之十。"中年人说:"祝你好运。"

薄维环顾其间,发现每个人的精神高度集中,仿佛他不存在于这里。再看杨昱宽张眉努目,紧盯手中的牌。经过一上午豪赌,杨昱宽在赌场赢了两万多块钱,他抽出两千块钱,大手大脚递给薄维,"把钱装起来,咱吃饭去。"薄维坚辞不受,"无功不受禄,我怎可要你钱财,咱不是那种财迷心窍的人。"杨昱宽说:"起初来时,我已当众许你百分之十的好处,大丈夫岂能言而无信。"薄维说:"再要说给我钱,等于羞臊我,叫我无地自容。"

两人进入一家小餐馆吃午饭,喝了点啤酒。杨昱宽说:"薄维,感觉怎样,看得刺激吗?"薄维说:"果然一掷千金,真够刺激的,这是你的爱好?"杨昱宽说:"不,这只是其中一项,我建议你没事投点钱,咱们不妨一块儿捞油水,我有技术知道吗,刚才你也看到我的实力了。你别傻干了,跟着我混,保管你吃香的喝辣的。"薄维心中明镜似的,觉察这是设了一场局,"我呀,喜欢摸个小牌,对赌博不在行,逢赌十赌九输,日后再说吧。"

杨昱宽隔三岔五来找薄维,怂恿薄维下水。薄维一看他那阵势,便有意

185

疏远。

大概过了半年,杨昱宽又来撺掇薄维赌博,"我最近玩了一种新型赌博游戏,我想你会感兴趣的。"薄维说:"什么游戏?"杨昱宽说:"我现在押注赌球,半个月赢了十几万。你要感兴趣,一块儿投点钱,我分你百分之二十的利息。你投十万,我给你两万,而且当时就分你两万。你的钱老在银行存着有嘛用啊,想办法让钱活起来,才能钱生钱。"薄维深知赌博害处,况且父母早就告诫薄维绝对不能沾赌,一沾赌博必然上瘾,嗜赌成性的人下场落得都不大好。薄维严词拒绝参与赌博,杨昱宽一看薄维说话态度变了,无论多么诱人的话语在薄维身上全不奏效,薄维根本不上他的道,因此他便不再找薄维。

忽一日,薄维偶然间碰见老邻居林大爷,彼此打了招呼。老林说:"你知道那个小杨吗,他父母是卖布的。"薄维说:"我俩前些日子还见面呢。"老林说:"他进狱了。"薄维大吃一惊,"这事倒没听说过,小杨怎么进去的?"老林说:"听说他把单位的钱私吞了几十万拿来赌博,东窗事发,被判了刑。刚开始判的时间更长,他家人给单位归还了一部分钱,法院与他减了刑,反正判了十年。"薄维听闻此事感到惋惜,"小杨到底还是没有守住底线。"老林说:"幸好你没跟他在一起玩,你要跟他混也完了。"

这使得薄维更加清醒地认识到原生家庭对子女影响之大,他父母行为本身就不正,当孩子出现手脚不干净的行为时,家长没有及时制止,从而导致孩子长大后三观不正,最终落得一个不好的下场。

12. 初恋的困扰

不管是潘家园的地摊生意,还是沈阳道古玩店生意都挺不错的。但却有一件事始终困扰着薄虎城夫妇,那就是儿子一直没女朋友。

何淑琴只得托媒人给儿子介绍对象,在媒人的安排下,薄维与几个女子相亲,结果都不尽如人意,不是薄维相不中对方,便是对方看不上薄维,总之是没缘分。

一日,薄维翻阅《今晚报》时,报纸上边刊登的一条征婚交友信息引起他的注意:"吴莉莉,女,二十四岁,未婚,大型国企工作,长相甜美,温柔善良。欲找同龄有缘人,结为人生伴侣。"后边附有传呼号码。薄维用传呼机和吴莉莉取得联系,约定时间和地方见面。

初次见面,薄维觉得吴莉莉体态丰腴,一米六的个头儿,目测能有一百二十斤左右,虽无十分姿色,但也耐看,且有几分性感。薄维请她吃饭,彼此印象良好。薄维认为值得交往,于是和她约定下礼拜接着见面。

两人陆续交往了几次,薄维发现吴莉莉有抽烟的习惯。薄维本身不抽烟,平常只喝点小酒。抽烟的人身上会留有重重的烟味,薄维对女孩子抽烟的行为比较反感,顺嘴说过她两次,但吴莉莉根本听不进去,依然我行我素。

在一次聊天中,吴莉莉与薄维透露了她的家庭真实状况,"你不知道我心里有多苦。"薄维闻言一愣,"此话怎讲?"吴莉莉说:"我们家是单亲家庭,我只有个妈妈,哥哥患有心肌炎,因为大哥的病情,爸妈离了婚,每年哥哥需要治疗,住院就得花几万块钱。"说到此,她的眼泪不禁夺眶而出,从烟盒里拿根烟抽了起来。在那个年代,这样一个家庭,无疑面临的压力是分外沉重的,一般人难以想象她的家庭负担有多重。

父母天天催婚,数落薄维不交女朋友。薄维告诉母亲:"妈,我谈了个女朋友,正处着呢!"父母一听眉开眼笑,问起女孩家庭条件。薄维说:"她是单亲家庭,哥哥有点病。"何淑琴说:"你有没有听说她家人得了什么病?"薄维说:"听说是心肌炎。"何淑琴一听脸色大变,"别跟那个女孩子谈恋爱了,她家条件太差,你俩不合适。"薄维说:"妈,你咋知道我们不合适?"何淑琴说:"你不懂,得了心肌炎,意味着丧失劳动力,她哥基本上没法工作,还得靠母亲和妹妹养活。"

父母越反对,薄维越抗争,"他们是他们,我是我,根本不是一回事。"薄虎城说:"听你妈的话准没错,你要真和女方结了婚,就知道你的负担可不是一般重,到时后悔就来不及了。"薄维意气用事,不理父母说的那一套,一赌气,房门一关,索性不同父母说话。

随着薄维与吴莉莉深入交往,父母担心儿子陷入泥潭而无法自拔,一直给儿子做思想工作,不准他和那个女孩子来往。与此同时,薄维渐渐观察到吴莉莉平常负面情绪较大,或许和她处在单亲家庭有关,从而导致她自卑与敏感的心态。自卑是一种负能量,遇事不乐观,缺乏自信,更容易导致一个人失败。薄维还发现女朋友常去酒吧借酒消愁,对此有一丝不悦。但在父母面前,为了显示年轻人对爱情的执着与义无反顾,有时他会和父母吵架,不让父母掺和他的事。

而事实上,吴莉莉并没在大型国企工作,而是一个没有固定职业的女青年。她常常混迹于舞厅、夜总会和酒吧等娱乐场所。她究竟是何职业,薄维全然不知。认识一段时间后,吴莉莉隔三岔五老找薄维借钱,借的钱也不多,通常三五百块钱,这在当时赶得上普通人一个月的收入水平。每当借钱时,她嘴上总说还,但却一次也没还过。

　　有一次,薄维和朋友吃饭,他把交女朋友的事体说与徐二哥,徐二哥听薄维说有了对象,连忙道贺:"小薄,我等着给你随份子喝喜酒。"薄维说:"也不知道我们最终能不能走到一起,小吴是单亲家庭,哥哥身有重病,而且她极度自卑,喜欢抽烟喝酒,有好几回我见她去酒吧买醉。她还有点懒,最近老找我借钱,这点我特不喜欢,父母非常反对我俩处对象。"徐二哥劝告薄维:"你呀,这回真得听父母的,毕竟长辈都是过来人。方才听你这么一说,我个人分析女方不太靠谱,其一她家庭出身不好,如果你们真结婚了会对你造成很大负担。其二就说她的性格和生活作风也有问题,抽烟喝酒,你说一个正儿八经的年轻女孩为何会有这种不良习惯,甚至去酒吧买醉,在甜美外表下往往存在很大隐患,建议你别和她交往。"人很多时候就是这样,往往能听进去外人的话,也不愿听家人劝说。徐二哥如此一劝,薄维当即动了和吴莉莉一刀两断的念想。

　　薄维思来想去,最后下定决心跟吴莉莉提出分手。吴莉莉一听格外惊讶,情绪异常激动,紧紧抓住薄维的手,"为什么要和我分手?"薄维说:"咱俩性格不合。"吴莉莉说:"你没同我说实话,是不是嫌弃我的家庭是个累赘?"薄维说:"我发誓,从没这么想过。"此时,泪水打湿了吴莉莉那张精致的面孔,"你说的话分明就是在拿刀子捅我的心,我已经爱上你了,不想和你分手。"薄维说:"可我父母不同意咱俩处对象,父母的话,我总不能不听。相信你会找到一个真心爱你的人,愿共你相濡以沫,白头偕老。"吴莉莉哭着说:"你明明在逃避责任,我不过是个�佳人,你怕了,所以会如此抉择。"吴莉莉一把搂住薄维,薄维忙把她推开,"别这样,你一定可以找到知心爱人,那个人定然不是我。"

　　吴莉莉依旧不死心,死缠烂打,后来找了薄维很多次,心甘情愿和他发生男女关系,企图挽回这段感情,而薄维铁了心,不再留恋与她的过往。薄维说:"你借我的三千块钱不必归还,我救急救不了穷,往后你我之间别再有瓜葛了,就此一刀两断,两不相欠。"薄维又拿出两千块钱送她,"给你家人看病用吧,我只能帮到这些。"吴莉莉收过钱装进包里,狠狠骂了一句:"你浑蛋,天下男人皆是负心汉,姑奶奶再也不会找你了。"吴莉莉含泪离去。薄维望着她离去的背影,心如刀绞,心下又有几分不舍,这毕竟是他人生中的初恋,最后却以快刀斩乱麻的方式收场。

13. 店主老曹传授生意经

行商不如坐商,这是薄维长时间盯店的一大感悟。开店意味着有固定地方,这样也就意味着多了一种上货的方式。

隔壁邻居也是开古玩店的,店主姓曹,年纪五十开外,嗜好抽烟喝酒,见人总是皮笑肉不笑。薄维平日见着老曹总会打招呼寒暄儿句,老曹有颗大金牙,乐起来那颗大金牙显得十二分夸张。

那年的冬天,一日,傍晚将要关门之际,薄维走进隔壁店铺闲谈。就在这时,有个头发花白的老太太颤颤巍巍来到老曹的店里。老人手中拿个小包袱,询问道:"老板,你这收不收老物件?"老曹说:"你有什么东西?"老太太说:"我有几块玉,还有几样其他东西。"老曹以为老太太没值钱的东西,不免有些慢待老人。老太太哆哆嗦嗦解开包袱,把儿枚铜钱和几块玉排在桌上。老曹冷眼瞥了一眼,见老太太的物件根本不入眼,"老太婆,收起来吧,你这物件太过寻常,没什么用,还有没有别的物件?"老太太继续从包袱里拿出几样小玩意儿,薄维注意到老曹的面目表情,感觉他很失望。老曹不耐烦地问:"还有别的吗?"老太太说:"我身上还有个镯子,先前老伴儿与我留下来的。"

老太太从怀里掏出一只用手帕包裹的镯子,小心翼翼地揭开手帕,当手镯露出一半时,老曹脸上的肌肉微微一颤,只见那只镯子委实漂亮,整个镯子是满绿的,还带一点紫罗兰。老曹心下有些激动,但仍不露声色,"老太太,我看看你这镯子。"说着,他一把抢过老人手中的翡翠手镯,急不可耐地一连发问:"镯子你想卖多少钱,到底卖不卖?"老太太说:"我也不晓得卖多少钱,这是老伴儿给我留的念想,只知道祖辈传下来的。俺婆家过去是当官的,在天津有点小名气。这不老伴儿死了,我得跟孩子商量一下,看孩子意思究竟卖不卖。"老曹说:"哎呀,老太太,这东西留着没多大意义,倒不如换点钱实在。"

189

正当老曹使出浑身解数试图说服老太太时,突然有个中年人推辆自行车打门口路过,无意间透过皮帘瞥见那只镯子,于是进了店里,惊呼一声:"哇,这么漂亮的翡翠,成色真好,肯定值老钱了。"陌生人一句话让老太太立时警觉起来,"老板,我不卖了。"老太太赶紧伸手夺过个儿的镯子。老曹登时急了,朝着多嘴的男子翻了脸,歇斯底里叫嚷道:"有你嘛事,洗脸盆里扎猛子,就你三个窟窿眼多出一口气。你懂什么,快走。"

在他们吵闹间,老太太拿手帕将东西一件件包起来。老曹不禁有些着慌,"大娘,别着急,我再看一眼您老手中物件,学习学习。"未经老人点头允许,老曹又把翡翠手镯强拿在自己手中鉴赏。老太太愣神之际,老曹手一抖,镯子"啪"的一声掉在桌上摔成四截,众人顿时有些傻眼。老曹忙说:"唉,真对不住您,大娘,您看我手抖,不小心摔了您的物件。"老太太心疼坏了,"你说这事咋办吧?"老曹说:"老人家,我赔您钱成不成?"老太太说:"你打算赔多少?"老曹说:"我赔您两千,顺便把您带的几个小物件也收了。"事体到这份儿上,既然店主愿意赔偿,老太太不好再说什么,"东西归你,该多少钱,你看着给吧。"那些小物件,老曹另给三百五十块。老太太把两千多块钱装进包袱里,无奈地摇摇头,"就这么着吧,今儿只当'碎碎平安'。"老太太步履蹒跚地走出古玩店。多嘴的男子骑上车走了,很解气地骂上一句:"不安好心的奸商,活该赔钱。"

老曹满脸笑意地收起摔断的镯子,看样子完全不将此事放在心上。薄维大为不解,"老曹,你可真不小心。"老曹说:"小薄,走,晚上找个地界,我请你喝酒。"薄维说:"哪能叫您请我,您都摔了东西,一下子赔进去那么多钱,心里正不得劲,该我请客才对。"老曹说:"不算事,说好了我请你,待会儿告诉你到底怎么回事。"薄维一头雾水,不清楚老曹葫芦里卖的什么药。

沈阳道一家川菜馆,饭馆面积不大,屋里摆有三张餐桌,老板是地道的四川人,做的川菜很正宗。薄维和老曹是这家小饭馆的常客。老曹先请薄维点菜,薄维点了个麻婆豆腐,老曹点了小炒牛肉和五香果仁,要了一瓶白酒。老曹与薄维斟满一杯酒,也给自己倒满酒,高兴地说:"兄弟,今天我好好请你,你哥哥我赚大发了。"薄维不解其意,"曹哥,您明明摔坏东西,赔了人家钱,怎么能说自己赚了?"老曹呷口酒,"兄弟,这你就不懂了,你知道方才咋回事吗?"薄维云里雾里直摇头,"恕我眼拙,实在看不出其中门道。"

老曹与薄维推杯换盏,"兄弟,先喝酒,听我慢慢说来。"两人滋溜一口酒下了肚。薄维说："曹哥，愿闻其详。"老曹夹口菜吃，"今儿个老太太要把翡翠拿走，以后断然不会拿到我这来卖，她这叫投石问路。为嘛我要摔了她的镯子。其一，她拿走不会再拿回来。其二，这物件如果是个全品，眼下卖两三万没问题。关键老太太她不出手，那我肯定没机会。我倒不如把它摔了便宜，别看碎了，但瑕不掩瑜，其实翡翠戒面一块便能值这个价钱，就是我在店里给老太太的两千块钱。"薄维听到此，恍然大悟。

老曹摔碎的那只翡翠镯子待价而沽，果不其然，没过几天，其中两截戒面卖了七千块钱，被广东的一个老板高价收走。其他两截大的，老曹则留在家里。有一截极好的翡翠戒面，后来有人给老曹开价二十万。戒面种色满绿，且种水甚好。薄维推测这应该是过去家里身份极其显赫才可能享用这般成色的翡翠镯子，若为全品，估价则会更高。

没过多久，薄维听原单位同事说起刘同学与马芳的传闻，两个人业已结婚，所有人对此惊讶不已，在大家眼中两个最不可能的男女居然走在一起，多么令人不可思议。世间事往往最让人不能理解的是，美人嫁了丑汉，俊男娶了丑妻。不过大家还是为他们送去祝福，希望他们能够恩爱到白头，婚姻幸福美满。然而，他们的婚姻并没有如大家所祝愿的那般美好，爱情终究输给了现实生活。

后来，有人告诉薄维，刘同学和马芳结婚后生活似乎并不美满。马芳是个颇有姿色的女子，女人越漂亮，越容易惹人注目。马芳没耐得住婚姻的平淡，同别的男人出轨了。刘同学知道后异常气愤，同样着急万分，他心中渴望马芳能够重回家庭，过普普通通的日子，他选择原谅马芳所犯下的错误。

马芳到底没能克制住婚外情的诱惑，频繁出轨。刘同学却管不住老婆，心下无比愤怒，加上没有控制住自个儿的情绪，导致脑出血死亡，二人婚姻就此走到了尽头。

马芳依旧是那么年轻漂亮，散发出成熟而迷人的魅力，无论走到哪里都是招眼的，多少男人对她的容颜垂涎欲滴。不出半年，马芳就与别的男人再婚。

别人同薄维谈及此事，不禁感慨道："哥们儿，你真幸运。当年你要和马芳结了婚，会是什么样的命运，估计这就是前车之鉴。"薄维听后惊出一身冷汗，经过此事也让薄维终于领悟透彻古人常说的那句话，娶妻娶贤不娶色，嫁人嫁心不嫁财。婚姻的匹配并非单纯长相与财富，而是两个人能够彼此知心,相濡以沫。

古玩店邻居老曹过去在天津卷烟厂工作,他一天到晚嘴里光冒烟,少则一天得抽三包烟。薄维与他起了个外号,称他"曹烟筒"。老曹主要销售一些家具和杂项,薄维时常帮他打包货物。每当薄维上公厕时,老曹都会帮忙照看薄维家的古玩店。老曹同薄维说:"小薄,你年轻好学,我看你们老薄家后继有人。"

老曹教薄维不少古玩知识,包括社会规则、古玩行规、收东西的窍门,薄维还跟老曹学了一身杀价儿的本事。老曹说:"我告诉你,在收东西的时候,尤其像那种上年纪的,你要会看面相,如果一看像大家闺秀,旧年代到眼下七八十岁的老太太,通常是从老家庭出来的,手头肯定有好物件,知道吗?给出的价钱要杀得低点,因为你给她多高,她也不知道手里东西到底值多少钱。先要泼冷水,奚落一番,再给她个低价,底价的低价,她要不愿意,就给她慢慢涨价。横竖不能让她走,目的是以极低的价格将她手中物件收来。"

薄维好奇地询问老曹:"这招对付什么人都管用吗?"老曹掏出烟卷,叼在嘴里,划根火柴点上火,猛吸一口,鼻孔里瞬间冒出烟来,"偶尔也会碰到例外,有些东西你真收不过来。倘或遇到收不来的物件,这时你便要给卖主虚价,比如东西市场价能值一万块钱,你告诉她三万,她基本上是不会卖的。因为她会继续遍访买家,各处打探价格,到最后还得找你,这时你一定要回了对方。再过很多年,你还有可能以便宜价格买回来。"薄维对老曹的生意经佩服得五体投地,"这招真够绝的。"

薄维在潘家园北门摆地摊将近一年的时间,生意做得风生水起。由于他的摊位临近正门,进入市场的人必然从他摊位前路过。他之前所在东门地摊位置也相当不错,一般情况下上午八九点,至多卖个三五千块钱。而在北门摊位,同样在早晨八九点钟便能卖到一万多块钱。通过潘家园几个摊位的前后对比,他深刻体会到做生意摊位所处位置的重要性。

11. 经商与做人之道

每周六,临近收摊之际,金哥总会带助手逛潘家园旧货市场。金哥从第一个摊位开始买古玩,挨着买到第六个摊位。薄维看到金哥过来,热情打招呼:"金哥,您过来了。"金哥说:"小薄,下礼拜六,你给我带点精美有年份的瓷器,我要送领导,务必带俏货,千万别含糊。"薄维说:"金哥放心,保管为您带至尊瓷器。"金哥说:"今天摊上有啥好物事,给我推荐推荐。"薄维拿起一块玉,"金哥,您请过目。"

薄维和老曹学习一段时间,受益匪浅,根据老曹传授的经验,他真在店里以极低的价格收到相当不错的老物件。

一日晌午,薄维刚用过饭,店里来了位六七十岁的陈姓老者,老人欲卖家中一批老物件。陈老爷子说:"我家就在附近,房子快被拆了,家下还有些许老物件,老板您看看能收不?"薄维说:"您有什么老物件,我全要了。"陈老爷子说:"老板得空儿不妨到我家瞧瞧物件怎样?"薄维说:"没问题,今天就可以去您家里看货。"

因距离古玩店不太远,薄维骑上摩托车载着老人前往他家。到了地方,薄维见这座祖宅年久失修,目今已成危房,墙上"拆"字分外醒目。薄维随陈老爷子进屋,屋中杂乱,地面潮湿,一股霉味。薄维看了家具,断定为民国时期的红木家具。陈老爷子倒杯水,"小伙子,喝水。"薄维道了谢,开门见山问道:"老人家您有哪些东西出手?"陈老爷子说:"桌子、椅子、凳子,还有些小瓷器。"薄维说:"还有别的吗?"陈老爷子憨憨一笑,"东西倒有,不知道您收不收?"说话间,老人蹲下身来从床铺下方掏出一卷东西,"这玩意儿您要吗?"薄维说:"打开,我瞅瞅。"外边油布揭开之后,薄维见是民国报纸刊登的香烟广告画。

民国时期,报纸盛行刊登香烟广告,整版报纸的广告画中多数印有传统中国美女,上面打着烟草的广告。陈老爷子打开老报纸,数了数能有几十张。薄维虽然从未接触过这种老物件,但他认为民国年间的香烟广告画报纸必定属于好东西,不露声色,"旧报纸不值钱,现在谁没事收藏这玩意儿。"陈老爷子说:"是啊,我也觉得没啥用,就是瞧着好看一直没舍得扔。"陈老爷子见薄维对老报纸不感兴趣,便不再提这茬,"您要哪些东西?"薄维心中盘算,香烟广告画老报纸在当下市场少见,若是收下,估计不愁在潘家园卖出去。

薄维追问老者这些家具和零七碎八的老物件想卖多少钱。陈老爷子说:"这样,一万五全拿走。"薄维说:"您自个儿留着吧,破破烂烂的老物件哪能值这么多。"陈老爷子说:"老板能给多少?"薄维说:"五千。"陈老爷子咂咂嘴,"太少,再添点。"薄维说:"六千。"陈老爷子不大情愿脱手,"差点意思。"薄维说:"八千块钱,再高东西没法要了。"陈老爷子说:"好咧,八千块钱东西拿走。"薄维说:"您那一沓旧报纸让给我如何,我再添两百块钱。"陈老爷子说:"二百块钱卖这么一大堆东西,实在太可惜。"薄维说:"那您自个儿留着,我不要了。"陈老爷子咬牙下定决心,"关键是这东西我留着一点用没有,家里没人喜欢,送孩子都不要。也罢,合该跟您有缘,两百归您了。"薄维拢共花了八千两百块钱买走一大堆东西。

转眼到了周六,天空却不作美。下午一点来钟,天空中下起雨来,起初小雨,渐渐中雨,而后变成瓢泼大雨。薄维心中盼着这场雨早点结束,毕竟整个下午连一件货都没卖出去。薄维焦急不安地一遍遍看着手表,将近四点钟,自言自语道:"今儿下这么大的雨,估计金先生是不会来了。"薄维心情很低落,因为前一周,金哥和他要了十件古玩,全部加起来有四万多块钱。

因白天天热,摆地摊的人要用遮阳伞乘凉,赶上小雨,遮阳伞还能有些用处,倘若遇到大雨,遮阳伞基本上便没多大用了。雨一直下,下得有点邪乎。手表时间指向四点半,天黑沉沉的,此时狂风大作,下起暴雨。整个市场,遮阳伞被狂风吹得到处乱跑。

临近五点钟,天上的雨点渐渐变小。薄维心想:"金先生肯定来不了,马上快五点了,只能等下周把他要的东西再带来。"

待到五点一刻,云收雨过,远处的天边现出一道格外耀眼的彩虹。薄维兴奋地大喊:"快看,天上有彩虹。"他清楚地记得那天的彩虹格外美,久久未散,让人看了心底变得舒坦。

就在这时,从远处走来一个十分熟悉的身影,只见那人越走越近,薄维一看原来是金哥来了,心情激动万分。因赶上这般恶劣天气,任何人都可以有借口说不来。薄维大步流星走过去,一把紧紧握住金哥的手,"金哥,您怎么来了?"金哥说:"今天和你约定好的,我必须来,因为做人要讲诚信,不能失约。我本来四点就出门了,离你这儿很近,路上雨太大,实在走不了道,我车子在路上避了会儿雨。"

傍晚时分,金哥特地请薄维吃了一顿饭,两人聊了许久,有关于他个人背景的,金哥属于红三代,在北京做房地产和跨国贸易。

金哥说:"知道我为什么喜欢在你摊位上买东西吗?"薄维一脸茫然,"金哥,我还真不知道具体原因。"金哥说:"潘家园市场我逛过好多遍,那么多摆摊的,我觉得小薄你人好,年轻,你身上有一种独特魅力,就是很有艺术范,让人觉得你人品可信。"薄维听金哥如此高度评价于他,如遇知音,分外感动。

金哥与薄维讲经商与做人之道,令薄维深受感触。金哥说:"做生意一定要守诚信。就拿古玩这行来说,我买东西不在乎新旧,只在乎人品。比如小薄你说这物件开门,我信你就买了。可你也有打眼的时候,那必定是偶然的,不能说件件打眼。交一个朋友,一定要看他是否讲诚信,其他的都不是事儿。万一有次失误,那也没什么。倘或总失误,那说明眼力有问题。如果明知是假货,把假货当真货卖给别人,那是职业道德问题,所以说,做人一定要诚实守信。"薄维说:"今日听金哥一席话胜读十年书,实在受益匪浅。"

金哥继续说:"我做生意这么多年,从不失约。"薄维说:"通过今天这个事,我能看出来,您是很讲信用的。"那天晚上的谈话,给薄维一生当中留下了深刻烙印,他记住了金哥嘱咐的话语,讲诚信,要守时,这是做人最根本的原则。

从天津收的民国香烟广告画报纸摆在潘家园旧货市场地摊上售卖,老报纸很快就卖完了,抓货总共花了两百块钱,卖一千块钱一张,光香烟广告画老报纸一项,薄维在北京卖了四万多块钱。

为了扩大生意,薄维印了很多名片,走到哪里,名片就发到哪里。有一天,薄维在外边正办事,突然接到一个陌生人打来的电话。只听电话那头问道:"薄老板吗?"薄维说:"您好,我是薄维,请问阁下找我有什么事?"那人说:"我在您古玩店门口,看您店铺关着门,就想过来卖点东西。"薄维说:"我眼下回不去,要不咱们约个时间,我去您家里看东西如何?"那人说:"您多咱方便?"薄维说:"明儿一早,我联系您。"那人说:"好咧,薄老板,您忙着,等您电话。"

转天,薄维赶到卖主家门口,敲开了门。卖主问他:"您是沈阳道薄氏古玩店的薄老板?"薄维说:"正是在下,请问您家有何物件要出手?"卖主说:"家里急需用钱,否则也不至于沦落到卖传家宝的地步,您先进来看看珍宝。"

卖主把薄维迎进家门,将几件东西摆到桌上。薄维细眼观瞧,见是一对乾隆年间的青花缠枝莲壮罐,一只品相残缺,一只完整的。薄维寻思那只好的大概能卖个几万块钱,于是挑起毛病,"唉,可惜了,您这不是一对儿。"卖主说:"确实是一对儿,不过一只残了点而已。"薄维试探着问道:"残了就不值钱了,你想要多少钱?"卖主说:"三万。"薄维说:"天价,没法往下谈了。"卖主说:"您能出多少?"薄维说:"八千。"卖主直晃脑袋,一个劲地绷价,"薄老板,您给得太少。"薄维说:"九千。"卖主嫌少,"少一万五不卖。"薄维说:"顶多一万一,您要不肯出手,我可走了。"卖主忍痛卖了传家宝,薄维得了便宜。

薄维决定先把那只品相残缺的清代缠枝莲壮罐带到潘家园摆卖,当时转手卖到两万多块钱,而另一只完整的壮罐,后来在潘家园卖了大几万块钱。

15. 奉化抓货被骗

开古玩店的人,不仅可以坐在店里等着收老物件,除此之外,还有一种上货方式。

天津有一种特殊职业叫挑大筐,古玩行管这行叫铲地皮,就是走街串巷收老物件的那种人。挑大筐的人有一套门道,通常买的东西更便宜。薄维认识几个挑大筐的,从这些人手中收了不少老物件。

天津沈阳道古玩市场生意异常火爆,处在好位置的摊位费一天高达四五百块钱。

那日,薄维早早赶到沈阳道抓货,无意间瞅见一个摆地摊的中年人,穿着朴素,一看就像老农打扮。那人摊位上仅摆了几样东西,一只老盒子上边搁了几枚老钱,两块玉,一尊小鎏金佛像。

薄维观此人面相,觉得憨憨的,便和他聊了起来,临了又以极低的价格将他摊位上的古玩全买了。薄维说:"你家里还有没有好点的老物件,就像这个再大点的佛像,或老瓷器?"那人说:"兄弟,留个联系方式,有机会你到南京去,我带你去乡下收旧物。我知道有一户人家过去祖上是当大官的,家业老大,有不少老物件。我也不太懂,就想找个有实力的老板把东西买了,好在中间赚点生活费。那户人家紫檀、黄花梨家具不少,还有老多宫廷里的古董。"薄维一听便动了心,寻思这回合该走运,可算抄上了,"老乡,你哪儿的人?"那人说:"俺是奉化人。"薄维说:"你贵姓?"那人说:"免贵姓马,叫我老马就成。"薄维递给老马一张自己的名片,"保持联系,有老物件打电话告诉我,我全收。"

196

薄维回家同父母商量,预备去南京一趟收些老物件,话语一出遭到父母极力阻拦。然而薄维却听信老马说的那番话,连晚上做梦都能梦到自己走进一所老宅,那是古代官宦家庭的门第,如今家境没落,祖产被子孙后代变卖。有一大批老古董被他抄底,发了一笔大财。

薄维为去南京提前做准备,他从家里拿了五万现金,心下琢磨这次要买一大批东西,抱着能大赚一笔的念头,踏上开往南京的火车。

坐在火车上,薄维感慨万千,寻思自己做了十年古玩生意,不管是天津的古玩店还是北京潘家园的地摊生意,都干得顺风顺水,大伙儿喊他薄老板,应该给自己换辆车。薄维打算把家里骑了十年的摩托车换成轿车,这样不光自己用着方便,而且在旁人面前显得倍儿有面子。等做完这笔单赚了钱,就买一辆车,他越想越高兴,想到即将如愿以偿不禁傻乐起来。

因怀揣发财梦,薄维一路心情格外舒畅,虽然他坐的仍是硬座,仿佛却比任何时候坐硬座都感到舒服,人也变得精神百倍,丝毫不觉得累。

列车抵达南京火车站,薄维按照老马给的联系地址寻到南京朝天宫古玩集市,这边古玩市场规模不算小,卖什么物件的都有。在街道两旁,薄维找到摆地摊的老马,他的地摊仍旧是一张破旧报纸上边放个老盒子,摆几枚铜钱、玉件、鎏金佛,东西跟上次差不多,都是开门货。薄维又在他摊位上买了两千块钱的物件,"老马,你帮我和那家联系了吗?"老马说:"薄老板放心,我已经联系好了。咱俩今天走不成,得在这住一晚上。因为到那边的车特别少,明日才有去奉化的长途车。"

薄维只得在朝天宫市场逛了一天的地摊,转眼间到了次日清晨,两人赶早来至南京长途汽车站,坐长途大巴车前往浙江奉化。

一路上,沿途风光秀丽,薄维已无心情欣赏路途美景,他只想赶紧到达地方,收一批好货。两人在车上少不得闲聊。老马:"薄老板,咱去那个地界相对落后,到了当地,还不通车,下车后需走上一个钟头才能到地方。那里为老村落,一直保留着清代旧居风貌。"薄维说:"不碍事,我不怕路远,只要能收到好物件就值当跑一趟。"老马打探道:"兄弟这回打算买多少钱的物事?"薄维说:"准备了五万块钱,能买多少算多少。"

中午时分,汽车赶到奉化长途汽车站,二人下车出了站,薄维在汽车站旁边请老马吃了碗面。待吃过午饭,老马说:"薄老板,我带你参观一下周围景致。"薄维说:"反正也是来了,在此处观瞧风景倒也无妨。"

两人闲逛到下午三点多钟，薄维已感劳累，"老马，咱别在这耽搁了，还是直接去你说的地界办正事要紧。"老马看了看手表，觉得时间差不多了，便说道："那就现在走吧。"

因去乡下的道路根本不通公交车，老马拦下一辆出租车，二人乘车奔目的地进发。车子越往前走，地貌越广阔，人迹罕至。车子行驶一个多钟头，抵达一处老村落。二人下车后，薄维打量起当地建筑。从村子外边来看，倒也平淡无奇。往村子里走了一段路，薄维看见几栋极具徽派特色的建筑，青砖大房，石雕精美。看样子房子大有年头，像清朝年间所建，门前摆放一对狮子石磴儿。薄维通过老门磴儿断定这户人家先前必定是个武官，心下不免有些兴奋，但却不动声色。老马对其叮嘱一番："上岁数的人，脾气不好。过去这是大户人家，如今老太太岁数不小。如果她说不卖，千万别跟她争执，这边自有我从中说合。"薄维心想，还真是这样，大户人家的人规矩大得紧，"我知道了，老马，今天全凭你安排。"

两人继续往村子里走，走到街底儿。薄维一眼望去，只觉房屋实属气派，与周围的房子相比，这家算比较大的。整体来看，这一带建筑风格迥异，但均为清代砖木结构的屋宇。尽管房屋年久失修，到底有几分破落，但依然挡不住它曾经的辉煌和气派。

正大门上两只大铜门环经过岁月的洗礼，显得那么沧桑，丝毫掩盖不了它的厚重。老马敲敲门，喊声奶奶。过了一小会儿，门开了，出来的是位老太太，老人身穿灰色素长袍，满脸褶子，看上去岁数确实不小。老太太同老马说话："小马，你来了。"接着又问起老马身后之人，"这位是？"老马说："奶奶，老客想收点物件。"老太太打量了薄维一眼，"好，请到家里来。"

薄维跟着老太太走了进去，瞥见里边是个宽敞的院落，分为正房和东西厢房，屋宇高大。房子雕梁画栋，老窗花雕工精湛。进到屋里，老太太让座，为远来的客人倒水。薄维说："您好，奶奶，认识您老人家万分荣幸。您老有物件，可否让我看看？"老太太嘴里嘀咕了几句话，薄维一句也听不懂，瞅老太太面带不悦之色，他喝了点水，心下寻思："看来我少说话为好。"老马搭话："奶奶，这是北京来的客人，您家里有没有要出手的藏品，薄老板出价很公道。"老太太不紧不慢说道："等下。"

房中摆有老式家具，老太太哆哆嗦嗦从一台红木箱柜中取出用布包裹的物件，"我家有个祖传的青花瓷板，你瞧一眼吧。"老太太慢慢打开外层包裹的布,嘴里嘟囔了几句。薄维的心怦怦直跳,心想这回肯定能收着好东西。老马在旁吹捧道:"这是青花官窑大瓷板,好多人想收这件宝贝,老太太都舍不得拿与外人看。奶奶觉得和你有缘分,才愿给你看了。"

随着老马这番添油加醋的话语,薄维对其深信不疑。当瓷器露出来后,离得老远一看瓷器有一眼,像是清代的青花瓷器。薄维问道:"奶奶,这件东西多少钱您愿意出手?"老太太张口要八千。薄维随口说了句常说的话:"唉,忒贵了,根本值不了这价。"话音刚落,还未来得及细看物件,老太太立马摞下脸来,嘴里叽里咕噜说些乡语,薄维横竖听不懂干着急。老马翻译道:"老太太说不卖了,叫你出去。"薄维一听这话觉得不妙,老太太不是生意人不懂行话,难免听了生气,怪怨他刚才说的那句话,于是解释:"老人家,您甭误会,我不是那个意思。"老太太直接往外撵人,"你这人不实在,走吧,走吧。"

这时,老马赶忙出来打圆场:"你少说话,一般人,奶奶根本不给看的,别惹奶奶生气,要不然她真不卖你了。"薄维忙和老太太作揖道歉,不免后悔言语不当,心中合计此物要能买回去不定得翻几倍的利润,"我不说话了,再让我看看东西如何?"老太太说:"看东西可以,远远坐着看,不许动我的宝贝。"薄维说:"好好好,听您的。"

屋里灯光昏黄,不宜灯下观察物件。老太太在顶箱柜里拿出两件瓷瓶,包装盒看起来很老,打开一看,原来是两只青花瓶,貌似相当不错的物事。薄维说:"奶奶,您还有别的藏品吗?"老太太说:"我这有块翡翠。"说着,老人拿出一块翡翠,"翡翠不出手。"薄维说:"我瞧瞧您老的传家宝。"老太太忙把翡翠收起,却不愿给客人看,"这个说少了不卖,我感觉你这人很不实在。"薄维低声下气说道:"您老说多少,咱就多少钱。"

老太太从怀里左掏右掏,再次摸出翡翠,从当时光线远远来看翡翠成色倒没问题。薄维说:"奶奶,可否把您的东西拿到手里观瞧?"老太太说:"这都是我年轻时的陪嫁,因为你是客人,才拿出来与你看一眼,翡翠得遇有缘人。"薄维说:"您这几样东西,我全要了,您老想要多少钱?"老太太算过价钱说了个数,"三万五千块钱。"薄维说:"奶奶,我给您三万,您把东西归我怎样?"老太太思索片刻,"咱就这样吧,头回接触,也是有缘跟你交个朋友。"

就这样,薄维在老太太家里买了一对青花瓶、一件青花瓷板、一块翡翠,还有零七八碎的小物件。杂项倒不贵,也就三五千块钱。凡是贵重的老物件,薄维当场并未细看,生怕老太太不高兴,一生气再不肯出手。老马赶忙把东西打包装进箱子里,包裹得结结实实。薄维欣喜若狂,以为此行收获很大,不住地向老太太道谢。老马说:"您身上装那么多现金,方不方便回去?"薄维说:"没事,我路上会加个小心的。"老马说:"时间不早了,咱走吧。"

薄维拎起收来的老物件同老马走出村落,坐了一个多小时的车赶回奉化城区,老马当即打电话喊来两个哥们儿,陪薄维一块儿喝酒。待酒足饭饱之后,老马将薄维送去宾馆,"今天没车,你走不了,明儿才能走。我有个朋友好赌,手头有几样古董打算出手,不知薄老板可否帮个忙收下?"薄维说:"当然可以,我此行目的就是为抓货而来。"

薄维紧随老马走了约莫一刻钟行至赌徒家门口,敲门而入,薄维观那人脸色必定嗜酒,因为鼻头发红,此为典型喝大酒的面相。

老马和朋友说明来意,朋友翻箱倒柜将家中老物件寻了个遍,有玉器、瓷器、鼻烟壶、鎏金佛。鼻烟壶为青花加紫,底款写有"大清雍正年制",鼻烟壶盖由血珀制作而成,拿手电筒一打光十分通透,薄维一眼相中鼻烟壶。鎏金佛为明代一尊大佛头,约有二十厘米高,工艺精美绝伦。薄维在赌徒家中收了一个鼻烟壶、一尊佛头、一只粉彩赏瓶和两玉件,价格谈拢共一万八千块钱。两下欢喜成交,赌徒为其打了包,特地在箱子上打了许多打包带,把纸箱子封得风雨不透,很难一时半会儿将其拆开,"您提下,能不能掂动?"薄维提了一下,感觉分量差不多能拎得动。

爱赌博喝酒的哥们儿说:"北京来的朋友,今晚我请客,咱们喝点去。"薄维说:"来你家之前,我和老马喝了一场。"赌徒说:"烤点串,吃点。"薄维年轻好面子,认定对方热情,架不住三说两劝,拿着收来的古董又去大排档喝了酒。这期间,赌徒一个劲地给他灌酒,"老兄,多喝点没事,酒是越喝越有,喝得多,感情深。"薄维本身好喝,被他俩左一杯右一杯劝酒,多少喝得有些高了。三人把酒喝透,言笑晏晏却各怀心事。老马与薄维约定明早七点送他去长途汽车站,两下分别,薄维拎起箱子摇摇晃晃去了宾馆。

薄维到了宾馆一头倒在床上呼呼睡着,一觉睡到天光放亮。次日清晨,老马六点半赶了过来,当时薄维还没起床。老马过来送别时还算计着薄维身上的钱财,"我又带了点杂七杂八的小物件,你要的话看着给吧,给多给少都成。"薄维说:"我手头还剩两千块钱,给你一千五,我留五百块钱路费够回家就成。"老马说:"大家都是朋友,转手让你了。"临走,薄维又买下些许小物件。老马帮忙拿行李，将薄维送至奉化长途汽车站。

薄维坐上返程的长途汽车，回想近两天的事体，能在奉化收到一批好物件令他感到开心，心想必定能大赚一笔。

从奉化到南京，再从南京火车站坐上开往天津的绿皮车，经过一路颠簸，终于平安抵达天津老家。

薄维回到家中，迫不及待地先把从老太太家里收的一箱老物件开封。箱子打开之后，薄维脸色突变，发觉物件不对，但这些东西确实是在老太太家里收的。薄维将箱中所有货物全部拿出来，除了几件民俗小物件是真的，其他东西全是新仿。薄维不禁惊出一头冷汗，急忙又把另一个纸箱子打开，发现鎏金佛、鼻烟壶和粉彩赏瓶都不见了。

薄维忙给老马打电话，此时方知老马已关机，连续打了好几个电话，根本联系不上。他心下琢磨到底怎么回事，"坏了，这回肯定上当受骗了。"原本想发一笔财却变成了南柯一梦，没承想到最后竟然是乐极生悲。

薄维断定买来的鎏金佛等物件不翼而飞必定被人调包，不仅在古玩行而且其他行业都存在此种现象。毫无疑问他在老太太家中买的为赝品，薄维以前听人谈起这些事，没想到这回全让自个儿撞上了。

接下来的两天时间，薄维给老马打了不下一百个电话，而对方电话始终处于关机状态，无法联系到中间人。一连几天，薄维情绪格外低落。薄虎城借机数落儿子："你年轻，不让你去这去那，你偏不听，说自个儿有能耐，结果到外边上一大当，况且几万块钱不是那么好赚的。五万块钱，那是百分之百损失。今后你做什么事多加注意，钱没了还能赚，只要人平安就好。"何淑琴安慰薄维："儿子，吃一堑长一智。看看还能不能找着人，不行咱就报案。"薄维说："往哪儿找去啊，人家必然不来天津。跑南方去找这么个人，成本太高，无异于大海捞针。报案管什么用，这又不是人命大案，谁管呀。"何淑琴说："事情过去了，甭去多想，活好当下，有了这回经历往后不再上当才是最重要的。"

连日来，薄维不止一次反思被骗经历，自己在古玩行业干了十年，为何会上如此大的当，犯这等低级错误？

薄维把这场经历讲给徐二哥听，徐二哥替他分析此番上当受骗的根源，"老弟啊，一切都是故事，起初对方与你讲故事勾你动心，他们事先租一个老宅子，老太太是演员，她这次在这个地方演老奶奶，下次在别的地方还演老奶奶,可能她在不同的场景,都在讲她过去是大家闺秀出身,年轻时有很多陪嫁。而且性格古怪,东西不叫细看,你一说细看她就不卖,这招用的是反向心理学。加上你期待值本身过高,灯光不好,又不让你拿在手中观看,老催促成交,也就直接导致你上当受骗,这叫打闷包。"薄维长叹一声,"看来他们为骗人精心设了个局,真够绝的。"徐二哥说:"只要不贪心,便不会进入此类圈套。"

徐二哥接着分析薄维买的东西如何被调包的公案:"鎏金佛被调包纯属饮酒误事,他在你买完东西后,定然会安排跟你一样的包,倘若你及时拿走没事儿,只可惜你当时没拿走,而是跟他们去喝酒。酒喝多了,晕头转向,你回去不可能半夜打开包看东西,加上包打得特别严实,意思就是不让你轻易将东西打开。因为分量差不多,你又没注意到这些细节。再者,你对他人过于信任,一心光想捡漏发财,一时贪婪大于理性,从而接连上当受骗。"

每次坐在沈阳道古玩店盯店时,薄维无意之中总会想起这段往事。他对此深入反思总结,以此作为前车之鉴。之所以进入别人圈套更多原因在于自己,其一对方埋地雷,自己竟毫无察觉,埋地雷就跟钓鱼似的,故意往地摊上摆一点东西,物件为大开门,且低于市场价格。其二故意装作傻乎乎的,以此迷惑买方心智去掉戒备心。想买更便宜的物事,必然会找这种老实人下手,凡是买东西的人多数具备这般心理。卖家面貌憨憨的正是为了迎合此类人的胃口,穿破旧衣服实则为道具,但仔细看其人眼睛里不乏一丝奸诈目光。而自己思想上总想捡漏,所以终究吃了大亏。不管调包也罢,打眼也罢,都是他们提前设定好的场景、人物和时间,让人心理上产生一种过高的预期。

此外,设局的人在时间上把握得恰到好处,通过喝酒来营造重感情的氛围,喊来一些狐朋狗友一块儿吃饭,其实这些人同样是群众演员,该劝酒的劝酒,趁买方喝得烂醉如泥之际,然后神不知鬼不觉地将东西调包,让人走时根本发觉不了。此后薄维再出去谈事,便戒了酒,生怕饮酒误事。

前段时间在股市好不容易有点盈余,赚了能有两三万块钱。然而近期股市震荡,薄维投资的股票持续阴跌,至年底股市大盘下跌几百点,他又赔进几万块钱。薄维感到自己越来越像个赌徒,很多时候在古玩生意上辛辛苦苦赚点钱就会忍不住投进股市,结果往往是挣的少赔的多。越是赔钱,越想往里投钱赚过来。虽然每次薄维都在极力克制自身贪婪的欲望,但又管不住自己的钱。股票不买时涨得老好,而一买就跌,薄维反复试错,一次次劝自己放弃,却又无法自拔,因此内心十分纠结。

潘家园旧货市场东地摊原址上盖好一排商铺,薄维打算在此间开一家古玩店,但他心中有些犹豫。毕竟不是天天在北京,况且潘家园的店铺租金并不便宜,究竟是否要开店,薄维思量许久。之前有朋友对他说过,行商不如坐商,薄维正是听进去了这句话,因此才下定决心,定要盘下一间好位置的古玩店。

东地摊有一间十八号的商铺位置极佳,薄维加了十万块钱的手续费,才从黄牛手中租下这间店铺。虽然租金不便宜,但薄维认为黄金位置对得起高价房租。店铺装修期间,薄维便着手寻找精品古玩,准备在北京施展拳脚,趁年轻干出一番轰轰烈烈的事业来。

当他把在北京开古玩店的计划告诉父母时,父母起初是坚决反对他的主张。何淑琴说:"你周六日跑北京摆摊,平常在沈阳道盯店,天津古玩店也是你的,我和你爸也能帮你一把,这不挺好的吗?"薄虎城说:"你妈说得对,听家人的话错不了。北京开店成本太高,抛去房租成本,一年到头赚不得几个小钱,还得操很大的心,总体来说不如摆地摊划算。"薄维说:"爸,妈,你们思想太守旧,我在单位上班那几年,你们不准我辞职,说什么叫我这辈子牢牢守住铁饭碗,你们看看哪里有什么铁饭碗,到最后多少国营企业都倒闭了。你们教育我常说做事要专一,不可三心二意,这是其一。其二,北京市场真的太大了,是天津根本没法比的。我在潘家园的地摊生意也不丢,准备再雇个家里的亲戚帮忙看店。当然我也可以盯店,叫他们帮我摆摊,而且还可以用摊位往店里引流一批大客户。"

父母听薄维这么一讲,觉得此种经商方法行得通,才勉强同意薄维在北京开古玩店。何淑琴说:"决定好就行,我和你爸爸身体还可以,你若临时有事,也能帮你看店。"薄维说:"妈,到时咱一块儿干吧,赚了钱,有您一份。"征得父母同意,薄维信心满满,紧锣密鼓整备古玩店开业的事宜。

16. 马未都光顾薄氏珍宝

薄维在潘家园旧货市场最多的时候租有四个摊位,其中两个为东地摊的摊位,另外两个地摊在大棚内,不过在开店之后,薄维便将大棚内的两个摊位转租出去,保留了东地摊的摊位,这与他的经营策略有关。薄维本身是练摊起的家,摆地摊成本小,接触的客户群体多为爱逛地摊的人,故此他把地摊经营的模式保留了很多年。

世纪之交,薄维在北京开了人生中第一家古玩店,名为薄氏珍宝。古玩店为青砖灰瓦仿古建筑,屋檐下彩绘点缀其间,大红门窗,古香古色,带着浓郁的传统老北京味,店面约有十二平方米,四四方方。开业前期,薄维与父母商量,"爸,开店得有镇店之宝,您看摆什么物件适合?"薄虎城说:"那就摆放咱家的传家宝西周青铜盘和青铜剑,你看如何?"薄维说:"如此最好不过,老爹您也帮我张罗些精品。"

如何经营古玩店,薄维为此绞尽脑汁。他特地在店门口挂了一块简易的硬纸板招牌,拿毛笔写上"请到店里喝茶",无形之中为自己做了一个小广告。当时薄维雇了个伙计,有时他来看店,有时也去盯地摊,客人来他的地摊看东西,可邀请客人到薄氏珍宝古玩店参观。摊位距离门店只有短短十米,因此很容易将地摊上的客户引入店里。平常薄维除了抓货,大部分时间是在地摊卖货。

薄氏珍宝古玩店正式开业那天,店里热闹非凡,毕竟薄维在潘家园干了十年古玩,加上父母也有不少买家资源,大家都来捧场祝贺。有人好奇进来瞧个热闹,有人知道薄氏父子卖的古玩有保障,故此过来想要淘些好货,也有一些朋友纯粹是给薄家父子面子过来捧个人场。

直待下半晌,店里没客,薄维独坐喝茶,忽然进来一人,薄维一瞅原来是马未都。当年马未都已在北京收藏界颇有名气,而且出过书,上过电视,眼光毒辣,不过当年并没有后来那般名声在外。薄维对马未都多少还是知道点的,"哟,马先生来了,小店蓬荜生辉。"马未都瞅了薄维一眼,点了点头,他在店里看好几样东西,其中两件为薄维在上海摆摊时收来的两块金丝楠木匾,一块白龙山人王震落款的匾,一块吴昌硕落款的匾,还看了两件杂项。马未都问了价钱,薄维与他不熟,因此几样东西要价不低。马未都听完报价没说话,转上一圈就走了,薄维并没在意。

约莫过了一个钟头,又有一位客人走进店里,问了几件东西的价格,其中包括马未都所看的那两块匾。薄维前后报价一般无二,要价三万多块钱。那人思量片刻,"老板,这样吧,我给你个吉利数,一万八,怎么样?"薄维略显犹豫,到底卖还是不卖。那人说:"我帮人代买的,得拼缝儿不是?"

薄维图个开业大吉，便同意了这个价格转手，于是把两样东西替买家打包好。那人说："兄弟帮个忙，把东西送到门口，装上车给你付钱。"薄氏珍宝古玩店离东大门并不远，他爽快地答应客人提出的条件："没问题，我帮您拿到车上。"

薄维吩咐伙计看顾门店，亲自抱着客户买的东西送至东门外。马路边上停辆乳白色三菱越野车，此时打车上走下一人，薄维定睛一看是马未都，走上前去打声招呼："马先生，咱们缘分不浅，又见面了。"马未都微微一笑，开了后备厢。薄维方才明白原来是马未都派人到他店里买古董，马未都将厚厚一沓钱递给薄维，"谢谢，你东西不错，往后有好玩意儿可以给我留着。"薄维忙说："多谢马先生光顾，有时间请您到店里喝茶。"

11 初见白发石大开眼界

在潘家园旧货市场开店那段日子里，薄维起初感到十分辛苦，因为早晨还要出摊儿。他在潘家园市场已经摆了十年的地摊，积累了不少客户资源，其中不乏世界各地的客户。当时手机并不普及，多数人知道薄维的固定摊位，薄维在地摊上待着便于客户找到他。

夜间从天津赶到北京，周六凌晨三点前便能到达他在潘家园附近租下的仓库。薄维通常到仓库里休息片刻，四点起床着手准备地摊和店里要摆的货物。

时隔多年，潘家园旧货市场照例在周六日早晨五点半开门，薄维仍旧是第一个进去的商户。

前段时间，薄维因对店里伙计工作能力不太满意给辞退了，又把原先辞去的老张重新招来帮忙。

大清早，老张和薄维忙不迭地在摊布上摆放古玩，摆完摊后，早晨卖上一阵货物。

快要过年了，家家户户都在忙碌着准备年货，来庆新年的到来，毕竟赶上千禧年，人们对此格外期待，满怀憧憬只待来年会有好运。

这日，徐二哥到薄维摊位来说话："老弟，有个事我和你说下。天津有个藏家，手头有样东西非常特殊，想请你帮忙掌眼。"薄维不禁有些好奇，"二哥，是什么物件啊？"徐二哥说："我也说不上来，反正就是一块石头上边长着

205

白头发。"薄维闻听此言心下一惊，"真是前所未闻，那是何物?"徐二哥说:"我看不明白，有机会，你不妨去他家里看看。那人与你相识，不过他不好意思直接找你。"

从北京回到天津，薄维如约前往那位藏家的家中鉴宝。收藏奇石的藏家在天津和平区是位管文化的小干部，名叫赵晟，他家离薄维家并不远。二人见面寒暄已毕，赵晟便带薄维进入放有奇石的房间，薄维搭手帮他将一只大木箱子搬到桌上，东西倒挺沉的。赵晟打开木箱，薄维的目光瞥上一眼，惊得瞠目结舌。一块形状宛若人头骨石头上长满白色头发，头发并不太长，看起来分外瘆人。薄维定了定心神，顿时来了兴趣，"老哥，您这是怎么收来的宝贝?"赵晟说:"我去外地出差，无意间在地摊上见到此物，当时卖家要价颇贵，索价十几万。我与他软磨硬泡几天时间，最终以五万块钱买下。"薄维微微颔首，反客为主询问起话来:"此物实属罕见，您是怎么看待它的?"赵晟说:"我之前没见过，说不好。前些天我跟徐老板聊天，他帮我请了好几个搞收藏的人过来鉴赏，大家都说没见过。"

薄维认定此物新奇，凝神端详。此石表面布满乳浊状蜂窝苔藓，证明它在海洋世界中沉浸了漫长的岁月。薄维曾在市场上购得海捞瓷，瓷器上附着的贝壳与其他生物早已干巴。而这块石头却生长着类似头发之物，仔细辨认会发现它比头发要粗很多。薄维说:"您这藏品我是头回见，今天大开眼界了。"赵晟说:"古玩方面的学问，日后还需多多交流。"

当晚，赵晟请薄维在家中喝酒。薄维不好拒绝，便留下用饭。他问藏家:"此宝可愿出手?"赵晟说:"小薄，我暂且没有这般打算。"薄维说:"倘或您愿意割爱，我情愿加价。"赵晟说:"等日后再议。"薄维明显感觉到藏家对此物甚为珍爱，根本不舍得转手。

薄维与父亲言及藏家那件稀奇古怪的藏品，请父亲帮忙判断其为何物。薄虎城说:"据你描述，前所未闻，想必这件东西应该很特殊，具有较高的研究价值。"

自从见到那块奇石，薄维就一直思索白发石到底是怎样形成的，念兹在兹。薄维后来又和赵晟见了几回面，有意无意试探藏家愿不愿倒手，但每次都被赵晟委婉拒绝。那段时日，薄维一心合计欲把白发石收入囊中，然而老藏家始终不肯割爱。

千禧年那阵，潘家园地摊生意异常红火。早晨天亮似不亮，许多人打着手电筒来旧货市场捡漏。薄维租的摊位地处黄金位置,摆好摊便已围了一大帮人。到了七点钟,他的摊位基本上能卖个万儿八千。这时,他便嘱咐老张看好摊,自己则去市场抓货。

等到上午八点半,抑或九点,薄维准时把古玩店的房门打开迎客。那会子年轻,节奏快,对薄维而言是极好的锻炼。

18. 替欧洲古董商物色乐器

薄氏珍宝古玩店开业不久,便迎来美国老朋友詹姆斯的光顾。之前,詹姆斯与薄维有过生意上的来往,彼此合作得很愉快。

詹姆斯此行带个外国朋友到地摊上来找薄维,两人见面友好地握手问候:"薄先生好,我们又见面了。借用一句中国话来讲,多日不见,别来无恙。"薄维说:"詹姆斯先生,我看您身体很棒,精气神十足,越发年轻帅气。"詹姆斯说:"我今天过来特意为你介绍一位新朋友,这位是我的好朋友大卫。大卫是著名古董商,主做欧洲古董生意,兼做博物馆世界文化遗产的采购工作。你们相互认识一下,交个朋友,我想对彼此都有帮助。"薄维伸出手来与大卫握手寒暄:"您好,我是薄维。"大卫则用英语交流。薄维这才知道大卫根本不懂汉语,全程由詹姆斯做翻译。

詹姆斯同大卫说:"薄先生是我在中国很重要的合作伙伴,讲信誉,人品极好,卖的东西货真价实,从不骗我。"大卫说:"久闻薄先生大名,今日与阁下结识万分荣幸。"薄维恭维道:"彼此彼此。"大卫说明来意:"薄先生,这次我来中国时间短,我想在您这订一批乐器,请您务必帮忙。"薄维本身对乐器多少有几分兴趣,先前也收藏过乐器,当即应承道:"没问题,非常乐意效劳。乐器种类繁多,不知大卫先生想要何种乐器,说下您的具体需求,我好替您操办此事。"大卫说:"民族乐器便可,不要贵的,只要中国元素乐器,二胡、琵琶、古琴、马头琴统统都要。"薄维说:"您今儿赶巧了,我有现成的民族乐器收藏,您不妨跟我到仓库看看如何?"大卫喜出望外:"真是踏破铁鞋无觅处,得来全不费工夫,有劳薄先生带我参观您收藏的乐器。"

薄维头前领路,带詹姆斯和大卫来至潘家园附近的仓库,仓库门打开,电灯亮起,二人见里面琳琅满目,地上摆满了各种古董。大卫惊叹不已:"没想到薄先生是位大收藏家,您这儿什么古董都有。"薄维说:"收藏家不敢当,只是爱好收藏而已。"说罢,薄维从库中取出自己收藏的民族乐器,一一递到大卫手中观赏,大卫看毕询问起价格。薄维索价公道,完全符合大卫的心理预期,因此大卫并未讨价还价,当场买下三十件民族乐器。薄维见他要得多,便给他打了八折。

两人初次合作,大卫颇感满意,"薄先生,您能帮我再收一批乐器吗?我想要马头琴、三弦琴、小提琴、柳琴。"薄维对小提琴既陌生又熟悉,陌生是因为小提琴并非中国传统元素的乐器,熟悉则是父亲在薄维幼时曾经教过他如何演奏小提琴,薄维也能用小提琴拉上两段简单的曲子。

薄维口头接下这笔订单,当时也没谈价钱。大卫告诉薄维,"我一个月后还会来北京,期待下次合作愉快。"薄维说:"大卫先生放心,我定然为您准备好您想要的物件。"

在此之前,薄维并未过多关注小提琴藏品,因此收藏的小提琴少之又少。当他真正在整个旧货市场收购小提琴时,才知道小提琴原来分为好几种,国产小提琴叫东方红,面板用的是松木,背板为枫木,均为东北木料。还有一种日本铃木琴,亦用东北木料造就,琴声悦耳动听,市场价格多数为几十块钱一把,顶多也就百十块钱一把,有的还带原装琴盒。收来收去,薄维发现不少"二战"时期在东北遗留下来的老琴,其中包括意大利和法国制造的小提琴。

相比之下,进口小提琴价格较贵,收购价几百块钱一件。薄维主要收东方红和日本铃木小提琴,在一个月内共收了一百多把小提琴。等到交货日期,大卫和詹姆斯如约而至,薄维将琵琶、三弦琴、马头琴、小提琴共计两百余件乐器交到大卫手中。大卫对薄维的办事效率感到惊讶,当着詹姆斯的面称赞起来,"薄先生信守承诺,而且这批乐器品质出色,货真价实。"詹姆斯说:"薄先生向来是讲诚信的,他口头承诺必然做到,总会给人带来意想不到的惊喜。"大卫说:"薄先生,你这边能不能做仿古琴,我在欧洲博物馆承接了极其珍贵的小提琴生意,我有图样,只需按图一比一复制仿古琴,就像新仿瓷器一样,中国行话叫做旧。"薄维没接过这种活儿,不清楚是否有能力接下这笔单子,"大卫先生,不要着急,容我物色一位能够制作仿古琴的能工巧匠。"

在接下来的几个月里,薄维源源不断给大卫供货,陆续通过国际物流发送上万件民族乐器。与此同时,他始终没忘记大卫交代的事情,一直在寻找有能力制作仿古琴的人。

19. 为朋友引路踏入古玩圈

薄维与李明生交往了两三年,很清楚他们这行的生意规律,每年一到夏季,夜间就会出来经营露天卡拉OK,反正天一凉便不再出摊。二人长期接触,薄维觉得李明生人品不错,待人真诚,而且他有个很大优点就是平常心,这让薄维认定他可交。

露天卡拉OK持续到九十年代末便已走向没落,不似先前那般景气。又是一年的夏季,在沈阳道坐车去北京的周五晚上,发车前一个钟头,薄维照例在海河旁边漫步,一时想起李明生,打电话询问他为何没出摊。李明生说:"我上次骑摩托车被后边的人追尾,后面是个小姑娘,骑的也是摩托车,车子追尾后我摔了一跤,起来活动活动,当时觉得没事,也没太在意,小姑娘非要赔我一百块钱不可。过了一个月,老感觉胯骨疼,后来去医院拍个片子,检查出骨裂。大夫说需要静养一段时间,如果身子养不好,后期可能落下毛病。如今走路时间长了就觉累得慌,所以这阵子一直没出摊。"薄维说:"多注意身体,要不行的话,我帮您找大夫瞧病。"李明生说:"大夫说我这情况应该没大碍。我记得小姑娘当时吓得直哭,我也没找她索赔。"薄维说:"您这是为人厚道,愿老哥早日康复。"

又过了一段时间,薄维再次给李明生打去电话,问他健康状况。李明生说:"谢谢兄弟惦记老哥。我在北辰医院有个朋友,帮我弄了一贴好膏药,眼下恢复挺好,已无大碍。改天我找你喝酒去。"薄维说:"好啊,回头有空聚聚。"

二人见面之时,李明生给薄维准备了两瓶特殊但并不算名贵的酒,是地方酿造的纯粮食酒,且夹杂着药香。薄维大喜,于是两人开怀畅饮,喝了一瓶酒。薄维问他,"您今后有何打算?"李明生说:"如今单位经济效益不好,上班挣不到几个钱,要不然我也不必晚上出来摆摊。我本身喜欢捣鼓点电器,也喜欢唱,每天赚点外快补贴家用。近来腿摔了,伤筋动骨起码要养几个月,所以这段时间只能歇着。"

薄维与他谋划生计大事,"实在不行的话,你可以去潘家园倒腾古玩,我替你想办法,帮你租个摊位。"李明生说:"我不懂古玩,估计干不了这行。"薄维说:"不懂没事,你直接拿我的货来卖,当然我也会告诉你怎样拿货,你不妨尝试下这个门道。别人问你新老,你说不懂不就完了? 别人喜欢肯定出价,目今在潘家园旧货市场什么货物都好卖。"李明生端起酒杯与薄维敬酒,"兄弟,那太谢谢你了。我干了,你随意。等挣了钱,咱俩一人一半,赔了算我的。"薄维说:"大家有缘做朋友,能帮衬一把自然应该的。"

在薄维的帮衬下,李明生顺利在潘家园旧货市场租到一个摊位。薄维告诉他哪些古玩属于行业的俏货,教他专门卖一些仿古小铜器和仿古墨,因为老外特喜欢这些物件。薄维带李明生抓货时,特意叮嘱自己的合作伙伴,"李老板今后过来拿货,请多关照一下我朋友,少赚点他的钱,他刚干这行,门路不熟。"别人冲薄维的面子都愿帮忙,"没说的,都是一条道上混饭吃的朋友,相互成就。"

李明生在潘家园摆摊头天便赚了一千多块钱,高兴得合不上嘴,收罢摊位非要请薄维吃饭,"兄弟,你太好了,没想到这行比我在天津开露天卡拉OK来钱,我说你每个礼拜五大半夜的咋那么精神,闹半天合着是闷声发大财。你是我的贵人,我得好好感谢你。"

李明生在薄维的引路下,自此走上了古玩生涯。他为人忠厚,后来结识了一位古玩城的大老板,接着又去古玩城开店。李明生后来认识个东北大哥,人家帮他搞了一批老红木家具和黄花梨艺术品。没过两年,李明生便在北京古玩城站稳了脚。

多年后,李明生在北京古玩城生意做得风生水起,发了大财。李明生见着薄维依旧说话客客气气,提起薄维,他总会竖起大拇指称赞:"薄维是我的引路人,人生大贵人,我永远的好兄弟。要没薄维引路,我永远涉足不到古玩行。"每当听到这种话,薄维心中感到欣慰,通过自己的能力和认知,帮助朋友走向成功,有一种说不出的成就感。

20. 仿古琴潜藏巨大商机

或许因缘巧合,薄维命里该有此泼天富贵。一次偶然机会,古玩行的人向薄维介绍了一位天津制琴厂的朋友——欧阳厂长。二人交谈之中,薄维顺便问了一嘴:"您厂里能否制作仿古小提琴?"欧阳厂长说:"只要有原样,就能做出来。"薄维说:"一把仿古琴造价大概得多少钱?"欧阳厂长说:"仿古琴价格稍微贵点,不管是工艺还是材料,都是按照您的要求来制作,至少两千块钱一把。"薄维说:"价钱忒贵了。"欧阳厂长说:"我们厂的工人技术好,你要说做普通小提琴价钱可能便宜点,但这种仿古的,工艺繁杂,费工费时,难度大,是门技术活儿,不是随随便便一个技术工人就能做出来的。"薄维说:"您看这样行不,一千五一把,先给我做上三把,我瞅瞅工艺如何,再确定下一步合作。"欧阳厂长说:"我也不给您加价了,一千五就一千五,咱先交个朋友。"薄维当即付了两千块钱定金,只等琴厂与他交货。

不出一周,天津制琴厂按照图样将三把仿古琴做了出来,薄维接到欧阳厂长打来的电话,通知他到厂里取货。薄维满怀期待前去琴厂,当他看到仿古琴时,不禁被眼前精湛的杰作给震撼住了,仿古琴的工艺着实漂亮,琴声悦耳动听,跟图样一模一样。虽仿古琴技术要求颇高,但天津制琴厂的工人技术娴熟,将图案雕刻与镶嵌等细节处理得恰到好处,一般人真就做不了这个活儿,但美中不足的是价格高。

薄维再次和大卫相见时,将三把仿古琴拿与大卫观瞧,大卫看罢十分满意,赞不绝口,"做工完美,简直可以以假乱真,中国仿古技术炉火纯青,让人感到不可思议。薄先生,一把仿古琴我出价三千五,一万五百块钱买下这三把琴可以吗?"薄维寻思一把仿古琴轻松赚两千元,利润不小,忙说:"这个价格可以卖给您。"大卫说:"我打算下回来买五十把仿古琴,你帮忙给我准备货物吧。"薄维说:"没问题,一准按期交货。"

转天,薄维回到天津,专程到琴厂和厂长洽谈合作,"我在你们厂订购五十把仿古琴,价格上可否便宜些?"欧阳厂长眉头一皱,"你要五十把,咱可得加价了。"薄维感到挺纳闷:"我买得多,应该便宜才对,您怎么坐地起价?"欧阳厂长说:"薄老板,你不知道,我们厂只有一人会做这种特殊小提琴,你要得多,自然价格就贵了,一把咱得加二百块钱。"薄维纵然心中不爽,也只得答应下来,特意交代一回:"务必确保质量过硬,把这批仿古琴做好,否则日后就没这项业务了。"

一个月后,天津制琴厂如期交货,薄维仔细检查每一把仿古琴的质量,赞叹他们把活儿做得漂亮。欧阳厂长笑说:"放心吧,老弟,你是我们厂的大客户,我一定替你把好质量关,绝不会出一把次品。"薄维说:"贵方很守信用,这批仿古琴质量没问题。"欧阳厂长说:"你看尾款是不是应该结清?"薄维说:"那就麻烦您安排人把货品送到我家,顺便跟我去趟银行把钱领回来。"

没过多久,薄维再赴天津制琴厂订购一批仿古琴,与欧阳厂长谈妥业务,他骑上摩托慢慢出了琴厂大门。就在此时,一个年轻人迎面走来,那人身后背着一把仿古琴,看样子年纪在三十岁左右,"薄先生留步。"薄维停下摩托车,"您是哪位?我好像不认识阁下。"年轻人大胆地做起自我介绍:"薄先生,我姓李,您喊我小李就行。您在我们厂定制的仿古琴,全是出自我手。"说话间,小李从背包里把仿古琴拿出来给薄维看,薄维一瞅他手上拿的仿古琴,顿时来了兴趣,"李师傅手艺不错,您是大才,今天我算有幸见着高人。"小李说:"您要感兴趣,不妨留我个联系方式,倘若哪天得闲,劳烦屈尊大驾,请到家下叙谈。"

商人向来讲究追名逐利,薄维的订单量大,既然对方提出的价格低,薄维自然不介意同他合作,于是留下小李的家庭住址和座机号码,方便后期与他联系。

大卫的订单种类逐渐增多,陆续订购了其他民俗老物件,如传统食盒、算盘等常见之物,每次订单数量少则也要几百。大卫对薄维的办事效率、货品质量、价格控制,给予高度评价,二人合作如鱼得水,彼此相互成就。

薄维与天津制琴厂合作了一段时间,仿古琴的价格已从最初一千五一把,短短几个月内竟被欧阳厂长提到两千五一把。尽管薄维觉得收琴的价格偏高,但也无可奈何,他踅摸过几家造琴厂,却因仿古琴工艺复杂,别人根本做不成,只好委曲求全。

薄维按照小李提供的地址,亲往他家谈事。小李比薄维大两岁,家中有个小女儿与一老母,一家三口。李母待人热情,见薄维来家里做客,老人笑脸相迎,忙沏茶端水,"薄老板来了,快请坐。我儿子特老实,过去呢喜欢画画,好雕刻,后来到了琴厂工作,您多关照我家孩子。"薄维说:"老太太,您儿子一身好手艺,巧手匠心,这身本事到哪儿都能有碗饭吃。小李帮我做了上百把仿古琴,我俩是朋友,珠联璧合,相互帮衬。"

寒暄过后,两人谈论正事。薄维问小李:"李师傅,您一个月能制作多少把仿古琴?"小李说:"您要多少,就能给您做多少,而且价格比厂子里要便宜。"薄维说:"您技术没得挑,客户对您的作品甚是满意,我信得过您,愿意跟李师傅合作。"小李说:"您要长期做,我给您按两千一把,比厂里一把便宜五百块钱,您出图案,我照图来做。"薄维说:"仰仗李师傅了,咱做点复杂的,一个月能做多少我要多少。"小李说:"技术活儿不成问题,主要是您满意就好。我有两三个帮工,一个月能做出三四十把仿古琴。到时候不管东西能不能卖出去,您给的钱必须够我开工资。"薄维说:"没说的,那咱就这么说定了。"

小李撬走单位的一位大客户,选择了辞职单干,专门为薄维供应仿古琴。他是个良工巧匠,非常注重工艺,把活儿做得漂亮,让人挑不出任何毛病。薄维对此颇为满意,他告诉小李,"慢工出细活儿,李师傅一个月做三十把仿古琴便可,好东西宁缺毋滥,千万别做多了,前期保证质量最为要紧。"

当下潘家园旧货市场的乐器价格不贵,人们并不太重视乐器类收藏。薄维却看到了潜在商机,趁机大量收购乐器,先前租下的地下室仓库被各种老物件堆得满满的,薄维索性又在附近租了一个面积更大的库房。

薄维与大卫合作了二三十笔生意,在倒腾乐器中赚得利润颇丰。他有稳定的客源,且市场里具备充足货源,此段时间,生意颇颇得顺。

自打在北京开店以来,薄氏珍宝古玩店生意兴隆,薄维接触的客户更多了,认识不少名人。雇工老张对业务越来越熟悉,每当薄维不在地摊上时,老张模仿薄维教他的一套方法,总能卖出一些物品。

清晨时分,薄维抓货回来,必到自个儿摊位上询问生意情况。老张兴兴头头对薄维说:"老板,您离开这会儿工夫我卖了几把小提琴。"薄维说:"多少钱一把卖的?"老张说:"四千块钱一把,我共计卖了三把。"薄维称赞道:"老张真长本事,今天多给你加提成。"老张恭维说:"是老板您的东西好。"薄维说:"什么人买的仿古琴?"老张说:"是个中年男人要了三把。"薄维忙问:"你怎么对他说的?"老张说:"我告诉他这是老琴。"薄维说:"唉,千万别保人家老琴,让买家自己看。"老张说:"我说老的,他就买了,也没砍价,说有老琴他还要。"薄维说:"你保人家老琴是不对的,实则为仿古琴,假如人家找你退货,必须给人家退了,千万别含糊。如果我卖的话,会说是收来的,您自个儿看,而不能说是老琴。这琴本身就是仿古的,只是工艺特别而已。"老张说:"没事,老板,您甭管了,人家乐意买,咱总不能有货不卖吧。"

老张嘴里提到的那个中年男子,前后在薄维的地摊上连续买了十把仿古琴,价格均为四千一把。男子自称家中收藏的小提琴各式各样,从外表穿着来看像个级别不太高的领导,每次过来买东西都穿身蓝色衣服,显得中规中矩。之后,老张再也没见过此人,事儿就这样一天天过去。

21 仙人跳陷阱

一日,薄维正在地摊卖古玩。打不远处走来一个年轻女子,名叫潘梦艳,年纪在二十六七岁,面相姣好,身量高挑,穿一身长裙,扎个马尾辫,身上散发出文艺女青年的气质。女子径直来到薄维摊位前住了脚,她瞥了眼地摊上摆放的仿古琴。薄维热情打招呼:"姑娘,想买点什么物件?"潘梦艳指着其中一把仿古琴问话:"老板,麻烦你给我讲讲这把小提琴。"薄维说:"姑娘真识货,这琴是我收来的。"潘梦艳说:"是不是国外进口的?"薄维说:"这个不好说,您自个儿看。"潘梦艳说:"我要了,多少钱呢?"薄维说:"三千五一把。"潘梦艳说:"我是小学音乐老师,日后可以为老板介绍客户,能便宜点吗?"薄维说:"不二价。"潘梦艳说:"行,我要一把。"

一周后,潘梦艳再次出现在薄维摊位前,而这次恰好还是薄维接待的。薄维说:"姑娘,过来了。"潘梦艳:"老板,我再买一把小提琴,可否便宜些?"薄维说:"还是之前的价格,便宜不了。"潘梦艳痛快地付了钱,而后拿起一把仿古琴,"我下周还会过来买五把小提琴。"薄维回说:"恭候姑娘光顾小摊。"

詹姆斯那边要在下周走一批货,加上潘梦艳订购五把仿古琴,薄维手上根本没那么多的货物,故此叫小李临时赶制了几把琴。

为了能准时把仿古琴带到潘家园,周五夜间十二点,薄维没来得及像往常那样坐大巴车去北京。因仿古琴工艺复杂,工序一道挨着一道,小李熬了一宿赶活儿,直到周六早晨才完活儿,把琴悉数交给薄维。薄维提前联系了一辆小货车,仿古琴装上车,匆匆赶往北京潘家园。

薄维在半道上忽然接到一个陌生电话,只听对方说:"薄老板,你好。"薄维礼貌地回应:"您好,请问哪位?"只听柔声细语从电话那头传来,"薄老板真是贵人多忘事,我上周跟你约好,要五把小提琴,今天怎没见你摆摊呢?"薄维说:"实在不好意思,我在路上,刚进京,过会儿到了北京先去仓库放货物,然后再去摊位。您先在市场逛逛,我大概得半个钟头才能到潘家园。"潘梦艳说:"你仓库在哪儿?要不我去你仓库那边拿琴,这样也能节省时间。"薄维说:"我的仓库在北京古玩城南边小区楼群里头,过会儿您到小区门口,我去接您。"潘梦艳说:"薄老板,咱们待会儿见。"

小货车赶到北京潘家园的小区里，薄维将车上货物用个小平板车拉至地下室仓库。这里既是薄维的仓库，也是他每周六晚上的下处。

这边刚忙活完，薄维还没容得出工夫休息片刻，潘梦艳便已打来电话，说到了小区门口。薄维步履匆匆行至小区门口迎接潘梦艳，两人来到地下室仓库。薄维开了防盗门，请她进屋，把仿古琴拿与潘梦艳鉴赏，"您瞅这几把小提琴行吗？"潘梦艳心不在焉地瞧了瞧仿古琴，故意绕开话题，"我大老远走来的，你也不请我坐坐，这般不是待客之道吧？"薄维略显尴尬，"姑娘请坐。"

潘梦艳随意一屁股坐在紫檀椅上，"没想到薄老板的馆藏别有洞天，琳琅满目，一看就是大收藏家。"薄维说："您过奖，我不过是瞎收藏罢了。"潘梦艳冷眼扫了一下茶台上的茶具，"我饥渴难耐，薄老板屋里有好茶水，莫非不愿雨露均沾？"薄维忙在壶里倒上矿泉水，烧起水来，"抱歉啊，我刚到北京一直忙活到现在，满脑子想去摊位看看，照顾不周，姑娘见谅。"潘梦艳扑哧一乐，"瞧你紧张的样子，难道你和女人没有独处一室过？"薄维说："我倒真没那种艳福。"潘梦艳说："真的假的，今儿不就赶上了？看来薄老板是正人君子，只爱古玩，不爱红颜。"

薄维细打量眼前女子一眼，潘梦艳模样妖娆，化了淡妆，上穿一件紧身白衬衣，酥胸若隐若现，下身穿着一条黑色短裙，露出修长且又白皙的大腿……薄维不敢直视，生怕自己情不自禁想入非非。

潘梦艳又挑起话头，"薄老板，今年多大年纪？"薄维说："二十六。"潘梦艳说："你我年纪正好相当，娶媳妇了吗？"薄维说："还没女朋友呢！"潘梦艳故意叹了口气，说："可惜了，青春年华无福消受女色。你瞧我姿色如何？"薄维说："姑娘往这儿一坐就像画中仙，一看便不是凡人。"潘梦艳说："生意人真会说好话，讨人欢喜！今天我与你说句交心话，我还没男朋友，父母正发愁呢，不少给我介绍的，可一般人入不了我的眼，像薄哥这样风流倜傥，让女孩见了就喜欢的，可是不多呢。"薄维见她语气中夹杂些许暧昧，心下也有一丝萌动。

水烧开了，薄维沏上一杯茶，端到潘梦艳面前，借故离场："姑娘请喝茶，我去趟洗手间。"薄维洗把脸有意让自己清醒一下。

过了一小会儿，薄维回到屋里，见她一手抚摩胸部，对他搔首弄姿，"你我孤男寡女共处一室，不该有些话吗？"薄维说："您看小提琴可是中意？"潘梦艳说："今日不谈琴,只谈风花雪月。我好渴,薄哥。"薄维说："姑娘喝茶。"潘梦艳喝了一口水,一手来回摸腿,"不知怎的,眼前我觉得万分饥渴。"薄维说："是不是天热中暑了? 姑娘身体要不舒服,不行先到医院看看,回头再买小提琴。"

潘梦艳东拉西扯,言语举止之间尽显轻浮,薄维坐怀不乱,硬是不着她的道。

突然,门子被猛力敲响,屋里的空气瞬间不安起来。潘梦艳急忙走到门口,问道："谁呀?"门外的人说："送水的。"薄维心下纳闷,明明自己没叫人送水,怎么会有送水的。

潘梦艳开了房门,猛然间涌进三个男人。头一个进来的是个刀疤脸,一脸横肉。第二个进来的是个文身男,穿着短袖,袒胸露乳,一身文身,描龙刺凤。第三个男子身材黑瘦,看样子像个瘾君子。薄维心中一惊,当时预感不妙,忙问："您好,大哥,请问来此有何贵干?"刀疤脸男子说起话来一口浓郁的大碴子味,"我是美女朋友,过来看看你。"薄维多少有几分紧张,见他们来者不善,肯定奔着自己来找碴儿的。

薄维胸有惊雷而面不改色,"哥几个,请坐下喝茶。"他们进屋之后,以三角之势将薄维围在当中。薄维说："哥们儿,大家都是在道上混的,有什么事你们尽管开口,没必要大打出手。"潘梦艳瞬间变了个人似的,脸面冷冰冰的,"薄老板,看你是个聪明人。前段时间,我有个大哥在你地摊上买了不少小提琴,你知道吗?"薄维说："我不知道。"潘梦艳说："你怎么可能不知道?大力,把琴给他拿来。"

文身男大力转身出去,眨眼之间从外边提来一只大箱子,打开一看,竟然是十把仿古琴。潘梦艳说："这是不是你家卖的小提琴?"薄维说："没错,市场上唯独我们一家才有这般物件,我伙计卖的。"潘梦艳说："你们卖的时候当什么卖的?"薄维说："我不清楚,当时伙计在地摊卖的货。"潘梦艳说："你们一口承诺是进口琴,这琴拿去鉴定根本不是进口的,今天给我个说法。"薄维说："琴为仿古琴,跟卖您的一样,我给您的价格是三千五一把,伙计卖的是四千。小提琴工艺特殊,且是仿古的,这种特殊处理,一般人做不出来。如果不喜欢,您大可不必兴师动众,我全给您退了便是。"潘梦艳说："薄老板,既然这么痛快,我今天不难为你,你现在就退钱。"薄维说："好说,好说。"潘梦艳说："你家伙计不是按四千一把卖的吗,你就按三千五一把来退,十把琴给我退三万五千块钱就成,我拿走一把小提琴留作纪念。"薄维说:"听您的。"

薄维身上没装那么多钱,便同她商量,"你们在我这喝会儿茶,我到市场找朋友借点钱,一会儿就回来。"潘梦艳说:"快去快回,我的耐心是有限的。"刀疤脸男人恶狠狠地说:"最好别耍花招,你敢找人摆事,信不信我把你的藏品全砸了。"薄维说:"放心,为这点小事不值当伤和气。"刀疤脸男人说:"凑钱去吧。"

彼时徐二哥在潘家园旧货市场做批发紫砂生意,一天营业额基本上能有五六万。徐二哥见薄维慌慌张张跑来,忙问:"兄弟,什么事这么着急?"薄维说:"没事,二哥,能不能借我三万块钱,我眼下急用。"徐二哥是个爽快人,当即拿钱给薄维用,他观察薄维脸色不对劲,问道:"兄弟,出了啥事?"薄维说:"没事,二哥甭管了,我一会儿过来,晚点把钱归还。"他又来到自个儿摊位上找老张要了些钱,凑够了钱数,顿时感觉松了一口气。

薄维急忙忙返回仓库,一路上心中始终绷着一根弦,一则担心东西被盗,二则怕事情不好摆,他们再变相敲诈。

走到地下室仓库,薄维从背包里掏出三万五千块钱退还给潘梦艳,"大姐,您清点一下钱数看够不够。"潘梦艳拿着厚厚一沓钱数了三遍。刀疤脸男子冷道:"告诉你兄弟,今天我看你识相,不难为你。她是我姐,那位大哥我不认得。你要不懂事,坏了规矩,今天恐怕就得吃我两刀,知道吗?"

薄维在江湖上闯荡了十年,练摊时见识过形形色色的人,唯独这场面还真没碰到过。好在薄维处变不惊,因此说起话来底气十足。薄维说:"古玩市场就这样,真真假假。倘若你夜儿个卖好了,今儿个你会找我来吗?假如你三千买的,卖了三十万,你必定不会找我。常言说得好,在家靠父母,在外靠朋友,多条朋友多条路,多个冤家多堵墙。今后需要什么就来,我替您张罗。"此刻潘梦艳倒对薄维投上一瞥敬佩的目光。薄维正色道:"大姐认识您我也高兴,正所谓不打不相识,咱没必要把事情搞得那么复杂,大家见面认识了就是朋友。两座山到不了一块儿,但两个人终有再见面之日,大家千万别结怨,和气生财。"刀疤脸男子说:"薄老板这个朋友我交了,在潘家园这块混,往后有事你来找我。"他们说些客套话,留了张名片走了人。

他们前脚刚离开,徐二哥风风火火赶了过来,问薄维到底咋回事,薄维将事体一五一十说了一回。徐二哥听罢气不打一处来,"丫的一群小混混太

217

可恶了。没事儿,兄弟,别听他们喝儿唬,老哥与你找人,咱办他们。"薄维平心静气地说:"二哥,多谢您的好意,咱们是生意人,犯不着遇事动刀动枪。咱没卖高价,倘若一把琴卖她几万块钱,把高仿琴当古琴卖,那肯定咱理亏。事情过去了,不提这茬了,往后咱还得在潘家园做买卖,多一事不如少一事。"徐二哥说:"兄弟,你能看开就好。日后出门在外遇到难事,一定告诉我,老哥会帮你的。"

当天收摊关店之后,薄维独自到小饭馆喝了点酒,反思白天发生的事体。潘梦艳之前先后几次到他摊位上购买仿古琴,当时薄维就察觉到她不一般,这年头普通老百姓一个月只能挣几百块钱。而白天气氛异常诡异,她穿着那般性感,浑身香气缭绕在狭小的空间里。但凡自己稍微动点歪念,心术不正的话,必然落入她精心设计的圈套,那将不仅仅是简单退货的问题,必定会有更大的麻烦找上门。备不住他们早已提前设下仙人跳的局,因为薄维方寸之间坐怀不乱,从而避免了不必要的损失和麻烦。

薄维思忖在日后交易当中,一定要保持好定力,这是至关重要的事体,否则很多事坏在色字头上一把刀,这把刀迟早要插进心存非分之念的人身上。

22 诚信创新才会长久

仿古琴在薄维眼里算得质量上乘的艺术品,只要不拿它当古董去骗人,其工艺价值确实独一无二。

薄维有个南方朋友在上海开古董店,常来潘家园旧货市场进货。这位南方朋友一眼识别出仿古琴,但他一直在购买,摊位上摆多少仿古琴,他全部买走,且价格为四千元一把,南方朋友回上海将仿古琴高价卖给那些搞收藏品的人。薄维问他,"您在上海,这把仿古琴能卖到多少钱?"南方朋友直言不讳地说:"一万块钱一把。"南方朋友想买却总是买不着更多样式的仿古琴,因为老多样式的仿古琴已然通过欧洲古董商走向了国外市场。

在那两年时间里,仿古琴生意甚为火爆,因为小提琴收藏在国内来讲还算空白,人们对小提琴认知不够,鲜有人懂小提琴的收藏价值。薄维抓住了千载难逢的机会,仿古琴的销售收入比卖古玩赚的钱要多出一大截,他每个月将不少乐器发往欧洲,其中包括仿古琴以及中国传统民族乐器。

有一回,大卫订购的仿古琴数量特别多,短时间内难以完工,小李为了赶工,从而降低制琴的标准。当大卫验货时,发现存在严重的质量问题,对此大为不满,"薄先生,这次合作太让我感到失望了,你以前供货质量控制得很好,而这批小提琴却参差不齐,夹杂不少次品。如果这些货物销往欧洲市场,我的信誉将会大打折扣。这般不讲诚信的行径,恐怕今后我们的合作难以为继。"薄维连忙道歉:"万分抱歉,大卫先生,这次是我失误,在此恳请您的原谅。因近期繁忙,没能替您把好质量关。凡是您感到不满意的,一一挑选出来,我免费送给您,作为本次失误的补偿,希望您不要介意,今后我必定严格把关,绝不会再出一把次品。"大卫说:"你让我看到了合作诚意,就照你说的办吧。"

将大卫送走之后,薄维回天津专门找小李谈话:"李师傅,您这次光为了图快,没把好质量关,客户对此相当不满意,进而将影响我们后续合作。为了给客户一个交代,我让客户挑出不合格的产品,并将这批有问题的仿古琴悉数免费送与客户,至少有二三十把,可以说损失挺大的。您以后制作小提琴时,万万不可贪图快而降低工艺标准,务必注重细节,细节决定成败。"小李在他面前打哈哈:"实在对不住薄老板,让您蒙受经济损失。这样吧,我愿承担一部分责任,相应扣除我的手工费,以此减少您的损失。"薄维说:"那倒没必要,您今后做好产品就行,诚信是立业之本,不讲诚信,等于亲手断掉自己的后路。我们要多站在客户的立场考虑问题做产品,客户始终信任我们,咱才能有饭吃。"小李登时打包票,"薄老板放心,我今后多用心,不再耍小聪明犯这般低级错误。"

小李骨子里爱钻研技术,薄维对他专业能力十分认可。薄维说:"李师傅,您一年流水线能制作多少把小提琴?"小李说:"不一定,几百把,甚至上千把都有可能,关键要看工艺复杂程度。"薄维说:"你有没有做过一把好琴,就是那种令自己感到特别满意的?"小李说:"从来没有,因为制作一把好琴并非易事,它的面板为松木,背板是枫木,乐器有弧度,哪个地方薄,哪个地方厚,太薄了不行,太厚也不行。中间为音柱,包括薄厚、音柱的量、位置、琴弓等都是有配比的,缺一不可,需要经过反复打磨才能出好琴。一把好琴是有灵魂的,做琴的人,可能毕生都在追求能出把好琴,若没缘分,恐怕一辈子也做不出一把让自己感到完美的杰作。"

薄维听完小李这番话,深感琴与人皆有共通之处,只有经过精心打磨,历经该有的修行,在后期遇到优秀的演奏手,方能实现它的价值,演奏出动人的声音。

这日,小李向薄维引荐了一位专业制琴人才,"音乐学院的朋友与我介绍了一个会做小提琴的外国人,人在天津,想来咱这儿工作,您看能用吗?"薄维求贤若渴,当即表示:"当然可以,咱们和老外见面谈谈。"

小李口中所说的制琴人才名叫弗朗西斯,是法国人,大鼻子,眼角也大,能用简单的中文交流。小李陪着薄维与老外见了一面,谈话间,弗朗西斯提到自己的家世,据说有法国贵族血统。弗朗西斯找了个天津媳妇,留在天津做助教,他对乐器有着浓厚兴趣,不仅会演奏多种乐器,同样也会制作小提琴。薄维说:"你我是志同道合的人,欢迎加入我们团队。只要能做出好琴,待遇上绝不会亏待。"弗朗西斯说:"谢谢薄先生,我定会竭尽全力融入团队,帮你做好琴,不让你失望。"

薄维觉得弗朗西斯的名字叫起来有些拗口,于是为他起了个外号叫佛爷,这个外号很快在团队里传开,大伙儿干脆都喊他佛爷。自从有了佛爷加入制琴团队,整个小提琴的制作工艺又上一个新台阶。其制作的小提琴备受市场青睐,薄维在小提琴生意方面有了更大起色,欧洲买家极其认可,订单量随之增加。原来小李手下有三个人帮忙干活儿,如今已有十个工人。

每当薄维去小李家吃饭时,老太太见着薄维总是笑着夸个不停,"瞧瞧还是薄老板有本事,儿子,你可要跟着薄哥好好干活儿,别有二心。"小李笑说:"薄先生是我人生中的贵人,我定会追随薄哥干一番事业。"薄维说:"叫兄弟就行,千万别喊薄哥,我还没你大呢。"老太太说:"常言说得好,有志不在年高,无志空长百岁。薄老板比我家儿子有能耐,他就该敬着您,叫您一声薄哥。"弗朗西斯说:"还是老太太说话讲究,薄老板当之无愧是我们从事小提琴创业的大哥。"薄维说:"佛爷,吹捧即扼杀,您可别帮腔吹捧我,免得我找不着北,不知道自个儿是谁。"众人哈哈大笑,畅快淋漓地喝起酒来。

薄维在潘家园旧货市场的生意越做越好,小提琴的订单量相当可观。小李陆续又招了些人手,目前团队已壮大到十几个人,他在薄维的帮助下,在家中建了小规模的琴厂。弗朗西斯为其引荐了更为专业的人才,主要负责设计小提琴。法国制琴理念与中国理念相互碰撞与融合,在优秀人才和创作氛围的影响下,小李的技艺得到明显提升。整个制琴团队在原有产品的基础上创造了不少特殊小提琴,其中融入了中国传统的镶嵌工艺。

小李擅长绘画和雕刻，薄维突发奇想问起小李："能不能把一片树叶镶嵌到琴上?"小李说:"我从没做过，不过可以尝试这项创意。"

薄维从树上摘下一片枫叶，夹在书中，等到自然风干，把枫叶交与小李。小李在显微镜下精心雕刻琴板，先在琴板之上勾勒出枫叶的形状，然后小心翼翼地将干枫叶镶嵌其间。当这把琴完成时，薄维拿到手中一看，对小李的精湛技艺赞不绝口。小提琴整体造型格外优美，外表涂的是进口油性漆，明黄色的，面板为松木，背面为枫木，红色枫叶在淡淡黄色油漆的衬托下显得格外醒目，完美极了。

四月中旬是弗朗西斯的生日，这把琴在他生日前便已准备好，薄维打算在小提琴上签上弗朗西斯的名字，作为一份特殊的礼物送给这位法国朋友。虽然薄维提前告诉弗朗西斯要为他过生日，但并没有与他透露所送的礼物。

弗朗西斯生日那天晚上，琴厂所有人为他庆生，大家为他唱了一首生日祝福歌，弗朗西斯很是感动。薄维一本正经地站起来为大伙儿报幕，"今天是佛爷的生日，能在中国认识一位这么有才华的外国朋友，感到非常开心。下面有一份特别的礼物要送给佛爷，物虽小却能见证一份情谊，无论您来自哪里，只要在天津相聚，我们都是好朋友。"

随着录音机里响起动人的音乐，薄维双手捧出一只精致的盒子送与弗朗西斯，弗朗西斯笑容可掬，两手接过礼物。薄维说:"佛爷，请打开盒子瞅瞅礼物，希望你能喜欢。"弗朗西斯慢慢揭开盒子上的包装纸，见里边是一把定制的小提琴，脸上流露出无比惊喜的笑容。薄维说:"翻过来看看。"弗朗西斯把小提琴翻过来，看到背板上的那片红枫叶，难掩内心激动，"这把琴太棒了，感谢薄先生，谢谢小李厂长。我在中国感到了家的温暖，我有这么多好同事陪伴，在如此浓厚的艺术氛围中工作，我是幸运的。感激你们的辛苦付出，让我度过了一个终生难忘的生日。谢谢大家的关爱，我深深爱着你们。"

通过这把小提琴的创意，薄维无意间打开了新的设计思路，思量可以尝试将其他薄片的物件镶嵌在小提琴上，这样使得琴本身更具有纪念意义。出乎意料的是这一创意让薄维意外接到更多订单。私人定制小提琴价格极其昂贵，在平常价格的基础上还要加价两千块钱，长期以来供不应求。那段时间特别忙碌，因为这种琴只有小李一个人能做。后来薄维提出个人建议:"我接了订单以后，你只负责刻型，镶嵌与刷油等工序则按流水线来做，这样也能大大提高生产效率。"

221

除了有持续不断的小提琴订单以外,薄维还接到民俗类工艺品订单。薄维帮大卫蹅摸了不少五大名窑的新仿瓷器,以及仿古青花瓷器。欧洲人有个习惯,他们会在瓷器的底部打个洞,装上灯使用,但前提是要品相好的仿古瓷。如果是纯老的瓷器,价格会更高一些。这批新仿瓷器性价比相对较高,因此畅销欧洲市场。

对薄维来说,寻找新仿瓷器不费吹灰之力,他知道老的是什么样,新的应该仿到什么程度,而这些物件的货源充足。一个月内,基本上要走几个集装箱将货物发往欧洲。

此时有不少景德镇的商户纷纷找上门与薄维谈合作,薄维结识了一位专门做新仿古瓷的朋友小关,小关在景德镇是名设计师,诸如珐琅彩和鎏金瓷器是他的专长,他能找到特别好的胎瓷,经过他的设计绘画,再找一些烧制好的窑口,做出的珐琅瓷分外精致。关键他还掌握了一门做旧技术,这门手艺在新仿瓷器制作中自然大有用武之地。二人在业务上成了合作伙伴,那段时日因业务而频繁往来。

薄维生意上有了很大起色,决定添置一辆汽车,心想如果自己有车的话,以后可以开车去北京或者谈业务。毕竟年轻人都有炫耀心理,喜欢彰显自己的经济实力。这些年,薄维出去办事一直骑辆本田摩托,他认为只有换辆小轿车,人家再叫他薄老板,因为自身拥有小车那种感觉明显是不一样的,或许会更有成就感。

现如今能开辆桑塔纳已经算是混得相当不错,而市面上推出一款升级版汽车帕萨特,就是价格贵点,大概二十多万。薄维下定决心,两个月内一定要买辆新车。

薄维同父母说出自己想买车的念头时,不料却遭到母亲反对。何淑琴说:"哎呀,你买车干吗呢,坐车多好,便宜又安全,开车太危险,再说你开车也不能喝酒。"薄维说:"妈,我现在还年轻,应该赶上时代潮流。再说我业已拿了车本,就该买辆小车。"何淑琴说:"你自己看着办吧,反正出行安全的事容不得丝毫大意。"

23. 缘分都是安排好的

这一两年光景,身边有人时不时给薄维介绍对象,薄维事业心太强,加上平日里忙,对男女之事便不太上心,因此婚姻大事一直耽搁着,遇到实在推却不了的,他才勉强走个过场与女方见上一面。

曾在纺织厂上班时的老同事帮忙给何淑琴的儿子撮合对象,姑娘名叫李靖,女方为工薪家庭,全家人都在国企上班,言说人家姑娘模样如何水灵,花骨朵一般的姿色。何淑琴闻言大喜,觉得女方条件样样都好。在母亲的催促下,薄维只好答应下来:"改天得空儿我就去见一面,看看有没有缘分。"何淑琴见儿子应承,面露满意的笑容,当即和媒人通了电话,替他们年轻人安排见面。

李靖与薄维在天津国际商场初次见面时,上穿粉色羽绒服,里为黄色毛衣,下身穿件灰色阔腿裤。再观薄维,上身穿件黑皮夹克,内搭胭脂色格纹外套,下身为蓝色牛仔裤,留着长发打着摩丝,看起来很有质感,鼻梁上架着一副眼镜,手上戴着扳指,腰间挂着象牙制成的小葫芦,脖子上还戴着一颗天珠,瓜子脸,尖下巴,脸上憨厚的笑容。

她第一眼看到薄维,见他浑身穿着打扮,跟马戏团的小丑演员一般,心中不觉得有几分好笑,倒生出想走的念头。她平日走在大街上,多少男子回眸相视,然而美中不足的是身量不够高挑,好在有高跟鞋,穿上之后便显得出众许多。出于礼貌与尊重,李靖心想至少应该聊上几句。

薄维细细打量面前女子,如同鉴赏古玩一般专注,只觉她比自己稍矮半头,小几岁,眉清目秀,肌肤白皙,双眼皮大眼睛,二目清澈有神,弯月眉,宽额头,尽显娇俏可爱,头发乌黑发亮,头扎双马尾辫,身材匀称,瞅她颇有眼缘。

薄维主动搭讪:"姑娘好,我叫薄维,看您有些面善,感觉似曾相识。敢问姑娘芳名?"李靖见他貌不惊人,而声音却充满了磁性,言谈举止彬彬有礼,人亦显得温文尔雅,心下对他的排斥感顿减几分。李靖说:"免贵姓李,我叫李靖。或许是因为有缘分,所以你才会觉得与我熟悉。"薄维说:"您属什么的?"李靖说:"我属龙。你呢?"薄维说:"我大您两岁。咱俩甭在这儿傻站着,不如去那边店里喝杯饮料。"

两人一同走进商场的一家店铺,薄维点了两杯饮料并主动买单,随后与李靖坐在一处清话。此番举动无形之中让李靖对他高看一眼,李靖再看薄维倒没有第一眼那么别扭。薄维说:"您在哪儿工作?"李靖说:"我在燃气公司上班。你呢?"薄维说:"我自个儿创业,在天津和北京两地做点小生意。

不知姑娘有何爱好?"李靖说:"我爱读书,看电影,听音乐。你喜欢什么?"薄维说:"我也喜欢看书,听音乐,看来你我志趣相投。"

李靖心下意识到,男方始终看起来很客气,眉开眼笑,说话语气温和,似乎对她有些许好感,与他待在一起感觉格外舒服。两人喝罢饮料,薄维提议道:"要不咱俩去金街转转,走时我送你,你坐汽车还是骑车?"李靖说:"我坐车来的。"

李靖深信谁与谁相亲,谁跟谁结婚都是命中注定的事体。她深爱传统文化,从小沉浸在古代诗词歌赋当中,喜欢摇头晃脑地背诗,觉得读诗是世上最快乐的事情。父母当过知青,尽管家中藏书并不丰富,但她总是爱读故事和古体诗。

至今李靖仍然清晰记得,小时候去姥姥家见到的那六枚十二生肖铜币,正反面各有一个生肖。李靖见此物爱不释手,于是她找姥姥要,可姥姥是农村人,存在重男轻女的封建思想,更何况她是外姓人家的孙女。因此姥姥只准她看,不准她拿走这些小物件。李靖分外珍惜抚摩十二生肖铜币的机会,往往越得不到越珍惜,她骨子里深爱着那些小玩意儿。直至多年以后长大成人,她依然对铜币上所铸的小兔和小龙模样记忆犹新。

二人并排漫步在劝业场最为繁华的地段金街,金街此时刚修好,在广场中间竖着一枚巨大的铜钱雕塑,目测直径约为六米,铜钱上边密密麻麻雕刻着历朝历代的铜钱,许多人打此围着走。李靖顺口问起薄维:"他们为啥围着铜钱雕塑转圈走呢?"薄维说:"这枚大铜钱寓意财运亨通,围着铜钱转,则代表着忙忙碌碌不过只为碎银几两,都想踏上财运之路。铜钱是铜的,钱币象征着富贵吉祥,而且各朝各代的都有,这上边有开元通宝、宋元通宝、元丰通宝、乾隆通宝、康熙通宝、咸丰通宝、光绪通宝。"李靖本身是极爱历史的,薄维讲钱币史,让她听得入迷。

她惊讶于薄维的学识与口才,对他的印象不觉之中又增添了几分赞赏。头次见面,彼此都留下良好印象。

后来薄维去找李靖见了几次面,总体感觉还不错,能聊到一块儿,便确定了恋爱关系。

李靖对婚姻并没有过高的期待,毕竟家中日子过得也很普通,甚至可以说是平淡的。她的目光所及之处,多数人的婚姻不过为将就过日子,生活无非是柴米油盐酱醋茶,哪有那么多的恩恩爱爱,卿卿我我!似那般惊天地泣鬼神的爱情,恐怕也只有在梁祝或者牛郎织女的故事里才能看到。

找对象李靖最在意的是两个人性格是否合得来。李靖觉得自个儿有点傻,认为爱情就该死乞白赖的,可转念又一想,死乞白赖未必见得就有多好。她想过自己真正想要的生活,她知道这必须靠自己,因为打铁还得自身硬。她打小没指望过别人,不是不想指望,而是谁都指望不上,没有人可以让自己依靠。直到后来她和薄维结婚多年,也依然认为,如果自身不强大,别人是不会尊重你的,作为女人必定要自强自立,这样才能赢得别人的尊重。

薄维近来常去汽车城看车,最初看中的是桑塔纳,但反复比较后还是觉得帕萨特好,尽管价格高出几万,最终下狠心买了辆帕萨特,新车落地价将近三十万。每次开车带着女朋友去玩,心中特别有成就感。

21. 一辆新轿车换一块白发石

白发石的影子一直在薄维心中挥之不去,他认定那块石头充满了神秘色彩,推测其未来价值没有上限,是件非常独特的藏品。

薄维多次拜访白发石的收藏者,老藏家明白他的心思,依然很客气地接待,虽然薄维嘴上没说要把那块石头买回去,但高手过招往往就在于此。老藏家越是婉言拒绝,薄维越发坚定要从藏家手上购得白发石的决心。

老藏家有个儿子小赵比薄维小几岁,辈分却比薄维小,以开出租车为生。有一回,小赵和薄维一块儿吃饭,小赵对薄维购置的新车啧啧称赞:"薄叔,您这车咋这么好,我都想买一辆。"薄维脑海里的灵光一闪,心下思忖:"可不可以用这辆汽车跟老藏家的儿子换那块白发石?"

不久后,薄维要去外地办点事,特地请小赵给自己当一回司机,一天给小赵三百块钱作为辛苦费,小赵一听老大开心。薄维让小赵开他新买的汽车,之所以这样做其实有一个目的,就是让小赵亲自试驾,感受这款车的风采。

夜幕降临,薄维请小赵吃饭,顺便问他:"小赵,你觉得我这车开着咋样?"小赵说:"简直完美,不管提速还是整部车的性能,我那辆几万块钱的破车根本没法跟您的豪车相比,薄叔的车真好。"薄维暗喜,与小赵倒了杯酒,意味深长地说:"我问你个事,你老爸那块白发石头究竟卖不卖?"小赵说:"我爸知道薄叔喜欢,可他真舍不得出手。怎么说呢,我爸就这种性格,好东西只进不出。薄叔您也甭惦记了,说什么他断然不卖。"薄维说:"如果我出高价呢?"小赵说:"即便您出高价,可能他也不想卖。"薄维说:"如果我要说拿新车换他那块石头,你觉得怎么样?"小赵不置可否地瞪大眼睛,显得有些震惊,"薄叔,您说的是真的吗?愿意拿三十万的新车换一块长毛的石头?那多不值当。"薄维说:"值不值,你别管,说句实话,你愿不愿意,我给你三天考虑这个事。"小赵有些难为情,但心中特别喜欢那辆新车,"薄叔,我真做不了主。"薄维眼睛一转,故作夸张道:"如果没缘,我永远不考虑了,就三天时间,想通了给我打电话我去你们家,咱两家以物易物。倘或不行,从今往后我再不提这茬。"小赵眼中满是期待:"薄叔,请静候佳音。"

接下来的三天,薄维如同热锅上的蚂蚁,寝食难安,无时无刻不在盼等小赵的电话。然而电话却始终未至,时间仿佛凝固了一般,一分一秒都过得无比漫长。直待第三天下午,终于等来小赵的电话:"薄叔,您到我家来一趟吧。"薄维喜上眉梢,知道此事有门儿,当即驾着新车过去。

此时,赵家客厅已摆下一桌丰盛饭菜,父子二人高迎远接。作为生意场上的老手,薄维来到赵晟家里不显山不露水,寒暄已毕,该吃饭吃饭,该喝酒喝酒,只字不提石头换车之事。到最后赵晟实在绷不住了,主动问及此事,"薄兄,我听你大佺儿说,你想拿辆新车换石头,此话当真,你别是同他开玩笑的吧?!"薄维说:"当然没开玩笑,那天我俩一块儿喝酒说的话全是真的,今天喝酒说的话也是真的。您要不信,不妨签个以物易物的协议。"赵晟说:"这样合适吗?要不写个协议也成。"

于是,赵家父子手写了两份协议,内容大致为双方自愿以物易物,用一辆新购的手自一体帕萨特汽车换一块白头发的石头,车为合法购买,驾驶两月有余,车况良好。此为一次性交易,双方不得反悔,协助对方过户。双方各签名姓,按上手印。赵晟说:"薄兄,我预感你今后肯定是个大人物,你做事可真狠,把我心爱之物给夺走了。不过我很佩服你的魄力,我们爷儿俩敬你一杯酒。"薄维与赵家父子痛饮一番,两下皆大欢喜。

薄维打车将白发石搬回家中,尽管他满心喜悦,如获至宝,但父母却对他这一疯狂举动大为不满。薄虎城责备儿子道:"你太冒险了,这块石头的来历大家都不清楚,你怎么能证明它有价值呢?不能因为你没见过这东西,就认为它值钱。你现在做事太鲁莽,不改改性格早晚得吃亏。"薄维说:"爸,我有自己的想法,当我看见它第一眼,就觉得这块白发石有一种特殊力量吸引着我。"薄虎城无奈地叹口气，"反正你已经换了，字也签了，我也没法说你什么，横竖你自个儿多注意。"

第二天傍晚，薄维去找李靖，本想和她分享这段特殊经历，期待她能成为自己的知音。当李靖见薄维骑着摩托车过来，先是一愣，问道："你的车呢？"薄维说："你猜。"李靖说："送去车店保养了。"薄维说："不是。"李靖说："难道车子出了故障？"薄维说："也不是。"李靖说："借给朋友开了？"薄维说："没有。"李靖说："那是舍不得浪费油？"薄维说："车子都能买起，怎会舍不得烧油。"李靖微微一笑，"猜不出来，你就告诉我车在哪呢？"薄维说："车子给人家了。"李靖不可置信地望着薄维，忙问："你怎么把车给人了，是不是撞了人，被人家讹上了？"薄维笑说："我用小轿车换了一块长头发的石头。"李靖似信非信，"你逗我？"薄维说："是真的，没骗你。"李靖脸色一变，"你拿车换块破石头做什么，脑子是不是有问题？"薄维说："你不懂，我瞧那块石头价值不菲，肯定能卖个好价钱。"李靖生气道："鬼才信你的话。"薄维说："姑娘，上车，今儿我请你吃顿大餐。"李靖说："算了，没心情。你这人做事不靠谱，跟着你一点安全感没有。你不觉得自己的行为跟赌博无甚区别？从不考虑别人的感受。回家了，免得看见你就来气。"说完，李靖转身走开。薄维喊上一句，"小靖，相信我的眼力，我做出的决定准错不了。"

薄维将白发石带到北京潘家园旧货市场的古玩店，摆在店里一经展示，不少人出于好奇纷纷进店看稀罕，但没人能真正看明白这是个什么物件，更叫不上它的名字。别说还真有人出价，其中有个朋友给出最高价十万块钱，其他人出价偏低。大家对这件东西倒是挺认可，但没有真正敢下手的。

一日，金哥到薄氏珍宝古玩店喝茶，薄维与他寒暄一阵。金哥一眼瞅见柜台里摆放的白发石，笑问："你小子又整个什么稀奇古怪的物件？"薄维说："这不弄块石头嘛。"金哥说："石头不便宜吧？"薄维轻描淡写地说："反正不是买来的。"金哥说："难不成是路边上捡来的？"薄维说："不是捡的，我是换的。"金哥一听顿时来了兴致，"怎么换的，说来让我听听。"薄维详说以往经过。金哥听罢哈哈一笑，"亏你想得出来，回头你要不玩了，把石头让给我。你这辆车多少钱？"薄维说："差不多三十万。"金哥说："我用虎头奔换你的白发石，咱俩也以物易物如何，虎头奔可比你那辆车还好。"薄维说："新车咱也开了，这石头卖了就没了。"金哥说："老弟你多会儿想要玩车，对我言语一声，我也用你的计策，换你的石头。"

227

这块白发石,除了金哥半开玩笑愿用一辆九十年代的虎头奔来换,其他人俱没给上价。家里人知晓后,对此事不免有些看法,父母认为儿子当初拿新车换石头的行为本身太过冒失。李靖的反对声音尤为激烈,为此和薄维闹过好几次别扭,"一辆汽车的价值在于你能开,能够在人前带来面子,这么高档的轿车,多么气派,现在能有多少家庭开上这等高档车,你不和家人商量,非要拿辆新车换块破石头。你若能不赔钱把这块石头卖了也就算了,可为什么你把石头放在店里卖,都没人肯出高价?"薄维解释道:"专业就是专业,收藏品的价值并非说买完就卖,来赚取差价。很多东西一般人根本不懂,如果大伙儿都懂了,那古玩也就没有那么多的神秘面纱,很多东西需要经得起时间考验。"李靖认为薄维强词夺理,"你说话牵强附会,明明自个儿看走眼,却不敢承认,还愣装自己是对的,你心累不累,能不能直面人生,活得真实一点?"

几番争吵下来,薄维感到心力交瘁。尽管周围的人都不理解他,甚至质疑他的眼力,但薄维对白发石藏品看好的信心始终没变。薄维一生气,干脆将白发石从店里撤掉,往储藏室一搁,这事就暂时先过去了。在旁人眼里或许白发石只不过为一块普通石头,但在薄维眼中却看到了不一样的价值。

25. 买房成婚　旅行抓货

随着薄维和李靖深入交往,感情不断升温,两人到了谈婚论嫁的地步,薄维决定先把买房提上日程。当时房价不算太贵,因大势所趋,堪堪呈现上涨的趋势,原来几万块钱一套房子,眼下已涨至十几万。

薄维与未婚妻商量买房大事,"咱们买房,第一要离父母近,离你父母也不能太远,还有环境要好一点的。"李靖很赞同薄维的想法,"你说得很对,就照着这个条件来买房。"

薄维四下寻摸合适的房子,当时还没大型房屋中介公司,大多为一些随处张贴广告的小中介。薄维同李靖看了几处房子,但都不太满意。

一天,房屋小中介的员工小刘给薄维打来电话:"薄先生,您好,我是天津远山房产中介公司的小刘,您上回叫我帮您留意一套好位置的房子,眼下正好有一套房源符合您买房需求,小区楼房在北安桥附近,离海河特别近。房主着急卖,前提必须是一笔现金全款交易。老多人想按揭付款,但房主不同意。您哪天方便过来一起看看房子?"薄维说:"全款没问题,今儿刚好有空去看房。"

中介推荐的那套房子位于二楼,没有电梯,属于偏单,房间布局相当不错,进门为大厅,门口旁边是个相对小点的洗手间,两间卧室,一间阳面的,一间阴面的,厨房水电燃气齐备,还有一个小阳台。薄维拿此处房子跟之前看的一比,算是比较不错的,房子连过户费加起来一共十二万多点。

薄维随即拨打电话叫来李靖一同看房,李靖对这套房子颇为满意,两人当场决定把房子买下来。

薄维手头现金充裕,买房子倒不差钱。在中介的安排下,薄维和房主见了面。房主是个中年男子,通过简单交流,薄维才知房主炒股失败,目前急需用一笔钱,好投进股市。近来股市时好时坏,薄维同样赔了不少钱,谈起股市,二人同病相怜,自求多福。

房子顺利过了户,李靖激动地拥抱了一下薄维:"我们终于有了自己的小窝。"薄维说:"小靖,你愿嫁给我吗?"李靖说:"你是三无人员,没正式工作,人长得又没那么帅,没权势,我嫁给你,你会对我一辈子负责吗?"薄维说:"我薄维对天发誓,此生为李靖负责,一辈子只对李靖一人好,别无二心,把你当成家人对待,许你一生幸福。"李靖说:"我已经决定好做你们薄家的人。你这人什么都好,就是有一点不好,太爱冒险,不计后果,几时能把这个毛病给改掉,做事稳重些就好了。"

王二哥画的马儿栩栩如生,薄维对他的画念念不忘。尽管之前向他求过两次书画,但王二哥一直没舍得给,总找各种托词,说是等薄维结婚时就送一幅画作为贺礼。这不薄维与李靖领了结婚证,结婚之事商议已定,薄维又找王二哥求画:"二哥,前几年你许我的那幅画画好了吗? 如今婚房我买好了,马上就要结婚,到时请你吃喜面。"王二哥说:"恭喜啊兄弟,我到时候看看,有的话就送你一幅。"

双方父母见面吃了顿饭,家长对两个年轻人的婚事均表示同意。李靖的父亲说:"终身大事自个儿决定,我和你妈没反对意见。你们走到一起,第一要互敬互爱,相互包容彼此的缺点。第二要孝敬双方父母,我们便感知足。"薄虎城说:"亲家说得没错,你们俩能过好小日子,这是当父母的最大心愿。"

结婚前一周的周末,薄维在潘家园出完摊,邀请王二哥到自己的新家参观,此时房屋早已重新装修一番,摆上了新家具。王二哥不住称赞:"房子不错,通透性好,二楼位置绝佳,上下楼走着方便。"薄维指着新买的沙发上方的一片空白墙,"二哥,瞅见了吗,这地方特为挂你的书画留着呢,我已经跟家人和身边的朋友都说了,这墙只挂我好朋友的一幅书画,别的我一概不放。"

王二哥真就把画拿过来了,薄维见到书画格外高兴。王二哥却告诉他,"兄弟,这幅画业已被别人预订,过两天我再给你,今天让你先看看。"薄维大失所望,没想到与王二哥相交这么多年,连一幅画都求不来。如果不愿给就明说,薄维完全可以挂别的书画作品。

直到薄维完婚,王二哥始终没再提起送画的事体。打那以后,薄维便疏远了王二哥,觉着这种人格局太小,与自己性格不一样,难做一辈子的朋友。

由于薄维家里的生意特殊,周四在天津沈阳道开店,周六日在北京潘家园开店。就什么时间段结婚这个问题,两个年轻人多次商量。薄维提议说:"要不咱俩旅行结婚,你觉得怎样?"李靖说:"想法挺酷,还特别超前,但父母会同意吗?"薄维说:"我家人比较开明,凡事由我拿主意。"李靖说:"你父母同意就行,我没任何意见。"二人计议已定,薄维说:"我们周四晚上宴请亲朋吃喜面,叫大家做个见证,然后周五去旅行结婚。"李靖说:"我听你的,你想去哪儿旅游?"薄维说:"小靖,要不咱去云南?"李靖说:"云南有啥好玩的?"薄维说:"我没去过云南,听说那里四季如春。咱这现在冬天,人家那边跟春天一样,不冷不热。到那里走一趟等于提前步入春天,你想春天是多么浪漫的季节,天涯海角见证我们的爱情。"李靖说:"一切听你安排,我们去云南旅行结婚,将人生最美的回忆留在诗和远方。"

周四一大早,薄维在家门口和单元楼门处张贴了大红喜字,然后便去沈阳道看店了。邻居见单元楼门口贴着喜字,都很好奇是哪家要办喜事。

天津当地习俗办喜事通常都在晚上办,薄维在天津一家有名的饭店预订了包间,两人结婚既没豪华车队,也没繁文缛节,仅仅请了两桌酒席,一桌请的亲戚,一桌请的同学与朋友。当天下午,薄维拦了辆出租车接李靖去的饭店。席间,薄维向宾客宣布:"周五,我将和李靖前往云南旅行结婚,今天请大家吃喜面,特为大家预备薄酒一杯,请亲朋好友见证我们的婚姻。"众人为一对新人随份子,纷纷送上祝福。结婚见证仪式简单不失温馨,虽然人少,但氛围极好,大家都很开心。

在亲朋好友的见证下，薄维和李靖的终身大事画上一个圆满的符号。小夫妻俩规划起二人世界的新生活，甚是期待云南蜜月旅行。两个惺惺相惜的年轻人有缘走到一起，他们憧憬着美好的未来。

周五下午，薄维一早打车到李靖的单位门口等待。待李靖下班走出单位，二人坐车径直去了机场。薄维说："小靖，你给父母打电话了吗？"李靖说："中午给我妈打了电话，爸妈祝福我们新婚愉快，玩得开心。你身上带了多少钱？"薄维说："拿了五万块钱。"李靖惊讶地说："出门拿这么多钱干吗，旅行结婚也花不了这么多啊。带这么多钱多不安全，你不怕丢了吗？"薄维说："就算把我丢了，钱也不会弄丢的。咱到那边一则旅游，二则物色些古玩回来，如此一来也能把这趟旅行的费用赚出来。"李靖埋怨道："哎，你结婚旅游，还惦记着挣钱，真是财迷心窍。"薄维笑说："你不懂，这叫术业有专攻，咱们出趟远门不容易，这般既能游山玩水，又不耽误挣钱，岂不两全其美。生活不只有诗和远方，更得有柴米油盐酱醋茶。"

二人抵达天津飞机场候机大厅，看到停靠在一旁的大飞机，都显得格外兴奋。薄维问道："小靖，坐过飞机吗？"李靖说："没坐过。你经常全国各地跑，应该坐过飞机吧？"薄维说："我也是头次坐飞机，虽然以前往全国各地跑，别说坐飞机，连张硬卧都没舍得买过，回回坐硬座，一坐至少得十几个钟头。"李靖说："你对自己真够抠门的。"薄维说："以前我跟人家到上海摆摊，人家比我还能卖货赚钱，照样舍不得买一张卧铺票。做生意挣钱不易，大家节俭惯了，不敢轻易花钱。两口子过日子不就是这样吗，除了浪漫风月，还需要有口饭吃，倘若连肚子都填不饱，何谈爱情。"李靖说："我算看出来了，你是现实主义者。"薄维说："媳妇，这不是现实，而是务实。"

登机闸门开启，旅客们排队等待工作人员验票。李靖走在前面，薄维紧随其后拉着行李箱，顺利通过验票，两人牵手上了飞机。走进机舱，找到对应座位，薄维在行李架上放好行李箱。薄维和李靖的座位紧挨着，两人系好安全带，相视一笑。

飞机在跑道上冲刺了一小会儿渐渐离开地面，驶向空中。李靖紧紧攥住薄维的手，薄维安慰道："小靖别怕，飞机很安全的。"李靖说："我不害怕，只是有点紧张。没想到我们普通老百姓都有机会乘坐飞机体验云端生活，生活在这个时代真的很幸运。"

薄维与李靖跟团先是来到昆明石林，石林景观蔚为壮观，奇石林立，峰回路转,移步异景,宛若人间仙境。二人穿行其间,感受大自然的鬼斧神工,石林之美,令他们感到格外震撼,石林自然景观给小夫妻俩留下了深刻印象。

接着他们又来至丽江古镇,此处风光秀美,建筑群磅礴大气,古香古色,仿佛穿越时空和历史人文对话,纷杂的内心世界随着环境而变得无比宁静,细细品味地域风情,更能觉出生活的一份惬意。

云南丽江古镇同样也有经营古董的商店,其中不乏一些特殊民俗物件。薄维在一家不起眼的古董店里瞧见一面铜鼓,铜鼓在古代少数民族村落或寨子中才能见到,此物对研究地方文化而言是极其珍贵的历史遗物。根据观察铜鼓锈迹,触摸弹声,薄维断定这是一件明清年代的老物件。经过与店主讨价还价,最终以不到两万块钱的价格买下铜鼓。

如何将重物带回去,一个非常现实的问题摆在薄维面前。李靖不禁皱起眉头,"铜鼓这么大,且相当重,咱们怎么带走呢?"薄维笑说:"一只羊也是赶,两只羊也是放,索性咱就多买点。"李靖苦笑道:"一件就够难带的,再多了还怎么旅游?"薄维说:"过了这村儿没这店儿,见好下手是好汉,犹豫不决是脓包。"李靖说:"打住,甭跟我说这些,看来我不是和你旅游来的,敢情是专门陪你买东西的。"

薄维在古董店见到一把红色交椅,涂的朱色大漆,背板雕刻着螭龙,工艺复杂,这般交椅十分少见。交椅上编着藤条,但时间长了有点破旧,漆也脱落许多,但能够看出属于原汁原味的老物件,薄维花了几千块钱将其买下。

薄维在当地又买了些小铜器和玉器,来时他就打算把几万块钱花出去,玩到最后只剩下三千块钱,买的东西装了几个大箱子。

上车时,车里有人很不满意,嘟嘟囔囔道:"你看他的东西咋那么多,放在车上多占地方,哪有他这么办事的。"薄维早已打定主意,要跟车上的人搞好关系,因为他随时有可能在车上带几件重器,生怕惹别人不高兴,他为同行者做起自我介绍,"来自全国各地的旅友,大家好,我叫薄维,是从北京过来的,专业做艺术品鉴赏投资,有需要鉴定的,我可以帮您现场免费鉴定古玩真假,也可以为您艺术品投资答疑解惑。"两天跟团旅行,薄维给一车人留下了好印象。凡是有人当面询问有关艺术品鉴赏投资问题的,薄维必然一一耐心解答,大家认为他在古玩鉴定方面十分专业,对他在车上多放东西也就不再介意了。

经过几天旅行，薄维和李靖回到天津，投入新的生活。这趟云南之行，两人感到身心愉快，留下了人生中甜蜜的记忆。

恰逢周六日在北京开店摆摊的日子，不少人听说薄维结了婚，都向他表示祝福。

周六在潘家园忙碌了一整天，傍晚时分，薄维选了一家高档酒店宴请几位重要的朋友，其中包括金哥。金哥对薄维旅行结婚的事体饶有兴趣，问道："小薄，你旅行结婚有什么收获？"薄维说："金哥，我去云南还真收了好物件，并非寻常之物，很有收藏价值，过两天东西到北京，您就能见着了。"金哥说："你买东西花了多少钱？"薄维说："我这趟出门花了五万块钱。"金哥说："我给兄弟捧捧场，小薄，你买的这些东西我全包了，也算老哥与兄弟你随个礼，我出价六万八千八百八十八。"薄维说："承蒙金哥关照，小弟万分感激。"徐二哥说："金总，东西您都全包了，我们怎么办呢？"金哥说："都到薄氏珍宝店里捡漏去。"大伙儿谈笑风生，酒喝得尽兴。

等过了几日，薄维在云南购买的老物件邮寄到了北京，金哥看到这批东西觉得其价值超出自己的期望值，分外高兴。交椅乃身份与地位的尊贵象征，在古代能坐上交椅者皆位高权重之辈。金哥对交椅的朱红大漆与雕工颇感满意，然而美中不足的是交椅的靠背损坏了。薄维说："金哥，您放心，我找个巧匠修复一下。"金哥再观铜鼓，铜鼓精致非常，并非一般的老物件，金哥一眼相中此物，"这批东西不错，我再给你加点钱。"薄维说："不用加钱，金哥，您已经够关照我的。咱们来日方长，细水长流。"金哥赞赏道："你小子眼力真不错，以后有好东西第一时间告诉我。"

儿子的终身大事告一段落，了却父母一桩心事。薄虎城夫妇觉得儿媳妇人挺好，对李靖评价很高。有一天，薄虎城给薄维打了个电话，"哪天你回家，我跟你说点事儿。"薄维说："行，我今儿晚上就回去。"

到父母家来，只见薄虎城一脸严肃，正经八百说道："以前你每个月都往家里交钱，论卖货方面你比我和你妈卖得多，你把大部分钱都给了我们，自己留得少。如今你结婚了，现在能力比老子强，咱们还是分开家吧。我们的东西，当然到最后都是你的，咱也别让人家李靖说些什么。"薄维说："爸，您和我妈看着安排就行。"薄虎城说："财产分开于你有利，有助于你今后事业的发展。"

26. 夫妻同心　其利断金

婚后,薄维干劲十足,无论做什么事皆遂心如意,在北京不管是地摊还是店里生意都出奇的好。有很多未曾相识的人都去买他的东西,因此薄维又结识了不少优质客户。

无论是在周四的天津沈阳道抑或周六日的北京潘家园旧货市场,薄维准能抓些十分紧俏的老古董,连他自个儿都觉得神奇,冥冥之中似乎有神助,有一只无形的手推着他前进,或许这便是人们所说的时来运转。

薄维跟徐二哥喝酒时,与他言说自己近况。徐二哥说:"老弟,依你老哥我多年经验来看,眼下种种好征兆证明你这段婚姻和睦,婚姻好坏对事业影响很大,夫妻间相互加持,才能一顺百顺。弟妹是旺夫命,好好待你媳妇吧。"

李靖非常支持薄维去北京发展古玩事业,在薄维的影响下,李靖对古玩行业充满了兴趣。李靖说:"平常我上班,周六日只要有时间,就可以陪你去北京,帮你盯店或摆摊。我看你最近生意挺忙挺累的,能帮你多少算多少,咱俩也能做个伴。"薄维说:"小靖,这样你会很辛苦的。"李靖说:"没关系,我还年轻,多跟你去几趟北京就习惯了。"

此前,薄维去北京回回坐的是大巴车,而今再去北京换乘十人座的小轿车。车子是朋友联系的,徐二哥也会坐这辆车,同坐此车的人还有身边几个不错的朋友,每次一人一百块钱,每到周五晚上十二点左右,小车准时赶到薄维家门口来接人。

薄维的新家对门住着一位七十多岁的老人,老爷子满面红光,精神矍铄,平时出门骑辆小明星摩托车代步。每次见着薄维,老爷子总是笑呵呵跟年轻人打招呼。薄维平日在家开着门,经常能闻见对面邻居做饭飘出来的肉味或海鲜味,味道棒极了。薄维忍不住走进邻居家中,特地向老人请教厨艺。

盛夏时节,一日,薄维正在家中午休,忽然听到楼道里有人叫喊快救人。薄维闻声赶紧跑到门外察看动静,只见对门老爷子瘫软倒在楼道里,他的孙子一个人根本抱不动老人。薄维赶忙上前帮忙,"你劲儿小搬脚,我搬身子。"两个人把老爷子抬进屋里,薄维随之打电话叫了救护车,把对门邻居送到医院。老爷子本身高血压，加上身有多种疾病，不得不住进医院。邻居住院期间，薄维携妻子赶去医院看望过两次。不想那老爷子病情恶化，没过两月人就走了。得知老人过世，几天下来，薄维心情有些低落，他第一次感到人生的无常，默念老爷子一路走好。

对门邻居家因为有外地亲戚，要等亲戚到齐祭奠亡灵后才出殡。那日正好赶到周五，邻居家里来了许多亲朋故友前来吊丧。楼道里和屋内灵堂全是人，就连楼下院里也站了不少人。

薄维在北京认识一位导演客户，在他那里订了一批老物件，以作拍摄道具用。那天晚上，薄维需要带道具坐车去北京，等了半天，不见人少，反而楼道的人越聚越多。薄维一看手表，快十二点了，只得往楼下走，因为车马上就要过来接了。

薄维带了不少家伙事出门，刚一出门，楼道里的人瞅见薄维这身行头，当时都吓了一跳，无不惊讶地望着薄维。薄维上身穿件白色中式华服，下身穿着宽松的紫色九分裤。因为转天要出摊，薄维怕晒，头戴一顶斗笠，背个老式布袋子，袋子里装着几件乐器。他左手握一根耍把戏的红缨枪，右手提一只三十年代"二战"时期的皮箱。不知道的人误以为薄维来此做法事，薄维不尴不尬地跟大伙儿点点头，匆忙下了楼道。

李靖陪伴薄维跑北京，在一定程度上减轻薄维不小的压力。有时李靖在地摊上盯摊，而薄维大部分时间在店里陪客户喝茶，沟通业务，毕竟店里与摊位上的客人档次还是不太一样的。下午市场结束时，李靖也能帮薄维收摊。

因摊位面积大，能摆两三轮车的货物，倘若摆上几件特殊物件，便格外惹人注目。

徐二哥最近在宜兴进了一批新的紫砂工艺品，其中有紫砂大公鸡，个头儿有六十厘米高，重三十多斤，大公鸡以五彩绘制，栩栩如生，俨若真的一般。徐二哥问薄维："老弟，这玩意儿你能卖吗？"薄维说："二哥，没问题。您有多少？"徐二哥说："这批货物刚到了几只，你试试看能不能卖出去，等卖出去你再给我钱。"徐二哥给薄维的价格并不贵，薄维把紫砂大公鸡摆到地摊上，人们见物都觉得新鲜，加上徐二哥御用的独门绝技，做旧后看起来仿佛经历了百年沧桑的老物件，紫砂大公鸡很快在薄维摊上销售一空。

回到天津后，徐二哥请薄维吃饭，顺嘴问道："老弟，紫砂大公鸡卖得咋样?"薄维说:"摆在地摊上都卖掉了,您一个月能出多少做旧货?"徐二哥说:"也出不了多少,我回去问问,反正你要想卖,全都搁你摊上卖。"薄维说:"暂定一周十只大公鸡,关键这种物件咱也不能当古董来卖。"

果不其然,徐二哥每个星期为薄维提供十只做旧的紫砂大公鸡,有时一个月供应五十只,有时候做不出来就给四十只。仅凭紫砂大公鸡这一单品,薄维便能挣出每个月摊位与店铺的费用。徐二哥夸道:"你小子真有本事,有多少大公鸡也不够你卖的。"

李靖随丈夫薄维在潘家园摆摊,寒来暑往,风吹日晒,非止一日。

因夏季白天炎热,露天摆地摊会使用遮阳伞乘凉。那日下午,刮起了风,薄维夫妇在遮阳伞下顿感凉快许多。正当享受大自然馈赠的清凉之际,忽然天空起了一阵邪风,因伞杆与底座托没有锁紧,遮阳伞被风硬生生卷到空中,风劲稍减,遮阳伞瞬间从空中掉落,还没等人反应过来,李靖被伞杆砸中额头,惨叫一声跌倒在地。

周围的摊主们见到这一幕,有人幸灾乐祸地看热闹,因薄维在这片摆摊生意最好,况且又有个漂亮老婆,不免遭人嫉妒,也有人担心人会不会被遮阳伞砸伤。

薄维整个人吓蒙了,当时一看李靖额头肿起一个鸡蛋大的包,急忙扶李靖坐在地上,李靖迅速捡起地上的遮阳帽遮住伤口,以免别人看到她的丑相。薄维紧张地问道:"哎呀,这么大的包,怎么样,疼不疼,老婆?"李靖摇摇头,薄维心疼得直掉眼泪,担心她砸坏脑袋,急忙给李靖出了一道简单的算术题:"小靖,三八等于多少?"李靖苦笑道:"二十四。"薄维不觉松了口气,"还行,脑子没砸坏,咱赶紧去医院瞧瞧有无大碍。"

薄维忙叫老张关了店门出来盯摊,然后扶着李靖去了不远处的存车处,找个大娘要了点香油涂抹在李靖的额头大包上,随后打车赶往北京垂杨柳医院,到医院和大夫说明情况。此时李靖身体虚弱不堪,头昏昏沉沉。医生询问李靖有无恶心呕吐现象,"具体情况,建议做个CT,以便进一步观察脑部情况。"医生替李靖的额头消了毒,简单包扎一番。李靖说:"没事,别着急,我还能坚持,咱们回去收摊吧。"

他们夫妻俩返回潘家园旧货市场,匆忙收拾摊位,装了满满一三轮车的货物,送往库房后,便赶火车回了天津。

等回到家,李靖所有委屈一股脑涌上心头,歪倒在床哭了一通。在外摆摊不仅要忍受天气的恶劣,不敢喝水,不敢去上厕所,生理上极其不便,还要忍受各种外部环境的压力,如今又遇着天灾,她从小到大没受过半点委屈,眼下生活的艰辛都赶上了,怎能不觉委屈。通过这场经历,无形之中也增强了李靖面对生活的意志力。

次日,薄维陪李靖去医院拍个脑CT,又找熟人加急做出了检查报告。医生说没大问题,多休息就好。薄维闻言长舒一口气,悬在心中的石头这才放了下来。薄维说:"老婆好生在家将养,往后甭跟我去潘家园受那份罪了。"李靖说:"不必为我操心,你瞧我身子多皮实。老天还是有眼的,万一砸到太阳穴人就完了。"

每周二和周四,薄维通常会带李靖回父母家吃饭。何淑琴对儿媳妇格外关心,总是嘘寒问暖:"小靖最近怎么样?"薄维说:"妈,她挺好的。"何淑琴老担心儿媳妇平时吃不好,所以每次李靖来家里吃饭,当婆婆的都会给儿媳妇做些有营养的饭菜,好让儿媳妇补补身子。何淑琴把儿子拉到一边,悄悄询问:"你媳妇肚子有动静吗?"薄维说:"可能有了。"何淑琴满脸笑容,"还是我儿子有本事,回头你媳妇生了,我替你们两口子看孩子。"

有时候小夫妻俩不过来吃饭,何淑琴就会骑车把亲手做的美味佳肴与儿媳妇送到家去,婆媳关系融洽,从没红过脸。

为迎接头胎宝宝的到来,全家人动力十足。李靖笑着对薄维说:"等我生了孩子,就给孩子起名叫棒棒。"薄维说:"为嘛叫这名字呢?"李靖说:"因为大难不死必有后福,当头一棒,越来越棒,越来越好。"薄维抬手轻抚李靖的额头,"小靖,你还没忘上次在潘家园被砸的事啊。"李靖说:"那可是人生一段刻骨铭心的经历,哪能忘呢,我记一辈子。"

有一回,薄维同朋友聊天。朋友说:"想知道你媳妇怀的是男是女吗?"薄维说:"想啊,怎样才能知道?"朋友说:"可以带你媳妇去做个B超,就能提前知道胎儿性别。"薄维说:"太好了,我也想知道是男孩还是女孩。"

那阵计划生育正严,一家只允许生一个孩子,不少家庭为了要儿子,就去做检查,一看是女孩,腹中胎儿便可能面临被无情人流的命运,故此政府出台相关政策严禁胎儿性别鉴定。薄维的同学在医院上班,于是走了个后门,偷偷做了胎儿性别鉴定。女同学说:"恭喜啊,薄维,你媳妇怀的是个小子。"薄维欣喜若狂,天天没事就想,孩子模样应该长得很好,随他妈宽额头,虎头虎脑,特别周正和聪明,将来有出息。

过完年后,二〇〇三年的春天极不平凡,北京出现了首例输入性非典型肺炎病例,当时北京路上的行人和车辆稀少,放眼整个中国多地封城封村,笼罩在瘟疫的恐慌之中,大家还不清楚非典到底是咋回事,仅知道得了非典就会面临着死亡,眼前没有相应的药物可拯救生命。面对大自然的死亡威胁,人们终究是感到害怕的。

徐二哥的弟弟是搞医药生意的,他告诉薄维:"目今口罩都卖疯了,很难买到。你出门要当心点,该戴口罩戴口罩,非典这个传染病相当严重,感染后根本没办法治疗。如果你需要口罩的话,我可以帮你搞到。"薄维在徐二哥手上买了一些口罩,这是他人生头一次出门戴口罩。

此时薄维已有三个员工,无论地摊还是店里都没任何生意可做,大家显得都很焦虑和恐慌。薄维一直安慰员工:"你们该干什么就干什么,摊上没人,就在店里待着,在店里帮我扫扫地,擦擦玻璃,管仓库的哥们儿,没事干待着也没关系,咱该发多少钱就发多少钱,一分钱也不少给大家,大伙儿别着急,非典肯定很快就会过去。"

非典期间,既要做好防护,还要开门做生意。由于非典影响,对生意冲击颇大。不仅国内的买家和卖家来不了,而且国外的买家也不来了,一直持续了将近两个月,地摊和店铺均门可罗雀。薄维对未来的不确定性还是有些担忧,同时更担心李靖的安危。当时李靖已怀孕八个月,薄维考虑老婆住院生产的事体,毕竟临近产期,不得不提前做好准备。

到了五月初,李靖住进天津市中心妇产科医院待产。薄维托关系找了一位妇产科老主任帮忙给李靖做了入院身体检查,老主任看罢彩超影像报告,告诉薄维,"从整个指标来看,孩子生长发育特别好,营养各方面都好。但营养不要过剩,如果营养过剩容易造成难产,这些天多注意饮食,给你爱人多补充点叶酸。"

李靖住院待产期间,跟妇产科的刘护士长混熟了。刘护士长说:"要在平常,我们这一个小护士要照顾二十个产妇,现在赶上非典,一个护士只盯两个产妇,这对您而言是有好处的。而且我们医院所有设备、床单什么的,都是最干净的。全市领导高度重视院感工作,尤其医疗环境,消毒措施比以往做得更为严格。"李靖说:"看来我赶上特殊时期未必是件坏事,住在病房得到优待,我的命一点也不差。"

薄维日日夜夜都在期盼着孩子来到人间,多日在病房的守护与陪伴,李靖顺利生下一个大胖小子。产房门外，一家人焦急等待，当门被打开的那一刻，刘护士长清脆地喊了一声："李靖家属。"薄维赶紧走到护士长近前，"您好，刘护士长。"刘护士长笑说："恭喜，是个小子，母子平安，请客庆祝吧。"薄维满脸笑容地回一句："辛苦你们医护人员，回头我请大家吃饭。"

薄维给孩子起名叫薄金瀚，之所以起这样的名字，薄维自有用意，"金"意味着财富，期盼儿子将来能成为有钱人，生活上不缺衣少穿，不必为一日三餐而奔波忙碌。"瀚"意味着知识渊博，他冀望孩子日后可做儒商。

得知孩子是个男孩，双方父母满心欢喜。因薄家向来重男轻女，对小子尤为疼爱。薄虎城说："以后孩子的奶粉钱，还有上学的费用，我们老两口来出。"何淑琴说："等小靖回家，我伺候小靖坐月子，这段时间，你们家的家务活儿我全包了。"听到父母说这些话，薄维干事业的劲头更足了。

27. 帮老外收老算盘和旧搓衣板

这日，欧洲古董商詹姆斯到潘家园旧货市场薄维的摊位上来，盘算着收购一批常见民俗物件。詹姆斯说："薄先生，这次又要麻烦你了。"薄维亲切地与他握手，"詹姆斯先生，许久不见，甚是想念，非常乐意为您效劳。"詹姆斯说："你有没有收藏过算盘和搓板之类的物件?"

薄维闻言就是一愣，对此大惑不解，这些原不过为寻常之物，在他眼中看来并无任何收藏价值，除非象牙制成的算盘，"我没收藏过此类寻常物品。"詹姆斯说："我打算要上几千把老算盘和搓板。"薄维同詹姆斯打诨："要搓板干吗用呢，难道外国人洗衣服也喜欢用搓板，抑或男人被老婆教训时罚跪搓板?"詹姆斯笑说："算盘乃世界上最为古老的计算器，搓板为洗衣机的鼻祖，这些俱是中国历史生活的见证，随着科技的日新月异，它们将会在历史长河中慢慢消失。"薄维恍然大悟，"詹姆斯先生，您真是个中国通，能够预见这类民俗物件的未来命运，诚然令人佩服。"詹姆斯说："算盘和搓板，我给你一样的价格，要沉一点的，品相好的，我按一百块钱一件收购，品相差点的按八十算。一定要用过的，不要新的。"薄维说："没问题，詹姆斯先生，保管替您准备齐全，您就等着下周拿货。"

回到天津，薄维与身边几个朋友提起这件事，"我有个欧洲大客户想要订购一批算盘和搓板，大概各要几千件。大家帮忙，给我凑凑这些东西。"大伙儿一听都乐，"老外想法跟咱想的就是不一样，那玩意儿不值钱，要那东西干吗用。"薄维说："欧洲客户说了不分硬木软木，只要老的，不要新的，品相好就行。仰仗各位，回头我请客。"薄维给出的收购价五十元一件，于是大家各自动员朋友帮薄维在天津收集搓板和算盘。因这些东西普遍多见，在天津要多少有多少。

等到了约定时间，薄维带詹姆斯来到潘家园附近仓库，门开了，只见里边的东西堆积如山。经过一周，收了大概能有几千把算盘和搓板，以及其他民俗类的物件，包括民国时期的食盒，这般老物件没太大的量，故此收购价格稍微贵些。

詹姆斯看罢仓库里的货物，满意地坐下来歇息，"薄先生的办事效率真高，与你合作很愉快。"薄维说："感谢詹姆斯先生给我这次合作机会。"当时天气炎热，不少人过来围观。詹姆斯身材高大，穿着短袖，往那一坐隐约露出胸前浓密的护心毛。詹姆斯有个习惯，爱喝啤酒，拿啤酒当水喝，他开啤酒瓶从不用起子，而是用毛巾握住酒瓶盖徒手拧开，薄维对他直挑大拇指，"詹姆斯先生有把好力气。"

北京潘家园当地的居民听说薄维收算盘和搓板，都慕名而来，其实薄维早就完成任务，为詹姆斯凑齐了所需的数量。很多老百姓自发排成长队，询问收不收算盘和搓板。薄维见状，便对詹姆斯说："算盘和搓板都按五十一个，您也甭给我加钱了，顺便把他们这些也收了如何？"詹姆斯闻言大喜，点头答应。消息一传十十传百，又有不少人拿着搓板过来，问要不要新的。薄维告诉大家："抱歉，新的一概不收，必须用过的。起码得用一两年，搓板才有磨损的痕迹。您这是现买的，我们不收新货。"

当天，薄维的仓库门口热闹非凡，场面颇为壮观，成了一道特别的景观。甚至还有居民把自家的煤球炉子搬了过来，詹姆斯看罢连连摆手，"这个不要，没有煤，也不会生火。"大伙儿听了直乐。詹姆斯称赞道："薄先生，你是很讲诚信的商家，不光为了赚钱，懂得在适当的时候让利，这就是你们东方人的智慧。"薄维说："詹姆斯先生，咱们继续保持合作。"

薄金瀚的降生为整个家庭带来无尽的快乐，无论是爷爷奶奶还是姥爷姥姥，无不对他疼爱有加。每逢周末，薄维的父母必然会过来看望孙子。薄金瀚长得虎头虎脑，和薄维那阵想象的差不多，浓眉大眼，模样周正，很讨人喜欢。

薄金瀚一岁多刚能走稳路,薄维常常拉着孩子的小手漫步在海河北岸的桥上,在这个地方,人们常常能看到他们爷儿俩的身影。

随着孩子一天天长大,薄维意识到一个问题,家里总共两间房子,倘若来了亲戚,要在家里住上一宿,地方就会显得太小。毕竟结婚时买的房子只适合三口之家,人多了不大方便。薄维与李靖商量:"媳妇,你觉得咱家房子小不小?"李靖说:"不小啊,我觉得挺好的。"薄维说:"我怎么老觉得房子太小,不够住。"李靖说:"你这叫不知足,俗话说知足者常乐,不知足,即便给一栋别墅也装不下你的心。"薄维说:"我和你说正事呢,咱要有了二胎,这房子肯定不够住。"李靖说:"谁给你生二胎,叫你小媳妇给你生去,我可不生。当下计划生育这么严,你没瞅见别人为了生二胎,不得不跑到外边租房子住,东躲西藏,有家不敢回,简直跟做贼似的,你有儿子,就甭惦记要二胎了。"薄维说:"靖啊,你要知道多子多福,老薄家多少代人丁不旺,该生还得生,到时候大不了多交点罚款给孩子上户口。"李靖说:"我可不敢要二胎,别害我因为超生而丢掉工作。"薄维说:"你不上班,天天在家带孩子,我能养得起你们。咱们真该合计合计换套大房子。"李靖说:"买房子的事我不掺和,即便是你想买套别墅我也不管,反正这套房子够我们娘儿俩住的。"

尽管李靖这么说,但薄维心中还是想买套大点的房子。那天他和徐二哥吃饭,随口提起买房的想法。徐二哥:"我有一表弟,是个画家,他在红桥区买了套一手新房,我去他家看过,房子挺大,户型采光皆好。一栋楼七层高,唯一缺点是没电梯。开发商与我表弟很熟,老找我表弟求画。那边正好还有房子没卖完,你想要那边房子的话,我可以领你过去看看。"薄维说:"如此甚好,那就麻烦二哥跟亲戚联系一下,咱先去他家看看房子。回头要能买下新房,我好好请二哥撮一顿。"

徐二哥与表弟通了电话,联系好后,便带薄维到表弟家看房子户型。那套房子属于六跃七层,面积约为一百一十平方米,露台有十五平方米左右,显得十分宽敞通透。房间有个大厅,客厅摆着大画案,四壁挂的全是画,薄维好生羡慕。徐二哥的表弟赵哥待人热情,跟薄维寒暄几句,"你要搬来,我们就成了邻居。待售房子离我家不远,咱一块儿去看看。开发商老板还有两套房,卖完就没了,你要的话,我帮你砍价。"

三人跟随售楼处小姐去看了两套房子,一套为一百四十平方米,另一套为一百六十平方米。那套一百四十平方米的房子为六跃七,属于典型跃层房,楼上楼下加起来不算露台的情况下有一百四十多平方米,而且前后带露台,露台面积有三十多平方米,房子朝向极好,挑高有四米多高,为八角的房子。薄维对风水略知一二,认为这套房子不错。再看那套一百六十平方米的房子,房子在六楼中间,面积颇大。薄维感觉太大也不好,便优先考虑那套一百四十平方米的房子。

售楼处卖房不允许买家按揭贷款,必须一次性结清房款,价格为三十八万,合计不到三千元一平方米。薄维没买过那么贵的房子,便和家人商量了一回,父母对儿子买房表现出极大支持。何淑琴说:"房子价格挺合适的,你想买就买,钱不够,我给你添点。等买了大房子,再生个老二,家里住着也宽敞。"薄维说:"妈,不用您掏钱,我现在的存款买得起房子。"

薄维终究买下这套跃层结构的房子,因是毛坯房,前后用了三个月才把新房子装修好。楼上楼下均可会客,楼上可做整间书房,也可锻炼身体、晾晒衣服,薄维对房子总体较为满意。

28 拆迁区抄底老物件

自从搬入新家后,薄维与画家赵哥家离得很近,后来他们成了朋友。赵哥系艺术大家何家英的弟子,擅长画人物。薄维打小练习书法,也曾学过画画。在赵哥的影响下,薄维夫妇渐渐对绘画产生兴趣,也在家中摆了张画案,时不时画上几笔,陶冶情操。赵哥说:"论说古玩,我得向你学习。若论画画,我倒可以教你些绘画技巧。"二人虽然年龄相差较大,却成了忘年之交。

何淑琴因儿子买了套大房子,甭提心下有多高兴,逢人便说:"我儿子又买了一套房子,儿子比他爹有本事。两口子都孝敬长辈,我们老了也有指望。"

李靖嘴上虽不说什么,但心中挺佩服自家男人的魄力。这套跃层房楼上楼下加起来能有二百平方米,薄维闲来无事在楼上种点花草,练习绘画,抑或锻炼身体。双方父母来家里做客也高兴。楼房没电梯,薄维总是自我安慰,"如今还年轻,爬楼就当锻炼身体了。"

何淑琴每周过来两趟看望小孙子,回回来了从不空手,给薄维一家带些好吃的。她腰腿不好,上下楼费劲,爬六层楼对一位年过六旬的人而言确实不容易,每次上楼来都累得气喘吁吁,"儿子,你们家哪儿都好,就是楼层太高,我差点爬不上来了。"薄维说:"妈,我回头再买一套低层的,您再过来看我们就方便了。"何淑琴说:"买那么多房子干吗,瞧你家房子多好啊,我跟你爸生活那么多年,一辈子没住过这般大房子,儿子,你要懂得勤俭持家。"薄维说:"妈,这道理您儿子还是省得。"

就在最近,何淑琴遇到一些糟心事,她年轻时当过纺织工人,性格直爽,热心肠,结交了很多朋友,朋友经常来沈阳道薄氏古玩店看望何淑琴。旁边不远处有个邻居,见何淑琴买卖好,心下嫉妒,没事找事,总是话里话外甩闲话,何淑琴有时听见她瞎叨叨不免生闷气。

薄维得知母亲的烦心事,见机劝导,"妈,您何必生那种人的气,根本不值当,您气出病来,人家照样高兴,往后别搭理她便是。您要真不想在这干了,咱可以搬到古文化街开店,或者其他地方开店都行,没必要见着她就来气。"何淑琴生性耿直,说话坚决:"我才不搬走呢,我就在这儿待着,跟他们耗着,看她有多大能耐。满嘴不干不净的娘儿们,她家生意好不了哪儿去,老天爷迟早会叫他们家倒闭。"

平常薄维不在沈阳道店里时,都是何淑琴盯店,然后回家做饭,平常任劳任怨,把家里打理得井井有条。最让何淑琴感到不满的是薄虎城老爱喝酒,回回喝大酒都在一斤以上,三天两头喝醉。好在酒品还说得过去,酒后从不撒酒疯。见薄虎城吃醉酒,何淑琴十分反感,恨得牙根痒痒,却也拿老伴儿没办法。

何淑琴不止一遍苦口婆心劝老伴儿戒酒,每次酒醒以后,薄虎城总会说:"我下回不喝那么多了。"可见了酒就忘干净了。何淑琴骂他:"真是狗改不了吃屎,驴改不了拉磨。叫你戒酒比登天还难,你现在不叫喝酒,叫酒精中毒,离开了酒等于要你的命,往后我懒得说你。你爱活活,爱死死,你要人没了,我也省得伺候你个老帮菜,往后我自己一个人过日子,倒也清净。"

这日,薄虎城得知一个极有商业价值的消息,忙找儿子说议此事:"最近一段时间,你一定要天天盯着。"薄维说:"爸,盯什么呢?"薄虎城说:"在天津老城里,最核心最大的一片平房区要拆迁,眼下业已拆了一些房子,听说是被香港开发商买走了地皮。你应该清楚拆迁对咱这行意味着什么。"薄维说:"我明白,爸,抄底的机会来了。"薄虎城嘱咐道:"此事你一定要上心,趁机会多买进老物件,强似你跑南闯北到外地收古董。你要钱不够,我帮你拿

243

钱。"薄维说:"老爹,到时候咱爷儿俩一块儿买老物件。"

在天津挑大筐的群体中,有两人与薄维相熟,其中一个姓杨,因长相憨厚略带傻气,人称"傻杨"。另一个长得又黑又胖,大家喊他"黑胖子"。哪儿有拆迁,哪里就有这帮人活动的身影。挑大筐的人十分诡道,假如一件老物件,普通人拿到店里问价,店里老板出价五千块钱,但到最后八千块钱未必能买到手,而挑大筐的人则用几百块钱就能把东西搞到手。

傻杨和黑胖子手底下各有十来个人的队伍,他们天天走街串巷,高声吆喝。不管什么物件,只要问挑大筐的人,他们都说高价收购。当真正把东西拿到他们面前时,挑大筐的人总能挑出各种瑕疵,最后以极低的价格收到好东西。

薄虎城给傻杨和黑胖子的价钱远比别人要高些,因此他们得手好东西都喜欢往薄氏古玩店来卖与薄虎城,店里从他们手上收了不少老古董。

天津的老城区里,住着不少民国时期官员和有钱人家的后代,不过解放以后,大多数人家都已没落,但这些人的子孙后代手里真有一些珍贵的物品。这年头信息相对封闭,挑大筐的人总能够花最少的钱收到大有价值的古董。

那日,薄维陪父亲在天津沈阳道盯店。傻杨走进薄氏古玩店,"老薄发财!"薄虎城说:"傻杨来了。"傻杨说:"我与老薄物色了一桩好买卖,有户人家手头有批古董,一对清乾隆青花缠枝莲壮罐,一件清中期小叶紫檀云龙八扇屏风,几件明清和田玉摆件,一套清代家具等杂物,目前人家要价偏高。"薄虎城说:"卖家打算多少钱出手?"傻杨说:"人家要七八万呢。"薄维心下寻思:"哎呀,真是不错的好物件,随便一件拿出来都值这个价,这笔买卖稳赚不赔。"薄虎城说:"傻杨,你多给人家点钱尽早把东西买回来,因为我这边利润还可以,保管亏不了你。"傻杨说:"即便出价再高,人家也会觉得价钱给得不到位。我们自有办法低价购买,老薄放心,回头东西弄到手一准送您店来。"

过了三天,傻杨带着一批新收的古董来至薄氏古玩店,"老薄,上回跟您说的东西收来了,您瞅瞅如何?"薄虎城细看每一件古物,然后又叫儿子鉴别真假。薄维看罢,拿手摸摸,"爸,我瞅东西没问题,一水老货。"薄虎城问起傻杨:"你买这批东西总共花了多少钱?"傻杨说:"我与他软磨硬泡,花五万块钱买下的,您老看着加价。"薄虎城说:"我给你加三万块钱,你觉得行不?"

傻杨高兴极了，"老薄，您是痛快人，跟您交往没那么心累。咱就这个价成交，晚上我请您喝酒。"薄虎城说："应该我请你喝酒才对，晚上找个最好的地方，咱们一醉方休。"傻杨说："劳您破费了。"

待把钱付给傻杨，傻杨高高兴兴离开。薄虎城欣赏一对壮罐，教导薄维："你收东西的时候，一定要比别人价钱出得高一点，当你有利润可图的情况下，要少卖一些，比别人利润低一点。别看你多给点，价钱卖得低点，这样一来二去，你终究会得到更大受益。"多给人让利，这是薄维在今后生意中一直坚持的生意信条，父亲说的话也得到了充分印证。

有一回，傻杨与别人合买一大批东西，是大件的红木家具。傻杨想把东西转手让给薄虎城，"老薄，我整了些红木家具，您看能不能收？"薄虎城说："你也看到了，我店小，肯定摆不下红木家具。"傻杨说："大红酸枝的老家具，必定能赚钱的，您老真的不考虑下吗？"薄虎城说："怎奈店中地方有限，我是有心无力。"傻杨说："老薄，东西绝对是好东西，我给您便宜点，您帮帮忙收下这批红木家具。别人我信不过，直接找的您。"薄虎城说："收了也不是不可，搁在朋友店里代售，也得让人家有利可图。"傻杨说："老薄所言极是，少加点别让我白忙活一场。"薄虎城说："这批红木家具多少钱买来的？"傻杨说："花了十多万。"薄虎城说："我与你加两万五成不成？"傻杨说："老薄，没说的，回头您去我家看东西，相中了，我雇车给您拉来。"薄虎城说："好说，好说。"

薄虎城在天津古玩行有个朋友姓马，爱好跑步，人送外号"千里马"。薄虎城因店铺太小摆不下，将收来的老红木家具放在老马店里让其代卖，没过多久便被人买走了。后来薄维一打听才知道红木家具原来是被马未都买走，马未都买东西很多时候不出面，总叫别人替他买。

薄维在生意场上经过多年摸爬滚打，积累了充足的货源，心中盘算在天津开家古玩店，于是他把这个想法告诉李靖："小靖，我打算在天津开家古玩店，你觉得怎样？"李靖说："北京那家古玩店还干吗？"薄维说："当然干啊，两家店互不影响，周六日去北京开店，平常在天津开店。"李靖说："你一个人能忙得过来吗？"薄维说："这不还有老婆你吗？"李靖说："我不是上班，就是在家带孩子，一点帮不上你的忙。你和父母一起在天津开店多好，干吗非要单干？"薄维说："父母的店是父母的，即便在天津自个儿家门口咱也不能依赖父母，我非要干出一番事业，好让别人知道老薄家的儿子有本事，为父母挣个面子。"李靖心下充满担忧,"多累啊,好好整北京的古玩店就成,别开那么多店,太耗费精力,毕竟一个人的精力有限。"薄维说:"年轻就得吃苦,年轻时该吃的苦不吃,老了会更苦。"李靖说:"你决定好就行,我不反对你开第二家店。"

薄维是个说干就干的人,一点不拖泥带水。没过多久,薄维在天津正式开了家古玩店。开业那日,父母到他新开的古玩店捧场,薄虎城打趣道:"行啊,儿子,翅膀硬了,敢跟你爹我在天津打擂台。"何淑琴说:"看我儿子多有本事,古玩店比你这个当爹的开的店还要大。我儿子就敢和老子叫板,瞅瞅谁在天津地界上经营得好。"

自从薄维开了第二家古玩店,生活过得格外充实。周一到周五早晨起来便在跃层锻炼一会儿身体,薄维从不睡懒觉,平时五天早晨六点起,周六日基本上四点半起床,这已成为他多年的起居规律。

上午九点多,薄维准时守在台式电脑桌前,沏上一杯清茶,然后浏览较为关心的股市动态,他在股市中买进或卖出股票后,就到自己的店里去。

天津古玩店开了一段时间,薄维发现天津的古玩生意确实很一般,跟北京的古玩店一比相差甚远。薄维平常不总盯店,有不少人感觉挺纳闷,背后免不了议论,"这个薄老板怎么老不开店,经常关着门。"有人说:"我看他根本不像做生意的人,可能仗着家里有钱,开个古玩店玩玩而已。"

炒股走进薄维的生活,并持续了好几年。股海沉浮,而在薄维眼中简直成了一片投资乐园,他有点钱便投入股市,其最终结果可想而知,钱都如同泥牛入海。可是薄维深陷其中,难以自拔。

近来股市中出了个权证,权证没有涨跌幅限制,当天可买进卖出。薄维认定这项投资值得博弈,于是投入一笔资金等着下手。权证出来的第一天,开盘交易价一块钱,收盘时涨到一块八,当时薄维并没买。一天基本上翻倍,面对如此大的利润空间,薄维在第二天毫不犹豫地杀进去了,整天盯着大盘。权证属于即时交易,薄维一块钱买的,涨到了一块三,假如卖了就能挣三十万,但薄维没舍得卖。等到下午盘中交易,权证迅速下跌,瞬间亏损二十多万,薄维一看万分焦虑,心态万分崩溃,里里外外一天亏损五十万。薄维特别上火,便采取追涨杀跌的方法,赶紧割肉清仓,没想到等到当天收盘时,那只权证竟然奇迹般地又拉了回来。薄维懊恼不已,暗自发誓以后再也不碰权证。因为买卖权证的失利,薄维心情格外沮丧,也不敢告诉家人。

薄维重仓买的一只股票经过一周,又亏损二十万,直接让他情绪跌落到低谷。薄维决定近段日子不再炒股,因为想通过炒股挣钱实在太难,股票没买时看着都好,真正一旦买进去就乱了,天天盯着股票涨跌幅,煞费心思。

一天上午,薄维在家上网搜索关键词白发石,无意当中看到一则新闻报道,新闻上边那块石头和他买的白发石差不多,拍卖成交价格为五百万。薄维喜出望外,此时他在股市中亏损烦恼一扫而光,即刻打电话将此消息知会父母,父母听罢老大高兴。薄虎城说:"行啊,儿子,看来你比老爹还有眼光。"何淑琴说:"那当然,我儿子青出于蓝而胜于蓝,还是儿子有主见,你当时还埋怨换得不值,我就知道薄维干什么都能成事。"

李靖下班回家,薄维又和李靖说了此事,李靖压根儿不信他的话。薄维连忙打开电脑,找到那条新闻,"老婆,不信你看新闻,这还能有假。"李靖从头到尾看了一遍新闻,满脸震惊,"真的和你买的那块石头差不多。"薄维说:"可不一个模样,我买这块白发石比他们拍卖五百万那块要大得多。"李靖说:"老公,你慧眼识珠,老马识途。"

29. 重金参展　大获成功

北京古玩城准备在国贸大厦举办大型展销会,招商部门的王经理登门造访薄氏珍宝古玩店,向薄维详细介绍了展销会信息。薄维对展销会颇感兴趣,认定此为大好商业机会,与之洽谈合作细节,"展位多少钱一个?"王经理说:"展销会为期四天,普通展位一间九平方米,参展费六万块钱,特装展费用需要十四万。"薄维凭多年生意经验,深知位置的重要性,他想通过本次展会为薄氏珍宝打造品牌形象,"我选最好的位置,给我做个特装。"王经理恭维道:"薄老板,做事有眼界有魄力,一看您就是干大事的人。您多咱有空到古玩城展销会招商部门走一趟,把参展合同签订一下。"薄维说:"今天就和你们把合同签了。"

薄维与家人说了他的商业计划,打算参加北京国贸展销会。李靖问:"参展需要交多少钱?"薄维说:"十四万。"李靖瞪大眼睛,"这么贵,展会一共多长时间?"薄维说:"四天。"李靖说:"一天将近四万块钱的费用太坑人了,你在潘家园一天连本带利都难卖到三四万,这种展会不参加也罢。"薄维说:"我决定好了,业已同人家签了合同。"李靖不满道:"你这人不顾家,前些日子炒股赔进去四五十万,我还没找你算账呢。这回你又想参加什么展会,是不是非得把家里的钱全都打水漂你才称心,我一百个不同意你参展。"薄维说:"妇道人家头发长见识短,没有远见干不成事。俗话说得好,撑死胆大的,饿死胆小的,做事没胆量根本不行。"李靖说:"你有远见,怎么炒股赔进去那么多钱,弄得家里快倾家荡产了,我都没敢告诉你爸妈。你还这般胡闹,往后日子过不过了? 家不是你一个人的,不能由着你乱来,我给你妈打个电话,叫公公婆婆教育一下他们这个好儿子。"

李靖拨通家里的座机,电话里传来老太太的声音,"喂,薄维,还是小靖啊?"李靖说:"妈,我是小靖。薄维最近忒不像话了,您和爸爸过来一趟,管管你家儿子行吗?"何淑琴说:"别着急啊,小靖,出了嘛事,你跟我念叨念叨。"李靖说:"电话里跟您老说不清楚,辛苦您来家里一趟,咱们有话当面说。"何淑琴说:"待会儿我吃罢饭,马上就去你们家。"

薄虎城坐在沙发上看电视,询问老伴儿:"小靖打电话干什么?"何淑琴说:"估计小两口闹矛盾了,叫咱两把老骨头过去当面调停。"薄虎城说:"少去掺和他们年轻人的事,管得越多越不落好。"何淑琴说:"人家小靖是个好孩子,从不多事,必定是你儿子做了什么对不住媳妇的事情,要不也不至于让咱俩大晚上的跑过去一趟。"薄虎城说:"行,那咱现在就去。"何淑琴说:"着啥急,吃完饭再去。人家正烦着呢,总不能去孩子家里蹭饭。"

薄虎城夫妇吃过晚饭,匆匆赶到儿子家中。何淑琴数落起薄维:"在家要听你媳妇的话,有事两口子商量着来,和和气气过日子,相互忍让,不要拌嘴。说说吧,怎么把你媳妇给气着了。"薄维说:"妈,我俩没拌嘴。我想在北京国贸参加展会,小靖不同意。"李靖说:"您二老知道参加展会得花多少钱吗?"薄虎城说:"要多少?"李靖说:"四天,一个展位至少十四万。"何淑琴惊讶地说:"十四万什么概念,现在普通人辛苦干一年能攒下一万块钱就不错了。儿子,听你媳妇的话,别去参展,那准是个坑。"薄虎城说:"以我的经验,我可以负责任地告诉你,这个展位费根本赚不回来,万万不可参展。"薄维据理力争:"你们不懂,如今国贸可不是你们十几年前去亮马桥摆摊那会儿看到的国贸,这是北京最大的富人商圈,都是中国乃至世界名流汇聚之地。我选最好的展位,根据我摆摊开店多年经验来看,好位置必然有好的收益,肯定错不了。"

薄虎城着急起来,紧着劝说:"太冒险了,全家人都不赞成你去参展。"薄维说:"我就知道你们不同意,所以我提前和主办方签了合同,眼下我没任何退路,只能背水一战,全力以赴迎接国贸展销会。"何淑琴不好再说反对意见,遂说了句打气的话语:"我儿子艺高人胆大,敢闯敢干,这次姑且听他一回。"薄虎城说:"往后有事多和家人商量,别老自作主张。我们也不懂展会,到时候我跟你妈过去为你助阵。"李靖见事已至此,没有挽回余地,只可退让一步,"到时我也去北京国贸看看,这次你要在展会上亏了血本,日后在家就得听我说的,要不跟你没完。"薄维赌气道:"是马是骡子拉出来遛遛就知道了,让你看看我到底是不是千里马。"李靖说:"别到最后变成一头骡子,累死累活受罪。"

国贸位于北京市东三环朝阳区,属于北京商务中心区。在北京国贸古玩展销会上,特装展位独有薄维一家,光一个柱子都有三米五高,而普通展位左不过两米高而已,因此他的特装展位在整个展销会中鹤立鸡群,特别引人注目。为了达到预期展出效果,薄维不惜重金雇了六名迎宾小姐,一天费用全部下来折合四万。

薄维则一身西装打扮,戴副眼镜,容光焕发,显得神采奕奕。因为展位所处位置极佳,薄维将白发石摆出来之后,吸引了很多人围观。白发石成为整个展销会上最大的焦点,不少记者纷纷驻足拍照,包括中央电视台、凤凰卫视、韩国首尔电视台,也有不少报纸和网络媒体对白发石争相报道,在闪光灯长枪短炮的聚焦下,薄维站在中间从容地为各路记者讲起白发石背后的传奇收藏故事,此间,他还在白发石上揪出一根白发,用打火机点燃给大家看,以此证明白发石的毛发为天然的,而非人工制造。薄维在展销会上展出多个稀奇古怪的老物件,新闻报道一出,引起巨大轰动,从而也让薄氏珍宝一炮走红。

薄维在展销会现场见到不少央视名嘴、影视演员和商界名流。四天时间,薄维都在忙碌着迎宾,其特装展位每天销售额都在二十万左右,创造了他个人销售的新纪录。刨除参加此次展销会的各项成本,薄维粗略一算至少赚了二十万。

首次参展,薄维大获成功,就连他自己也没想到通过展销会能卖那么多钱。他在展销会上认识了一些名人,得到众多主流媒体的报道,可谓名利双收。他印制的五盒名片在展销会上全部发出去了,这让很多人知道在潘家园有个薄氏珍宝古玩店,店里有一奇石名曰白发石。

他深刻意识到再好的东西也需要包装,就像人一样,在正式场合穿身西装和得体的鞋子,立马就会看起来不一样。不管是身边的朋友还是家人,都对薄维刮目相看,认为他是一个很有头脑的商业精英,同时也给薄维今后参展之路增加了极大的自信心。

国贸展销会结束后,薄维将白发石重新放回薄氏珍宝古玩店,作为镇店之宝摆在店里的中心位置进行展示,成为薄氏珍宝一张亮丽的古玩名片。

在北京忙碌了几天,薄维回到天津,这次可算在家人面前扬眉吐气一回。家人特地做了一桌丰盛的饭菜与薄维庆功。薄虎城为儿子倒了一杯酒,"恭喜你,儿子,你成功了,我们都替你感到高兴,老爹敬你一杯。"薄维与父亲碰杯,"都是爸爸您教育得好,没您带我入道,断然不会有我今天的成绩。"薄虎城说:"你的见识远在我之上,白发石,我们看不懂,你懂。高价展位我们看不透价值,唯独你能看明白。你走在了我前边,比我更有远见。"何淑琴说:"你们爷儿俩少喝酒多吃菜,薄维,可别给你爸劝酒。"薄维说:"爸爸今天高兴,叫他多喝点无妨。"何淑琴说:"一口酒也不能多喝。"薄维给李靖倒杯饮料,"小靖带孩子辛苦了,我敬你一杯。"李靖说:"往后家里你当家,我听你的。"何淑琴说:"男主外女主内,甭在媳妇面前拿大,在家当然要听老婆的,今后你挣了钱全交媳妇拿着,别花钱大手大脚的。"

经媒体新闻报道,有人专程到薄氏珍宝古玩店欣赏白发石,甚至还有不少在国贸展销会没看够的人到店里接着看白发石。

第四章　风云际会

✓ 红珊瑚树种下心锚

一日,店里来了位客人,那人按照名片的地址寻到薄氏珍宝古玩店,"您好,薄先生。"薄维自然热情接待,"您好,欢迎光临小店。"那人说:"薄先生,我认识您,那天国贸展销会我去了,您送了我一张名片。我在展销会上转了一圈,发现薄先生非常有实力,想与您谈下合作。"薄维说:"承蒙看得起在下,您请坐下喝茶。"薄维倒盏香茶,递向客人。那人坐下,"谢谢薄先生以礼招待。"薄维说："敢问阁下尊姓大名?"那人说："我姓刘,叫刘祥。"薄维说："刘先生想谈什么,请只管说来。"

刘祥喝过几口茶水,薄维为他面前的杯子里续满茶水。刘祥说："我在美国认识一位古董商,那位古董商收藏了一盆清乾隆年间的红珊瑚树,据说是很早之前从中国流落海外的珍品。"说到此,刘祥从包里掏出一张彩色相片,双手递与薄维观看,"薄先生,请过目。"薄维接过相片,仔细瞅瞅,只见红珊瑚树约有二十厘米高,形如元宝,而且每个枝杈皆娇艳欲滴,前后有九个层次,颜色属于顶级辣椒红,中间部位乃小叶紫檀镶嵌着云龙、彩贝、玉石、玛瑙,底座为掐丝珐琅鎏金盆。

薄维不看则已,看罢之后完全被这盆红珊瑚树给深深震撼住了,认定这是一件无可挑剔的艺术品,遂问起价格:"此物价值几何?"刘祥说:"对方要价折合人民币一百万。"薄维说:"价钱太贵了,估计拿不动。"刘祥说:"因为价钱太高,我们也拿不动。但这么好的东西流落海外,我认为应该回流到祖国。"薄维说:"刘先生,您不妨同他商量商量,他这边能不能五十万出手。"刘祥说:"估计够呛,当时我们报价已给到五十万,而对方起初开价两百万,最后降到一百万,您说的价钱肯定买不来。"薄维说:"您下次回美国,再跟他谈谈价钱,稍微涨点还行,太多了我个人能力承受不起。"刘祥说:"相信这件东西与您有缘,我尽最大力量去谈,哪怕您给我加点运费也成,只要能让民间文物回流中国,我愿促成其事。"

薄维心中再次燃起当初决心将白发石收入囊中的那份热切渴望,他对掐丝珐琅紫檀红珊瑚树朝思暮想,感觉此宝有不可抵挡的魔力吸引着自己的神经。古玩行有句话叫作"人叫人千声不应,货叫人点首而来",打那时起,薄维心下默念,一定要把这盆红珊瑚树给收了。

薄维在古玩行生意做得顺风顺水,往股市里前后投入五百万。他仍抱有一夜暴富的幻想,因此屡败屡战。早晨起来依旧锻炼身体,然后在书房打开电脑,沏上一杯热茶,等着上午九点半股市开盘。每天随着上百万资金的进出,收益或跌幅令人心潮澎湃,瞬间就能赚一二十万,同样也能赔几十万。尽管在股市中赔多赚少,薄维却始终充满无尽的期望。

然而就在五月份,薄维感到分外闹心,因股市出现崩塌式暴跌,一时间多少股价被拦腰斩断。薄维买的几只股票均被套牢,一周时间损失超过六十万,这是他炒股生涯中迄今为止最大的一次损失。薄维的心情跌落到谷底,甚至开始怀疑自己到底适不适合炒股。毕竟他接触股市已十年有余,只要买卖一好,赚了钱就忍不住往股市里投钱。他买股票开始赚个菜钱,最后把肉钱都给丢了,心态一旦崩溃,就会割肉止损。见好就买,见坏就卖,如此反反复复试错,薄维有时特别痛恨自己,赔了钱恨不得抽自个儿大嘴巴,暗自发誓再也不碰这种击鼓传花的资本游戏。

后来,薄维决定退出股海,踏踏实实做自己的古玩生意。他在古玩生意方面几乎没经历过太大波折,而为了炒股,几乎把生意上赚的钱全搭进去,巨大损失叫他一次次感到心疼,毕竟自个儿的钱不是大风刮回来的,想想当年创业之初怎般不易,千里迢迢去外地抓货或卖货连张卧铺火车票从不舍得买,如今却作成这样。

薄金瀚业已四岁,双方父母都盼望他们小两口能要个二胎,少不得与小夫妻俩做思想工作。薄维认真考虑这事,他和李靖商量:"如果父母能搭把手帮忙带孩子,咱们可以再要一个孩子。"李靖说:"你准备好就成,到时候别嫌养孩子麻烦。你若真心喜欢孩子,我不介意再为你生一个。"薄维说:"老婆真是善解人意。"李靖说:"薄维,你一定要想好了,孩子还得靠咱俩来养,你不能太指望老人帮忙带孩子。你要问问自己内心,是真心想要二胎,还是架不住被父母一劝,脑子一热,一时冲动才有了要二胎的念头。养孩子到底不是养猫养狗,孩子生下来,必须为孩子一生负责。"薄维一脸严肃:"我考虑好了,真心想再要个孩子,要不一个孩子养四个父母压力太大,老大没个兄弟姐妹,日后遇到事连个可以商量的人都没有。"李靖说:"你的话不无道理,我晓得你的真实想法了。那你提前做好准备,检查一下身体,注意饮食和运动,争取在明年北京奥运会生个健康聪明的老二。"

前一阵子,薄维帮金哥买了一对红木圈椅,几万块钱一套,挑的最好的花纹,坐板为独板做成,工艺精湛,金哥甚为满意。

这日,金哥到潘家园薄氏珍宝古玩店来找薄维商议事务,"小薄,最近忙得很不?"薄维说:"金哥,有段日子没见着您了。小弟穷忙,您请坐,我给您沏壶好茶尝尝。"两人坐下说话,薄维烧起水来。金哥说:"老弟,我在朝阳星河湾买了套新房子。"薄维说:"恭喜金哥,您这套房子得多少银子?"金哥说:"房子是内购价,一万六一平方米,这套房子属于楼王位置,花了四百多万现金购买的。"薄维说:"金哥真是财大气粗。"金哥笑说:"兄弟,你可别恭维我了,今天我来找你是想与你说点正事。"薄维说:"金哥有什么地方需要兄弟效劳?"金哥说:"有朋友告诉我,称海南黄花梨要涨价,当下特别适合收藏,你帮我留些意,我想入手一套海黄家具,你多费心打听下行情,并做个预算,到时候哥哥多少叫你挣点银子。"薄维说:"金哥放心,我一定替您办好此事,让您花最少的钱买到最好的东西。"

薄维为办好金哥交代的事体,专程前往福建莆田仙游县,那边有他一个相熟的朋友,朋友姓林,在福建当地算得上名门望族,林总开办一家仿古家具厂,专门制作中式高档家具。

从天津机场抵达福州飞机场,薄维在福州搭车来至仙游汽车站。林总亲自开车到汽车站迎接薄维,二人见面后友好地握手,"欢迎薄老板来仙游实地参观考察。"薄维说:"林总愈发有大企业家风范,多年不见,英俊潇洒风采不减当年。"林总开了车门,"薄兄,请上车,今天我为您当一次专职司机。"薄维说:"万分荣幸,回头您到天津,我给您当司机。"

车子开了大约有半个小时,到达林氏集团中式家具厂。林总陪同薄维进入生产车间,边走边介绍家具的木料和工艺流程,"薄兄,这是咱们厂里用的木料,全为货真价实的好木材。"薄维仔细瞅瞅,抬手摸摸原料,闻闻气味,"不错,是好料,大红酸枝。"林总说:"好眼力,没错,这是我收的一批老红木。"走到别处瞧看,薄维辨别木料,"想必这是金丝楠木?"林总说:"薄兄见多识广。"两人继续往前走,薄维见到一批夹杂香气的木材,"想必此木为印度紫檀木?"林总说:"没错,是紫檀木。"薄维说:"有海南黄花梨木料没有?"林总说:"别着急,您往前走,咱们接着看。"薄维又往前走了走,见到海黄木料,抑制不住兴奋,"果真为海南黄花梨,你买的海黄木料贵不贵?"林总说:"现在还行,海南黄花梨木料价格没那么贵。您对原料尽管放心,咱做家具绝对不掺假。我带您参观一下生产流程,好让您知道一件中式家具是怎样做成的。"薄维双手合十,"辛苦林总。"

薄维在生产车间每个加工环节从头至尾转了一遍,走进不同车间,林总讲解相应的工艺制作流程。参观完生产车间后,林总把薄维引到中式家具成品展厅。一进展厅,迎面全是散着香气的仿古家具,件件工艺精湛,典雅华贵,精美绝伦,呈现了传统家具文化的底蕴与厚重感。薄维看罢赞不绝口,并拿卡片相机拍了多张照片,"林总,您厂里的仿古家具做得真好,我看了也动心,真想往家里整一套。"林总说:"我给您便宜点,来一套摆在家中。"薄维说:"等日后有了经济实力肯定会考虑的。"

林总请薄维坐到红木椅上喝茶，一旁的女秘书忙沏茶倒水放在茶台上。林总做个手势，"薄兄，请用茶。"薄维品了一口茶，"茶不错，味道很正。"林总说："您要喜欢，走的时候，我送您几盒地方茗茶。"薄维说："今天来此特为北京朋友订一套海南黄花梨中式仿古家具，要求样式经典美观。"林总说："您是我的好朋友，必定与您用最好的料，价钱公道。不知您的北京朋友想要什么样的家具？"薄维说："具体没说，让我看着买，帮忙做预算。"林总说："薄兄预备要哪些家具？"

　　薄维和盘托出想要定制家具的清单："两件顶箱柜，一张八仙桌，一张大条案，大条案要两米一的独板，一套皇宫椅，一套茶几，一张办公桌，一张罗汉床，三对花几，一个书柜，一张饭桌，八把圆凳。"薄维大大小小要了三十多件家具，要求全部用海南黄花梨木料制作，"林总，您给个报价？"女秘书在本子上一一记下来，把本子递与林总，林总合计价格，"我算了算您要的这些东西，总共五百万。"薄维说："嗬，真够贵的。"林总说："咱们是好朋友，我给你打个八折四百万，您可以为北京朋友报下价格。"薄维说："这两天回去，我把你们厂里的家具照片拿给金哥看看，如果他满意，到时给您打电话。"林总说："有劳薄兄从中撮合。李秘书，告诉厨房师傅，今天晚上我要宴请天津朋友，叫他做些拿手好菜招待贵客。"女秘书给二人倒上茶水，"好的，林总，我这就去为您安排。"

　　薄维回到北京后，立刻向金哥详细汇报了购买海南黄花梨家具的进展情况，他拿卡片相机与金哥看了实物照片。薄维说："金哥，您瞧他们家工艺如何？"金哥细看罢照片，"工艺还行，复古家具做得很有档次。没问题，你来定吧，小薄，我信得过你，大概需要多少钱？"薄维说："朋友起初报价五百万，最终敲定四百万。"金哥哈哈一笑，"你小子有本事，挺会砍价。佣金指定不会少你，这次我给你拿五十万辛苦费，总共四百五十万。到时候我直接给他现金，不转账。"

　　薄维听这话吓了一跳，四百万无疑算得上一笔巨款，他回想当年自己在单位上班时去银行提过最多的一次款才五十万，里边装有上百元的钞票，也有几十元的钞票，沉得拿不动，几百万的现金摆在面前是什么概念，薄维想想既兴奋又有压力，同时又感到非常期待，"金哥，这么多现金，怎么运呢？"金哥说："你放心，我安排车来运送，你到时负责押车。"

　　转眼间，到了海南黄花梨家具的交货日期。薄维当时脑海中浮想联翩，路上会不会有抢劫的,是否会有意想不到的伤害,或者像香港警匪片中上演的黑吃黑。正所谓心有所想,梦有所思,临走前一天晚上,薄维梦到路上不太平,一宿没睡好觉。

出发那天,薄维穿了一身轻便的运动服,跟车从北京前往福建。一路上并没他想象的那么复杂,只是出门带的钱多点,心头难免有些紧张。两个司机轮流驾驶,路上除了吃饭上厕所,几乎没停下来休息。

经过一路舟车劳顿,安全抵达福建仙游县的仿古家具厂。薄维仔细检查每一件家具,确保件件家具都是海南黄花梨木料做的,没有任何品质问题,这才让人精心打包后装上大货车。

货车行驶三天时间,终将这批货从福建顺利送至北京。进入北京地界后,薄维赶紧给金哥打去电话:"喂,金哥,我是小薄。"金哥问道:"到哪儿了,兄弟?"薄维说:"货车进京了,估计一个钟头左右就能到您小区。"金哥说:"辛苦,兄弟,今晚我请客。先挂了吧,我到小区门口迎接你们。"金哥挂断电话,激动地走到小区门口向公路远处张望,迫不及待想见到那批心仪的海黄家具。

货车驶进星河湾小区,在一栋楼前边停下来。薄维安排搬卸工小心翼翼从车上搬下家具,抬至楼上,然后按要求摆放在金哥家中。薄维步入金哥家中的豪宅一看,二百多平方米的大房子装修得金碧辉煌,委实漂亮。薄维心生羡慕,心想日后哪天发达了也要买套这般好房。金哥见海南黄花梨家具做工精致,对此相当满意,后又经薄维订购了些红木家具。

这次交易完成之后,薄维认定海南黄花梨木料未来有着巨大的升值空间,故此他从福建林总那边陆续购得几吨上等海黄老料,妥善收藏起来。

年底那阵,李靖妊娠反应格外强烈,薄维陪媳妇去医院做检查,确认怀孕了。李靖说:"老公,还查不查男孩女孩呀?"薄维说:"咱这回不查了,不管男孩女孩只要投到咱家,都是缘分。"

薄维既要照顾老大,又要伺候李靖起居,虽然有些累,但想想一个新生命就要降生到家里,感到日子过得很甜,全家人都期待着老二来到人间。

李靖感觉这次怀孕跟上回不太一样,口味明显变了,怀头胎时爱吃酸的,而怀了二胎变得喜欢吃辣。薄维说:"人常说酸儿辣女,这回肯定是个闺女。啥叫好,有子有女才叫好,添个闺女,家里好上加好,甭管是儿是女健健康康来了就好。"

2 痛失慈母　悲伤无尽

春节过后,即将迎来北京奥运会,薄维满心期待。到时将会有世界各国运动员,还有一些政要、商人、游客齐聚北京,奥运会肯定能把北京整个市场给带动起来,尤其古玩市场、旅游文化产业都是比较被看好的。

当有人来到薄氏珍宝古玩店发招商传单时,薄维看到展会信息,详细询问一番。那人说:"您好,我叫刘鑫,上海国际展览会组委会驻京工作人员。今年'五一'期间,上海为迎接北京奥运会,届时将在上海新国际展馆举办大型国际展览会,就像喜迎奥运会分会场一样。现在我们主办方想邀请不同行业有影响力的品牌方参会,同时也将邀请几家有实力的古玩商来上海新国际展馆参加展览会,本次展览会连展带销。"

因上次参加北京国贸展会,薄维尝到很大甜头,所以他对展览会颇感兴趣,"上海国际展览会展位费大概要多少钱?"刘鑫:"普通展位一天两万,豪华展位一天五万。"薄维说:"豪华展位是不是在最好的位置?"刘鑫说:"是的,薄先生,欢迎您参加上海国际展览会。"薄维说:"参展签不签合同?"刘鑫说:"需要提前签合同,交参展费。"薄维说:"展览持续几天时间?"刘鑫说:"一共三天,我看您对展览会挺感兴趣。薄先生是否愿意参加展览会,此次展位有限,机会千载难逢,您错过就没机会了。"薄维说:"我们今天就把合同签下,参展事宜尽早落实。"刘鑫脸上难掩激动,"感谢薄先生对我们主办方的认可与支持,合作愉快。"薄维与他握手,"期待上海国际展览会成功举办。"

为参加上海国际展览会,薄维紧锣密鼓筹备了三个月,精选一批古玩中的珍品。展览会前一周,薄维租了一辆五米二长的厢式货车,由老张带领两个员工负责押运。

四月底,薄维坐飞机前去上海,他对展览会充满了期待,因为此次展览会规格之高,平台之好,加上政府大力宣传,这算得上千载难逢的盛事。

上海国际展览会定于五月三日开幕,主办方允许参展商在四月底最后一天提前进入场地布展。薄维与三名员工在上海新国际展馆精心布展,这次他重金投了个特装,展位装修十分豪华,古香古色的风格惹人注目。"五一"当天,布展工作已进行得差不多了。转天,薄维接着拾掇拾掇,毕竟是个大展,一定要把所有细节做到极致,以信心百倍的姿态迎接五月三日展览会。此次展会对薄维而言意义非凡,他为此投入很大心血。薄维暗暗为自己定下一个目标,要在上海一炮打响,不给自己留任何退路。

然而,生活似乎却在不经意间和他开了个无比残酷的玩笑。上午十点半,薄维正在特装展位上布展,突然接到家里打来的电话,电话那头传来格外沉重的声音:"儿子,你妈没了。"薄维没听清楚,"爸,我这边太乱,没听清楚,您再说一遍。"薄虎城半天才哽咽地说出话来:"你妈走了。"薄维闻听此言如同晴天霹雳,顷刻间觉得天都塌了下来,一阵头晕目眩,站立不稳。就在四月份来上海前,他还和母亲说再见,约定回来后一块儿庆祝。

薄维挂断电话,坐地忍不住哭了起来,心想妈妈那么好的一个人,才六十八岁,说没就没了。旁人见状吓了一跳,忙问:"老板,您怎么了?"薄维泣不成声:"我妈没了。"老张叹息道:"唉,老太太走得真不是时候。老板,节哀顺变。"

面对突如其来的变故,薄维忍泪含悲忙给徐二哥打去电话,言语哽咽:"喂,二哥。"徐二哥察觉他说话语气不正常,"兄弟,你在上海参展怎么样?"薄维说:"我妈没了。"徐二哥劝慰道:"你别着急,我先过去看看咋回事,你好好参展,家里事回头再说。"薄维说:"哥哥,家里事麻烦您了。"徐二哥说:"自家兄弟,甭跟我客套。"

薄维抹把眼泪,告诉布展的员工:"收拾收拾东西,找辆车把东西全部拉回北京,咱不参展了。"老张听罢大吃一惊,"老板,咱们前后搭进去二十多万,若这般放弃参展这趟损失太大了。"薄维说:"这点损失算什么?我妈妈人都没了。钱财乃身外之物,不考虑这些了,我得回去先料理丧事。"员工震惊不已,很难理解薄维当时做出的这项艰难决定。

薄维匆忙订了一张机票,当天下午赶回天津。与父亲谈话,他才知道这几天父母之间可能弄了点气,母亲本来在平常挺操劳的,不识闲儿,这几天薄维不在父母身边,母亲连气再累,加上各种原因,导致心口难受。

薄虎城眼瞅老伴儿身体不对劲,好在他家离医院不太远,连忙带何淑琴去医院瞧病。薄虎城为老伴儿办完住院手续,何淑琴起初静静地躺在病床上输液,但药物输到一半人突然就不行了。

薄虎城急忙叫来医院护士,护士一看病人情况顿时慌了,忙把医生喊过来,医生判断病人情况十分危急,将何淑琴转到重症监护室。一群医生紧急召开多科室会诊,拿出方案给何淑琴实施抢救,此时却发现病人心跳停止,连起搏器都用上了,最终没能挽救患者的生命。

薄维听罢心下格外难受,亲戚纷纷劝他:"跟医院打官司,你妈来医院时好好眼儿的,到他们这里,医生把人给活活治死了,医院有不可推卸的责任。"薄虎城老泪纵横:"薄维,你得替你妈主持公道,状告医院草菅人命,和他们把官司打到底。"李靖说:"老公,你就准备起诉医院医疗过失罪,大家都支持你打官司,你要不告医院,大伙儿怎么看你啊,咱别叫人笑话。"

薄维特别了解母亲的性格,猛然间想起母亲曾经说过的一句话:"我走的时候,嘎噔一下就走,不拖泥带水,也不给子女找麻烦。"这是何淑琴一贯的性格。薄维认为如果自己真和医院打起官司,一则耗时耗力,二则法医鉴定难免要在母亲身上动刀子,她走时已够痛苦的,死了身子再挨刀,作为儿子于心不忍。倘或真打赢了官司,即便拿到医院赔偿的这笔钱,作为儿子怎能花得心安理得。薄维思来想去,顶住外界压力,断然拒绝所有人善意的提醒,就让它一切随命吧,相信母亲在天国也会理解儿子的决定。

母亲的离世给薄维带来沉重打击,此后一段时间他常常以泪洗面。家人一直劝薄维,凡事让他看开些。李靖说:"妈要知道你这么伤心,她老人家会放心不下的。难得你有这份孝心,大悲伤身,你别太伤心了。"薄维说:"给我留点时间,我会慢慢好起来的。"

时值入夏不久,五月十二日,一个值得在人类历史上铭记的灾难日子,当天下午两点多钟汶川大地震,多少家庭因无情天灾而变得家破人亡。而薄维在那段日子完全沉浸在悲伤之中,已无心思顾及其他事体。

地震过去两三天后,李靖问起薄维:"你知道吗,汶川发生了八级大地震,伤亡惨重。"薄维说:"我一点都不知道。"李靖说:"咱们小区自发组织大家捐款捐物援助灾区,你打算捐款吗?"薄维说:"你准备捐多少?"李靖说:"我工资不高,一个月才拿两千块钱,我打算捐五百。"薄维之前买的股票彻底被套牢,参加展会白白搭进去二十多万,加上半月未经营,他手头基本上已无现金流,眼下能拿出几千块钱都很困难,"现在我手头也不宽裕,打算捐一千,小靖,你觉得会不会捐得有点少了?"李靖说:"捐多捐少,都是一份爱心。老公,咱们一块儿去捐款支援灾区建设!"薄维说:"行,走吧,带上孩子,为孩子培植一点福报。"薄维抱起儿子随李靖下了楼,到小区院里的募捐处来,在募捐箱里捐献一份善款。

自从母亲去世后,短短一个月内,薄维的体重从一百五十斤瘦到一百二十斤,总是闷闷不乐。薄维为母亲守孝,忌了三年酒,很少外出参加任何娱乐活动。平常穿衣服,只穿黑色或白色,别的颜色衣服一概不穿。他的心情时常低落,不论是从电视,或者从生活中,但凡听到"妈妈"两个字,都会情不自禁掉下眼泪。

北京奥运会闭幕后的九月份,薄维的第二个孩子出生了,大家满心期待以为是个闺女,李靖更坚定是女儿,没想到家里又添了一个男丁,全家人喜出望外。薄维抱着婴儿笑着笑着就哭了,"差几个月,奶奶没能见着老二,要是奶奶看见孙子该有多高兴。"薄虎城听到儿子这番话后,禁不住落下眼泪。

老二生得俏俏,小眉毛俨若画出来的一般。薄维与老二起了个名字,名叫薄金桐,"金"字寓意着有钱,"桐"为梧桐树的桐。薄维认为有了梧桐树才能招来金凤凰,他对两个孩子的名字格外满意。

望着嗷嗷待哺的小儿子,多少给薄维心灵上带来一丝宽慰。薄维花更多时间陪伴孩子,以此来减少心中对母亲的怀念。经过一年多的时间调整心态,薄维才从悲痛当中渐渐走出阴影,此时他开始琢磨起生意上的事情,因为有好多事还在等着他去做。母亲生前一直教育儿子好好做人,好好做生意。薄维下定决心,一定要把生意干好,脚踏实地把家弄好,照顾好老父亲,以此来报答母亲养育之恩。

♪ 国宝级红豆杉家具

近来,薄维地摊上的古玩生意特别好,员工老张像开悟一般,守在地摊上很能卖货。薄维对他多多奖励,老张干劲儿更大。

一天,薄维正在古玩店独自一人喝茶,突然有人急匆匆走进店来,忙对薄维说:"赶紧的,快去地摊看看,不知道怎么回事,有人和老张干仗。"

薄维忙走出古玩店,来到地摊前见围了许多人看热闹,挤都挤不动。薄维说:"劳驾,借光了,您请让我过去。"众人闻言自觉让出一条道,薄维走进人群见老张站在摊位前边,脸上一阵红一阵白,对过小凳子上坐着一位年岁较高的老爷子,老爷子的家人立在一旁助威。薄维说:"我是这儿的摊位老板,有什么事可以直接跟我说。"其中一位个头儿高大壮实的中年男子开口说话:"你们卖假货,我家老爷子在地摊上买了四五万的老物件,看你这把小

259

提琴,还有其他东西都不对,我们叫人家看过了。"

薄维瞅瞅男人所指的一堆东西,问起老张:"东西是你卖的?"老张说:"是我卖的,一把琴,还有瓷瓶和瓷罐,一共十来件东西。"薄维细看瓷瓶,"瓷瓶没问题。"老人家属说:"对,瓶子没毛病。"薄维说:"您呀别着急,先搬个凳子坐这儿,今儿咱把事情当面说清楚。首先瓷瓶没任何问题,这把琴为仿古琴,不是老琴。老张你卖东西的时候有没有跟人家承诺是老琴?"老张说:"都是老爷子自个儿挑选买的,老爷子说年轻那会儿喜欢拉琴,他看着像老琴就买了,我并没说货物是老的。"

薄维觑面问起老人:"老爷子,他说得对吗?"老爷子自知理亏,坐那儿点了点头。薄维说:"古玩行有个不成文的行规,东西买完后,您就不能随便退货,因为古玩有特殊属性,不能说物件是假货。我这琴属于仿古琴,是外国人做的,而且用的是进口材料。"老人家属一听眼睛一亮,"你说是进口材料,那我去做鉴定,如果真是你说的进口材料,我就不找你了。"薄维说:"没问题,大哥。"老人家属仍不放心,"空口无凭,字据为证。"薄维找张纸和笔,写下一张字据:"薄氏珍宝摊位所售仿古琴材料为进口原料制作,如鉴定非进口材料,百分之百退货。以此为凭,不得抵赖。摊主薄维。"写上年月日。薄维说:"这把仿古琴价格卖得不贵,若是一把真古琴,少则值十几万,你尽管拿去鉴定,如不属实,你再来找我退货。"双方约定之后,这场风波才算平息。

待闹事的一家人走后,薄维特意叮嘱老张,"以后遇到这种上岁数的买家,他要买一把没事儿,人家要买得多,一定要告诉人家咱这是仿古琴。其实进口材料的仿古琴,制作成本倍儿高,咱本身利润空间就不大,没必要刻意隐瞒东西的真实性。"老张说:"我知道了,老板,这次算长了个教训。"

转眼间,又是一个周六,上次嚷着退货的那位大哥过来了,来薄氏珍宝古玩店找到薄维,"我拿仿古琴去做鉴定,人家说为进口琴,咱这事就算翻篇。"薄维说:"大哥,你看我以前没见过老爷子,也不常在地摊上盯着,老爷子喜欢老物件,买的瓷器罐子都没问题。至于老爷子买的那把小提琴,如果我在摊上,老爷子要问我,我必定告知为仿古琴。老爷子岁数大了,好玩收藏,您也别说他什么。我给您拿五千块钱,就当我把利润退还老爷子,因为我利润也不算多,反正多少挣您点儿零头。"那人大为感动,"你是讲良心的古玩商,我拿三千就行,不用给我那么多。"薄维说:"五千块钱您拿着,没关系,以后想玩古玩到我这里来买,保管您能买到老货。"那人说:"老弟贵姓?"

薄维说:"免贵姓薄,我叫薄维。"那人说:"我姓栗,叫我老栗就成。兄弟,哪儿的人?"薄维说:"天津的。听口音,大哥是北京人吧?"老栗说:"我老北京人,兄弟以后有事说话,老哥替你办事,咱俩留个联系方式。"薄维恭敬地递上一张名片。两人不打不相识,此事圆满化解。

那日,有朋友来古玩店找薄维说话,此人名叫程红军,是个中年企业家,之前曾在薄氏珍宝古玩店买过几回古董,也请薄维帮忙做过古玩鉴定。程红军说:"好久不见,薄馆长,生意兴隆。"薄维笑脸相迎,"程总大驾光临,小店蓬荜生辉。"程红军说:"您上次帮我鉴定古玩,其中有我朋友几件东西,您帮了大忙,一直想请您吃顿饭。这回朋友正好过生日,预备家宴招待朋友,请薄馆长务必赏光!"薄维说:"没问题。"程红军说:"我们定在下周日一同前往如何?"薄维说:"成,咱们一块儿去,到时我给人家祝寿。"

薄维特意创作一幅书法作品,题写"多福",用金文写成。赶到周日,薄维与程红军去那位藏友家中做客。二人至门首,只见两扇红色的门子做工考究,大门之上装有一对仿古铜环。程红军轻轻推开大门,映入眼帘的为一座中式四合院,小院错落有致,奇花异草点缀其间。这座四合院显得格外气派,每个房间皆为雕花窗,隔扇门,尽显古朴建筑美感。

进入客厅,屋里为古典风格的装潢,墙上挂有名人字画,摆设着中式老家具。只听洪亮的声音打里间传出来,随之一位老者走了出来,"薄馆长,还认得我吗?"薄维看老者觉得有几分面熟,却一时半会儿没想出来,"有些日子没见了,您是……"郑老大笑,"薄馆长,真是贵人多忘事,我是老郑。子女定居国外,这几年,我一直在国外生活,故此老长光景没见面了。前一阵子,我叫朋友拿东西请您鉴定,您帮了大忙。其实我们早就认识,您记得吗? 上次我买过您一块玉,是明代一块和田籽料的手把件,您还记得吗? 那个手把件雕的大龙盘甚是漂亮,藏龙露尾的那件。"薄维拍下脑门,"我想起您了,哎呀,真是的,许久未见,起码得两三年了。"

寒暄已毕,家宴开始。薄维赠送郑老一幅墨宝,"郑老,我与您带了一幅我写的书法作品,不成敬意。"郑老双手接过字画,"薄馆长多才多艺,待会儿吃完饭到我茶室喝茶,我也回敬您一幅字画。"郑老当众展开字画欣赏书法作品,看罢微微点头笑说:"多福,薄馆长的祝福甚是吉利,我很喜欢。"薄维对郑老的学识感到惊讶,"郑老博学多识,您真厉害,还认得金文,一般人可不认识。"

待吃过酒席,郑老带大家去茶室喝茶。当隔扇门被轻轻推开,一股淡淡香气扑鼻而来。薄维说:"郑老,您屋里焚香了?"郑老笑说:"非熏香气味,而是家具散发出来的味道,其中有紫檀和沉香。今天我考考薄馆长。"薄维说:"郑老,您请出题。"说着,便把大家让到里边。茶室大概有四十平方米开外,古香古色的家具,墙上亦有名人字画,博古架上摆着瓷器和玉器。屋里中间摆张大画案,长约两米九,宽有一米二,颜色淡黄。郑老把桌布揭了下来,"薄馆长上眼,您瞧瞧这是什么木料?"大家都来看大画案,木料花纹绚丽,富于层次变化。有朋友说:"黄花梨?!"薄维说:"并非黄花梨。"郑老说:"我想薄馆长应该能猜得出来,您告诉大家是何木料。"薄维说:"此木为植物界的熊猫,红豆杉,属于国家一级保护植物,目前早已濒危,红豆杉比紫檀和海黄更为珍贵。像这种家具使用的红豆杉木料,至少要长几百年。"

众人无不为之惊叹,因红豆杉家具极为罕见,尤其是眼前这么大的画案。郑老说:"薄馆长所言不虚,我这批家具称得上国宝级家具,你看我屋里还有几张桌子、椅子、罗汉床、屏风,共有十三件。"薄维观赏红豆杉家具,四面见方的椅子,整体用料很厚,一个少说也得有百八十斤重,椅背及椅侧雕刻着传统花卉图案,采用浮雕技艺,雕饰细腻,线脚层次分明,给人一种沉稳大气之感。再观那排八扇屏风,皆用浮雕手法,每一扇所雕纹饰皆不相同,雕刻人物与植物等传统装饰图案,技艺精湛,细节饱满,栩栩如生,显得无比华贵。薄维愣愣站在原地欣赏,心下尤为喜爱,整套家具皆由红豆杉精心打造而成,他不仅没见过,对此更前所未闻。郑老笑说:"来来来,薄馆长坐下喝茶,你是不是也喜欢古典家具?"薄维说:"这套家具收藏堪称精美,简直无与伦比。您是怎样收藏到红豆杉家具的?"

郑老当众讲述红豆杉家具的收藏往事,"这套家具乃我们老郑家的传家宝,我祖籍山西,曾祖辈在民国时期家道殷实,红豆杉家具便是在那个时候置办的,共有十三件家具。祖辈甚爱这套家具,并代代相传,到我这里已传下三辈,以后我还想传给孩子。"

郑老在红豆杉大画案上写了一幅书法,题写"满盈"。薄维此时的心并没在郑老的书法上,心中只惦记着红豆杉家具。薄维说:"冒昧问您一下,您老可愿出手?"郑老一笑,"暂无此等打算。"薄维顿感有些失落,"您若不肯割爱,我会对它们日思夜想的。"郑老说:"薄兄弟常到我家来做客。"薄维与郑老告别之际,互相留了联系方式。

此后，薄维一直对红豆杉家具念念不忘，一心想得到那套家具。郑老常找薄维鉴定古玩，对薄维的鉴赏能力大加赞赏。

经过数月深入交往，薄维摸清郑老个人喜好，他发现郑老喜欢书画，尤其喜欢工笔画。薄维手中有一幅何家英的四平尺的人物画作，便邀请郑老到薄氏珍宝馆做客。

郑老欣然到薄氏珍宝馆赴约，待品茶之后，薄维拿出何家英的画作请郑老品鉴。郑老见画，爱不释手。薄维见机而言，"老先生，倘若您喜欢这幅画，我愿拿这幅画、一只将军罐，另加一百万现金，来换取您家中红豆杉家具，另外再送两幅工笔小品，不知意下如何？"

薄氏珍宝馆有个将军罐，罐身绘有九十九个童子，为粉彩百子图，但底部却没有落款，薄维找了几个内行人鉴定过了，为清中期乾隆或嘉道年间的古董。这只将军罐非常喜庆与特殊，曾有人出高价购买，但薄维一直没舍得卖。为了得到红豆杉家具，薄维索性忍痛割爱，拿出此宝用于置换物件。

郑老当时有点动心，沉吟片刻说道："其实那天您去我家做客，我也不是吊您胃口，不过是想请您欣赏一下那套红豆杉家具而已，说实话我挺稀罕您这物件。容我回去考虑两天，跟孩子商量一下，再做区处。"

薄维默默期盼能够促成这笔交易，心下合计无论付出多大代价一定要收藏这套红豆杉家具，因红豆杉成套的家具在市面上极为罕见，未来升值的空间比黄花梨还要大，这在当前属于独一无二的珍品。

一连苦等两日，薄维终于等来郑老的电话。郑老说："薄兄弟，你来我家把红豆杉家具拿去收藏。"虽然郑老话不多，但薄维心中却万分激动，"谢谢郑老忍痛割爱，我眼下真不知该如何感激您是好。"郑老说："我应当感谢薄老弟让我这批宝贝有了好归宿，将它们放置薄氏珍宝馆，如同放到自己家里一样，我能看出来您真心喜爱这些物件。原本我想传给子女，可孩子们定居美国，再过几年我也要去国外投奔孩子养老，这些东西一则笨重不便运输，二则我也不想让传家宝流落到海外，还是希望能够把它们留在家里，毕竟故土才是自己的根和魂。我把这批红豆杉家具让与你，也算了却人生一桩心愿。"

薄维闻言亦悲亦喜，因为真正的收藏家且不过是某个时期的保管者，他们穷尽一生的精力和财力将分散在民间的文化遗产集中起来加以保护。而当百年之后，这些历史证物未必能由自己的子孙后代来继续保管。于是乎薄维成为十三件红豆杉家具的第五个主人。

薄维将整套红豆杉家具收入薄氏珍宝馆,先给家具精心做了保养,找地方摆好。以后每次走进薄氏珍宝馆,他都会坐在红豆杉罗汉床上喝茶,惬意地受用弥漫在空气中的美妙味道。

⚄ 父亲的生意经

这天,薄维在北京接到父亲打来的电话,薄虎城告诉薄维:"儿子,这两天你到我这一趟,我跟你说点事,有一批东西,得空儿你跟我一块儿过去看看值不值得入手。"薄维答应下来,寻思父亲到底看中了哪般老物件。

从北京回到天津,薄维买食材在家做了一道孜然羊肉,给父亲带去。薄维说:"爸,您打探到什么好消息?"薄虎城说:"我有个花友,喜欢养花,爱养球形多肉植物,认识十几年了。前几日找到我,说他有批东西,岁数大了不想玩了。我说家里花也多,都不养了。他说不是花,是古董乐器。我问有嘛乐器,他说你不知道,你老听我吊嗓子,是受我父亲影响,我父亲过去喜欢拉琴,还算有点名气,老人留下一批乐器,都是京胡,有谁的呢?杨宝忠、徐兰沅、马良正、许学慈。嚯,我一听全是京胡名家,这些都是从民国到现代的大家,收藏这么多的好琴,那太不简单了。他还有把乌木琵琶,上面嵌着象牙。他说不想单卖,要一块儿打包出手,一共有二三十件,反正都是民族乐器,像海黄做的三弦琴都是很棒的乐器,现在基本上买不到。我和花友约了时间,打算到月底去他家看看。这不还有十来天就到月底,与你商量商量。回头你开车接上我,咱俩到他家里走一趟,他手头兴许还有别的物事。"

薄维寻思道:"听这意思,东西肯定便宜不了,乐器贵了,尽量别买。"薄虎城说:"小子你不懂,我告诉你,在中国最贵的是古琴,你知道吗?另外一个是啥呢?就是京胡。京胡是由竹子制成的,它是自然和人类智慧完美结合的产物,经过名家收藏使用,后期价格必定看涨。现在你觉得市场几千一把挺贵的,到后边甚至得加一个零或两个零,你都买不着。"薄维说:"瞧您说的,有那么贵吗?"薄虎城说:"你就往后看吧,千万记住艺术品投资什么,一定要布局,眼光放长远。首先要看艺术品的稀缺性,而且必须为名人用过的物件,或者名人所制的东西,不管哪类东西,前提为精品,即便贵点也值得入手。"薄维说:"我记住了,您说好咱就买,回头我跟您去长长见识。"

至月底，薄维开车接薄虎城赶往张老家中赏宝。张老家住马场道，与薄虎城家离得不太远。那地方不好停车，薄维叫父亲先下了车，另找了个地方停好车，爷儿俩才一块儿走进张老家中。张老住的房子为民国时期留下来的二层小洋楼，见薄家父子过来，热脸相迎。张老说："你们爷儿俩来了，真让寒舍蓬荜生辉。"薄虎城说："我携犬子向老兄学习来了。"

　　张老家中摆放老红木家具，多宝阁上陈列着精美瓷器。父子二人落座后，张老斟上三杯香茶，谈起家事："我们家过去是做生意的，家里人喜欢京剧，我爷爷活了一百多岁，特爱曲艺。民国那阵我家做绸缎布匹生意，家境殷实，'文革'时期，家里被抄没一批古董。眼下还有一些古董，但所剩不多，这批乐器乃家父心爱之物，当时我父亲说一定要存好，不让卖。我现在腿脚不利索，光养花都觉得费劲。年年都得把乐器倒腾出来晾晾，免得受潮发霉。整理这些老物件甚是麻烦，如今我岁数大了，也不拉琴了，孩子对这些老玩意儿不感兴趣。我与老薄交好，况且咱们都是花友，所以说卖与别人倒不如转手给您便宜，而且您确实有实力。"薄虎城笑了笑，"您过奖了，我能有啥实力，就是在古玩行干的年头多点而已。不如先瞧瞧您收藏的乐器，咱再商议价钱。"张老说："好，跟我来看看东西如何。"

　　张老领他父子二人行至二楼拐角的一间储藏室，储藏室面积不大。张老推开房门，见墙上挂着乐器，全是京胡，有普通的京胡，有罗汉竹、湘妃竹制作而成的京胡。薄维一瞅均为将近百年或几十年的老物件，且包浆通红。张老指着京胡一一介绍："这把是杨宝忠的，杨宝忠在民国时期非常有名，旁边这把为徐兰沅的，这些京胡在民国都是名琴。您瞅杨宝忠这把琴，曾为京剧大家杨小楼演奏过，我父亲格外喜爱这把琴，杨宝忠这把琴，现在市面想仿也仿不了，属于原汁原味的。怎么说呢，一定要好好珍藏，父亲临终前就是这么嘱咐我的。"

　　薄氏父子细细鉴赏，乐器共有二十把，三把紫檀三弦琴、一把乌木琵琶。薄维说："您这乐器我真没见过，紫檀京胡怎么卖，单卖还是整体打包？"张老说："老薄，你我是老朋友，这批乐器您全拿了，给我十二万，我报的为最低价。其实单买一把杨宝忠的琴，叫价两三万。"薄维插话说："张伯要价太贵了，市场上哪有这价，杨宝忠的琴至多两三千块钱一把。"薄虎城见状打断儿子的话，把手一比画示意少说话。

　　张老不免几分尴尬，"薄老板，我实话跟你讲，杨宝忠一般的琴在市场上也就是您说的那个价钱，但这把琴跟普通琴不太一样。首先这把是名家的琴，杨宝忠做的琴系列多了，但这把琴独一无二，未来可能价钱更高。"薄虎城说："他是做生意的，你跟我谈吧。咱们也别磨叽了，这批东西十万出手怎样？"张老笑说："果然大老板比小老板爽快，东西给您了。跟薄爷合作痛快，您真有魄力。"薄虎城说："年轻人砍价正常，你别看小老板，那也是很有实力的。"张老说："常言说龙生龙凤生凤，老鼠生来会打洞，您这叫虎父无犬子。"薄虎城话锋一转，"我进门瞅见墙上挂着一张画，那幅画可愿割爱？"张老说："薄爷好眼力。此画原是我们家的传家之宝，清代宫廷画师焦秉贞的真迹，说实话我真舍不得卖。"

张老带薄氏父子到门口处看画，只见中堂之上挂一幅书画。薄维定睛一瞧，认定此画可不简单，书画挂在两米多高的位置，宽有八十厘米。画作之上以船为主体，有钓鱼的，有嬉戏的，画面内容丰满，画中人物各异。薄维说："观此画栩栩如生，果真名不虚传。"张老说："老多人想买这幅画，我没舍得卖。我还收藏了几幅小品，估计你们也看不上眼。为嘛挂中间呢，这不现在秋天，我晾晾画免得受潮，平常不挂墙的，今儿恰巧有缘赶上了。"薄虎城说："既然缘分到了，您开个价，别太贵，我要了。"张老说："横竖您今天专程过来买我东西，干脆让您买个尽兴，这画您拿五万。老多人盯着这幅画，给开价三万我没舍得卖。"薄虎城说："老张，三万五，把画让给我行不行？"张老犹豫半天，"这画本来我还惦记少五万不卖，既然您买了我不少东西，我倒不妨做个顺水人情。"张老把东西打了包，薄虎城与张老付清钱款，两下皆大欢喜。

父子二人此行满载而归，薄维驾车送父亲回家，一路上聊起方才收购的老物件价格，"这批东西买贵了呀，爸爸，您怎么不多压点价呢？"薄虎城说："记住了，他家还有藏品。我以前真不知道他家有那么多收藏，只听别人说他手头有东西。他家住五大道之一的马场道，过去能住这地界的人，家底殷实，手上多多少少有好东西。头一次交易，你跟他不要太计较，知道吗，象征性地划点价，只要咱们合适就行。好东西别怕价高，因为它后期升值空间相当大。"薄维说："老爹，我记住您的话了。"

薄维心下清楚父亲干这么多年的古玩，在圈子里以厚道著称，而且是个具有长远眼光的人。他铭记父亲说的教诲，做生意一定要厚道。

一日，曾在摊位上闹事的老栗忽然登门造访，令薄维颇为惊讶。薄维让了座，与老栗倒杯茶水，"大哥，喝茶。"老栗说："薄老板，今儿我来不为别的，专程过来告诉你个消息。我爱人在上海工作,他们单位经常举办国际乐器展。我家老爷子原先在您这买的仿古琴,找人试了音色特别好,我觉得您的小提琴品质出众,您应当去上海国际乐器展览会参展。"薄维说:"我在乐器方面还真没参过展,因为仿古琴都是销往欧洲。"老栗说:"兄弟人品没得说,所以我才愿意帮你。你要感兴趣,我帮你联系参展事宜,到时你拿点特殊的琴去上海参展,那边订单多,机会难得。"薄维说:"感谢大哥帮衬,那就麻烦大哥牵线搭桥,今儿我请您喝酒。"

薄维预备了三十把精致的小提琴参加上海国际乐器展览会,这是他生平第二次踏进上海参展。上海充满活力,地铁里的人如同蚂蚁出洞似的,节奏特快,薄维感到很不适应。

薄维进入上海新国际博览中心布展时,惊讶地发现新展馆格外大,国际乐器展共分为 A、B、C、D、E 五个区。薄维的标装展位在 E 区,E 区专门展出管弦乐器,他旁边的展位是个外国人卖萨克斯的。整个展馆里会聚了来自世界各地的乐器品牌产品和乐器商,展品琳琅满目,令薄维大开眼界。

薄维精心布置展位,心情略显激动,他对此次参展充满期望,上次来上海因故错失展出机会,这回参展定要挽回上次的遗憾。因上海国际乐器展览会举办规模较大,吸引了成千上万的人前来参观。

当天上午十点钟,上海国际乐器展盛大开幕,整个展馆摩肩接踵,人头攒动。仿古琴首次亮相展会吸引了不少人驻足欣赏,越是人多的地方往往越容易招人,没过多大会儿,薄维的展位被围得水泄不通。询价声不断,很多人想要购买仿古琴。薄维说:"实在抱歉,小提琴数量有限,眼下只展,最后一天出售。"有个买家说:"小提琴我出价一万块钱买一把,你有多少把琴我全包了。"薄维说:"一万一把,我也不能卖您,今天我是头次来参加乐器展,感谢大家厚爱。我这是仿古琴,现在只接受订货。"观展的顾客说:"仿古琴我也要买,您这琴做得太漂亮了。"老多人想买,薄维一上午没干别的事,不停地忙于和大家解释,然后将自己的名片一张张送给想要买小提琴的人。

参展第二天,薄维展位上摆放的仿古琴热度不减,依然吸引了不少人围观,并询问价格。其中有位德国商人对仿古琴深感兴趣,拿起小提琴爱不释手,不住地赞叹小提琴精湛的工艺。薄维一句也没听懂德国商人说的话,好在德国商人带了翻译人员,薄维才能与德国商人进行无障碍沟通。翻译员说:"这位是德国著名乐器收藏家雷奥先生,雷奥先生专门做小提琴收藏,跟世界各大博物馆和收藏家都认识。昨天听说您这里有仿古乐器,对此感到十分惊奇,所以今天专程过来看看究竟。雷奥先生对您的小提琴非常欣赏,想把您这些小提琴全买了,您多少钱愿意卖?"薄维说:"万分抱歉,今天只展不卖,明天最后一天再出手。"翻译员同雷奥翻译薄维说的原话,雷奥叽里咕噜说些外国话。翻译人员说:"雷奥先生的意思是,先拿您十把仿古琴,或者您明天剩多少,雷奥先生全要。您的琴实在太棒了,雷奥先生想与您深度合作。"薄维恭敬地递上一张名片,"与雷奥先生合作,非常荣幸。"雷奥先生嘴里说出一句极不流利的汉语:"薄先生,合作开心。"

经过三天展览,薄维的展品表现令周围的参展商无不感到吃惊,因为薄维最后一天展位上的东西全都售空,只剩下一把仿古琴,那是薄维特意留了一把自己喜欢的不肯卖,这是一把仿意大利的古典小提琴,做工极其考究。其他仿古琴都被个人买走,仅卖给德国乐器商雷奥五把仿古琴,薄维直跟雷奥道歉。陪同雷奥先生来的翻译员说:"咱们昨天说好的,您为雷奥先生留十把琴,要知道这个结果,我们不如早些过来全买了。"薄维说:"别着急,日后有的是合作机会,咱们北京见,您想要多少仿古琴,我都给您供货。"

薄维在上海国际乐器展览会参展大获成功,其展出的仿古琴在整个乐器展览中大放光彩,备受瞩目,雷奥成为薄维的大客户,后来在他这里连续订购了数百把仿古琴。

小提琴项目在薄维多年古玩生涯中,利润丰厚。不管是早期装框艺术品,还是到后来的小提琴,薄维深刻认识到必须拥有自主核心产品,并且独一无二,寻找到好的销售平台,才能有更好的收益。薄维未来对于产品的定位十分清晰,其实古玩亦是如此,前提东西必须好,属于稀缺资源,加上有个好平台,方能赢得顾客的青睐。

5. 和田玉八臂观音

这天,薄维正在潘家园薄氏珍宝古玩店盯店,店里来了个老客户,姓胡。胡老爷子退休多年,过去当过事业单位的领导,平常没事喜欢画画,练练毛笔字,爱收藏乐器。胡老爷子每次买东西,总跟薄维提意见:"其实你这琴不用做仿古的,因为这个琴声很好,它本身就值这个价。我岁数大了,您也别嫌我个老头子嘴上爱叨叨。"胡老爷子在薄维这里前后买了能有二十多把仿古琴,因为各式各样的琴老先生都喜欢,加上每把琴做工漂亮,所以他特愿收藏。时间长了,胡老爷子与薄维成了朋友,没事的时候两人一块儿喝点酒。

胡老爷子告诉薄维一件新鲜事:"我姑爷和女儿在美国私人展上见到一尊玉观音。女儿回来之后跟我讲,那尊观音委实精美,约四十厘米高,为新疆和田玉制成的八臂观音,雕工细腻,具有极高的艺术价值。"薄维说:"哪天您让家人拍张照片给我欣赏一下可好?"胡老爷子说:"我有现成的相片。"说着,便拿出相片与薄维观赏。薄维只觉此物完美无瑕,雕工精湛无可挑剔,"老爷子,您可知道此物价值几何?"胡老爷子说:"我正想问您呢,您给估个价?"薄维说:"虽然我没见到实物,但通过观看照片感觉这块为新疆和田玉籽料,玉佛像的确漂亮,应该价格不菲,估计得百十来万。对方索价多少?"胡老爷子说:"您估价真准,人家当时报了一百多万,我们也不敢买。这尊和田玉八臂观音过去是从中国带到国外的,我觉得此物尤为殊胜。"薄维说:"这尊八臂观音玉摆件,人家可愿出脱?"胡老爷子说:"倒没说卖不卖,只是办展。真要卖的话,价钱必定低不了。"薄维说:"老先生,您要能买过来,转手与我,我情愿加价百分之十。"胡老爷子说:"我一定尽力而为。"

大概一个月后,新疆和田玉八臂观音从美国回流到中国。胡老爷子打电话告诉薄维此事,薄维迫不及待来至胡老爷子家中赏宝。

当看到一尊和田玉八臂观音菩萨时,薄维不禁被震撼住了,他一眼断定玉观音乃清代宫廷造办处制作。八臂观音菩萨形态逼真,犹如活在人世一般,令人叹为观止。一面之缘,慑服其心,薄维凝神瞩目欣赏起这尊精美绝伦的和田玉八臂观音,心中充满了敬畏。

和田白玉八臂观音菩萨制作于清代,上为八臂观音,中间为紫檀云龙百宝,下为掐丝珐琅鎏金盆。八臂观音菩萨高约三十九厘米,重达六斤,历经上百年沧桑,流失海外再度回国,保存十分完整,不见分毫瑕疵。

但见八臂观音菩萨一双玉手高高举过头顶,两手托起一尊释迦牟尼佛像,佛像雕刻虽小,但每一处细节雕工细腻,生动传神。菩萨左上手持锏,右上手持斧,降妖除魔,不怒生威。中为双手合十,万法归一,将功德施与十方众生。右下手持剑,左下手牵一神兽金毛犼。

菩萨头绾青丝发髻,二目微闭,双耳下垂,鼻唇轮廓优美,面容慈祥,体态妙曼,一只脚轻轻抬起,脚踏莲花宝座,身姿微微弯曲,尽显温润柔和之美。

八臂观音菩萨的整体造型比例恰到好处，犹如仙女临凡，活灵活现。菩萨玉指晶莹剔透，举手投足间流露出一种神韵。玉器成功之处在于佛像先开脸，脸开得分外精致，线条细腻匀称，堪称玉器中的杰作。

在胡老爷子邀请薄维过来赏宝之前，早已请了故宫专家帮忙鉴定，文物专家看罢大为震惊，"您这件玉器了不得，过去肯定为造办处制作，此乃宫廷之物，建议您捐给故宫。"原来胡老爷子已和薄维商议好，回流之后加价百分之十卖与薄维。正因胡老爷子听了专家说的话，晓得是件稀世珍品，薄维再来之时，即便加价，老先生死活贵贱不肯转手。

薄维费尽心思，只为与胡老爷子搞好关系。每逢节日，他都会看望胡老爷子，为其送上精心挑选的礼物。因胡老爷子爱画画，薄维寻思如何才能让他称心。薄维收藏一件紫檀大画案，长约两米，宽一米。每当胡老爷子来到薄氏珍宝馆做客总会多看几眼紫檀画案，忍不住竖指称赞："这张紫檀画案真不错，可惜我买不起。在这上边画画肯定创作灵感十足。"此为清代小叶紫檀画案，薄维买时花了大几十万。画案上边雕刻着精美的云龙图案，制作工艺上乘，品相极佳，包浆皮壳更是无可挑剔。

薄维与胡老爷子磨了半年工夫，才摊了牌。那天恰逢老先生的生日，薄维特意带了一瓶储藏二十年的茅台酒与老先生共饮佳酿，胡老爷子喝得尽兴。酒过三巡，菜过五味，薄维一脸严肃问起胡老爷子："老先生，您晓得我看中和田玉八臂观音，这是我最后一次和您谈，如果您愿意就转手让与我，不乐意的话，从今往后我不再问您。"胡老爷子疑惑地望着薄维，"小老弟，你说吧。"薄维说："您不是喜欢我收藏的那个画案吗，我把紫檀画案给您，然后再给您拿八十万现金，我想与您的和田玉八臂观音菩萨结个善缘，您看可否？"

胡老爷子眼珠乱转，随即笑道："八十万加一个大画案，你小子真行，今天跟我放大漏。你要给我两百万，这尊八臂观音玉器断然不卖。故宫和首都博物馆专家都来我家看了，说这尊玉器精美，并非寻常之物，但你的紫檀画案我还真稀罕，你叫我买，我还真买不起。我们俩也算忘年交，得嘞，今儿是我生日，我也积德行善，成人之美，满足你的收藏心愿。"薄维难掩内心激动，"谢谢老爷子玉成其美，我祝您老长命百岁，福寿安康。"

经过长时间一次次谈判，薄维如愿以偿将和田玉八臂观音请回薄氏珍宝馆。他曾发愿,欲建成一座万佛堂,打算在万佛堂里供养历朝历代的佛像。

6. 相互成就才是真正的贵人

是日,金哥到薄氏珍宝古玩店来找薄维谈事:"兄弟,你想在北京开一家古玩店吗？目前天雅古玩城正在招商,那边还有几间店铺位置不错。天雅古玩城的程总以前跟我做过生意,如果你想在古玩城开店,我可以帮你弄一两间门店。"薄维说:"感恩金哥老想着兄弟,您就帮忙张罗吧。"金哥说:"没问题,他这商铺都是一手的,没转让费,你进去就能干。"薄维说:"烦劳金哥帮我搞两间店铺。"金哥说:"兄弟,你甭管了,这事包在哥哥身上,我自会替你办好此事,在天雅古玩城找两间好位置的店铺。"

几天后,金哥再次踏进薄维的古玩店,满脸悦色地告诉他结果,"兄弟,店铺的事情我帮你说好了,你和天雅古玩城招商部门经理联系一下,我把电话给你。"薄维说:"有劳金哥费心,晚上我请您吃饭,务必赏光。"金哥说:"兄弟,不算事,甭跟我客气。"

薄维赶到天雅古玩城,与招商部门经理沟通一番,定下两间店铺,一间为三一八,一间为五五八,他觉得这两间店铺门牌号吉利,且两间店铺位置都挺好,其中一间靠电梯口,另一间位于楼道边上。

薄维为表谢意,晚间特在饭店安排精美佳肴来款待金哥。薄维说:"金哥是我今生的大贵人,感恩您一辈子。"金哥说:"兄弟,咱俩有缘。你猜今天是什么日子？"薄维说:"一个让我终生难忘的日子,金哥帮我整了两间店铺。"金哥一笑,"今天正好是我生日,没想到是老弟你请我吃饭。"薄维特别上心,"哎哟,真巧,好事全赶到同一天了。金哥,今儿我送您一样东西,这物件您可能听说过,但未必见过。"薄维将一枚古老的象雄天珠递给金哥,"小物件送您,祝哥哥生日快乐！"金哥说:"这是天珠?!"薄维说:"金哥好眼力,此物为象雄天珠。"金哥格外高兴,"今天你叫老哥开心,老哥哪天叫你也开心一下。你过两天来我家一趟,到我的四合院里来。我在家中放了些东西,回头得空儿过来瞅瞅,喜欢就拿走。"薄维说:"金哥,您哪天方便,我赶在哪天去您家里。敬哥哥一杯酒,愿金哥生活如意,幸福安康。千言万语,一切尽在酒中。"当晚两人喝得痛快,直至深夜才散去。

转天,薄维按照金哥提供的地址,前往金哥家中做客。金哥家位于南池子大街附近,距离故宫近在咫尺。薄维拐进一条胡同,金哥早已站在家门口等待,二人见面道好。薄维跟随金哥走进四合院,院子不大,收拾倒也干净,院里种着花花草草,立着一座假山,笼子里的鸟儿清脆婉转鸣啼。金哥说:"我平日没事在家打理花草,养养鸟。"薄维说:"金哥,您这过去就是王爷过的神仙日子。"金哥一乐,"我本身就是爱新觉罗氏,祖上为满族。"薄维恭维道:"看来金哥真是地地道道的北京爷。"金哥笑说:"你小子,油嘴滑舌。"

寒暄过后,金哥把薄维领进一间屋里,行至博古架旁边。薄维打量上边摆的物件,好奇地问道:"您这多宝阁上放的不都是新货吗?"金哥说:"兄弟,别着急,慢慢往后看。"薄维正感到纳闷之际,只见金哥在一件瓷器上边按下红色按钮,博古架自动移开,原来后边为一道暗门。金哥说:"兄弟,进去瞧瞧。"两人进入暗室,薄维一瞧里边景象无比震惊,暗室里的百宝格上摆着玉山子与名贵瓷器,地上一堆玉石。一旁码放十几个密码保险柜。

薄维当时心怦怦直跳,不知金哥葫芦里到底卖的什么药。金哥说:"这个地方很少带外人进来,你是其中一个,另一个是我磕头拜把子的大哥。"薄维说:"哎哟,我何其荣幸。"金哥指着地上的玉石问起薄维,"你看地上那堆玉石值不值钱?"薄维弯腰蹲下身来仔细鉴赏,"玉料看起来细腻,跟和田玉到底还是有点区别。"金哥说:"你小子眼力不错,这些是俄料。八十年代,我在俄罗斯做生意那阵,有几个兄弟,他们整车皮往俄罗斯运输矿石,无意间发现这些玉石。当时价格便宜,后来逐渐涨了价,那会儿我挑了一大堆回来,一直在家里堆着。你过过数,想要的话全拿走,叫你小子发点财在北京买套房子。"

薄维闻言心下万分激动,"金哥,说句实话,像这么多的玉石,我还真没有见过。"金哥说:"反正一块玉石基本上能值几万块钱,你全拿走吧。如果钱不够,给我一半也成。玉石大的一块得有三十公斤,小的也有一斤左右,都是原石,特别白,特别细,我很早之前精挑细选过的。这堆玉石共有一百二十块,你要的话拿一百万,假如钱不够,回头卖了钱你再给我。"薄维说:"恐怕这样不合适吧,金哥向我要的价钱一块不足一万,那一块大石头至少能卖几万块钱。"金哥说:"你小子有这个福气,拿走便是。"

这段时日,薄维进了一大批货,又在北京开了两家店,现金流并不宽裕。薄维说:"金哥,我手头有点紧,要不先给您拿五十万,十天之内把另外五十万与您凑齐。"金哥说:"不用说了,没事儿,兄弟。我知道你现在处在事业上升期,老哥也想帮你一把。五十万你要拿不出来,日后有了再给也不迟。"薄维说:"五十万倒是有的,我今天就给您。"

薄维当天给金哥转账五十万,将这些原石挨个打包,请人运到薄氏珍宝馆。望着这批玉石,薄维兴奋得一宿没睡着。因玉石太精美了,简直完美无瑕。薄维心中不停念叨真是遇到大贵人了,这些原石随便拿出十块,卖一百万都没问题。

当时俄料正处于萌芽阶段,大家都认新疆和田玉,对俄罗斯的玉石不太了解。薄维敏锐地意识到俄料未来升值空间很大。因当下海黄价格已经涨上来了,但又出现了一个品种——越黄,也跟着水涨船高。通过此事,薄维判断俄料未来必定大有价值。怎奈资金压不住,薄维只得找了几个做玉器的朋友,让他们看看这批料子,行家言说俄料不错。于是薄维留个心眼,把一半的玉石留下,让北京和苏州开雕刻厂的两个朋友,以一百万的价格买走七十块俄料。这次交易,薄维赚到五十块玉石。

薄维在这批俄料中留下十块上好的精品玉石,将其余四十块玉石陆续卖了四五百万。几年当中,俄料价格已然涨得很高,大块玉石十分罕见。薄维对金哥一直心存感激,不知道该如何报答金哥,后来请金哥吃了几次饭。薄维说:"金哥,我实话实说,您是贵人,我再给您拿五十万吧,或者多给您点也行,我这边利润太高了。要不我把剩下十块玉石归还您。"金哥说:"大可不必如此,我告诉你小薄,你小子有这命。你记住了,人活在世上要多做点善事,发善心行善事结上等缘。我以前是做生意的,经历过大起大落,人生坎坷,也有难过的坎,关键时刻有人曾经帮过我。每个人都有各自的福报,帮助别人要舍得,有舍才能有得,很多时候成全他人就是在成全自己。兄弟,你嘴里常常提及贵人二字,那么何为贵人,贵人就是在你最需要帮助的时候,能够给予你恰到好处的支持,同样你也能给到别人某种帮助,彼此相互需要,相互成就,这才是真正的贵人。"薄维说:"今日听大哥一席话,胜读十年书。"打那以后,薄维愈发坚定未来要发善心,多帮助别人,并将此当作一种信念。

7 又见红珊瑚树

薄维在天雅古玩城租下的两间店铺装修花了半个多月,一个月后终于

273

迎来开张。薄维特意找来一个远房亲戚帮忙盯店，另一名员工是薄维物色来的。

那日，薄维的两家古玩店同一时间开业，不少朋友前来捧场，金哥等人送来花篮为其庆祝，开业当天热热闹闹，门庭若市。中午时分，薄维请大家吃饭，席间大家开怀畅饮，说些吉祥祝福的话语。

天津的古玩店开了有一年多，薄维始终觉得天津生意不太好，再者北京已有三家店铺，事情太多，天津古玩店已无暇顾及，平常他在天津的古玩店一周只来开一次门。权衡利弊，薄维决定将天津的古玩店关门，将创业重心放在北京。

在北京有个经常给薄维蹬三轮拉货的大胡子，大胡子是锦州人，岁数五十左右，与薄维蹬三轮车拉货已有十几年光景。薄维的新店需要员工，他觉得大胡子为人忠厚老实，便有心抬举他，"我看你腿脚不便，要不你帮我看店如何？"大胡子听薄维如此一说不觉惊讶，"薄先生，我行吗？"薄维说："哪有什么行不行的，关键给的工资合适，那肯定行。"两人相视一笑。薄维问他："你蹬三轮车一个月能挣多少钱？"大胡子说："一天基本上能挣两百块钱，反正平均每月能有四五千块钱的收入。"薄维说："我一个月给你开五千，你来帮我盯店。不管吃饭，至于住处，咱这边有仓库，你可以住仓库，也能省下房租。"大胡子感恩戴德，"谢谢薄先生赏饭吃，能跟您干活儿是我的福气。"

毕竟盯店与蹬三轮车不一样，蹬三轮还得替别人装卸货物。有一次，大胡子帮人搬货时，不慎砸伤，以至于后来走路一瘸一拐。盯店可以天天坐着喝茶，有时老板在店里还能带着去吃饭，对大胡子而言算得上是份美差。

大胡子没啥文化，却知道感恩，工作十分卖力，从不偷奸耍滑。平常需要搬个东西，干重活儿脏活儿之类的，大胡子忙前忙后丝毫不惜力气。

天雅古玩城内的两家薄氏珍宝古玩店开业整整一周，生意颇为顺利。薄维邀请古玩城市场管理部的工作人员一块儿吃饭，一则庆祝新店开张大吉，二则答谢别人关照和帮助。其间，薄维喝了不少的酒，心情大好，这时想给家人打个电话，却发现手机竟然没电了，他找邻座的一位老板借用手机，竟然意外发现这位老板的手机屏保图片是一盆红珊瑚，跟他之前见到的照片一模一样，打完电话，便同这位老板攀谈起来。

此人姓董，在天雅古玩城开店，今天随朋友一起参加饭局。薄维与他初次见面，称呼他董哥，"您手机上的屏保照片不错，这盆红珊瑚，我好像之前见过，与您这张照片一模一样。"董老板打开手机照片，"这件是我朋友收藏的珍宝，他从美国收回来的民间文物。我亲眼见过红珊瑚树，真的很美，在国内绝无仅有。"薄维瞬间被红珊瑚照片吸引住了，"董哥，有机会可否带我去看看您朋友收藏的那盆红珊瑚树？"董老板说："当然可以，我朋友最近可能人在国外，等他回国，有机会我帮您约个时间。"薄维甚为感激，"那太谢谢董哥了，咱俩留个联系方式。"两人互换名片。董老板说："兄弟，往后多多交流。"薄维和董老板握手，"改天董哥有空到我店里喝茶。"

一个月后，董老板约上了做古董回流的朋友，那人名叫钱天华，主要做欧式柚木家具。在董老板的陪同下，薄维来至钱天华办公的地方，这是位于北五环的一处超过三千平方米的仓库，里边设有私人会所。薄维见仓库中摆着精美西洋家具，足足有几百件。在众多西洋家具中，薄维特别喜欢欧洲巴洛克风格家具，觉得这种家具穷尽奢华，工艺精湛，充满了浪漫主义气息。

初见钱天华，他衣服穿得板正，俨然一副大老板的派头，神采焕发，油光满面，言谈举止间流露出成功人士的优雅与自信。钱天华接待了薄维，与之握手问好，丝毫没有摆谱，"老董跟我提起你，说你玩的东西特殊。我从别的朋友也听说过你，薄老板很优秀，不愧为当今古玩界的人才，请到我办公室喝茶。"说罢，将他们带进空间不大的小书房，书房里设计甚是特别，其间隐藏着一道暗门。

钱天华开了暗门，只见里边分外宽敞，多宝阁上陈列着从欧洲回流过来的奇珍异宝和国内文物收藏。正中间位置摆有一组文物展柜，柜中之物乃一盆红珊瑚树，近距离观赏与在照片中所看的感觉截然不同。

在灯光的映照下，红珊瑚树显得格外诱人，形态宛若元宝。这株红珊瑚树分为九个层次，佛教中九为最大，每一层均错落有致，疏密间隙平缓过渡，没有一丝杂乱。珊瑚枝如火焰般炽热，迸发出激情，似血液一般静静流淌，每个枝杈仿佛在招手。薄维瞬间想象到红珊瑚树当年在海底何等娇艳，就像一颗璀璨的明珠。细腻的形状和艳丽的色泽，令人惊叹于大自然鬼斧神工的造化，这是自然孕育而成的艺术杰作，整株红珊瑚树娇艳欲滴，红唇般的惊艳，不禁将人慑服。

中间部位是印度小叶紫檀云龙百宝嵌，雕刻五云龙，龙眼、触角、爪为彩贝以及玉石镶嵌。紫檀座四面刻有鸳鸯戏水、鲤鱼跳龙门等传统吉祥图案，构成了一幅生动的故事画卷。雕刻形态逼真，红珊瑚树在紫檀的衬托下，衬得无比高贵。

底部为掐丝珐琅四面开光鎏金盆的底座,开光图案为五福捧寿,盆底足为四如意腿。盆面图案华丽,精工巧作,雍容华贵。底款为"大清乾隆年制"。

薄维站在文物展柜旁边屏气敛息欣赏此宝,如同被雷击一般,被红珊瑚树散发出来的魅力所折服,此物不仅有自然之美,更兼艺术之美,从而形成了独特的意境美。

从汉代到民国时期,帝王将相,乃至达官贵人,家中都有放一盆珊瑚的习惯。珊瑚为佛教七宝之一,象征富贵吉祥,驱邪避难,寓意招财,属于非常殊胜的摆件,同样亦是身份地位的象征。这株红珊瑚树估计生长了少则数百年光阴,因为珊瑚在海里生长十分缓慢,像如此大盆且完整的珊瑚树在国内实属罕见。薄维不禁感叹:"这盆掐丝珐琅紫檀红珊瑚树太美了,您可愿出手此物?"钱天华说:"暂无脱手打算。"

稀世之宝不轻易出手是很正常的事情,薄维并没感到灰心,"您能讲讲此宝的来历吗?"钱天华说:"这是美国华人家中私藏的老物件,应该是在清代从中国带走的。我在美国偶遇这件古董,因为喜欢就花重金买了过来。"薄维说:"要不您开个价如何?"钱天华说:"多少钱都不卖,留着自己玩呢。"

薄维与他聊了半天,横竖能看出来钱天华一副决绝的样子,对此只好作罢。回去之后,薄维不管睁眼闭眼,满脑子里对掐丝珐琅紫檀红珊瑚树的影子挥之不去,与当年收藏白发石的感觉大为相同。搞收藏就是这样,如果一旦喜欢上某个物件,便会朝思暮想。薄维琢磨改天还得找董老板接着谈。钱天华爱喝酒,薄维与他见面不聊红珊瑚,只聊酒文化。

8 一时贪婪着了道

因添了两家古玩店,薄维日来心情愉悦,时常忙于抓货。这日,薄维像往常一样在潘家园旧货市场地摊上抓货,他在一个不起眼的摊位上见一年轻小伙练摊,那人衣服穿得素净,地摊上摆着几样东西。薄维回想起当初来北京摆摊的情形,于是便同他闲聊,"兄弟,贵姓?"那人说:"大哥,我叫张管。"薄维说:"打哪儿来的?"张管说:"陕西。"薄维说:"年纪轻轻怎么干起这买卖?"张管说:"家父以前是干这行的,子承父业。"

薄维从他摊位上挑选几个小件，"你还有什么好的老物件没有?"张管眼中掠过一丝狡黠，"家里还有老多物件，都是父亲以前存下来的。"薄维顿时来了兴趣，"那你下礼拜多带些好物件过来。"张管说："行嘞，回头您再来看货。"

二人口头约定，到再次相见那日，见他带了些高古玉。薄维对高古玉认知尚浅，眼力稍微差点，但见高古玉品相极佳，却又吃不准真假，"这玉多少钱一块?"张管说："两万五一块。"薄维与他讨价，"一万块钱一块行不，你这十几块我要了。"张管说："行啊，卖给您。"薄维说："我是薄氏珍宝古玩店的老板，你的玉器，我先拿给朋友帮忙看看，然后再付钱可以吗?"张管说："我信得过您，您只管拿去鉴定。"

北京古玩城有个姓孙的鉴宝专家，孙专家经常上电视鉴宝栏目，圈里圈外可谓名声大噪。薄维认为此人靠谱，便拿几件高古玉请孙专家鉴定真伪。来到孙专家文物鉴定工作室，只见前边排了好几个人等待鉴定。等了半天，才轮到薄维。孙专家给出鉴定价格，"出具鉴定证书的话，五百一件，口头鉴定一百一件。"薄维说："孙老师，口头鉴定就可以。"孙专家拿起高古玉为其掌眼，孙专家一旁的学生随便瞄上一眼，大言不惭断言道："看样子为西周时期的文物，瞧它这工痕，还有朱砂沁，特征很明显，肯定错不了。"薄维听后心中美滋滋的，寻思："这回捡了个大漏。"孙专家鉴定了六件玉器，说件件都没问题，属于真品。

薄维付过鉴定费后离开，回到地摊上同卖高古玉的人说："这些物件我全要了，你家若有好东西，下周带来，我还要。"张管满口应下，心中暗自得意，"又一个棒槌，着我道了。"

又过了一周，张管照例来潘家园旧货市场卖货，地摊上摆了大概能有十几样物件，跟之前的高古玉类似，反正奇奇怪怪的。薄维拿不准，于是挑选四件较为典型的玉器打算去找人鉴定真伪，感觉拿多了没太大意义。

薄维再次找到孙专家做古玩鉴定，孙专家拿起玉器观察了一会儿，装模作样道："我看这都傻开门物件，大开门的没问题。"孙专家又唤两个女学生辨别新老，不知女学生真懂，还是不懂装懂，胡乱言语道："你瞅这朱砂，整个物件明眼一看就是西周的，每块玉在市场上至少能值几十万。"薄维听后心中一乐，交罢鉴定费满意地离开。

一个月时间，薄维前后买了四次高古玉，花了四五十万，张管额外送他

277

几个小件高古玉。以薄维多年收藏经验，隐约觉察到此人卖的物件必定有问题，但又说不出个所以然来。尽管摊主看起来倒像个老实人，但市场上绝不可能有如此多的好东西。张管仍旧拿了一拨玉器，其中有个如真物相仿的大葱玉摆件，"大哥，这东西便宜给你，两万块钱。"薄维通过观察此物心中疑问更大，因为如此大的玉摆件，不可能一两万能买到，因此便多了个心眼，"兄弟，你手头还有多少玉器，有多少你尽管拿过来，我全要了。"张管说："我家好东西挺多的，您肯定买不了。"

为引蛇出洞，薄维故意编个幌子，"我有个大哥在北京做房地产生意，身家几百个亿，你要愿意卖的话，叫我大哥与你兜底。"薄维特地给他拿了一千块钱定金。张管信以为真，"我下次开车把东西都拉来。"薄维说："你有多少我要多少，便宜点就行了。"

直待下周，张管开辆面包车来到北京潘家园卖货，面包车里拉了三箱高古玉。薄维一瞅心中顿时凉了半截，可脸上不露出来，"兄弟，先把你的东西搁我仓库里，我给你筹钱去。"

天津有个傻赵精通古玉，薄维通过徐二哥介绍找到傻赵。徐二哥提前和傻赵打好招呼，薄维给傻赵一千块钱，叫他帮忙鉴定。傻赵一早便在仓库等着，等薄维把那三箱子货物弄来，傻赵仔细查看物品，包括薄维之前买的那些高古玉全都看了。傻赵说："这些物件看新，仿的工艺确实挺不错，有的是用老玉仿的，但没一件真品。"薄维闻言心中有数，合计应当怎样办此事。

薄维打电话知会徐二哥，又找来两个天津老乡到仓库助阵，与大伙儿交代一番，然后去了潘家园旧货市场找张管说事，"兄弟，跟我走一趟吧，到我家里给你结账。"张管并没起疑心，他带个朋友跟随薄维径直来到仓库。

几人走进仓库，薄维随即关上房门上了锁。薄维一方五人，张管一方仅有两人。二人见这阵势，瞬间咂摸过味来。薄维说："哥们儿，你卖我的东西到底有没有问题？"张管眼神游离，显得极度不安，"东西没问题。"薄维说："我找人鉴定了，你的物件是新仿。"张管心中一紧，额头直冒冷汗，"这都是过去我父亲留下来的，我也不清楚真假。"薄维说："兄弟，我与你指两条道，第一条道，把所有货款退还，东西你拉走，今天吃药我也认了，只当交学费。我买了得有四五十万的东西，扣个百分之五，给你两万块钱，咱也算讲行规。第二条道，我报警。你自个儿看着选择！"

张管扑通一声跪在地上，声泪俱下，"老板，请您高抬贵手，我母亲身体

278

不好,长年看病花了不少钱,如今家徒四壁,您给的钱都给家人看病还债用了。您大发善心,千万别报警,要不我妈知道后肯定受不了打击,再有个三长两短,家里日子就没法过了。"薄维听他说话委实可怜,念他一片孝心的分儿上,一时心软了下来。

薄维说:"这并非一两万块钱的事,你说到底怎么办? 即便你真有困难,欠债还钱天经地义。你甭跪着,起来说话,咱把事商量着解决了。"同他一块儿来的人把张管拉起来,张管擦把眼泪,"说实话这些货物成本挺高的,您眼力不错。"薄维说:"什么眼力不错,高古玉我也不懂,你说吧,究竟想怎样解决?"张管说:"您千万别报案,我先给您拿十五万,剩下的钱,我下周想办法还您。"薄维说:"也罢,就先这么着。"两下商议已定,薄维和他去了银行,张管随即给薄维转账十五万。薄维压了两箱货,这事才算过去。

时光如白驹过隙,眨眼又是一个周六,薄维此时再给张管打电话根本打不通,彻底联系不上。吃这么大的亏,薄维很不甘心,寻思道:"这可如何是好? 虽然扣下两箱货物,全为精仿,三十万买一大堆,毕竟咱也不搞批发。"

薄维想起来在市场里有个老乡和张管打过招呼,于是找到那位老乡打探虚实。老乡说:"我不知道他有没有跟你做生意,其实这孩子人挺好的,就因赌博把他毁了,他们一家子都赌博。以前他父亲干得挺大的,最早他们家做高古玉起家的,后来一看高古玉不好弄,就做了仿古玉,而且仿得几乎可以假乱真,一般的鉴宝专家都能蒙骗过去。您买的价钱不贵,他卖别人一块都十几万。而且您还扣他两箱货,基本上等于给他的是成本价。我告诉你,小老弟,你死心吧,别指望他会还钱赎走货物,他决计拿钱去赌博了。"

没想到终日打雁,终被雁啄了眼。薄维细细想来怪自个儿学艺不精,眼力不到家,只看到外表华丽,但却不是内行。令人感到更为可恼的是古玩鉴定专家竟然不靠谱,孙专家本来就不专业,不懂装懂,如果不被专家话语误导,岂会买如此多的假货。薄维事后反思,认为古玩鉴定专家根本不可靠,就拿这次被坑一事来说,售假之人占百分之三十的责任,孙专家占百分之三十的责任,还有百分之四十不可推卸的责任在于自身过分贪婪。

徐二哥少不得劝慰薄维一番,叫他看开些,别再气出个好歹来,"兄弟,东西你也买了,还扣他两箱货。我看这批东西,改天帮你找个批发商,就按本钱转手出去,实在不行再往里搭点钱,横竖你不玩仿古玉。"薄维说:"事已至此只得如此,又让二哥为我的事体费心。"徐二哥说:"自家兄弟,不用客

279

气。"之后用了几个月时间,把这批仿古玉转手卖与批发商,一共赔进去六万块钱。

薄维深入反思这件事,总结出一则宝贵经验,不懂的领域永远不要去碰,而且不要相信社会上任何人的说辞,要以自己的判断为主。

9 不务正业的古玩店主

与钱天华初次见面转眼间已过去一个月,薄维带上两瓶有年份的茅台酒,请董老板作陪,第二次拜访钱天华。两下相见之后谈笑风生,聊得十分投机。钱天华同薄维讲起他的一段发家史:"以前我在北京潘家园古玩城开古玩店,后来孩子到国外读书,为了照顾孩子,隔三岔五飞往美国,一来二去我发现欧美市场古典家具特别便宜。现在人有钱了,不少人买大房子或买别墅,少不了要买高档家具。我发现了其中潜在的商机,便做起欧美家具。没想到这门生意竟比古玩还要赚钱。索性不再做古玩,而是干起家具生意。至于你看到的这盆红珊瑚树,也是机缘巧合,费了老大劲,用了好几年时间,最后才跟美国的一个藏家谈成,当时回流的价格可不低。"

谈起彼此爱好,二人都喜欢唱歌,爱喝酒,因志趣相投,所以也就处成了朋友。

薄维平常总会给钱天华寄些天津土特产,或送一箱酒,但从不提及红珊瑚树,生怕人家多心。薄维时不时在周日下午举办个聚会活动,少不了打电话邀约钱天华和董老板一同参加,以此增进友谊。尽管如此,在他心中仍旧对那盆红珊瑚树念念不忘。

店里伙计大胡子家中有事,告假一月有余。薄维说:"放心回家,店里的事你不必操心,我来盯店。"大胡子感激涕零,"谢谢薄老板这么体谅人,那我准备准备回家去了。"薄维特地买了些北京特产,送给大胡子,"替我向你家人问好。"

在天雅古玩城里,薄维的古玩店旁边有个邻居人长得极瘦,人称瘦刘。瘦刘挺爱喝酒,中午喝完酒老撺掇别人玩牌。薄维本身也爱玩牌,输赢一两百块钱都无所谓,只为图个开心。然而这里的牌局却玩得很大,一输都是一两万块钱,故此薄维根本不同他们玩牌。瘦刘喊他好几次,见薄维不肯入局,后来也就不喊他了。

一天，同层楼里新搬来了一位邻居，小伙子姓王，比薄维小几岁，薄维称呼他小王。小王来自山西，以前家里经营小煤矿生意。小王涉世未深，瘦刘天天怂恿小王中午喝酒玩牌。起初小王和他们一起玩牌还是赢钱的，但后来常常输钱。

薄维见小王为人实在，没事常到他店里逛逛，每次见面都闲聊一会儿，这天他问："小王，中午手气咋样？"小王抱怨说："真够晦气，昨儿赢了一万，今天输进去小三万。"薄维劝诫道："消消停停做生意吧，往后别玩牌了。"小王说："我得把输的钱赢过来再说，否则我心头老不得劲。"薄维说："当心陷进去，玩牌特容易上瘾。"小王说："多谢薄哥提醒，我玩牌有分寸，我就不信邪，自己手气有那么差。"

这天，薄维刚到天雅古玩城店铺门口准备开门，忽然瞅见旁边邻居小王带几个人正在搬古玩展柜。薄维上前询问情况，"兄弟，您这是干什么呢，又开大店了？"小王满脸沮丧，脸色灰暗，"嗨，别提了，都输了。"薄维说："输什么了？"小王说："我不干了，整个店都输给那帮孙子了。"

后来薄维打听得知，原来瘦刘这伙人专门合伙骗人。他们主业卖古玩不行，以此为幌子，靠喝酒拉近乎，找猎物，对涉世不深、看样子有点钱的人，就和对方打感情牌，天天喝酒，然后玩牌。故意输钱来麻痹对方，让别人产生意识上的错觉，天天不干别的，光打个牌一天都能赚一两万，别人也挺开心。后期设局，前后不到三个月时间，山西小王把整个店的东西都给输掉了。薄维知道真相后惊出一身冷汗，心想多亏没和他们一块儿耍牌，因为他们玩的全是套路，一旦入局必然血本无归。这让薄维想起九十年代他刚离职那阵，在天津沈阳道古玩店的邻居也是这般手段，不同的地方，不同的时间，玩的把戏却如出一辙，坑害自己的人往往是最熟悉你的人。

古玩行业不光水深，而且从事古玩的人性复杂，这是薄维从业多年的一大感悟。他年轻时向来跟古玩圈的人不太合群，一向独来独往。早年干古玩也上过当，薄维发现搞古玩真正格局大的人没多少，所以他认为自个儿在这条道上独行更好一些。

瘦刘在山西小王店里挣了两百多万，在此干了一段时间，害怕被人报复也就撤店了。临撤店时，瘦刘与薄维打招呼，薄维认定这种人没人品懒得搭理。

那间空出来的店铺没过多久搬来一位长者，店铺开门那天，那位长者还主动和薄维打招呼:"您好,我姓陈,耳东陈,叫陈为名,是你的新邻居,往后多多关照。不知老兄尊姓大名?"薄维说:"我叫薄维。"陈为名说:"我头回开店,请教一下薄兄,我该卖些什么东西?"薄维说:"您过去干吗的?"陈为名说:"我以前是教音乐的老师,没到退休年纪从单位离职了,单位给了我十万块钱作为补偿。我自个儿又添点钱开了店,目前还没明确定位,不知该卖何物。"薄维说:"老陈,您说自己是音乐老师,会演奏乐器吗?"陈为名说:"吹拉弹唱的乐器,样样都没问题。"薄维说:"干脆您就多弄点乐器来卖,这样比较符合您的定位。"陈为名一脸兴奋,"薄兄太厉害了,一语点醒梦中人。"薄维说:"您要有乐器方面的客户,尽管到我店里搬砖头,因为我这儿乐器种类挺多,有小提琴、仿古琴、紫檀二胡、老琵琶等古董乐器。"陈为名说:"感谢薄兄帮衬,你真是我在古玩城遇见的大贵人。薄兄今后多多提携,我跟你学习。"薄维说:"您谦虚,相互学习。"

随后几个月当中,陈为名帮薄维代售不少货物。因他是音乐老师,有过硬的知识储备,加之精通各种乐器的演奏,故此在销售乐器方面占有很大优势。陈为名平常没事便和薄维清话,薄维懂几门乐器演奏,因有共同话题可聊,二人渐渐也就成了朋友。

薄维在仓库里整理东西时,看到一架德国钢琴,制造于一九一〇年,如今称它百年老钢琴不足为过,琴键上为厚厚的象牙贴面,整个钢琴长约一米四。薄维想到陈为名,便同他说了这件象牙钢琴藏品。陈为名对此颇感兴趣,"薄兄,你让人搬吧,搁我店里,我可以天天弹钢琴。"薄维说:"我买时花了两万五,您能卖出去给我三万块钱就成,卖多了利润归您。"陈为名说:"好好好,没问题。"二人商议妥当,薄维便让大胡子把这架钢琴搬到陈为名的店铺里。从此整个楼道里常常能听见优美的钢琴声,由于陈为名弹琴格外好听,因此琴声并不招人反感。

数日后,薄维人在天津,突然接到陈为名打来的电话。陈为名特与薄维报喜,"兄弟,告诉你个好消息,你这架百年钢琴卖出去了。"薄维说:"老陈真够厉害的,没想到老钢琴在您手中这么快就能出脱,可惜日后在楼道里听不到你弹钢琴的声音了。"陈为名笑说:"我得好好请你,多给你点钱,你猜我卖了多少钱?"薄维说:"三万五,还是四万左右?"陈为名说:"我卖了八万,这是一架古董琴,而且琴是私人订制的,你没注意到,我也没注意到。买家是个老外,人家老外注意到了,名字在钢琴背后琴板上刻着呢。"薄维说:"嘿,我还真没瞅见。"陈为名说："老外说那架钢琴曾是贵族家庭的，瞧看半天。他们不知道我略懂一些德语，我听老外讲这架钢琴不简单，就狠狠开了价，要价三十万。老外跟我还价，最终花八万块钱买走了。"薄维故意逗他，"老陈啊，看来想要做好古玩生意，掌握一门外语很重要。我要有您这两把刷子，精通几门外语，估计早把古玩店开到国外了。"

薄维回到北京与陈为名见了面，陈为名执意要多给薄维一些钱以表谢意。薄维拒绝他的好意，"真的不用，老陈，咱俩有缘，甭跟我客气。"陈为名说："我该怎么感激你好呢！那我送你一瓶好酒作为酬谢总可以吧？"薄维说："当然可以。"陈为名说："我店里有两瓶茅台，原先在家放了有些年头，我送你一瓶，今儿晚上咱哥儿俩喝一瓶。"薄维说："酒是粮食精，好酒我喜欢，看来这回沾您光了。"

转过年来，上海国际乐器展组委会给薄维打来电话，洽谈业务合作，"您好，请问是薄氏珍宝的薄先生吗？"薄维说："您好，我是薄维，您哪位？"工作人员说："薄先生，我是上海国际乐器展组委会的工作人员，您去年参加了上海国际乐器展览会还有没有印象？"薄维说："是有这么回事。"工作人员说："今年十月份我们继续在上海举办国际乐器展览会，不知薄先生这边是否有意向参加本年度的乐器展？"薄维说："当然愿意参加。"工作人员说："感谢薄先生对上海国际乐器展的支持与厚爱，稍后我会把展览会合作方案及合同发送到您的邮箱，请您注意查收。到时请您把合同下载并打印两份，签完合同邮寄给我们组委会，我们给您返回盖章合同后，您再交参展费用。"薄维说："期待与咱们组委会合作。"

薄维签过参展合同，着手为乐器展提前做好预备工作。他找到小李，将自己的商业计划全盘托出，"小李，我今年准备参加上海国际乐器展，这回你给我多做点不同样式的小提琴，争取通过本次乐器展打开产品销路。为扩张小提琴销售版图，我今年特意多订了一个展位，咱们齐心协力把前期参展准备工作弄好。这是我第二次参加乐器展，对今后业务发展至关重要。"小李面无表情说："没问题，您放心吧，薄老板，我一定把琴给您做好，让您参展顺利，赢得更多大单。"薄维瞅他脸上有一种说不出的感觉，到底是祝福，抑或羡慕，还有嫉妒，在薄维眼中看来似乎都有。

283

10. 一对儿精妙绝伦的鹿角椅

时值盛夏，这年天津雨水格外多。沈阳道薄氏古玩店地势低洼，赶上罕见的大暴雨，连续下了一天半的雨，以致店铺灌篓。木制家具最怕泡水，家具泡水之后，需要及时进行维护保养。原来负责给店里维护家具的一位师傅回老家了，一直没回来。薄维一时半会儿又找不到特别在行的木工师傅，眼下正为此事犯愁。

薄维和徐二哥聊天时说起家具泡水需要维修之事。徐二哥说："兄弟，我与你介绍个人，原来我们是一个单位的老同事。此人姓韩，木工活儿做得特别好，人送外号韩巧手，他的手艺巧夺天工。他车钳铣刨磨样样精通，有机会我叫他过来帮你修一修。"薄维说："哪天我去请人家过来一趟。"徐二哥说："我和老韩都好钓鱼，下回我钓鱼的时候，顺便把他约过来。这周四不是集吗，他有时也在沈阳道揽点小活儿，替人做个拐棍头、修个家具之类的，我把他介绍给你认识。"

时至周四，薄维早早来到沈阳道开了店门，将货物布置完毕，坐等客人上门买古玩。大约十点钟，进来一位年近六十的老者，身材微胖，面相和蔼，个头儿不算太高，他便是徐二哥口中说的能工巧匠韩巧手。韩巧手问道："你是小薄吧，我是老徐介绍过来的。"薄维与韩巧手寒暄了几句，"韩师傅，有劳您亲自跑一趟，日后少不得要麻烦您。"韩巧手说："您客气，我与你父亲认识。你父亲待人很客气，他之前还跟我提起要做些活计，没想到今天就来了。"

正当二人说话之际，薄虎城恰好来到店里，同韩巧手打了声招呼："哟，这不是老韩吗？"韩巧手说："薄爷，您好。老徐给我介绍说薄维店里需要修点东西，我过来看看。"薄虎城说："我有老多小活儿需要找你帮忙，你愿不愿接修复古董家具的零碎活儿？"韩巧手说："那正好，你们把需要修的物件归拢到一块儿，改天得空儿送我家去，我家离你这不远，在黄河道那边住。"薄维说："行嘞，回头我就把东西送去，烦劳您帮忙修复。"

薄维与韩巧手约定好时间，将需要修复的物件全部送至韩巧手家中。韩巧手家中有个阳台，那便是他的小工作室，阳台上摆满各种工具。薄维说："韩师傅，您的家伙事真多。"韩巧手说："工欲善其事，必先利其器。我这还算少的呢，老伴儿不让我干了，叫我多休息，我一个月退休金能拿两千块钱，不愁吃喝。平常没事可做，我不愿总闲着，就愿忙活点，日子倒也充实。"薄维说："您这么好的手艺，真要不干太可惜了。"韩巧手说："嗨，关键我不愿闲着，就喜欢捣鼓这些玩意儿，有活儿你就拿来，钱给多给少都没关系。"

韩巧手的木工活儿确实没得挑，把坏的裂的修复得完好如初，根本看不出来有半点得楞过的痕迹。薄维见韩巧手木工活儿做得如此精细，分外高兴，感觉终于找到一个靠谱的人，他技术高超，活儿干得细发，心想以后可以和他长期合作。

为聊表感激之情，那天薄维特地请他吃了一顿饭。韩巧手爱喝酒，但有高血压，临出门前，老伴儿嘱咐老头子少喝酒。

韩巧手喜欢吃天津水爆肚，薄维点了六个菜，其中就有这道菜。酒酣之际，彼此了解越来越多，一时间，韩巧手打开话匣子："小薄，我跟你说个事，原来我有个徒弟，徒弟可比师傅强多了，徒弟如今开家具厂，买卖干得很大。他有一件好宝贝，我心头一直惦记着。可惦记也没用，因为我家房子小没地方摆。哪天有机会，我带你去瞅瞅我徒弟的家具收藏。"

薄维闻言颇有兴趣，"韩师傅，是件什么藏品呢？"韩巧手搁了一口酒，"一对印度小叶紫檀鹿角椅，这对鹿角椅你必定没见过。"薄维说："好像我在故宫看到过鹿角椅。"韩巧手眉飞色舞道："那不一样！我徒弟收藏的一对鹿角椅比故宫的还要精美许多。他这对鹿角椅为清末民初时期的物件，论年份有百年之久，而且这对鹿角椅委实精妙绝伦。说起鹿角椅，一个像男人，一个像女人，霸气十足。"薄维不解地问："鹿角椅怎么还会一个像男人，一个像女人呢？"韩巧手说："回头我带你去一趟，你目睹此物心下就会明知，估计他根本不会卖。因为之前，我有个朋友是做房地产的，看中他这对鹿角椅，说什么他都不肯割爱。怎么说呢，他这人隔色，不缺钱，即便给他再多钱也不卖。"韩巧手的一番话不由得勾起薄维的好奇心，"韩师傅，赶明儿辛苦您带我一块儿去看看，我开车接您。"韩巧手爽快地应承："没问题，咱们周日过去。"

周日这天，薄维驾车接上韩巧手，他们要去的地界位于天津外环线，离飞机场特近。抵达目的地，薄维看到一处不算太大的工厂，两扇巨大的铁门紧闭。当进入大门之后，映入眼帘的是一棵大树桩，目测树桩直径约有两米五，重达几吨。

家具厂的厂长则亲自出大门迎接,将他们二人迎入会客室。厂长姓赵,个头儿高大,身穿西装,打着领带,年纪约五十岁,长得着实富态。宾主相见,寒暄几句。赵厂长说:"韩师傅过去是我老师。"韩巧手谦虚回应:"老师可不如学生,现在学生身价几千万资产,老师还是原来的小木工。"赵厂长说:"嗨,不过是小打小闹,走了几年时运罢了,若没韩师傅把我带进门,恐怕也没我今天的事业。薄维你很棒,年轻有为,沈阳道的人都听说你的名声。"薄维说:"您去过沈阳道?"赵厂长说:"我去过薄氏古玩店,见过你父亲。"薄维说:"看来我们真有缘分。"赵厂长说:"请坐吧。"

秘书忙为客人端茶倒水,大家落座品茗。薄维问道:"您从事家具行业有多少年了?"赵厂长说:"到目前为止干这行已有二十个年头,年轻时跟随韩师傅学手艺,我特喜欢木器,也是机缘巧合,后来去东南亚出差。缅甸、老挝,这些国家我经常去,不经意间发现红木材市场,觉得是个机会。通过关系,做起木材生意,到后来慢慢改行做家具。"薄维说:"您转型非常成功,如今房地产板块起来了,中式家具肯定为一大热门。"赵厂长说:"你说对了,我很看好这个市场。不管房地产如何变化,我都喜欢家具行业。"薄维说:"赵厂长具有长远眼光,战略定位清晰准确,您是我学习的好榜样。"两人相谈甚欢,薄维觉得不论三观,以及对艺术审美,俩人都很契合,值得结交朋友。韩巧手适时插话:"小赵,能否叫薄老板欣赏一下你那对鹿角椅?"赵厂长说:"师父带来的贵客,必定好生招待。"

赵厂长把二人领到办公室,室内装修格外豪华气派,摆放着紫檀家具和红木顶箱柜、大条案,走到最里头,薄维看到一处约三十平方米的空间,铺着红地毯,摆放一对鹿角椅,周围空无一物。他站在原地出神地望着这对鹿角椅,整个人瞬间愣住了。

一对鹿角椅形态各异,选用雄雌鹿角制作而成,角形舒展自然,体形大小宽约为一米一,高有一米二。鹿角椅由四副鹿角构成,背板为紫檀,雕刻云龙嵌百宝。从外形看,一把具有帝王的霸气,一把呈现皇后的贤惠。前者背板为凹的,上端鹿角尖朝前,呈进攻型,后者背板凸起,鹿角朝后,呈防守型。

鹿角椅制作可谓巧夺天工,不仅造型奇特,更体现在巧上,匠人根据鹿角不规律形状,将鹿角巧妙地与红木以榫卯结构相连,尽管四角略朝外倾斜,但丝毫不影响鹿角椅的承重。这是艺术的大胆创新,带给人无尽遐想,看似简单的构造,实则蕴含着无穷智慧与力量。

赵厂长见薄维聚精会神观赏此物,便考起薄维:"你瞅这对鹿角椅有何特点?"薄维说:"看出来了,它是一个像男人,一个像女人。"赵厂长说:"背板为何一个凹的,一个凸的呢?"薄维说:"这般设计挺有意思,不大明白匠人因何如此设计。"赵厂长说:"你不妨观察历代皇帝画像,都是虎背熊腰,挺着肚子,证明他养尊处优。他是往后坐的,所以背板是凹的。而背板凸起的鹿角椅,则代表着女性。一般嫔妃伺候皇上,需要保持仪容,身子必然不能倚靠背板,所以是个弓背。你再仔细瞅瞅鹿角椅底下的脚,皇帝那张椅子下边没有勾脚。再看另一张鹿角椅,那是皇后,四条腿上全勾着脚,寓意后宫佳丽三千钩心斗角。"

薄维听后恍然大悟:"这般设计太妙了,您要不讲,还真就想不到。"赵厂长笑说:"你看还有一个细节,就是背后的脚,一个朝前,一个朝后,代表男人是进攻性的,女人是防守型的。"薄维赞不绝口:"哎呀,绝了。真是天做一半,人做一半,这对鹿角椅构思巧妙,确实为一件不可多得的藏品。"赵厂长说:"故宫那张鹿角椅是单的,没有成对,我收藏这对鹿角椅是绝无仅有的孤品。"薄维说:"这件藏品多少钱您愿出手?"赵厂长说:"早间有很多人想要,我不理他们,反正我报价一百万,估计没人买。"薄维:"倘若您舍得忍痛割爱,我和您谈谈价钱。"赵厂长说:"再多钱我也不卖,自个儿留着玩呢。你看我厂子里有几百件家具,唯独这件乃我镇厂之宝,你就别夺人所爱了。薄老板,没事到我这儿喝个茶,聊聊天。"

薄维和赵厂长接触以后,鹿角椅在他脑海里留下了深刻烙印。冥冥之中,他感觉自己和鹿角椅有莫大缘分。第一眼见到鹿角椅时,心下暗自决定无论如何定要拿下此物。

平常没事,薄维常去拜访赵厂长,意在鹿角椅。好东西向来不易得手,若要得到心爱之物少不得要花些水磨功夫。

那日薄维来找赵厂长喝茶,闲谈之间,赵厂长接到母亲打来的电话。只听赵厂长说:"妈,您甭着急,我这两天厂子里事多,过两天我带您到医院扎扎针灸,做下热敷理疗,实在不行让大夫看看开些膏药。我姐不是在您那边吗,您这病治不好,少活动,好生在家静养。"

赵厂长挂断电话,眉头紧皱。薄维问他,"令堂身体不舒服吗?"赵厂长叹了口气说:"别提了,家母患腰椎间盘突出已有多年,只要一动,弄不好就得在家躺床上一个月，这些年被疾病折磨得万分痛苦。之前带我家老太太去过不少医院看病，除了吃止疼药，就是贴膏药，要么打针，或者小针刀，微创手术，用尽千般疗法，钱也没少花，罪也没少受，反正到最后都不怎么管用。"薄维说："我有个朋友是中医大夫，治疗骨科病相当有一手，哪天我开车接上您和婶子，一起去我朋友那边看病怎样？"赵厂长说："在哪个地方？"薄维说："北辰区。"赵厂长说："离我家不算太远，不麻烦你来接了，我能找到地方。"薄维说："我朋友张主任名气很大，行医二十余载，经他治愈的患者不下几万例，眼下他的专家号一号难求。"赵厂长说："在北辰区哪儿呢？"薄维说："北辰中医院。"赵厂长说："兄弟，我就不跟你客气了，此事办得越快越好。"薄维说："明天我抽时间陪您过去。"

次日，薄维驾车去接赵厂长和赵母。赵母家住西马路，离薄维家挺近的。薄维带他们母子二人奔北辰中医院去了。

三人来到北辰中医院，赵厂长替母亲挂了号。赵母与张主任说明病情。张主任说："没问题，这种病能看。老太太，您走道怎样？"赵母说："这不叫人搀着勉强能走几步，走路老大费劲。"张主任说："您床上趴着就行，我好给您治疗。"薄维和赵厂长架着赵母慢慢蹭到床边，赵母上身先趴床上，二人把赵母的两条腿轻轻搬上床，赵母疼得龇牙咧嘴直叫唤。待赵母整个身体趴上床后，张主任根据患者情况推断："你母亲这种情况是长年的病，而且她腰骶骨还有陈旧伤，可能你不知道。"

赵母诉说自己的病情，"大夫，阴天下雨，我左屁股下边老感觉疼，您说这是怎么回事？"张主任说："您肯定蹲过，而且时间可不短，应该有两年左右，您这属于陈旧伤。"赵母说："您真厉害，这都能看出来。有一次下雨路滑，我蹲了一屁股没太在意，反正我的腰也不好，平时就有毛病，孩子们都忙，我也没和孩子说起此事。"张主任说："老太太，甭着急，我给您慢慢调，您就辛苦些，让孩子每天送您过来，您坚持一周，保管叫您疼痛症状缓解。"赵母说："我一犯病有时在医院住一个月都好不了，大夫，您的手段果真立竿见影吗？"张主任说："老太太，您看疗效说话，先试试我的手法。"

张主任把赵母后背的衣服撩开，在她腰部采用中医推拿的手法，预热三分钟，啪啪啪连拍几下，然后运用正骨手法一推，赵母疼痛难忍大叫一声疼。张主任说："老太太，您下地。"赵母说："大夫，我疼，下不了地。"张主任说："您试试。"赵母上床时毕竟两条腿是被搬上去的，老人起初有些犹豫，磨蹭半天下不了地。张主任鼓励患者："老太太,您迈开脚走两步。"赵母说："我疼,走不了道。"张主任说："现在疼吗?"赵母说："比方才来时疼痛感减轻。"张主任说："慢慢走几步,试试看。"赵母忽然发现自己能够行走自如,不似先前那般疼痛难忍,顿时高兴坏了,"张主任,您手法太神奇了,不打针不吃药,疼痛瞬间缓解了百分之六七十。"张主任说："老太太,您坐下,我还有个手法,您体验体验。"

赵母坐在凳子上,张主任为她施展了中医推拿的颈椎斜扳法,左右各扳一下,只听脖子咔嚓一声响,赵母吓了一跳。张主任说："中医推拿对您颈椎健康有好处,您坐儿这休息五分钟。现在感觉如何?"赵母说："我感觉身上特舒服,跟刚才进来的时候简直是天壤之别。"

五分钟过去,赵母不费劲地站了起来,心情分外激动,双手合十,不住言谢："大夫,您真是活菩萨,医术高超。我原来脑子不清醒,经过您这么一整,后背特舒服,脑子也觉得清醒许多。谢谢大夫,回头我的病好利索,一定给您送面锦旗。"张主任说："今天头次治疗,后边接着治疗几天就知道有没有效果。"母子二人对张主任千恩万谢。张主任说："您的病没大问题,我会尽全力帮您调好。"接下来几日,赵厂长每天带母亲到医院看病,薄维没再跟着去。

半个月后,赵厂长打来电话,薄维一听说话声音觉得对方挺激动:"薄老板啊,你有空来我这一趟,我得好好谢谢你。老娘那个腰椎病已经痊愈,一个星期没犯病。老娘过去身子疼起来就得在床上躺一个月,晚上吃止疼药都睡不着觉,床上疼得没法翻身,半夜上个厕所老费劲。眼下我都不知道该怎么感谢你了。兄弟,我送你一箱茅台。"薄维说："您甭那么客气。再说老太太的病也不是我治好的,我只是中间牵个线而已。"赵厂长说："没老弟热心介绍,我妈有病没处去看。"薄维说："能看出来您是个大孝子。"赵厂长说:"老弟,要不我送你一套家具怎样?"薄维开玩笑道:"再好的家具也没您的鹿角椅好!"赵厂长是个明白人,心中透亮,"兄弟,看来你一直惦记着鹿角椅。我今天没时间,你下周过来一趟吧。"两人约在周一见面,薄维暗自庆幸,认定这对鹿角椅有望得手。

薄维如约来见赵厂长,赵厂长特地为薄维沏了一壶上等老普洱茶,言谈间对薄维充满感激:"薄馆长,感谢你帮我了却心愿,而且帮了我们全家一个大忙。我母亲腰骶犯起病来,严重时两三个月动不了,生活十分痛苦,我们得轮流照顾老人。她这是顽疾，我们四处求医问药，却不见病情好转，每次治疗后都是暂时好个一两天，然后就不行了，晚上吃几片止疼药都睡不安稳。张主任妙手回春，他的中医手法太神奇了。今天请你过来，有两个目的，一则请你吃饭，二则圆了你的心愿。我请你欣赏鹿角椅，倘或你喜欢，我就让给你。"薄维假意谦让一番："您太客气，那天我只是随口一说而已，君子不夺人所爱。"赵厂长说："比起家母身体健康，这些身外之物算不得什么。今天我再给你看样东西。"薄维寻思莫非又是一件奇珍异宝，"不知您想让我观赏何物?"赵厂长说："跟我来，这件藏品连韩师傅都未曾见过。"

赵厂长引薄维行至办公区，办公区内有个书房，书房里套着一间小屋，房屋不甚大，有十几平方米。赵厂长推门开灯，映入眼帘的为屋子中央一根很粗的木桩，底座是块精雕细琢的柱墩，旁边博古架上摆着各式古董。赵厂长说："别看屋小，我很少叫人进来赏宝。今天主要叫你看什么呢? 就是中间这根木料。"

薄维走近定睛一瞅，认出是海南黄花梨，不禁大吃一惊。但见海黄木料直径宽处将近六十厘米，高度约为一米八，整个摆件高度大概有两米二。底座为一块整石雕刻而成，石雕分为上中下三个部分，上下两端为方，中间为圆。整体雕刻采用浮雕与镂空雕工艺，上层雕刻二龙戏珠，蛟龙腾云。底座中间部位为圆柱上下相连，且刻有花纹，四角为金刚托天。下层刻有火形图案，层次分明，沿袭古老雕工技法。整个柱墩石给人沉稳大气厚重之感，凝结一代工匠的智慧与心血，将超凡的技艺巧妙绝伦地融入石雕作品之中。

薄维赞叹道："如此大件的黄花梨实属罕见。"赵厂长说："您说对了，这是海南黄花梨中的紫油梨，该木料十分稀少，相当名贵，尤为殊胜。当年我跟韩师傅学徒那阵，韩师傅教我怎么做活儿，如何辨料。一次偶然的机会，也是经一个朋友给我介绍的卖家，我听卖家说此物曾为民国时期总统府里的一件藏品。"

薄维赞叹道："想必此物价格不菲。"赵厂长说："珍品向来不轻易示人，我买的时候也是赶上机缘巧合。请你来观宝物，你若感兴趣，连同我那一对鹿角椅一块儿出手，我觉得这些物件与你有缘分。咱们虽然接触时间不长，但通过几次接触，发现你眼光毒辣，为人开朗，热情善良，韩师傅对你更是大加赞赏。这回你帮了我大忙，帮我母亲解决了看病的天大难题，所以我理应回报你。这对鹿角椅，我对外开一百万，那是虚价。说句真心话，海黄摆件我也没打算卖过,因此对外开价一百多万,关键这东西没价,这么大块的料少说有一百多斤,想必你也知道市场价。你我是生意人,都喜欢吉利数。一对鹿角椅加海南黄花梨招财摆件共八十八万,你看价钱合适吗?"

薄维认为价格合理,况且这两样东西并非轻易能买得到。薄维说:"您太实在了,我平常有讨价还价的习惯,今天不跟您砍价了。我回去和家人商量一下,尽快把钱凑齐,争取这两天把事办完。"赵厂长说:"兄弟,钱的事不急,我再与你保养一遍,因为这东西属于重器,我也没对外展示过。相信藏品搁在你的珍宝馆,必定会大放光彩,强似搁在我这儿寂寂无闻。"薄维与赵厂长共进午餐,喝了一瓶茅台,两下皆大欢喜。

薄维回家后,便和李靖商议此事。李靖惊讶地说:"八十八万,咋这么贵呀!"薄维说:"你不懂这对鹿角椅的价值,未来能值几百万。这般老物件我以前真没见过,而且还带一个二百斤左右的海黄,这在市场上而言确实独一无二的。"李靖说:"你觉得可以,咱就一块儿凑钱。你手头有那么多钱吗?"薄维说:"我把钱归拢一下应该差不离,今天下午还要进一笔三十万的账,大概可以凑齐。"

转天下午四点多钟,薄维带着凑齐的现金来找赵厂长换取藏品。赵厂长说:"兄弟,你时间观念很强,说两天就两天,言而有信。我今儿个送你件礼物,海黄盒子。"薄维说:"不用送了,您已然给我放漏,我不能再占您的便宜。"赵厂长说:"无妨,这是我一点心意,祝老弟财源滚滚。"薄维说:"恭敬不如从命。您回头叫辆车,我出运费,把藏品送到北京潘家园。"赵厂长爽快答应:"不费事,我给兄弟你包邮。"两下在欢笑中成交一笔生意,这对薄维而言是他人生中极为重要的藏品之一。

11 合伙人的背叛

这日,薄维走进陈为名的店里喝茶,发现地上堆放着形如大骨头棒子般的物件,长的能有一米,各种各样的,看起来挺老的。薄维问道:"老陈,您这弄的啥玩意儿?"陈为名说:"木化石。"薄维说:"从哪儿搞的?"陈为名说:"这是楼下古玩店的,人家家里好像有病人,需要回家一阵子,临走把东西搁我这儿了。反正他也不白搁,我要帮他卖了,分我百分之二十的提成。倘若卖不出去,他的东西占我一大片地,就给我三千块钱。"薄维盯了半天没看

291

懂，从没见过这样的物件，对此不好说些什么。

为能在上海国际乐器展览会中参展成功，薄维精心准备了几个月时间，想借此机会大展拳脚，以期在展览会上争取到更多新订单。此次参展前期功课做得充分，他在图书馆里翻阅大量资料，对小提琴的创意重新设计，将意大利的名人头像融入小提琴的外观中。

眼看再过十几天就要到上海国际乐器展览会举办的日期，薄维格外用心，做好最后的参展准备。参展的头三天，薄维决定先把北京三个古玩店暂时关门歇业，带着五个人组成的团队前往上海参加乐器展。他这回下了大血本，做了个特装展位和标准展位。薄维根据以往参加古玩交易会的丰富经验，十分看好本次展览会。

上海国际乐器展览会开幕当天，人山人海。薄维上次参展的仿古琴给众多厂商留下了深刻印象，这次他采用了促销手段，凡是过来参观的老客户，都会赠送一件精美的小礼物。礼品为薄氏珍宝定制的陶瓷杯，用个彩色包装盒装着，外观看起来蛮漂亮，价格不算贵，平均二十元一只。

没想到小礼品的发放，无形当中给展位带来了很大人气。当时来展位领礼品的人太多了，他的展位被围得里三层外三层，薄维赶紧让手下的员工维持秩序。薄维说："大家不要着急，每天可以领五十份礼品，前五十个参观乐器的人都能领到，不管是厂商还是观众，到下午也可以领十个。"这种方式竟然收到了意想不到的效果，薄维通过多年经验总结，参展时展位上一定要有人气，而最核心还是拳头产品过硬。

展览会第一天，薄维参展带来的一百六十把小提琴被人订走了百分之六七十，客户都想尽快拿到心仪的小提琴。薄维挨个跟大家解释："咱们这次跟上回一样，到展会最后一天，也就是第三天才能把小提琴拿走。"厂商和客户能在现场订到小提琴都感到满意。

进入展览会第二天，薄维也想逛逛其他展位，他同员工打了个招呼："老张，你们在这儿盯着，我去别的地方瞅瞅，看看这里有没有特殊展品。"老张说："老板您放心去观展，我知道该怎样和客户谈生意。"薄维说："费心了，老张，你多上点心。"老张说："自家买卖没说的，我肯定上心。"

本届展览会的规模与去年相同，同样分为 A、B、C、D、E 五个展区，薄维溜溜达达地从 E 区转悠到 D 区，此处基本上都是卖管弦乐器的。薄维走到拐角处见有个展位摆着两把小提琴，一把为人头琴，还有一把带刻画的，跟自己展位上卖的小提琴一模一样，唯一的区别没做仿古处理。薄维心中挺纳闷到底怎么回事，难道自个儿的创意被人抄袭了，于是上前询问小提琴的价格。展位摊主说："一万块钱一把。"薄维追问道："老板，琴是哪里做的？"展位摊主说："天津做的。"薄维闻言又是一惊，两人正聊着，忽然瞥见小李从身后过来，"薄老板，来了您。"薄维多少感到有几分诧异，"你怎么来展会了？"小李说："我过来观展，学习一下新技术。"薄维说："这是你带来的小提琴？"小李说："我朋友带来放这儿的。"薄维说："咱俩合作这么多年，说好了你只给我一个人供货，我独家代理销售你的小提琴，这个规矩难道你不懂吗？你给我一年做两三千把小提琴，是不是感觉订单太少？为何没经过我同意把小提琴搁到这儿参展，是不是要同我打擂台？"小李脸上一阵红一阵白，处境极其尴尬，什么话也说不出来。薄维瞬间就明白了，"那行，咱们回去再算这笔账。"

展览会最后一天上午，薄维展位上的小提琴业已售罄。因在展览会上碰见小李，遇到如此不愉快的事体，薄维无比心寒，做出一个艰难的决定，当场果断与客户取消后期小提琴订单，等于这次参展所做出的努力全白费了。老张见状劝说："老板，您别生气，咱回去调查调查，弄清楚再合计下一步怎样解决问题。"

回天津后，薄维立刻联系了在小李身边干活儿的一位老人，大家喊他老孔。薄维晚上把老孔约出来，两人在一家小餐馆见了面。

薄维点了几道老孔爱吃的菜，要上两瓶白酒。薄维说："吃吧，老孔。"老孔与薄维敬酒，滋溜一口酒下了肚，"薄老板，今天即便您不找我，我也正准备找您，我清楚您找我嘛意思，我就实话跟您讲了吧。"薄维为老孔布菜，"不着急，先吃饭，慢慢聊。"老孔吃口菜，说："我和小李最早在天津制琴厂一块儿干活儿，他不是半路拦住您，想跟您单干嘛，这不用说了。后来他把我从提琴厂挖了出来，您要的琴百分之六十都经过我的手，我和小李对薄老板非常敬佩。同您说句实话，前段时间，我家有事急需用钱，我也找小李借过钱，当时他没借给我，最后是您愿意借钱帮我一把，我心下特别感激您。小李技术没得挑，可为人苛刻，他还欠着我们很多承诺没兑现。"

说话间，薄维又给老孔倒满酒，两人碰杯喝了一大口。老孔接着说："他跟您这几年，车也买了，房子买了两套，厂房建了起来，但野心也大了。"薄维说："老孔，此话怎讲？"老孔说："有一次我俩喝酒，他亲口同我讲，薄老板只

293

是在北京平台好,你知道吗,只要给我一个合适时间,我也能干好。薄老板把东西价钱卖得比我贵,哪怕咱拿下他一半市场也能发大财。他一直想争夺您的市场,我对这般忘恩负义之辈其实早有不满。"

薄维紧紧握住老孔的手,像是找到知音,"看来共事这么多年,我和小李根本没处下真心朋友,咱俩算处下了,谢谢你把真话讲出来。"老孔说:"薄老板,我也不是为利益出卖朋友的那种小人,可有些人不管你付出再多,真就交不下他的心。您一直帮助小李,包括给他建厂房投资二十多万,一路走来您对他帮助很大。买车买房是他应得的,但他人品不行,人心不足蛇吞象,一点不懂得感恩。"薄维听完老孔讲的话,心下瞬间释然了。二人酒没少喝,说些掏心窝的话,直至喝光瓶里的酒,方才作别各自家去。

次日,薄维思考应当如何处理此事,在他心中有个处事原则,容不得背叛和见利忘义的行径。此刻,回想起父亲曾经教导他的一番话:"以利相交,利尽则散。为利益出卖朋友的人,任何时候不管他对你说了多少好话,终究会害你。在利益面前,见利忘义的人绝不会选择朋友,只会选择利益,甚至为了利益不择手段。"薄维深思熟虑后,做出一个决定。

小李从上海回来主动和薄维打了电话,约他出来吃饭,欲要解释那天的事情。薄维到底给了他一次机会,两人在餐馆碰头。小李说:"薄老板,那天的事纯属误会,是我朋友不小心把东西展了出来,当时我还跟朋友说,不让他拿我做的小提琴参展,但朋友没听,终究还是把琴给摆出来了,希望您别介意。"薄维心下早已看清小李那副嘴脸,脸上淡淡一笑,"事情都过去了!你创业不容易,这么多年,可能我有些地方做得不到位,别管咋样,我得感谢你多年生意场上的陪伴。你把手头的活儿做完,暂时不用给我做小提琴了。最近我在北京还要扩张古玩店,非常忙,可能顾不上小提琴生意。你先把手中的材料消化消化,至于合作日后再谈。"小李预感事体不妙,仍想再跟薄维解释。薄维站起身来,"今天就这样吧,我还有个重要会议需要参加,饭就不吃了。你自己多保重。"小李一听薄维把话说到这份儿上,只好如此。

半月过去了,小李把余下百十把小提琴的订单全部做完,再次打电话和薄维联系:"薄老板,这个月的琴都做好了,您看下个月订单做多少?"薄维说:"如果还有剩下的木料,先在你那儿搁着。我调整一段时间,因为我这儿有点新产品,店里生意很忙,暂时先这样,回头有需要我再联系你。"

其实,薄维心中早已打定主意,与他终止合作。厂子里突然没了订单,小李又无好的销售渠道,要养十几个工人,急得似热锅上的蚂蚁,给大家放假不是,继续生产也不是,陷于进退两难之地。小李实在一天也坐不住,几天当中和薄维打去多个电话,各种解释和道歉。此时薄维决心已下,便和小李摊牌:"我是做古玩生意的,小提琴只是我做的其中一个项目,而不是我的全部。我现在古玩店太多了,没精力继续搞小提琴业务。你是个优秀人才,相信你离开我,自己也会成长起来的。我先歇段时间,剩下的木料,我投资的设备全归你。就聊到这儿吧,我很忙!"小李若有所思地望着厂房,深深叹了一口气。

薄维回想与小李的种种交往,总结个人得失。他认为在利益面前一定要先找好合作伙伴,当初小李背叛以前的老厂长找到他合作,而今小李也能背叛他找到对自己更加有利可图的合伙人,虽然薄维能控制厂里小提琴的生产进度,但却控制不了小李的野心。在利益面前,小李无疑给薄维上了一课,薄维并不后悔尽早与小李终止合作的决定,因为提前止损总比日后发展到最后无法控制局面更为理想。小提琴项目为薄维带来艺术性的提升,更带来了可观的财富,没想到两个人的合作最后却是这般收场,虽感到惋惜,也只得认命了。

12. 木化石骗局

薄维来天雅古玩城盯店,心想无论如何定要把主业做好。薄维忽然发现陈为名的店铺连续两天没开门,颇感意外。直到第三天,薄维终于瞅见陈为名,只见他整个人无精打采,像丢了魂一般,"老陈,昨天是不是打麻将输了,怎么一点精神头也没有?"陈为名长叹一声,好悬眼泪没掉下来,"兄弟,到我店里坐会儿,我跟你念叨念叨这几天的事。"

陈为名开了店门,让过座,拿电水壶烧起水来,"你还记得上次在我店里摆的那堆木化石吗?"薄维说:"当然记得,怎么了,老陈?"陈为名说:"我上了大当。"薄维说:"此话从何说起,你不是帮人代卖,又没花本钱拿货,是不是没卖出去,人家抵赖不给你钱?"陈为名长吁短叹,"唉,说起来丢死人,今天我也不怕老弟笑话,同你讲讲到底什么情况。咱一个楼里开店的那个年轻人,说家里有事,叫我帮忙代卖货物,说给很高的提成,卖不出去也给钱,我就贪图这点蝇头小利,结果吃了老大一个亏。"

295

原来那日下午,古玩店临近打烊,来了一男一女,中年男子满面红光,头上谢顶,一身西装打扮;女子倒是年轻,脸上涂脂抹粉,嘴唇红艳,穿着丝袜包臀裙。两人携手揽腕进店东瞧西看,最后目光落在地上那堆形似大骨头棒子的物件上。男子名唤李岱,开口问道:"老板,你这是木化石吗?"陈为名说:"是啊,如假包换的木化石。"李岱说:"怎么卖呢?"陈为名说:"一万块钱一颗。"

李岱和身边的女人嘀咕了一小会儿,我听他说:"老婆,这物件见过吗?"女的说:"没见过。"李岱:"此物名为木化石,树木在特殊环境中,经过上万年才能变成硅化木,这东西相当珍贵,很有投资价值。"陈为名从二人交流的语气里推测该物件很值钱,不免动了歪心思。

李岱询问店主:"老板,你店里木化石总共有多少?"陈为名说:"差不多有五十一颗。"李岱说:"我全买了多少钱?"陈为名不觉大吃一惊,"都要了可以给您打八折。"李岱还价,"那也贵,木化石现在值不了这么多钱。五千一颗,你看行不行?"楼下邻居王老板与陈为名报的底价为两千一颗,即便卖五千也挺划算的。陈为名说:"东西不是我的,我得和人家商量商量。"李岱说:"不急,我赶明儿再过来。"

待顾客走后,陈为名与楼下商户邻居王老板打去电话,"小王,你让我帮你代卖的东西,今天有人询价,想要全部买走,你看要多少钱合适?"王老板在电话那头说道:"陈哥,你可别都给我卖了呀,两千块钱一颗,全部按这价卖是不行的,我暂时不打算全部脱手,等过些天我回去再说。"陈为名说:"那先挂了,有事再给你打电话。"

转天下午,李岱又带两个人过来看那堆大骨头棒子,"老板,你商量得怎么样了?"陈为名说:"你给的价钱不行,如果你想要,咱就六六大顺,六千六一颗。"李岱说:"六千六一颗,你算算该多少钱?"陈为名说:"三十万多一点,你给三十万东西拿走。"李岱说:"二十五万,我全要了。"陈为名心想一下子能挣十几万,内心格外激动,但不露声色,毕竟他也算半个老江湖,"您得交点定金。"李岱说:"我挑你一颗大的,先给你一万块钱定金,三天后我来买走你店里所有的木化石,咱们约在下午两点钟,假如我不来,这一万块钱归你,东西我也不要了。"

陈为名拿到一万块钱的现金,可算吃了一颗定心丸,"咱们一言为定。"他的朋友不住夸赞:"木化石是好东西,货真价实,李总,您买这批木化石赚大发了。"另一个朋友装腔作势附和道:"李总好眼力,您买的绝对是真货,回头倒手一个能卖好几万。"

陈为名当晚拨通王老板的电话:"小王,这批木化石我打算全卖了。"王老板说:"陈哥别着急,再过几天我就回北京,这么好的物件两千块钱一个真不能卖。"陈为名心下着急,"十万块钱我全买了还不成吗?"王老板说:"这样吧,您少拿几颗。"陈为名说:"不行,我全要。"王老板半推半就,故作极不情愿,"十万真的不行,您给我十五万。"陈为名一咬牙,寻思舍不得孩子套不住狼,即便这个价格照样也能挣十万块,"没问题,就这么定了。"王老板说:"我这边着急用钱,您明天必须把十五万全款打我账户上。"

陈为名心想人家一万块钱的订金都给了,这笔交易必定是铁板钉钉的事,毕竟一万块钱不是笔小钱,没人会拿这么多钱开玩笑。转天上午时分,陈为名兴兴头头去银行转了账,心中丝毫没有怀疑,思忖道:"这回时来运转,一来一去净赚十万块钱,一年房租出来了。"

等到第三天约定的时间,眼瞅过了下午两点,陈为名没见李岱过来,寻思再等等。到了两点半,陈为名已然有些沉不住气,忙给那人打电话,只听那头说道:"我正在给员工开会,得空儿给你回电话。"对方匆匆挂断电话,陈为名心说这人买卖干得真大。

时间一分一秒到了四点钟,陈为名忍不住又和那人打了个电话。李岱说:"我今天指定去不了,明天吧,你放心我肯定过去买木化石,一万块钱还在你手上放着呢,你有什么好担心的。"陈为名觉得他的话说得没错,心中仅存的一丝顾虑被打消了,"您忙着,咱明儿上午十点见面如何?"李岱说:"没问题,明天再说。"

第二天,陈为名一早到了店里,把店里打扫得一尘不染,沏壶香茶静候大客户的到来。然而,十点钟已过,却不见客户半个影子,此时陈为名变得有些焦躁不安。过了一会儿,他再看时间十点半都过去了,仍未见客户的踪影。陈为名忙给客户打去电话,李岱扯谎道:"我今天临时有事要去杭州出差一趟,等我回来再联系,我在机场马上要登机,不方便说话。"

对方急匆匆地挂断电话,陈为名隐约察觉到事情有些不对头。等到下午,陈为名再给客人打电话,而电话已无人接听,他越发觉得此事蹊跷,但又说不上来到底哪里不对劲。此时,他想起了货主王老板,于是决定给王老板打个电话以求心安。王老板倒是接通了电话:"陈哥,您有什么事呢?"陈为名问道："老弟,你多咱回北京?"王老板说："我过几天就回去。"陈为名说："回来告诉我一声,我请你吃饭。"

陈为名不由得怀疑起木化石的真伪,随便挑了几颗小的,找专人鉴定究竟是不是木化石。那人对化石之类的东西鉴定是个行家,看过他手中拿来的物件,"您这东西,一颗上边有地方是真的,大部分都是拼的,用的是老骨头粘黏,您这是打哪儿弄来的?"陈为名含糊其词地说："不是我的,是朋友的。"搞鉴定的人问："您这多少钱一个?"陈为名心想少说点怪栽面儿的,"一千一颗。"搞鉴定的人说："贵了,这玩意儿等于一堆碎骨头片子,沾点胶水钱,还有做旧钱,假如你想要一百块钱一颗,我能给你找一车来。"陈为名闻言如同当头一棒,急忙给王老板打电话,却发现电话怎么也打不通。陈为名寻思跑得了和尚跑不了庙,况且店铺尚在楼里,想到此心中总算找到一丝安慰。

陈为名赶到天雅古玩城王老板的古玩店一看,顿时傻眼了,只见店里空空如也,连红地毯也都不见了踪影。于是他向旁边店主打听情况。邻居店主说："他家昨天搬走的,老板没来,是他朋友过来将整个店铺搬空的。"陈为名心中五味杂陈,跌足长叹："妈的,被这王八羔子给骗了。"

因不懂行,为贪图蝇头小利,陈为名赚了一万块钱的定金,却赔进去十四万的血汗钱,还落下一大堆甚不值钱的大骨头棒子。

薄维得知邻居的遭遇,不免感慨万千,好言相劝道："老陈,怎么说呢,吃一堑长一智,这个亏吃得不算小,但也别太往心里去,凡事想开点,别因为这事再把自个儿气出个好歹来。"陈为名沮丧道："我辛辛苦苦一年才能赚几个钱,蝇头小利害死人。"薄维说："往后我能帮你的尽量多帮你,你要没钱,可以先到我店里拿货来卖,东西卖出去再给我钱。我店里都是实实在在的东西,可不会像他们那样声东击西,玩空手套白狼的把戏。"陈为名说："咱俩交往这么久了,帮我又不止一两次,您从来不会见利忘义,我能信不过您吗!"薄维说："老陈,保重身体,钱没了还能赚,要是身子没了,钱就彻底挣不回来了。"从这件事上,薄维吸取莫大教训,任何时候都不要挣认知以外的钱。

18. 国粹京胡远销海外

自从与小李中断小提琴项目合作后,薄维时不时回想起过去的日子,毕竟干小提琴这么多年了,不光是和小李,还有他身边这些朋友处得都不错,多年朋友突然分开,心中或多或少有几分失落感,既惋惜小李的手艺,又痛恨他见利忘义的行径。这让薄维心下纠结了很长一段时间,情绪不免有些低落。

平日里薄维与画家赵哥交往颇多,赵哥爱喝酒,因两家离得近,只要薄维在天津,他们俩基本上每周都会吃上两顿饭。饭后,他们一起研究绘画艺术,以艺术来熏陶生活。赵哥擅长画荷花,他对薄维夫妇说:"你们画荷花比较有悟性,尤其李靖在绘画方面还是有很大潜力的。你俩好好练,一定要画出自己的风格。"

闲暇之余,薄维夫妇坚持练习书法和绘画,进益颇大。薄维对此深有感触,无论做什么事,一定塌下心来,持之以恒,每天不管有多忙,也要写几笔,画几笔,这是对生活的一种态度。这段时间通过绘画帮助薄维稳定了情绪,能静下心来研究一些事体,薄维认为赵哥算得上自己人生中的一个贵人。

这日,薄维人在天津,接到傻杨打来电话,傻杨乐呵呵地告诉他一件好事:"薄老板,有一批老物件,说出来您肯定感兴趣。"薄维好奇地问:"你又寻到什么宝贝了?"傻杨说:"这个天津老乡家里有点来头,他家老家具贼多,就是不舍得卖。他还有一批京胡,可不是一般的京胡,全是过去名人用过的,绝对称得上大师级别的京胡。"薄维也会拉二胡,且家中收藏着几把好京胡,之前他随父亲去别人家中收过京胡,父亲与他讲过好京胡的收藏价值,薄维对此牢记于心。

薄维听到这等好消息,顿时来了精神头,连忙问傻杨:"傻杨,他那边京胡一共有多少把?"傻杨说:"大名头的有几把,还有点小名头的,都是完整的,一共得有三十把。"薄维说:"卖家要多少钱?"傻杨说:"这批京胡一块儿走,要十五万,算下来五千一把。"薄维说:"价钱高了,傻杨你再和卖家压压价,实在不行跟他说个死价,别人谁也接不了,给他六万块钱,等于两千块钱一把,比市场价略高一点。"傻杨说:"好咧,您等我消息。"

几日后,傻杨再次给薄维打来电话:"薄老板,六万块钱人家不肯出手,价格只降到了八万。"薄维嘱咐道:"那就先别理他了,等他找你再说。"傻杨说:"不妨事,您放心,杀价可是我们的专业,肯定能给您磨来。"薄维说:"回头搞到手,请你喝酒。"

薄维在潘家园经营着三家古玩店,生意一直不错,稳步发展。尽管他投资股票多年,但仍然没有摸到门路。平时赚点钱没事总往股市里头投,能挣十万恨不得往股市里搁八万,能挣二十万就往股市里搁十多万,投资从未停止。而他手里买的股票持续下跌,惨不忍睹,一跌再跌,经过几个月涨跌幅,已跌去一半的资金。

一日,傻杨打来电话与薄维报喜:"薄老板,那老爷子同意六万块钱出手。"薄维说:"我最近心情不好,炒股赔了很多钱。六万还是有点高,我不想要了。"傻杨说:"老爷子家里的孩子也炒股,最近赔得老惨,您要的话,咱可以和他压压价。"薄维说:"你就费心跟他谈吧。"

傻杨与老爷子反复谈了几次,最终以四万八的价格买下三十把京胡,而且人家还送了两把紫檀京胡。薄维看到这批老京胡格外高兴,见京胡的包浆和整个尺寸都很经典,在他看来这些京胡是国粹,未来的价值必然要加一个零,"傻杨,我给你百分之十的提成。"随后,薄维给傻杨加了五千块钱的辛苦费,请他喝了一顿酒。傻杨特开心,因为薄维给的价钱比别人给的要高。

薄维将京胡摆在北京的古玩店里,其间有不少人询价,但出价不高,薄维并不急于出售,这批京胡一直在店里摆着。果不其然,没过两年,店里来了一位海外华人专门收藏乐器,一眼相中京胡,"老板,京胡多少钱一把,我想全要了。"当时店里一共摆着十四把京胡,薄维家中留了一些好京胡,"您全要的话,我给您优惠点,一共三十万。"海外华人说:"您给我包上,我要了。"薄维见对方不杀价,感到十分惊讶:"您确定都要?"海外华人激动地握住薄维的手,"是的,我全要了。非常感谢您把京胡让给我,这批老京胡有着深厚的历史文化价值,弥足珍贵。我要把它们带到国外,让它们走进国外的博物馆,让世界看到中国人的古老智慧。"

海外华人拿起一把京胡,试试音色,即兴拉奏一曲,曲声悠扬,余音绕梁,仿佛穿越了时空,瞬间让整个屋里充满了独特的文化声音,给人心灵上的震撼与滋润。薄维这一刻仿佛遇到了知音,更对京胡生起敬畏之心。

11 心心念念红珊瑚树

薄维与钱天华已有很长一段时间没联系了,因为他的电话总打不通。薄维心下仍旧惦记那盆红珊瑚树藏品,于是找董老板问起钱天华的近况:"董哥,您跟钱老板近来可有联系?"董老板说:"没联系过,好长时间没看见他了。"薄维说:"改天咱俩一块儿去看望钱老板如何?"董老板说:"如此最好,这样也可尽尽朋友情谊。"

大概一周后,董老板走进薄维店里说起钱天华的情况,"小薄,我打听到一些消息。钱哥家里有病人,最近他还遇到一些不顺心事。钱哥不是世界各地跑吗,有一次他从国外回来,顺便到澳门打了几次牌,最后输了不少,有五六百万。"薄维一听十分惊讶,"我的天,输那么多呀!"董老板感叹道:"真是福无双至祸不单行啊!吃喝嫖赌四大毒,什么时候都沾不得。回头我和他约个时间见个面。"

时隔多日,再次相见之时,薄维感觉钱天华变了个人似的,见他面色黯淡无光,印堂发黑,早已没了先前那般神采,整个人看起来无精打采,一脸憔悴。薄维关切问道:"钱哥,看您气色很差,最近是不是遇到什么难事了?"钱天华叹了口气,"我真后悔,前段日子到澳门玩了几次,竟然输了一千多万。这不家里又赶上母亲身体不好,需要照顾老人。你瞧我脸色不好,是有原因的,我去做了个检查,医生说我身体不太好。"薄维说:"有能用得到兄弟的地方,您只管开口说话。"钱天华说:"兄弟,老哥晓得你特别喜欢我那盆珊瑚树,再看看吧,这次难关挺不过去就找你帮忙。"薄维说:"大家是朋友,我能帮您的一定会尽量帮衬,有事您就跟我说。"钱天华说:"多谢兄弟好意,你等我电话。"

过了十几天,钱天华终究还是给薄维打去电话,请薄维过来一趟。薄维见着钱天华后,只觉他二目无神,脸上胡子拉碴,比上次看起来更加憔悴不堪。钱天华苦笑道:"兄弟,这回红珊瑚树必须让你了。我前两天去了趟澳门,又输进去两百万,老惦记着回本,没承想竟是肉包子打狗有去无回。"薄维听后替他感到惋惜:"钱哥,您是个聪明人,怎么做这等傻事,常言说赌钱场上无父子,那种地界怎能回本?"说到伤心处,钱天华的眼圈不禁湿润了,"我现在想哭都没地儿哭,肠子都悔青了,这下输太多钱,把好多东西都抵给人家了,还有几个别的项目。这盆珊瑚树,我当时花十五万美金买的,你想要的话,给我一百万人民币就成,也算帮老哥一把。"薄维没有丝毫犹豫,当即应承下来:"钱哥,我不和您讲价了,因为您眼下确实挺难的,我喜欢您这盆红珊瑚树,给我三天时间,我给您凑钱。往后您别去赌博了,咱们一块儿好好做生意,有困难兄弟帮您。"钱天华说:"谢谢老弟,你是我的贵人。"

一百万毕竟不是一笔小数目,薄维回家和李靖讲起掐丝珐琅紫檀红珊瑚树这件藏品。李靖听到价格大吃一惊,"一百万,太贵了,那株红珊瑚为何那么贵,你可别被人家骗了。"薄维说:"红珊瑚树并非寻常之物,属于海外回流过来的古董。钱哥眼前遇到困难,这个忙无论如何要帮。假如我现在要买六七十万也能拿到手,但钱哥确实有难处,咱不能趁火打劫,得帮他一下。万一哪天咱遇到难处,说不定也会有人帮咱们。"李靖说:"反正你买东西我不管,从白发石那件事上我就相信你的眼力。"

薄维东凑西凑,卖了些股票,总算凑够一百万。到了第三天头上,他把钱悉数交给钱天华,钱天华对薄维万分感激:"兄弟,你是有福报的人,相信这盆红珊瑚树一定能为你带来好运。你是好人,哥哥祝你生意兴隆。"薄维说:"钱哥,您往后千万别再赌了,赌博害人不浅,能让人家破人亡。"钱天华激动地握住薄维的手,"兄弟,老哥记住你的话了。"

一路上,薄维两手紧紧抱着掐丝珐琅紫檀红珊瑚树,始终没敢放在车上。因为红珊瑚树太娇气了,这是薄维梦寐以求的无价之宝,自从第一次见到红珊瑚树照片起,惦记了好几年如今才搞到手,内心无比激动。薄维把这盆红珊瑚树摆在古玩店里,还真就带来好运,不少人想要高价购买,但薄维始终不肯转手。

有一回,金哥来到薄氏珍宝古玩店,一眼瞅见掐丝珐琅紫檀红珊瑚树,"哎哟,行啊,你小子弄这盆珊瑚真漂亮,你要出手的话言语一声。"薄维说:"金哥,此物乃镇店之宝,暂不出手。"金哥说:"就知道你小子会说这种话搪塞,跟我你都舍不得卖,我看到最后你想卖给谁。"薄维说:"珍宝得遇有缘人。"金哥说:"强人所难不是我的为人风格,那你就等着有缘人过来拿了。"

那天有个饭局,金哥特意带合作伙伴唐总到薄氏珍宝古玩店赏宝。唐总梳个大背头,他是做地产金融生意的,相当有经济实力。唐总看到掐丝珐琅紫檀红珊瑚树特别喜欢,"薄老板,你这盆珊瑚树多少钱愿匀给我?"薄维说:"您请看别的物件,这件是压堂货。"唐总说:"我看上的东西还没有买不到的,我这部车开了两年,你想要的话,我拿劳斯莱斯幻影来跟你换。我可听金哥说过,你的白发石也是拿车换的,这回我拿幻影和你换红珊瑚。"薄维说:"谢谢唐总厚爱,暂不出手。"唐总说:"兄弟,算你狠。"

15. 偷鸡不成蚀把米

时间一晃几年过去了,两个孩子渐渐长大。薄维对孩子的学业格外走心,大儿子薄金瀚即将面临小升初,老大一心想考一所好点的中学,老二即将上小学。薄维听闻外边传言,重点中学划片不看分数,这项政策多少年没实行了,可眼下马上又要执行。薄维便同李靖商量房子的事情,认为当前家里的房子在天津红桥区肯定不是个好地方,两人合计打算在南开区租上一套或买一套学区房,以便孩子上一所好学校。

房子不看不知道,夫妻俩一看楼市价格吓一跳,惊奇地发现一个大问题,如今房价极其昂贵,跟前几年的房价早已不可同日而语,眼下一套房子单价颇高,同样面积的一套房子目前价格能买之前五六套房子。

夫妻俩把南开区的学区房都看了个遍,发现如今的房价高得离谱。薄维和李靖决定先在南开区租上一套房子作为过渡,慢慢寻找适合购买的房子。计议已定,他们选择在南开区富力城小区租下一套三室一厅。

自打搬进南开区的学区房,老二薄金桐顺利进入中营小学读书,这所学校在天津算得上历史较为悠久的一所小学。老大薄金瀚小升初分数考得不错,但摇号的学校不太理想,摇上了天津市第五十中学。薄维为孩子学业可谓煞费苦心,托了不少关系,找了三拨人最后把南开区教育局的局长都给请出来吃饭。南开区教育局局长说:"薄总,您能叫我出来,我知道您的社会身份肯定不一般。但是我要跟您说一下,我们老区长的孙子今年也是这情况,我也无能为力,真的爱莫能助。家长谁都希望孩子上一所好学校,您的心情我能理解。因为现在的学校都是网上摇号,谁也没办法走后门,真的帮不上忙,请您见谅。"薄维说:"领导,难道一点后门都走不了?"南开区教育局局长说:"教育面前人人平等,实在没办法。"

面对孩子选学校就读的事情,作为家长有心无力,此事成为薄维人生中的一大遗憾。因为薄维认定大儿子跨区凭分数能够考上最好的中学,如耀华中学或者天津一中,然而面对现实想法却落空了。当时薄维拍着胸脯跟孩子保证没任何问题,只要学习成绩足够好,就能上想要报考的任何一所中学。薄金瀚逢人便说自己能考上耀华中学,却只摇到五十中学,根本无法转学。没办法,薄维夫妇只得认可孩子在天津市第五十中学上学的事实。

薄金瀚在天津市第五十中学就读三年,学习成绩一直保持在年级前三名,从而改变了薄维对五十中学起初不太看好的想法。学校是孩子成才的重要一部分,至于能不能学业有成,关键还得看孩子肯不肯上进,是不是块学习的料。薄金瀚学习成绩优异,后来经过三年努力,考上了天津市实验中学,这在天津是数得上的一所重点高中,也为孩子今后成长打下了良好基础。

在南开区富力城小区租房子的日子里,孩子上学格外方便。小区绿化环境优美,充满了鸟语花香,薄维夫妇感觉小区配套完善,而且很多知名人士都住这里,两口子特别喜欢小区的氛围。薄维同李靖商量:"小靖,要不咱在这儿买套房子吧,一则孩子大了,老租房子价格也不便宜,如今房子一年比一年贵,二则多买一套房子比把钱放在银行要保值多了。"李靖说:"你说得有道理,好位置的房子比存钱更划算,而且后期还有升值空间,有钱入手一套学区房不失为一种好的投资选择。"

夫妻二人得空儿就到周边看房,找找有没有性价比高的房子。通过综合对比,薄维发现十楼以上和十楼以下的房价截然不同,虽然都为南北朝向,但楼与楼的间距太近,楼层太低的房子可谓终年不见阳光,价格自然差着几千块钱一平方米,薄维认为房子一年到头见不着阳光肯定不行。然而有些房子采光虽然充足,但临街噪声也大,自然不是自己想买的房子。

这天,有人到薄氏珍宝古玩店告诉薄维一个重大行业消息,"薄先生好,我是北京古玩城招商部门的刘义卓,久闻大名,只恨一直无缘拜访。"薄维忙与对方握手,"幸会幸会!"刘义卓说:"今年十一月份,全国农业展览馆新馆将举办北京中国文物国际博览会,本届博览会由北京市文物局主办,我们古玩城是本次活动联合承办单位之一,想邀请有实力的古玩商参加文物博览会。此次不仅有中国古玩商参展,而且世界各地的古玩商都会来参展。本届文物博览会规模之大,权威性高,影响力深远。现场既可以展览,也能销售,不知薄先生可有兴趣参展?"薄维说:"谢谢您告知我如此重要的消息,我对文物博览会很感兴趣,怎样参展,咱们尽早将合作事宜定下来。"

多年参展的经验,薄维尤为看重展位的位置,为能在北京中国文物国际博览会上充分展示薄氏珍宝文化品牌,他特地在展馆内订了个特装,以期吸引更多参观者的目光。

薄维花了三四个月,陆续在周边看了将近三十几套房子,各处房子或多或少都有些不完美,并不是理想的选择。归结起来,房子不是光线不好,就是价格过高,有的房子被祸祸得很糟糕,需要重新装修,也是一件麻烦事。

直到有一天,房产中介的销售员小林打来电话,为薄维推荐了一处相对不错的房源。小林说:"您好,薄先生,我手头有一套房源,综合比较符合您选房要求。楼房有电梯,那套房子为次顶层,视野开阔,而且处于楼王位置,主客厅推开窗户放眼望去可见湖水。房子南北通透,洗手间干湿分离。这套房子别的缺点没有,前提必须一次性付款,您看是否考虑?"薄维对中介所说的房子非常感兴趣,"后天上午十一点,咱一块儿去看房。如果房子没问题的话,我就考虑入手。"

时值冬季,那日阳光明媚,房产中介小林带薄维去看房。薄维见南面主卧室进来三分之二的阳光,感觉特别温暖舒适,对房子颇为满意。毕竟薄维之前亲手买过两套房子,在看房与选房方面颇有经验,况且学了些风水,认为这套房子宽敞通透。房型呈 H 户型,两室一厅一厨一卫一阳台,一间卧室大,一间卧室略小,厨房倒也敞亮。薄维说:"房子看着还行,这套房子要价多少钱?"房主说:"最低四百万。"薄维认为房价偏高,"能不能划价?"房主说:"我给您报的是最低价,根本划不了价。"薄维说:"三百五十万可以的话,我就要了。"房主脑袋摇得跟拨浪鼓似的,"这价想都别想,别人出价三百八十万我都没舍得卖。"

薄维与房主经过几天讨价还价,最终以三百八十八万的价格谈妥。待双方商议好房价,薄维开始筹款,答应十天之内把钱凑齐,然后去过户。

为了买套学区房,薄维夫妇拿出家中所有积蓄,到最后看了看还差一百多万。薄维说:"我在北京卖点俏货,因为还有十天,估计能把钱凑齐。"

薄维到北京联系几位老客户,将之前一直不舍得出手的古玩卖了些,用了三天凑齐房款。

距离买房交款尚有一周,薄维思量倘或把这笔钱放到股市里头,哪怕挣上百分之十的利润不也挺好。他事先没和媳妇商量,偷偷把买房的钱投入股市。薄维看到近期股市里在打一只新股,他想在股市中打个短平快。因为此前一直盯着那只股票,这回干脆把所有资金重仓压在这只新股上面。薄维当时看了不少股评,分析这只股票属于市场黑马股。买进之后,次日果真涨了百分之五,等于轻轻松松赚了二十万。薄维心下高兴,打算转天卖出股票。

第三天开盘,股票拉高涨了百分之六,薄维心想股票已然涨了百分之十一,不行再等等。等到下午收盘时,股票跌了回来,等于百分之六跌没了,薄维没舍得卖,心中多少有些失落,安慰自己等到明天兴许是个涨停板。

等到周四那天,薄维买的股票低开,仅往上边冲了一下,马上跌下来。

305

结果薄维又赔进去了百分之三,一时间不知道如何是好。心想如果此时不卖,到周五卖时,就怕提不出款,再耽搁买房。此时薄维内心备受煎熬,不断安慰自己再等等,堵上最后一把,万一周五是高开,这会子卖了岂不可惜。

抱着侥幸心理,薄维等到周五大盘交易时间,还真如他所想,买的那只股票高开,薄维上午没卖。股票价格起起伏伏,等到下午一点半开盘之后,过了半小时,薄维一看不能不卖了,因为和房主约定下午三点必须跟人家成交,要不真就提不出钱了。薄维卖的这只股票最后赔进去百分之二,不得不掏腰包将那亏损的几万块钱补上,此事让他深感心力交瘁。

薄维再一次自我审视与反思,恰恰是现实又给他上了生动一课。他深刻认识到,无论什么事,都要具体事情具体办,不要盲目抱有侥幸心理,这次经历让他清醒体会到什么叫作偷鸡不成蚀把米。虽然薄维在周五当天下午一次性付清全款,顺利过户,买到心仪的房子,但他却一点也高兴不起来。薄维下定决心,日后千万不能贪心,再一次萌生退出股市的念头。

16. 做生意更多时候是交朋友

北京中国文物国际博览会开幕当天,全国农业展览馆新馆人头攒动。薄维将镇店之宝白发石和掐丝珐琅紫檀红珊瑚摆到文物博览会现场亮相展出,为期三天时间,他的展位接待了众多商户与个人参观。毫无疑问,掐丝珐琅紫檀红珊瑚树成为此次文物博览会一大亮点,备受瞩目,此宝入选北京中国文物国际博览会纪念邮票,展现出在文物收藏界的独特价值。

在这次博览会上,薄维有幸认识了许多新朋友,其中包括一对面相和蔼可亲的老夫妇。老夫妇说:"我在文物博览会上溜达了很多地方,觉得您展出的物件特别经典,很吸引我们,而且我觉得您人特好,有善缘。"薄维说:"谢谢老人家,您二老喜欢哪件,我给您打折。"老夫妇说:"我俩过去是做设计的,像三峡水电站,不少设备都是经过我们的手设计出来的。说实话在您展位上确实看好几样东西,您多优惠,我多买点。我们刚在三环边上买了套房子,有机会请您到家下做客。"老夫妇挑选一对印度小叶紫檀缠枝莲满工古玩柜,一件海黄油梨白菜大摆件,一对康熙年间青花人物故事赏瓶。薄维说:"您选的都是家居型的古玩藏品,此次参展,我展出的藏品多数为能撑台面的老物件。"老夫妇说:"我们要的就是最好的,次的还不要呢。我住的地方离古玩城不远,就在松榆西里附近。我俩天天逛古玩城,好多东西没看上,这才到您这儿来了。整个文物博览会,我在这儿待的时间最长。"

老夫妇共挑选十件物事,薄维见老人要的东西多,便给了优惠,"我给您二老打八折,今儿再送您二老一样东西,这是我朋友写的一幅书法,家和万事兴。"薄维将书法作品赠予客户,老夫妇收到额外的礼物都很开心,约定闭馆时再来拿走选好的物件。

闭馆那日,薄维亲自把东西送到老人家中。老夫妇说:"我买你这么多的东西,这是多大缘分,今后我还会去你那边买东西。老物件摆到这里,你看我家像不像你的小珍宝馆?"薄维听后直乐,"感谢二老支持。上次听您说爱喝酒,我今天特地送您一箱天津佳酿津酒,这是高度白酒,请您尝尝鲜。"老爷子分外高兴,"谢谢薄老板如此慷慨,实在是却之不恭,今日老朽请您在我家吃顿家常便饭。"薄维说:"不必客气,我一点小心意而已。"

其实在薄维眼里看来,做生意更多时候是交朋友,先建立信任,然后再谈生意。许多人跟薄维做一次生意后,就成了一辈子的朋友。

这日清晨,薄维早早来到潘家园旧货市场,安排员工摆摊,后去店里整理货物。

那阵天还不大亮,薄维手中拿着手电筒和放大镜,在市场里寻找有价值的老物件。刚走进市场大棚,见一堆人围个地摊看,薄维凭经验猜测里头必定有宝贝。每次只要有人围观,肯定有懂行的,更多是看热闹的,这种情形无疑是市场热点。于是薄维凑身过去,见有个老农脚穿胶鞋,黑裤子,上身穿着蓝色褂子,头戴一顶破草帽。摊上摆着几个瓷碟,两只老碗,一些古钱币,十来块甲骨文,引得不少人围观。

由于围观者众多,薄维离得远看不大清楚物件。只听有人和摊主正在砍价:"你这破骨头不值钱,没什么价值。"老农操着一口浓浓的中原口音说:"这不是一般骨头,骨头上边有文字,很特殊的。"买家说:"别管怎么说,骨头在市场上就不值钱,你这些东西我给你三千块钱。"薄维听到有文字的骨头,推测那可不就是甲骨文嘛,使劲往里挤了挤。薄维使出一计,故意问道:"老乡,碟子多少钱?"旁边有个人说:"来,你看你看,我出来。"

古玩这门生意,当碰到人家谈价时,千万不要直接跟人家抢,那样会破坏规矩惹众怒的。薄维见有人让地方赶紧蹲在前边,两手拿起瓷碟,用眼角余光瞥了一眼这堆骨头。认定这些甲骨文有故事,而且骨头很有年代感,上

307

边雕刻的字体分外清晰。那人正跟老农谈价,薄维在旁故意拱了一把火,随便对一旁的看客说话,"骨头这东西,摆在博物馆里有用,搁在市场上一般没人认可。"看客附和道:"对呀,东西得搁对地方才有价值,不搁博物馆里什么都不是,可不就是一堆不值钱的烂骨头。"

摊主老农瞅薄维和看客聊天并没太在意,买家继续和摊主砍价:"这堆骨头总共不到二十件,我再加两百,三千二如何?"摊主老农咬了个死价:"少于五千块钱不卖。"薄维一瞅那人十分懂行,且两人僵持不下,于是抽身走了出去,薄维寻思道:"是自己的终究属于自己,不属于自个儿的莫强求。"薄维心不在焉去别的摊位抓货,但心中却惦记着甲骨文。

薄维在市场里头逛了将近一个钟头,回来一瞅老农摊位前已没了人,见老农坐在马扎上嘴里嘟嘟囔囔:"他娘的缺了八辈子德,哪个狗日的孙子惦记老子的盘子。"薄维上前探问:"怎么了,骨头没卖出去?"老农说:"一件都没卖出去,盘子倒丢了一个,太倒霉了。"薄维说:"给价的不一定是买东西的人,横是小偷。"老农说:"可不是吗!"薄维蹲下身来仔细翻看甲骨文,认定甲骨文为珍贵的历史文物。

薄维日来练习书法,擅写金文和篆字,对文字历史有着深入的研究,他清楚最早的文字雏形便是甲骨文,甲骨文具有深厚的历史文化价值。过去古人刻字的工具与现代截然不同,因此雕刻的文字线条显得较为古拙。

大小不一的骨头符合远古年代甲骨文的特点,细细鉴赏便能感受到历史的沧桑感。薄维说:"你把这堆骨头卖给我吧,我给你两千块钱。"老农一听,鼻子差点气歪了,咆哮道:"什么,你才给两千,刚才那个人给三千二我都没卖,你刚才不也听见了吗?"薄维说:"你看他不一定是买你东西的人,说不准就是冲着偷盘子来的。"老农极不耐烦地说:"你说的价不中,真想要的话,给拿三千二。"薄维稍微抬高价格:"两千五。"老农说:"不中,你要这样的话生意没得谈,你这都不是买东西的架势,俺不卖了。"薄维见老农态度坚决,于是再次提高出价:"我不跟你多讲价,三千块钱,交个朋友,我是真心实意想买这些骨头,你要愿意卖,现在就给你钱。"老农有点心疼舍不得出脱:"中,卖给你吧。唉,一大早的,还没开张倒他娘的丢了东西。"

薄维和他聊起家常:"老乡,你哪里人?"老农说:"河南安阳的。"薄维心想这就对上号了,因为最早的甲骨文便是在河南出土的,"家里还有吗?"老农说:"不多了,还有几十块,都是过去家里老人留下来的。俺是农民,也不懂这玩意儿。过去早先时候,有好多人给俺钱,家里没舍得卖。后来分了家产,俺家分了些这物件。这回你有运气,俺卖给你了。"薄维说:"你家里那堆骨头卖不卖?"老农说:"那堆东西价钱不能太低,俺留的都是大块的,你想要的话得加钱。"薄维说:"价钱好商量,老乡下周把骨头带过来吧,我全要了。"

过了一周,薄维果真在潘家园旧货市场看到河南老农的身影,老农这回带来整整五十块甲骨文,而且骨头块都挺大,字体相当清晰,薄维看罢心下高兴。老农说:"这物件价格不能太低了,你全要的话最少一万块钱。"薄维毫不犹豫地答应下来:"上次跟你讨价还价是因为咱不熟悉,这次咱就一万成交,另外我再给你加两百块钱作为盘缠。"老农听罢直感诧异:"噫,弄啥嘞,你不还价咋还多给俺二百块钱啊?"薄维说:"你有什么好东西,想着我就行。"老农大为感动:"没想到我在潘家园遇到贵人了!俺干这行这么多年,从来没遇到过有人给俺加钱的,太谢谢老板您了。"薄维说:"旁边薄氏珍宝古玩店是我开的,往后你有好东西直接给我送来。"老农说:"中,没问题!俺有好东西一准想着您。"

薄维回到店里整理这批甲骨文,发现它们品相极好,从学习书法的角度来讲,甲骨文的线条和雕刻技法给薄维带来很大的视觉冲击力,这是文化教学标本和学习书法的宝贵实物。

一片片甲骨文,在几千年的岁月里,历经多少沉浮,更迭过多少主人,或毁于人为,抑或毁于战争,能留下来的愈来愈少。甲骨文的存在见证着古老文明,印证了人们的智慧,让人类的记忆从而变得有迹可寻。

薄维觉得这批甲骨文收的价格实惠,后来他又在河南老农手里买了些其他物件。他买东西很讲究,一直按照父亲讲的方法来做,做人一定要厚道,卖东西要少赚一点,便宜点,遇见好卖主,东西好的话,就多给他一点钱,多给人家点钱自个儿也穷不了,但别人却会念着你的好,自己也会得到更多福报。

11 结缘爱国华侨唐先生

转眼快到年底了,金哥给薄维打来电话:"兄弟,年前哪天咱们聚聚,哥哥给你介绍几个朋友认识,他们都是我多年的生意伙伴。"薄维说:"感恩金哥提携老弟,您看几时方便一块儿吃饭呢?"金哥说:"那就定在本周日,回头我把聚会地点告诉你。"薄维说:"我这什么时间都方便,等您消息。"

年前最后一个周末,薄维转天预备回天津过年。金哥把朋友约在国贸一家高档饭店,饭店主打粤菜。金哥预订的包间装潢金碧辉煌,面积约有五十平方米,超大红木餐桌,西洋沙发与茶几,精致的摆设,显得无比尊贵与气派。

金哥多年来为薄维介绍了不少的客户,对他无私帮助,却一无所求,这或许就是人与人之间的缘分。薄维提前进入饭店包间等候,没过多大会儿,金哥带着几位朋友来至包间,"小薄,过来挨着我坐。"薄维说:"金哥,这可不行,今天来了这么多尊贵客人,我怎好上座。"金哥说:"来吧,兄弟,别客气,你第一次来,待会儿与你介绍一下我的朋友。"

金哥右首坐着一位长者,满面红光,身穿花衣服,看衣服便知为印尼风格的打扮。金哥为其介绍道:"这位是唐裕先生,小薄,你可能对唐先生不了解,唐先生是知名爱国华侨,祖籍为铁观音的故乡,安溪的。他是著名实业家,更是商界的老前辈,而且为中外建交做出过巨大贡献。唐先生的生意遍及东南亚,有几十艘超大货船,被誉为东南亚船王,他是我非常好的朋友。"

唐先生看起来精神矍铄,和蔼可亲,主动与人问好:"薄先生好,认识你很高兴,也很荣幸。"薄维忙走过去,双手握住唐先生的手,"唐先生,久仰大名,今日通过金哥认识您万分荣幸,您老是我们年轻一辈人的学习楷模。"

金哥又为薄维重点介绍了另外一位朋友,年龄五六十岁,看起来十分富态,"我这位朋友是地地道道的红三代,当年开国大典,他爷爷就站在毛主席旁边,祖辈是有名的开国上将。他目前主要从事国际贸易,你们多亲近亲近。"薄维与其亲切握手,"您好,大哥,幸会幸会! 金哥方才没有介绍清楚,不知大哥您该怎么称呼?"这位大哥面相和善,不急不缓地说:"叫我胖哥就行。"薄维说:"胖哥好,我叫薄维。"

那顿饭极其奢侈,一顿饭花费两万多块钱,也是薄维在参加饭局中最昂贵的一顿饕餮盛宴。薄维结识了新朋友,这对他今后事业上带来了很大帮助。

不久后,唐先生再次来到北京,那天晚上特意打电话告知薄维:"薄先生,我来北京了,你可不可以来看我?"薄维喜出望外,"唐先生好,欢迎您回国,能单独见您一面不胜荣幸。"唐先生说:"明天上午九点到我这里,等你来喝茶。"薄维说:"唐先生放心,我准时拜会您老。您在哪里住呢?"唐先生说:

"待会儿我安排助理把具体位置发你。"

次日,薄维忙准备了一些精美的伴手礼和水果,按照约定时间前往唐先生的下榻处。唐先生住的总统套房,房中布置格外温馨。薄维进入贵宾房,与唐先生握手寒暄。唐先生为薄维沏茶,薄维品了一口茶,说:"您这茶是铁观音。"唐先生说:"看来薄先生对茶文化很有了解,不错,这正是我祖籍的安溪铁观音。"薄维说:"平时我也爱喝茶,夏秋两季我常喝绿茶,冬春两季我喝普洱茶较多。"唐先生说:"喝茶就是在品味人生,茶里茶外是两个世界的修行,茶里能观照整个世界,常言说酒后茶余、人走茶凉、三茶六礼、粗茶淡饭,体现的无不是一种生活态度,一个人的品行可在茶中看出来。"

茶几上放着一本大相册,引起薄维的兴趣。薄维说:"唐先生,可不可以看下您的相册?"唐先生把相册拿给薄维,薄维双手接过,放在茶几上翻看相册,唐先生为薄维介绍起相片中合影的人物。每一张照片都是国家历届领导人与唐先生的合影,这让薄维深感唐先生在中国影响力之大。薄维说:"感恩金哥让我有机会与唐先生结缘,聆听您老教诲,对我成长有莫大帮助。"

唐先生说:"我喜欢收藏古董字画,这次请你来呢,是想麻烦你看看有没有合适的藏品,帮我寻一寻。"薄维说:"没问题,唐先生,我必定根据您老需求,帮您精心挑选古玩。"唐先生说:"我在东南亚这块主要做橡胶,还有一些船务方面的生意,艺术金融是我涉及的一项投资领域,我这次来想寻一些各个时期的盏,就是喝茶用的盏,因为我们福建那边爱饮茶,饮茶时茶具是必不可少的,茶具中爱用紫砂壶和建盏。另外你再帮我寻些品相好的字画。"薄维说:"唐先生要新的还是老的,您的预算大概为多少?"唐先生说:"你是金总介绍的朋友,我相信你的办事能力。这回我打算采购一百万的东西,你可以做一个提成。金总跟我多次提到你为人实在,说一是一,说二是二,做古玩生意在业内很讲信誉,从不会拿假货蒙人。金先生信得过的人,我想人品必定错不了。"薄维说:"感谢唐先生信任。"

薄维以前接触过金哥不少朋友,初次合作最多做一二十万的古玩交易。像这么大的单子,薄维倒是头一回遇到,因为有金哥这层关系在,况且金哥在前期做了充分介绍,薄维才得到唐先生的信任。唐先生说:"钱呢,你不用担心,我先付上,给你付的全是美金,你看何时能把货给到我?"薄维说:"您老耐等几日,不出一周准能给您交货。"唐先生惊讶道:"这么快吗,我在北京

311

待两周,等你与我答复。"薄维说:"唐先生放心,保管圆满办好您交代的事体。"唐先生说:"那就有劳薄先生,我先把钱给你,你来替我寻一寻具有投资收藏价值的艺术品。"

唐先生的助理打开装有美金的提包,里边装满美金钞票,"薄先生,你数数,这是二十万美金,折合人民币一百三十多万。你与我寻一百万的东西便可,剩下的钱作为你的辛苦费。"薄维说:"感谢唐先生的信任,我必定不负您的期望。"

薄维回去便着手组织货源,诸如冀州窑、宋代耀州窑以及建盏,明清时期的青花瓷盏,当时价格并不是太昂贵,几百块钱就能买一只。薄维发动身边的朋友,凡是跟喝茶有关的瓷器统统都收。潘家园古玩市场一时间热闹起来,由于薄维大量收购茶具,短短几天时间竟将茶具类的古玩价格给抬高许多。薄维还寻了些书画作品,既有当代的,也有仿古的,凡是涉及仿古的书画,均如实做了标注。

很快一周过去,薄维如期交货。唐先生亲自来到薄维的仓库验货,待仓库房门一开,唐先生见满屋藏品,不住点头称赞。薄维说:"这些书画作品多数是按您老吩咐买的,有一些名头大的,像张大千、齐白石这些字画都是仿的,我均给您做了标注,您区分好了就行。"唐先生细看一遍,满意地拍拍他的肩膀,"东西还行,符合我的预期。年轻人,好好干,我看你前途无量,真心谢谢你的辛苦付出。"薄维说:"感谢唐先生给我服务的机会,能为您办事,我深感荣幸。"

薄维暗自庆幸能够结识这位商界大佬,唐先生身上散发出儒雅气质,令人心生敬意,他下定决心,一定要向唐先生学习,将其视为人生中的贵人。

18. 抄底实心紫檀木

这天,薄维刚回到天津,接到了挑大筐的傻杨打来的电话。傻杨神秘地告诉薄维,最近看好一批珍贵的货物。薄维问起傻杨:"什么物件?"傻杨说:"这户人家的老房子要拆迁,家中留有不少祖传的老物件,清末时期皇帝题字的匾,立柱有几十根,全为小叶紫檀,就连人家的窗户扇也是紫檀木做的。"薄维说:"你确信是紫檀的?"傻杨说:"千真万确,我们验了这批老货,紫檀立柱相当棒。"薄维说:"改天你带我看看如何?"

傻杨狡黠一笑，"我们这个行业，无论多好的朋友都害怕被人抄后路。"薄维说："我明白你的顾虑，你估算那批宝贝大概需要多少钱？"傻杨说："一共有四十多根紫檀立柱，卖家要一百万。"薄维说："价钱太贵了，你能不能再跟卖家磨价，把尺寸都量好？"傻杨说："我全部量了尺寸，这些紫檀甚是奇特，紫檀立柱高有两米一，最大直径约为三十厘米，外形如同筷子，而且全都为实心的。"薄维说："紫檀十有九空，怎会有那么多实心的？"傻杨一口咬定："确实是实心的，我没必要蒙您。这批东西十分特殊，我可是第一个通知您的。"薄维说："你放心吧，傻杨，钱倒不差，你再和卖家砍个价。"傻杨说："这户人家的祖辈相当厉害，到他们这辈人就差了点。您想买的话得抓紧时间，以免夜长梦多。"薄维说："这么多我一个人拿不下，我跟朋友商量下，不行哪天我把朋友约过来一块儿抄底，你先把价钱谈拢。"傻杨说："一个星期我准把价钱谈妥，回头再和您联系。"

　　薄维到北京和金哥见面说起此事。金哥深感诧异，"小薄，你做了这么久的古玩生意，难道不清楚十檀九空，不可能有这么好的木料。如果紫檀立柱真的全为实心木的话，一百万就别跟卖家讲价了，咱俩一人一半，你先挑一半，我加十万块钱，六十万你分我一半。"薄维说："我让那哥们儿再砍点价，金哥别着急，好饭不怕晚，说不定会有意外惊喜。"金哥说："兄弟，你要听大哥良言相劝，好东西定要先下手，做大事不要迟疑不决，一旦犹豫不定，便很有可能错失良机。"薄维明显觉察到金哥对这批实心紫檀立柱无比期待，恨不得马上开车去天津买货。薄维说："金哥沉住气，咱再等等，省点钱弄到手岂不美哉！"金哥说："相信你有能力把东西搞到手，我就等着听你的好音信。"

　　五日后，傻杨终于给薄维打来电话，声音透着一股子兴奋，"您来吧，咱们见个面，东西都敲定了，我还给您一个惊喜。"薄维说："辛苦傻杨，明儿上午见面细谈。"

　　转天两人见了面，薄维送傻杨一盒好烟，"傻杨，你和卖家谈得怎么样？"傻杨说："薄老板，我跟卖主磨破了嘴皮，人家咬定少九十八万不卖，他好像听说过您的大名。"薄维说："如此看来价钱确实降不下来了。"傻杨说："他家还有几件古瓷和古玉，要价十万块钱。其中一只为清康熙青花人物官窑大碗，清中晚期斗彩盘一对，虽然口有点毛病，但我觉得很漂亮。四十根紫檀立柱，连同几件古董拢共九十八万。"

薄维听傻杨如此一说,认为这批藏品颇为划算,况且又增加了几件瓷器与古玉。薄维说:"这批藏品价钱没问题,可以成交,你先把东西买过来吧。"傻杨面露难色,"薄老板,我哪里有这么多钱啊!"薄维沉思片刻,"不妨事,卖主要求转账还是要现金?"傻杨说:"这家只要现金。"薄维:"那先这样,我凑凑钱,今天肯定来不及了,后天我一定把钱凑齐。买东西不是要九十八万吗,我给你加十万,算作你的酬劳。"傻杨激动万分,高兴得紧走两步一把抱住薄维,朝脸上啵了一口,"薄老板,太谢谢您了。"薄维说:"没关系,你寻点好货比什么都强,放心吧,我不会让你白忙活。"

　　东西到手之后,薄维仔细检查紫檀成色分外满意。原来紫檀立柱上刷有一层大漆,傻杨刮掉油漆,露出紫檀木的本色。傻杨说:"听卖主说,家里祖辈在清末是文官,应该品级不低,属于四品文官。'文革'时期为了保住房子,还有这批紫檀木,才刷了一层油漆。现在那片要整体拆迁,这户人家着急用钱买房,所以才肯卖这批老物件。"

　　金哥听信儿之后,驾车赶到天津。两人相见寒暄一阵,转入正题。薄维说:"金哥,收这批东西总共花了一百零八万,还有几件瓷器,您看着挑。"金哥挨个看了紫檀立柱,抬手摸摸,赞不绝口:"紫檀木不错! 没想到真是实心的。瓷器你自己留着吧,我喜欢木器,拿些紫檀木就行。"薄维说:"金哥与我留一半便可,您先紧着好的挑。"金哥把预备好的六十万现金给了薄维,"你小子有格局,能成大事。我给你六十万,也不挑了,拿走一半。"薄维推让道:"金哥,您多给了十万。"金哥说:"兄弟,拿着吧,这是你应得的。"薄维说:"今日我为金哥接风洗尘,您来趟天津不易,我请您好好尝尝天津特色小吃。"金哥说:"好啊,今儿个我就大快朵颐,一醉方休。"

　　这些时日,薄维的古玩生意很顺,但又有些闹心,他买的股票暴跌,损失颇大。薄维发现一个规律,多年来一直如此,只要生意一顺,立马就会忍不住把钱投入股市,而买入股票没过多久就会跌,等于古玩挣钱,炒股一直亏钱,反复纠缠其中,他有好多回下决心以后不再碰股票,可挣了钱又控制不住自己的欲望。而这次薄维再一次下决心,一定要把股票清仓,认定自己根本不适合炒股。这么多年,薄维投资股票损失已有几百万,内心很痛苦,也很挣扎,就是戒不掉股瘾。他意识到自己的心态根本不是投资,而是在投机。

　　金哥曾对薄维讲过一句话,令他记忆犹新,"这船没你的货,你不可能在哪个领域里都能挣到钱,还是专注做一门事情更靠谱。"薄维决心已下,无论如何势必要戒掉股瘾。

19. 商学院与"徒弟"老薦

那日,薄维在潘家园旧货市场刚打开古玩店的两扇门,身后一只大手突然拍在他的肩膀上,"薄馆长。"薄维回头一看,"哟,原来是张领导大驾光临,真让小店蓬荜生辉。"张处长是金哥与薄维介绍的朋友,在朝阳区工商部门工作。张处长手拎个书包,"老弟,生意可好?"薄维说:"仰仗您关照,还能勉强混口饭吃。张处今天怎么这般悠闲?"张处长说:"我特意看望老弟而来,家里有几件东西,想请您掌眼。"薄维说:"没问题,举手之劳,您拿出来吧,我帮您看看。"张处长从书包里掏出两只碗,正好凑成一对,还有几块玉,"这碗是祖上留下来的,玉是朋友送的,你帮忙看看。"薄维接过碗细细瞧看,"您这碗没问题,是老的,属于民窑,还有点小残,怎么说呢,它的历史意义大于自身经济价值。"张处长说:"我懂了,就是说它卖不上价钱,但可以自己珍藏。"

薄维放下碗,又将玉件拿在手中仔细鉴别,"您这玉不对,属于老青海料,并非新疆和田玉。"张处长说:"何以看得出来?"薄维说:"您看此玉水透,玉中有水线,如此通透,定然不对。您这块小玉还可以,其他几件不对。"

张处长夸赞说:"薄馆长好眼力,古玩行我只信你一个人。"薄维说:"您过奖了,大家相互学习。"张处长说:"我有个好朋友叫王建敏,她是清科创智商学院的院长,能进入商学院参加学习的都是来自全国各地的优秀企业家。你不妨到商学院参加创投方向的培训,也好多结识一些人脉资源,对你日后发展有益无害。"薄维说:"这是好事,等到开课时,我一定去商学院参加学习。"张处长说:"我给你留个名额,你去了提我名字就管用。"薄维说:"感谢张处长的引荐,今儿中午我请您喝几杯。"张处长婉拒道:"不必了,薄馆长,我还有别的事要忙,咱们回头见。"

清科创智商学院开课那天赶上周日,薄维前来参加培训,他找到会务组负责人,做起自我介绍:"我是张处长的朋友薄维,张处长推荐我过来参加商学院的培训课。"工作人员说:"薄先生,张处长已经为您预约好了,请随我来见王院长。"

在工作人员的带领下,薄维见到商学院的王院长。王院长为标准身材的中年女性,不胖不瘦,身高约有一米六五,言语间总是面带微笑,长得跟菩萨相仿,端庄沉稳,慈眉善目,有一种特别的气质。王院长与薄维握手,她说起话来语气平和而温柔:"薄馆长,久闻大名,您在古玩界如雷贯耳。"薄维说:"哪里哪里,王院长高抬我了! 您也是很优秀,张处长跟我提起您,说您在企业家培训方面做得非常成功,是一位杰出的创业导师。"王院长说:"那倒没什么,主要是为企业家提供服务而已,帮助企业家都能成为身家过亿的老板,让企业有能力为社会提供更多就业岗位。"薄维说:"王院长发心很好,真是功德无量。"王院长说:"您快找个地方坐吧,我们马上就要开课了。"

在商学院为期几天的集中学习,令薄维开阔了眼界。他认为商学院的教育模式挺有意思,来参加学习的人全是企业掌门人或一把手,在这里可以接触到形形色色且能量很强的企业家,他们都在追求品牌的道路上不断充实自己的智商。商学院聘请的讲师在国内投资领域拥有丰富的实战经验,薄维在商学院的精品课程中学到了很多之前未接触过的新知识。

商学院有位姚导师擅长融资课程,给薄维留下了深刻印象。姚导师讲到了聚焦思维,永远要把精力聚焦到一件事物上,就像拿把放大镜放在太阳光下,正因聚焦一个点,才能产生无穷的力量。

姚导师说:"世界上最远的距离是头到脚的距离,世界上最大的敌人是自己。了解自己能做什么,不能做什么,这样才能更接近成功,也能让自己远离失败。企业能不能成功,做强做大,最终取决于什么? 答案是品牌。品牌为无形资产,具有不可替代的价值影响力。举个例子,今天大家来北京参加培训,晚上我请大家吃烤鸭。一提到烤鸭,大家第一印象必定想到的是百年老字号全聚德,你就算小全聚德也好,中全聚德也好,永远超越不了全聚德在大家心中的位置。这是为什么? 这就是品牌的力量。品牌融入着企业的诚信与发展史,被赋予深刻的文化内涵,并在大众心中形成一种时代共同信任的精神与物质的文化符号。品牌就像非物质文化遗产一样,既可以做成小众品牌,也能做成中华老字号,更可以做成国家品牌。品牌与大时代的发展紧密相连,印记时代的变迁,成为人们共同的文化信仰。"

自从学习品牌课程之后,薄维从中深受启发,决定将来也要把薄氏珍宝打造成古玩界的一大品牌,聚焦历史文化,深耕民间艺术品领域,这是他今后将要为之奋斗的目标。

随着时代的发展,加之互联网行业的冲击,实体经济受到了前所未有的影响。如今的北京潘家园旧货市场流年依旧,而昔日繁华不再。过去一大早市场开了门,一天到晚人山人海,眼下再也难觅往日般景象。老张总向薄维抱怨:"老板,您也不帮忙照看地摊,如今摆地摊不比当年,眼巴前地摊已无多少生意可做。"薄维见老张颇有微词,便解释道:"当前遍地假货,捡漏的年代已成为历史,收藏古玩没点专业知识是不行的,不少人本来想买点古玩做投资,结果一次次上当受骗,从而也就导致人们对古玩投资热度减了下去,因此来地摊淘宝的人越来越少,古玩生意一年不如一年。你就把地摊当成展示窗口,东西能不能卖出去跟你业务水平没关系,客户过来认的都是我,反正你在这儿盯好摊位就行。最近市场有啥情况吗?"老张说:"市场倒没什么,就是生意越发难做。"薄维说:"没事儿,咱们走一步看一步,倘若实在没生意可做,你去盯店也成。我先调查一下市场地摊经营状况再做决定。"

周六下午时分,薄维在市场中走访了几家古玩商户,打听地摊最近的生意境况。周围的人说:"哎呀,薄老板干得好啊,做那么大的买卖,你摊上现在没生意是都跑店里去了,转战于背后,都有点不接地气了。"薄维说:"那倒没有,我一直在市场犄角旮旯抓货。"这时,背后的一个摊主插话道:"薄老板,你知道吗,现在你的徒弟可多了。"薄维听后一愣,"我没收过徒弟。"摊主说:"不对,你收过。你看在市场八角斜对过那边有个人,他有个外号,人如其名。"薄维十分纳闷,"谁呀?"摊主说:"你遛市场时见到那个老蔫了吗?"薄维说:"看到了。"摊主说:"那就是你徒弟。"薄维忍不住笑了,"别瞎说,您这是大白天说胡话。"摊主:"老蔫有个特点,卖东西一向很少说话,不像你口若悬河。别看他话少,但东西卖得不错,听说老蔫最近这段时间东西卖得很火。"

薄维不禁对老蔫生出几分兴趣,特地走了过去,到老蔫摊位上观察此人究竟卖的什么物件。老蔫穿着破破烂烂,头戴一顶破草帽,摊位上没摆多少东西,顶多也就十几件,皆为寻常不过的物事,都是开门货,也叫傻子货,有老的绣品、残瓷,与几枚老铜钱。他摊位后边则摆着两只大瓷瓶,一只标价八十万,一只标价六十万。薄维心下寻思:"这明眼一看都新货,怎么卖那么贵呢?"

薄维心中疑惑不解,便和邻近的摊主打听,"老蔫卖的东西,标价八十万,还有六十万的,他能卖出去吗?"邻居摊主说:"这您就不懂了,看来薄馆长最近很少逛地摊。原来我也不知道老蔫的发财门道,后来大伙儿发现他的秘密。老蔫每回摆摊,都在下午一点后,他只租半天,半天才五十块钱。老蔫回回戴个破草帽往那儿一坐,跟姜太公钓鱼派头差不多。他摆完摊后,差不多都三点了,那阵大伙儿基本上都该收摊了,这时他的客人就来了,基本上都在三点到五点之间。这些人多是那些吃饱了没事闲逛,可买可不买的主儿,而且这些人压根儿不懂古玩。我们专门调查过这个事。标价八十万和六十万的东西,你猜卖多少钱?"薄维说:"那怎能卖出去,都是新的,即便做旧我也卖不了。"

邻居摊主继续为薄维解惑,"我们起初也纳闷,后来盯了老蔫几次才看出其中门道。那些闲逛的人问他,哎呀,八十万和六十万的瓷器,怎的要价那么高?他也不说话,别人问急了,老蔫就说了,你给多少钱?人家瞅他这身行头,穿得破破烂烂,戴顶破草帽,闷声闷气,便想蒙他,同他开玩笑,你这八十万的东西,给你两万,六十万的东西给你一万,三万块钱肯卖的话,我就要了。其实大伙儿觉得八十万的东西两万能卖吗,六十万的东西一万块钱谁肯卖呢?恰恰正是因为有这种心理,才入了他的局。老蔫心平气和说今天没卖钱,马上回家了,掏钱。那些人一听窃喜,就会跟旁边的人吹嘘,瞧我多能砍价,要价八十万的东西最后两万块钱给拿下来了。老蔫每周惯用这种伎俩总能卖三到五万块钱,屡试不爽。"

薄维暗暗称奇:"没想到老蔫竟把人性心理学掌握得如此透彻。"邻居摊主说:"有一回我和老蔫聊天,老蔫说了,我这身本领是跟薄老师学的,薄老师卖货确实很厉害,我偷偷观察过,但我不能照本宣科学他,因为我没那般口才,拙口笨腮,不能出口成章,更不会妙语连珠,所以突发奇想,便想出一招,采用《三十六计》中的计谋'假痴不癫',反其道而行之,我的方法得益于薄老师的大智慧映衬,薄维当之无愧是我的好老师。"薄维惊叹道:"老蔫果真是奇才!"

老蔫在北京报国寺等多个地方摆摊,皆用这招方法,毫厘不爽,一个星期大概能卖出十万左右的货物,成为古玩界的隐形销售冠军,他在北京购置了几套房子。后来听说老蔫吸毒,自此以后,潘家园旧货市场再也没出现过老蔫的身影。

听闻这等消息,薄维替老蔫感到惋惜,他认为老蔫是个了不起的人才,老蔫在古玩销售领域创造了一个传奇,用他独特的方式,融合了心理学、标价学,最后把东西成功地销售出去。但老蔫的结局却令人感到遗憾,无论何时何地,走正道才能把路走得更为长远。

20. 广州之行

薄维和徐二哥一块儿喝酒,这么多年,二人关系一直处得不错。徐二哥说:"我们家不仅在北京、天津有生意,广州和宜兴都有紫砂生意,我四弟在广州买卖干得特别好。宜兴一带紫砂文化氛围很好,这些地界都是商家必争之地。前几天我和老四通电话还提到你,四弟说有空邀请你过去玩玩。"薄维说:"广州那边我还真没去过,有机会一定去羊城拜望四哥。"

徐二哥当即和徐老四打通电话,问候几句,"四弟,我这会儿正和薄维一块儿喝酒,叫薄维跟你说几句话。"薄维接过电话与徐老四寒暄一阵。徐老四说:"薄维,你和弟妹没事来广州玩几天,来了我款待你们,请你吃海鲜,这边粤菜很棒。"薄维说:"感谢四哥盛情,改天我们一块儿聚聚。"

半个月后,薄维携妻子一块儿坐飞机去了广州,徐老四开辆大奔到机场接薄维夫妇。徐老四说:"兄弟,弟妹,你们来了。"薄维夫妇喊声四哥。徐老四说:"我看你近来状态不错,发福了兄弟。"薄维说:"四哥,您也富态了。几年没见,没想到四哥在广州落户扎根了,现在一看都是大老板的派头。"徐老四说:"哪里哪里!兄弟你就别吹捧我了。这次来打算待几天?"薄维说:"待三天。"徐老四说:"今天我为你们夫妇接风洗尘,咱哥儿俩好好喝一顿。"薄维说:"四哥,自家人,别太复杂。"徐老四说:"就咱四个,你夫妇俩,还有我们两口子,外人我一个不叫。"

徐老四为薄维夫妇安排好宾馆,带他们去了一家经典粤菜馆用餐。席间,徐老四与薄维推杯换盏,生意场上的事聊得投机,酒喝得尽兴。两位夫人滴酒不沾,只喝饮料,聊些家长里短,或者听两个男人聊天。

徐老四问道:"你家老爷子和老太太身体还好吗?"薄维说:"老爷子眼下身体还好,老太太头些年已经故去了,多亏二哥帮忙。"徐老四说:"哎呀,没想到老太太那么好的人走那么早,也没能多享几年清福。九十年代,我给老爷子老太太供货,你父母为人特好,老爷子见我总是很客气,每次结钱特痛快。我给你家的东西跟别人不一样,一是价格低,二是好产品都想着拿给你父母。"薄维说:"感谢四哥对我们家生意上的关照。"徐老四说:"谁叫咱们两家有缘分啊。"

　　二人不知不觉喝了三个钟头，薄维喝得实在有些蒙了，坐都坐不稳，李靖扶着薄维，一个劲地劝他少喝酒。徐老四说："兄弟，今天喝透没有？"薄维说："四哥，我喝透了，不能再喝了。"徐老四说："喝好就行，兄弟你先回去睡觉，明天咱哥儿俩接着喝。"

　　两个大老爷们儿各由妻子搀扶离了饭店，回至宾馆，薄维躺床上没过多会儿大吐一场。李靖一边收拾卫生，一边数落丈夫："看看你今天喝成什么样了，跟八辈子没沾过酒似的，喝起酒来不要命。"薄维说："媳妇，你不懂，这叫酒逢知己千杯少。"李靖嗔怪道："呸，吐成熊样了，还有脸说这话。赶紧喝口水，免得半夜烧心。我要不跟着来，谁管你死活。"薄维喝下一杯水，迷迷糊糊睡着了。

　　早晨醒来，薄维感到阵阵头痛，忙给徐老四打电话问候。徐老四的声音听起来有气无力，"喂，兄弟，你咋样？"薄维说："我昨晚吐了两次，四哥，您怎么样？"徐老四说："别提了，我在医院吊水。"薄维说："您在哪家医院，我去看看您。"徐老四说："没事，兄弟，不用来看我，输完液我就回去。"薄维说："您回家好生歇息。"徐老四说："今晚老哥再陪你喝点。"薄维说："四哥，我今天打算去遛遛广州古玩城。"徐老四说："你俩去吧，兄弟，老哥不陪你了。"

　　薄维夫妇乘坐出租车来到广州带河路古玩市场，正值周末集市，两人各拉一个空行李箱，在古玩市场逛了一天，东西没少买。薄维在地摊上挑着买了些小物件，包括铜器和玉器，价格并不太贵。之后进入古玩城买了几样东西，其中包括紫檀摆件、小屏风百宝嵌，以及杂七杂八的古玩。

　　傍晚时分，薄维夫妇从古玩城走出来，在街道拐弯处，看到一家古玩店灯火通明。薄维说："小靖，咱去那间古玩店看看。"李靖说："瞅瞅吧，兴许会有意外收获。"两人进入店里，才知这家古玩店专做民间文物回流生意。店内摆满了各个年代的瓷器，每一件都格外精美。尤其门口摆放的一件瓷器更引人注目，品相自然是极好的。薄维推断那件瓷器为清中期的老物件，再往前推测，属于清三代。瓷器为斗彩大将军罐，目测高度达六十五厘米，直径最宽处约为四十五厘米。

　　器型如此硕大的斗彩将军罐甚是罕见，将军罐上画的为洗马图，彩绘异常精致，这是薄维迄今见过最大的斗彩将军罐。斗彩层次分明，画中有五位马夫，个个姿势不同，有提桶的，刷马的。六匹马姿态各异，或站或躺或回首嘶鸣，马鬃细节丰富。薄维问道："老板，你家这只将军罐多少钱？"老板说："此物不卖。"

薄维注意到旁边有件珐琅彩瓷器，高有五十厘米，宽处直径有三十厘米。薄维说："此物可否出手？"老板说："这件为官窑，但瓷器底部打孔了，你要的话给三万五。"欧洲人喜欢拿瓷器做台灯，因为底部打孔，故此也就不全了。薄维感到可惜，珐琅彩乃宫廷器物，也叫珐琅瓷，画的是西洋人。薄维在店里看了琅琊红、粉彩、青花等十几件瓷器，皆见古瓷底部被打眼。

待看过店中瓷器，薄维心下喜欢的仍是门口摆的那只斗彩将军罐。薄维说："老板，贵姓？"老板说："免贵姓孔。"薄维说："我是打北京来的，想跟您处个朋友，准备在此地扩展一下业务。"孔老板说："欢迎北京来的朋友，请坐下喝茶。"于是二人坐下攀谈起来，薄维问他如何在此开了古玩店。孔老板说："我是广州人，老伴儿是个英籍华人，孩子在英国定居，我经常往返于欧洲，顺便在欧洲市场淘了些古董，慢慢就在广州干起了古玩生意。这只是个小店，我还有个一千多平方米的仓库，收了不少红木家具之类的老物件。"薄维说："广州古玩生意好做吗？"孔老板说："怎么说呢，有客户资源就好做，没老客户眼下可不好干。"

薄维指着方才看过的瓷器："您算算我要这十一件瓷器，总共多少钱？"孔老板说："您可真有眼力！虽然瓷器打了孔，但毕竟是官窑，我给您折价二十五万。"薄维说："今天我不跟您讲价，能提个条件吗？"孔老板说："您有什么条件？"薄维一脸真诚地说："门口那只将军罐您开个价，我不还价，但您别要价太高了。"孔老板犹豫了一下，"实话跟您讲，这件瓷器是个老修。"薄维说："起初您说不卖，我没翻底看，您把底翻过来与我瞅上一眼。"

店老板把将军罐底部翻过来，薄维看罢断定此物百分之百为官窑，因为如此大的器型，民窑没法烧制出来。瓷器底部为修足，泥鳅背修得分外精致。胎底为平底，显然为老修，薄维判断修得至少有上百年。薄维说："您这只罐到底多少钱？"孔老板说："其实我真不想卖，之前有人出价二十万我没舍得卖，这要没毛病估计能值两百万。我看薄先生是爽快人，我和您交个朋友，您给我三十八万八千八百就可以了。"薄维说："您要的价钱吉利，咱俩握手成交。"孔老板笑说："您真是干大事的人，晚上我请客喝酒。"薄维说："来日方长，昨晚喝大了，现在浑身不得劲，今天就不喝了。"能买到这批称心的瓷器，薄维心情大好，认为此行收获颇丰，离开之时，他与店老板互留联系方式。

薄维心情大好地回到宾馆，徐老四早已在此等候薄维吃晚饭。薄维见他脸色发白，不似刚见面那阵容光焕发。徐老四说："兄弟，晚上吃面怎样？"薄维说："行啊，我最爱吃面。四哥身体好些了吗？"徐老四说："没大碍。你俩逛了一天古玩市场有什么收获？"薄维说："收获挺大的，我买了不少瓷器，还有小杂项。"徐老四说："你小子真行，走到哪里都能捡漏。你买的古玩我也感兴趣，但我专业是搞紫砂的，有机会多跟你学习。兄弟，有兴趣在广州开家古玩店吗，我觉得像你这般专业人才在广州发展前景应该不错。"薄维说："我在北京开了三家店，业已忙不过来。我原先在天津开过一年古玩店，老不去店里开门，也就荒废了，倘若又在广州开店怕力不从心。北京还有老多事呢，我明天下午回去。"徐老四说："兄弟，明儿上午接你到我店里来看看。"

转天，薄维专程来到徐老四的紫砂店参观，他的店为一处三层独栋建筑，每层面积加起来约有四百平方米。一楼做店铺，二楼当仓库，三楼则是住处。

二人正在一楼清话，彼时门外走进一位小老头，甚不起眼。徐老四怕来人扰了他们说话兴致，"兄弟，要不咱到里间喝茶？"薄维说："客随主便。"

薄维随徐老四入内品茶，店里伙计接待客户。老者东一个西一个问伙计，足足问了半个钟头。薄维在里间仔细观察这个小老头，从客人衣着打扮来看，穿着看似朴素，但小老头的肤色特别好，薄维推测此人必定是个商人，要么是有钱人。

老者没完没了地询问不同紫砂产品的价格，最后把伙计都给问烦了。薄维对徐老四低声说："四哥，外边这位老先生，我感觉他是个大买主。"徐老四说："兄弟，难道你会看面相？"薄维说："我建议您出去跟老先生聊聊，看他需要什么，尽量为他做好服务。"徐老四半信半疑地说："我倒想知道你究竟看人准不准。"这阵小老头接着问伙计，伙计爱搭不理，敷衍着报价格："六千，六千五。"

伙计报价虚高，薄维给徐老四使个眼色，徐老四走过去，客客气气说话："您好，老先生，我是店里老板，您需要什么可以对我讲。"老头抬头望望徐老四，"你好啊，老板，告诉我这件东西多少钱。"小老头逐一询问价格，徐老四耐心地一一解答。薄维倒杯茶端与老者，"老先生，您请喝杯茶！"小老头瞅了薄维一眼,接过茶杯喝口茶水,"谢谢老板。"薄维说:"四哥,您拿个笔和本,老先生喜欢什么,先记下来,过会儿给老先生打个折扣。"小老头说:"如此最好不过。"

就这样,徐四哥不厌其烦为顾客服务了将近一个半钟头。小老头感到很满意,"刚才我点的,你算算拢共多少钱?"徐老四大吃一惊,似信非信,这种情况从未遇到过。薄维望望徐老四,对他坚定地点点头。徐老四看看单子,惊讶地发现老者居然买下他半间屋子的紫砂物件,他拿计算器算了半天,最终报价一百八十万。小老头说:"耽误你这么长时间,实在抱歉。咱就整个吉利数一百六十八万如何?待会儿我叫人给你送钱,给你现金。"徐四哥说:"可以的,老先生。"小老头从包里拿出一沓钱放到桌上,"这是一万块钱定金,先搁这儿,待会儿我的人过来送钱。"小老头随后打个电话,互留联系方式后便离开了。

约莫半个钟头,一辆大奔驰停在店门口,车上下来个年轻人,手提一个沉甸甸的密码箱走进店里,来人打开密码箱,"这是我们董事长买东西的钱,总共一百六十八万,您点点够不够数,把一万块钱的定金拿出来就行。"

待客户离去,徐老四对薄维佩服得五体投地,"薄维,你的眼力和水平真高,今天多亏你了。我以前店里生意好的时候也能卖个几十万,今天你来我这做客就开了个百万大单,我觉得你是我的贵人,做生意头次这么爽快。"薄维说:"方才那位老先生,我看他面相红润,两眼有神,气场强大,说话谦和,语速慢,声音小,符合领导气质,据我多年开店经验来判断,对方必定为有钱人。而且他问那么多东西,肯定是想买,而非瞎打听价格。"徐老四说:"你眼光毒辣。要不我在楼上给你开个店,反正我这儿没古董,把你的古董搁我店里,我替你代卖如何?"薄维说:"当然可以合作,二哥那边我们每个礼拜都会见面,我自然信得过四哥。"徐老四说:"那就这么说定了,咱俩合开个古玩店。我负责经营,你负责进货。"薄维说:"这是好事,薄氏珍宝借助四哥的力量总算也能在广州扎根了。"

此次广州之行给薄维留下了深刻印象,他在此间淘到不少好物件,还跟徐老四达成生意上的合作。他深知徐老四在广州开那么大的店证明其很有实力,估计合作古玩项目不会差到哪去。南北市场有很大差异,南方经济相对发达,这就意味着存在许多潜在大客户,薄维认定在广州开古玩店大有潜力。

21 在商学院开展交流

薄维返回天津，又请徐二哥喝酒，聊起广州之行的种种见闻。薄维说："我和四哥喝酒，结果喝得酩酊大醉。我回去吐了一宿，四哥去医院挂水。最后稀里糊涂都不知道是谁结的账。"徐二哥笑说："老弟，往后出门酒要少喝，趁年轻保护好身体，别等身体出了毛病，到时追悔莫及。"

徐二哥听说薄维跟徐老四合做古玩生意，对此比较支持。徐二哥对待薄维不光是一个好朋友，更像家长一样关切，"在外边做生意，要找个靠谱的人，关键得有信仰。有人为蝇头小利而背信弃义，这是典型的没有精神信仰，这种人即便再有能力也不要选择与他合作，没信仰的人往往有时为一己之私，甚至不惜做出违法的事来。"薄维说："多谢二哥嘱咐。"

几日来，薄维寝不安席，食不甘味，分外担心上百年的瓷器在运输中会受损。因瓷器本身属于易碎品，运输过程中最危险，最怕磕磕碰碰。等了将近一周，心心念念的古董终于抵达北京。薄维收到货物之后，小心翼翼打开几个大箱子，逐一清点。当看到所购古董完好无损，心里的石头终于落地。

随着时代的变迁，地摊的黄金时代已然成为历史。薄维注意到在潘家园旧货市场的地摊生意如今已大不如前，甚至可以说每况愈下，他打算将地摊生意撤掉。因为地摊生意一则牵扯很大精力，如今在北京已有三家店，有时一天难有时间去自家地摊转一趟；二则市场人流比以前少了许多，古玩生意日渐萧条，老张对地摊生意也不像之前那么上心，故此薄维下定决心把伴随他创业二十几年的地摊生意全撤掉。

商学院王院长告知薄维，新一年的课程培训即将开始，此前商学院已更名为创智时代商学院，仍开展创投方面的培训。薄维对全新培训课程充满期待，因为此前他在商学院学习受益良多。

商学院开课当天，前来参加培训的企业家共计三百位，创智时代商学院培训地点选在北京昌平区一家五星级酒店里，采用封闭式教学，培训为期三天，其间提供两个晚上的住宿。商学院邀请了金融界杰出的导师来为企业家授课。在这些企业家学员中，既有新面孔，也有不少上次见过面的朋友，全国各地企业家齐聚一堂，共同学习企业经营管理。

企业家相互介绍环节，大家惊讶地发现只有薄维一个人是专业搞古玩鉴定投资领域的人物,因此颇受大家敬重。

薄维与王院长进行深入交流,王院长对他人品和专业能力非常认可。而薄维在课间为同学讲古玩知识备受欢迎,于是王院长向薄维发出诚挚的邀请,"薄馆长,您可愿做我们创智时代商学院的艺术顾问?"薄维说:"承蒙王院长抬爱,我非常乐意担任商学院的艺术顾问。"王院长说:"我负责讲企业经营,您负责帮助企业家赚钱以后在艺术品投资领域保驾护航。"薄维说:"承蒙王院长抬爱,您是我的大贵人,我实在太荣幸了。"

商学院为促进资源整合,特地在晚上组织交流活动,便于企业家相互认识并结交新朋友。有不少企业家学员与薄维交流时,都会拿手机拍的照片请他帮忙鉴定,薄维发现大多数藏家都在同一个问题上犯错误,他们买的藏品大多为新仿,而且有的藏家投资金额触目惊心。

晚间聚餐时,王院长提议:"薄馆长,我挑选十位企业家,等到明天培训快结束时,给你留出半小时,请你给大家上一节艺术品投资课怎么样?"薄维说:"听凭王院长安排。"王院长说:"薄馆长放心,我只找十位有实力的企业家,而且都是身价过亿的老板听你讲课。"薄维说:"感恩王院长让我有机会与实力派企业家结缘。"

商学院培训的最后一天,薄维专门为十位企业家学员开设了一节古玩投资课程。他的开场讲得很实在,"感谢王院长牵线搭桥,让我有幸与在座的杰出企业家朋友做艺术品投资交流。我叫薄维,家族四代古玩收藏,干古玩生意已将近三十年,今天很高兴跟大家共同探讨民藏文物的投资价值。在开课之前,简单问大家几个问题,了解一下大家对古董投资的现状。请问,投资艺术品超过一百万的朋友请举手?"十位企业家都举起了手。薄维继续问道:"投资艺术品超过三百万的请举手?"差不多一半的人举手。薄维说:"投资古玩艺术品超过五百万的请举手?"此时只有一位企业家举手。薄维说:"感谢大家的坦诚!大家都很低调,我相信你们的藏品不止这个价钱。今天你们愿意坐到这里听我讲课,我感到万分荣幸,下面请家人们拿好笔和纸,记下三个字,这是一节堪称价值百万的古玩艺术品投资课程。"

全场企业家学员全都聚精会神听他讲课,手中紧握油笔,时刻准备着做笔记。薄维像煞有介事地说:"就三个字,不要学。"此话一出,引得一阵笑声。有企业家问:"薄老师,您劝我们不要学,那请您干什么来呢?"薄维说:"这个问题提得非常好。今天大家不妨想象一下,我们去三甲医院看病,老中医专家三百块钱一个号，被黄牛炒到三千，可能给您开的药才几百块钱，您的病就好了，请问您能学了吗？那老中医人家是中医世家，从小耳濡目染，几岁都会背方子，您肯定学不了。再比如，一棵大腿那么粗的树木，有人咣咣两脚就给踹折了，您能学了吗？那人打六岁练童子功，您也学不了。您看气功师在玻璃板上边搁块豆腐，啪一拍，豆腐没事，玻璃板却碎了，您能学了吗？必定也学不了。讲这些是为了说明什么呢？术业有专攻。很多人知道我眼力好，请我来做鉴定，我们家四代收藏，我从小接触古玩，做了近三十年古玩生意，半分钟能给物件断代估价，您能学得了吗？也学不了。在企业经营上你们都是我的老师，不管你们从事哪个行业，今天能来到商学院，相信您都是非常优秀的企业家。在企业经营管理方面我听您的，在古玩投资领域您听薄老师的，这是我们商学院之前讲到的聚焦思维。通过薄老师这块呢，可以帮助您在艺术品投资领域鉴定真伪，评估价值，避免走弯路。三人行必有我师，在收藏的道路上，我们一起学习，一同成长。"

现场掌声经久不息，薄维继续讲道："想要获得更大的成功，我们需要用心专注自己的领域，并非什么都要学，因为学习是一个长期过程，需要付出大量时间成本。找一些靠谱的人作为合作伙伴很有必要，对艺术品投资千万不要抱有一夜暴富的想法，要循序渐进。目前古玩投资领域已进入无漏可捡的年代，毕竟当下不是八九十年代，以前到处都有机会捡漏，如今假的远比真的多。收藏一靠经济实力，二靠专业能力。如果您不具备专业知识，建议您别盲目投资艺术品，千万不要凭着一腔热情去古玩市场购买艺术品，须知古玩收藏专业性极强，没有深厚知识储备，必然会让投资打水漂。如果您不懂行，务必找个真正懂行的老师做指导，这样您才能有效规避艺术品投资风险，确保艺术品投资价值最大化。今天我和大家分享的话题为'收藏好眼力是怎样炼成的'。"

薄维在黑板上写下所要讲的主题，然后与大家分享真知灼见的思想观点，"我认为练就好眼力需要着眼于五大方面，总结起来为文化底蕴、不断实习、财力、心态、魄力。

"第一是文化底蕴。搞收藏不同于其他行业，收藏包罗万象，需要掌握深厚的历史文化知识。知识储备是练就收藏好眼力的根本所在，这属于内在修养。同时需要一个强大的家庭背景做支撑，有厚重文化底蕴的家庭，便于更好地传承传统文化。当家庭融入不同年代典型的器物，不断观察有助于丰富阅历,文化底蕴则是搞收藏的基础所在。

　　"如果家庭缺乏文化底蕴,不妨多去不同的博物馆欣赏真实的文物。古代的字画、瓷器、玉器、铜器等各类艺术品,都属于各个时代文明的载体,每一件艺术品皆蕴含独特的美学。为何在当下我们看不同年代的艺术品仍会觉得完美无瑕,甚至巧夺天工,令人叹为观止,这其中便融入着工匠精神。古人创作一件精湛的艺术品,少则几个月、几年,甚至几代人的心血,才能完成一件气度非凡的艺术品。经典的艺术品往往代表一个时代的文化、历史风貌与传统元素,所以任何一件艺术品都很难用金钱来衡量其价值所在,艺术的创作承载着人类的智慧,是时代与思想碰撞产生的文化印记。

　　"今天我和大家分享一个小故事,这个故事讲的是清朝末代皇帝溥仪。有一次,工作人员在故宫博物院做文物普查时,请溥仪先生来到故宫博物院协助工作,因为在当时溥仪先生称得上历史文物鉴定专家。当大家来到一个房间,溥仪告诉工作人员,说房间挂的那幅画不对,是件赝品。工作人员感到诧异,于是询问溥仪是如何断定画有问题的。溥仪回答说,自己从小生长在皇宫大院,屋子里挂什么字画,摆在哪个位置,都一清二楚。为什么要讲这个小故事,这就说明从小接受的文化熏陶对人的一生影响巨大。

　　"第二要不断实习。究竟怎样实习为好?你可以去博物馆,遛古玩市场抑或古玩城,看看真古玩是什么样,赝品又是什么样。在实习过程中必须多看多问,这就离不开专业的老师做指导,前提必须是真正懂古玩的老师。正所谓懂行的看门道,不懂行的看热闹,如果处在初期学习阶段,缺乏对历史知识的掌握,加上没有遇到名师做指导,便很难入门。

　　"实习过程中,想要快速入门,就要掌握方法,善于摸索收藏的艺术规律。以收藏瓷器为例,必先从收藏瓷片入手。通过历朝历代的瓷片,能够感触到一个时代瓷器的特征,当有了确切参考标准,便能区分何为赝品。假如想搞实木家具收藏,应当从学习小木料开始,如紫檀、海黄、金丝楠木、大红酸枝、沉香木等,先熟悉不同材质,标本是最好的参考,有助于快速了解不同木材的种类。从小到大,有个实质性的参考物,亦可辨别材质真假。倘若收藏青铜器,就该从收藏各个时代的铜钱入手,循序渐进,从陌生到熟悉都有一个必经过程。

　　"第三是财力。搞收藏一定要做好思想准备,因为收藏是格外烧钱的事体。之前有很多藏友与我交流,经常提到钱不多的情况下怎样搞收藏,我给出的建议是,每年留出一笔钱用于日常支出备用,把用不到的钱根据收藏爱好,一点点搞收藏。

"如今收藏行业日渐成熟,未来古玩投资属于细分化市场,竞争异常激烈,若能买到真正的好古玩,在一定程度上可以充当货币功能。真正的古玩艺术品市场,未来将会进入金融领域,因为在古代,当铺里最值钱的东西就是古董,这也说明古玩在历史发展中早已充当起金融属性,它可以作为一种投资增值保值的理财工具。目前我们所看到拍卖行拍出的艺术品价格实际上为金融价值。

"收藏古玩切忌占用生活中大量资金,毕竟大家面临的一个很现实的问题,首先您要生活好。除非某件东西极好,到了非买不可的程度,其他则要遵循循序渐进的原则。搞收藏不要盲目跟风,也不可相信电视上的鉴宝类栏目,您要贸然相信就太天真了。或许平常能值十万,到了电视台边有可能说成一百万。这类节目过度娱乐化,而且邀请的古玩专家鉴定能力令人质疑,电视台一味追求收视率,对观众本身而言并不太负责任。

"第四是心态。保持良好心态,才能在收藏界立于不败之地。很多搞收藏投资的人都在犯同一个错误,这个禁忌就是捡漏。捡漏为过去二十年常用到的一个词语,即便到现在,还一直存在。告诫藏友记住一句真话,千万不要抱有捡漏的心态,我们所处的时代已无漏可捡,如果有的话,那必定是个坑。收藏投资者要做到不盲目听信他人讲故事,只靠眼力与知识储备来辨别藏品本身的价值。

"第五是魄力。成功的收藏家必然要有三力,眼力、财力、魄力。张伯驹先生为中国近代著名收藏鉴赏家,年轻时为收藏千金散去,有一次为收藏古代名人一幅字画,将北京豪宅及家中所有值钱的东西变卖,只为换取一幅字画,最后他又将一生收藏的古代名人字画悉数捐献给国家。做事一定要干脆果断,但有一个前提,一定有个好眼力,能够正确评估藏品的价值,不懂的领域千万不要触及,否则极有可能吃亏。

"如果能够做到以上我所讲的五点,经过一段时间的学习、感悟与交流,将这五点要领掌握,必然可以做一个合格的收藏家。不过这需要多年的积累和沉淀才行,积累的不仅是知识,更是人生阅历。古玩圈鱼龙混杂,一定要讲诚信,用一颗真诚的心跟藏友沟通交流,才能收获多。"

薄维分享的古玩收藏观点都是人生感悟,企业家学员听后不禁生起欢喜心。其中有个名叫王德利的企业家学员，在山东从事房地产生意，开发过不少楼盘，他主动与薄维交换联系方式。王德利说："薄馆长好，能认识您是我的荣幸，有机会一定登门拜访，到时为您介绍几个北京的好朋友。"薄维说："王总，薄氏珍宝馆随时欢迎您来做客。"

22. 拜歌手金山为师

数日后，王德利带了几位朋友走进薄氏珍宝馆参观交流，薄维为一众讲解了馆中较为典型的收藏，众人无不对馆中藏品称奇。薄维特地在潘家园附近找了家烤鸭店，盛情款待朋友。饭局中，有个男子气质非凡，名叫金山，比薄维年长几岁，经过一番攀谈，薄维方知此人曾在乐坛叱咤风云。薄维清唱一首歌，然后请金山点评。金山说："你的嗓音条件不错，基础扎实，但缺乏系统训练。如果你再学习些声乐知识，相信可以达到专业歌手水平。"

薄维听罢不觉大喜，他从小喜欢唱歌，上小学时就曾登台表演节目，声音随母亲天生一副好嗓子。薄维道："今天能得到老师您的专业指导，是我莫大的荣幸，以后在音乐方面，还望您多多指教。"金山说："没问题，相互学习，咱们留个联系方式，日后有机会我教你声乐知识。"

此时，一旁朋友鼓动道："薄馆长，你干脆拜金山老师为师吧！金山老师是公认的国际公益歌王，九十年代红极一时，与很多大牌明星合作开过个人演唱会，推出多张音乐专辑，曾在录音机磁带流行的年代，个人音乐专辑畅销百万盒。"薄维说："哎呀，真真巴不能够儿，今儿个不成，场合不够隆重，回头挑个吉利日子正式拜师。"大伙儿起哄说："这场合没问题，况且我们都是见证人，择日不如撞日，今天便是好日子。你端茶敬师，还是磕头拜师？"薄维说："认识金山老师荣幸至极，我用最庄重的仪式拜师。"薄维当众跪下，恭敬地向金山磕了三个头，认他作为音乐老师。

在结识金山的同时，薄维还结识了一位大姐，人称郝大姐。郝大姐属龙，长相颇有气质，给人一种亲切而庄重的感觉。郝大姐经常组织一些公益活动，并邀请文艺工作者和企业家定期前往北京昌平区一家条件较为艰苦的民营养老机构慰问孤寡老人。王德利与薄维讲起郝大姐的为人，虽为初次见面，郝大姐却给薄维留下了深刻印象。

在后来的交往中，金山对薄维在音乐方面悉心指导，教他如何发声，如何控制气息,甚至有时逐句教他唱歌,每次点评他唱得是好是坏。薄维将金山视为人生中的贵人,唱歌是他的业余爱好,但他骨子里仍想把歌曲唱得更加悦耳动听,或许这就是他做人的态度,凡事追求完美。除了古玩之外,薄维在练习书法、绘画与声乐方面下了不小的功夫,他认为艺术是相通的,通过不同的艺术形式,可以让生活变得更加美好且富有情趣,同时兴趣爱好也能提升自己的内在涵养。

有一回,薄维前往金山家中,和师父学习声乐知识。金山耐心地教薄维发声技巧,"身心要放松,站好了,身子自然站直。放松,再放松。调整好呼吸,呼吸要均匀,不要急促,听着音乐节奏,来开始唱歌。"经过金山专业指导,薄维在唱歌方面掌握了更多技巧,他的歌声更加悦耳动听。

每次薄维学习声乐知识,郝大姐都在场。郝大姐说:"薄维这小子悟性挺高,才上了三四次课,声音明显感觉不一样了。小薄,如果你愿意参加公益活动的话,回头可以跟我一块儿去敬老院看望孤寡老人。爱心慰问环节,我们明星孝行动团队不仅有企业家为老人送爱心物资,还会安排文艺工作者给老人演出节目,到时你不妨给老人唱唱歌。"薄维说:"那敢情好,我也乐意奉献一点爱心。回头大姐您举办公益活动时知会我一声,我必定参加。"

没过多久,郝大姐组织开展了一次明星孝行动公益活动,共计二十多位志愿者前往昌平区阳坊镇福禄寿敬老院慰问老人。参加活动的志愿者有做服装生意的企业家,为敬老院所有老人送上一套秋衣秋裤。有做粮油生意的企业家为敬老院捐赠几十箱食用油。此外,志愿者捐款为老人购买了几十箱水果与牛奶。

活动在走廊里举行,狭窄的空间里坐满了老人,护工守在一旁照顾坐在轮椅上的老人。郝大姐在讲话中为老人们送上一份真挚祝福,随之慰问演出活动便开始了。这里没有舞台,更没有红毯。金山等文艺工作者为老人们真诚演出,献唱拿手歌曲,或讲单口相声。最后一个节目轮到薄维登场。薄维演唱了一首经典歌曲《敢问路在何方》,一曲歌罢,底下掌声雷动,不少老人叫好。

有老人夸赞道:"哎呀,唱得太好了!"金山说:"这是我徒弟薄维。"老人问话:"他在哪个电视台唱歌啊?"金山说:"他可不是唱歌的,人家是收藏鉴宝专家。"老人惊叹道:"鉴宝的还有能唱歌唱这么好的,真是行行出状元。薄馆长能不能把这首老歌再唱一遍?"其他老人附和道:"再唱一遍,我们还想听。"歌手主持人见状,不禁感慨地说:"我主持过很多活动,从来没见过像老人这么热情的,薄老师您就再唱一遍,满足老人们的小小心愿。"盛情难却,薄维只好又把歌曲重新唱了一遍。

通过参与社会公益活动,令薄维深刻认识到老人需要得到年轻人的关爱,老人不仅有社交需求,更有精神文化方面的需求。有老人告诉薄维,为了等待志愿者慰问演出的到来,激动得两天都没睡好觉。在观看演出时,许多老人的眼神中充满了期待与渴望,他们期待改变一成不变的单调生活,渴望得到社会的关注与心灵情感上的慰藉。文娱生活在一定程度上能够滋润人心,让老人真正感觉到老有所乐。薄维决定今后一定要多参与社会公益活动,奉献自己的一片爱心,捐款捐物,义不容辞。这既是社会责任,也是值得每个人应该做的事体。

23. 关大师与那楚克道尔吉活佛

徐二哥有个企业家朋友马总是做化工的,酷爱收藏古董。一日,马总拿件瓷器找到徐二哥,请他帮忙鉴定,"这是我朋友以前花一百多万买了件乾隆年间的青花瓷器抱月瓶,他现在欠我一百万无力偿还,想用此物来抵账。这物件我也拿不准,想请您掌眼。"徐二哥瞅了半天,没分辨出瓷器真伪,"你知道我这么多年是专业搞紫砂的,对瓷器不在行,这样吧,我与你介绍个朋友,请我好兄弟帮你鉴定新老。"马总说:"有劳老徐帮忙引荐。"

徐二哥与薄维在电话里约定时间,陪同马总拎着瓷器来到薄维家中。薄维拿起抱月瓶上下左右全看了个遍,认为瓷器整体感觉有些不对劲,他说出自己的鉴定结果,"这件瓷器并不到代,底部有问题,看样子像是个接底,做工蛮好的,而且还不是现在接的底,因此很难看出破绽。根据我多年经验判断,此物有些妖气。您若不信,我可以为您找个古玩行家做进一步专业鉴定。此人在北京古玩城开店,做文物鉴定是出了名的,业内称他关大师。关大师最早是做古玩仪器的,有专业设备可鉴定古玩年代,改天咱一块儿去北京见见关大师。"马总说:"好啊,那太谢谢薄馆长了。"

周五清晨时分,马总和薄维一同前往北京,因路上堵车,二人到关大师店里已是上午十点多。薄维与关大师见面寒暄几句,"马总,您把瓷器拿出来给关老师看看。"马总打开精致的收藏盒,两手捧出抱月瓶。关大师大眼一观，"您这瓷器不太好看，有点像接底。"马总连忙说："薄馆长也是这么说的。"关大师说："此物器型与底部不太符合，如果您不相信的话，我给您上仪器鉴定，您可以看清楚两个部位的具体成分，便知真假。"

关大师使用古玩检测仪器对抱月瓶进行鉴定，上边与底部釉面结构形成鲜明对比，能够判断出两种不同年代的釉物质。上部釉面呈疏散状，而底部釉面结构则较为紧实，同一瓷器理论上来讲不可能存在两种结构的釉面，这也就证实瓷器属于接底。马总说："今天总算大开眼界了，感谢薄馆长、关老师帮忙鉴定，帮我避免百万损失。我得好好谢谢你们，中午我请大家吃饭。"关大师说："待会儿我师父过来，就不陪你们了。"薄维说："您是古玩鉴定界的大师，您还有师父啊？"关大师说："我师父不搞古玩收藏，他是蒙古活佛，名叫那楚克道尔吉活佛。"薄维说："关老师，您真是有佛缘啊。"

关大师讲起他与那楚克道尔吉活佛一段奇缘。两年前，关大师的妻子生完孩子，患上产后抑郁症。为给妻子治病，关大师携妻子跑遍了京城各大医院，中药没少吃，却不见丝毫效果。有一回，关人师坐飞机去上海出差，在头等舱里偶遇那楚克道尔吉活佛。关大师精通几国语言，他看那楚克道尔吉活佛像个很有修行的人，便将妻子的情况原原本本讲给活佛。那楚克道尔吉活佛说："有空带你家人到蒙古来，我可以为你家人医治，这种病能治能调。"关大师闻言好似黑暗里找到救星一般，当即记下活佛的具体地址和电话。

关大师回到北京，同妻子说起飞机上的一段奇遇，妻子根本不愿去蒙古，却又拗不过丈夫才勉为其难去了一趟。关大师夫妇与那楚克道尔吉活佛相见，活佛观察眼前妇女情况，决定为其做一场法事。

法事在大雄宝殿进行，只见大殿里面供养着佛像，摆放着佛教八宝，道场氛围庄严殊胜。那楚克道尔吉活佛诵念起经文。关大师双手合十无比虔诚望着法师念经，而他妻子对此嗤之以鼻，轻蔑地瞥着活佛做法。法事持续了一个钟头，他的妻子等得很不耐烦，仿佛一切与她无关。

那楚克道尔吉活佛念罢经文，与关大师的妻子包了一包草药，叮嘱回去之后如何服药。关大师感激涕零，随即掏出钱财答谢活佛。那楚克道尔吉活佛拒绝了，"一切都是缘分，草药不要钱，送给你家人的。"

夫妇俩从蒙古归国后，关大师遵照活佛的嘱咐，小心翼翼为妻子熬药。而他的妻子死活不肯喝，"老关，你在古玩界也算有头有脸的人物，竟然整封建迷信,糊弄谁呢。哪有什么神佛,不过为骗人的把戏,我不信。"关大师耐心劝道:"你就喝吧,权当为了孩子。"在关大师一而再再而三的劝说下,妻子硬着头皮喝下第一服草药,喝过药躺在床上,跟往常一样,因为抑郁症,脑子里有一种无形的光与声音缠缚。一刻钟过去,似乎有一种能量和幻觉相互抵消。她渐渐睡着了,一宿睡得都很踏实。次日,关大师的妻子竟主动喝起药来,晚上喝完药后,往床上一躺反正睡不着,过了几分钟后,一种能量从身体中涌出,与自身的幻听相抵消,当晚睡得格外好。

一连服了七天汤药,关大师的妻子每天都能安稳入睡,草药喝完了,病也奇迹般地痊愈。关大师的妻子无比激动,催着关大师赶紧买机票,说去蒙古答谢那楚克道尔吉活佛。自此,关大师一家人与那楚克道尔吉活佛结缘,他的妻子从无神论者竟然信起佛来。

听完关大师的故事,大家觉得不可思议,难以置信,但又解释不清究竟是佛法加持的缘故,还是草药把人的病治好了。薄维赞叹道:"您很虔诚,倘或当初没您对出家人那份虔敬之心,不信因果,断然不会携夫人万里迢迢去蒙古请活佛看病,看来一切都是命里注定好的。"

关大师的手机忽然响起,是那楚克道尔吉活佛打来的。关大师接过电话,告诉薄维:"我师父来了,已经到了古玩城门口,我要下去迎他老人家。"薄维二人跟随关大师去电梯口接那楚克道尔吉活佛,三人刚走到电梯口,电梯开了门,那楚克道尔吉活佛从电梯里走了出来。薄维瞅那人一米七的个头儿,面相富态,慈眉善目,年纪五十开外,穿着藏红色的僧袍,头上剃得光光的。薄维与那楚克道尔吉活佛打声招呼,双手合十问候道:"师父好!"那楚克道尔吉活佛微微一笑,他会用简单的中文交流,寒暄了三两句。薄维就此道别:"关老师,您忙。这位大师父,我们有缘再会。"那楚克道尔吉活佛说:"一面之缘,已然终生有缘,年轻人,愿你好运,我们还会见面的。"

21 真假玉石

这日,薄维在潘家园旧货市场盯店,手机铃声突然响起,一看来电显示原来是金哥的电话。薄维忙接通电话,问候一声。金哥说:"过会儿我到你那边喝茶,你在古玩店吧?"薄维说:"我在店里,随时恭候金哥大驾光临。"金哥说:"兄弟,待会儿见。"

金哥每次来薄氏珍宝古玩店做客，都会给薄维带来一笔不大不小的富贵，薄维心中很是期待金哥能够带来意外惊喜，于是便在店里坐水准备接待金哥。

不出半小时，金哥来至薄氏珍宝古玩店，薄维早已沏好香茶等候。金哥说："小薄，今天晚上别安排别的事，我给你介绍个好朋友，他是搞收藏的。有机会你到他那看看，他现在需要一批玉器，主要是送礼用的。朋友近来痴迷玩玉石，你在古玩鉴赏方面眼力不错，有时间你帮他挑选一些货真价实的玉器。"薄维双手合十，"感谢金哥为小弟引荐朋友，这忙我一定帮好，不让哥哥您丢面子。"

傍晚时分，金哥攒了个饭局，拿来一箱茅台，带了四个朋友过来。其中有个企业家，名叫刘天意，五十多岁，身材高大，留着长发，戴副眼镜，穿戴不俗，手上拿着玉石手把件盘玩，脖子上戴着翡翠。金哥引荐道："小薄，这位是刘总。刘总早间做印刷起家，后来进军房地产行业，现在生意做得相当成功，个人资产至少有几个亿，绝对有收藏实力。"薄维赶忙和他握手，"您好，刘总。我是薄氏珍宝馆馆长薄维，认识您毕生荣幸。"刘天意说："薄馆长，久仰大名。"其中两人为媒体记者，还有一名女子，金哥言称是他公司的业务员，薄维分别与他们一一握手问好。

金哥特意安排刘天意挨着薄维坐，便于两人沟通交流。刘天意说："薄馆长，金哥不止一次在我面前提起您的大名，称赞您好眼力。我这几年喜欢玩玉石、翡翠，目前手头买了几千万块钱的藏品，有机会请您帮忙指点指点。"薄维说："刘总，您客气，我们相互学习。金哥吩咐，我必须为您服务好。"刘天意说："有薄馆长这句话，我就放心了。"

席间，大家把酒言欢，刘天意边喝边聊，有意问起薄维："薄馆长，您瞧我这个小玩意儿如何？"说罢，便将手中的玉石手把件递与薄维鉴定，薄维来时已注意到他把玩的物件并非好玉。薄维双手接过玉把件，故意卖个关子，"刘总，您想听真话，还是想听假话？"刘天意说："当然是想听真话。"薄维说："既然您想听真话，实话告诉您这块是和田玉。"刘天意听后十分快意，"太好了。"薄维说："您这种和田玉实为广义上的和田玉，而非真正的新疆和田玉，实则为青海料。"刘天意眉头一皱，"卖家明明告诉我这件是新疆和田玉。"薄维说："一般人根本不懂玉石，我告诉您怎样鉴别青海玉。其一，看整体感觉。玉料水透，属于青海料典型特征。其二，您看它有水线。其三，您看结

334

构,此玉呈颗粒状结构,它跟新疆和田玉截然不同。且青海料油润度差,明显不及新疆和田玉细腻。"

刘天意似懂非懂,回应一下。薄维说:"您买得贵不贵?"刘天意说:"别提了,一个朋友告诉我是和田玉,这块我花了十几万买的。"薄维说:"您这块属于老青海料,几千块钱就能买到,您花的价钱肯定高了。"金哥说:"老刘啊,往后你买古玩可得找小薄,其他人别相信他们。小薄人品没得说,我们认识多年,小兄弟很讲诚信,从没骗过我一回。若是偷奸耍滑之辈,我也不能带他玩。"刘天意说:"回头我到您古玩店,订点东西。"

这时,薄维忽然接到家里人打来的电话,原来是他家对过那一层有人想卖房子,薄维有意再添置一套房屋,打算将来给两个儿子一人分套学区房的财产。李靖说:"中介说了,那户人家想卖房子,但价钱比咱预想的要多出二三十万,看看你能接受吗?"薄维说:"等我回去再说,房子能不能贷款?"李靖说:"他说这个价钱不能贷款。"薄维说:"我和朋友吃饭呢,待会儿给你打回去。"

金哥听到薄维与家人通话,略略猜得一二,立马跟薄维说:"兄弟,你要缺钱的话,哥哥给你拿两百万,有困难尽管开口。"薄维说:"谢谢金哥好意,暂时不用借钱。目前那套房子还没谈妥呢!"金哥说:"钱的事好说,反正一两百万,我明儿一早给你送去,我家保险柜里不差现金。"薄维说:"感谢金哥帮衬,用钱的时候自然找您张口。"金哥说:"我跟你说下,过几天我去趟澳门。你也知道我没事隔几个月都要飞一趟澳门打打牌,过过牌瘾。这次可能走的时间长点,到澳门耍耍,还要去趟香港,回来之后咱哥们儿见面好好聚聚。"薄维说:"金哥,您多保重贵体。"

几日后,刘天意带着女秘书来到薄氏珍宝古玩店,发现店里有不少好物件,感到很惊喜,不过他最感兴趣的还是玉石。刘天意说:"我在您这订一批玉,薄馆长帮我挑些好的。"薄维与他精挑细选了十几块品质上乘的玉件,刘天意看罢较为满意,"老弟,多少钱呢?"薄维说:"您头次来我店里,我给您个打包价,凑个吉利数,六十八万。"刘天意笑说:"金哥没少在我面前夸您,说小薄人实在,让我以后在您这多买东西。老弟,懂翡翠吗?"薄维说:"翡翠,我玩的是成品。"刘天意说:"赌石懂吗?"薄维说:"不玩赌石,因为赌石属于一门技术活儿,有很大运气成分,几年前就有人咨询我,我不建议玩赌石。毕竟赌石这东西一刀穷一刀富,投资风险太高,不适合一般人玩。再者,现在科技很发达,赌石也有可能造假,您玩赌石要特别当心。"刘天意说:"其实我蛮喜欢赌石的,听兄弟说这话,我懂了。"薄维说:"刘总,往后您有什么投资收藏需求尽管来找我。"

转天,刘天意将一些赌石照片发给薄维,请他鉴定赌石对不对。薄维审慎回复道:"看不好,不建议您涉足赌石。"刘天意说:"我忍不住又买了几块赌石。"薄维说:"仅凭几张图片很难判断赌石,需要借助专业设备鉴定。"刘天意说:"但求多福。"

事后,薄维主动和刘天意联系,询问他买的赌石情况。刘天意说:"我找人鉴定了,切开之后里边全是白瓤,这次又上了百万的当。"薄维说:"赌石这行水很深,可以说大部分是骗局,专门骗那些贪心的人。赌石里边有没有翡翠,早就被人家用仪器检测过了,眼下很少有机会捡漏,千万别指望撞大运,因为想碰运气的人,最后都被碰得头破血流。"刘天意说:"谢谢兄弟好意提醒。"薄维说:"没关系,能为您服务我也高兴。"

25. 又见唐先生

忽一日,薄维接到一个陌生电话,只听电话那头是位说话语速缓慢的长者,"薄先生好,听出我是谁了吗?"薄维一脸笑容,"唐先生安好!"唐先生说:"九月八日,厦门经济论坛,届时我要出席剪彩活动,你能不能来厦门看我?"薄维欣然答应:"唐先生,好久不见了,我会去厦门拜访您的。"唐先生说:"我此行来得匆忙,你能帮忙给我准备些伴手礼吗?价格不要太贵,大概五千块钱一件,带一二十万的东西就好,一定要好拿,方便携带,不拘什么小物件。"薄维说:"没问题,唐先生。我九月初提前赶到厦门待上两天,正好和您老当面请教。"唐先生说:"好啊,我在厦门等你。"

薄维与唐先生精心挑选了三十件小巧的伴手礼,其中包括玉器和饰品,还有极具代表性的紫砂壶。唐先生地位显赫,在国际上有巨大影响力,这次主动邀请薄维一见,薄维对此充满期待。

至九月三日,薄维刚到厦门机场下了飞机,就接到唐先生打来的电话,"薄先生,安全下飞机了吧!"薄维说:"多谢唐先生关心,我才下飞机,正准备打车去见您呢!"唐先生说:"我助理在机场接你,你稍等片刻,我马上叫他联系你。你在厦门多待几天,我已经为你安排了一家最好的酒店,一日三餐都有。"薄维说:"感谢唐先生厚爱!"

薄维坐上唐先生派来的大奔驰车,欣赏着厦门沿途风光,心情格外舒畅。这是他第一次来厦门,厦门是著名的侨乡,有着异域风格的建筑和不同于北方的风土人情。

薄维抵达五星级酒店,唐先生已在客房等候多时,"薄先生来了!"薄维忙和唐先生亲切握手,"您老太客气了,把我安排得像贵宾一样。"唐先生让了座,"必须的,未来你是很好的文化商人,我欣赏你的才华。"薄维双手合十,"感恩唐先生如此盛情。"

薄维打开行李箱,展示自己带来的伴手礼,"唐先生,您请过目。"唐先生逐一查看每一件小物件,他对薄维带来的东西颇感满意,"你拿来这些物事确实不俗,比我想象的要好,需要多少钱呢?"薄维说:"上次您不是说要求平均五千块钱一件,有的贵点,有的便宜点,背着走吧,您给十万块钱便可。"唐先生说:"我付你十一万。"薄维推让道:"您给十万就行,感谢唐先生给我这次为您服务的机会。"唐先生说:"九月八日论坛开幕,将会有很多重大项目启动,我邀请你一块儿参加会议,你在此多待几天。"薄维欣然同意:"多谢唐先生抬爱,我多陪您老几天。"

无论走到哪里,薄维总喜欢到当地古玩市场走一走看一看。早就听闻厦门古玩城颇负盛名,于是他决定趁此机会去逛逛古玩城。在厦门古玩城,薄维购买了几件珍贵的老物件,其中一件为清代紫檀匾额和几件精美的瓷器,全部打包寄回北京。

厦门经济论坛开幕当天,现场气氛盛况空前,场面极其隆重。唐先生身穿一袭蓝色西服,打了一条红色领带,银白色头发,显得精神矍铄。唐先生在大会上发表了关于未来宏观经济形势与市场展望的讲话,台下掌声雷动。

晚宴时分,宴会厅豪华气派,一张直径二米的大圆桌摆在包间中央,精致的花篮立在桌面正中,花朵娇艳欲滴,十八位嘉宾围桌而坐。唐先生特意安排薄维坐在贵宾的位子上,薄维心下深为感动。

薄维左首坐的为厦门市政府官员李秘书,年纪约莫五十岁,长着一张元宝嘴,而在他右首落座的人物是厦门某房地产集团的董事长林总。佳肴一道道端上桌来,待下饭上齐之后,李秘书起身先向大家敬酒,而后又单独跟薄维敬酒,"您是唐先生的贵宾,欢迎薄先生在厦门投资,共同为厦门经济发展贡献力量。"薄维与李秘书碰杯,感觉倍儿有面子。

坐在旁边的林总随之站起身与薄维敬酒，"薄先生，我敬您一杯。今天我在这儿汇报一下工作，我姓林，叫林朝阳，在厦门从事房地产行业。今年厦门房地产生意整体形势不错，整个项目赚了十多个亿。今天我还有一个好事分享给大家，我家太太为我生了第五个孩子。欢迎薄先生来厦门做客。"薄维回敬了林总一杯酒，并向他表示祝贺。参加这样的酒局，薄维心头有点酸酸的，毕竟在场的都是政府领导和企业巨头，他觉得自己不过是个小古玩商，在大场面顿感自个儿太渺小，甚至无足轻重。

深夜十一点，薄维将唐先生送回房间，两人开始品茶聊天。唐先生说："稍后会有客人来访，《厦门日报》记者要来采访我，等采访结束后，我再陪你聊天，你先喝会儿茶。"

不过多大会儿，记者如约而至，对唐先生进行采访。采访结束时，已经是凌晨时分。尽管唐先生偌大高龄，但依然精力充沛，丝毫不显疲惫。唐先生歉意道："薄先生，实在不好意思，让你久等了，是不是很辛苦啊！"薄维起身说话，"唐先生辛苦，您今天既要参加开幕式，发表讲话和剪彩，又要接受记者采访，一天下来确实够辛苦的。"唐先生说："没有没有，请坐吧，我给你倒杯茶。"薄维说："多谢唐先生。"

唐先生与薄维讲了些他过往经历，他在东南亚地区是备受各国敬重的船王，在印尼和新加坡都有不少产业。五六十年代，他名下就有二十艘大船，业已进入事业辉煌期。谈到这里，唐先生说："小薄啊，我一直很看好你，你有什么问题就问吧。"

难得有这么好的机会，觑面向商界大佬请教，薄维自然格外珍惜这次对话机会，他恭敬地问道："唐先生，您德高望重，名扬四海，我想请教您一个问题，先生成功的秘诀是什么？"

唐先生沉思片刻，掷地有声地回答："若说成功秘诀，你记住我说的两点就可以了。第一要知道谁是谁，第二要对身边的人好。谁是谁，此话为何意？你要知道谁是你真正的朋友，谁是你的敌人，谁是你的贵人，你要清楚了解身边的人，一定要对身边的人好。我看好你小薄，因为你具备生意人这种难能可贵的悟性，还有你在古玩方面的天赋。但你要知道，你成功以后，身边的人若不好，必定要陷害报复你。另外一点也很关键，就是你在做生意的时候，一定要知道谁是谁，简单来说就是有些人的钱你要多赚一些，而有些人的钱不仅不能赚，相反你还得贴钱与他，把这些道弄明白了，未来你在

338

古玩界肯定是个厉害的人物。这回你给我拿那批东西，我看你不贪，人性很好。我之前在北京古玩城买了不下几千万元的东西，但后来很少买了。为什么上次要在你这订一批东西呢？主要感觉你人好，眼力好，内心不贪婪，这在生意场上是很难得的。"

薄维说："唐先生，谢谢您的忠告，我会牢记在心。"唐先生说："小薄，你明天晚上可以跟着我参加一场宴会，而且这次会来很多大领导，包括市里的，省里的，我给你介绍认识。"薄维说："多感唐先生厚意，我明天准备回北京，就不参加了。"其实薄维心中也想跟随唐先生参加这种大场面的聚会，但今日这场晚宴，倒让薄维觉得自身底蕴和眼界，以及个人思想尚未达到一定的高度，害怕在大场合尴尬，故此谢辞唐先生的好意。唐先生说："日后我们北京相见，明天我还有会议，就不亲自送你了，你路上注意安全。"薄维说："唐先生，就此告别，您多多保重身体。"

从厦门回来之后，薄维将唐先生所说的两点铭记在心，时常温故，他认为唐先生说的话令他受益终身。

26. 参加歌手大赛获奖

自从成为金家班的弟子，薄维与金山的来往愈发频繁。某日，金山给薄维打来电话，"薄维，告诉你个好消息，十二月份浙江横店要举办第十一届金尚奖明星颁奖盛典活动，你要感兴趣可以录制一首歌曲参加此次活动。你知道车行老师吗？"薄维说："车老师是大名鼎鼎，妇孺皆知的公众人物。"金山说："车行老师为我写了一首歌《看谁都是好朋友》，你要唱好这首歌准能拿奖。"薄维说："哎哟，求之不得。"金山说："前提是你必须好好练，关键到最后看你有没有能力驾驭这首歌。歌曲创作很关键，演唱同样重要，究竟能否拿金尚奖，主要还得看你演唱实力。"薄维说："师父放心，这段日子我必定勤加练歌。"

薄维按照约定时间到金山家中学习新歌，二人寒暄已毕，便开始了音乐课。金山说："《看谁都是好朋友》这首歌表达人与人之间的友情，内容朴实欢快，演唱时务必饱含激情，从内心深处洋溢出快乐。唱歌时要放松，面带自然的笑容。你看着歌词，我先给你唱一遍。"金山把歌词清唱一遍，然后一句一句教薄维演唱，前后共教了三遍。金山说："薄维，学会没有？"薄维说：

"师父,我学会了,但歌词还没记熟。"金山说:"回去好好练,练歌头一件事要把歌词记住,一定要在短时间内把这首歌唱好。"薄维说:"我必定不让师父失望。"金山说:"此次机会难得,有很多一二线上的明星,你可能之前在电视上看见过,他们都会来现场参加活动。"薄维平常在北京也曾见过一些明星艺人,想想这可能与文艺工作者同台演出,心下充满期盼。金山说:"你的优点在于你嗓音好,最大缺点是不认识五线谱,不识简谱只能多听多练才行。"薄维信心满满地保证:"师父放心,不出一个星期我准会练好歌曲。"金山说:"加油,我看你有戏。"

薄维与家人分享这等消息,家人听后挺支持的。李靖鼓励道:"好好练,全家人都盼着你能拿个音乐奖。"薄维没事时成天在家练歌,起初家人觉得新鲜有趣。薄维唱完歌曲,问问李靖:"媳妇,我唱得怎么样?"李靖说:"唱得可以。"当薄维唱到第十遍接着问家人,"我唱得咋样,有没有进步?"李靖说话语调马上变得有点冷淡:"还可以吧。"薄维在客厅里唱到二十遍,又让家人评价。一家人听得有些不耐烦了,李靖敷衍道:"还可以,小点声就行。"当薄维唱到三十遍,问起家人:"儿子,老爸唱得如何?"家人被薄维折磨得彻底崩溃,"麻烦你到厨房唱去吧,别在这儿唱,太烦人了。"薄维说:"你们这种态度是支持我吗?"虽然是句玩笑话,但薄维仍旧乐此不疲坚持练歌。

薄维走进卧室,关上房门继续练歌。薄金瀚说:"妈,你瞅我爸哪根筋不正常,行为举止咋这么吓人?"李靖听后笑得肚子疼,"你爸被人家忽悠洗脑了,老不务正业。"薄金桐说:"每个人心中都有一个明星梦,看来我爸想转行当歌星,从此不搞收藏行当,当明星可比搞收藏赚钱。年轻人向来喜欢追星,有几个追收藏的。"薄金瀚说:"老爸想当明星我看没戏,人都成了油腻中年大叔,也不招小姑娘们爱,根本没人追他。"薄金桐打趣道:"爸爸是实力派歌手,如今老多女孩都喜欢有钱大叔,就咱爸这气场,没准还真能招惹小姑娘爱得死去活来,到时候咱妈在家中地位可就危险了。"李靖干咳一声,"嘿,小兔崽子竟敢瞎白话,你爸是那种人吗!当年你爸年轻时不但英俊潇洒,而且人品过硬,那叫柳下惠坐怀不乱,要不我也不会犯傻跟你爸稀里糊涂过半辈子。"

薄维再次和金山碰了面,在老师面前演唱一遍《看谁都是好朋友》。金山说:"薄维,你进步很大。建议你再准备一首其他歌曲,我为你写了首歌,你可以拿来演唱。比如演出环节,观众让你再唱一首,你必须有个备用的原创歌曲。"薄维说："辛苦师父亲自操刀为我创作歌曲。"金山说："我创作的歌曲名叫《一滴泪》，这是一首悲伤情歌。"薄维说："两首歌一块儿练。"金山说："改天我带你去音乐工作室录制歌曲，这次可能不是现场直播，属于录播。"薄维说："师父，听您安排，您说该怎么整我就怎么整。"

又经过一周练习，金山认为薄维把两首歌唱得差不多了，便带他去北京朝阳区一家音乐工作室录歌。这是薄维头次进录音棚，他戴上耳麦录制歌曲，既感神秘，又觉出一种荣誉感，心下十分激动。歌曲录制出奇顺利，薄维演唱完整，歌词准确无误，且情感表达充沛，基本上达到一遍通过的标准。录音师赞叹说："薄馆长的声音真好听，后期再修饰修饰肯定会很棒的。"金山说："你可别夸他，他会骄傲的。"薄维说："没成功之前，我还得继续努力。"金山说："麻烦您再给薄维录一遍，徒弟赶紧准备就位。"于是把两首歌曲再次录了一遍，第二遍录制同样也很顺利。

两天后，薄维走进音乐工作室来拿刻录好的音乐光盘，当试听过后，特别有成就感。

转眼间，金尚奖明星颁奖盛典举办日期临近，薄维怀揣着梦想来到横店。刚下飞机，此时接到关大师打来的电话，"薄馆长，我师父今天来北京了，提到你很有佛缘。师父向你问好，祝你一切顺利。"薄维说："关老师，我眼下正在浙江横店参加歌曲大赛，没法见大师父了。您跟师父说下，感谢师父问候和祝福，等师父下回再来北京，我一定向他请教。"

金尚奖明星颁奖盛典活动当天，薄维跟随金山步入会场，只见座无虚席。嘉宾席上坐着几位实力派歌星，薄维一看眼熟，之前在电视上看到过，想到能和他们同台，脸上难掩激动。金山一旁嘱咐道："徒弟，沉住气，记住了，今天你也是大腕。"薄维说："我明白，咱得端着点儿，别掉架子。"

薄维忽然注意到有个中年女子总盯着他看，那眼神感觉怪怪的，寻思是不是熟人，仔细一瞅不认识。薄维等人去了贵宾室，发现那名女子依然跟着自己。当他从贵宾室出来走在楼道间时，那名女子猛然间追了上来，跑到薄维面前说："您好，老师。"薄维说："您好。"中年女子说："我一直在等您，看到您特别激动。今天终于有机会见到您了，我想跟老师您合张影。"薄维说："感谢您的关注。"中年女子说："我可喜欢听您唱的歌。"薄维心想："我没有发行过歌曲，她怎么说喜欢我的歌呢？"薄维疑惑不解地问道："您喜欢哪首歌曲？"中年女子说："我喜欢您唱的《小芳》。"薄维这才恍然大悟，原来眼前

341

女士认错人了,误把薄维当成男歌星。身旁的朋友赶紧解围,"您看错人了,他不是《小芳》原唱歌手,这位是北京薄氏珍宝馆的薄馆长,专业做古玩的。"中年女子面部表情瞬间一百八十度大转变,没了一点笑脸,"哦,不是啊。"中年女子尴尬地转过身连忙走了。薄维不觉好笑,无意之中体验了一把明星被粉丝追的感觉。

即将登台演唱时,薄维不免感到紧张。虽然为录播,但现场气氛十足,大腕云集。他心想要像港台影视歌星那样出场,满脸笑容一边小跑上台,一边挥手致意,到舞台中央就说大家好,然后再说"一首非常好听的歌曲《看谁都是好朋友》送给大家"。这种场景,他脑海里反复练习过多次。最后终于轮到薄维登场,薄维马上就要重复无数次想象的动作,这边刚要张嘴说话,只听耳边响起低沉的音乐,播放的是《一滴泪》歌曲伴奏。薄维一听坏了,当时脑子嗡的一下,之前也没遇到过这种事。薄维心中默念,沉住气别慌,他并没有演唱这首歌,而是向音响师示意暂停,脑子飞快地捋了下思绪。薄维说:"亲爱的朋友们,刚才有个小小失误,为了给大家一个惊喜,同时也表达我个人的歉意,我把过年才要推出来最新专辑中的一首歌曲《看谁都是好朋友》,提前献给在场的每一位好朋友。"

台下掌声响起,薄维赶紧走下台,和音响师经过简单交流,随后歌曲《看谁都是好朋友》的伴奏音乐响起。

就像之前脑海里不停排练的那样,薄维重新走上舞台,心里怦怦直打鼓,满脸笑容向观众问好,"一首新歌《看谁都是好朋友》,送给今天在座的每一位有缘相见的新朋友,愿大家事事如意,心想事成。今天我们一面之缘,一生朋友。"薄维在舞台上的台风富有感染力,一曲歌罢,台下掌声雷动。

当薄维走下舞台时出了一身汗,亏得临场不乱,在失误面前沉着应对,不至于在大场面栽了面子。金山拍拍薄维的肩膀,挑起大拇指称赞:"你小子行啊,临场反应能力超强,舞台经验丰富。"薄维说:"师父,下次咱可别出这种失误,好悬丢了大人。"

薄维的歌声沉稳厚重,他在舞台上出色的表演征服了嘉宾评委,最终荣获组委会颁发的第十一届金尚奖全国影视艺术杰出歌手荣誉证书,一位业余音乐爱好者却唱出专业歌手的水平,获得了专业人士的肯定,薄维颇有几分成就感。

27. 职业敏感再破骗局

这几日,薄虎城偶感风寒,身子不大舒服,薄维去父亲家中探望一番。薄虎城见儿子过来心中高兴,给薄维做了点饭,是他们父子二人爱吃的孜然羊肉,还特意买了几只大螃蟹。薄维问道:"爸,您咋样,身体好些没?"薄虎城说:"感冒而已,吃了药,没大碍。"薄维说:"您多注意身体,少喝点酒。万一哪阵不舒服了,赶紧打电话告诉我一声。"薄虎城递儿子一个大馒头,"儿子,尝尝这馒头。"薄维见馒头是平常馒头的两三个那么大,接到手中闻了闻,"馒头味挺香,您自个儿做的还是买的?"薄虎城说:"一位师兄送我的。"

父亲口中提及的师兄是位出家的比丘尼,师兄平日里喜欢念珠之类的物件,在天津沈阳道与薄虎城结缘,薄虎城也是这位师兄的檀越。薄虎城说:"师兄经常给我送点馒头,她是附近寺院里的出家人,我偶尔给寺院捐点功德款。师兄认识一位姓贾的施主,听说那人总给寺庙上香,极其相熟。贾施主的哥哥原来在天津是个很厉害的人物,既做地产,又搞金融。眼下因时运不济,遭遇困境,想出手一大批古董。先前师兄与我说过几回,我知道你在北京干得不错,故此想让你过去看看。"薄维说:"我先跟人家见一面再说,到时瞅瞅以怎么个方式来购买这批老物件。"

一周之后,薄维与父亲口中所说的那位师兄见了面。师兄面容平和,五十多岁,脑袋光光的,穿件浅灰色僧服,手中盘着一串念珠。师兄说:"薄馆长好善缘,我听你父亲说了,你眼力好,又有实力,有机会我陪你去姓贾的檀越家中赏宝。那位施主家的古董不单卖,说要打包一块儿出手,我也不懂。你认为能赚钱的话,提成给不给倒没关系,捐点香火钱也是功德无量。"薄维说:"自然少不了师兄的香火钱。"师兄说:"薄馆长,你我下周二到贾氏檀越家中走一遭如何?"薄维说:"师兄,您来安排时间就好。"

初次见面,薄维对这位出家人印象并不算太好。薄维十几年前曾上过这方面的当,对于会讲故事的人,越是讲得玄乎,他便越加警惕。

再次相见之时,这位师兄依旧滔滔不绝,讲了很多,其中总是重复强调一句话,"我也不懂,你自己看。"薄维闻听此言,若有所思,不明她为何一再说这番话。

在师兄的指路下,薄维开车来到南开区一处破旧的小区,穿过狭窄的街巷,七弯八拐到了地方。薄维下车后,只见一家老小站在院里迎接客人,其中两位老人瘦骨嶙峋,一个小孩倒也长得可爱。贾老大年龄与薄维相仿,薄维瞅贾老大的面相,一看就是社会人,体形微胖,油光满面,眼珠叽里咕噜乱转。贾老二略显年轻,却给人一种油腻男的感觉。老人让孩子叫伯伯。小孩很乖,有礼貌地与客人问好。彼此打过招呼后,薄维便跟随一家人上了楼。

此处为一栋六层楼的老房子,在一帮人的簇拥下,薄维上了二楼。老头把房门打开,薄维尚未进门已然看到整个屋子里全是古董,简直像个古玩店。房子为三室一厅,当步入房中之后,老头指着满屋子的物件不禁感慨道:"我大儿子现在做生意赔钱了,急需用钱还债,这些东西当年买的时候花了几千万,眼巴前儿贱卖出去真赔大发了。"贾老二一旁帮腔:"可不嘛,我哥哥过去买卖做得很大,后来因为身体不好,经营不善,只留下一批古董。唉,这么好的古董,倘若价钱卖低了万分可惜。"

薄维出于职业敏感,怀疑这拨人说话必定有问题,凡是帮腔助势的,一定要加个小心。进屋之后,薄维四下扫视一眼,断定屋里大有问题,发觉人与气场都不对。因为整个屋子里有老多物件,夹杂一股做旧的味道。薄维天天和古玩打交道,自然熟悉不过,真真假假在他眼前一过,便知是不是做旧,此刻他却故意假装不懂行,"您家屋里真是琳琅满目!"

贾老二探口风,"薄总,您喜欢什么物件?"薄维说:"我是搞杂项收藏的。"贾老二说:"您对木器感兴趣吗?我家有海南黄花梨和紫檀家具。"薄维说:"不妨先看看东西再说。"贾老二将薄维带进其中一间屋里参观家具型藏品,"您这边请。"

薄维进入房间观瞧,见此屋摆放着顶箱柜和架子床,"这些是海黄家具。"薄维凭多年经验一眼断定这些家具木料属于大叶黄花梨,与海黄相似,且做旧处理过的。薄维不露声色说:"东西确实不错,可惜我店小摆不下大件的。"贾老二说:"不知您对什么小件感兴趣?"薄维说:"玉石。"贾老大立马接过话茬,"我家里有玉石,您请移步。"

薄维随二人进入另间房屋,屋子不大,是间小茶室,有个博古架,陈设各种玉器,雕刻年年有余、福字天来等字样,薄维一看便知为青海料。贾老二说:"这些都是新疆和田玉,当时我哥哥当领导,别人送的,一块十几万,十分名贵。"贾老二特意拿个玉石摆件,薄维定睛一看十分离谱,断定为韩料,有的料更次,根本与和田玉不沾边。

贾老二一瞧薄维不感兴趣,"薄总,您看我这还有翡翠。"贾老二端出一盒翡翠来,薄维判断皆为次等翡翠镯子,"还有什么?"贾老二说:"您往这屋来。"

薄维踏进另一间宽敞的大屋,见房中陈列着字画,诸如齐白石、张大千各种名人书画都有,一眼认出为潘家园的地摊货。薄维说:"这些书画名头太大,恐怕拿不下。"贾老二忙说:"薄总,小名头的也有。"说话间,取出一些扇面递给薄维鉴赏。贾老二说:"这些是天津小名头的字画作品。"薄维说:"您家藏品可真多。"

客厅里放置一台双门冰箱,薄维称赞道:"您家冰箱真够大的。"说话间,他随手把冰箱打开看了一眼,却见冰箱里头只有两瓶水,其他什么也没有,丝毫没人间烟火气。薄维心知肚明,猜测这套房子必然不是他们家的,推断他们属于一伙骗人的团队。其团队有明确分工,有人扮演家人,有人煽风点火,有人牵线引路。

这家人见薄维坐在凳子上一言不发,不免干着急。贾老二试探问道:"薄总,您高低喜欢什么呢?"薄维不假思索道:"我看重精巧的物件,送礼什么的也方便。"贾老二会意,"给您看一件我家最值钱的东西。"贾老二捧出个收藏盒,盒子打开见里边装有一块拳头大小的田黄石。薄维说:"您搁桌上,物件太贵重,我可不敢动手拿。"贾老二说:"您拿手上欣赏,没事,别怕摔。"贾老二硬把石头塞到薄维手头中,"这块田黄石当时入手花了两百多万呢!"薄维鉴别眼前之物属于仿制的寿山石,假意询问:"你家这些老物件怎么卖?"贾老二一听有门儿,"来来来,咱们这屋谈。"

贾老二将薄维重新请回茶室,坐在里边细聊。贾老二夸其谈家里物事如何好,又把他们遇到的困难絮叨一遍,"薄总,您要能相中这些东西,我给您个打包价。别人想要我还不卖呢,因为您跟师兄关系挺好的。我们给别人报价五百万,三百五十万,除了房子,整屋东西全部归您,大大小小的古董得有两百多件,您自个儿算算多便宜。实在不行,您出三百万东西全拿走,不知您意下如何?"薄维说:"这一大笔物件可不是个小数目,容我回去和家人商量,然后再做决定。"

贾老二闻言大喜过望,满脸堆笑,"当然可以,那我等您好消息。"薄维一刻不想多待,匆忙离开了。他在回去的路上寻思:"这等雕虫小技,骗白痴还行,竟然想蒙我,门儿都没有。"

回到父亲家中,薄维便将整件事与父亲详说一番。薄虎城将信将疑,"出家人应该不会做出有辱佛门的事体吧。"薄维说:"爸爸,您要相信我,他们是在演戏。因为在车上,师兄一路在洗白自己,说'我不懂,你自己看,眼力是你们的事儿'。她一再强调这句话,我没去之前,便已觉察事有蹊跷。"薄虎城说:"你干古玩那么多年,比老爹有经验,我也放心了,相信你的眼力不会看走眼。"

日来,薄维甚为忙碌,然而心情却不大好。这与他前几日看到的一条新闻有关,新闻报道某基金经理因业绩不好,基金爆仓,最后跳楼自杀。薄维看罢新闻心情变得沉重,多年来他在古玩经营或投资办厂,运气向来不差,唯独在炒股方面巨额亏损。薄维想到那位基金经理曾在前几年业绩如日中天,全国赫赫有名,而今却走到了绝路,不禁感叹自己作为一个小散户,手头那点资金恐怕难以在股市中激起半点浪花。

薄维回顾多年炒股经历,基本上捡了芝麻丢了西瓜,因小失大。与其说自己过去一直在投资,倒不如说是一直在投机。他又一次做出艰难的决定,发誓今后不再碰任何虚无缥缈的东西。因为自身盲目贪婪,从而导致赔进去很多钱,表面上看似轰轰烈烈,惊心动魄,到头来不过交了学费而已。

苦海无边,回头是岸。自打全部资金退出股海,薄维每日感到神清气爽。以往每天九点半开盘之前都在焦急等待,当收盘时,遇到突发事件股票暴跌,心如刀绞。他始终贪图蝇头小利,因为一点甜头而沾沾自喜,浪费了一辈子太多的大好光阴,回想起来似乎觉得自己做了一件极其愚蠢的事情。薄维再次想起那句话,人永远不会挣到认知以外的钱,挣钱应该踏踏实实,不能总想着一夜暴富。一生应当只做一件事,做正确的事。

28. 千万大局险中计

人与人交往,往往有事才会聚在一起,无事之时多半是想不起来交往不深的朋友。这天,玩赌石的刘天意给薄维打来电话,"薄馆长,好久没见,近来可好!"薄维说:"您好,刘总,一眨眼老长时间没见面了。"刘天意说:"改天有空到我公司来喝茶,我最近收了一批好石头,一起品鉴品鉴如何?"薄维说:"那敢情好,我去您那儿学习学习。"

一年之中,刘天意在薄氏珍宝古玩店购得不少物件,大部分买的是新疆和田玉,还有瓷器之类的,都在公司摆着。薄维猜测刘天意这回肯定又玩上赌石了,上次劝他没用。

薄维专程来到怀柔区拜访刘天意,他的公司占地好几亩,办公楼主体建造十分气派。刘天意热情接待薄维,二人亲切握手,"兄弟,到我办公室坐坐。"

办公室装修得格外豪华,多宝阁上摆着不少古玩。刘天意说:"您看这些都是在你店里买的瓷器和玉摆件,我带您去茶室鉴宝。"说着,便引路走去茶室。二人穿过一段走廊,拐过去之后,行至大厅,映入眼帘的是一对大门,显得格外高大气派。拉开一扇大门,只见二楼为错层设计,修有一个大池子,池中的大锦鲤约有一米长。

刘天意带薄维走到茶室后边一间小会客室,桌上茶具皆为纯金制作而成,奢华至极。刘天意拉开落地帘,与薄维展示他收藏的宝贝,一地赌石。刘天意说:"八百万我把这堆赌石全买过来了。"薄维略略看上几眼,觉察这些赌石大有问题。因为每块原石开窗特绿,有的是紫罗兰,有的是翠绿。前些日子有个做翡翠的朋友告诉薄维,赌石开窗无疑是假的,这些东西全为镶上去的,里边必为白瓤。

薄维提议道:"刘总,建议您先开一块看看,以后别再上这种当了。我听朋友说过,石头上边的翡翠是镶嵌上去的,您看表面挺好,实际上面就那么一点,无论赌石开窗也罢,不开窗也罢,风险同样大。"刘天意说:"回头我去开几块赌石,如果能开出翡翠,我请您吃饭,如果不对的话,这种东西往后我也不碰了。"薄维说:"玩赌石,千万谨慎,不要超出自己的财力。我一向很少涉及赌石,也帮不上您什么忙,总之您小心为上,不买为好。"

过了三四天,刘天意在电话中告诉薄维关于开赌石的结果,此事连他自己也觉得很没面子。刘天意说:"兄弟,我把所有赌石让人开了,里边全是大白瓤,这次我又上了个大当。要知道如此,早该听您劝。"薄维安慰说:"您现在悬崖勒马为时不晚,这点钱对您而言说多不多说少不少,但您一定要注意,因为专业人专业事,不要轻信任何人。搞古玩还得靠专业技术,在自己认知能力的范围内去投资收藏。"刘天意说:"谢谢薄馆长忠告。"薄维说:"您客气,在古玩道路上,我们始终都是学习者。"

那日,金哥特地约薄维吃饭,自然少不了要带上他爱喝的茅台酒。薄维说:"金哥满面春风,最近可有好事光顾?"金哥笑说:"你小子聪明,告诉你近来我是人逢喜事精神爽。在澳门玩了那么多次牌,这次小赢一把,赢了几百万,平常……"薄维抢过话头,"平常您都是输。"金哥不以为意地说:"没事瞎玩儿呗。"两人相视一笑。薄维说:"上次您给我引荐的朋友刘总,前些天请我欣赏他买的赌石,据他所言买了八百万的赌石,全是假的。"金哥说:"嗨,之前刘总给我看了一块大石头,也是假的,这些他没好意思告诉你。刘总早期靠关系做地产起家,发达之后,布局了多个产业,反正个人资产得有几十个亿。这人有一股干劲儿,而且非常执着,只要他认准的东西,他以为自己无敌了。但最近让你说的,还有经历的这几个事,把他打击得也不敢买赌石了。他买了几千万的赌石,我一直说他,可他不撞南墙不回头,即便撞到南墙又撞不醒,非得碰得头破血流才肯罢休。他老想着买这一堆赌石,万一开出一件帝王绿不就回本了,实则连一件对的都没有。"

薄维与金哥酒酣耳热,两瓶陈年茅台下了肚,二人都已微醺。金哥神秘兮兮地说:"兄弟,今天给你看个好东西。最近你老哥我有大动作,预备入手一批古董。等这事成了,我请你痛痛快快喝一壶老酒。"薄维:"金哥,您要收什么古董?"金哥说:"虽然你是我兄弟,但此事不便同你讲。你还记得前段时间咱俩吃饭的时候,我拿给你看的那几块玉吗?"薄维说:"当然记得,东西没问题,百分之百开门货。"金哥说:"这是大墓里出土的文物,尤为珍贵,但不能同你细说。这批古董是另外一个哥们儿负责搞到手的,我在他手头买了得有十来件古玩。你哥我也不傻,找人看过,东西都对。其中三五件,你帮我掌眼了,说物件是老货。如果这事能成,这批文物价值不可估量。"

说到此,金哥故意压低了嗓门,"兄弟,我信得你才对你说了,此事万不可同外人传语。"薄维心中纳闷,"金哥,咋就这么神秘,一点也不方便透露?"金哥犹豫了一下,"好吧,兄弟,念在咱俩处了这么多年的分儿上,我就不瞒你了,给你看段别人发我的视频。"金哥忙把包间房门锁上,掏出手机,坐在薄维身边,"我不传你,你拿我手机看下。"金哥打开一段视频,薄维聚精会神盯着手机屏幕看。只见在一个漆黑的山洞里,一束光照过来。薄维顿时吓得毛骨悚然,手电光照到一具骷髅,上有蜘蛛网,旁边有金冠和一堆古代的瓶瓶罐罐。视频拍得并不十分清晰,薄维还想往下看时,金哥忙把手机抢过。

金哥说:"这批老物件,估计再过三五日就敲定了。"薄维说:"价格贵不贵?"金哥淡然一笑,"不贵,对方要价六千万。"薄维大吃一惊,"这么贵啊?!"金哥说:"兄弟,你有所不知,这里头有金冠,还有很多地宫的古董,随便一件瓷器拿出来都是能拍卖过亿的宝物,这回你老哥我总算抄上了。"薄维说:"金哥您别说了,我跟您讲,咱们这样,哪天您带我去。我当您的司机,您再找一个可靠的跟班,就咱三个人去。到了地方,我不下车,因为我怕有人认识我。您让他拿出几件他们认为不错的东西,然后您拍照发我便可。倘若我不能确定,就得过去看看。假如说我一看东西不对,建议金哥您千万别买,希望金哥您能相信我。"金哥闻听此言多少感到几分扫兴,"兄弟,我听你的,毕竟咱哥儿俩处的年头长。我认识他没几年,但观他貌相感觉他还算可信。"薄维说:"常言说知人知面不知心,看人不能只看外表,越有心机的人,越懂得伪装。"

薄维借着酒劲继续说道:"我们认识这么多年,金哥对我有恩,小弟为人怎样,金哥还不知根知底吗?哥哥发财兄弟当然高兴,但兄弟也不能亲眼看哥哥上当。"金哥沉思片刻,"过几天我约他们把东西拿来,然后给你拍张图片瞅瞅。你也甭露面,倘若东西不行,就按你说的行事。"薄维说:"就这么说定了,金哥。"

卖家与金哥约好三日后到北京延庆区的一座山里看货,金哥驾驶虎头奔到潘家园接薄维一同前往,当天路上有些堵车,从东三环出发开车用了两个钟头赶到延庆区山里,那时天已近傍晚,太阳早已落下,西边天空染就血红色的晚霞,衬得山景如诗如画。山里四下无人,出奇安静,偶有野鸟叫唤一声,令人不禁有些瘆得慌。

时值夏季,纵然市区天气炎热,但进入大山之后,却隐隐感觉到凉气袭人。虎头奔停了下来。金哥说:"兄弟,你在车上等着,我下去跟卖家接头,随时保持联系。"薄维说:"您放心,金哥,我时刻盯着手机信息。"金哥在车上给卖家打去电话,对方说马上到,让金哥把车再往前开一点,就能到预定地点。

薄维将车开到一处空旷地带,四下无人,此时晚霞隐去,天色完全黑了下来。薄维说:"搞得真够神秘的。"金哥说:"他们小心是对的,不然为什么会有鬼市呢。我去了,你在车里等我信息。"金哥带个保镖下了车,打着手电筒走进隐秘之处。薄维望着远处漆黑的山,心下多少有些恐惧感。

过去十来分钟,金哥发过来古物照片。薄维仔细鉴别真伪,有几件看着像宋代汝瓷瓶、盘、葵口洗，十几件铜器，水晶棺舍利盒，几张褶皱黑乎乎古画等一大堆物件，其中有一件金光闪闪的金册引起薄维注意。薄维看一眼便已猜个八九不离十，按约定给金哥打个电话，金哥在保镖的陪同下很快走了回来。金哥问道："小薄，你看东西怎样？"薄维说："我先跟您讲，这些东西您最好不要买，因为跟我预想的差不离。"

金哥一头雾水，不明就里。薄维解释道："您还记得方才发我的金册吗？"金哥说："我最喜欢那件金册，他说是纯金的。"薄维说："您只给我发了封册图，没有背面图？"金哥说："我没拍背面的。"薄维说："您在背面右上角是不是看到十字划痕和一道裂？"金哥惊讶地问道："你怎么知道的？"薄维说："一会儿您回去问他，这些物件是否为原装出土，是不是一块儿挖出来的。如果他回答是，您就告诉他，筹钱，走人。毫无疑问东西必定为新的，因为一个月前我见过这件金册。"

等了半个钟头，金哥和保镖赶回来，二人上了车。薄维说："金哥，咱走吧。"金哥点点头，系好安全带，薄维启动车子，驶离此间。薄维说："金哥，您怎么问他的？"金哥说："我就问他是不是一块儿出来的，他说是。这就证明兄弟你说对了。"薄维说："您看里头有几件是真的，什么是真的？"金哥说："我看都像真的。"薄维为金哥剖析整件事的来龙去脉，"第一，那天您给我看的拍摄的洞穴是真的，为什么呢？那是以前的一座古墓，而且里边是空的。至于骷髅也是真的，但不知道他们从何处弄来的，蜘蛛网也是真的。现场看到的那几件破铜器也是真的，那属于老残件。"

金哥打断薄维的话，"他说此地专门来封存古董只为避风头，在其他地方探寻古墓。你看宋代的瓷器，他们挖了很长时间才弄出来，而且还找人鉴定后封存，反正里边的门道挺复杂的。"薄维说："金哥，那叫埋雷，您甭听他们讲故事。假如说您被人家成功骗了，我告诉您这都是一个超级经典古玩被骗案件。为什么呢？因为您之前……"金哥接过话茬，"因为我之前买他的物件都是真的。"薄维说："您都会抢答了，没错，您之前买的物件属于人家钓鱼的诱饵，这招叫作撒下香饵钓大鱼，他们前期卖您的古玩全是傻开门，知道您必定会找人鉴定，您最早给我看过，我说您买的东西不错。当取得您的信任后，接着和您讲故事，后期告诉您古墓的葬品如何不好挖，物件挖出来之后封存一段时间，避避风头再出手，那也是故事，而且是故事中套故事。他们确实很有耐心，给您做这个局用了得有一年多时间。通过真实的古墓，往里边摆些老物件,拍摄一些视频。然后一批一批挖出来,再去鉴定封存,对外放出消息称社会上有这么一批古董,反复印证骗您上当。一年能骗六千万也是笔巨资,所以人家愿意放长线钓大鱼。"金哥闻听此言如梦初醒,原来自己早已不知不觉中落入别人的陷阱,"兄弟,既然你这么讲,而且那么有把握,老哥信你说的话。"

车子驶回北京城区,他们简单吃了顿晚饭。临别之际,金哥从后备厢提出一个装满钱的箱子,"这里边有一百万你拿着,今天我必当重谢老弟,是你帮我避免了数千万损失。"薄维连连摆手拒绝,"不要这样,金哥,您太见外了。咱哥儿俩喝顿酒,或者您送我一箱好酒都成,但这钱我一分不拿。为啥兄弟不拿您的钱呢,因为金哥对我太好了,这么多年,一直照顾我的生意,您是我的贵人,所以这个钱无论如何我不能要。"

金哥乃性情中人,最不愿欠别人的人情,执意要给他一百万,薄维坚决不收。金哥看出薄维是个懂得感恩的人,便不再强求,"兄弟,你是我一生的好朋友,也是哥哥的贵人。今后你在北京遇到难事尽管告诉我一声,老哥尽百分之百的能力帮你。"薄维说:"金哥,有您这句话我就知足了。"

在此之前,薄维见过各式各样的骗局,而此次经历是他职业生涯中见到的最有耐心做局的一帮人。他不断总结自己及身边朋友发生的事情,形成了一套自我认知的哲学,不要挣认知以外的钱,切忌贪婪,贪心会使人丧失原有的财富。

因金哥选择相信薄维,薄维才有机会帮到金哥避免巨额损失。而刘天意面对薄维的话始终半信半疑,真就应了前人一句话,良言难劝该死鬼,因为不听劝,结果买赌石被骗了几千万。凭借自身专业鉴定能力,让朋友远离投资古玩艺术品的陷阱,薄维感到分外有成就感。一个成功的古玩商,必定为合格的鉴定家,这样才配得上古玩这一行。他由此生出一个念头,今后想通过多年的从业经验和眼力,帮助别人避免踩坑。薄维认为越来越有必要帮助更多藏家避免上当受骗,这是一种福报,亦是一种社会责任。

29 仓库遭遇水祸

近来,薄氏珍宝古玩店的生意日进斗金,结缘了不少大客户。薄维善于交际,在与人交往中总能结识到新朋友,大家对他评价普遍很高。

广州做紫砂生意的徐老四与薄维打来电话,"兄弟,我这儿有个大客户,过去是美籍华人,现任商会会长,打算在广州弄个会所,想买一批货真价实的古董,你费心多准备些好物件。"薄维说:"四哥,您放心,这是咱的强项。我这儿有三家店,保管挑的全是精品。"

薄维甄选一百多件古董,包括明清瓷器、玉器、海南黄花梨家具等杂项,一周之内将这些古董寄给了徐老四。徐老四收到货后,仔细检查每一件货物,确认没有任何磕碰损坏,小心翼翼摆在二楼的古玩展厅里。徐老四当即给薄维打去电话,"兄弟,你那一百多件东西都收到了,一件也没磕碰,没想到你组织货源能力真快。"薄维说:"不光快,而且价格适中,关键品质好。"徐老四笑说:"薄氏珍宝,必为精品,你办事,我放心。"

过了几天,徐老四在电话里告诉薄维一个好消息,"兄弟,你那一百多件老古董,全被打包买走,这位老板还惦记着以后到北京去买你的古玩。"薄维说:"太好了,四哥真棒。"

做这么多年生意,薄维认定一点最重要的是讲诚信,不管是朋友之间,还是合作伙伴,人品永远是第一位。薄维对合作商户的信任,是从很多小事来判断的。徐老四的人品和能力没得挑,这也让薄维坚定了与他长期合作的决心。

那日,薄维人在天津,天已很晚,他洗漱完毕正准备上床睡觉,突然手机铃声响起。薄维一看来电显示是北京潘家园小区物业经理打来的电话。物业经理说:"薄馆长,您的仓库可能泡水了。"薄维大吃一惊,"你怎么知道的?"物业经理说:"您的仓库在地下室一层,而人家地下二层的人通过屋顶漏水找到我们,由此推断是从您家跑的水。您今天能来看看更好,倘若来不了明天及早过来一趟。"薄维此刻万分焦急,"我马上开车去北京。"物业经理说:"今天我值班,您屋里都是贵重物品,我们不敢贸然找人打开房门。"薄维心急如焚,"现在十点不堵车,我这就过去。"

薄维急忙换好衣服,匆匆告别家人,驱车赶往北京。因地下一层珍宝馆里有帮人代卖的一批书画,更关键的是名贵木质家具最怕水,整个一屋子物件若真泡了水,后果不堪设想。薄维一脚油门踩到底,小车风驰电掣疾驶在高速路上,从天津到北京潘家园开车仅用了一个多小时。他在夜间开车跑出了人生中前所未有的车速,事后想想此番举动不免感到后怕,倘若一不留神半路上就有可能导致车毁人亡。可事出紧急,薄维当时顾不了那么多,一心只想尽快赶到现场，将损失降到最低。

当薄维赶到北京潘家园小区的地下一层薄氏珍宝馆时，见门口一点水都没有，顿时松了一口气，寻思："这应该不是我家跑的水。"当门被打开的一瞬间，恶臭扑鼻而来，薄维登时傻了眼，他忘记屋内设计加了台阶，屋里低外边高，故此污水溢不出来。

薄维顾不得脏臭，脚踩粪汤子进去打开灯查看情况，只见粪尿污水业已淹没脚脖子。两百平方米的房子满地粪汤，散发着阵阵难闻的臭气。地上漂着书画，有些古玩被冲得七零八落，两块紫檀木的匾额也躺在粪汤里。

薄维脑袋嗡一下子一片空白，等回过神来，连忙打电话叫来在楼上住的一位好朋友。朋友见此种情形同样也傻了眼，不知如何处理。物业经理过来看了看，眉头紧锁，惊慌失措地叫出声来："坏了，坏了！"

面对突如其来的祸事，薄维一时之间竟不知所措，毕竟之前没有经历过，此时不免手忙脚乱，寻思只好拿手来掏物品。物业经理在屋里寻找到漏水原因，抬头发现房顶处的碗口粗的管子不停往下淌出粪汤子，这是根污水排放管，整栋楼的卫生间污水全走这根污水管。物业经理说："您这地方估计被淹了三天，楼上所有住户的粪尿全流到您屋里来了，也渗到地下二层。"薄维说："这该如何是好？"经理说："我找人用抽水泵先抽干污水，然后再做进一步清洁处理。"朋友顾不得脏臭跟着下手抢救污水中的书画，小区保安走了过来，掩着鼻子伸长脖子朝屋里望望，不敢越雷池一步生怕脏了鞋子，待看罢热闹便走开了。

薄维把鞋子一脱，光着膀子，忙把最娇气的书画以及带框子的书画扶起来晾在门外，接着又把地上的匾额，还有被污水浸泡的家具连忙收拾到楼道里。两箱飞天茅台被泡在粪汤子里，薄维心想这下算是无福消受了。四下一瞅，不少家具上边也都溅上脏物。

经过连续两个钟头不停地抽取污水，污水则顺着水带流向地下一层的公共卫生间，屋里面的粪汤总算抽没了。然而，污水退去，木地板上却留下一地粪，令人作呕至极。薄维急得无可无不可，就跟朋友说："回去吧，我自个儿慢慢拾掇。"朋友劝道："薄维，你也别太着急，明天我过来帮你清洁卫生。"薄维尽管心情沉重，关键时刻却不忘幽默："这次灾祸可能'遇屎'发财，天不早了，回去睡觉吧，辛苦！"

薄维顾不得外出寻找皮手套，直接在卫生间抓了个塑料桶，把沾在家具上的粪便动手抠掉,将娇气的古董搬至屋外。薄维整整忙活了一宿,当时天已经亮了,而他一点也不觉得疲惫,光觉得心疼。这些帮人代卖的书画里,有不少中小名头的作品,算起来价格不菲。

薄维坐在房中角落里休息片刻,却感到一阵恶心袭来,整个房间弥漫着令人难以忍受的臭气。望着这么多年辛辛苦苦珍藏的心爱之物,心下百感交集,虽然这是个意外,对薄维而言却不亚于晴天霹雳。许多书画被污水浸泡,不乏清代试卷及圣旨,多少老物件皆已报废。这些藏品原本搁在一个小柜子里,却因匾额倒下撞到了柜子,结果导致这批藏品也泡了粪汤。再加上帮人代卖的那些书画,损失极其惨重。

都说男儿有泪不轻弹,那是因为人不到伤心处。望着屋里一片狼藉,薄维心中痛楚如百爪挠心,忍不住痛哭起来,这是他人生中第一次遭遇重大挫折。再过两天,他要在此接待一位非常重要的领导,眼下屋子成了这副模样,简直惨不忍睹。他的心情变得悲痛、气愤、伤心、绝望和失落无助,各种复杂的心绪交织在 起。彼时薄维已拾不起个儿,不知不觉中,坐在那里迷迷糊糊睡着了。

薄维半梦半醒之际,有几个好友陆续赶来探望,大家见到此景都替薄维感到惋惜。朋友纷纷安慰他:"别着急,先想办法帮你恢复一下室内卫生。"薄维说:"太脏了,你们甭动手干这等粗活儿,我找楼里保洁员慢慢清理。况且地板下边都是臭水,臭味根本散不出去,需要把全部木地板撤掉重换。"

物业公司帮忙找来三个干杂活儿的劳力,将整个屋子里的木地板全部撤掉,并用几台大型电风扇吹地面,散一散潮气和臭气。薄维请了几个保洁人员,将所有柜子和地面均擦了两三遍。

忙碌了一整天,薄维连口饭也没顾得吃,一直忙着整理被污水浸泡的藏品。字画一旦沾上污渍,价值大打折扣。薄维初步统计,这次损失至少有七八十万。物业经理一个劲地向薄维道歉:"薄馆长,实在对不住您,这是突发事件,我们万万没想到,您看我们怎能料到能发生这种事,要知道会出事,无论采取什么手段绝不能让事情发生。"薄维见物业经理说话语无伦次,只得宽慰道:"没关系,咱都是好邻居,感谢你们长期以来对我的关照,事情先处理完再说吧。"物业经理知道古董这东西没价,害怕极了,说话直哆嗦:"您您您……"薄维安慰说:"别害怕,你们出来工作不容易,我也不讹你们。"

薄维心中暗自思忖:"这些损失属于意外事故,代卖的书画有不少天津当代名家作品,如画家霍春阳、何家英的一些作品。尺寸越大的书画作品,损失越大。"薄维估计百分之三十的书画泡了水,根本没法卖了。几日后,薄维挨个给人打电话,把所有代卖的书画款全部与人结清,并没告诉人家书画被泡水之事,不过轻描淡写地说这些书画全脱手了。

连续忙了两天,薄氏珍宝馆装了一层新地板,随后雇请保洁工对整个房屋再次清洁卫生,将家具全都保养了一遍,这才恢复了昔日的整洁。

就在第三天的上午,朝阳区的大领导如期前来薄氏珍宝馆参观。薄维圆满完成了此次接待任务,给领导留下了好印象。领导说:"你的珍宝馆搞得不错,这些奇珍异宝令人大开眼界,今后你这块儿需要媒体宣传的话,我可以帮你联系记者。"薄维说:"感谢领导关心!"

到了第四天头晌,薄维病倒在床,浑身滚烫。因连续三天高强度的工作,掏臭粪,情志悲伤,加上过度劳累,导致身体支撑不住,其间他不断调整自己的心态,一连在床上躺了三天才缓过劲儿来。此事对他打击颇大,倒不是因为钱财损失,关键是太心疼那些藏品,很多东西都糟践了,一时半会儿他的心理难以接受。面对这种不可预估的损失,薄维甚为痛心,恨自己没能保护好珍贵的藏品。

物业经理再次登门拜访,一则道歉,二则探口风。物业经理说:"薄馆长,对于此次事故,我们深感歉意。我来希望能与您协商处理好这件事,不知您对赔偿有何要求?"薄维说:"你们看着办吧,我在这儿租房不下十年,之前从没出过事,何况你们对我一直挺关照的。"物业经理听此话深受感动,说话哽咽:"薄馆长,您真大度,原以为您可能找我们索赔几十万,您连句怪怨我们的话都没有。您这么大的损失,我们高低表示一下心意,与您拿两万块钱,就算赔偿的装修费成吗?"薄维说:"大家出门在外都不容易,我象征性地拿一万,这事就此翻篇。"物业经理感激涕零,"薄先生,您宽宏大量,格局人,太让人感动和敬佩了,谢谢您!往后我们会更加支持您!"薄维说:"多个朋友多条路,今后大家慢慢处。"

30. 贵人金哥溘然离世

商学院即将开课,并且这次课程迎来新导师的加入。创智时代商学院的名字也焕然一新,更名为银河金融总裁班。课程内容主要探讨当下新经济发展形势、实体经济与互联网的发展趋势，薄维对本期新课程充满期待。

银河金融总裁班的导师姓陆，是一位来自台湾的资深经济学导师。陆导师幼年身患小儿麻痹症，但身残志不残，游历全球几十个国家，成功帮助中小企业赴美上市的公司多达三十四家，虽年近六十，依旧神采奕奕，看起来如同四十多岁的人。

陆导师的课讲得精彩，内容接地气，主要讲解互联网发展趋势。薄维由此意识到企业想要发展好，就应该张开双臂拥抱互联网，况且国家未来发展大趋势无不跟互联网紧密结合，实体经济在互联网的强烈冲击下日渐式微。薄维敏锐地觉察到这两年生意大不如前，自从二〇一八年以来，他的古玩店业绩逐步下滑。纵观整个古玩行业亦是如此，就连如日中天的地产行业也未能幸免，因受全球经济大环境的影响，国内市场下行趋势已露端倪。

通过银河金融总裁班的课程学习，薄维深入思考未来古玩行业如何生存的问题。虽然古玩属于暴利行业，但店面租金却异常昂贵。薄维细算目前的店面租金，北京有二家古玩店，算着广州有四个店，一个会所，两个仓库，一年租金加起来至少也得一百二十万左右。如果生意越发萧条，不知道今后还能不能挣得起每年的房租。

回到天津，薄维感到心头七上八下，仿佛有什么事要发生似的，但看看身边的人都安然无事，也就没太在意。

晚间十点多钟，电话铃声忽然响起。薄维一看是北京的未知电话号码，有些不耐烦地接通电话。电话那头说话语气格外悲伤："薄维，我是你嫂子，金哥的夫人。"薄维说："您好嫂子，您怎么了？"金嫂哽咽地报丧，"金哥去世了。"薄维猛听这等噩耗，心如针扎一般疼痛，"金哥这么年轻，怎么突然人就没了，嫂子？"金嫂抽抽搭搭道："他前两天去了趟澳门，你也知道他没事喜欢打个牌。结果输了两三千万，回来心情不太好。恰巧他手里有个官司，可能这场官司输了要赔偿一个多亿，所以这两天多少有点着急上火，今天他在家喝多了酒，突然对我说心口不好受，还没轮到急救车把他送到医院人就没了，医生说他心肌梗死。"薄维劝说："嫂子，您别着急，节哀顺变，千万保重身体，我明天过去吊唁。"薄维一时不知道该说什么好，因为事情太过突然，整个人就傻在那儿了，连最后怎么挂的电话都不知道。

金哥称得上薄维一生之中最大的贵人，对他有着莫大的恩情。不光在生意上与薄维很大帮助，而且在生活上也给予不少帮助。金哥告诉薄维缺钱随时说话,反正两三百万必然秒拿,根本一点都不含糊。即便薄维不借钱,金哥恨不得把钱硬塞给薄维花。这就是缘分到了,金哥帮薄维没所求,二人不是亲兄弟却胜似亲兄弟。在生活中像金哥如此仗义之人,薄维再也找不到第二个。

回想起与金哥交往的点滴往事,薄维整整一宿无眠,哭着睡去,又从睡梦中哭醒。这份沉重的心情已经远远超过珍宝馆古董被泡污水的心痛,仿佛万箭穿心。李靖见他如此伤心,忙问:"薄维,你怎么了?"薄维说:"我最敬爱的大哥撒手人寰。"李靖惋惜道:"多好的人啊,说没就没了。你个大男人这般重情重义,金哥在天知道也会感到欣慰。别哭了,看你这样,我心里头也跟着难受。"

转天早晨,薄维与玩赌石的朋友打电话说了金哥去世的消息,刘天意同样感到惋惜:"兄弟,这事我昨晚听说了,心里特难受。咱俩一块儿过去祭奠亡人,看看怎样帮大嫂料理金哥的后事,好让大哥安心上路。"

金哥离世后,有一段时间,薄维郁郁寡欢,时时想起金哥的音容笑貌,不忘故人恩情。

一日,薄维在古玩店接到刘天意的电话,"兄弟,在北京吗?"薄维说:"我在潘家园盯店呢。"刘天意说:"晚上要没别的安排,我请你吃顿饭。"薄维说:"刘哥,您说个地界,我准时找您喝一盅。"

两人约在朝阳区一家小餐馆碰头,那家小餐馆虽不够档次,却也安静。二人频频碰杯,边吃边聊,谈论话题自然绕不开金哥。刘天意感慨道:"金哥待我有恩,我能发迹,与金哥帮助有莫大关系。起先我做地产时,金哥忙前忙后替我奔走四下找关系,包括选地皮、拿地,提前给我垫资。十几年前,我因做生意失败,几乎倾家荡产,最后金哥帮我起死回生,金哥是我此生最大的恩人。"薄维说:"金哥待我不薄,若没金哥帮扶,我也不可能在北京开三家古玩店。"

刘天意与薄维透露了金哥生前隐私,这是薄维此前所不知的事体。刘天意说:"兄弟,我告诉你个事,按理来说可能这事不该同你谈论,毕竟死者为大。金哥在北京有个小媳妇,而且金哥与那女子关系十分要好。咱们初次见面吃饭的时候,金哥带她来了,就是坐旁边那个女的,金哥说是公司业务员,实则为小三。"薄维说:"当时金哥不停为她夹菜,女的眉来眼去盯着金哥,我便看出他们关系不一般。"刘天意说:"金哥在四环上有套大房子,你不是去过嘛。金哥走后,小三将那套大豪宅连同里边收藏的海黄家具全给卖了。我也是听别人说的,怎么说呢,我也不知道该怎么讲。与你说了,你就保守秘密吧,反正这事没有几个人知道。此事就在前几天发生,小三把房子和这批海黄家具一共卖了两千万。"薄维一听心疼坏了,心下百感交集,"那批海南黄花梨家具,当年是我帮金哥找的货,如今价值早就过亿,何况金哥那套房子也值两千多万,真是好物贱卖了。真就应了那句话,人走茶凉,没想到这小三全然不念与金哥往日恩爱情谊。"

那晚,薄维与刘天意喝了很多酒,彼此说了些祝福话。薄维喝得酩酊大醉,最后都不记得怎么回的家。

后来,薄维听说金哥的夫人同身边的人打起了官司,因为金哥资产近百亿,人人对这笔遗产垂涎欲滴,谁都想分一杯羹。薄维心头感到乱乱的,有心想帮金嫂做些什么,却又无能为力。陪伴自己多年的好朋友离世,令薄维心中充满了无奈与悲伤。

31. 关闭三家古玩店

这日,薄维在潘家园旧货市场的古玩店喝茶,忽然接到焦表叔打来的电话,焦表叔是薄维老家远房亲戚,这几年一直在天雅古玩城里的薄氏珍宝店盯店,工作能力还可以,嘴巴也甜,人前很会说话。焦表叔打电话的目的无非是向薄维汇报店里情况,"老板,我刚刚卖出去三件东西,一件紫檀桌子,一只乾隆年间的瓷瓶,一块玉摆件,我给您卖了二十一万。"薄维听后大喜,"表叔劳苦功高,待会儿我就过去。"

薄维溜溜达达行至天雅古玩城里的薄氏珍宝店,焦表叔见到薄维极为尊重地打声招呼:"老板,今儿您发财。"薄维说:"方才是谁买走了那些东西?"焦表叔说:"这人说跟您熟,貌似以前买过您的东西,我不认识他。给他要价三十万,他一口价给二十万,最后二十一万卖给了他。"薄维每月给焦表叔开一万块钱的工资,分成则按照百分之五的比例,而这笔买卖直接分他一万块钱的提成,两下皆大欢喜。焦表叔的神情中似乎夹杂着一丝奸诈,薄维并没过多在意此事。

大概过了半个月,刘天意攒个饭局,约请薄维一聚,薄维欣然前往赴约。

在饭店包间内,刘天意当众引荐道:"这是我好朋友薄维,薄氏珍宝馆的薄馆长。薄馆长眼光独到,曾经帮我避免几千万艺术品投资损失,及时阻止了我后期无效投资,否则后果不敢想象。今后在座各位朋友若在古玩投资方面有需要鉴定真伪的,不妨找薄馆长掌眼。"朋友听了这番话则对薄维另眼相看。刘天意说:"我有个朋友最近入手几样藏品,不如今天少喝点酒,吃完饭一块儿到他那边喝茶去,顺便欣赏一下他的藏品。"

酒席宴间,众人开怀畅饮,好不热闹。待酒足饭饱,薄维乘坐刘天意的车去了朝阳区望京的一家茶楼,茶楼地方不甚大,属于私人会所。薄维等人进去之后,一瞅面熟,原来为几年前认识的一位做金融的客户蒋一舟,不过二人已有几个年头没有来往了。蒋一舟说:"哎呀,真没想到今天的贵客是您。刘总没给我说名字,只说今晚会来个相当厉害的古玩人,我还寻思古玩人还有能比得了薄维的?"寒暄过后,众人坐下喝茶。刘天意说:"你俩认识啊?"蒋总说:"自然认得,这次请你们来欣赏的藏品,其实就是在薄老板店里买的。这两年我换了手机没薄老板的电话,便从他店里伙计手上买了古玩。"薄维说:"古玩圈实在太小了,看来我与蒋大哥缘分不浅。"

蒋一舟拿出三件古董与众人赏玩,一件乾隆年间的瓷瓶,瓶口有个小磕碰,是个官窑,如果口沿完整的话,这件瓷器价格恐怕就得加个零了。此外,一张紫檀小桌,一块明代和田玉籽料螭龙纹玉璧,造型分外精美。刘天意看罢赞不绝口:"真不错,一看都很至尊。"蒋一舟说:"我买的时候,薄老板没在,店里有他一个亲戚说可以做主,三件古董买得不贵。"薄维刚要开口说话,只听蒋一舟说:"三样物件,我花了三十万购得。"

薄维听后就是一愣,心头翻了个儿。那天焦表叔明明对他说卖了二十一万,为何蒋一舟却说花了三十万入手?薄维寻思这里头肯定有事,于是问上一句:"您当时只买了这三件?"蒋总说:"没错,就这三件,那个人说是你表叔,称这东西卖给别人至少得三十五万,三十万给了我。"

此刻,薄维心中五味杂陈,叹息焦表叔为人不讲诚信,竟跟自己掖着藏着,没有一点忠诚度。

薄维回去之后细算三件古玩的利润,焦表叔说卖了二十一万,实则卖了三十万,私自昧下九万块钱。薄维又给他一万块钱的提成,等于这次古玩交易焦表叔一人赚了十万。而自己仅挣了三万块钱,这还不算房租等费用,一时间,简直跟吃了苍蝇一般。薄维早就听闻亲戚间传得风言风语,说焦表叔在北京古玩店干了不到两年时间,老家盖起了楼房,给孩子买上了好车,谈

359

论他的收入如何可观,亲戚们无不羡慕甚至有些嫉妒,感叹在薄维身边干活儿还真能捞到钱。薄维一下子全都明白了,他是做大事的人,当时并没急于找焦表叔谈话。

快到年底了,薄维一则想过年的事,二则思索今后古玩的出路究竟在何方。他每做一项重大决定之前,通常会把自个儿关在屋里思忖,一关便为一天,饿了稍稍吃点零食垫巴垫巴肚皮,困了就睡觉,集中思想思考一个问题。历经多年摸爬滚打,人生得遇贵人,他们对薄维的事业有着莫大帮衬。然而拥有财富的人,最后因为赌博,或因染恶习,加上不良情绪,人说没就没了,薄维感到甚为可惜。他认识不少搞收藏的有钱老板,起初都挺好的,到头来,有人倾家荡产,有人负债累累,也有人过得极不如意。收藏并不一定快乐,而内心感到满足的人始终是快乐的。

当下实体经济愈发萎缩,薄维对古玩行业的未来出路堪忧。加之焦表叔的背叛,这号人为了蝇头小利,选择背信弃义。经过一整天的深思熟虑,薄维做出一个重大决定,将所有店铺与会所全部关掉,要转型升级,今后做什么呢? 那就做培训教育,薄维大胆推测这或许是未来古玩事业的新赛道。

薄维向父亲和李靖说出他的决定,但却遭到家人一致反对,薄虎城骂道:"糊涂,你抽哪门子风? 好不易有今天这般造化,好端端的为何关店? 关了店你今后以何生存?"薄维便把自己的想法与种种遭遇跟家人言明,家人对此也无话可说。薄维说:"我在商学院参加学习,学的内容是未来经济发展趋势。其实所有的人呢,你不能统一别人的思想,因为在利益面前,不是谁都能守住底线。今后我还干古玩,干古玩教育,朝着这个方向走,至于怎样走,目前我也不清楚,只能走一步看一步,但请你们相信我,我一定会把这件事做成。"

赶到周日那天,薄维将所有员工召集起来,大概有七人。薄维同大伙儿说出他的最终决定,只称身体不太好,暂且先把店全关了。众人闻听此话,面面相觑。有员工说:"薄馆长,薄氏珍宝古玩店也没赔钱,干吗要关店呢?"薄维说:"此事我已下定决心,请大家依次到我办公室喝茶。"

其他几名员工,薄维与他们每人发放三万块钱作为年终分红。等焦表叔过来时,只见焦表叔面部表情有些诧异。薄维说:"表叔,你在我店里工作时间不长不短,没功劳也有苦劳,我多了没有,分你一万块钱辛苦费。"表叔说:"薄馆长,是不是我哪里做得不好? 我上有老下有小,您再给我个机会

360

吧。"薄维说："我得谢谢你，给我上了一课。怎么说呢，感谢你帮我盯店，为店里发展做出的努力。合作就到此为止，祝你以后好运。"

经过一番周全安排，薄维遣散员工，将三家古玩店同一时间关闭，只留两个仓库。因仓库是薄维在北京立足的根基，里头存放着数千件珍贵的老物件，有些物件业已伴随他多年。

散伙之后，薄维感到前所未有的轻松，他一直在思考自己为何选择从事古玩生意，一则兴趣爱好使然，二则为谋生的手段。从九十年代创业初期摆地摊算起，一直到今天取得这般成就，薄维无疑在许多人眼中是成功者。

第五章　文以载道

／ 拜师那楚克道尔吉活佛

薄维思索人生下半场要做一些有情怀的事体，当收藏达到一定境界时，就会有创办博物馆的宏伟目标，想将这些民间文物更好地保护起来，并一代代传承下去。薄维计划未来建成一座民间博物馆，他不断为实现自己的目标而奋斗着。

他还有一种想法，凭借自己近三十年的收藏实战经验，来帮助投资者在艺术品收藏道路上少走弯路，这是他的初心所在。尽管道阻且长，充满了很多不确定性，薄维仍憧憬着美好未来，即便眼下艰难重重，但决心已下，任其道路崎岖险阻，也要踏过高山，踩过泥泞，越过泥潭，迎着荆棘闯出一片天地来，毕竟开弓没有回头箭。在他的信仰里从来没有失败，只有永不停息的奋斗，去努力创造一切机会。倘若连尝试都不敢，那注定与成功无缘。

一日，薄维陪同商学院王院长去外地参加活动，活动结束后，王院长特意安排车子将薄维送至北京潘家园的薄氏珍宝馆。在半路上，手机铃声响起，薄维一瞅是关大师打来的，便接通电话。关大师说："薄馆长，我师父那楚克道尔吉活佛今天来了北京，提到了您，师父问候您呢！"薄维说："看来命中注定我与师父有缘分，中午我请活佛吃饭。"关大师说："我师父正在遛潘家园旧货市场呢！一会儿你们先见个面。"薄维说："好,我去市场找师父。"

薄维走进潘家园旧货市场,方才想起没和关大师要活佛的电话,偌大市场找一个人肯定不好找。薄维凭着直觉,在工艺品区域寻找那楚克道尔吉活佛。因出家人穿的衣服特殊,是件红色藏式的僧服,薄维果真在人海中寻到活佛,那楚克道尔吉活佛见到薄维颇感惊讶,二人尚能用中文勉强交流。

薄维见他要买一件佛龛,便问起摊主："此物多少钱?"摊主说："这位师父给我一千八没卖,最少要三千。"薄维说："我先前也在市场开古玩店,行价一清二楚。两千怎样?我来付钱。"摊主说："我认识您,薄馆长,您在潘家园名气很大,冲您面子低价出手,这回一分钱没挣着。"薄维说："您与出家人结善缘,功德无量,并非钱财所能比及的。"

薄维将佛龛送与那楚克道尔吉活佛,活佛一再推却不肯接受。二人你推我让之际,关大师走来。薄维说："我来时见活佛正在买佛龛,诚心买下来供养师父,师父坚辞不受。"关大师与那楚克道尔吉活佛讲了几句话,那楚克道尔吉活佛双手合十言谢："感谢薄馆长布施。"

三人进入一家饭店吃饭,薄维问关大师："师父吃肉吗?"关大师说："师父乃修行大乘经典佛法的高僧,不吃肉,不饮酒,不近女色。"薄维自觉语言冒失,"师父果真大德。"便点了几道可口的素食。吃饭间,薄维表达自身敬意："关老师,您看我和那楚克道尔吉活佛挺有缘分,我能拜活佛为师吗?"关大师说："这是好事,薄馆长,看来您悟道了。"关大师与那楚克道尔吉活佛说明薄维的意思,询问活佛能否收薄维做徒弟。那楚克道尔吉活佛说："好好好,待会儿找个地方可以举行个简单仪式。"薄维说："不妨去我的薄氏珍宝馆,关老师做个见证人。"那楚克道尔吉活佛连连道好。

饭后,关大师陪伴那楚克道尔吉活佛一同前往薄氏珍宝馆,拜师仪式则由关大师主持。那楚克道尔吉活佛坐在红豆杉罗汉床上,薄维双膝跪地敬师父一杯茶。待那楚克道尔吉活佛喝过敬师茶,薄维磕了三个头,那楚克道尔吉活佛为其摩顶授记。

2 贱卖的海黄珍品百鸟朝凤

日子在平平凡凡中重复来过,波澜不惊。这日,薄维在家接到一个电话,看来电显示为北京的电话号码,虽不认识,但还是耐心接了。电话那头询问道:"您是薄馆长吗?"薄维说:"我是薄维,请问您哪位?"那人说:"我叫陈天一,您可能不认识我,但提起我父亲陈德明您可能认识,他过去到您古玩店买过古玩。"薄维说:"貌似有点印象。"陈天一说:"家父喜欢收藏,曾在您店里买过不少老物件,那阵总叫您做鉴定。"

薄维回忆往事,忽然记了起来,陈德明早先在薄氏珍宝古玩店买过一批民国螺钿,还有画框、条案、八仙桌等红木家具,之后又买了些玉器和清代瓷器、明代青釉开片小罐。薄维说:"说起来这都十几年前的事了,你父亲曾来我店里买过三次古玩,回回都买很多物件,我印象挺深的。不知您找我所为何事?"陈天一说:"家父过去是做电子设备的,生意都做到了国外,后因盲目扩张,投资了多个项目,砸进去不少钱,导致资金流断裂,欠了银行一屁股债。近来我父亲身染重病,眼下日子窘迫。这次给薄馆长打电话是希望您能收走部分古玩。"薄维一听老熟人,当即答应下来:"下周日咱们见上一面,顺便拜望您父亲。"陈天一感激地说:"回头我发您个地址,薄馆长,您忙,咱周日见。"

撂下电话,薄维对此感到惋惜。毕竟这是自己的老客户,薄维曾见证过陈德明的风光,当年给客户送货时见过他的豪车,陈德明开的是辆劳斯莱斯,薄维那阵十分羡慕。然而,十多年过去了,如今陈德明却负债累累,薄维不免感到一种难以言喻的悲凉。盛世古玩,就像人一样,盛极一时可以投资古玩,投对了以后能够变现;倘或投错了,那就麻烦了。普通人搞古玩由于缺乏平台和渠道而难以变现,尤其收藏到赝品,欲要变现恐怕比登天还难。

老客户住在郊区的一栋别墅里,薄维按照约定时间驾车来到陈德明住的地方。陈天一早就站在门口迎接薄维,薄维将车停到小院里。小院倒清幽,有假山与小鱼塘,墙角种着葡萄和花草,显得非常雅致。

薄维欣赏起小院风景,此时陈德明走过来,打声招呼,薄维仔细一瞅,觉得他跟以前可不大一样了。在薄维的印象中,陈德明一米八的大个子,虎背熊腰,二目炯炯有神,说话瓮声瓮气。而眼前之人消瘦,身量佝偻,长出了不少白头发,脸色蜡黄。倘若走在马路上遇见,薄维可能根本认不出来。薄维与陈德明握握手,叙谈起来:"陈总,您近来身体安好?"陈德明说:"薄馆长还是老样子,一点变化没有。这么多年了,我长期抽烟,加上这几年生意不好做,经常熬夜出方案,现在肺已经不行了,到了晚期,同时伴有消化道疾病,异常痛苦,眼下不过是挨日子罢了,过一天少三晌。"薄维说:"您多注意身体,凡事看开些。"陈德明如今说起话来慢腾腾的,"薄馆长能来我很高兴,请到屋里喝茶。"

薄维随陈家父子进屋,陈德明让了座,陈天一忙为客人端茶倒水。陈德明说:"薄馆长请用茶。"薄维道谢,用了茶水。陈德明手指客厅的博古架说道:"您看这些古董,有一小部分是买您的。自从认识您以后,我去了东南亚建工厂。我记得买过您三次东西,您的物件没任何问题。我一直收藏古董,有对的,也有不对的,藏品有三四百件,其中有一部分在家里。最早我在北京有八套房子,为了还债,都卖出去了。孩子只喜欢绘画艺术,对企业管理丝毫不感兴趣,他在我公司上班,经验不足,难挑大梁。他不是和您通过电话吗,相信您也能听出来他不善言辞。岁月留给我的时间不多了,我一身大病,孩子才二十多岁,日后用钱的地方还多着呢。薄馆长,您帮老哥一把,看这些藏品能不能收,价钱好商量。我还有大件藏品珍藏在厂子里,您先瞧瞧家里的,差不多有两百来件。您帮忙估个价,您说了算。"

薄维望着陈德明那副可怜样,心中五味杂陈。陈德明以前在薄维店里买的东西到现在一件没出手,仍完好无损收藏着。薄维说:"咱们相识也是缘分一场,老弟当然愿意给您帮上忙。"陈德明说:"劳烦您先看藏品,薄馆长。"薄维说:"那就一块儿看看。"

两人走进书房,里边摆着之前在薄维手中买来的八仙桌、条案、柜子等家具。薄维瞥见物件颇觉熟悉,恍若昨日再现,不禁感叹道:"这些红木家具是我多年前卖给您的。"

陈德明在多宝阁上取下几盒玉器,"玉器也是在您店里买的。"薄维瞅了瞅,"没错,新疆和田玉的手把件,有龙和童子、玉跪人的题材。"陈德明说:"当时买的价格真不贵,您给我按两三千一件转手的,如今市场可能不止这个价。"薄维说:"是啊,那时候和田玉价格相对便宜,这一盒有二十多块,我还送您了一块。"陈德明说:"您做买卖价钱公道。"薄维说:"我记得您那会儿特别喜欢童子、玉跪人这类玉雕题材。"陈德明说:"此生得遇最大的贵人就是薄馆长。"薄维说:"承蒙抬爱,您也是我的贵人。"

陈德明分别打开盒子,盒中藏有和田玉、青海料和俄罗斯料。薄维的目光被一盒翡翠吸引,翡翠里头有几块主色甚好,其中有个玉雕题材为渔翁得利,翡翠摆件约有十厘米大,老渔翁为绿色,鱼篓为紫罗兰色,手里拿着一条鱼,鱼的颜色更绿,略带红绯。薄维认为此物分外刮净。陈德明说:"这件当时买得贵些，花了十万块，我又请人包了白金。"

陈德明接着又拿出一盒翡翠，"您瞧这个，包白金的翡翠福豆，当时花十五万。"薄维仔细观察，发现这块翡翠满绿且质量上乘，盒里还装有几块戒面，"您这盒藏品价值不菲。"薄维又看其他物件，包括各种图章，皆为老物件，一盒民国寿山石图章，雕刻工艺精美，底部残留着老的八宝印油，"您这打哪儿买来的这些图章？"陈德明说："原来在北京古玩城买的，有一个专门做图章的，买时价钱可不低。"

薄维拿几块图章感受其分量，辨别真伪。陈德明说："我家图章共有五十多块，别的我不敢说，但图章有在您手上买的，也有在其他地方买的，东西都对，可以给您保真。我这里也有不对的东西，您多看。"薄维说："我看过了，您收藏的图章是大开门。"

陈德明请薄维移步到另一间房屋，那是一间宽敞的茶室。他拿出一些书画与薄维观瞧，有当代的、民国的，也有清代书画。薄维对书画收藏格外感兴趣，"陈总，您这批东西怎么得来的？"陈德明说："过去在天津文物公司买来的，我大学同学在天津工作，跟天津文物公司里边的人关系不错，通过朋友买了一批东西，我觉得书画不错，挑买了四五十幅。"

茶室摆放着海南黄花梨制成的小条案与皇宫椅，陈德明指了指家具，"这些是新物件，我买得比较早，那阵价格不贵。"薄维恭维道："您真是大收藏家。"陈德明说："嗨，收藏家谈不上，只是个人喜好而已。现在身体不好，急需用钱。孩子对这些东西不感兴趣，他喜欢油画和西方的洋玩意儿，我还收藏了不少西方艺术品，孩子想留下来，就搁在这间小屋里，您不妨欣赏欣赏。"

薄维和陈德明进入一间十平方米的储藏室，见里面摆满了西洋玩意儿，如西洋刀、油画、银器、西洋家具、各种烟斗，看起来很精美。薄维说："我不太懂油画，也不感兴趣。"陈德明说："西洋货我玩得少，主要是孩子喜欢。您这两天有时间吗？如果有空的话，我叫孩子陪您去我的工厂，那边还有大件东西，您看看收不收？"薄维说："那就今天去看您的藏品。"

陈天一开车带薄维前往工厂，约莫半个钟头抵达目的地。二人下了车，薄维见此处厂房建筑面积不算小。陈天一说："我爸爸先前很风光的，以前天天都很忙，您看现在厂房，来拉货的车很少，生意冷清。如今经济下行，生意不太景气，我爸准备连厂房一块儿卖掉。薄馆长，您这边请吧，我带您进屋瞧瞧宝贝。"

薄维和陈天一进入厂房的储物间，陈天一见薄维目不转睛地盯着海黄摆件，为其介绍道："这件是我爸爸最喜欢的物件，当年花重金买来，而且收藏时间也不短了。此物为海南黄花梨艺术品，整个拼接重量大概有三百斤。"

薄维曾经见过此物，其雕工精美绝伦，十几年前便已开价一千多万，没想到今日有幸在此见到。远观为一棵树，其实都是拼接而成，每片树叶俨若真叶一般，而且上边有百只小鸟，雕刻得栩栩如生。这件海南黄花梨摆件又名百鸟朝凤，用料极其考究，均为海南黄花梨中的油梨，堪称顶级海黄艺术品，价值不可估量。

这件海黄大摆件在薄维看来无疑是海黄中的极品，估计得用一吨左右的原料才能雕刻成型，其制作成本极其昂贵。陈天一说："家父出手的这批东西包含此物，还有海黄根雕小摆件。"薄维此时已无心再看其他物件，因为海黄小摆件无论如何是没法与百鸟朝凤大摆件相提并论的。

待看过珍藏之后，薄维又回到陈德明家中。陈德明为薄维倒上茶水，问起他对藏品的看法："您对藏品觉得满意吗?"薄维说："太震撼了，您要出手的藏品大多数都是对的，尤其是那件百鸟朝凤海黄艺术摆件何其惊艳。"陈德明说："我是遇到困难了，眼下急需用钱，否则也不急于出手。薄馆长，光这件海黄，几十件玉纹翡翠，价值就在一千多万。您懂行，想必知道目前不止这价。我粗略算了算，您拿八百万，藏品您都拿走，好不好?"薄维沉思片刻，"陈总，容我一周时间，您就等信儿吧。"

东西的确不错，物超所值，陈德明按照多年之前购买的原价给出的整体打包价，如今在市场上按照这种价位根本不可能买到。这些珍宝对薄维而言诱惑巨大，就拿那件百鸟朝凤艺术品来说，其价值高达数千万。但话又说回来，八百万可不是一笔小数目。薄维钟爱收藏，这些年一直坚持收藏精品，从不轻易出手自己喜爱的藏品，况且手里压着三千多件古玩，自从把店铺关了之后，他也没大量卖过货，手中根本没那么多的现金。

面对烫手山芋，薄维十分苦恼。这两天，他一直盘算手头可支配的现金，以及能转的古玩，凑来凑去，也就凑出四百多万，离八百万有很大差距。薄维寻思，要不然找身边的朋友借点钱，但做生意这么多年，一向很少和别人张嘴。如果不关店，或许还有可能有很好的现金流。如今没了店铺，谁肯借给他这笔巨款。倘若金哥尚在人世，那么一切都不是问题，相信遇到这种事，金哥自然愿意拔刀相助，可惜金哥已然故去，世间再无第二个像金哥这样的贵人。他很想得到这批物件，可钱是个大难题，此刻分外焦躁不安。

几天过去了，陈德明致电薄维，询问其最终决定，叫给个准信儿。薄维知他急于变现，便同他讲了下自己的实际情况，倘若不超过五百万，便可以考虑拿下。陈德明听罢像吃了苦瓜，有苦难言，"先不说这批藏品眼下能值多少钱，五百万连我十几年前购买藏品的成本都不够，您能不能多凑些，我眼下特别需要钱。"薄维说："陈总，五百万对我来说已到极限，再多了根本拿不出来，您也考虑考虑。"陈德明说："其实东西慢慢卖的话，价格肯定比我说的价钱高。现在不是遇到困难，急于用钱吗，一则要治病，二则孩子需要点创业资金，结婚也要用钱。这样吧，凑够五百万，东西全归您。"薄维说："您再给我三天时间，我想办法凑齐五百万。"陈德明说："一言为定，三天时间为限，我等您消息。"

找朋友借钱，薄维难以开口，思来想去，决定找薄文龙借钱，"伯伯，我现在打算收购一宗古董，您能不能借我一百万？估计半年还清，也有可能用不了半年，或许三个月就能还清，货到手之后，可以立即卖掉一部分。当然，您老的钱我不白用，到时给您十万块钱的利钱。"薄文龙说："你小子从没张嘴求过我，我若真要了亲侄的利钱，叫我老脸往哪儿搁。我给你准备一百万，你拿着应急，多咱有钱再还我便是。"薄维感激地说："还是伯伯待我亲，谢谢您了。"

三日后，薄维与陈德明再次碰面，一切商议妥当，立时转账五百万。陈德明恋恋不舍地将所有藏品交付薄维，当时心疼得直掉眼泪。陈德明说："您说我瞎坑什么呢，想当初把钱存起来多好，折腾这么一回，真到用钱的时候，这些古玩也抵不了钱花，多亏您肯帮忙，否则这些物件真就成了有价无市，若是别人不感兴趣谁肯要呢。我本想将珍品传与后代，奈何儿子压根儿不感兴趣。东西在我手里转一圈，兜兜转转最终还是归了您，这或许就是缘分。"薄维说："确实有缘，感谢您将心爱之物忍痛割爱，让我成为它们的新主人。"

得到这批古玩后，薄维满心欢喜，这是他多年来收藏古玩最大的一笔投资，他把珍品运到薄氏珍宝馆进行保管。而今薄维越发觉得珍宝馆有些小了,心想以后有机会定要为百鸟朝凤海黄摆件搭建一个更好的展示舞台。他认定此物属于当代艺术品杰作,即便目前花费两三千万也难做出这般精美物件。

薄维专门请人为百鸟朝凤海黄摆件做了一次深度保养,因整件艺术品过于精细,上边几百片树叶都是一比一仿真制作,树枝和树干为精心拼接而成,因此不宜简单地拿布擦拭,先拿气吹去除表面浮沉,再用软毛牙刷一点一点清除尘埃,光保养一回就花去了两千块钱。薄维特为海黄摆件定制了一组文物展柜,使其更显尊贵。

8. 二十年朋友背后捅刀

那日,薄维与薄虎城打去电话,请父亲来家中吃饭。薄维说:"老爹,您今天过来吧,我给您做点海鲜吃,家里都买好了。"薄虎城说:"怪麻烦的,我不去讨人嫌了,你们自个儿吃吧。"薄维说:"您过来吧,一块儿吃顿家常便饭,一家人甭这么客套。"薄虎城说:"我烫着了,在家养两天再去你家吃饭。"薄维忙问:"爸,您咋回事,严重不严重,我过去看望您。"薄虎城说:"没事,只不过小小烫伤而已,你忙就不必过来看我。"

待吃罢午饭,薄维立即前往父亲家中探望。当看到薄虎城的胳膊时,薄维不禁起了一身鸡皮疙瘩,感到格外瘆得慌。只见父亲一条胳膊上有三个大水泡,每个水泡足有半个鸡蛋大小。薄维问起缘由:"爸,您咋烫成这样?"薄虎城说:"嗨,别提了,喝了点酒,然后想沏壶茶水,结果没拿稳茶壶,哗啦一下子全浇胳膊上了。"薄维心疼道:"赶紧到医院看看去。"薄虎城说:"没大碍,我皮糙肉厚,抹点药膏就成。"薄维说:"不去看病哪行啊,万一感染就坏事了,您听我的,老爹,别叫儿子着急。"

薄维带父亲去了天津市第四医院,这是一家专业治疗烧伤的医院。父子二人在医院挂上号等了半天才看上病。医生为病人检查烫伤情况,"老先生,胳膊烫伤面积太大了,您这很容易感染。"薄虎城说:"大夫,不感染就没事吧?"医生为薄虎城那只烫伤的胳膊进行消毒与敷药处理,并嘱咐道:"您至少得治疗一个礼拜,而且极有可能感染,建议您吃点口服消炎药。我瞅您岁数不小了,老爷子今年多大年纪?"薄虎城说:"八十一了。"医生说:"您老体格真不错,往后可得注意点,这几天,烫伤部位千万别碰水。烫一下要遭多大罪,至少难受好几天。"薄虎城说:"谢谢大夫。"

薄维天天上午陪父亲去医院换药,经过一周治疗,薄虎城的烫伤逐渐好转。薄虎城说:"咱家人皮肤都好,划个口,弄伤都没事,你不用担心,我没事,你忙你的事情,不必天天陪我去医院,我自个儿还能动。"薄维说:"老爹,您可得小心,因为您一个人住,我本身就不放心,还有一点就是千万要少喝酒。实在不行,您搬过来跟我一块儿住。"薄虎城说:"你们家再好,毕竟不是我家,去了也不自在,没我一个人住着舒坦。我还没老到不能自理的地步,真到不能动的时候,再麻烦你们照顾。儿子,你把自己照顾好,老爹就放心了。"

在照顾父亲这几日,薄维明显感觉到父亲的身体已大不如前。薄虎城年轻时打拳击,练单杠,各种器械都不在话下,是个闻名一方的大力士,如今背驼了,走路慢了。薄维猛然意识到父亲业已老了,自从把店撤了,既有时间来照顾父亲,同时也能照顾孩子。人到中年,应当给人生适当做减法,而不是一味地追求过多。

说起两个孩子,兄弟俩学习成绩一直名列前茅,薄维对孩子的成长也没太过操心,他从不让孩子上辅导班,认为那没多大意义,为人父母不能把孩子的童年给剥夺了,有时更应该放养。有位客户曾告诉薄维,言称孩子上学太辛苦,甚至比大人还累,周六日一天要上五节课,到最后一节补习课上着课就睡着了。薄维把这当成笑话,孩子之所以累,必定是被家长逼出来的。

薄维喜欢小提琴,他认为音乐可以陶冶孩子的情操,在培养孩子的兴趣爱好时,他只让孩子在业余时间学一门才艺,而不是强迫孩子学习书法、绘画和武术。

薄维的大儿子不管是小升初还是中考,向来都是自觉学习,生活十分自律,从不贪玩,每天十点前准时睡觉。薄金瀚特别争气,考上了天津实验中学,能上这所中学意味着距离重点大学更近一步。

当得知大儿子考上实验中学时,薄维喜不自胜,他与父亲报喜,并打电话告诉好友徐二哥和伯伯,请大家一块儿吃饭庆祝,薄虎城和薄文龙两位长辈每人给薄金瀚奖励一千元。薄虎城说:"瞧我孙子多有出息,将来准比你爸爸强。"薄文龙说:"好生念书,将来咱们薄家指望着你考上大学,光耀门楣呢!"薄金瀚说:"谢谢爷爷、二爷爷祝福,我会努力学习,不辜负长辈期盼。"

刘天意打电话找薄维,问他在不在北京。薄维说:"刘总,我在天津呢,还是老时间周六日去北京。"刘天意说："您这不错，每周过着双城生活。我想给您介绍个朋友，哥们儿喜欢古玩收藏，他不懂鉴定，过去买了老多假货。朋友想收藏几件年份好的青铜器，您几时方便，与他见一面如何？"薄维说："那咱周六见。"

眨眼间到了周六，两下约好在北京潘家园旧货市场门口接洽。刘天意携朋友过来跟薄维打过招呼，为其引荐道："薄馆长，这位是我生意上的合作伙伴王总。"王总身材魁梧，一米八几的大高个，年纪五十开外。王总与薄维握手寒暄："您好，薄馆长，久闻大名。我之前在潘家园买过一些古玩，找人鉴定后有真有假。今天和您见面，主要是想通过您再收几件藏品，但必须传承有序，来历不明的不要。"古玩界有特殊行规，其中一条就是不能打听卖家东西的来路，否则容易犯忌讳。薄维说："没问题，非常乐意为您效劳。"

薄维带领二人一块儿逛起地摊，恰巧遇着一位相识多年摆地摊的朋友，那人是河南的老商。十几年前，老商遇到困难四处求人无门，还是薄维借他五万块钱解了燃眉之急，到后来老商还算信守承诺把钱归还了。老商见薄维过来，便与他攀谈："薄馆长，您名气越来越大，也不摆摊，也不开店，近来忙什么呢？"薄维说："瞎忙。老商，你手头有没有好东西？"老商说："有有有，我存了不少老货。"

老商摊位上摆着几枚小铜钱和小铜碟，薄维全都拿了，价钱不贵，也就一千多块钱。薄维说："王总，您喜欢铜器，可以和老商谈，老商是我二十年的老朋友，您到他店里看看有没有您喜欢的古董。"薄维特意叮嘱老商："老商，价钱要公道，东西务必到代，这是我朋友的好哥们儿。"老商说："嗳，放心吧，薄馆长，没问题，既然都是朋友，老物件绝对够年份，价钱必定为行价。"薄维说："你们谈，我就不在中间掺和了。"刘天意说："谢谢兄弟，您介绍的人准错不了。"

薄维原本好心帮忙，替双方牵线搭桥，中间一分钱没挣，不意竟给自己招了一身臊。说起来还是一个月后的事，刘天意与薄维打来电话，"兄弟，上次帮王总买青铜器的事，您还记得吧？！"薄维说："当然记得。"刘天意说："上次您帮忙介绍完之后，王总在老商店里先后买了差不多一百万的古董。当时看着挺好，但回去请专业人员鉴定，人家说东西不对，虽然为老物件，但就是有问题。具体情况我说不清道不明，劳烦您辛苦来我这边一趟。"

薄维心下觉得分外嫌恶，没承想自己帮忙竟帮出倒忙，真是好心办了坏事。等来到刘天意的办公室,见王总也在此间,还带了一个朋友,薄维并不认识那人。王总为其介绍身边这位朋友是专门搞青铜器收藏的。

桌上摆放七件古玩,铜器的包浆倒也中看,只是器型却让人感觉有些不舒服。王总开口说话:"薄馆长,我在老商手上买了这些老物件,东西全在这儿摆着,一共花了一百多万。咱今儿就事论事,没别的意思,有些物件没问题,您看这几件纹饰与器型很不协调,经过上仪器鉴别,铜器每个部位都是老的,但却是不同器物碎片拼接而成。"薄维说:"那肯定不值这价,都是改的,有的是老改,这可不行,必须找老商给个说法。"王总说:"您看这事能不能解决,如果解决不了,我就认栽自己留着。"薄维感到一阵尴尬,"您放心,我为您介绍的卖家,必须保真。给我三天时间,此事我帮您解决。"

薄维毫不迟疑地拨通老商的电话,特意把手机外音打开,以此来为洗脱嫌疑,劈头盖脸问道:"老商,咱俩认识那么多年,往日我待你不错,你到底怎么回事,居然给我朋友贩卖假货?今天你最好把事情说清楚,别叫人家误会是我跟你合谋做局。"老商故作镇静:"不会吧?那些东西应该不是我的。"薄维说:"你在哪儿呢,我过去找你,今天必须给我一个交代。"老商说:"我在程田古玩城盯店。"

薄维将几件青铜器拿到程田古玩城老商的店里,当面把事说开。老商说:"哎呀,是吗?我学艺不精,看走眼了。"薄维观察老商面部表情,发觉他有些心虚,眼神飘忽不定,便说:"老商,我拿你当哥们儿,你就这样毁我信誉,你说此事究竟怎么解决?退钱还是怎么着?"老商面露难色,"薄馆长,您是知道的,如今生意不比当年,我店里生意少,家里也需要用钱。这几件古玩有对的,你把不对的留给我,我替你挑三件珍品,你看中不中?"

薄维谋划道:"我与你指两条明道,第一条路,你把钱全部退还人家,我掏五万块钱给你。第二条路,就按你刚才说的换三件俏货。"老商快快不乐,"明儿个你过来一趟,我拿三件老的。"薄维说:"多拿两件,我帮人家挑挑。"老商说:"中中中,听薄老板说的。"

次日,老商将五件青铜器带至店中,薄维过来仔细鉴定古董,挑了三件,其中一件为汉代的鎏金罍;一件为青铜方瓶,亦为汉代的精品,且皮壳特别好,都熟了;还有一件是青铜三足杯,可谓传世之宝。薄维说:"我要这三件。"老商顿时露出一副奸商嘴脸,"这三件乃货真价实的老古董,得给我加十万。"薄维说:"老商,此事涉及信誉问题,你不是说让我挑三件吗?你听我的,就这样吧,我不想把这事弄得太复杂。"老商哭穷:"老兄,被你这么搞,我一分钱也没赚头。"

薄维编个幌子吓唬老商:"我朋友势力挺大,跟市局领导有关系,人家一直想报案,我一直帮忙摁着。你这行为算诈骗,人家报警,你想想后果是什么?"老商脸色难看,总算服了软,"这回我听你的,你帮忙看着解决吧。"薄维拍拍老商的肩膀,"今天到此为止,这事就算过去了。"老商说:"您帮我赚了钱,我请您喝酒。"薄维说:"作为朋友来讲,老商你这样做太不地道。"老商解释道:"都是我的失误,这是朋友的物件。"薄维说:"行了,甭解释了,做好自己。"

薄维亲自将挑选好的青铜器送至王总那边,王总看罢,赞不绝口:"这几件老古董果然非同一般。"他身旁智囊鉴宝专家说:"嗬,物件不错,是真品,三件东西能值一百多万。"王总感谢说:"多亏薄馆长帮了大忙,今后买古玩还得仰仗薄馆长。"薄维说:"您客气。"

薄维妥善处理好此事,忙前忙后,牵扯不少精力,羊肉不曾吃一口,空惹一身膻,好在总算在朋友面前保住了自己的名声。鉴于此事,薄维深刻认识到无比残酷的现实,永远不能用道义去绑住一个人。老商作为薄维多年的朋友,曾经得到过薄维莫大帮助,最终为了利益,背后给朋友捅刀子,这般作为,无疑让薄维的信誉大打折扣。

老商这个事给薄维上了一课,薄维对此不免深思,任何时候都不能轻信他人,看东西必须以自己的眼光为准。再好的朋友关系,在利益面前必须保持一份警惕心,始终不要企图用感情来打动见利忘义之辈。

✐ 短视频小试牛刀

一般而言,玩古玩搞收藏的人皆是非富即贵,薄维在古玩界摸爬滚打近三十年,结识了不少古玩商和藏家,他眼力独到,得到了众多藏友的认可。这天薄维接到一个老客户乔成的电话,告诉薄维,他有个青岛企业家朋友,想请薄维上门鉴定古玩。薄维一口答应下来:"我可以上门去做鉴定,一天一万块钱,鉴定五十件藏品。报销往返机票,因当天回不来,对方给提供一间干净能住的住处就行。"乔成说:"一切按您说的来办,薄馆长。假若两位企业家把东西凑在一块儿鉴定可以吗?"薄维说:"没关系,反正就是一天鉴定五十件。"乔成说:"我跟朋友说下,您就听好信儿吧。"

乔成与朋友沟通了具体鉴定费用和件数,朋友那边认可薄维报出的服务价位。乔成再次与薄维通了电话,"我朋友已经确定了,一周后你去吧。他说三个藏家一人凑二十件东西,你帮忙鉴定一下,总共有六十件。"薄维说:"倒也无妨,多鉴定十件只当做个顺水人情。"

一周后,薄维乘飞机去了趟青岛,那地方距离市区很远,属于私人会所,里边有养殖和垂钓,类似于农家院。到了地方以后,老藏家张林州殷勤接待,"薄馆长,久闻大名,您是收藏鉴定古玩的高人。"薄维与张林州寒暄一阵。张林州过去是做地产项目发家的,喜好收藏,他把两个朋友介绍给薄维认识,那二人都是张林州生意上的合作伙伴。

屋中地面上摆了六十件藏品,薄维从大体外观上一瞅,推测其中百分之八九十的物件为新仿。看着藏家满怀期待的眼神,还是希望能得知真正的鉴定结果。薄维看了半天,逐一鉴定真伪,觉得这些藏品不太好,因为有些东西假得太离谱。

藏品之中有一件大盘子,直径约有一米五。张林州说:"此物为明代的,瓷器底部写着宣德年制,这件应该没问题吧?你瞅瓷器发色,器物完整性多好。"薄维说:"如此大的盘子,首先可以推断它过去肯定是有实用性的,从实用性上来判断,显然不符合逻辑。其二,大盘子在烧制过程中一点也不会变形,这又是一个值得思考的问题。另外,明代几百年的老物件,你看它釉光有无变化?"张林州说:"人家可能保存得好。"薄维说:"您别着急,我举个最简单的例子,人在空气中天天站着不洗脸,脸面会不会脏?就跟咱家地面似的,地也得经常清扫才能保持干净。这么大的瓷器,长时间摆放,经过多年战乱,颠沛流离,它还能完好无损,且非常新,是不可能的。理论上存在吗?理论上也不存在。您看瓷器釉光贼光四射,釉光是鉴别新老瓷器的重要特征。"

薄维接着拿起一件民国时期的瓷器,"你们瞅这件民国瓷器,围着杯壁转一圈,拿手电筒打光看一下,它的光是内射的,而不是往外发散,您知道为什么吗?"三位藏家摇摇头,表示不知。薄维解释道:"因为过去古代烧制瓷器用的都是柴窑,窑内的火从低温到高温要烧好几天,灭火时它的温度也是从高到低,所以烧制的瓷器内部的气泡是一层一层的。我们拿手电筒照的时候,它里边的反射有大有小,因此称它为内射光。但电窑烧出来的东西,有个最大特点,那就是窑内迅速升温,瓷器内部的气泡大小差不多。您拿手电筒照瓷器的时候,它没有各个角度的折射,都是发散的光。如果是件新瓷器,釉面看起来有贼光,而老瓷器表面多有荧光或酥光。另外,您仔细观察瓷器胎骨也不对。过去明代的底,因泥料中含有铁物质,烧制后会有黑斑。您这件瓷器洁白如新,而且火石红分明也是假的,明眼一看是刷上去的,与老瓷器特征很不符。"

张林州听后微微点头,听了他的讲解,让一个外行人也能明白鉴定真伪的方法。薄维指了几件铜器,"这几件藏品也不对。"张林州问道:"薄馆长何以辨别出真假?"薄维说:"古代铜器经过漫长岁月洗礼,因受埋藏环境因素影响,铜器难以避免遭到腐蚀,必然从里往外反锈。您这铜锈都堆积一块儿了。铜锈跟人化妆一样,人老了皮肤就会有岁月的痕迹,即便再化妆也掩饰不住苍老。铜器也是如此,想象一下历史,假如您这件铜器对的话,那叫青铜鼎,都两千多年了,它锈的颜色是一样的,这肯定是有问题的。真正的铜锈为五颜六色,每一个指甲盖大的地方,它也是呈现五颜六色,因为土里有各种酸碱物质,因而导致铜锈颜色不同,此件铜器明显属于刷上去的锈,虽然远看青绿色,但近看仍不对。"大家听后若有所思,只恨与薄维相见恨晚,如果能早些听到他讲这些专业鉴定方法,估计也不会吃这么大的亏。

当天薄维把所有物件一一鉴定完毕,只看到几件真货。张林州备下宴席款待薄维,五人喝了一箱茅台。然而,薄维觉得那晚的酒喝得不趁怀,其一认为并没真正帮到藏家,其二没有看到自己想看的好东西。

薄维前后出去好几回上门为藏家做古玩鉴定,惊讶地发现多数企业家收藏古玩真的少假的多,甚至有的企业家花费几百万买一堆古玩,却没一件是真的。薄维告知经纪人,但凡以后有人想找他做鉴定,必须先发五张照片,如有两张确定为真品,才肯亲自出马上门去做古玩鉴定。在薄维看来,鉴定藏品真伪不仅是为了碎银几两,更期待看到珍品,能够从中多学习。后来薄维便很少出门鉴定古玩,没事的时候多读读书,多逛古玩市场。

薄维叹息当今企业家手里的假藏品太多了,而这种现象普遍多见,如果大众收藏知识没有得到普及,将会导致越来越多的人在艺术品投资上蒙受巨大损失,他认为当下传播收藏理念极其有必要。

随着移动互联网时代的到来,短视频成了社交热门。虽然前几年便已推出短视频,薄维并没过多关注,而今却见身边越来越多的人开始玩短视频,出于对新兴事物的好奇,于是下载了抖音软件。朋友告诉薄维,短视频就是记录生活点滴,跟发朋友圈差不多,把视频制作完毕发布即可。至于有没有人观看,既取决于内容质量,更多的跟运气有关,不见得内容精良就有播放量,内容差或许也有人围观。

薄维起初不过是瞎捣鼓着玩,拍几个小视频并发布到平台上,没想到还真有数十人关注。他考虑在短视频平台上起个什么名字好呢,思来想去就叫薄氏珍宝,毕竟这是他多年经营古玩店的招牌。此后,薄维每天拍一条段子,都是关于讲解古玩的短视频内容。一个月后,薄氏珍宝关注量达到几百人。薄维觉得挺有意思,一则认为这事真哏儿,二则对他而言可能是一种转型的机会。

朋友告诉薄维,等在平台关注人数达到一千就可以开直播了。薄维对直播的概念并不清楚,朋友为他解惑,拿一部手机开直播意味着全世界的人都能看到你。薄维愈发感叹新社交平台的神奇之处,他盼望着薄氏珍宝在短视频平台上的关注量能够多一些,以便后期开直播。

薄维细心观察其他直播间的人数,多则能有几千人,甚至几万人在线观看,大部分直播观看人数平均为几十个人,表现好点的也就上百人。根据薄维长期调查,他发现讲古玩的直播并不多。薄维敏锐地觉察到这是一个潜在的机会,直播成本低,没有环境限制,于是他便用心琢磨短视频后期该怎么做。

薄维一直在思考如何帮助藏家少走弯路,他认为最好的方式莫过于普及古玩教育,来培养大众的收藏眼界。决计先把短视频内容做扎实,为后期直播做准备。薄维属虎,做事有一股拼搏的韧劲,凡是下定决心的事体就一定要做成功。

经过几个月坚持不懈地发布短视频,薄氏珍宝的粉丝量业已涨到三千多。薄维对家人说:"要不我尝试直播如何?"李靖说:"直播间万一没人,多尴尬啊。"为了不让薄维的首次直播显得太过冷清,李靖让孩子也弄了个小号进入直播间助阵。开播前一个钟头,薄维换上一身西装,重新梳了梳头发,脸上擦了点乳液,看起来精神焕发,特地换了一副黑边眼镜,把手机固定在三脚架上准备即将开始他人生中的首场直播。

白天那阵,薄维专门为直播录制一条短视频预告,知会网友晚间十点准时直播。虽然薄维之前主持过活动,唱歌也拿过奖,有舞台演出方面的经验,但面对一台手机直播多少感到有些紧张。

晚间十点,薄维准时开播,第一个进入直播间的是李靖,然后进来一个陌生人,没半分钟就走了。李靖用另外一个手机号登录进入直播间,这样一来直播间就俩人,而且都是自己人。过了一会儿直播间又进来几个陌生人,到直播结束时,直播间里总共停留了六个人。薄维跟大伙儿打招呼,眼瞅直播间没人,气氛异常尴尬。

首次直播仅仅持续十五分钟便匆忙下播,薄维复盘发现整场观众只有三十多人,在直播间平均停留时间不足一分钟,多数人基本上看一眼就走。薄维这才意识到直播并非一件简单的事情,需要粉丝量的积累,直播者的语言,包括知识性、趣味性的呈现,都需要做好前期准备工作。

尽管初次直播以失败而告终,但薄维并未感到气馁,而是愈挫愈勇。他深入研究,不断坚持,一段时间后,平台粉丝关注量达到六千多人。薄维钻研怎样写好段子,内容为古玩收藏的干货知识,比如说今天讲如何练眼力,明天分析如何去投资艺术品,后天解读古玩鉴定的独家秘籍等。薄维对做短视频有着清晰定位,专注于古玩收藏领域,主要内容是分享专业古玩收藏知识和真伪鉴定技巧。

薄维每天坚持录制一条短视频,而且一周内尽可能穿不同样式的衣服拍摄,拍摄背景也做了精心设计。不出一个月,涨粉两千,不经意间粉丝量已达到八千多。这让薄维感到有些许成就感,再次开直播,直播间的人数平均每分钟保持在三四十人。相比那些头部主播有着天壤之别,薄维意识到这些粉丝量显然不够,通过网上学习,不断积累经验,他对做好短视频运营充满了信心。

拍摄短视频,全家齐上阵,两个孩子和妻子都很支持薄维。拍段子就像拍电影,一分钟内既要有故事情节又要有哏儿,这是一项充满挑战的事情。近来涨粉颇快,业已逼近一万关注量。薄维深知专业的事情需要找专业的人来做,于是他便开始物色团队来协助拍摄段子,冀望能够在专业团队的助力下讲好古玩人的故事。

薄维每周必去北京,这天他在北京参加一场鉴定会,正当忙碌之际,电话突然响起,是薄文龙打来的。薄文龙说:"薄维,你爸爸感觉身体不舒服,刚才给我打了电话。"薄维忙问:"伯伯,我爸怎么了?"薄文龙说:"他说胳膊突然抬不起来了。"薄维说:"会不会是血栓引起的,我这就从北京赶回去。"

薄文龙陪大哥前往天津市北辰区中医医院看病,经过医疗设备检查,医生发现薄虎城手臂上有血栓,并且有点脑梗的前兆。

薄维不得不推辞掉当天活动,专程从北京打了一辆网约车赶回天津。结果司机开车去错地方,到了天津市北辰医院,实际上应该去的地方为北辰中医医院,赶上堵车,在路上又耽误了半个钟头。薄维心急如焚,恨不得胁生双翼飞到父亲身边。

薄维匆忙进入医院病房,观察父亲表面上看起来没什么变化,但胳膊活动受限。薄虎城在医院住院五天。医生说:"得亏发现及时,早治疗降低疾病风险。后期多做康复训练可以恢复身体机能,估计身体应该没多大问题。"薄虎城双手合十深表感谢,"谢谢大夫,您是救苦救难的活菩萨,妙手回春,华佗再世。要没您的精心治疗,或许我个糟老头子就成了孩子的累赘。"医生说:"老人家,您甭客气,为您看好病是我们的天职,好生将养,适当运动,一定要进行康复理疗,否则还是会落下毛病的。"

薄虎城出院后,薄维联系了南开医院的康复科,天天陪父亲去医院扎针灸。经过半月康复治疗,薄虎城的四肢协调性得到了极大改善,但手不能像常人一样舒展,除此之外,其他的倒无大碍。薄维叮嘱父亲:"老爹,您可得多注意,往后别再喝酒了,天天多活动,千万别让肌肉萎缩。"薄虎城说:"儿子,爸爸又给你添麻烦了,我没事,你去忙自己的事吧,甭操心我。"

5 与专业团队合作

金秋九月,创智时代商学院再次开课,此次课程为期两天培训。商学院的课程安排包括《新一代爆品工程》与短视频运营,内容很符合薄维的胃口。薄维认为这是一次难得的学习机会,应当抓住机会多学习,广交朋友,这样才能打开事业新局面。

《新一代爆品工程》主要分享如何提升竞争优势,讲营销法则,以及怎样打造爆品等内容。商学院王院长则在培训中主讲短视频发展趋势,以及商学院未来的动向。课程安排皆是满满的干货,能够帮助大家解决企业发展面临的痛点问题。

这次在商学院总裁班学习,薄维真就物色到一位专门做短视频运营的朋友,此人名叫鲁文龙,四十岁左右,穿的衣服上印有龙图腾,大伙儿称他龙哥,薄维对龙哥的第一印象是沉稳。龙哥之前当过编辑,有着多年互联网从业经验,是位资深媒体人,如今正处于创业阶段,做短视频有一年多时间,团队人数不多。

二人深入探讨短视频未来几年间的发展趋势,大有相见恨晚之意。龙哥对薄维运营的账号颇感兴趣,主动关注薄氏珍宝,并看了他发的短视频内容。龙哥恭维道:"薄馆长做的行业具有极高的垂直度,而且您在古玩行业堪称翘楚,我看您大有潜力,您一定能通过短视频大放异彩。因为您家族为四代收藏,放眼全国也不多见。您十几岁进入古玩行,到今天算起来已有三十年,几十年专注一件事很不简单。我们志同道合,期待有机会合作,大家一起做事,把您打造成为古玩收藏鉴定界的明星。过几天,我带团队跟您详细聊聊,深入了解您有什么想法,通过我们怎样助力把您的人设打造出来。"薄维说:"龙哥,留个名片吧,今后多多交流。"薄维和龙哥约定一周后在薄氏珍宝馆见面,商讨具体合作事宜。

两下再次相见之时,龙哥带着团队两个人来到薄氏珍宝馆,与薄维一一引荐,言说他们三个是结拜的异姓兄弟。其中有个姓张的,在家排行老三,外号张三疯。另个小伙长得白净,爱锻炼身体,身上有大块肌肉,团队里叫他肌肉男。三人在薄氏珍宝馆参观了馆中藏品,深感古玩行业前景广阔。接着再听听薄维的想法,他们对此更是信心满满。龙哥激动地说:"薄老师若信得过我们团队,咱们合伙一起做事,把您这个薄氏珍宝账号给运营好。"薄维说:"那就仰仗三位老师帮忙!不知各位在短视频运营方面有何见地?"

张三疯独抒己见:"我认为薄馆长的短视频账号应该重新起个好名字,名字很关键,一定要好记。"龙哥说:"您不是姓薄吗,干脆就叫薄物说。"肌肉男附和道:"薄就是稀少的意思,物以稀为贵。物指的是您收藏的文物、艺术品。说为您严肃表达的观点。"大伙儿拍案叫绝,"这名字好。"薄维说:"老师们还有何高见?"

龙哥眼珠一转,大胆提出一个方案:"薄馆长是天津人,我觉得用天津本地方言做短视频效果会特别好,因为它有个地域标签,而且天津话自身带有相声韵味,比较容易被大家接受。我想了个脚本,让三疯扮演薄老师的徒弟,他本身是个古玩小白,老做发财梦,每天拿一件东西,每次出场大声喊'师父,师父'。您就叫他小白,说小白又急火火的,什么情况。像这样每次都有一句标志性的开头,使得您的知识输出有故事性,我觉得必定能火,您看这种方式如何?"

薄维认为龙哥这个想法很有创意,对剧情表演的方式颇有几分兴趣,"倒不妨尝试一下。"龙哥说:"您用天津话来演绎,比如小白来了,说'师父,我又买了一件宝贝,您看这件好不好,是件官窑的',您则用地道浓重的天津话回答:'官窑啊,嘛官窑,这底足不是明摆写着微波炉专用嘛。'采用这种对白方式,既有知识性,又有戏剧效果,易于传播。"

双方一拍即合,当即达成口头合作,随即便在薄氏珍宝馆开启了拍摄段子的生涯,初期拍摄就一部手机,及简单的辅助灯光。虽然薄维对新的拍摄方式感到新鲜,但拍摄过程依然辛苦。因一个段子需要从不同角度进行剪辑,有时甚至要反复拍摄好几遍,而且还要注意说话的语气和节奏,一分钟能把故事的哏儿和情节表达清楚实属不易。与三个年轻人合作,薄维开心之余,感觉自己年轻了许多。

他们陆续创作了十期短视频,内容以奇、偏、稀物作为薄物说的开篇,涉及世界上最小的钱币、三千年前文字鼻祖甲骨文、秦朝计量秤砣、青铜器饕餮、如意形油灯、匏器葫芦、法国骑士碧血剑等。薄维之前用了半年才积累到一万粉丝量,没想到专业拍出的段子发布之后,效果超出预期,仅一个星期就增加了两千多人的关注量。之前一条段子播放量只有几百,现在一条视频播放量能达到一万多次。薄维称赞龙哥团队能力出众,通过短视频传播达到了理想的宣传效果,他对今后发展前景非常看好。

薄维观察到一个社会现象,如今大部分人已不再观看电视,而是花更多时间通过手机来随时随地获取碎片化知识和娱乐内容,短视频在人们生活中占据的比重越来越大,早已远超图文类型的新媒体,因此他更加坚定要搞好短视频创作的决心。

薄维和龙哥的运营团队合作愉快,彼此共同期待能够创作出内容精良的短视频。大家集思广益,每次都会想新的段子和哏儿,期盼更多的人关注薄物说。薄维做短视频始终坚持一条原则,杜绝过度娱乐化的方式来解读历史文化,而是力求一针见血的观点,深度还原历史文物的真实面貌。

然而,几天过去了,龙哥团队并没有像往常那样前来拍摄,薄维不禁疑惑起来,团队怎么没一个人过来,他跟龙哥打去电话了解情况。龙哥接通电话,略带歉意地解释:"薄馆长,我正想给您打电话呢,三疯现在回老家了,他家老人身体不好,他和对象一直处于两地分居状态,他要回家把亲事定下来,可能这段时间他也回不来,至于拍摄这个事呢,咱先搁一搁,后期我们再商议怎样合作。"

薄维闻言，心下有一种莫名的失落感，"龙哥，咱们日后还有机会合作，等您忙完了，大家再一块儿做事。"挂断电话后，薄维立即给张三疯打了个电话问明情况，三疯在电话里简单寒暄几句，薄维听声音能感觉到他的失落，至于为什么中断合作却只字未提，隐隐约约觉察到他们三人之间或许眼前存在一些矛盾，不便当他的面说出来，薄维心中也就明白了。

短视频需要每天更新，没了拍摄团队，薄维只能自己穿上西装，继续讲起古玩收藏知识，拍完之后自个儿做后期剪辑。李靖参与其中，很快学会了视频剪辑。有时薄维忙不开，便让妻子帮忙剪辑视频。李靖剪辑格外用心，视频剪辑比薄维整得都要好。

薄维认为很有必要增加自身的文化内涵，于是便拍摄一些自己和李靖画画、练习书法的日常生活视频。薄维发现李靖天赋极高，绘画大有进益，而且明显有超越他的趋势。他同妻子开起玩笑："师兄，你的画太棒了。"当时李靖没反应过来，后来就乐了，"师兄过奖了，您才是师兄。"薄维说："你画的荷花，超凡脱俗，而且你画的正是我心中想的，但我又描绘不出来，我画的没你有灵气。虽然咱俩都跟老师学习过，但我觉得你画的比我更好。"李靖说："真的吗，老薄？你几时学会恭维夫人了？"薄维说："你好生作画，将来大有可为，我主要写字，咱俩给孩子做个好榜样。孩子会在别人面前说爸爸会古玩鉴定、书法，又会唱歌，妈妈会画画，孩子长期耳濡目染也能有所进步。"

6. 寻找百余尊历代鎏金佛像

一天，李靖的亲戚来薄维家借钱，那天正好赶上薄维没在家。等他晚上回来，李靖就同薄维商量："我跟你说个事，我有个表叔最近投资急用钱，需要暂时周转一下。我小的时候，表叔待我特别亲，他很少张嘴，你能不能借我表叔五十万？"薄维一听借钱，心下不免犯怵，"小靖，咱家情况你还不清楚吗？眼前咱店没了，客户都是之前积攒下来的老关系。前段时间不是买了五百万的老物件吗，我找伯伯借的一百万至今还没归还。前段时间有个老总打算买我一百万的古玩，到现在还没买。最近手头有点紧，应急的钱还有十几万，这样吧，我给你表叔拿五万块钱先用着。"

在亲戚眼中，无不认为薄维夫妇是非常成功的。如果拿不出来钱借给

380

亲戚用的话,李靖觉得在老家人面前栽面儿,所以她面露不悦之色,"这么多年就知道买货,一路走来,你看你买的那些东西,买了卖,卖了又买,最后又买了一大堆,全压到手里头了。你没店,也不摆摊处理,这些东西放着能当吃还是能当喝?"听老婆一阵数落,薄维心下甚不痛快,但细细想来,她说的话也并非没道理。任妻子喋喋不休,薄维始终没反驳一句话。

这段日子,让薄维感到心烦意乱的事情不止一件,而他从没和李靖提及过此事。之前有个认识二十多年的朋友,那次朋友急需一笔钱,薄维借给朋友三十万,说好半年归还,如今已过去两年,朋友一分钱未还,每次来见面老是请客喝酒,却只字不提还钱的事。薄维和朋友打电话要钱,朋友总称自己有困难还不上。薄维最后一次找朋友要钱,跟朋友说:"哥们儿,你要没那么多钱,可以先还一部分。"朋友敷衍道:"行行行,我看能不能凑些银子。"

然而,日子一天天过去,薄维再给借钱的朋友打电话不是忙音就是不接。薄维感到不安,因为最近确实缺钱。每天又要忙于短视频拍摄,况且自己又没古玩店,收藏的古玩一时半会儿变现不了,加之日来老父亲身体不大好,处处需要用钱,没钱寸步难行。薄维从未像现在这般感到窘迫,这让他意识到许多事体不可测,正因种种不确定性从而令他产生焦虑情绪。

自上次在厦门与唐先生分别之后,已有多日未曾见面。冷不丁接到一个从海外打来的电话,薄维第一反应会不会是诈骗电话,但想了想还是接通了电话,只听电话里传来熟悉的声音:"薄先生,我是唐裕,好久没见了。"薄维说:"唐先生好!您老近来身体如何?"唐先生说:"托大家的福,身体还算硬朗。这次给你打电话,是想麻烦你帮忙做件事,不知薄先生可愿帮忙?"薄维说:"有事您老请讲,我必定替您效力。"唐先生说:"我发愿为福建一座寺庙捐赠九十九尊佛像,而且全部要鎏金的老物件,你看看能不能帮我寻到。"薄维赞叹说:"唐先生,真是功德无量。您有哪些要求,比如说要什么年份,哪种题材的?"唐先生说:"各种佛都可以,必须是鎏金的佛像,年代最好久远一些的,大小均可,不要新仿做旧的。"薄维说:"不知您老预算大概为多少?"唐先生说:"两千万到三千万。我直接捐善款倒不如捐佛像,因为庙里专门要做一间佛殿,正好供养历代佛像。"薄维说:"我明白,唐先生,那时间呢?"唐先生说:"一个月后我去北京,到时候请你吃饭。你的店还在古玩城吗?"

薄维告诉唐先生,他在北京开的三家古玩店都已关闭,又将当初闭店的想法同唐先生说了一回,但丝毫不影响唐先生对他的信任。唐先生说:"小薄，你这样做不简单，我相信你，等我回到北京联系你。九十九尊佛像，拜托你了。"薄维说："您放心，唐先生，我一定帮您达成心愿。"

唐先生只给了一个月的期限，时间说长不长，说短不短，从具体要求上来看，薄维认为有一定难度。薄维着手找历朝历代的鎏金佛像，通过身边古玩圈的朋友征集求购鎏金佛像。他逛遍了北京所有卖古玩的地界，只为找到货真价实的鎏金佛。

在薄维心中早已把唐先生当成人生中的良师益友，面对唐先生的嘱托，无论如何都要圆满完成任务。薄维认定这是件功德殊胜之事，倘若找一二十尊鎏金佛，两三天便可寻到。如此多的数量，而且还有预算价格控制，并非那么容易能够凑齐九十九尊鎏金佛。纵然潘家园旧货市场有不少卖鎏金佛像的，但多数为新仿做旧。

唐先生既然说了价位下限，薄维意识当中断然不可超过两千万，决不能按人家的上限走，这是他做人的准则。薄维吸取上次青铜器事件的教训，所有物件一定要经过自己的眼力严格把关，毕竟唐先生交代得十分清楚，必须为有年份的鎏金佛。小点的鎏金佛或许便宜，大概上万元一尊，可大些的一尊则有可能超过百万。做这件事需要大小价格都给掂量好了，特别考验一个人的水平。

薄维穿梭于各大古玩城和地摊来寻觅鎏金佛，每周都很忙碌。因为九十九尊不是小数目，必须保质保量，且件件为精品。他寻找鎏金佛的同时，见到十尊木佛，皆为宋代、元代、明代的木佛，木佛雕刻精美，佛像高达一米，极其殊胜。十尊木佛原被一位老藏家供养，也是做古玩生意的，后来修身养性，养养花，退休后自觉精力不济，供养不了十尊木佛，索性便转手于人。

薄维幸遇十尊木佛不禁生起敬畏之心，当时他没和唐先生商量，即便后期唐先生不要，自己也可以供养，便请了十尊木佛。

在此期间，唐先生联系薄维，意在提前支付一半定金。唐先生说："小薄，你的账户告诉我，我好安排人给你支付一半定金。"薄维说："唐先生，您支付百分之三十的定金就可以。"唐先生说："没关系的，早晚都要给的。"薄维说："您要打款，就打百分之三十。资金这块倒没问题，可能也用不了您说的那么多钱。"

有个北京朋友告诉薄维上海的一位藏家手里有经典藏品，其中就有几尊鎏金佛。听到此消息，薄维立时联系了上海藏家，二人在电话中谈妥之后,便坐飞机赶去上海,如约见到上海藏家,顺利收下几尊鎏金佛。里边有一件特别精美,为十七世纪的一尊鎏金佛,虽年代久远,但金子依然生光。有一尊立佛,形似观音像,高达八十厘米,早期拍卖价格超过七八百万,但手指有点残,仍有较高的收藏价值,如此大的鎏金佛像,在国内实属罕见。

经过一个月的奔波,薄维跑了五个省,结识了不少藏家朋友,终于完成了唐先生交代的事体。薄维共请到了一百零九尊佛像,其中包括十尊木佛。

唐先生从国外来到北京,走进薄氏珍宝馆看到一百多尊佛像,双手合十称谢:"小薄,太谢谢你了,你帮我圆成心愿,现在你也功德无量。你算算总共多少钱。"薄维说:"之前您不是预算两三千万吗,实际上我没花那么多钱。您给了我一千万定金,请这些佛像加起来花了差不多有一千一百万。"唐先生说:"好好好,我再给你一百八十万。其中八十万作为你此次寻找佛像的辛苦费。你是个有心人,将来必定有大福报。"薄维恭敬地说:"感谢唐先生栽培,您是我人生中的大贵人。"

薄维从唐先生手中挣下的这笔钱还没焐热,赶忙把钱还给薄文龙:"伯伯,前一阵子借您的一百万,我已把钱转入您账户上了,这是银行转账单子,得空儿您去银行查账。"薄文龙说:"不必看,我能信不过你吗!"薄维从包里掏出十万块钱现金,"伯伯,您帮了我大忙,我当初许您十万利息,今天给您带来了。"薄文龙一口拒绝,"臭小子,你这是埋汰老人,你有困难,伯伯送你一百万也是应该的。你本金还我就成,给我利息干甚。你再要提给利息,我可就生气了。快把钱收起来,自家人不要见外。"薄维说:"伯伯,我给您留一万块钱,您务必收下,这不是利息,算侄儿孝敬您和婶子的,您要不收,往后我有困难,再也不好意思找您老张口。"薄文龙说:"既然是你一点心意,我便收下。今儿怎么着,咱爷儿俩喝点?"薄维说:"伯伯,我陪您老喝点,想去哪儿吃饭,我做东。"

7 父亲摔倒 化险为夷

忙完唐先生的事情,薄维思考未来的定位,毕竟眼下既没店也没地摊,只在闲暇之余帮朋友买古玩,然后去帮人鉴定古玩真伪。他认为鉴定行业是一项不错的选择,可以通过自己的火眼金睛帮助别人规避艺术品投资的风险,薄维思量要坚定不移地走这条路。同时他还考虑走教育路线,通过传授收藏鉴定知识,以此帮助普通藏家在艺术品投资领域少走弯路。

临近年底,这段时间薄维特别忙,因为周边有很多人找他鉴定藏品,薄维一般在线上为大家鉴定艺术品真伪。有人给薄维介绍了一个武汉企业家朋友,这位朋友是做房地产生意的,手头有百十件藏品需要鉴定,邀请薄维去趟武汉。

十二月底,薄维前往武汉与人鉴定。回来不久,武汉另一位藏家朋友谭总打来电话说:"薄馆长,你刚走这几天,我们这儿挺乱的,听说整个武汉要封城。您看到新闻了吗,好像是什么病毒传染,跟非典差不多,相当吓人。"薄维说:"我略有所闻,亏我离开及时,真要封到里边麻烦就大了。确实这几天新闻报道病毒危害异常严重,您多保重身体。有机会到北京来玩儿,我招待您。上次您那几尊鎏金佛分外精致,谢谢您帮了我一把。"谭总说:"不客气,朋友就该相互帮忙。"

薄维暗自庆幸这场病毒没有波及天津和北京,但却担忧日后会发展成什么样子,心中默默期待瘟疫早日结束,千万别成了第二个非典。

薄维天天关注新冠肺炎的新闻报道,心中七上八下,惶恐不安,此次疫情赶上春运,对全国而言将会带来什么影响便不得而知。北京近段时间到底还能不能去,薄维对此深感忧虑。

快过年了,薄维的堂兄弟薄跃从墨西哥回来已有七天。薄跃长年在国外工作,这两年回国还算频繁,本来打算回天津过完春节再走,没想到铺天盖地的新闻报道,受疫情影响,已有不少国家禁止中国航班入境。而且有消息传出,天津准备要大规模做核酸检测。薄跃早已有点沉不住气,"看来我还是年前回墨西哥吧,眼下很多国家对中国暂停往返航班。哎呀,疫情怎么赶上春节了呢。"薄维说:"沉住气,兄弟,根据目前形势来看,天津、北京应该没事,等过完年,你到初六赶紧往回走,提前订好机票。"薄跃说:"看来这次真不能陪你们太长时间了。"

薄跃每次回国待一个月,而这回待的时间最短。正月初六,薄跃便准备起身前往国外,走时依依不舍,"我回墨西哥了,等过半年疫情没了我再回来。"家人与薄跃道别后,薄维亲自开车将薄跃从天津送至首都机场,临行前叮嘱堂兄弟多注意身体。

目前全国各地陆续零星出现新冠感染,关于疫情的新闻报道满天飞,所有媒体平台几乎都在报道疫情动态,防疫形势极其严峻。薄维一直关注疫情动态,到目前为止,天津尚未发现病毒疑似病例,但薄维也不敢出门,因为一旦发现疫情片区就会被封控。他感到这次疫情来势汹涌,负面报道看多了,心中难免有些惶恐和焦虑。

薄维每天都给父亲打一次电话,问候父亲的饮食起居,担心老人独居会出什么意外,毕竟薄虎城已是年过八十二岁的老人。

那日下午,薄维拨通父亲的电话,还没轮着自个儿开口说话,只听电话那头薄虎城先说了话:"儿子,你过来一趟吧,我烫伤了。"薄维惊得不轻,"老爹,您咋又烫伤了?"薄虎城说:"嗨,别提了,我把热水壶搁在电冰箱上边烧水,一不留神,一壶开水浇在脚面上。"薄维心疼地责备道:"老爹,您可真行啊,是不是中午喝酒了?"薄虎城像是犯错的孩子,争辩道:"我没多喝,只喝了一点。"薄维说:"能把热水壶那么烫的东西搁在头顶上,可见您喝酒喝得多大,您可真是的,一点不让人省心。您等着,我马上过去。"

薄维急忙开车赶至薄虎城家中探视,进了家门瞅见父亲脸上有一块烫伤,胸口有块烫伤,尤其整个脚面皮都开了。薄维心疼得直掉眼泪,"您太不小心了,爸爸。去年烫伤还没好利落,今年您又烫一次,叫您别喝酒,您就是不长记性。"薄虎城傻乐,"怪我不小心,给你添麻烦了。"薄维说:"赶紧走吧,估计这下医院的人可都认识您了。"

薄维小心搀扶薄虎城上了车,带父亲赶往之前去过的那家烧伤医院。到医院真就遇到了熟人,正好是去年为薄虎城换药的大夫,"老爷子,您又来了。"薄虎城略感惊讶,"大夫,您认识我呀?"医生说:"您老道骨仙风,我对您印象特别深。怎么这次又烫伤了?把鞋脱了我看看。"薄虎城来时,薄维给父亲穿了一双拖鞋,脚上裹了点保鲜膜。医生皱了皱眉头,"别乱裹这个,不透气。"薄维解释道:"怕脏了感染。"医生点了点头,"老爷子,我先给您消毒,可能有点疼,您忍着点。"薄虎城整个脚面的皮全都烫掉了,令人不忍直视。医生为薄虎城处理了烫伤部位,"让您儿子每天送您来吧,一天换一次药,换七天就没大碍了。"

家去的路上,薄维在车里一个劲地叮嘱薄虎城:"老爹,咱少喝点酒吧,您这一辈子喝那么多酒招了多少次灾,不是磕伤就是烧伤。倘若您不喝酒,也不会有今天这般罪受,烫伤多难受啊。好家伙,去年烫一次,今年又烫一次,您简直成了烫伤专业户了,敢情烧伤医院是为您开的。"薄虎城傻笑,有儿子关心,他的脸上丝毫没有露出半分痛苦,只有说不尽的欣慰。薄维说:

"我一会儿请您吃饭,别喝酒了,这回人家大夫特意交代不让喝酒,咱爷儿俩在路边摊上将就吃点儿,填填肚子,省得回去麻烦。"

薄维陪父亲去医院整整换了一个星期的药,薄虎城的烫伤果然好了很多。薄虎城笑说:"咱家的人皮肤好,破口什么的,愈合特别快。"薄维说:"这倒确实是真的。"七天后,薄虎城不用人搀扶,能够一瘸一拐地走路,也不必再担心感染。薄维说:"老爹,您往后可得注意啊,咱别再挨烫了,平常做啥事要小心点,烫伤一回多难受。"薄虎城说:"儿子,你放心吧,老爸能照顾好自己,尽量少麻烦你们。"

薄虎城以前常和薄维讲起他年轻时的事体,他年轻时练捣皮拳儿,玩石锁,一只手能提起一百斤的石锁,在造纸厂工作,两个人要抬三百五十斤的重物,一个人就能扛二百斤的货物。薄虎城三十六岁有的儿子,等薄维长到二十四岁那年,掰手腕根本掰不过六十岁的父亲。薄虎城原来走路腰身挺拔,仿佛时间变老了,而今他已然有些驼背,且被疾病缠身,身体显得无比单薄。薄维觉得父亲一生很不容易,眼下需要多花点时间照顾年迈的老父亲。

薄维每天除了接送孩子上学,然后就去看望父亲。今年对薄维来说有几个重大事情。两个孩子都面临着升学,老二薄金桐即将小升初,老大薄金瀚马上要高考,自己则面临着事业转折。薄维一边忙碌事业,同时还要照顾两个孩子与老父亲。

最近两天,薄维心头老觉得忐忑不安,眼皮总不停地跳,仿佛随时会有什么事发生。傍晚时分,薄维和父亲打了电话,"老爹,我明天炖排骨,上午给您送过去。"薄虎城说:"好啊好啊,吃点排骨,喝点小酒,小日子过得美滋滋。"

转天,薄维像往常一样开车送孩子去上学,然后回到家里炖排骨,在家忙活了一个多钟头,炖好排骨,拿保温桶装起来,外边套层塑料袋,高高兴兴为父亲送去。

到了父亲家门口,只见房门紧锁。薄维喊了半天也没叫开门,之前也有过此类情况,因薄虎城爱喝酒,有时一天喝三顿,喝完酒没事就在家中躺着睡觉。曾经有好几回,薄维来家中看望,薄虎城都没开门。这回没叫开父亲的家门,薄维对此习以为常,当时并没太当回事,便把装保温桶的塑料袋系在防盗门的门把手上,于是就回家去了。

等到晚上,薄维又给薄虎城打去电话,电话却没人接。薄维隐感一丝不安,寻思昨天晚上还联系了,今天上午没叫开门,眼下怎么还不接电话,误以为父亲喝大了,一直睡觉没醒来,决定明日早上再去探望父亲。

次日清晨,薄维送过孩子,即刻前往父亲家中。当他来到父亲家门口时,却瞥见昨日一桶排骨仍在门把手上挂着,心中顿时咯噔一下。薄维敲门动静挺大,高声喊了几声薄虎城。只听里边有微弱声音,根本无法听清说些什么。薄维猜测屋里有人,忙给父亲打电话,只听电话能打通就是没人接。薄维意识到情况不妙,火速下楼找人帮忙开锁。

小区不远处有一个修锁配钥匙的摊位,薄维把家里情况与修锁人说了。马师傅说:"大哥,您甭急,您告诉我在哪栋楼,我收拾下摊位马上过去。"薄维把门牌号告诉修锁匠,匆忙往回跑。

薄维气喘吁吁刚跑到父亲家门口,这时修锁的马师傅骑着电动车随后赶来。防盗门第一道门锁在马师傅手中不费吹灰之力便打开了,但要打开第二道门却有一定的难度。马师傅说:"里边的门好像弄不开?"薄维说:"崴泥了,我爸上门有个习惯,爱顶块木头,愣撞是不容易撞开的,只能破门而入。"马师傅说:"您自个儿弄内门吧,我也帮不上忙,还得回去看摊。"薄维忽然发现地上有道门缝,灵机一动,去邻居家里借来一根长长的钢锯片,正好大小合适能够伸进去,便捅里边的木头,费了老大劲把木头移开,这才顺利开了第二道门。

薄维冲进门内,见屋里客厅亮着灯,没瞅到薄虎城的人影。薄维喊了一句:"爸,人在哪儿呢?"薄维到厨房一看没人,推开厕所门,吓得够呛。只见薄虎城仰面朝天躺在厕所里头,满脸唾液混合物,已干巴到脸上。薄维忙蹲下身子搀扶薄虎城,"爸爸,您怎么了?"

薄虎城根本站不起来,光张嘴说不出话。薄维说:"您咋回事?"薄维只得把薄虎城架了起来,此时觉得父亲身体冰凉,特别僵硬,整个人跟棍子一样,根本走不了路。薄虎城年轻时好练,虽然老了,但块头还在。薄维费了老鼻子劲把父亲一点一点挪到客厅沙发上,忙倒一碗水喂父亲喝下。薄维说:"爸,您咋摔了?"薄虎城此时脑袋还算清醒,"摔了有三十六个小时了,你要再不来,这把老骨头就算彻底交待了。"薄维说:"我给您打电话咋不接呢,您几时摔的?"薄虎城有气无力地说道:"前天晚上,我喝了点酒,去厕所解手准备睡觉。走到厕所,脚底拌蒜,就摔倒在厕所里。"薄维说:"那您起来啊!"薄虎城说:"当时摔蒙了,起不来,就趴那儿了,应该是晚上八九点的事。你昨天早晨叫门没叫开,再到晚上,你打电话我听到了没接,又过了一宿,你今儿个晌午来了,都过去一天两夜了。"

薄维听父亲诉说陈情伤心地落下眼泪,格外心疼父亲,急忙联系救护车,又给伯伯打了电话。不到一刻钟,薄文龙匆匆过来看望老大哥。二人把薄虎城架到床上,薄维湿个毛巾替父亲擦擦脸和手。因他在地上躺了一天两夜,裤子也尿湿了,薄文龙忙替大哥换了秋裤。薄维心想:"坏了,人在地上躺了那么久,这是多大的灾难啊。"

救护车赶到现场,两个救护人员用担架把薄虎城抬上救护车,迅速送往南开医院。经过医生初步检查,发现薄虎城的反应和表达能力都没问题,便说:"等着住院吧。"

薄维忙为父亲办理住院手续,询问主任医师关于薄虎城的病情。医生说:"目前来看患者生命体征正常,老人有点脱水,肢体活动受限,其他方面并无大碍,需要进一步观察。"薄维一直在医院守候父亲,按照医生的指导天天为父亲做推拿,防范肌肉萎缩。

薄虎城住院三天,便能下地走路了,因前段时间得过脑梗,行动明显缓慢。医生说:"你父亲这种情况,没特别好的治疗方法,以后行动肯定受限,不如以前那么灵便。再者你父亲这把年纪,在地上躺了三十六个钟头,现在还能康复已经算是奇迹了。多亏家里厕所那道沿,人可能摔倒在沿上,腰部悬空,如果平躺在地,人基本上就完了。我们正常人,不管是什么时候,你只要在地上躺着,别说三十六个小时,十个小时也受不了。你父亲摔倒的时候,头部没有直接碰地,因此没撞坏头。通过拍片检查,患者身上并无骨折。但他岁数大了,肌体受到压迫,后期肯定需要慢慢做康复治疗。"薄维说:"谢谢主任,我在医院办张康复卡,出院后方便家父在此继续做康复调理。"

出院那天,薄维想想觉得后怕。薄虎城说:"儿子,爹老了,不中用了,总给你添麻烦。"薄维安慰道:"爸,您一定要注意身体,酒不能再喝了,平常可得加个小心。"薄虎城说:"我今后注意,少添累赘。"

薄维寻思一定要把父亲照顾好,每周陪薄虎城去医院做两次康复治疗,生怕老人恢复不好,那样整个人活动受限,后期照顾起来也很麻烦。经过两个月坚持康复调理,薄虎城身体康复良好,因有脑梗,一条胳膊总端着,走道还算稳当。大家无不惊讶,称赞薄虎城生命力顽强,这要搁别人躺地上那么长时间基本上就站不起来了。

8 专业的事找专业的人做

天津出现几例新冠病毒感染者，属于境外输入型病例。目前国家实行动态清零政策，这些日子疫情防控的气氛格外紧张，传言有可能会封控。薄维深感当前形势严峻，不容乐观，甚至比之前的非典更为严重。

此时北京也出现零星疫情的苗头，由于防疫管控极为严格，北京暂时是去不了。这段时间，薄维一是照顾父亲，二是一个人思索着做短视频。没有专业团队，薄维做短视频涨粉很慢，为此不免感到闹心，他心下清楚光靠自己拍摄是不行的，因为不懂运营，很难把专业给发挥出来。

正当薄维短视频创作遇到瓶颈之际，原来一块儿合作拍摄短视频的张三疯忽然打来电话，他想请薄维在线鉴定一件瓷碗是否值钱。薄维看罢几张不同角度的瓷器图片，说出鉴定结果，"瓷器为明朝时期的民窑，不怎么值钱。"张三疯说："碗是我朋友家里祖传的，他也不懂，因为手头紧，想以一万块钱的价格出手。"薄维说："这只碗值不了那么多，充其量值几百块钱。你现在年轻，收藏东西要谨慎，要收藏真正有价值的老物件。"张三疯说："多谢薄老师指点，您现在怎么样？"薄维说："自从你们团队走了之后，短视频进展不太顺利。我感觉短视频绝非一个人能玩得转的，团队非常重要，你们要能继续帮我就好了。"张三疯说："薄老师，和您说句实话，其实跟您合作挺开心的，您专业性很强，我也看好收藏行业。我有个师兄，也在北京做短视频运营，您如果需要团队的话，我可以帮您牵线。"薄维说："好兄弟，大恩不言谢，回头需要帮忙尽管找我，您看我待朋友是什么态度就知哥哥为人如何。"

在张三疯的推荐下，薄维结识了新的短视频运营团队，团队同样由三个人组成。一名专业摄影师，一名文案策划，另一个主做短视频运营，且是个新手。薄维与新团队见面之后，两下讨论如何把古玩收藏领域的短视频内容做精。

新团队里负责搞拍摄的哥们儿，之前为央视节目拍过片子，长得又高又白。薄维说："咱们团队以后每个人都用一个代号称呼。摄影师小包聪明，长得白净，以后就叫大明白。"摄影师小包一听就乐，"谢谢薄馆长赐名。"薄维又对做短视频运营的小王说："小王头脑聪明，往后管你叫军师。"小王说："军师名字响亮，又有智谋，我就是咱们团队里的军师。"而负责文案策划的小刘肤色黝黑，薄维戏称小黑。小刘幽默地回应："薄馆长，您别看我长得黑，心可是热的。"小王说："我看网上有很多人叫您薄老师，往后我们尊称您为薄老师。"

团队成员均关注了"薄物说"短视频账号，并对其定位深入研究。薄维征求大家意见："我的账号原来叫薄氏珍宝，上个团队更名为薄物说，你们感觉哪个名字易于传播？"团队成员讨论一番，一致认定薄氏珍宝比薄物说更能体现账号的特色与文化品牌，一者一目了然展现账号的内容方向，二者又有品牌标签，团队推崇使用"薄氏珍宝"作为账号名称。薄维听从第二个团队的意见，将短视频名称薄物说改回薄氏珍宝。

为提升短视频内容的拍摄质量，创作思路主要围绕薄维带小黑去逛古玩城之旅展开。小黑是个古玩收藏小白，对古玩一窍不通，但心存一夜暴富的心态。情景式的融入，拍摄了几条段子，而这次拍摄并没有用天津话，徒弟跟随师父通过对民藏文物的历史性和知识性进行探讨，另外还加入一些哏儿，从而达到戏剧反转效果。有了专业团队的加入，经过一个月，薄氏珍宝账号关注量迅速攀升至两万。

薄维为此庆祝一番，特地请运营团队大吃一顿饭，"大家是好兄弟，感谢你们帮我运营短视频，让我腾出更多时间来做我擅长的事情。只要踏踏实实干，在这个特殊的历史节点，咱们就有机会将薄氏珍宝做成古玩界的文化品牌。如果你们在生活中遇到困难，尽管言语一声，我必定竭尽全力帮忙。在短视频创业道路上，我们一块儿学习，一块儿努力，一块儿成长。努力过后，如果古玩不适合，咱就干别的项目。"第二个短视频运营团队对未来充满了憧憬，大伙儿豪言壮语："薄老师放心，古玩行业垂直度非常高，我们有信心把薄氏珍宝给打造成功。"

9 与词作家车行相识

许久没和公益人郝大姐联系了，没想到郝大姐竟主动给薄维打来电话，告诉薄维周六别安排别的事情，在北京见个面，"到时车行老师也过来，我把车行老师介绍给你认识。"薄维说："太好了，感谢大姐引见。"

周六那天，众人相聚在朝阳区一家酒店包间里。郝大姐、金山、车行都来了，还带了两位歌手朋友，简直赶上了一场音乐人的聚会。郝大姐安排薄维跟金山坐在一块儿。金山随意闲谈:"薄馆长,你怎么样,我看你短视频粉丝很多,做得相当不错。"薄维谦虚道:"做短视频还没入道,仍在摸索学习中。"

薄维与车行攀谈道:"车老师最近可忙?"车行说:"这不前段时间想去外地采风,因为今年各地疫情闹得哪儿也没敢去。你们天津咋样?"薄维说:"天津还好,眼下倒没疫情。您现在还搞音乐创作吗?"车行说:"有灵感就动笔写首歌词。"薄维说:"车老师,您歌词写得真好,特有人间烟火气,我爱听您写的《好日子》《好运来》《父亲》《母亲》。"

席间,薄维端杯站起来敬酒,"感谢郝大姐,让我有幸能够认识在座的各位老师,今天来的都是音乐界的大腕,我敬大家一杯酒。"薄维端着二两酒杯一饮而尽,又倒满酒单独敬车行,"车行老师,我有个不情之请。今天能认识您万分荣幸,不知车行老师可否与我创作一首歌?"金山说:"你把酒喝了就给你写。"车行望向薄维,"先喝酒。"薄维一口把二两酒喝下肚,吃了两口菜。车行说:"你有什么想法?说来让我听听。"

薄维说:"我想用一首歌来讲述薄氏家族四代收藏,百年文化传承的故事。我听过老师您创作的多首歌曲,感觉您的歌词创作扣人心弦,格外接地气,而且经演唱后成为当下经典力作,更为一个时代的精神文化符号。您若能帮我写首歌,那是我毕生荣幸。"车行说:"找个时间,我去你珍宝馆参观。"薄维说:"您能来,那太好了,随时欢迎老师您来薄氏珍宝馆做客交流。"车行说:"因为创作必须了解你的故事梗概,才好动笔。"

见车行老师爽快答应下来,薄维心中不胜欢喜,回去仔仔细细把薄氏珍宝馆打扫一回,提前安排好整个接待流程,思考如何向车行介绍薄氏家族收藏文化。

一周后,车行在夫人的陪伴下来到薄氏珍宝馆参观。薄维请他夫妇二人坐在红豆杉椅子上,斟上香茶,慢慢讲起馆藏的古玩。车行最为感兴趣的是馆中收藏的秦汉时期一对方孔钱。薄维说:"此物乃秦始皇统一六国以后发行的第一套货币方孔钱,外圆内方,代表了宇宙人生,这是先人的宇宙观,更是世界上最早的钱币,这在当今实属罕见。"车行说:"真是令人叹为观止,到薄氏珍宝馆不枉此行。"薄维又为他们介绍了紫檀鹿角椅,并邀请二人坐上去体验。随之为其介绍白发石、掐丝珐琅紫檀红珊瑚树等珍贵藏品。

车行观赏薄氏珍宝馆琳琅满目的艺术品,不禁赞叹道:"我看过很多藏家的古玩,今天见到你的这些藏品,感觉你是名副其实的大收藏家。你馆中确实能让人看到珍宝,尤其你们家族四代收藏,这一点我认为很了不得。上次一别,我回去思量,歌词怎样创作能够细腻传神突出薄氏家族四代收藏,要把乾隆、康熙、秦始皇都写进去未免显得俗套,文化传承只可通过一个点来展现,以点带面。你有没有什么核心思想要表达的?"薄维说:"那天我和您聊天深受启发,一则彰显文化传承,二则表现家风,就是民间优良传统。家父年轻时,爷爷领着父亲去逛委托行,学习古董收藏。从我儿时起,爸爸教我收藏鉴定,使得收藏文化在我们家族得以相承。"车行说:"我明白你的意图,那就围绕你说的主题来创作歌曲。"

徐二哥与薄维已有多日未曾见面,这回给薄维打电话,想约他出来吃顿饭,聊聊能不能合伙干点事情。薄维满口答应,打算带瓶好酒跟徐二哥喝一回。

两下把时间定在周二傍晚,晚宴共三人,徐二哥带他表弟王文业一块儿过来的,"我表弟过去在北京干西餐,他一直想在天津干点事,正好现在手头有个不错的商业项目,大家每人投点钱把这事做起来怎样?"王文业将商业项目计划书递与薄维过目。徐二哥说:"我对餐饮项目挺看好的,毕竟一日三餐,饭永远是要吃的,吃饭是真正的刚需。这属于西班牙风格的餐饮项目,主打热狗、汉堡和肉肠,采用国外运营模式,项目百分之百能赚钱。"薄维大致翻阅了项目计划书,认为该项目可行,"王哥,您这项目需要投资多少钱呢?"

王文业告诉薄维:"我本想在北京干这个项目,可北京房租成本实在太高。目前考虑在天津金街劝业场附近找个地方,估计餐饮面积得一百平方米左右,整个运营算上加盟费,加上一年店面租金,起码得两百万。如果您有兴趣一块儿合作,改天咱再详谈入股事宜。"

薄维十分认可王文业所说的商业项目,当时口头答应下来,可喝完酒回去以后,又犯难了。因为之前花五百万收得一大批古玩,至今藏品尚没脱手,所以导致手头资金紧张。于是他决定和李靖商量此事。李靖说:"建议你最好别投项目,眼下全国各地都有疫情,现阶段投资合适吗?"薄维说:"咱们天津应该没事,至于今后疫情发展趋势谁也说不清楚。"

薄维心中甚是纠结,欲投项目可又没足够的资金。李靖说:"家里有套小房子,现在能值七八十万,要不你把那套房子卖了,投你看好的项目。"薄维说:"如今古玩行情不大好,我预备投个项目,也好能有一份收入。"

夫妻俩商量了半天。薄维说:"老徐是我多年的好朋友,既然人家开了口,咱少投点,投个五十万,入个小股。尽量凑点钱,这套房子先别动。我手里现金流有三十万,可能过几天还能回来点钱。"李靖支持薄维做出的决定,"我也有点活钱,先给你拿十万用着。"薄维幽默说道:"感恩靖姐支持!"李靖笑着回应,"薄哥您太客气了!"

薄维找到徐二哥和王文业一块儿商谈餐饮项目投资事宜,"我去年收购了一大批藏品,眼下钱不多只能入个小股,投五十万,你们有钱多投点。估计你们找门店也得个把月,回头我把入股资金凑齐。"王文业说:"钱的事先不着急。"

门店选址则由王文业和徐二哥忙前忙后操办,薄维只出钱不出人。徐二哥在天津有个老同学做房屋租赁,帮忙物色了一个地段不错的商铺,且已装修好,稍加改造便能正常开业。

没过多久,薄维投资的五十万已到位,王文业的热狗汉堡餐饮店顺利开张。开业当天,薄维作为股东自然要参加典礼,他送上一对花篮表示祝贺。餐饮店装修以红色为主调,门口摆放了一头大牛雕塑,寓意店内主打牛肉汉堡招牌。店中摆有留声机,整个装饰为异国风情,在金街显得格外抢眼。薄维邀请北京和天津的朋友过来捧场,开业典礼热闹非凡。头一天的营业额便已达到三万多块钱,薄维了解经营情况后,深感餐饮行业利润空间巨大,断定这是个稳赚不赔的营生。

薄维与李靖汇报快餐店的几天营业额,两人心情大好,心下合计照这个速度,少则半年,多则一年必定回本。店里推出办充值卡享优惠活动,在一定程度上缓解了店面运营压力,虽然利润有点薄,但现金流良好。天津金街主要为年轻人光顾消费的地界,加上得天独厚的地理位置,薄维对投资的项目前景充满信心,甚至庆幸当初的决定。

短视频运营团队和薄维每次相聚在一起,都会探讨新情景剧的拍摄方案,基于前期积累的经验,力争通过一种更好的方式拍出新颖的段子,经过讨论,团队决定让小黑扮演薄维的徒弟,以 90 后对古玩的认知视角,提出自己的想法,有的提问较为搞笑,有的则是对文物不理解而产生错误观念,最后由薄维更正。

团队在古玩城和薄氏珍宝馆分别拍摄了几期新段子,播出效果不错,吸引了不少网友围观与关注。团队总结认为戏剧表达方式更能引人入胜，故此在后续段子里刻意加入一些哏儿和搞笑元素。一分钟的视频既包含知识性，又兼具娱乐性，这就是一个优秀的段子，但需要注意的是时间不能太长，毕竟为短视频。

10. 与唐先生的最后一面

疫情暴发的第一年，唐先生的助理给薄维打来电话，告诉薄维："唐先生已到北京，想见你一面。"薄维带上自己创作的字画，拎些水果欣然前往朝阳区东三环一家五星级酒店拜访唐先生。

令薄维万万没想到的是，这是平生最后一次和唐先生相见。薄维见到唐先生时，观察到唐先生坐在沙发上手不自觉地颤抖，说话语速很慢。薄维紧紧握住他的手，"唐先生好！"唐先生说："薄馆长来了，你能来看我，我很高兴。"薄维关切地询问："您老身体可好？"唐先生感慨道："岁月催人老啊，人不服老不行。"薄维说："您老一辈子为国家做出了巨大贡献，上回您给寺庙捐那么多佛像，是大圆满的功德，佛菩萨都会加持您老长命百岁的。"唐先生说："我今年已经九十四岁，即便长命百岁左不过只剩下五六年光阴，来日无多。薄馆长，你现在干些什么？"薄维说："眼下疫情，各行各业都艰难，我勉强吃老本过活。平常拍拍短视频，练练书法和绘画，有时上门去给人家鉴定古玩。今儿我为您老带了一幅自己创作的字画，与您留作纪念。"唐先生说："你真是有心了，小薄。"

薄维展开字画作品，请唐先生欣赏。唐先生说："谢谢你送我一幅画，这幅荷花画得栩栩如生，你的画让我想到中国一句古文，'出淤泥而不染'，描写的就是荷花的风骨。我看好你，唯愿你如莲花一般，坚守高洁气质，好生做人，踏实做生意，真诚与人相处，常发善念，不退初心，心怀感恩，善待身边每个人，这样才会好运常在。"

唐先生与薄维聊着聊着，话说到后半截连薄维也不认识了，薄维直感诧异。再与老先生谈话，发现他说话已变得语无伦次。

唐先生的助理解释道："薄先生，希望您别介意，唐先生眼下需要休息。如今唐先生身体状况不太好，一阵特别清醒一阵糊涂。唐先生在海外因家产问题，闹了点官司，晚年遭际不太好，严重影响了心情和健康。这次叫您过来,主要是唐先生想见您最后一面。老人很重视朋友,跟朋友道别是他最大心愿,谢谢您了却唐先生的一桩心愿。"薄维说:"唐先生是我的大贵人,我盼着老先生健康长寿,日后好有机会聆听先生教诲。"唐先生的助理说:"等唐先生身体好了,日后或许还会有见面的机会。"

薄维与唐先生分别后,自此再也没有见过面,后来他才得知唐先生在疫情第二年便已故去。薄维深感岁月无情和人生无常,无论多大的人物,到了一定岁数,体力和身体状态都不如从前,且被疾病与生活琐事缠缚,皆是心力掌控不了的。

∥ 疫情下为碎银二两练摊

经过第二个短视频团队两个月的努力,薄氏珍宝的品牌影响力可谓一日千里,目前粉丝关注量已逼近五万。小王说:"怎么样,薄老师,咱们团队水平还可以吧?"薄维说:"军师就是军师,团队水平相当高,而且稳扎稳打。"小王说:"您放心,我没给您刷一单,上次跟您说过可以拿钱刷粉丝,那些僵尸粉除了数据好看点,实际上没任何意义。薄老师最近可以尝试开直播了,顺便宣传一下您天津那家汉堡店,给店里做下人气引流。"薄维说:"太棒了,我真应该朝这方向发展,后期肯定会越来越好。"

当薄氏珍宝账号关注量突破五万大关时,薄维特意组织了一场庆祝活动。薄维说:"感谢各位同人的努力,今天薄氏珍宝关注人数业已超过五万,这是短视频创业中的一个里程碑,值得我们为之庆祝。人与人能相识一场,一起共事是莫大缘分,我还是那句老话,大家有困难尽管开口,我必定力所能及地伸出援助之手。如果咱这古玩项目不适合,可以改做别的项目。"众人大为感动,纷纷站起身来与薄维碰杯敬酒。小王说:"薄老师是干大事的人,咱们一起努力把这事做好,争取早日能够实现盈利。"薄维说:"祝愿薄氏珍宝越来越好,干杯。"杯中酒一饮而尽,大家喝得都很尽兴。

军师小王一直深入研究古玩圈同行拍的短视频内容,分析短视频运营数据。有一天,小王对薄维说:"薄老师,现在网上有人骂您。"薄维不明白怎么回事,"我好像没得罪什么人啊!"小王说:"我知道您没得罪人,有句话叫人怕出名猪怕壮,您如今声名鹊起,树大招风,圈里圈外老多人都关注着您呢。网上有个叫阿猫阿狗的,有十几万粉丝,搞民间文物投资的,为了涨粉不择手段,几乎把古玩圈全骂了一遍,其中提到了您,他没录您的脸,只录了您的声音和部分视频,还提到了一位名气很大的古董鉴定专家。听他评价您的视频,倒没有特别指出您的名字,只说您在古玩界地位举足轻重,说您东西要对的话,那就价值连城了。"薄维说:"人家说的是中性话,没有不妥之处,咱没必要小题大做。"小王说:"我帮您盯着网络舆情,看看后续有没有其他黑您的视频内容。"

薄维发现不少直播间贩卖假货,古玩行更是重灾区。他琢磨应该用一种什么样的方式来做直播带货,最后敲定最高利润百分之十的营销模式,假若一百块钱买进来的只卖一百一。他计划采用百分之十的商业模式跟全网古玩同行直播打一仗,让更多人知道真正古玩的透明价格应该是多少,以此方式来吸引藏友关注薄氏珍宝。

薄维设计好商业模式之后,将此想法同团队成员说议。小王说:"我完全赞成薄老师的营销理念,您的想法有创意。第一,给买家最大保障保老保真;第二,把古玩价格降到最低,让价格变得透明。这两点足以吸引更多的潜在买家。"薄维说:"好,咱就这么干。"

薄维连续尝试三次直播,每次直播间同时在线观看人数达到一百多人。他给人的印象是接地气,出口成章,幽默风趣。他不仅向网友传授古玩知识,揭秘不为人知的古玩内幕,同样还有硬核内容如何投资鉴赏古玩。此外薄维还会在直播间为大家唱歌,毕竟他曾拿过音乐奖,若论唱歌功底,已达到专业歌手水平。他博学多识,赢得众多网友的喜爱,不少人尊称他为薄老师。薄维谦虚地说:"我没当过老师,也没有资格证,大家称呼我薄馆长就好。"凡是支持他的人,仍尊称他为薄老师。

在直播间里,薄维能够游刃有余地把控直播氛围,有粉丝呼吁他卖些好货。薄维说:"卖货可以,每天我只出三件,都是一千块钱以内的物件。"直播间有不少人争相购买,有人提议薄维搞拍卖。薄维说:"我不拍卖,就比成本高百分之十的价格来出手。如果拍卖的话,你们谁也买不到。"

经过几次直播历练,薄维形成了一套自己的控场风格,不少人称赞薄维多才多艺,他的直播间内容既有趣味性又有知识性,而且卖的古玩货真价实,童叟无欺。这种特殊风格让他在古玩直播领域中脱颖而出,人气越来越高。

薄维尝试着为天津金街的汉堡店做了一次直播探店宣传,他想真正了解网络宣传究竟有没有效果,后来他与合伙人王文业谈及此事。王文业说:"这几日店里顾客量确实见涨,咱们店开了几个月了,人倒不算少,但没多少利润。最近一个月,我家老人身体不好,不常盯店,后厨雇了个塘沽区的年轻经理搞管理。"

薄维在店中见到过那位后厨经理,感觉此人面相一般,也不好说什么,毕竟自己不插手管理。王文业说:"最近咱们店里没怎么赚钱,而且天津老有疫情,疫情就是命令,上边为了动态清零,动不动就叫关门停业几天,您说食材怎么办?前几次都是刚进完肉,然后关了几天门,有时食材进得多,冰箱囤不住就搁在外边,搁外边不及时卖出去全都坏了,而且保质期也短,进口食材很是浪费。"这是薄维投资餐饮行业之前完全没有预料到的,天津疫情防控形势严峻,"动态清零"的总方针始终不变,然而零星燃起的疫情弄得人心惶惶,店里生意多少受到影响。

有一段时间,因天津出现严重疫情,进京通道受到严格管控。前些日子汉堡店还有营业流水,每月基本上还能分点钱。而今已有两个月,没到一分钱,薄维心下感到倍加焦虑不安。

那天亲戚打来电话,说百岁姥姥病了。薄维赶去医院,询问缘故,姥姥称心脏闹,且肺部也不舒服,说话喘气费劲。薄维拿去两万块钱,帮姥姥交了住院押金,算是替故去的母亲尽一份孝心。

薄维去不得北京,货也卖不出去,而且短视频运营团队每月都要支付一笔不菲的费用。而今只能看到投资却不见盈利。薄维为此焦头烂额,之前做生意从未如此窘迫过,眼下最大问题就是缺少周转资金,故此压力很大。

李靖发现薄维最近精神状态不大对劲,跟以前判若两人,于是问他,"你年轻轻的怎的老愣神,精神状态这么差劲,晚上睡觉还老翻来覆去的?"薄维将近期情况如实告知李靖。李靖并没有半句埋怨,只说:"常言说得好,车到山前必有路,船到桥头自然直,困难只是暂时的,二〇〇三年不是也有非典吗?咱不也是挺过来了,再坚持坚持,疫情总会过去。"薄维说:"那可不一样,那阵咱家有充沛的现金流,而今手头没有存款,投资那个汉堡店头一个月还行,目前不赔不赚,眼前北京又去不成,疫情不知道啥时候是个头。"李靖说:"嗨,想那么多干吗,别活得太明白了,那样太累,人生难得糊涂。别再因为疫情抑郁了。且把心胸放宽,甭发愁,没有过不去的火焰山,你去不了北京,可以在家搞直播带货。"薄维说:"眼巴前儿直播带货还不能卖贵东西,我的思路先打好基础,树立良好信誉,以后再去卖货。"

李靖提议道:"实在不行的话,咱在天津开个古玩店。"薄维说:"可别提开店的事情,我手头现金不足,根本没那么多钱。"李靖说:"要不去摆摊吧?"薄维冷笑,"你说摆摊,我听这话太有意思了,我都二十年没摆地摊了,现在好嘛又重出江湖,惹人闲话。"李靖说:"过日子摆地摊挣钱养家糊口,你害哪门子臊?既然薄老师放不下架子,只好我个妇道人家去抛头露面摆地摊,要不卖咱俩创作的字画作品。"薄维忍俊不禁,"你的想法倒有点意思,关键是咱俩的书画摆在那里能卖出去吗?"李靖说:"不试试你咋知道自己行不行,通过你直播也好,摆地摊也好,与其坐以待毙,倒不如大胆尝试。"薄维说:"言之有理,一步一步来吧,毕竟我好长时间没摆过地摊了,如今重操旧业对我来讲还真是一个极大考验。"李靖:"既然你个大老爷们儿抹不开脸面,我陪你一块儿去摆地摊。反正咱家离鼓楼地摊近得很,先找个好位置试试,你再把书法作品完善完善。"

夫妻俩决定摆摊之后,薄维感到些许兴奋,以前都是卖别人的字画,如今却要卖自己创作的作品,貌似是件格外有意思的事。多少年不摆地摊了,如今重回地摊营生,似乎生活就是一个轮回,这正是三十年河东,三十年河西。薄维寻思如何才能把他们夫妇俩创作的书画推销出去,首先不能跟人家硬拼,毕竟自己不是书法家,妻子并非专业画家,就是普普通通的平凡人,但要有自己的特点。薄维心想写什么字体,思来想去不如写金文。他收藏了不少青铜器,上面有金文篆字,平常这种字体练得比较多。他看书法家好写平安、多福,索性用金文来创作这般书法,再盖上民国活佛的图章,以及乾隆年间皇帝的闲章。

夫妻俩创作了一些书画作品,画的是牡丹与大吉图,画作完成之后同样盖活佛章,以此来提高整体美感。二人决定周四在鼓楼街道练摊,薄维与李靖相视一笑,"媳妇,咱又重新创业了。"李靖说:"但愿能卖出去,这样在孩子面前也能有个面子。"

转天,薄维去父亲家中送饭,他将决定好的事体与父亲说知。薄虎城听罢放声大笑,不觉眼中笑出了眼泪,"你俩卖字卖画太可笑了,现在你混得有这么惨吗,咱至于卖字为生吗?!你要摆摊卖古玩,我相信有人买。想要卖书法字画,那得多大水平才能换成银子。"薄维说:"老爹,您别不信,有活佛印章加持,我相信会有好运的。"薄虎城说:"你几时摆摊?"薄维说:"周四在鼓楼大街练摊,老爹您得空儿过去看看,到时您瞧万一没人买的话,您就买一张捧捧场。"薄虎城说:"我才不买呢。"薄维说:"您不用给钱,我白送您一张字画。"薄虎城说:"白给我也不要。"薄维说:"这老头,都不知道给自家儿子捧场。那您周四过去瞧瞧,看您儿子笑话吧!"

摆摊的前一天,薄维在鼓楼集市逛了一圈,打算为摆摊选个合适位置。多年摆摊与开店经验,他深知地利的重要性,薄维在这方面颇有经验。最后找了个边角摊位,而且地界特敞亮。摊位后边的店铺是个卖普洱茶的。薄维跟老板商量两天摊位费一百块钱,老板却要一百二十元。薄维说:"一百吧,我都二十年没出过摊了,也不知道能不能把东西卖出去。"老板仔细瞅了瞅薄维,"我看您咋这么眼熟,您是不是做短视频的薄老师?"薄维说:"没错,正是我。"老板说:"哎哟,真是太巧了。一百块钱两天,我听您的。薄老师在我家门口摆摊,也能给我这里带来不少人气。"

老板是位大姐,因患甲亢,脖子略略有点粗,另外一个特点就是大眼睛,往外凸出的那种,说话一激动,瞪起眼来特吓人。薄维与老板起个外号,叫大眼姐姐。薄维说:"谢谢大眼姐姐帮衬,明儿个见了您。"老板说:"擎好吧,薄老师,明儿个一准把摊位给您留着,我还多给您预备一把遮阳伞。"薄维说:"那敢情好,多谢大眼姐姐。"

周四大清早,薄维夫妇带了不少古玩来到集市。地摊刚摆好,有老多人一眼认出薄维,便同他打招呼:"哎哟,薄馆长,早啊您,怎么着您现在也练上摊了?"起初薄维脸上红一阵白一阵,拉不下脸面。别人问得多了,他也就不当成事了。不少人感到好奇,就问道:"您这么大的馆长怎的干起摆摊的营生?"薄维说:"嗨,还不是生活所迫,为挣碎银二两,总得出来混口饭吃!"

但见他的摊位摆着不少杂项,墙上挂着夫妻俩创作的书法和小品画。当天头一个问价的人是位老者,留着大胡子,须发皆白,询问字画多少钱一张。薄维说:"画两百一幅,字一百一张。"大胡子老者说:"两样加起来多少钱?"薄维说:"这得三百,今儿还没开张,您给二百五就成。"老者忍不住哈哈大笑,"傻子数多难听,小伙子,二百块钱成不?"薄维犹豫了一下,"今天也算开张了,您是头一个买字画的人,感谢老人家支持。"头一笔买卖就这样成交。薄维寻思,画画写字无非是时间与纸墨成本,卖这价也不亏。一上午时间,地摊上的书法与画作又卖出几张,而摆的杂项一件没卖动,这让薄维心中好生纳闷。

头天下午两点钟收摊，总共卖了不到一千块钱，只卖出去了书画，杂项一件没卖出去。薄维和李靖对此总结一番，"为何杂项没卖出去呢？因为老长时间没摆摊，况且天津地摊与潘家园地摊还不是一个层次，拿北京地摊古玩的价格摆在天津地摊卖，不接地气。如果想卖好，下周四再去摆地摊，只要顾客愿意出价，咱就打折来卖。"

如何做好生意，薄维对此有一套自己的生意经，比如一堆货物成本为十万元，碰到市场行情不景气，卖不出去该怎么办？那就便宜来卖，八万块钱卖出去，拿八万块钱买些俏货，再以十万块钱的价格转手，如此这般照样不蚀本，不积压货物，货物流通快才能赚钱来。

薄维预备下周四出摊要卖的物件，他在家中箱子里翻出许多杂项，诸如瓷器、小玉器和小铜件，这都是过去开店前攒下的家当。夫妻俩创作了几十幅大吉图与荷花图。薄维特意做了一块格外醒目的广告牌，上面展示他与名人的合影。摆好地摊，他将个人形象广告牌往身后一立，引来不少行人驻足观看。有人主动与他打招呼："薄老师又出来练摊了，您跟那么多名人合过影，真了不得！"摊位上因有人气，生意随之变得红火起来，特别是他夫妻俩创作的书画，当天卖了能有三千块钱。而杂项同样卖了不少，并未按照当前市价来卖，都是底价贱卖的，仅仅是赚个人气。

站直身子是收藏家，俯下身来是生活。书画作品为夫妻俩共同创作，能靠摆地摊销售出去，二人有莫大成就感，喜悦之情不禁溢于言表。而杂项皆为之前刨除成本赚出来的物件，眼下卖多卖少全是利润。

薄维去薄虎城家中送饭，同父亲讲起摆摊的情况，"老爹，您猜我昨儿个卖了多少钱？"薄虎城说："我偷偷摸摸去了集市，瞅见整个市场就数你摊位人多，你小子青出于蓝而胜于蓝，头脑灵光，比我这辈子有出息。"薄维说："做生意就得动脑筋，该亏本的就亏本卖，只要把人气赚出来就行。"薄虎城说："真是长江后浪推前浪，一代又比一代强。"薄维说："您老埋汰我说字画卖不出去，我一天卖了好几千块钱，眼下还有人和我预订字画。"薄虎城笑说："嗨，他们不懂艺术。"薄维说："合着买家都不懂，别管咋样，能把别人口袋里的钱装到自个儿身上就是本事。"薄虎城说："你们两口子多画多写，趁年轻名利双收。"

摆了一个月的地摊，薄维发现收益颇为可观，货物一次比一次卖得多。最多一天卖了一万多块钱，其中书画占了一半的销售额。因疫情影响，防疫管控特别严格,薄维也不敢出远门。通过传统练摊的方式,让古玩和书画得以变现。目前手头资金仍然紧张,往后花钱的地方越来越多,薄维觉得应该想个出路,首先要解决生存问题。

暑假到了,薄维决定让俩孩子参与到摆摊中来。早晨出摊时,薄维会多带些古玩,薄金瀚和薄金桐跟着一块儿去,他叫小哥儿俩负责看守摊位以防丢失物件。

炎炎夏日,即便一动不动也会热得汗流浃背,清早还好些,可到了晌午在遮阳伞下却酷热难耐。薄维借此机会给孩子做起思想工作,"你们看到了吧,儿子,赚钱很难的,你们要知道生活艰辛不易,且要珍惜当下,用功读书,通过知识改变命运,要知道书中自有黄金屋。别像老爸这样,人到中年还得出来摆地摊讨生活。你俩回家去吧,别在这儿中暑了。"俩孩子特别懂事,谁都不肯走,非要陪着父母摆摊不可。

不少人见他们一家在集市上摆摊,夸赞这家人了不得。有人竖指称赞道:"原来是大馆长,现在因为疫情,都练摊了,能拉下脸来摆摊可真不简单。"对薄维而言,这段时间无比快乐,全家一起体验生活,靠自己的辛勤劳动去赚钱,感到踏实心安。

其间薄维还尝试了新的营销方式,边摆摊边直播,在直播间卖书画,这让很多人觉得他很接地气。薄维在直播间讲道:"现在因为疫情,去不了北京,家里老人身体不大好,所以利用这个时间,薄馆长在天津鼓楼摆地摊,给大家发发福利。"

薄维直播间的人数真不少,高峰时达到五百多人,之前从来没有这么多人同时在线观看他的直播。薄维有时拿手机在摊位上给网友发福利,有时则通过手机端带藏友逛市场。倘若在市场上看到一件好物件,就会在直播间询问大家是否感兴趣,全程直播砍价拿货。薄维只加百分之十的鉴定费,还包邮,这种模式广受粉丝关注。

每次薄维直播砍价过程,网友都觉得新奇。薄维很会拿捏卖家心理,砍价既让卖家挣不到太多钱但还想卖货。直播间的网友争相抢购,薄维断定该模式行得通,直播逛地摊可以让网友直接看到一些好物件,虽然来不了现场,也能通过专业人士鉴定与砍价买到货真价实的古玩。

又是一个周四,薄维起得很早,因之前有人找他订了些物件,便打算赶早出摊。李靖当天有事没跟着去集市摆摊。薄维拉着两个轱辘的折叠行李小拉车,装有四箱货物,足足有一百多斤,带上宣传广告牌,挎着水壶下了电梯。

当天阴天,外边刮起大风。薄维正在小区行走之际,小拉车不慎被坑绊了车轱辘,车上箱子瞬间倾斜,即将歪倒的一刹那,薄维急忙用身子挡住箱子,以防箱子歪倒摔在地上。偏在此时天上突然刮起一阵邪风,广告牌险被吹跑,薄维不得不用一只手紧紧拿住广告牌,广告牌在风中不断摇摆,想要挣脱他的手掌。薄维姿势特别夸张,也极其难受。此时他根本腾不出手来扶正箱子,因为只要松手,广告牌势必被大风刮飞不可,毕竟上边有他和名人的合影。如果身子不挡好箱子,箱子一旦落地,瓷器必然会摔碎。薄维动不了劲,一个姿势僵在原地,只可等风住了,才好规整箱子。薄维只觉眼前太难了,持续了得有整整一分钟。

此时,小区里过来一位阿姨,见薄维吃力地扶着箱子,一只手紧紧抓着广告牌。那位阿姨紧走几步过来搭把手,"小伙子,我帮你忙。"阿姨帮衬着把箱子搬下来,箱子才不至于落地。薄维感激万分,"谢谢阿姨,您可真帮了大忙,没您帮忙,我还真动不了。"阿姨说:"甭客气,小伙子,举手之劳,邻里之间本就该互帮互助,谁见了也会帮你一把。"薄维重新把四箱货物装上车,绷紧弹力绳,依旧拉着小拉车去了集市。

12. 山西之行

在一次直播中,薄维与山西太原做大健康产业的企业家赵方峰结缘。赵方峰对薄维十分崇敬,认为薄维在直播间讲话充满正能量,对其专业鉴定能力极为认可。二人在网上交流了几件藏品,互加微信以便后期交流。赵方峰邀请薄维到山西做客,顺道为他的藏品鉴定真假。薄维当然也想去看看赵总的藏品,便欣然答应,相约一周后前往山西太原。

山西太原那边也有薄维认识的朋友,都是他之前的老客户,他在北京古玩城结识的山西老板有四五个,有做煤矿生意的,也有做铁矿生意的。赵方峰热情接待薄维,公司里到处高挂横幅,上写"欢迎著名收藏鉴定专家薄维老师莅临指导"。接待仪式整得相当隆重,三十名员工列队欢迎薄维到访。薄维没想到赵方峰竟搞如此大的排面,心下深为感动。

赵方峰带薄维参观了公司,薄维发现这家企业规模不小,主要生产康复理疗设备,且产品销路很好。经过交流,薄维方才知道他家生意业已历经两代人打拼。

走进赵方峰的办公室,只见博古架上摆了不少古玩。薄维喝罢茶水,赵方峰请薄维帮忙鉴定藏品真假。薄维扫了一眼藏品,见其中有一部分为真品,也有部分是赝品。薄维认真鉴定每一件藏品,赵方峰对薄维感激不尽。

中午时分,赵方峰盛情款待薄维,并请来几位朋友作陪,彼此相谈甚欢。待吃过午饭,赵方峰专意安排商务奔驰车将薄维送至宾馆,"您这一天挺累的,休息会儿吧。"二人正当闲聊之际,薄维的手机忽然响起。对方一口浓郁的天津口音问道:"你是薄维吗?"薄维说:"您好,哪位呀?"对方说:"我是小涛啊。"薄维问道:"哪个小涛?"对方说:"朱继涛,想起来没有?"薄维感到几分熟悉,一时半会儿没反应过来。朱继涛说:"我是你的发小,咱俩小时候总一块儿玩。"薄维脑海中回想起儿时的事情,"原来你是小涛!我想起来了,你是我小时候的邻居,你还有个姐姐,咱俩小学二三年级就一块儿玩,一直玩到上初中,大杂院拆迁后就分开了,一直没有联系,一晃都三十多年过去了。小涛,你怎么找到我的?"朱继涛说:"哥,我跟你说,我天天看你的短视频,有一天我突然寻思薄老师是谁,我儿时有个哥哥叫薄维,心想薄维是不是薄老师。于是向别人求证,别人告诉我,薄老师就是薄维,后来我就要了您的联系方式。"薄维说:"好兄弟,我挺怀念过去的时光。"朱继涛说:"哥,哪天没事咱见个面聚聚吧。"薄维说:"我在太原,等我回去见上一面。"

薄维挂断电话,不禁感慨道:"短视频实在太神奇了。"赵方峰说:"您搞短视频把失散三十多年的邻居都给重新找回来了,真不简单。"薄维说:"您不知道,我和小涛小时候玩得特别好,他还有个姐姐,比我小两岁,经常一块儿玩耍,从小学玩到初一,家中因为拆迁不得不分开。等到搬迁那阵,我们仨还哭了一场。"赵方峰半开玩笑:"那你和他姐姐算青梅竹马,两小无猜!"薄维说:"还别说,真是这样。幸好现在网络发达,这才得以与发小重叙前缘。"赵方峰说:"若此说来,真是错失了一段好姻缘呀。"薄维说:"都是缘分,亏得有短视频平台,这不连您都认识了,这就应了古人说的一句话,有缘千里来相会,无缘对面不相识。"赵方峰说:"您太会聊天了。"

午休之后,赵方峰陪同薄维到太原古玩城逛了逛,与之同行的还有几位企业家。赵方峰一行人进入古玩城,打算从一楼转起,薄维提议道:"一楼店铺最好别进,一般情况下一楼东西特贵,咱们倒不如直接上二楼去逛逛。"

大伙儿来到二楼,溜溜达达行至一家古玩店,薄维被玻璃窗内展示一只青花釉里红的瓷器所吸引,初步推测该物件的年代和价值,"如果此瓶没毛病,全瓶的话,瓶子还是相当不错的,看样子属于嘉道年间的。"由于店铺较小,不方便所有人同时进去参观。薄维说:"我先进去瞅瞅,你们稳便。"

薄维踱步入店,恰巧店主正在看手机,店主见来了人抬头直勾勾瞅向顾客,薄维觉察老板望着他的目光不大对劲。薄维连忙打声招呼:"您好,老板。"店老板瞪大眼睛:"哎哟,您是薄老师。刚才您进门,我正刷到您的短视频,抬头一望原来是您大驾光临,我还以为是梦里相见。"薄维瞧见店老板观看他逛地摊买货的短视频,"真是无巧不成书,说来说去总是有缘。"店老板说:"我第一眼看到您还不敢认,因为您声音独特,特别有穿透力,才敢确认您就是薄老师。"薄维说:"您过奖了。"店老板说:"薄老师,您请随意观瞧。我天天看您短视频,特长知识。"薄维抬手指向方才所看之物,"我帮朋友寻宝正好看到此物,您这件瓷器看起来不错,是嘉道年间的吧?"店老板说:"薄老师,果然好眼力。"薄维说:"我从玻璃外边看的,这要全品价值颇高,您这件瓷器卖得贵吗?"店老板说:"我实话告诉您,这是青花加紫,嘉道年间的青花瓷,也叫青花釉里红,器型为仿康熙年间的,您瞧上边两条龙栩栩如生,瓷器纹饰精美。既然薄老师您来了,我今天说个行价,别人我要价六万八,您要的话,四万二归您,我挣两千块钱的辛苦钱。"赵方峰忙说:"薄老师,这件我要了。"于是赵方峰重金买下嘉道年间的青花瓷。

回去的路上,赵方峰对薄维恭维一番:"薄老师真厉害,其实这只瓶子我早就看上了,老板索价八万八,问他能不能少点钱,他就是不卖。我寻思物件没问题就买下来,没想到这回居然沾了您的光,薄老师今后常来太原走走。只要您来,我一准接待您,食宿机票全包我身上。"薄维说:"您太客气了,今天买到证明这物件与您有缘。"

次日,薄维临走之际,赵方峰又请薄维帮忙为其鉴定,"薄老师,我忽然想起一件事来,前两天本想和您说,可一忙又忘了,眼下正好想起来。我在澳洲有个分公司,海外业务经理知道我喜欢古董,以前帮我买过一些小件都是开门货。前些日子,海外业务经理对我说,澳洲有一座十几亩地的庄园,庄园别墅带古董一起出售,当时说得我十分动心,而庄园价格并不便宜。他把别墅里边的古董照片给我发了些,如果物件为真的话,应该比房子更有投资价值,我确实有点想买,但又拿不准真假。送您回去的时间还算富裕,耽误您点工夫,我派人把电脑拿来,您帮忙掌眼。"薄维说:"没问题,赵总,能给您帮上忙最好不过。"

大概半年前,薄维曾听说过类似的故事。英国有个庄园,别墅里放的都是一些高仿古董,为了卖庄园,将古董算在庄园中欲整体打包出售。薄维想到此,不禁警觉起来。

半个钟头,司机去赵方峰家把笔记本电脑拿了过来。赵方峰打开笔记本电脑,只见照片中的庄园别墅富丽堂皇,草坪修剪得整整齐齐,院中植物景观造型别致。建筑大概有几十年历史,极具异国风情。

别墅里摆放的古董,其中有一件清代匾额,薄维判断此物为真品。当看到景泰蓝瓷器时,第一感觉并不像老物件。瓷器大缸和香薰炉的底部均刻有"大清乾隆年制"字样。薄维告诉赵方峰这些物件看起来不对劲,在潘家园地摊上都能买到。二人接着往后翻看照片,见有一对瓷瓶,推测高度大约一米,观其外表是件粉彩八棱瓷瓶,薄维一眼看出物件光气有问题。赵方峰说:"八棱瓷瓶原为一对,这比房子还贵。"薄维说:"别墅里还有什么?"赵方峰浏览其他文件夹中的图片,"他说有个书房,里边有些古代名人字画。"薄维说:"字画从照片上来看并不出色,别的还有吗?"赵方峰说:"还有乾隆御用的一盒翡翠扳指。"说着,赵方峰点开别的文件夹。薄维观见木盒之上雕着大清乾隆御赏,字体分明为机雕。薄维不露声色地接着往下看,盒子里边有各式各样的扳指,刻有御题诗,锦囊部位看样子应该有些年份,但从整体来判断无疑是新的。这在潘家园地摊随处可见,而且东西属于精仿,唯一败笔之处就在上边的机雕文字,因过去为手工雕,手工雕的字有些地方不平,而此木盒上的字体却一样平,可以明确判断为机雕。

薄维观看至此已然断定是场骗局,便将实情相告:"赵总,不用再往下看了。今天我可以很负责任地告知您,这些物件全是假的。海外庄园的价值我不懂,不敢妄下结论,但其中百分之八十的东西为假,建议您不要购买。因为类似的故事我在北京听到过,这是别人为了卖房子惯用的手段。"赵方峰闻言惊出一身冷汗,"得亏没买,多谢薄老师指点迷津,下次还得请您来帮忙鉴定。"薄维说:"您客气,能帮您少走弯路,减少投资损失,我也高兴。"

二人在机场握手道别,彼此说些祝福话语,短短两天相处,他们建立了深厚的友谊。

18. 一代新人换旧人

徐二哥有段时日没和薄维联系,这日他给薄维打来电话,提及王文业最近心情不大好,想约大家一块儿喝酒,谈谈汉堡店经营的事情。薄维当即答应下来,因为好长时间没见面了,见个面聊聊也好。

徐二哥约请薄维在天津的一家餐馆用饭,当晚,三个合伙人如约而至,王文业特地带了两瓶白酒,见面后彼此简单寒暄了几句。薄维明显感觉到王文业情绪低落,话也少了许多,徐二哥则不停地打圆场,试图缓解见面后的尴尬气氛。

酒过三巡,两瓶白酒已见底,徐二哥要上一箱啤酒,大家接着喝起啤酒。薄维询问店里经营状况:"王哥,我好长时间没去店里,最近咱家汉堡店有点起色没有?"此时,王文业多少喝得有点多了,一脸醉意,沉沉叹了口气,"小薄,二哥,我用人不善,对不住你们。汉堡店早先是盈利的,你们也看见了,一天净利润都能挣一万多块钱。开业那阵,我算了算,其实大多是自己人到店里办卡消费。店里不是招了个后厨经理,叫小胖,原来小胖单干,起初这人没什么问题。后来我才发现店里亏损,现在已经入不敷出。没想到他小胖经常从店里偷偷拿东西,而且账目也对不上。虽然账目不归他管,但他作为后厨经理,却有一定权限,如进货权什么的,进货上面他有克扣。后来我才知道,有一部分材料设备,他在半截吃二磨。我找他问过一回话,他说因为赌球,全输了进去。都怪我管理不善,从而给大家造成损失。加之现在疫情,生意难做,如今我手头不宽裕,欠大家的钱,我早晚会还清的。我想了想,要不咱这店关了吧。你们愿意干,我撤出来。"

对于汉堡店倒闭,也在预料之中,毕竟因为疫情影响,店里生意冷清,不少食客反映店里的食物味道没开业那阵正宗,而且店员整日看起来无精打采,服务意识跟不上。薄维一早觉察出其中必有缘故,听完王文业说的话,他并没立即表态。徐二哥说:"真没想到咱们三个头次合作生意,居然出了这档子事,小薄是我好兄弟,表弟你要没钱,不行我把亏欠的钱补给薄维。"

薄维沉思片刻,心下清楚事实已然如此,对此毫无办法,便说:"说心里话,我最近两年现金流也不宽裕。二哥是我好朋友,好哥哥,这么多年帮了我不少。王哥,你我相识一场,终归算得上朋友,你也尽了力。至于门店不能干咱就趁早关了。关门之后，咱就整个清算一下，分了钱完事。至于赔进去多少钱，自认倒霉，怎么说呢，这点钱说多不多说少不少，毕竟投资有风险，咱们哥们儿以朋友情谊为重。"

王文业闻言，借着酒劲哭了起来，薄维心中不大好受。每个人都有自己的不容易，也各有各的委屈。人到中年，有太多的不如意只能默默扛着，他很理解王文业为何当众崩溃大哭。薄维说："没事的，王哥，您没必要为此感到愧疚，觉着对不住大伙儿，只要我们健康常在，友情第一，今后还能好起来。有困难您就说，我们都能理解。"王文业抹把眼泪，带着哽咽说："认识你们，我很荣幸，无比幸运。我敬大家一杯酒，今日喝了这杯酒，明儿个接着做朋友。后期啥也不用说，看我怎么做事。"

经过一周清算，最终店铺关门大吉。三人再次聚在一块儿讨论如何分钱。王文业说："这些连设备，还有一些尾款，加起来一共十万块钱。徐哥，这十万块钱你俩分了吧。真是一将无能累死三军，让朋友蒙受巨大损失，我心下很是过意不去。我准备报警，追究胖子的法律责任。"

徐二哥推托不肯要这笔钱，希望能够弥补薄维的损失。薄维说："咱仨数我岁数小，兄弟我今天说一句话，王哥，咱在一起接触那么长时间了，您做事尽心尽力，我都看在眼里。这次属于突发事件，咱们干脆每人分三万三。胖子这哥们儿本质不坏，虽然有些恶劣行径，您跟他好好谈谈，这事我们不介入。如果您能把钱追回来，咱们接着分钱。假如追不回来一分钱，您酌情处理，毕竟胖子还年轻，不如给他一次改过自新的机会。您要清楚，他一旦进去，这辈子就毁了。"王文业分外激动，目光灼灼地说："别看你岁数比我小，你为人厚道，必定前途无量。"

一日，商学院王院长致电薄维，告知薄维由于疫情影响，商学院在北京暂且不能正常开课，因为大型会议需要报备，手续烦琐，且要担的责任很大。王院长说："您这个艺术顾问先歇歇吧，有同学买藏品需要您帮忙，您继续为他们提供专业服务。"薄维说："没问题，王院长。跟您汇报一下，我现在做短视频，取得了一点成绩。"王院长说："我知道您做短视频，有同学跟我讲了，您有老多粉丝，我打开始就看好薄馆长，希望您能在短视频平台继续深耕古玩领域，必定可以收获成功。"薄维说："谢谢王院长鼓励，您是我今生的大贵人。有幸在商学院参加学习，改变了我人生下半场的命运，让我懂得了聚焦思维。我盼着疫情早日结束，商学院能继续开课。我很乐意为企业家朋友普及收藏知识,传播快乐收藏的文化理念。"

平日里,薄维生活充实而有序,除了日常的直播工作,周四去鼓楼摆地摊,每周陪伴父亲去医院扎两次针灸。薄维在南开医院找到康复科主任为父亲做治疗,每次到医院,康复科主任都会和薄虎城逗笑几句:"哎哟,老寿星来了。"薄虎城笑着回上一句:"借主任吉言,得活一百岁,才能对得起您叫我老寿星。"薄虎城在医院接受康复治疗期间能和大夫聊天,心情变得大好。历经半年康复治疗,薄虎城虽走道缓慢,但比先前有明显改善,因去年得过脑梗,一只手还有些不正常,而整体已无大碍。医生说老人能康复成这样,真是少有的奇迹。

薄虎城年轻时勤于锻炼身体,打下了良好基础,如今坚持做康复治疗,平时喝些汤药,故此身体还算健康。有一回,他特意让兄弟薄文龙陪着赶去曹庄花卉市场观赏花草。薄维认为父亲身体能恢复这么好,主要是心宽,从不把乱七八糟的事放在心上。薄维陪伴父亲一年多的光阴,发现父亲有很大变化,觉得父亲变得越发开朗了。

薄维对孩子的教育方式属于外紧内松,从不让孩子上任何辅导班,两个孩子作息很有规律。小儿子薄金桐今年小升初属于摇号,没有任何后门可走,只得靠运气。父亲家住和平区,薄维希望小儿子能上和平区的一中。他倒不担心大儿子的学习成绩,这三年,薄金瀚的学习成绩一直名列前茅,有望考上一所重点大学。

薄维每天心中默念老大能考上一所好大学,老二小升初能进入一所理想的初中。兄弟俩相差五岁,平时基本上没红过脸,也没为一件事情打过架。他们在一个房间里学习,东一头西一头,互不打扰。该学习就学习,该玩就玩。薄维时不时与两个儿子做下思想工作:"人这一生就俩字,玩和学。玩什么都是休闲,该玩你就玩,上课认真听讲,下课你可以玩得比谁都疯。很多人呢,就因玩跟学倒腾不好,所以到最后既没学好,也没玩好。你俩一定要切记,快考试了,咱玩得少点,学习之余适当玩会儿,知道吗?但离考试前三天咱不能贪玩,你可以躺床上休息,闭目养神,也可复习功课。"孩子们很懂事,点头应道:"爸爸放心,记下了。"

薄维经常鼓励孩子,即便儿子犯了多大错,他从不用打骂的方式教育孩子,而是心平气和引导孩子应当怎样做人做事。薄维教孩子常念十二字口诀:"心想事成,吉祥如意,阿弥陀佛。"薄金瀚和薄金桐对此深信不疑,无比虔诚地照着薄维的话来做,每天都默念两遍。小哥儿俩对父亲格外崇敬,因为薄维有很多话说得准,而且很多时候得到应验。或许这便是吸引力法则,心中想什么就会来什么,所以心中一定要充满正能量,才能吸引到无穷的力量来帮助自己成功。

临近高考,薄维和李靖提前在学校旁边预订了小时房,确保儿子上午考试完可在中午得到短暂而充分的休息。考试期间,夫妻俩更是亲自送孩子去考场,为儿子打气。薄维叮嘱道:"儿子,你是最棒的! 不要紧张,就能正常发挥。你把平常每次锻炼当成考试,而考试就当作一次练习,心态自然就放松许多。"薄金瀚说:"放心,我不紧张。"每场考试完,薄金瀚都和父母汇报考场发挥得很不错,分数应该差不了。

高考结束后,薄维比孩子还着急期盼高考成绩早日出来。薄金瀚不负所望,高考理科成绩六百三十八分,名列学校前五,接下来则要面临选择学校与专业的问题。薄维对待大儿子选择学校及专业的事体格外上心,心想儿子的高考分数纵然上不了清华北大,却也过了重点大学的录取分数线,上一所重点大学应当没问题。

薄维思前想后,帮薄金瀚选了一所北京的大学,他之所以做出这样的决定,出于自身在北京做事考虑。薄维每周都会在北京待两三天,如果孩子在北京上学,一则方便照顾孩子,二则距离天津不远,回家坐高铁只需半个小时就到天津。

然而,薄金瀚却打算去外地上军校,说起分数也够录取档。倘若儿子去外地上大学,做父母的想去学校看孩子也是件麻烦事。从专业选择角度来看,薄维认定科技是国家发展的主要方向,而能源专业属于极有前景的领域,毕竟眼下煤炭石油资源面临着日益枯竭,新能源必将成为引领未来科技发展的新风向标。

薄维将自己的想法告诉儿子,"我不过与你提个参考建议而已,你慎重考虑,看看哪所学校和专业更适合你,我尊重你个人决定。"薄金瀚说:"爸爸,您对未来发展趋势分析得不无道理,我决定选择您所建议的学校和专业。"

薄金瀚高考志愿填报了几所大学,第一志愿便为北京的一所重点高校,并如愿以偿收到心目中理想大学的录取通知书,全家人欢欣鼓舞。薄维说:"今儿个得好好庆祝一下,祝贺金瀚学业有成。"于是,薄维请家人出去吃了顿好的。薄虎城更是满脸乐开了花，"老大有出息了，考上名牌大学，光宗耀祖，爷爷给你出学费。"

紧接着，薄金桐也即将面临小学毕业考试。薄维对老二寄予厚望，天天念叨着心想事成。等考试完过去两周，薄金桐果真被天津一所不错的中学录取。薄维心下美滋滋的，觉得很有成就感，"今天咱们接着再吃一顿，庆祝老二学业有成。"这回选择了法式烧烤大餐，因为兄弟俩都喜欢吃。两个孩子的学业让薄维感到特别省心，忙完两个孩子升学的事情，他又全身心地投入自己的事业中，他始终努力做事，希望通过自己的奋斗来为孩子树立良好榜样。

一日，薄维在鼓楼大街上摆地摊，意外发现父亲站在不远处，正在注视着他的一举一动。薄维朝父亲微笑，薄虎城步履蹒跚地走过来，盯着儿子的摊位看了看，脸上洋溢着笑容，"你小子又在圣人门前卖字画，上次你跟我说兜售你们两口子的书画，我还不大相信。如今看来，你真有两把刷子，看来我小瞧你了，你多咱把书法练得这么好？"薄维说："我不一直练吗，打小您都指导我学习书法。"旁边有熟悉的老邻居搭话："老薄，您儿子了不起啊！您看他卖字画多么有名气，老多人和他预订作品。"薄虎城笑说："儿子随我。"邻居说："您会画吗？"薄虎城说："我能写几笔毛笔字。"邻居说："儿子比老子有能耐！一代新人换旧人，不服老不行啊。"薄虎城乐了，笑得无比开心。

11. 杭州收徒

因薄维在短视频平台深耕古玩领域内容，他的粉丝数量增长相当可观，目前已涨到十万。这在古玩界来说，已属可观，因为古玩属于高度垂直行业，其受众范围无法和娱乐等行业相比，毕竟古玩相对小众。许多网友对薄维格外尊敬，他的视频中包含大量专业知识，还有一些人生经历的干货分享。在直播间里，他与粉丝亲切互动，甚至有不少人想拜薄维为师。然而，薄维对收徒方面要求非常严格，向来很少与粉丝见面。

这日，薄维正在鼓楼大街练摊，远远过来一个陌生人，但见此人比薄维略高半头，年纪在四十岁左右，长相威猛。那人走上前问询："请问阁下是薄老师吗？"薄维说："在下薄维，先生需要买点什么？"那人说："薄老师，我是您的粉丝，名叫马金盛，做装饰行业的，爱好收藏。我在直播间听说您在鼓楼练摊卖书画,特地一路寻来拜会薄老师。"薄维说:"感谢您关注与支持。"马金盛说:"薄老师,晌午方便吗,我想请您吃饭。"薄维婉言谢绝:"不必麻烦,日后有缘见面咱再一起用饭。"马金盛说:"您这几幅画多少钱?"薄维说:"一千一张,都是小品。您要的话,一张给八百也成。"马金盛说:"薄老师,您这五张画我全要了,您说多少就多少,我不和您讲价。"薄维说:"多谢马总捧场,感激不尽。"

初次见面,马金盛给薄维留下了深刻印象,薄维认定他为人豪爽,器宇不凡。

大约过去两周,薄维因忙于他事便没顾得上出摊,有人给薄维打电话询问怎不出摊,想跟他聊聊天。薄维逛完市场,正准备回家去,可巧在路口碰见马金盛,马金盛紧走两步来至薄维身边,"薄老师,我今天特地来找您,您昨天直播说今儿个遛市场,我足足等了您一个钟头,主要是想请您吃顿饭,薄老师可否赏光?"薄维说:"您太客气了,既如此,恭敬不如从命,旁边就有饭馆,咱们择日不如撞日。"

鼓楼街上有多家饭店,没走多远便到了提前预订下的包间,马金盛携夫人与司机作陪。桌上杯盘罗列,佳肴丰盛。薄维说:"您甭点那么多,吃不了浪费。"马金盛说:"薄老师,初次请您吃饭,不知您爱吃什么,胡乱点些饭菜,实在不成敬意。您不是爱喝酒吗,要不点瓶酒?"薄维说:"您喝酒吗?"马金盛说:"我喝不得酒。"薄维说:"您夫人喝不喝酒?"马金盛说:"她从不饮酒,司机开车更喝不了酒。"薄维说:"既然你们都不喝酒,那就算了。"无酒不成席,马金盛深知饭局的规矩,便叫来服务员,"你们店里哪种酒最贵?"服务员说:"茅台。"马金盛说:"来瓶茅台。"薄维赶忙阻拦:"别别别,咱初次相识,简单点就行,不要弄那么复杂。"马金盛说:"薄老师愿意和我一块儿吃饭,是看得起我,哪怕您喝一滴酒,也算我尽了心意。"

薄维认为马金盛为人大气,心下尤为感动。薄维是个性情中人,那天中午喝了足足有半斤白酒。马金盛言说自己欲要拜师的意愿。薄维说:"容我回去和家人商量,回头再答复您。"

薄维酒后微醺拎着半瓶酒回到家中,与李靖谈起当天奇遇,"人家一心想拜我为师,我该怎样答复人家?"李靖说:"这人怎的这般豪爽,人家滴酒不沾,初次请客吃饭花两千多与你整瓶好酒喝,况且你也没少喝。你答应人家了吗?"薄维说:"还没呢。我看马总人很实在,他预备在杭州整个拜师宴,邀

411

请我们一家十天后去杭州游玩，人家说了只要咱肯去，就安排员工与咱购买往返机票，并提供食宿。不如趁此机会，前往杭州看看风景如何？顺便把咱的团队带到杭州，也好拍些段子。"李靖说："真是难得，你答应人家便是。正好趁孩子还没开学，带两个孩子一同去外边长长见识也是极好的。再说上有天堂下有苏杭，杭州确实为人间好去处，必定值得此生一去。"

薄维将收徒决定知会马金盛，马金盛喜不自禁："薄老师，看来师徒缘分天注定。咱们就定在杭州举行拜师宴，到时我必隆重接待您，您把随行人员身份证发给我，我好安排助理订机票。"

双方约定时日，薄维对此次行程充满期待，这是他通过短视频平台结缘的第一个即将正式拜师的友人，可以看出马金盛对古玩收藏文化的热爱程度。

孩子们生平头次坐飞机，格外兴奋。薄金瀚和薄金桐跟随父母感受拜师文化，哥儿俩都认为自己的爸爸很了不起。大家在旅途中有说有笑，欣赏着蓝天与白云的自然景观，经过两个钟头的飞行，飞机安全降落在杭州萧山机场。薄维一行八人下了飞机朝出口方向走去，没过几分钟，马金盛便打来电话："师父，您下飞机了吗？"薄维说："刚下飞机。"马金盛说："我在机场等着您呢。"薄维说："您想得太周到了。"

薄维等众走出机场出站口，见马金盛带着六名员工早已在此等候。薄维与马金盛亲切握手，并向大家介绍："这位是年轻有为的青年企业家马总。金盛，这是我好朋友正师级老首长夫妇，特来见证我们的拜师宴。"马金盛连忙与老首长夫妇握手欢迎。薄维接着介绍团队成员："这两位是我短视频团队的军师小王和摄影师小包。"这俩人很有眼力见儿地主动和马金盛握手。薄维最后为其介绍家人："这是你嫂子，还有两个孩子，个子高的是老大薄金瀚，矮点的是老二薄金桐。"马金盛与薄维家人一一握手，"欢迎嫂子和两个小老弟来杭州。师父，我们去旁边停车场，车子等着接您呢。"薄维说："我们客随主便。"

众人行至停车场，眼前一排豪华车队相迎，商务大奔驰、玛莎拉蒂、兰博基尼、宝马车各一辆。薄维说："金盛，搞这么大排场，太奢侈了。"马金盛说："您是贵宾，应该享受这般待遇。师父，请上车。"马金盛亲自打开车门，请薄维坐车。

军师小王和摄影师小包二人眼中透出羡慕之色，低声议论道："薄老师真厉害,走到哪里都受人尊敬。"薄维的两个儿子是头次坐豪车,个个脸上洋溢出喜悦。

马金盛将薄维一行人迎接到林本林设计事务所,带他们参观了自己的公司,并为薄维等人简单介绍了公司主营项目。马金盛说:"中午我在杭州正宗本帮菜饭店为师父接风洗尘,晚上我们举行拜师宴。"薄维说:"听您安排,简单点就好,不必大摆排场。"

中午时分,马金盛唤来三五好友作陪。席间相互引荐,彼此祝福,很快都熟络起来。

待用过午饭,马金盛为薄维等人安排了一处静谧的民宿,环境分外清幽。无形之中加深了薄维对徒弟的好印象,认为马金盛不仅有实力,且怀有敬畏之心,人品出众。

当晚拜师宴选在杭州本帮菜一家五星级酒店举行,门口摆放两个易拉宝,分别展示薄维与马金盛的卓越风采。薄维特意穿了一身中山装,因八月份刚立秋天还比较热,衣服仍是半袖的。拜师宴举办得颇为隆重,负责主持拜师仪式的司仪是马金盛公司的一位销售主管,小姑娘出口成章,能说会道:"春华秋实,在这金秋送爽的时节,我们相聚一堂,共同见证国内著名收藏家薄维老师收徒暨林本林创始人马金盛拜师仪式。今天是吉祥的日子,高朋满座,谈笑有鸿儒,在此请允许我代表林本林全体员工向各位朋友的到来表示衷心感谢。"台下响起热烈的掌声。

司仪继续讲道:"薄维老师是薄氏珍宝馆鉴赏门派开创者,家族四代收藏,是资深文物鉴定专家、艺术品设计家,同时也是书法家,智创时代商学院艺术顾问。马金盛先生为林本林设计事务所创始人、模块空间创始人、杭州工商联新生代企业家、天津直仓装饰联合创始人,中国建筑装饰协会专家、中国资深高级室内设计师。今日在各位亲朋好友的见证下,马总有幸拜薄维老师为师,在此请允许我们送上真诚的祝福。下面有请马总拜师。一杯香茶敬恩师,从此不忘眼前人。师友赤心两相待,鞠躬只为知遇情。"马金盛双手呈递拜师帖,面向薄维三鞠躬,敬上一盏香茶。

薄维则回马金盛一份回徒帖,并当众叮嘱:"作为薄氏珍宝鉴赏门派的徒弟,我对你提三点要求。第一,必须遵守道德标准,爱家爱国,三观要正,做人要有正能量。第二,你要热爱传统文化,拥有一技之长,不管做什么行业,最起码是行业人物。第三,要乐于助人,有良好的道德观念。"随后,薄维为大家演唱了一首歌曲,以此助兴。在一片掌声中,拜师仪式圆满礼成,师徒二人互赠礼物。

次日,马金盛陪同薄维等人游览西湖美景,参观杭州的几处著名景点。游走在名胜古迹之间,能够与历史人文对话,感触不一样的文化景观,令人流连忘返。

下午时分,部分粉丝通过短视频得知薄维来到杭州,特意与他打来电话,希望能见上一面。薄维欣然答应,与几个铁粉见了面。粉丝见到薄维后,喜悦之情溢于言表,"薄老师,能见到您本人太荣幸了,我是您的粉丝,天天看您的短视频,从中获益匪浅。"薄维双手合十称谢:"有缘千里来相会,我们今生缘聚、相识、惜缘,并在美丽的杭州得以相见,这是多大的缘分。"薄维没料到短视频的影响力居然如此之大,有那么多人通过视频关注他。这让他想到一句话十分贴切,"科技改变生活"。倘若放在古代,说不定一辈子都没机会踏上杭州这片土地。

杭州之行一共两天,薄维觉得时间转瞬即逝,眨眼就过完了。临别之际,两下依依不舍道别。薄维说:"金盛,相识是缘分,有机会来北京,欢迎到薄氏珍宝馆参观交流,我在北京等你。"马金盛说:"师父也不能白认,得空儿我准去北京向您当面讨教。"

回到天津后,仍有几人欲拜薄维为师。薄维不轻易收徒弟,言说:"拜师要随缘的。"

15 未能送出的大螃蟹

薄维抽空与薄虎城打去电话,询问父亲想吃什么,并把自己去杭州收徒一事告诉父亲。薄虎城说:"你小子行啊,都收徒弟了。好好干,把薄氏珍宝发扬光大。"薄维说:"有您老做我的坚强后盾,肯定没问题,因为咱家根好,打了几代人的基础。"薄虎城说:"儿子,你多注意身体,别累着。"薄维说:"老爹,您也照顾好自己,明儿个我去家里看望您。"

薄维打算第二天早晨去父亲家中探望,但到晚上睡觉时,却不知为何心中感到七上八下,一宿没睡踏实。

早晨起来,薄维先送小儿子去上学,然后开车赶去父亲家中。当他上了二楼,却惊讶地发现房门没关紧,平常无论任何时候,薄虎城从不开门,一天到晚防盗门始终紧闭，今天为何房门虚掩，薄维感到十分不解。薄维抬脚迈进房中，见客厅里的电灯依然亮着，喊了两声爸爸，但没人回应。薄维进入其中一间卧室，只见薄虎城斜卧在沙发上，头往下耷拉着。薄维急忙走过去，扶住薄虎城，叫了两声爸爸。

此时薄维意识到父亲的身体业已冰凉，且十分僵硬，再瞅父亲的脸，右侧半边脸都紫了。薄维心想，父亲有哮喘，估计当时很不舒服，在屋里来回溜达，担心自己身体不行，怕儿子进屋麻烦，故此开了门，以便儿子回家。最后脑梗突发，便瘫坐死在沙发上。临死，父亲也不愿在大晚上地给孩子打电话，生怕麻烦孩子。想起父亲临终时的痛苦挣扎，薄维直感万箭穿心，薄维紧紧搂着父亲，泪如泉涌，哭得撕心裂肺。

哭罢多时，薄维拨通薄文龙的电话，声音哽咽道："伯伯，我爸走了。"薄文龙问："你爸几时蹬腿儿的？"薄维说："多半是在半夜。"薄文龙说："我马上去你们家。"两家离得不远，没过多大会儿，伯伯和老婶匆匆赶了过来。薄维和薄文龙把人抬到床上，柜子里找块白布盖住了。

当年薄维母亲去世的时候，找徐二哥帮忙料理的后事。因家里亲戚不太多，远房亲戚又不怎么来往，遇到这等大事，薄维只好求朋友帮衬。薄维在电话里向徐二哥报丧，徐二哥安慰道："兄弟，别为办丧事发愁，我认识一个做白事的。"薄维说："烦劳哥哥鼎力相助。"薄维忙打电话告知李靖："小靖，咱爸人没了。"李靖闻言一惊，忙说："你别着急，我这就过去。"

李靖过来之后，薄维同她商量如何来操办丧事，"父亲家里屋子小，设灵堂多有不便，不如把灵堂设在咱家怎样？"李靖对此事并不忌讳，不假思索地答应了。

薄维家下布置灵堂，客厅中间桌上摆放老人的遗像，遗像后边供着几尊鎏金佛像，点着长明灯，一炷香青烟缭绕，亲朋好友见到他发布的讣告后纷纷前来吊唁。薄维特意知会大家，"都别跑了，因为疫情严峻，丧事从简。"尽管如此，但仍有几个北京特别好的朋友专程赶来送薄虎城最后一程。

早在几年前，薄维已提前与父亲买下墓地。他将老父亲的丧事办得风光，颇有体面。李靖说："当初你的决定是对的，如果在外边办丧事，那就不方便了。"经历此事，薄维对李靖心存感激，作为儿媳妇，她能做到这一步确实不容易。赶上不通情理的，不准老公在家里设灵堂，男人也没办法，毕竟过日子还得两口子和和气气商量着来。

送别父亲最后一程，薄维像丢了魂一般，陪伴多年的父亲没了，那是难以言喻的痛，他茫然自失，只能任岁月渐渐抚慰心下的伤痕。

父亲故去之后，薄维在很长一段时间情绪异常低落。李靖多次开导丈夫："你呀，还得振作起来，爹妈虽然不在了，但你的日子还得继续。人死如灯灭，生前也没遭太大的罪，老爷子这一生算是修行圆满了，父母在天之灵也会保佑你的。倘若父母见你这般悲痛，必定会很难过的。你该直播接着直播，把事业弄好，照顾好家庭，也是对父母的一种报答。再者现在孩子都大了，正是需要花钱的时候，眼下顾活人要紧，甭太伤感了。"薄维说："你放心，我会调整好的。老爹这么多年不容易，年轻时就为家里操劳，一辈子都是操心的命，晚年一个人孤独生活。作为儿子，我没尽到孝心，老爹去世前连儿子最后一面都没见到，你说老人心里边得有多牵挂。生命无常，世事难料。说得再多，也不如生前多为老人尽孝实在。"说着说着，不觉潸然泪下。

几个月时光里，薄维不断调整自己的心态。除了直播外，他基本上断绝了与他人交往。父亲的走对他来说是一个沉重的打击，以前每天和父亲通话，平常父亲口头总会说上一句最简单的话："你吃饭了吗，自己多注意点身体。"如今父亲没了，薄维觉得心中空荡荡的。

有一天，薄维去市场买了几只大螃蟹，因薄虎城生前喜欢吃海鲜，他打算给父亲送家里去。可走了一半的路，忽然想起来父亲人已不在人世，心想这是给谁送呀，不禁叹口气："哎呀，可惜呀可惜，还是回去自个儿吃了吧。"

16. 《薄氏珍宝心中藏》致敬传统文化

时光如梭，一晃便为一年，如今疫情愈演愈烈，想去北京也不方便。薄维常年往返于京津两地，每次去北京之前不得不做一次核酸检测，否则没有三天内的核酸检测阴性证明进不了北京。

这日，薄维忽然接到一通电话，原来是北京郝大姐打来的。郝大姐说："薄维，哪天得空儿和车行老师见面聚聚，看你那首歌创作得怎么样？"薄维说："大姐好，这几天我看天津疫情没有新增感染，我本周五下午去北京。好长时间没见面了，咱们在北京好好聚聚。"郝大姐说："那就周五晚上见，等你安排。"薄维说："好咧，大姐，我在潘家园附近饭店订个包间。"

周五那日，薄维早早赶到北京。傍晚时分，众人在一家烤鸭店会面吃饭。薄维觌面请教,"车老师近来安好!请您创作的歌词,不知进展如何?"车行尴尬一笑,"说来惭愧,薄馆长的歌,我还没写出来呢。我思索许久,发觉歌词创作难度极大,因为涉及四代收藏,家族文化传承,不是那么简单,不可能一蹴而就。当年我写《常回家看看》,就是在车上写的,前期创作根本没有灵感,后来我坐车时看见农民工朋友,瞬间思如泉涌,一挥而就。收藏这个选题,我需有灵感方好创作。"

薄维说:"车老师,上回可能没和您讲清楚,最初请您写歌无非想在人前炫耀,想法未免有些肤浅。眼下我想创作收藏类型歌曲只为致敬传统文化,传承优良家风,包括我现在做短视频的初心亦是如此。"车行说:"我知道你小子现在搞短视频出名了,我有好几个老朋友都是你的粉丝,他们好玩古董,认可你讲话靠谱,特爱看你拍的段子。"薄维说:"多谢,多谢!我想歌词的大概逻辑为藏真品、交真友、喝真酒、快乐收藏。"

车行闻言灵光乍现,顿时有了创作思路,拍手叫好,"话语讲得精辟,有主题等于歌词的灵魂就出来了,你所说的对创作歌曲大有帮助。"薄维说:"车老师,我敬您一杯酒,先干为敬,我干了,您随意。"车行说:"薄馆长,别那么大口喝,喝酒悠着点。"薄维一口气喝下三两酒。车行笑说:"你小子真乃性情中人,下周咱接着聚。"薄维说:"车老师,歌词的事情就麻烦您了。"

三日后,车行将创作出来的歌词发给薄维,薄维看罢喜不自胜,歌名为《薄氏珍宝心中藏》,歌词朗朗上口,充满诗意。薄维读罢甚感中意,认为歌词内容表达全面,文字质朴却散发出无穷魅力。薄维当即和车行通了电话,"车老师,看到您为我创作的歌曲,歌词文采飞扬,感情充沛,真是一首佳作,太感谢您了。"车行说:"不必谢我,是你告诉了我收藏主题,我才把这首歌顺利创作出来。"薄维由衷赞叹:"车老师不愧为音乐大家。"车行问:"歌词编曲你有认识的人吗?若没有的话,我帮你找人编曲。"薄维说:"有劳车老师费心。"

车行将音乐人张瀚元推荐与薄维认识,张瀚元在音乐界颇有名气,比薄维小几岁,音乐创作造诣很深,曾为多位歌手创作歌曲。薄维主动与张瀚元联系,把歌词发给他看。张瀚元说:"能为车老师创作的歌词谱曲,万分荣幸。我想您这首歌曲一定要采用京韵京味来唱,特别符合您的文化气质,后期还可以考虑把歌曲拍成音乐影片。我看了歌词,真可谓字字珠玑,妙笔生花,简直称得上神来之笔,我会尽最大努力为歌词谱曲。"

不出一周,张瀚元作曲完毕,便同薄维说知,"薄馆长,我已为您的《薄氏珍宝心中藏》谱曲完毕,等录制完歌曲,做好成品,后期不管是在音乐平台还是短视频平台,皆可发行。"薄维说:"您辛苦!我本身也爱唱歌,可以自己演唱,感谢张老师为这首歌呕心沥血作曲。"张瀚元说:"薄馆长,不妨约个时间到录音棚,我帮您安排录歌怎样?"薄维说:"您是我的贵人,真心感谢张老师为之付出的努力。"

两下约定时间,计划周三前往朝阳区望京一家音乐工作室录制歌曲。到了定好的日子,二人一同前去音乐工作室。薄维既兴奋又紧张,仍对音乐设备充满好奇与新鲜感。薄维戴上耳麦,试唱了一遍歌曲。录音师说:"薄老师,您是专业歌手吗?"薄维说:"我并非专业歌手,今天第二次走进录音棚录歌。"录音师说:"您的声音太好听了,录音效果完美,其实录一遍就能过,但为了后期制作能出来更好的效果,请您再唱一遍。"薄维重新把歌词演唱一遍。录音师说:"您是我见过的录得最快的一位歌手,我觉得您声音独特,歌词唱得准确,人声与伴奏相当合拍。"薄维谦虚道:"您过奖,主要是录音设备好,录得专业。"

过了两日,张瀚元与薄维报喜,"薄老师,您的单曲录制非常成功,我听了不下十遍,字正腔圆,韵味十足,您天生一副好嗓子,唱得有水平,这首歌今后必定能成为一代人的记忆。"薄维说:"借您吉言,有车行老师和您这位音乐才子加持,这首歌曲肯定差不了。"张瀚元说:"薄哥,兄弟有一事相求,我有几件藏品,哪天有空您来我家做客帮忙鉴定真伪如何?"薄维满口应承:"没问题,咱约个时间,我去看看您的藏品,正好学习一下。"

两人定在周日相见,薄维如约来到张瀚元家中做客。张瀚元引他进了书房,"这几件是学生送的,有几件玉器是我在潘家园买来的。"薄维拿起玉器仔细辨别,"您这玉器有新有老,其中玉摆件不对。"张瀚元说:"难道不是和田玉吗?"薄维说:"和田玉为广义,有新疆和田玉,青海和田玉,俄料也叫和田玉,您要晓得是不是新疆和田玉。还有这几样瓷器,我看收藏价值一般。"张瀚元说:"瓷器多半为学生送的,他们知道我喜欢古玩,就送我做生日礼物。"薄维说:"这属于古玩老普,您喜欢瓷器,可以到我馆里,我帮您选些俏货。藏品不在于多,而贵在精,应该人无我有,方能显出价值。"张瀚元说:"哎呀,真是术业有专攻,谱曲是我的专业,搞收藏还得找薄老师才对。"薄维说:"所言不虚,工欲善其事,必先利其器。"两人相视一眼,哈哈大笑。

11. 短视频拓宽视界与人脉

薄维坚持做短视频历时两年光阴,薄氏珍宝在抖音平台粉丝关注量已达四十万,这在古玩圈里而言称得上头部播主。因为疫情,薄维有时遛市场戴上口罩不说话,没多少人能认出来。只要他一开口问价,马上就有人问:"您是薄老师吧?"薄维说:"您怎么知道的?"人家说:"我看您短视频很久了,听您说话声音像播音员,十分特殊。"

无论在邻近小区,还是在市场上,许多人一眼便能认出薄维,众人无不称赞:"薄老师,您短视频拍得真棒,天天能刷到您的视频。"薄维说:"谢谢您关注。"他渐渐意识到短视频传播影响力确实挺大的,不知不觉中他已被越来越多的人所熟知。

有一天,薄维回家进入楼道,碰到一个骑童车玩的小女孩,大概也就五六岁。小女孩见薄维叫声薄老师。薄维惊讶地望着小女孩,说:"你好,小朋友,你认识我?"小姑娘说:"我爸爸和爷爷天天看您的短视频,听您直播,全家人都知道您的大名。"薄维心下万分感动,"小姑娘,请代我向你家人问好!"小姑娘说:"谢谢薄老师问候。"

薄氏珍宝短视频粉丝留言众多,其中一条引起他的注意,那条留言说:"薄老师,您好,我是徐晨皓。"薄维见此名感到熟悉,出于好奇翻开他的主页,方才晓得他曾是乒乓球冠军,看过他几条视频,认为此人十分了得,徐晨皓总能在比分落后之时冷静应对,最终反败为胜。于是薄维添加徐晨皓的微信,并邀请他来薄氏珍宝馆做客。

徐晨皓欣然赴约,薄维高接远迎,带他了解馆中特殊珍藏。徐晨皓坦言:"在抖音知识领域视频中,尤其是古玩鉴定门类,我特别敬佩薄老师。您把知识讲解得很到位,让我对古玩和历史有了审知。每次看您的视频,受益匪浅,您是值得我学习的好老师。"薄维说:"晨皓年少有为,意气风发,在体育场上为国争光,您也是我学习的榜样。"

薄维与体育界友人交流毫无隔阂,相谈甚欢。后来一段时间里,徐晨皓与薄维多次接触交往,他对薄维的人品极其认可,因此给薄维介绍了多个朋友,其中不乏一些知名人士。这是薄维在体育界结交的第一个朋友,随着短视频的出圈,能够得到体育界明星的支持与认可,薄维分外有成就感。

薄维每天都有登录后台查看粉丝留言的习惯,天天留言数量确实不少,多数人留言是想跟薄维学习古玩鉴定,或请薄维与其鉴定古玩真伪。那日,薄维在浏览粉丝留言时,意外发现程野的一条信息。薄维一时有些纳闷,寻思程野是谁,莫非是赵本山的徒弟,那位出了名的演员?论起名气可比自己大多了。程野在留言中表达了对薄维的敬佩之情,有心想和薄维学习古玩鉴定,并邀请薄维见上一面。

薄维与程野相约在前门的刘老根大舞台会面,二人一见如故,亲切握手。程野说:"闻名不如见面,今日能够见到薄老师真乃三生有幸。"薄维觉得他在生活中比舞台上更幽默,"您好,程野老师,您拍的电影我都看过。"程野说:"您看过我的电影,真的还是假的?说得我都有点信以为真了。"薄维说:"张艺谋拍的《三枪拍案惊奇》,您饰演赵六角色,贼搞笑。"程野说:"没错,看来薄老师真看过我参演的电影,谢谢您还记得我这号角色。薄老师好眼力,我们这个圈里头好多人认识您,只是您不认得我们罢了,您在古玩鉴定界那是天花板级别的人物,今后还得多向您讨教。"薄维说:"您太谦虚,我得跟您学。"

程野即兴发挥编了一个小段子,配合薄维录制一期短视频,其内容讲解瓷器接底,以此来揭示古玩圈坑蒙收藏者的一种手段。这期短视频发布到薄氏珍宝账号上,播放量迅速突破两千万人次。这让薄维不禁感叹,还是明星有流量。此后,薄维和程野成为朋友。

如今,看电视的人越来越少,大家把相当一部分时间花在刷短视频上,这种碎片化的传播方式已成为当下主流。一条短视频播放量达到千万,也就意味着数百万玩古玩的人都有可能看过薄维的短视频。惊人的播放量,更让薄维深度认识到短视频影响力远超其他形式的媒体传播。

随着短视频越做越多,薄维的知名度不断攀升。他不仅在直播中讲解古玩知识,而且毫无保留地分享多年经验,因此,他的短视频备受藏友的追捧。

马金盛拜师多日之后,与薄维打来电话,"师父,我这几天不太忙,想去北京跟您学习古玩鉴定知识,另外,我带几个朋友过去,其中有个朋友您肯定感兴趣。"薄维说:"随时欢迎您带朋友来薄氏珍宝参观交流,恭候大驾。"

马金盛果然带了三个朋友过来,其中两个为企业家,另一个则是故宫博物院的宁主任。宁主任过去跟随单院长学习过琉璃瓦修复技术,这行算得上独门绝活儿。众人落座，薄维与客人端茶倒水，随后攀谈起来。宁主任听薄维讲家世，以及多年从业经验。薄维提到未来主做古玩收藏文化教育，他对薄维的专业能力十分认可。宁主任说："薄馆长，故宫眼前正预备开讲非遗课堂，之前一直想开课，但因疫情反复便搁置了。我想邀请您上故宫非遗讲堂讲一节课，不知薄馆长可有兴趣参加？"薄维说："那敢情好，多谢宁主任举荐。"

为给马金盛传授古玩鉴定知识，薄维拿出不少标本，主要为瓷器和玉器标本，讲解如何鉴别玉器真假与瓷器新老。马金盛等人听得津津有味，受益颇丰。当薄维讲完瓷器和玉器鉴别要点之后，马金盛第一个发言："师父，您上次去杭州帮我鉴定多件藏品，我始终也闹不明白您是如何鉴定真伪的。我这人有个毛病，购物狂，因为每天工作比较累，压力很大，晚上爱刷视频，在直播间看到喜欢的，别人说好我就买。今天听您讲的几种瓷器底部特征，以及釉面老化程度，包括玉器结构、雕工、砣痕，我才晓得自己收藏的物件都有问题，我得跟您好好学，毕竟名师出高徒。"

另外两位企业家纷纷交流学习心得，其中一人说道："薄老师，我早就听闻过您的大名，这次通过马总有幸结识薄老师，真是荣幸之至。您是古玩界的一面旗帜，而您的薄氏珍宝馆堪称收藏界的一股清流。与其他鉴定家和收藏家相比，您身上少了些商业气息，更多的是凭借多年实战经验，以及您对古玩文化的独到见解，深入浅出向我们传授辨别真伪的经验，我认为您功德无量。我想问问马总，您还接收师弟吗？"众人听罢，忍俊不禁。

另一人接着分享自身学习感悟，"长期以来，在普通人眼中，古玩充满了神秘色彩，没有道行的人，根本无从分辨真伪，只能当睁眼瞎被人骗，赶上狗屎运兴许能捡漏，这种概率大抵极低。薄馆长对古玩深入解读，让我个门外汉也能认识到原来古玩是门多学科的融合艺术，古玩鉴定是有迹可循的。您不仅教鉴定真伪的技巧，更带我们领略不同年代古玩的历史文化。令一窍不通的人，也能略窥一斑，起码在今后不会轻易上当受骗。"

薄维说："术业有专攻，我在艺术品投资领域略知一二，愿为大家提供些许帮助，在其他方面，你们是我的老师。"宁主任说："我在故宫工作多年，常与古玩人打交道。我看薄老师卓尔不群，不但有文化传承情怀，更兼有一种舍得精神。我们有缘、惜缘、续缘。"薄维道："宁主任谬奖，惭愧，惭愧！你我一面之缘，可做莫逆之交。"

薄维的直播间里吸引着全国各地的粉丝围观,包括政界领导、民营企业家和上市公司高管等各界人士,他们都爱看薄维的直播。有人与薄维取得联系,互加微信之后告诉薄维:"薄老师,我关注您半年了,一直无缘结识,这次能与您结缘太高兴了。希望今后能多多交流,到时麻烦薄老师帮忙掌眼。"薄维回复信息:"感谢阁下长期关注和支持,认识您我也荣幸。"

自从薄维上次和短视频运营团队说议了商业策略,承诺所有古玩保老保真,将目标定为只赚取百分之十的利润,发货全部走顺丰快递,他们一直坚持这项策略来做,这招果然奏效,很多人想在直播间里购买他推荐的古玩,但薄维每天只放出几件藏品,采用饥饿营销方式,以至于大部分人想买半年都抢不着东西。有句话讲树大招风,人怕出名猪怕壮,这些话细细想来不无道理。如今越来越多的人关注到薄维,也就不免遭同行嫉妒。在直播平台上有不成文的规定,诸如恭喜发财、招财进宝或者风水等之类的词语是说不得的。薄维起初并不知道这些规矩,有时会被同行举报,甚至直播中断。

作为一名主播,薄维的口才毋庸置疑,却不了解哪些属于违禁词,因此很容易触犯平台规则,他不断总结经验,说话时刻意避开违禁词语。尽管直播间里常有心怀恶意者对他恶语攻击,薄维总是一笑置之,从来不在乎无聊之辈的差评,故此赢得了诸多网友的尊重,大家称赞薄维有格局。

近来,薄维常收到一些粉丝的反馈意见,询问薄维自己卖货还是客服卖货,薄维一一回复,就自己卖货。有粉丝反映说:"你们那边的客服经常给我私下里推送商品链接,没有您的推荐,我是不会买的。"薄维起初并没太在意,殊不知隐患便在其间。

随着互联网高度普及,不断渗透到人们的日常生活中,短视频带货已然成为当前新零售不可阻挡的发展趋势,不管是个人,还是公司、集团,以及各大媒体都在争相抢占短视频自媒体的流量,薄维坚信自己能够在短视频赛道中面向大众更好地普及收藏文化,并扩展个人社交圈子。

在他的人脉圈子里有不少做古董回流生意的朋友,薄维建议朋友改变营销思路,尝试做短视频运营,并且让自己的团队帮助同行去拍摄短视频,以期借助新销售模式来走出疫情期间经营困局。薄维发心很好,一则希望专业团队能够帮助到朋友做好宣传,协助朋友创造商业价值。二则可使团队成员闲时多挣一份钱,以此增加他们的收入,来稳定团队的人心。

有个做日本古董回流的朋友名叫谢民生,在薄维团队的助力下,其短视频账号关注量已有几万人。

谢民生对薄维心存感激,常常请薄维吃饭,他说:"老弟,你是我的贵人,没你的帮忙,我的生意在疫情期间无人问津,如今每天门不停宾。真太谢谢你了,你就是我的恩人。"

薄维去北京拍摄短视频,总惦记着朋友这块,告诉团队一定要用心帮助他的朋友做好短视频运营。谢民生在薄维面前信誓旦旦地说:"老弟放心,我什么时候都不会抢你生意的。"薄维说:"自家兄弟,甭那么客气。"

李靖曾提醒薄维:"要小心身边的人,越是了解你的人,到最后越有可能害你。"薄维不以为然,他想法很简单,就是一心想帮助大家,让身边的人都好。当然他不从中间挣一分钱,只乐于牵线搭桥,做个顺水人情。

18 在故宫非遗课堂讲宫灯

时值春季,万物复苏,大地间渐渐恢复生机,枝芽慢慢抽出,装点了冬去春来一派萧索的景象。这日,故宫博物院的宁主任打来电话告诉薄维一个好消息,而这等消息恰恰是薄维期盼已久的。宁主任说:"薄馆长,下周日您有空吗? 我们要开一节宫灯课,在故宫非遗课堂来讲,到时有故宫领导过来听课,而且还将邀请部分亲子家庭参与。您若方便参与的话,我把教案发您,您可根据教案内容与大家讲解宫灯文化。"薄维说:"感谢宁主任抬爱,把这么好的机会留给我。您放心,无论多忙我必然参加,此次宣讲对我来说意义非凡,我现在本身就是在做收藏文化教育,能在故宫讲宫灯非遗课,深感荣幸。"

宁主任见薄维爽快答应,便将宫灯教案发与他。薄维翻阅教案课题为非遗宫灯技法,教案中展示了各种各样的宫灯,其中不少技艺业已失传。薄维从未接触过宫灯,更别说收藏宫灯了。在古代,宫灯往往只有皇宫与豪门大户才会有,寻常人家少见。薄维思考如果能在讲解中融入古诗词,更能烘托出宫灯的文化氛围。

疫情进入第三年的春天,防控任务艰巨,正处在社会面清零阶段,而远在南方的上海早已封城。多地疫情管控严格,想去北京并不容易,需要持有两天内的核酸阴性证明,非高风险地区人员方可入京。薄维与短视频运营团队商量,尽量多拍一些视频,做好内容储备,以防万一哪天来不了北京,起码可以保持每天发布一条短视频,避免断更。通过两年来创作短视频的经验总结,薄维发现直播同样不能停,如果一旦停播,对后期影响甚大。

一天,薄维接到于哥打来的电话,薄维感到格外惊讶。于哥退休前当过东城区老规划局的领导,因喜欢收藏,二人在潘家园旧货市场结缘。于哥说:"小薄,最近忙什么呢?"薄维说:"老哥哥好啊,我主要做短视频。"于哥说:"我打电话正想问你此事,你的短视频做得太好了。我儿子远在日本,前几天跟我打电话,问我北京古玩圈是不是有个叫薄老师的,我说不太清楚,问叫什么名字,儿子说叫薄维。我说有个朋友叫薄维,不知道是不是他口中所说的那个做短视频的人。儿子问我是薄氏珍宝馆的薄馆长吗,我说十几年前带你去过薄氏珍宝馆,那阵你还上小学,现在你都在日本开了一家公司。儿子说,就是那个薄叔叔。我问他怎么知道的,他告诉我在日本刷短视频看到薄老师。儿子对我说等他回国后,一定要让我再带他来拜访薄老师。"薄维说:"您儿子能在国外创业真够优秀的,随时欢迎您和家人到薄氏珍宝馆来做客。"

这段时间,不少人叮嘱薄维,眼下感染新冠病毒的人特多,告诉薄维一定要注意做好防护措施,没事别往北京跑。薄维说:"我会做好个人防护的,害怕病毒感染也没用,躲也躲不过去,平常心面对。"

疫情下许多行业重新洗牌,从而也出现了新的机遇,薄维认为应该抓住历史的节点逆势而上。只要能去北京,薄维一次都没落过,坚持做短视频创业,既可节省成本,又可扩大自己的知名度,他对未来充满了美好期待。

薄维忙里偷闲已将宫灯非遗课教案背得差不多了,熟稔宫灯文化,如果能够引经据典,以收藏家的视角深入浅出把宫灯的制作技艺讲出来是最好不过的。

终于等到故宫非遗课堂开课的日子,薄维既紧张又兴奋,更充满期待。宁主任一大早在午门等候薄维,薄维按说好的时间抵达,两下相见,彼此寒暄几句,一同走进故宫,穿过几道院,来到故宫非遗课堂。

为给大家留个好印象,薄维特意捯饬一番,穿身中山装,脖子上戴着心爱的天珠,手上戴枚大戒指,腰带上镶嵌着一块玉石,戴着一副眼镜,颇有大收藏家的风范。站在讲桌前,薄维真有点紧张,毕竟下面坐着几位故宫的领导,现场邀请了五组家庭成员参加。宁主任说:"薄馆长,好好表现,今天故宫的副院长也来听课了。"薄维说:"您放心,宁主任,我不会让您失望的。"

上午九点,薄维准时开讲,他先简单自我介绍一番,并吟诵了有关描写宫灯的诗句,"各位老师、朋友们,大家好!我是四代收藏世家、薄氏珍宝馆馆长薄维。今天非常荣幸受到宁主任邀请来到故宫非遗讲堂,和大家共同探讨宫灯文化。古人赞美宫灯的诗句有很多,我们可以通过诗歌来感触宫灯色彩斑斓的文化魅力。宫灯照彻天下殿,江山万里映余晖。但见灯照天地间,盛世乾坤享太平。玉盘何时照宫灯,金阙阶下疑月明。今夕映照河汉夜,他年再照是何人。"薄维与众人娓娓讲述宫灯的起源和制作技艺的发展史,以及宫灯的结构与特点。课堂配有宫灯道具,薄维拿起道具与众剖析其中包含的文化内涵,现场互动环节则加深了众人对传统工艺的理解和探索。这节课既有知识性,又有娱乐性,令人深刻感受到传统文化的独特魅力。

一个小时的课程,很快过去了,薄维讲完宫灯课面向大家深鞠一躬,"感谢故宫领导给我这次宝贵的机会,让我走进故宫非遗大讲堂,做本节艺术课的分享。今后我仍会继续深入学习传统文化,通过我的认知传播非遗文化,在此也谢谢大家聆听。"台下掌声经久不息。

在工作人员的安排下,众人站在古建筑门口合影留念。随后组织召开了一场总结会。陈院长评价道:"薄馆长的声音很像专业播音员,讲出了传统非遗文化的知识性与趣味性,我们现在特别缺乏像您这样有历史文化底蕴的优秀讲师。薄馆长善用巧妙的语言,将一件复杂事物讲得通俗易懂。因为疫情,故宫非遗讲堂前后共开了三节非遗课,我个人认为薄馆长是讲课最出色的一位讲师,在此我代表非遗大讲堂对薄馆长表示祝贺与感谢。"

非遗文化宫灯课不仅给参与活动的人留下深刻印象,同时也得到故宫专家的认可,薄维暗自庆幸自己的努力终究没有白费,他在那次活动中和陈院长互留了联系方式。

几日后,薄维请陈院长往莅薄氏珍宝馆。陈院长是个随和的人,欣然赴约。当她在薄氏珍宝馆看到琳琅满目的馆藏时,感到格外惊讶,没想到此间居然有不少令人眼前一亮的珍品,其藏品之精,分量之重,文化价值之高,其中不乏一些可与故宫馆藏媲美的民间文物,丝毫不逊于国家宝藏。陈院长对其藏品大加赞赏,不禁感叹中国文物不仅在故宫博物院与各地博物馆,更在民间的各个角落里。薄维说:"陈院长谬奖!您是故宫博物院的老院长,又是文物方面的资深专家,文物艺术著作颇多,阅过无数珍宝,都是明清两代的精华,甚至年代更为久远的历代奇珍异宝。我馆中藏品不过为民间的小物件,与国家文物相比,简直不值一提,我怎敢在您面前班门弄斧。"

陈院长说:"薄馆长谦虚,您作为民藏的一位代表,之前在故宫非遗课堂讲座时,我能感觉到您是有文化底蕴的收藏家,对宫灯文化解读相当透彻。在您身上有一种特殊的气质,毕竟您家族四代传承与收藏,这属于典型家庭文化熏陶。一个家族,四代人见证了中国民间文物的百年命运与归宿,也为民藏事业做出了一定贡献。我一直倡导一个文化理念,叫作富眼。"薄维插话道:"陈院长,冒昧问您一下何为富眼?"陈院长与他解释道:"富眼,就是让更多人的看到好的东西,欣赏到弥足珍贵的文化遗产,使其眼界丰富。只有在这个基础上,才能有信心传承优秀文化。"

薄维敞开心扉讲述他的成长经历,以及薄氏珍宝经典馆藏。二人谈起民间文物逸事,话语聊得投机。陈院长赴薄氏珍宝馆之行,对民藏所赋予的特定历史文化价值给予肯定。民藏可以丰富人们对传统文化的认知能力,让历史文化与当下文明得到良好互动。民间收藏是普通人与历史对话的重要介质,只有后辈人认可祖先创造的历史,让历史融于当下生活,人们才会对民族文化生起信心,方知历史的厚重与文化的瑰丽色彩。倘若没有历史的延续,便有可能导致文化断裂,更谈不上传统文化的赓续。历史长河中有无数传统文化正因曲高和寡无人欣赏,以致后继无人,进而消失在岁月的尘埃之间。

民间收藏的最大价值在于它可供欣赏与把玩历史文化印记,见证了历史的变迁,浓缩着不同时代人们对传统文化所秉持的态度。因对传统文化的认可,从而造就民间文物永远不朽的魅力,并始终以神秘的姿态呈现在世人面前。

19. 再遭团队背叛

日来,薄维晚间直播如期进行,然而直播间买货的观众数量骤减。以前经常买古玩的老客户几乎不再光顾,这让他感到纳闷。薄维一时间怀疑是否因为疫情影响导致人们经济购买能力下降,抑或他故。薄维也想搞明白真正原因到底是什么,因为之前许多老客户经济实力很强,经常购买古玩,而眼下却不来买了。

没过多久,薄维收到几个特别重要的粉丝客户发来的信息,所说的话大体一样,"最近一直没进你直播间,有件事想和你说下,前段时间,你们的客服时常给我发一些链接,都是你之前经常帮忙宣传的一位卖家主播的商品。我看薄老师的面子,所以才买了一部分,但所买之物经人鉴定皆是新的。"

薄维陆续收到这般信息,总共得有十来条,这时他才意识到事情的严重性。薄维终于回过味来,原来团队的人将优质客户资源倒卖给他曾帮助做宣传的一位主播。薄维根据目前所掌握的信息,细算了一笔账,他的运营团队帮人促成已不下上千万的交易,一单最小的有几万,大部分都在几十万,最高的单子也有上百万的,而且有几条信息直接点出名字。薄维自始至终最不能忍受的就是合作伙伴的背叛,在生意场上这么多年,有好几拨人都是因为背叛最后而分道扬镳。

他与李靖商讨此事,当把整个事情的来龙去脉讲清后,李靖情绪异常激动,"看见了吧,能够帮你的和害你的往往都是身边的人,你还没有真正了解透彻他们的人性。你还说自个儿靠眼力吃饭,这回看人真不准。你帮人家卖了那么多古玩,又帮着把短视频做起来,且分文未收。如今可倒好,人家翅膀硬了,不但不感恩,还跟你的运营团队狼狈为奸,把你所有的大客户都给卖了一遍假货,以后这些客户不会买你的东西了,这样做分明是背信弃义。你团队这帮人做事忒不地道了,花那么多钱请他们帮你做短视频运营,他们本应该好好为你服务才对,结果他们却把你的优质客户资源倒卖给他人。他们两头赚钱,坑你薄维。唉,你这人就是傻,缺心眼。"

薄维不禁叹了口气,"事已至此,无法挽回。不过说句心里话,我还得要感谢他们。从他们接手帮我运营短视频,到现在我已经投入一百多万,大家一起努力取得了今天的成绩。如今发生这种事属于原则问题,我静下心来好好考虑一下,想想怎样处理好此事。"李靖心直口快,气愤地说:"还有什么好考虑的,直截了当跟他们说不再合作了,哪有他们这样干事的?"

薄维又与三两好友谈及此事,朋友纷纷替他愤愤不平,"这帮年轻人眼皮浅,办事不厚道,你想怎么处理?"薄维说:"我会处理好这个问题的,既不得罪他们,又把事办圆满。"

薄维冷静思考整件事情的处置方法,因这事性质恶劣,从中最能看出一个人的人品。尽管薄维有些生气,但更多的是感到惋惜。他之前曾寄望团队能够把短视频做好,以此向大众传播收藏知识。现如今团队反水,让薄维不禁深思,即便再好的朋友和团队,在利益面前都显得苍白无力。

过完"十一",全国各地疫情愈演愈烈。正赶上天津疫情管控,北京根本去不得,身边有不少人都阳了。薄维告诉团队成员,"近来疫情凶猛,形势不容乐观,短视频暂不拍了。我最近身体状况不好,想歇一阵子。大家各谋生计。"军师小王说:"薄老师,您多保重身体,等过完年再继续拍摄。"薄维说:"祝你们安好。"

这段时日,因此事件,薄维心中五味杂陈,与团队合作了两年多,不得不说他们都是人才,但在利益面前,只是心态失衡了,他们选择利益而背弃诚信。薄维转念一想,其实两下各不相欠,对于这些人的人性没什么可说的。既然他们做出这般事体,及早发现并远离他们,未免不是好事。

20. 一家人都"阳"了

某日,薄维在直播间结识了一位山西太原藏友,过去做煤矿生意的,名叫郭福星。郭福星私信留言说:"我一直在关注薄老师,期盼能与薄老师结缘。"薄维回复信息,"在艺术品收藏道路上,能帮助您是我的荣幸。"两人相熟之后,郭福星在薄维手上订了一批古玩。

薄维原本打算下周亲自给客户送货,怎奈计划赶不上变化。刚进入冬季,北京疫情管控风声愈来愈紧,彻底去不成了,送货时间一拖再拖。薄维觉得这样一直拖下去不大合适,于是再次和郭福星商量送货时间,定在十二月初亲往太原送货。

临近出发时日,薄维同李靖说了自己行程安排,"下周一,我去太原为客户送货,估计要在那里逗留两天,顺便为客户鉴定藏品。"李靖说:"你放心去便是。"薄维发觉李靖脸色泛红,眼睛也红了,"你怎么了,不舒服吗?"李靖说:"感觉头晕,我正要告诉你呢。"薄维说:"你留心观察身体状况,看看过会儿好些不?"

等过了一个钟头,李靖测下体温,已经烧到三十九度八。薄维问道:"媳妇,你是不是阳了?"李靖说:"我不知道。"薄维拿出一人份新冠病毒抗原检测试剂盒,递与李靖,"你测下吧。"李靖检测结果竟然呈阳性。薄维心下一惊,"我明天得走了。"李靖说:"你这人可真够狠心的,见我阳了也不管,脚底抹油落得干净。"薄维说:"你阳了之后单位肯定去不了,万一被街道办知道

428

还得把我们一家拉走隔离十几天，那不就瞎了？假如我周一送不了货，岂不失信于人。"李靖说："你走吧，去办你的大事要紧，我死不了。"薄维说："我带金瀚去北京，人家订了一大批物件需要装卸，我自个儿弄不了。"李靖瞪大眼睛，想发火又压住了，"你真行，把老大带走，给我在家里留个老小，难道叫我一个病人伺候孩子不成？"薄维叮嘱老二："儿子，好生服侍你妈。"薄金桐说："不消吩咐，我肯定照顾好老妈。"薄维说："瞧我儿子多懂事，都能照顾人了。"李靖叹口气："唉，关键时刻，看来儿子比老公更有指望。"薄维说："我不是逃避责任，是没办法，毕竟咱要给人家履行承诺。"李靖说："你对别人一诺千金，对自家人却之不顾，劳燕分飞，还愣把自己说得那么伟大。"薄维说："师兄，您甭跟我置气了。"李靖说："师兄，我犯不着和你斗气。"

次日，薄维带大儿子来到北京，把薄氏珍宝馆收拾干净，父子二人拍了些段子，准备下周一给太原客户送货。

周日上午，薄维忙完，只觉头疼欲裂，浑身酸疼无力，"儿子，这两天我可能干活儿累着了，有点不舒服，得床上躺着休息一会儿。"薄金瀚说："爸爸，您躺会儿吧。"

下午一觉睡醒，薄维感到四肢无力起不来床，"儿子，我发烧了。"薄金瀚问道："老爸，您是不是阳了？"薄维："估计被你妈传染上了。"薄维弄个抗原检测试剂盒一测，"儿子，我真阳了，浑身疼痛没劲。明天就要去外地给人家送货了，我得好好休息，你去药店替我买点感冒退烧药。"

薄金瀚赶去药店买药，结果半天空手而归。当时没有什么特效药治疗新冠病毒，只能吃些退烧药。薄金瀚说："老爸，去药店买药的人太多了，买个药排队排了能有半里地远，从未见过那么多人抢药，购药场面太壮观了，人山人海。到最后轮到我，药也卖断货了。我去别的药店，到哪里问感冒药都被人抢售一空。"薄维说："儿子，难为你了。"

他在柜子里找找有没有感冒药，没想到翻出几片散利痛，一看保质期过期半年。薄维顾不得那么多，胡乱吃下两片药，昏昏沉沉睡上一觉，出了一身汗。薄维起身，感觉稍好了一点，"儿子，你看我身体不错吧？能把病毒挺过去，现在感觉好多了。"薄金瀚说："爸爸您再躺会儿，我去买点菜，晚上给您弄饭吃。"

没过两个钟头，薄维又觉天旋地转。至晚间，薄维吃了两次药，当时身上低烧，一点力气没有，看什么都是重影。薄维寻思，"这可咋办呢，明天要去送货,这种状态肯定走不了远道。再说自己阳了,去和人家做生意也不合适。"

车是提前订好的,转天早晨六点出发前往山西。于是他给身边两个朋友打电话,希望朋友帮忙去山西送趟货,只要肯去就给一万块钱辛苦费。朋友都挺客气的,但最终还是委婉谢绝。因为眼下全国各地疫情闹得凶,谁都不敢出北京。担心出北京后健康码变了颜色,想要进京就难了。薄维表示理解,虽然是好朋友,但赶上这场严峻的疫情,谁都不敢大意。

薄维愁眉不展,望望身边的儿子,瞬间想了个主意,"金瀚,爸爸跟你商量个事行不?"薄金瀚说:"什么事,您说。"薄维说:"我现在阳了,身体状态不行,爸爸确实去不得外地。我给身边朋友打电话,没一个人敢去,这也正常,咱不怪别人。要不明天你去山西替我送趟货如何? 你害怕不害怕,有没有勇气去外地跑一趟?"薄金瀚说:"去就去,这都不算事。爸爸,我不害怕。"薄维说:"儿子,你太棒了。明儿早晨,我和你一块儿装货,装好货你跟车走。我与郭总联系好,不让他安排吃饭。你到太原送完货直接回来,叫司机送你去太原高铁站,从太原到北京,坐高铁三个钟头就能赶回来了。"薄金瀚说:"爸爸安心养病,我能完成任务。"薄维说:"儿子,这对你来说是人生中一次很好的历练,爸爸在你这年纪一个人都敢到北京来闯荡了。"

第二日清晨,薄维早早起来,尽管体力不支,身上发烧,但饭得吃,活儿要干。小货车来了,薄维特意嘱咐年轻司机:"师傅,您把我这边的工作人员连货送到山西太原客户家中,帮忙卸下货,我多给您二百块钱辛苦费。等送完货,劳烦您把人送到高铁站就行,叫他自个儿坐高铁回来。"司机说:"老板,您不用多给钱,我拐弯捎带一程。"薄维说:"出门在外不容易,一点心意,师傅您收下,到时还要麻烦您在那边把他送至火车站。"司机说:"谢谢老板,您放心,货物必然为您安全送达,回头把人安全送到高铁站。"薄维说:"仰仗师傅多多关照。"

待货物装车完毕,薄金瀚和司机上了货车。薄维说:"一路平安。"司机说:"走了,老板。"货车缓慢驶出小区,薄维心下多少有些不放心,惦记大儿子的安全。整整一天,他都与薄金瀚保持微信沟通,嘱咐儿子在车上说话注意点,因为祸从口出,言多必失,多观察少说话。

下午时分,小货车顺利抵达山西太原,郭福星热情接待了薄金瀚。郭福星说:"辛苦,辛苦! 我请你们吃饭,尽尽地主之谊。"薄金瀚委婉拒绝好意,

"谢谢郭总,不必麻烦,我们已经在路上吃过了。您先清点货物,看看老物件有没有问题。"薄金瀚和货车司机将打包箱子一一搬下来,送至屋里。郭福星开箱验货,"东西没问题,完好无缺,替我向薄老师问好,他很守信誉,这批物件货真价实,告诉薄老师我很满意。要不咱们去外边简单吃点?"薄金瀚说:"谢谢您的好意,真的不用了,我该回去了。"郭福星说:"恕我不能远送,小兄弟回去注意安全。"薄金瀚说:"当前疫情严重,您多保重身体。再见,郭总。"

货车司机将薄金瀚送至太原高铁站,两下就此别过。薄金瀚进火车站买过车票,经过三个小时的行程,于晚间顺利抵达北京南站,此间建筑雄伟,候车大厅灯火通明,站内干净整洁,洋溢着时尚感与科技感,彰显着城市的繁华。受疫情影响,人流稀少。

薄维见儿子平安归来,悬着的心终于放下,"怎么样,儿子,今天紧张吗?"薄金瀚说:"起初有点心慌,后来就不觉得紧张。"薄维走过去给儿子一个大大的拥抱,"你长大了,我的好儿子,从今以后可以独当一面了。"

薄维发烧了两天,到第三天身体已无大碍。他给李靖打个电话,关心地询问她身体状况。李靖说:"我身体好了,你事办完了吗?"薄维说:"办完了,我们爷儿俩今天回去。"

父子二人回到天津,一家人团聚有说有笑,讲起这几天的生活经历。李靖诉说:"那天你走之后,好嘛,转天老二也阳了。我浑身上下没劲,动弹不得,桐桐也没劲,我们娘儿俩吃了两天方便面。你们怎么样?"薄维说:"嗨,我也阳了,浑身疼痛无力,叫老大替我去太原跑了一趟。"李靖说:"你让儿子一个人去山西送货?"薄维说:"我这不是动不了身,没办法才叫他去了。"李靖说:"你这当爹的倒是心宽,也不怕他出事?"薄维说:"我十九岁一个人都去北京摆地摊了。"李靖说:"那是以前的年月,现在跟以前不一样。"薄维说:"应该让孩子从小自强自立,这样对他们没坏处。"李靖说:"金瀚,你阳了没有?"薄金瀚说:"妈,我还阴着呢,咱家唯独就我一个没阳,您看我身体多好,一点事没有,待会儿我去外边跑会儿步。"李靖说:"可得注意点,千万别阳了,身体再好,也要当心戴好口罩。"薄维调侃道:"儿子,你躲过初一躲不过十五,早阳晚阳早晚都阳。早点阳了是好事,身体早形成抗体,日后就有抵抗力了。"

薄金瀚出门跑步,来回跑了大约五里地。等回到家里,薄维注意到大儿子脸色发红,"看你跑步热得脸都红了,坐下来歇会儿。"薄金瀚说:"爸,我一点都不累。"

至晚间,薄维见薄金瀚脸色仍红扑扑的,感觉不太对劲,"儿子,你测测体温,是不是阳了?"薄金瀚拿体温计测量体温,竟然三十九度,"爸爸,您的嘴是开过光的。"薄维笑说:"儿子,恭喜你终于加入小阳人行列。如今家里人都一样,这回咱谁也别说谁了。"

21 再小的个体也是品牌

薄维从北京回来的第二天,媒体发布一则重磅新闻,社会全面取消常态化核酸检测与隔离制度。历时三年的疫情,终于画上圆满的句号。薄维一家人感慨万千,三年疫情经历了太多酸甜苦辣咸。薄维回忆起自己的父亲,不禁淌下眼泪,倘若父亲尚在世那该有多好,也能带老人四处走走看看,可惜父亲已经离开一年多了。

薄维身边的朋友众多,尤其是那些做生意的,大部分都在疫情第三年倒下了。有家底的,勉强撑过前一两年,却熬不过第三年。他的发小朱总,原来经营的一家酒楼在天津颇有名气,如今歇业不干了,因为在疫情期间,饭店隔几天就要一关门,老板看不到未来的希望,干脆便把所有员工解散了,那家经营二十多年的酒楼在疫情的冲击下无奈终结了它的辉煌时代。

华夏儿女历经整整三年疫情的磨难,在瘟疫即将消亡的前夕,轰轰烈烈一场释放出空前绝后的震慑力,全民无不经受洗礼,涅槃重生,然而有的人却永远离开了人世。当灾难过去,大地上重新迎来了人间烟火的回归。

薄维分外庆幸当初的决定,假如那阵没有关闭北京三家古玩店,历时三年疫情,终有可能会走向关门大吉。他成功地将古玩收藏投资的重心转到了互联网上,经过一千个日日夜夜的摸爬滚打,借助互联网平台传播的优秀基因,为自己今后发展打下了坚实的根基,并一跃成为短视频古玩收藏领域的领军人物。

疫情结束后迎来了第一个春天,人安在,风景无限秀美。几多感慨,能熬过三年疫情活下来真不易,亿万群众无不感恩国家为护佑人民生命健康所做出的巨大努力,要不然会有更多生命熬不过这场疫情而离开这个娑婆世界。

那天,商学院的王院长给薄维打来电话,传达一个商业信息,融媒体互动访谈栏目《品质中国》正面向全国海选节目题材,旨在挖掘优质的中小型企业,一旦入围,企业将由央视主持人对其进行专访,并制作专题片在电视台等融媒体平台播出。

王院长说:"疫情三年,我看薄馆长始终没有停下工作的脚步,而是大胆尝试互联网,靠着源源不断持续性优质内容的输出,最终打造出薄氏珍宝品牌,以及薄老师个人形象,而且做得非常成功,您很了不起。我认为您有必要参加《品质中国》栏目组的海选,这是重塑品牌形象的大好机会,机不可失,时不再来。"薄维说:"王院长,我这行适合吗?"王院长说:"薄馆长,古玩行业应该没问题。您是四代收藏,又有深厚的文化底蕴,完全可以大胆尝试走品牌化发展路线。"薄维说:"多谢王院长,有您加持,我更有信心。"

在王院长的鼓励下,薄维向栏目组提交了申请资料。三天后,《品质中国》栏目组的李老师与薄维取得联系,索要详细资料,薄维根据要求,填写了几份表格。李老师说:"薄馆长,您等信儿吧,一周后给您答复。"薄维说:"期待能与贵栏目组合作。"

一周后,《品质中国》栏目组正式邀请薄维参加全国创业题材海选活动发布会。发布会现场座无虚席,有上百位民间中小型企业家参会,薄维作为特邀嘉宾被主办方安排在第一排就座。主持人向与会者介绍了《品质中国》项目创立的背景和选题内容,告诉大家该节目到目前为止已录制十几期,采访节目将在中央电视台和各大视频平台播出。

国内知名经济学家李博士在大会上做了两个小时的主题演讲,全面分析了品牌在当前环境中的影响力,讲解企业发展策略,并阐述本次大会召开的意义。参与海选的企业必须符合栏目组条件才能入选和签约,每个行业只选一到两家企业,入选者获得追加报道的机会。

大会最后环节为一对一海选审核,企业家和栏目组工作人员就创业理念和品牌认知进行深入交流。负责接待薄维的是一位80后的导演,梳着僧帽头,头发染成了银白色。黄导十分客气地请薄维入座,薄维简明扼要讲述了自己的从业经历,以及对品牌的解读。黄导说:"我看过您的资料,对您这个行业观察了一段时间,您的信誉和眼力都很不错,而且您在艺术品投资领域具有一定的影响力,比较符合我们栏目组重点打造的企业文化品牌故事。薄氏珍宝作为一家企业品牌,您在文化领域做得相当出色。最后请用一句话来概括您未来企业的品牌口号。"薄维说:"藏真品,交真友,快乐收藏,振兴民藏。"黄导说:"薄馆长说得太好了,恭喜您成功入围,现在我们栏目组与您签约。"

薄维心下激动不已,等离开会场,他立刻打电话将此事与李靖说知,一家人皆大欢喜。再小的牌子也是品牌,薄氏珍宝不仅是民藏文化品牌,更是薄氏家族收藏底蕴的传承,如果能够将薄氏珍宝融合各方力量发扬光大,那将是十分殊胜的事体,也是薄维的使命所在。

马金盛这日找到薄维,将在天津地区扩大商业布局的想法说上一回,"师父,我打算在天津开一家新店!"薄维说:"您在杭州创业挺成功的,为嘛要在天津开店呢?"马金盛说:"我回天津老家,发现天津装修市场潜力巨大,而且天津人对装修设计板块越来越重视。"薄维说:"思路正确,接着说。"马金盛说:"我想开一家真正的整装模式的装修店。"薄维说:"有什么优势?"马金盛说:"工厂价,省去中间代理销售环节,老百姓能拿到一手价格。工人是自营工人,关键工程监理由国家监理公司派人监理,装修质量有保证,让业主放心。我计划开设一家五千平方米左右的整装设计展厅,师父,您给我参谋一下可行吗?"薄维说:"商业模式没问题,可以尝试在天津创业。"

马金盛询问薄维:"您看有没有适合别墅或者家庭摆放的物件?我想摆到展厅里头。"薄维说:"我经常看一些豪宅,富人对整体装修要求颇高,因为这群人根本不差钱,只求高贵典雅,你把空间设计好,将可供赏玩的石头,时来运转元素融入其间,自然会增加亮点。"马金盛说:"师父,您这个建议提得好!冒昧问一下,您团队现在怎么样?我上次跟您说过要提防身边两个人。"薄维将去年所生之事说与徒弟,马金盛说:"这俩人真不知道感恩,不懂感恩的人永远成不了大事,第一破坏行规,第二明摆着是小人行为。师父,这事您最后怎么处理的?"薄维说:"好聚好散,往后不跟他们合作了。每个人活在世上都在修行,很多时候要经得起时间考验。目前出这档事情未必不是好事,真要以后做强做大了,他们选择背信弃义,那损失岂不更大。"马金盛说:"师父胸怀宽广,宽以待人,向您学习。"薄维说:"这也算我的修行,修心行德,在他人过失处宽容,不与人交恶。"

如今直播俨然成为社会一种常态,各行各业无不挤破脑袋想通过直播分取市场一杯羹。薄维敏捷意识到直播带货模式在接下来几年的商业环境中是没任何问题的,但如果天天长时间去直播卖货,第一耗时,第二耗神,第三仅为倒买倒卖,没有品牌根本谈不上发展。

薄维在多个短视频平台布局,全网粉丝关注量将近百万。他计划今后减少直播次数,聚焦精力拍摄优质短视频内容,让更多爱好收藏的人通过短视频看到真品与精品,让有文化内涵的段子来传递古玩养生理念。

22 拍音乐短片 讲家族收藏故事

音乐人张瀚元与薄维在电话里沟通,提议为歌曲《薄氏珍宝心中藏》拍摄一部音乐短片。张瀚元说:"薄哥,您现在短视频做得怎样?"薄维说:"马马虎虎,得过且过。上次看您直播,我还给您刷了礼物。"张瀚元说:"看到您来我直播间捧场,我刚喊您薄哥,您就下线了。"薄维说:"那天我有事。"张瀚元说:"您那首歌曲考虑得怎么样,到底拍不拍音乐影片,上次我和您提过此事。"薄维说:"可以拍音乐短片,我认为做这件事很有意义,值得来做。咱不仅要拍,而且必须拍好,才能对得起《薄氏珍宝心中藏》这么好的歌曲。"

张瀚元说:"薄哥,技术上绝对没任何问题,既然拍了,咱必定朝着精品方向来制作,我帮您找个专业拍音乐短片的团队。"薄维说:"张老师,您费心。"张瀚元说:"专业的人做专业的事,我就想和您一起做点事,把这首歌整好,扩大歌曲的影响力。"

张瀚元与薄维推荐音乐圈里的朋友,专门拍音乐短片的夫妻档团队,女的姓苗,负责编剧,男的姓刘,导演兼摄影。张翰元等人相聚在薄氏珍宝馆,薄维同苗刘二人讲解歌曲《薄氏珍宝心中藏》所阐述的内容,并把歌曲播放了一遍,"这首歌的核心思想就是藏真品、喝真酒、交真友、快乐收藏,车行老师以此为主题创作了歌词。在音乐短片拍摄中,不仅要体现主题,更要突出文化传承。"刘导恭维道:"薄馆长,您在古玩界真了不起!至于《薄氏珍宝心中藏》的拍摄脚本,我们回去根据歌词进行构思,争取把脚本做精做细。"薄维说:"仰仗您二位老师出谋策划,能拍好收藏类故事影片本身就是对传统文化的一种致敬。"

经过一周的精心策划,苗刘二人编写出拍摄大纲,再次来到薄氏珍宝馆与薄维探讨具体细节内容。苗老师说:"薄馆长,您这首歌曲的故事时长大概为三分多钟,讲述百年家族收藏故事,需要找一座四合院,里边放置具有不同年代的艺术品,通过民间文物来展现不同时空下的交集,文化与岁月的融合。此外,还需要寻找演员演绎您爷爷和父亲一辈人的几个小故事,再找两个小演员,一个扮演您小的时候,一个扮演您的下一代。为啥要拍俩孩子,这也就意味着收藏代代传承。薄馆长在整个音乐影片中起到承上启下的作用,通过您的视角来讲述家族收藏故事。"薄维说:"苗老师,剧情构思得不错,拍出来肯定蛮有意思。我先找个适合拍摄的地方,然后再去物色演员。"刘导说:"薄馆长,您觉得拍摄脚本哪里需要修改,随时保持沟通,第一步咱们争取先完善脚本,真正拍摄时更容易掌握创作方向和故事整体架构。"薄维说:"我相信你们的能力,毕竟您做了那么多音乐短片,在编剧拍摄方面您二位是老师,比我专业,我听您的安排。"刘导说:"感谢薄馆长对我们的信任。"

为了将音乐短片拍好,薄维亲自参与脚本的编写与修改,与刘导夫妇三番五次碰头,共同打磨整个短片的故事情节,并结合车行与张瀚元的指导建议,不断修改脚本。歌曲《薄氏珍宝心中藏》的主题为文化传承,突出收藏是一种文化态度和精神信仰,更是对历史的敬畏与缅怀。导演决定在一座四合院中来贯穿整体故事,最好是红墙绿瓦,院中有小林园点缀,三分半钟的镜头简明扼要讲清楚薄氏珍宝百年收藏故事。

音乐短片策划中的镜头设计有个老先生饰演薄维的爷爷,坐在院子里拉二胡,老人角色演员选定要求为鹤发童颜。院子里摆放各种道具,以此来衬托薄氏家族在民国时期的威望。一孩童在院里无忧无虑地玩耍,小演员饰演的角色为儿时的薄维。老人止住拉二胡,从怀里掏出一件宝贝,把小孩唤至身边,将传家宝给了孩子。小孩手捧宝物,眼中泛出喜悦的目光。画面镜头一转,薄维长大成人。其中藏珍品的镜头则在薄氏珍宝馆取景拍摄。最后一个环节设定,薄维将那件传家宝又传给了自己的孩子。刘导一口气讲完音乐短片的故事梗概,并征询薄维的意见。薄维说:"刘导,您和苗老师编剧很有人间烟火气,期待与两位老师合作。"

薄维在北京四下寻找适合拍摄音乐影片的四合院,北京四合院大大小小有很多,但能达到预期拍摄效果的,还真不大好找。薄维一连找了几处四合院都不大满意,有一处四合院倒是符合拍摄要求,可租金却很贵,一天要两万块钱。

此时,薄维忽然想起曾在东城区老规划局当过领导的于哥,打去电话便将此事跟于哥提了一嘴,于哥说:"兄弟,你从没开口求我办过事,找我就算找对人了,这事兴许对别人来说可能算个事,但对我而言小菜一碟,你甭管了,回头听准信儿吧。"薄维说:"那就仰仗于哥帮忙,改日请您吃饭。"

于哥办事雷厉风行,次日上午就给薄维打来电话,"小薄,四合院的事帮你解决了,东城区交道口街道那边有座四合院,地上建筑面积有四百多平方米,环境清幽,那座四合院价值几个亿,过去在大清朝是个王爷府宅,如今成了私人住宅。你想拍短片随便用,不收钱的。"薄维心中大喜,"多谢大哥玉成其事,回头好好请您喝一盅酒。"于哥说:"小老弟甭跟我客气,你哪天有空,我领你过去看看。"薄维说:"有劳大哥鼎力相助,实在感激不尽。"

转天,两人在东城区交道口街道见了面,走到街底儿止住脚步。于哥说:"这便是我推荐的四合院,你看如何?"薄维细观眼前为朱砂红漆大门,一对铜环,门首左右一对石门礅,且门槛很高。薄维说:"大哥介绍的宅院,必定是极好的。"二人迈进院门,正前方中间为灰砖灰瓦砖雕造型的影背墙,左首栽着竹子,他们奔左边走,映入眼帘的是如同故宫风格的屋宇,雕梁画栋,门窗皆为红漆。

此处建筑为一座二进式四合院,穿过月亮门,步入二进院落,院中有造型别致的池塘,养着几十条一尺多长的锦鲤。院子里摆放着一张中式小桌,可坐四人喝茶。正房和东西厢房格外气派,门窗油漆鲜亮如洗。薄维顶爱这座四合院,"大哥,此间屋宇妙不可言。"于哥说:"这座四合院的主人是个大老板,事业干得很大,人家的工程有几十个,都是千万级别的工程。房主与我有二十多年的交情,和他一说我有个兄弟想找一处四合院取景拍片,人家说必须大力支持,愿意为你提供拍摄取景所需的便利,只等你挑选日子。"薄维激动地握住于哥的手,"大哥,感恩您帮了大忙。"于哥说:"你不也帮过我吗,朋友嘛,相互帮忙,相互成就,跟我不必言谢。"

四合院选景敲定下来之后,薄维深知时间紧迫,得赶紧在四合院拍摄完所需镜头,以免夜长梦多。他当即和刘导商量拍摄具体事宜,明确拍摄短片过程中需布置哪些道具,以及选定合适的演员与演出服装。

根据刘导的建议,薄维需准备两套衣服,其中一套为黑色中式服装,另一套为白色西装。刘导提议:"咱们可以去长城拍几组镜头,把衣服搭配好了,一定会有更好的效果呈现。"薄维说:"您的建议提得非常好,长城代表着中国传统文化元素,也是世界文化遗产,将这一元素融入音乐短片中,无疑能让作品增色不少。"

薄维记起在北京认识的一位老大哥,任总在北京洗车行业干了三十年,开了多家洗车店,他有个爱好,喜欢玩无人机。薄维曾见过他那架一米长的无人机,任总为方便装无人机,特地买了辆宝马越野车。薄维寻思,如果能用无人机拍些大场景,画面感会更加丰富,想到此便给任总打去电话,"任哥,我是薄维。"任总说:"你好啊,老弟。"薄维说:"我现在筹拍《薄氏珍宝心中藏》音乐宣传片,打算去长城取景,老哥能不能帮忙航拍几组镜头?"任总爽快答应下来,"兄弟,没说的,你的事就是老哥的事,必当出力。"薄维说:"太谢谢您了,回头确定好时间再联系老哥。"任总说:"咱是好哥们儿,甭客气。"

两下确定拍摄日程,刘导罗列出详细的镜头提纲,计划在六月底完成音乐短片的拍摄任务,所有参与此项目的人都充满期待,毕竟拍音乐影片对外行人而言是个新鲜事,普通人鲜有机会能接触到。

薄维在短视频平台涨粉量迅速,他的粉丝绝大多数都有一个共同爱好,那就是喜欢收藏古玩。他直播时提到自己计划举办一场收藏鉴定培训课程,将带大家一同学习古玩鉴定实战经验,征询大家是否有意向报名参加,很多网友回复愿意参加。粗略统计下来,竟然有几百人愿意参加他发起的培训课程。

紧接着,薄维向大家提出一个有趣的话题,"薄老师是爱酒之人,如果我到了您所在的地方,您拿什么酒来招待薄老师?"粉丝回复信息瞬间滚屏,有人说茅台、五粮液、汾酒、蒙古王、酒鬼酒、衡水老白干、牛栏山二锅头、青稞酒、天之蓝、古井贡、红星、蒙古口杯、浏阳河、北大仓酒等大概几十种地方特色佳酿,甚至老多酒薄维没听说过,其中一款叫闷倒驴的酒,乍一听名字感觉倒是新鲜有趣。薄维说:"谢谢直播间家人们的热情,没想到薄老师还有傻人缘。"

有位姓强的朋友与薄维提了个建议,强总是薄维在商学院学习时结识的企业家学员,"薄馆长,您现在做短视频很成功,建议您在快手发布些段子,快手也是不错的平台,这样有助于您在整个网络上扩大知名度。因为您未来的定位是知识传播和鉴定服务,最好还是多元化发展,全媒体布局,不要把所有鸡蛋放进一个篮子里。"薄维说:"强总言之有理,听您的准没错。因为之前精力有限,经验不足,便没搞那么多账号,其实我也想过把所有平台都利用起来。"强总说:"我没有您做短视频的优势,做了好几年短视频,我在快手、抖音两个平台粉丝量很少，加起来才一两万。您做的行业垂直度高，内容有深度，有讲不完的题材，您在别的短视频平台上做肯定差不了。"薄维说："那我就尝试做下其他平台，看看效果如何。"

薄维注册快手账号之后，他的手机很快接收到一条短信，大意为在其他平台粉丝超过十万的主播，入驻快手发视频内容能得到流量扶持。薄维认为这是利好消息，决定在快手平台上拓展业务，此时他心下默念："心想事成，吉祥如意。"然后跟快手工作人员取得联系，工作人员说话很客气，"薄老师，大名鼎鼎，欢迎您入驻快手平台，您来我们平台发短视频，平台给您流量倾斜。"薄维开通快手号，令他颇感意外的是仅在平台发布了两周的短视频，粉丝量蹭蹭涨到了两万。

快手工作人员特意为薄维支招，传授涨粉引流技巧，"薄老师，刚开始的时候，您每天发布三个段子，平台给您流量倾斜，让更多的人了解您，关注您。"随着短视频不断更地发布，粉丝量天天不断增长，当薄维在快手开直播时，不少观众说："在其他平台看到过您，薄老师在收藏鉴定方面非常专业，听您直播能长知识。"

事物往往都有两面性，有阳光的地方必然有阴影。伴随着知名度愈来愈高，薄维在直播间难免遭遇黑粉恶意攻击，有人戏谑薄维头发少，甚至诽谤他卖假货、国宝帮等。薄维如何化解呢？为此，他观察过其他直播间如何应对此种情况，有些主播忍受不了黑粉攻击，干脆和粉丝对骂起来，甚至还有很多不愉快的事情发生。薄维把黑粉分了几种类型，第一种属于职业打假碰瓷的，诚心攻击恶心人的，只为让人生气；第二种属于不管见谁都要骂两句说几句才舒服；第三种属于同行恶意竞争，嫉妒心较强恶意诋毁的人。薄维常说一句话："不管你是黑粉还是白粉红粉，我都欢迎你来到我的直播间。聪明的人懂得管理自己的情绪和脾气，为啥呢，脾气不好，情绪总受外界影响，身体也就容易生病。人这一辈子最应该做的事情就是要多做善事，口中积德，没是没非千万别生气，因为气出病来无人替，何苦来着，犯不着自我精神折磨。老爱生气，七个不服八个不忿，不是聪明，而是犯傻，计较太多，往往失去的也会更多，越是负能量，生活会变得越加糟糕。"

格局注定心态，格局越大，心态越平和，遇事波澜不惊。薄维总能以智慧与幽默将一个个犀利的问题给轻松化解，故此也赢得了粉丝的赞赏与尊重。

439

《薄氏珍宝心中藏》音乐短片即将开拍之际，薄维却为选角一事犯愁，起初找了朋友家的小孩，那孩子年满五岁，本想让小孩客串一角，但孩子怕镜头，不愿出镜，因此便没法饰演角色。薄维又找了两个孩子，但跟他小时长相出入太大，而且在镜头面前不擅长表演。大概寻了一周，仍没物色到适合的小演员。

　　时值盛夏七月，天气异常炎热，加上近来雨水较少，连续一周气温颇高，最高达四十摄氏度。薄维在朋友圈发了几张挥汗如雨的照片，善意提醒大家注意防暑。就在此时，他顺便看了下朋友圈，忽然发现两个小孩气质独特，细看原来是他的故交谷老发的图片。谷老乃小提琴收藏大家，他们在潘家园旧货市场结识，因都喜欢乐器收藏而成为忘年交。两个小孩照片深深吸引着薄维的目光，看年纪一个孩童十岁左右，另一个六七岁，其中小点的孩子宽额头，而且浓眉大眼，神采奕奕，十分符合薄维心目中小演员的形象，于是薄维决定联系谷老，先给对方发了一条信息，半天却没见到谷老回复。薄维思忖道："这怎么回事呢，是不是好长时间没联系，不认得我了？"

　　薄维索性打个电话，以便沟通。谷老问道："谁呀？"薄维说："谷老，我是小薄，薄氏珍宝馆的薄馆长。"谷老略带几分惊讶，"薄馆长，现在忙什么呢？"薄维说："我还在做古玩收藏，目前主要做线上直播。"谷老说："我知道你做短视频，咱俩好久没见了。我岁数大了，手机看得少。你猜我今年多大？"薄维说："您有七十？"谷老说："七十七啦。"薄维说："哎哟，您是寿星老儿！今儿我有个事情想跟您老商量商量。"谷老说："有话请讲。"薄维与他说了拍音乐影片选角色一事，谷老听罢满脸悦光，"你周日到我家里来吧，咱俩见个面。"薄维说："好啊，我登门和您汇报工作。"

　　谷老家住北京经济技术开发区亦庄，周日这天，薄维打车来到谷老所居住的小区，谷老一早站在小区门口迎接，两人相见拥抱一下。谷老心情大好，把薄维迎进家门。恰巧谷老的小女儿也在家中，薄维头次见到他的家人。谷老介绍道："这是我家老小，四姑娘。"四姑娘主动和薄维问好，并忙着倒茶招待客人。

　　只见屋里藏品琳琅满目，诸如铜器、欧洲古董，还有不少小提琴和大提琴，俨若小博物馆。谷老说："小薄，坐下说话。我上次见你还是在二〇〇几年那阵，一晃二十年过去了，岁月不饶人啊！"薄维说："时间过得太快了，我看您跟先前模样差不多，没太大变化。"谷老说："老了老了，你近来如何？"薄维说："眼下我主要做短视频和直播，事业刚有点起色。"谷老说："前段时间我还关注你了，我家小女儿也是你忠实的粉丝。"薄维说："感谢您老关注，有您支持就是我前进的动力。"谷老说："小薄，喝茶。"薄维细细品味了一口茶，只觉茶香四溢，"果真好茶，您泡的什么茶？"谷老说："专门与小友沏了一壶十年福鼎老白茶。"薄维说："看来今天我真有口福。"

薄维从书包中取出一饼陈年老班章茶，"我给您老带了一饼二十多年的老班章茶，请您品尝。"谷老说："谢谢你，小薄，这份礼物真真难得。"薄维说："谷老，有件事得烦请您老出山。车行老师为我创作了一首歌，名叫《薄氏珍宝心中藏》，目前正在筹备拍摄音乐短片，因剧情设计需要两位小演员，一个饰演儿时的我，一个饰演我的下一代。无意之中看到您在朋友圈发的两个小孩长得甚是可爱，其形象十分符合脚本人物形象，我来是想请您家两位小朋友在音乐短片中客串角色，不知谷老可否帮忙？"谷老说："他们是我外孙，我做不得主，容我与女儿商量一二，看看他们父母同意不同意。"薄维说："理解，理解。此事有劳谷老费心周全。"谷老说："你我不必客气，薄馆长，喝茶。这是好事，我想闺女必定卖我老汉个面子。"

薄维啜了一口茶，随意攀谈，"谷老，您如今还搞收藏吗？"谷老说："一辈子就这点爱好！记得咱俩认识的时候，已是二十年前的事，那阵我一直收藏小提琴。我早先是一名地质工程勘探师，主要从事矿资源开发工作，因喜爱乐器，所以制作了不少玉石乐器，其中包括用玉石做的小提琴、二胡，得到过多个国家的政要人物接见。"谷老拿出一本画册请薄维欣赏，薄维见这是一本二十年前的珍贵画册，里边还有中央电视台为他做的专访。

聆听谷老讲述岁月往事，薄维不禁生起深深的敬意。谷老说："小薄，和你聊天特别开心。我原来担任过清华大学和北京大学的客座教授，主讲中国传统文化方面的内容，包括收藏知识，以多种视角来传播传统文化。除了收藏小提琴，我还收藏了不少照相机。来，姑娘，帮我和薄老师拍张照片。"

四姑娘手持照相机为二人拍照。谷老指点如何拍好照片，"姑娘，你照相的时候镜头远一点，用广角先拍个全景，再拍个中景。把灯打开，补点光，要不照片噪点太多。"薄维说："谷老，您对拍照技术相当精通啊。"四姑娘笑说："我爸爸是个摄影爱好者。"

拍完照后，谷老引薄维步入另个房间。只见柜架上陈设着德国蔡司、奥林巴斯等各式镜头，有几十年的，也有最新的，更有价值不菲的长炮镜头，以及多款老照相机。薄维说:"谷老,您才是名副其实的大收藏家。"谷老说:"你今天算来着了,我再与你看件好东西。"

谷老将他领进别的房中,一件重达一百多斤的沉香摆件映入眼帘。谷老说:"这件沉香木,我珍藏多年。多年前从印尼购得,当时并不知道是沉香,后来劈开一小块,我闻它有清香味,拿火一烤,味道妙极了。"说着,谷老焚燃一段沉香木,薄维轻嗅味道,那是一种淡淡清香,香味令人神清气爽。谷老说:"这段沉香木送你了。"薄维说:"谷老,常言说得好,为人为彻,送佛送到西。您光送沉香木不行,打火机也得送,要送不如就送一套岂不美哉。"谷老闻言大笑,"你们天津人骨子里懂幽默,这是天生的文化基因。"

夜幕降临,谷老的两个外孙子来了。薄维细端详孩子模样,见小哥儿俩天真可爱,虎头虎脑,一个上六年级,一个上二年级。孩子见了客人丝毫不胆怯,礼貌问好。薄维问他们学习成绩如何,两个孩子都答好。薄维说:"真个聪明伶俐,叔叔邀请你们拍音乐影片好不好?"大点的小孩好奇地问:"叔叔,有台词吗?"薄维说:"音乐短片不需要台词,你们就在四合院和爷爷一块儿玩耍,还能见到好宝贝。"小点的孩子说:"真的吗?那太好了。"薄维在两个孩子灿烂的笑容中,似乎看到了自己儿时的无忧无虑。

与两个孩子交流一番,薄维认定他俩符合角色要求,随即同谷老商量:"那咱就定在周日,七月九日拍摄视频。这几天,您为孩子准备一身新衣裳,对服装没什么特殊要求,简单素色的衣服就成,回头我安排车,接你们爷孙三人去东城区四合院拍些镜头。"谷老说:"好好好,我们爷孙全力以赴支持薄馆长完成梦想。"

薄维精心挑选了两套新衣服,一身适合夏季穿的白色西装褂和白裤子,一双白色旅游鞋,这是去长城拍摄外景的打扮。另外一套黑色衣服,准备在四合院拍片时穿用。他将两身行头穿给刘导瞧了瞧,刘导说:"哎呀,薄馆长,您捯饬得真精神,等到拍视频时保持好状态,就能彰显出您的神采。"薄维说:"我肯定会保持良好精神面貌,展现正能量形象。"

时间一晃到了周日,薄维一大早预约了两辆商务车,准备下午去接谷老等人到东城区交道口街道的一处四合院拍音乐短片。

清晨七点,刘导带领拍摄团队赶到薄氏珍宝馆,团队总共六个人,两台摄影机,以及辅助拍摄的专业设备。薄维说:"辛苦大家!要不咱们一块儿吃点早饭?"刘导说:"我们已经吃过了,薄老师用过早餐了吗?"薄维说:"用过了，要不咱现在就去潘家园拍摄。"

当日上午，剧组打算拍摄薄维的日常生活，他每周都去潘家园旧货市场地摊上买古玩拍短视频，而剧组则把薄维逛潘家园寻宝拍段子的场景给真实记录下来。

薄维特意选了一个相熟的摊位，摊主是山西大姐，人长得喜庆，说起话来爱笑。薄维与摊主砍价，聊得甚是愉快。刘导不禁赞道："薄馆长镜头感很好，拍的素材一遍就能过。"薄维说："辛苦各位老师。"刘导说："不过为了效果起见，咱们再拍一次，选最好的镜头来使用。"薄维说："您是导演，听您的安排。"

中午时分，薄维为剧组成员点了外卖，午餐过后，大家在薄氏珍宝馆短暂休息了一会儿，以便下晌有精神头儿拍摄短片。

直至下午三点半，剧组所有人员齐聚四合院。两个孩子望着雕梁画栋的四合院，脸上洋溢出欢喜的笑容，"四合院真好，富丽堂皇，比我家的楼房漂亮。"薄维说："好归好，不过没有你家楼房高。"

剧组两台摄影机准备就绪，谷老身穿一件黑色衣服，手拿一把二胡，坐在院子里悠然自得拉二胡。一儿在院中玩耍，谷老唤过孩童，从脖间摘下一块古玉，为孩子戴上，孩子手捧古玉面带微笑端详。待这几组镜头拍摄完毕，接着又拍下组镜头，薄维将古玉传递给下一代人，象征着传家宝代代相传。

傍晚时分，薄维邀请众人共进晚餐。刘导说："我发现薄馆长是有福之人，不光专业眼力好，而且运气也特别好。这两周持续高温，拍摄前一天我都捏了把汗，假若室外温度达到四十摄氏度，镜头就不好拍了，只能改拍室内。亏得天空作美，今儿天不冷不热，没想到拍摄竟如此顺利，岂非天助。"薄维起身敬酒，"感谢大家辛苦付出和鼎力支持，为此片所做出的巨大努力，在座的每一位都是我的贵人，在此我敬各位一杯酒，预祝《薄氏珍宝心中藏》音乐短片顺利杀青。"

刘导喝过杯中酒，随后说："薄馆长，咱这音乐短片百分之五十的素材是在四合院里头拍摄完成的，也有在潘家园买货拍段子，珍宝馆直播带货日常的镜头。我认为很有必要推出珍宝馆几样与众不同的物件，您有没有特别震撼的藏品，能够代表您收藏水平的珍品？"薄维思索片刻，"瓷器、玉器太寻常，代表不了收藏水平。我家有一件清宫收藏，这件东西乃我曾祖父所藏珍品。"刘导说:"今晚可否赏玩?"薄维说:"我在保险柜锁着呢,哪天拍摄,到时与您展示旧藏。"刘导说:"薄馆长,您太卖关子了,那么好的宝贝,也不肯让人观瞧。"薄维说:"宝物向来不可轻易示人,就像佛法岂可轻卖。"

薄维在社交媒体上分享白天拍摄音乐短片的花絮,引众人点赞,纷纷祝贺薄维拍摄音乐影片致敬收藏文化。

转天,剧组继续在薄氏珍宝馆拍摄音乐影片素材,薄维打开保险柜捧出一件传家宝与众人展示。初看之下,并无特别之处。此物乃银胎画珐琅八音盒,八音盒外部为油画风格的欧洲风景。薄维说:"你看它外表漂亮没用,关键它有绝活儿,我给你们展示一下它的独特之处。"薄维为八音盒上满发条,拨动开关,只见一只翠鸟悠然升起,鸟儿翅膀扇动,嘴会叫,鸟儿在鎏金镂空盘上来回舞动,表演持续了大概有十五秒,音乐盒自动合上,鸟儿钻进盒子里。刘导难掩激动,"薄馆长,这是何物,从来没见过,您再演示一遍。"薄维说:"此乃百年前的老物件,民国时期,我们家有当铺,当年收的西洋古董中就有这件银胎画珐琅八音盒,属于十九世纪英国制造的工艺品。过去为皇家御用,欧洲国家进贡过来的。"众人无不称奇,"真是大开眼界,眼下很难造出如此别致的玩意儿。"

薄维再次轻轻拧紧发条,拨弄机关,八音盒里的鸟儿随即跃然升起,在转盘上轻盈舞动,晃动一对欢快的翅膀,嘴里清脆鸣啼,叫过一阵子,自动归位。刘导竖指称赞:"薄馆长,您这件藏品很独特,我非常喜欢。"

刘导花了一整天时间来剪辑音乐短片的视频素材,根据歌词内容,将所拍镜头全部剪辑完毕,但还差些素材。刘导同薄维商议:"薄馆长,多咱去长城拍摄?"薄维说:"我先问问任总大概什么时间方便,再确定去长城拍摄的具体事宜。"

原本薄维和任总打算在八达岭长城拍些镜头,因此处禁止无人机航拍,不得不改变拍摄计划,最后决定前往天津黄崖关长城取景拍摄。

近来有不少人询问薄维怎么不去潘家园旧货市场的夜市拍摄短视频,潘家园夜市眼下已成为京城网红打卡地,吸引了众多网友前来拍摄。逛夜市的短视频属于热门,平台流量倾斜度较大。薄维心中一直认同收藏界的古训叫"夜不观色",因为灯下观察物件容易走眼,许多瑕疵不易发现。应众多粉丝再三要求下,薄维决定周五晚间前去逛夜市,捕捉一些有趣的内容来展现"鬼市"的独特魅力。

周五傍晚,薄维用过晚饭,便带着摄影团队赶到潘家园旧货市场逛夜市。如今的潘家园旧货市场为适应时代发展,力挽市场不振的局面,从而改变运营思维,发展起夜市经济。这一举措,盘活了古玩市场的活力,吸引了不少年轻人前来打卡,继而成为自媒体人的新宠之地。薄维惊讶地发现潘家园夜市办得颇具特色,全国各地的古玩商贩云集于此。因为天热,不少附近居民来此消夏。夜市人头攒动,人气很旺。刚走进市场,薄维被人认了出来,一陌生男子上前询问:"这不是薄氏珍宝的薄老师吗?"薄维礼貌地与人打声招呼,然后继续往前走,没走几步,又有人认出薄维。跟随他一起拍摄的摄影师不禁感叹道:"哎呀,没想到薄老师还真是无人不知,无人不晓。"

　　他在潘家园夜市拍过几条段子,准备离开之际,忽闻一阵悠扬的歌声从不远处传来,循声望去,见人群中有人正在拍摄视频。薄维挤进人群凑热闹,一看那人面熟,唱歌之人名叫邵飞,二人之前曾在一次活动中有过一面之缘。邵飞同样认出薄维,忙说:"薄哥,您来逛夜市了。"薄维说:"我在这儿拍段子,您这是?"邵飞说:"因为疫情,过去三年一直没有演出,我喜欢古玩,所以就来潘家园练摊,也好挣个仨瓜俩枣儿养家糊口。"薄维说:"没想到你还喜欢这些物件。"

　　薄维瞧他摊位上摆的全是瓷器,有新的,也有老的,于是买了两件,算为朋友捧场。邵飞心下不无感激,顺嘴提道:"薄哥,今年八月份将在无锡举行第八届亚洲时尚人物大典,我这边也是主办方之一,在此诚邀您参加活动。疫情三年一直没办活动,这是疫情后第一次举办大型活动,真心希望古玩界唱歌最好的大咖能出席捧场。"薄维听后笑了,"没问题,冲您的面子,我也得过去捧个人场。我目前正在拍摄音乐短片,歌词是车行老师为我写的,正好借此机会也有一个展示的舞台。"邵飞说:"只要您能来,到时我一定把您的歌曲安排在压场位置。"薄维说:"得嘞,那就这么定了。"

　　七月的天分外炎热,即将要去长城拍摄,薄维不禁有些犯难。任总说:"天太热了,航拍可能会受影响,若光线太刺眼,估计很难拍出理想效果。"薄维与拍摄团队商量,决定再等几日,根据天气预报判断十三日有雨,那时气温会有所下降。摄影师说:"雨过天晴,天气凉爽适宜拍摄,说不定还会出现彩虹。"大家一致同意这个时间段进行户外拍摄,或许能拍出意想不到的效果。

　　那日周四下午,薄维与剧组团队驱车赶往蓟县。沿途小雨蒙蒙,车子一路畅行。经过两个小时车程,薄维一行人抵达黄崖关长城脚下。雨依旧在下,薄维询问任总:"大哥,您看眼下适合航拍吗?"任总抬头望望天空中的阴云,"看样子这雨恐怕一时半会儿停不下来,因为云层还很厚,到傍晚六七点拍摄效果必然不佳。长城景区关门早,不如先休息,明早再来拍。"刘导说:"薄馆长,今天外景可能拍不了,咱们不妨拍一组喝好酒交好友的镜头。"

薄维在离黄崖关长城不远的农家院早已预订下民宿,农家院装修相当精致。薄维沐浴更衣之后,宁主任、任总和薄维围桌而坐,摄影团队拍起敬酒的镜头,不同角度反复拍了几遍,刘导对镜头还算满意,认为视频素材紧扣歌词内容。

拍完这组镜头,大伙儿坐下来一块儿用餐。农家院娱乐设施齐备,在此间既能唱歌,又能打台球,因是周四,游客并不多。茶罢搁盏,众人尽情欢娱,打打球唱唱歌,玩得十分尽兴。一直玩到晚间十点,薄维对众人说:"今晚好好休息,养足精神,明儿个一早我们要去长城拍摄。"

次日清早,薄维等人简单吃过早餐,八点钟便已抵达黄崖关景区。昨夜一宿雨未停,早晨天光放晴,整个景区焕然一新,放眼望去,长城之上云雾缭绕,与蓝天白云交相辉映,些许小彩虹点缀其间,趁得长城宛若仙境一般。

薄维考虑到任总年事已高,爬山辛苦,便提议道:"我们不如坐车直达山顶,再爬一段长城,找个好位置取景。"众人无不称好。任总说:"小薄,你想得真够周到。"

众人乘坐观光车到达山顶,此地名为太平寨,属于黄崖关长城山顶的一部分。长城一望无际,雄伟壮观,壮美如画,大家在此驻足拍照合影留念,随后攀登长城。那日天气宜人,空气中弥漫着淡淡的草木清香,令人心旷神怡。历时二十多分钟的攀爬,他们找到一处绝佳的取景位置,赶紧拍摄了一些大场景的空镜头。薄维站在长城之巅,身穿一套白色西服,搭配金黄色衬衫,显得神采奕奕,头戴一顶白帽,更添几分帅气。

此时的长城游客并不多,因此拍摄并没有受到外界多大干扰。任总说:"你们拍完告诉我一声。"剧组摄影师忙活一阵,拍好所需的视频素材,并告知任总镜头已拍得差不多,可以进行航拍。任总使用的是大疆最新款的无人机,虽然这款小飞机个头儿不大,但其像素为超高清级别。任总遥控无人机飞到一定高度后俯冲航拍,镜头由远及近,人物形象在画面中越发凸显出来。

航拍结束后,任总回放拍摄的画面,通过手机可以清晰看到航拍场景颇为壮观,雨后的长城风光无形之中增加了画面的质感,使得影像更为清新独特。

团队拍摄十分顺利,仅用半小时便完成了在长城的取景拍摄任务。虽然最终的剪辑视频镜头可能只有几十秒,但为了音乐短片的整体效果,薄维认为所有辛苦付出都是值得的。薄维说:"《薄氏珍宝心中藏》这首音乐影片拍摄终于圆满杀青,在此特别感谢我敬爱的大哥任总,以及剧组团队的所有成员,大家辛苦。等回到北京,我再好好宴请大家。"刘导说:"这个音乐短片精剪之后,我想效果必定非常震撼,在短短三分多钟讲述百年收藏故事,能够讲清楚说明白确实不容易。"

众人席地休息片刻,薄维考虑如何下山,倘或走下去估计得两个钟头,他同大家商量,"任大哥上了岁数,走下去多有不便,咱们原路返回,我叫车把大伙儿送下山,咱就甭拍了。"刘导说:"来一趟长城不易,不妨再往前走走,看看有没有什么好景致,顺便补拍一些镜头,千万别错过这么好的机会。"任总说:"既然来了,就多走走,欣赏一下长城的壮丽风光。"薄维说:"老哥,您体力没问题那咱就走下山,下了长城吃午餐。吃完饭休息会儿,三点回北京。"

众人前行走了约莫有一刻钟,见前方有一段长城年久失修,无台阶可走,岩石之上抠出来一点能着脚的地方。由于昨日下雨,地面尚未干透,好在两旁有栏杆可做防护。任总提醒大家,"地面湿滑,走道多加小心,扶着护栏慢慢走。"薄维叮嘱道:"大家注意安全。"说话间,冷不丁脚下一滑,薄维险些摔倒,心想多亏任总善言提醒。他正在寻思之间,就听任总"哎呀"叫了一声,当时瘫软在地。原来任总脚底打滑摔倒,双手紧紧抓住护栏,若没护栏支撑,人就有可能滚落下去。薄维小心翼翼地走过去,"老哥,您没事吧?"任总说:"无碍,你扶我一把。"薄维慢慢扶他站起,任总手扶护栏一瘸一拐往下走,"可能崴脚了,台阶又滑又陡,咱谁也扶不了谁,这段路下去估计得有一百多米,千万注意安全。"任总步履艰难,花了十来分钟才把这段险路走过去,众人来至一处相对平阔的地界。薄维说:"老哥,您坐地上歇会儿。"

大伙儿刚坐地休息,几名救援人员从他们身边匆忙跑过,起初大家谁也没太在意。过了一会儿,又跑来两名救援队人员。薄维询问情况,救援人员说:"前边有个老人突发脑梗,从台阶上滚落下去,摔得挺严重。有人打电话需要救援,可能六个人不够,得更多人手轮流把老人抬下山去。"说完,便匆匆离开了。刘导说:"雨后爬长城真够危险的。"

任总此刻只觉一只脚疼痛难忍,无法继续前行,"小薄,要不你给救援队打个电话问问能不能救援,我现在走不了道,你看我这脚。"说着,任总把袜子脱下,薄维一瞅他的脚踝肿得跟鸡蛋似的,推测道:"您这估计是崴脚了。"

不远处有个打扫卫生的清洁工,薄维忙上前问询,"师傅,请问下山的路,大概需要走多久?"清洁工说:"从此处下去约有两个钟点的路程。"任总叫起苦来,"绵延几千米的路,照这个走法,我肯定下不去了。"薄维赶忙打了求助电话,叫了救援。救援站人员说:"之前是您打的救援电话吗?"薄维说:"刚才不是我们打的,不过我们在长城上边看见救援队了。"救援站人员说:"我们救援站的所有队员正在全力以赴救援一位摔伤的老者,你们原地等待救援,且等一会儿才能腾出手来救援您这边的人。"薄维说:"同志,谢谢你们了。"救援站人员说:"守卫人民群众生命安全,这是我们应该做的。"

等了四十多分钟,方才从他们身边跑过去的几名救援队员折返回来。一个年轻的救援人员关切询问:"您怎么样,我们架着您走吧?"任总苦笑道:"我走不动。"年轻小伙说:"只能背您往下走,我们轮流替换背您。可有些地方太陡峭,我们也背不了您。"任总说:"辛苦你们了,小同志。"救援队中的一个小伙子背负任总行走三分钟,下了几十步台阶就背不动了。因在此之前救援过程中,体力消耗太多,加之又没休息,故此体力不支,且背人下山异常危险,实在没办法,只得由两个救援人员架着慢慢下山。

任总一瘸一拐艰难地走出几百米,此时又遇到一个新的下坡台阶。此处台阶格外险峻,夹角逼近五十度,人走在上边很容易滚落下去。救援人员正色道:"这地方我们没法帮您了,如果咱三个一块儿往下走,那太危险了。我们身上有防护措施,对您来说可能造成二次伤害。建议您屁股坐在台阶上,用手撑住台阶,然后拿脚往台阶下方挪动。"

任总拿一只好脚找着力点,一个台阶一个台阶挪动屁股往下走,费尽九牛二虎之力,这才走过险要的下坡路,再往前走迎来一段上坡路。救援人员依次背任总上台阶,一步一步慢腾腾往前赶路。其中有位救援人员说:"我想到一个办法,咱们再走半个小时,前边有个地方,那里有马匹,是驮水上山的人,可以借用一下他的马,不过得给人家些许费用。我们是国家救援队,不用给钱,但那马属于个人的,您问问人家愿不愿意帮忙。"薄维说:"谢谢您给出的好主意,我先行一步和人家沟通此事。"

薄维迤逦而行,走了大约二里地,发现中途有个马站。他把上项事情与马主人说了一遍,马主人说:"驮人没问题,给一百块钱便可。因为下山走小路起码也得走半小时,你们才走了一半,正常走道得一个钟头。"薄维说:"我多给您加十块钱,给您一百一。"马主人欣然同意,连声道谢。

过了一会儿,两名救援队员用担架抬着任总走来,剧组团队紧随其后。薄维说:"大哥,我和人家谈妥了,您骑马下山。"任总喜道:"哎呀,太好了,我长这么大还没骑过高头大马。"薄维说:"您瞧这多好,这次可能也是老天爷为了让您骑一回马,特意为您安排一场特殊经历。"任总说:"得嘞,借您吉言,人常说高官得坐,骏马得骑,今儿我骑骏马,说不定要走好运了。"救援队员扶任总上了马,主人手牵马儿走小路缓缓朝山下走去。

山路崎岖,时而平坦,时而陡峭。众人走了多半个钟头的山路,终于抵达目的地,而救护车早已在此等候多时。

薄维陪任总前往蓟县医院拍了影像片,医生看罢片子,一脸严肃地告知患者,"你这情况非常严重,两侧骨折,需要做手术。"薄维前几年有过脚骨折经历,便对医生说:"先打石膏,做个简单处理,我们回北京再做进一步治疗。"

任总在医院里打上石膏,薄维开车载着任总返回北京,立即前往北京三甲医院又给任总做了一次核磁检查。医生看罢片子告诉患者,"没什么大碍,这段时间需要静养。"听医生这么一说,薄维总算放下心来。

薄维将任总送回家中,叮嘱一番:"老哥,您可一定要注意身体,最近您先把拐拄上。生活多少有些不便,您也别太着急。"任总说:"我这人也不爱出去玩,现在岁数大了,财富早已实现自由,在家慢慢养病。老弟不用担心我,去忙你的事吧。"

薄维回去歇了两天,不免思考这两天发生的事体,外出要安全第一,尤其年长的人,在可能存在危险的环境中,祸事不可预见的情况下,一定要优先注意他们的安全。

时间在悄无声息中流逝,《薄氏珍宝心中藏》音乐短片业已精剪完毕,薄维将音乐短片发与邵飞,邵飞观看之后,啧啧称赞:"歌曲京味十足,悦耳动听,视频画面拍得极为精彩。您这边准备准备,过几天咱们无锡见,期待您的精彩演出。"

两个孩子正值假期,薄维一家四口乘坐高铁去了无锡,一则带家人旅游,二则让孩子开开眼界。另外,小哥儿俩摄影水平尚可,能够跟着帮忙拍些视频。来到无锡活动现场,负责接待的人员当中有人一眼认出薄维,"这不是薄老师吗,您也来了。"薄维与人握手问好。工作人员激动地说:"我在抖音上经常看到薄老师,关注您一年多了。薄老师,您能给我签名合个影吗?"薄维满口答应,"当然可以。"薄金瀚说:"爸爸真行,粉丝遍天下。"

在第八届亚洲时尚人物大典活动当天,《铁窗泪》和《老鼠爱大米》等知名原唱歌手亲临现场助阵,活动规模盛况空前,现场氛围热烈。薄金瀚与薄金桐见到喜欢的影星,感到格外高兴。为参加此次活动,薄维特意定制了一套演出服,显得格外板正。

整场晚会最靓的节目当数《老鼠爱大米》的演唱,此曲曾风靡大江南北,成为一个时代的音乐符号。当久违的歌声熟悉的旋律响起,不禁勾起了许多人对往事的回忆,观众随着歌手齐声唱起这首歌,从而把晚会推向一个高潮。

压轴登场的薄维更是给观众带来了惊喜,他深情献唱了一首《薄氏珍宝心中藏》,浓郁的京腔京味,加上稳健的台风,赢得了在场观众经久不息的掌声。

活动结束后,众人共进夜宵。不少明星和企业家纷纷向薄维敬酒,薄维在这次活动中结识了不少朋友,而这些新朋友当中大多数都看过薄维的短视频,对他的人品与才华十分欣赏。

无锡之行,对薄维而言意义非凡,他将原唱歌曲《薄氏珍宝心中藏》精彩地呈现在舞台上,获得了极大的关注和声誉。一家人则对他另眼相看,甚至觉得薄维大有明星风范。就连薄维自己都不禁感叹,因为涉足短视频自媒体,得以一展才华,从而让自己有机会名扬四海。此行收获满满,满载荣誉和快乐而归。

28. 粉丝线下见面会

近期,许多粉丝希望能和薄维在北京见上一面。为满足部分支持者的小小心愿,薄维决定在朝阳区朗园举办薄氏珍宝首场粉丝线下见面会,与大家分享收藏鉴赏心得体会。

对于此次粉丝线下见面会,薄维同样充满期待。他在线上善于和粉丝互动,深受大家尊敬和喜爱。他认为线下见面会有助于彼此近距离地交流收藏鉴赏知识。至于具体讲什么话题,薄维倡导"快乐收藏",这是他从事收藏三十年总结出的理念。在收藏的道路上,他看到了许多企业家,原本很有钱,因为搞收藏买了一堆假货,结果变得很不快乐,更有甚者弄得倾家荡产。"快乐收藏"不仅是一种理念,也是薄维对藏友最真诚的告诫。

经过几日精心准备,薄维将"快乐收藏"理念整理成一份详细的讲稿文档,他请合作伙伴不凡过目,不凡看罢大为赞赏,夸赞讲稿内容丰富、有深度,拍摄团队将会全力以赴做好此次粉丝见面会的全程直播。

薄维在直播间和粉丝们宣布了线下见面会的消息,并询问是否有人愿意参加,愿参加的扣6,只见手机屏幕上全是粉丝们扣下密密麻麻的6字,粗略估算大概能有三百人有意愿参与活动。薄维同大家解释,由于想参加见面会的人数众多,初次见面会可能无法接待所有粉丝,薄维最后遴选二十多人,都是追随他一年以上的粉丝,且经常观看薄维直播,多数为企业家朋友,经济上颇有实力,关键还是忠实粉丝。薄维告诉参会者见面日期和时间,约定准时在朝阳区朗园集合。

转眼到了与粉丝见面会那天,薄维早早抵达朗园等候,内心既兴奋又好奇,这是他头一次举办线下见面会活动。虽然不少人经常跟薄维在网上互动,但薄维并不知道粉丝长得是何模样。除了北京的粉丝如约而至,还有不少外地粉丝专程赶来,有坐火车的,也有坐飞机来的。当得知他们千里迢迢来北京参加粉丝线下见面会,薄维心下为之感动。

朗园文化氛围浓厚,共享空间十分宽敞,在一楼中央大厅里,挑高有六七米,背后为一面巨大屏幕播放着讲稿内容。现场陆续又来了十几个人,有些是路过的,被薄维的收藏鉴赏公开课所吸引,便驻足聆听。

薄维先和大家介绍了自身成长经历,然后讲起做短视频的发心,概括起来四个字"真实、利他",对此进行深入解读,"真实就是用我专业的知识,以及鉴定真伪的眼力来为大家提供专业服务。利他则是通过薄老师家族四代收藏,三十年实践经验的积累,帮助大家在艺术品投资道路上少走弯路,这是我的发心所在。我衷心祝愿所有藏友们都能藏珍品、交真友、快乐收藏。薄老师有一个金句,收藏的人不一定快乐,而快乐的人永远快乐。"

台下的人听得认真,不少人拿本做记录。薄维第一部分阐述了收藏的起源,特别强调收藏必须具备两个条件,第一得有钱,第二得有时间。他把收藏的基础讲得非常透彻,大家听得津津有味。

第二部分讲收藏的品类,收藏品类包括玉器、珠宝、字画、瓷器、青铜器等,以及红色收藏、洋货各种门类。薄维提出一个重要观点,物以稀为贵,稀奇古怪为收藏的秘诀,并对此观点进行深入阐释。

第三部分讲收藏的现状与交易方式,过去卖古董都是开店或摆地摊,大家去古玩店、逛地摊来购买藏品,但疫情以后交易发生了巨大变化,随着直播电商的兴起,很多人关注到了直播带货,网上卖的东西良莠不齐,以次充好比比皆是。薄维认为互联网生态并不适合做古玩交易,尤其涉及贵重物品。在古代,古玩人特别注重讲究诚信,因为古玩行服务的群体特别小众,玩古玩的人非富即贵,一般古玩商也得罪不起客人。而今社会自从有了古玩市场以来,古玩收藏面向了大众群体,因此古玩行业造假贩假现象已然泛滥成灾。

随着鉴宝电视节目的兴起,老百姓仍然弄不清古玩何为真假,且鉴宝栏目过于娱乐化,并不能代表古玩的真正水平。薄维劝诫在决定收藏之前,很有必要做好长期规划,一年拿出多少钱来做艺术品投资,切忌因收藏而影响到正常生活,倡导合理化收藏理念。关键一点,找个靠谱的老师带自己。俗话说三百六十行古玩为王,足以见得古玩行业的水很深。

薄维语重心长地讲道:"真心希望在艺术品投资道路上能够帮助有缘人,倘若您对我有信心,薄维便是您忠实可靠的朋友,余生愿用我专业眼力来守护您投资收藏的价值。"

现场响起热烈的掌声,薄维异常激动,他最后说道:"在此感谢各位朋友的聆听,我也祝愿每位朋友都能够藏珍品、交真友、喝真酒,快乐收藏,振兴民藏。今天的分享会就到这里,期待我们有缘再见。"在经久不息的掌声中,薄维结束了朗园与粉丝们的见面会。

21. 延安党校的精神洗礼

那是一个阳光明媚的秋日,车行与薄维打来电话,告知他在延安党校有个为期三天学习党建文化的名额,询问薄维是否有意参加党建培训。延安乃革命圣地,具有丰富的红色文化资源。薄维听后激动不已,"这是一次难得的学习机会,我热切盼望去延安学习红色文化,感悟延安精神,让自己的精神层面得到升华。三十年前,我求学时期便已是预备党员,后来参加工作后,一心想加入党,由于各方面原因,始终未能如愿。"车行说:"那好,这个名额为你留着。我把潘主任的联系方式发你,你尽快报名,因为名额只剩最后一个。"

薄维当即与潘主任取得联系,表明自己特别期待红色主题文化的学习意愿,潘主任则欢迎薄维来延安学习党建知识。经过一番简单交流,方知潘主任原来热衷于古玩收藏,经常看薄维发的短视频。

薄维分外重视此次学习机会,特地买了一套深色衣服,他认为在不同场合参加活动,着装必须得体,而这种颜色的衣服显得更为庄重。

转眼到了十月份,薄维提前预订了机票,他原本打算乘坐动车去延安,因那段时间动车票难订,转而选择乘坐飞机,没想到飞机倒比动车出行还要便宜。当薄维抵达延安机场时,早已有党校的工作人员等候在机场负责接机。

同航班前来延安参加党建文化学习的还有一名中年男子,薄维与他素不相识。下飞机时,薄维不经意瞥那人一眼,见其人在五十岁上下,长得周正,一团正气。延安党校负责接机的同志正好看到他们二人站在一块儿,顺利接到了学员。后经介绍,薄维才知此人原来是济宁党校的负责人季主任。薄维觉得能同一航班来延安学习,是一种难得的缘分。

延安,这座历史悠久的红色旅游城市,建设得相当不错,地方特产有延安苹果和狗头枣闻名遐迩。前往党校的沿途风光给薄维留下了深刻的印象,在党校工作人员的安排下,薄维下榻离党校不远的一家酒店。

在延安党校学习期间,四十多名学员和党校老师在校门口合影留念。学员们精神焕发,平均年龄在四十岁以上,主要为企业或地方党校负责人。众人对于学习红色文化,都流露出虔诚的态度。

负责为学员授课的是延安党校的校长,通过图文并茂的讲说,生动展现了中国红军波澜壮阔的发展史和延安艰苦奋斗的精神。薄维对中国红色历史有着浓厚的兴趣,在此重温历史,无疑是一场精神上的洗礼,更让薄维坚定做好文化传播的信心。

经过一天的理论学习,学员们分组进行讨论,探讨为什么红军会选择在延安建立革命根据地,以及红军发展的艰辛历程。聆听一个个惊心动魄的革命故事,薄维深深感受到延安精神的伟大。延安精神是永垂不朽的,更值得当下每一个人学习与传承。

第二日,在党校老师的组织带领下,学员们深入梁家河参观学习。梁家河为革命老区,讲解员为众人讲述国家领导人早期在此插队成长的事迹,以及领导人在梁家河的思想变化与所作所为。革命老区早年非常落后,资源匮乏。那时,国家领导人在此间自力更生,敢于拼搏,打造了全国第一口沼气井,并在多个方面进行改革创新,做了很多人想做而没有做过的事情。融入群众,想群众之所想,急群众之所急,实事求是,焚膏继晷,一心一意为百姓谋福利办实事,从而深得父老乡亲们的敬重和爱戴。当国家领导人离开梁家河时,乡亲们无不洒泪相送。后来,国家领导人曾几次故地重访,回到这片他所心系的黄土地,百姓无不夹道相迎。

如今的梁家河已今非昔比,历经几十年的改革发展,革命老区的建设日新月异,不可同日而语。通过一组组老照片的对比,薄维再一次感受到祖国的繁荣强盛,这一切辉煌成绩的取得,离不开国家领导人的英明决策与实干兴邦的精神。

在下午的小组自由活动中,薄维结识了不少充满正能量的企业家,他们都有一个共同的信仰,深爱国家和家庭。当薄维做起自我介绍时,深情地讲述自己的家世与从事的专业,他说:"当前国家经济正处于高速发展阶段,整个社会发生了翻天覆地的变化。特别是现在短视频已经成为社会舆论传播与新经济发展的新生态。作为一名职业古玩人,有义务弘扬正能量,保持精神上的信仰,并坚持君子爱财取之有道的准则。只有真正具备家国情怀,方能洞彻传统文化的意义所在。"

古玩收藏与盛世文化是密不可分的,如果没有正确的发心,必然容易误入歧途,进而在生活中出现各种问题。故此,薄维坚信学习党史能够为精神上提供正心指引。每当薄维回想起老一辈党员为国为人民甘愿抛头颅洒热血,无数革命先烈为国捐躯,敬畏之心油然而生。

常言说前人栽树后人乘凉,后人应当不忘历史,不退初心,继承老一辈的奋斗精神,将延安精神根植于心,洗濯灵魂,把这种精神传递下去,让更多人从中受益,汲取前行的力量。

日月其迈,中国梦复兴之路已然成为整个民族共同追求的梦想,正因有了伟大精神的指引,方可矢志不渝地实现追逐的梦想与光亮。我们每个人都从属于自己的时代走来,也终将汇入时代的滚滚洪流之中。薄维在交流环节的发言,得到了在场学员的一致认可。

三天学习时光转瞬即逝,薄维却感到意犹未尽,红色文化使他精神上得到了极大的滋养。当前社会发展太快了,一切似乎变得匆匆起来,有时还需放慢前行的脚步,多从精神方面来滋润身心,汲取正能量的思想来指引自身的人生观和价值观,进而涵养家国情怀。

薄维深刻意识到作为古玩人的历史感,肩负着传承优秀传统文化的责任。他想借助各大平台的力量积极传播正知正念,使得更多的人了解传统艺术文化,并从中汲取智慧与力量。

25. 古玩最终的归宿何在

近来,薄维在直播间与粉丝互动时,意外发现有个名为"曾经辉煌"的粉丝每天都会为其刷几十块钱的礼物,出于好奇,便点击这位粉丝的头像进入空间,却见没发布任何内容。薄维告诉粉丝:"家人们,只要您愿意来看直播就是捧场,千万不要乱花钱刷礼物。"尽管如此,可那位"曾经辉煌"粉丝依旧给薄维刷了好几次礼物。薄维与他私信:"感谢阁下关注,您有什么需要鉴定的物件,可以随时找我。""曾经辉煌"的粉丝回复信息:"薄老师,您或许不认识我,但提起家父和爷爷,您必定有所耳闻。我原来也在古玩城卖古董,现在不干了。哪天您方便,请到我家来赏玩藏品,我家离您的珍宝馆并不太远。"

薄维心生好奇,因网友提及他家两代人都和薄维相熟。于是二人互留了联系方式,通了电话约定周日见面。

二人在朝阳北路的街角见了面,薄维见那人感到有些面熟,但一时半会儿却想不起来。那人说:"薄老师,我叫金宝生,提起我爷爷,您肯定晓得,我爷爷外号金百万。"薄维识得此人,说:"金百万,金爷大名鼎鼎。"金宝生说:"可惜我爷爷前些年已经作古,家父也有些名气。"薄维说:"是那个胖胖的吗?留着白胡子。"金宝生说:"您说得没错。"

金宝生把薄维请至家中叙谈,他拿起家人的相片给薄维瞧看。薄维曾与他的爷爷和父亲都有过生意往来,随口问道:"您父亲呢?"金宝生叹口气,"嗨,家父也不在人世了。说来惭愧,我最近遇到点难事。"

薄维对金氏家族多少有所了解,在九十年代那阵,金家靠长城一日游业务起家,短短几年光景,赚得盆满钵满。后来转行做古玩生意,混得风生水起。到了千禧年,金家资产达数千万。金宝生的父亲跑俄罗斯做跨国贸易,家族资产辉煌时期曾经过亿。薄维问他:"你爷爷和父亲都有实力,你会遇到什么难事?"

金宝生眼眶红润,说起话来几近哽咽:"我爷爷过去搞旅游确实挣了不少钱,父亲在俄罗斯倒腾生意又大赚一笔,后来家父跟我爷爷一块儿干古玩。祖父去世后,家父喜欢去澳门要。后来输了一部分钱,最后给我留下五六千万。不怕您笑话,我也喜欢赌球,当时觉得家大业大,这点钱不算什么,每年输赢基本都在几百万。后来在赌场认识些狐朋狗友,人家攒了个赌局,三次我便把全部家底输得干净,我现在一无所有,媳妇也跑了,倒还欠人家几百万。可能过段时间,连我这套房子都要卖掉还债。不瞒您说,我之前开过古玩店,因不懂经营,沉迷于赌球,加之目前古玩行业不景气,经营困难,连房租都交不起。家里存有不少古玩,薄老师若能帮衬一把,我情愿低价出手。薄老师先看物件,您要能帮我渡过难关,我这套房子就不用卖了。"薄维说:"小金兄弟,这个忙我必定帮得。"

金宝生领薄维步入书房,此间约莫二十平方米,只见屋里摆放着紫檀和黄花梨的柜子,以及老红木的家具,地上堆满了古玩盒。薄维逐一打开盒子细看,见有不少的玉器和瓷器,诸如明清年代的玉摆件、和田籽料山子、宝瓶等,皆为新疆和田玉精雕细琢而成。瓷器中有青花抱月瓶、梅瓶、赏瓶,既有清中期的,也有明代的孤品。

薄维打开其中一只大盒子,里边放着数十枚印章,年代为清末民初。书柜上陈列着中小名头的书画小品,且为真迹。细细数来,大大小小有一百多件物事。薄维问价:"小金,这些物件你打算多少钱出手?"金宝生说:"薄老师,眼前生意难做,我也玩不转直播带货,况且也没那么多客户,眼下我只想把债给补上。倘若您能拿下,给个叫行价就成。我不多要,四百万,哪怕少给二十万也无大碍,因为我确实挺着急用钱,只得赔钱脱手,您是古玩界的行家和前辈,肯定知道这些物件远不止我说的价格。您以前跟我爷爷和父亲都认识,而且您的口碑一直很好,所以我想把东西转手与您,让您赚个大钱。您收藏古玩这么多年,必定能看得出来光这些玉器就能稳赚不赔。"薄维沉思片刻,"你的情况我明白,今天你若没别的事,我在你家把东西好好看一遍,毕竟这不是一笔小数目。"金宝生说:"薄老师,您尽管看,东西保管错不了。"

薄维仔细鉴别每一件古玩,他特别注意两点,第一鉴定物件的新老,第二为每一件东西合理估价。待看罢之后,物归原处,费了半天工夫,最终清点数目为一百三十二件,做到心中有数。薄维说:"咱们朋友归朋友,生意归生意,这两天我找几个朋友商量一下,看看能不能一块儿拿了。如果找不来人呢,你再降点价,因为一次性拿这么多物件,我可吃不消。"金宝生说:"薄老师,那就麻烦您多费心了。"薄维说:"老弟,你等我信儿。"

回到天津家中,薄维与李靖谈起这笔交易,言语间透露出他想拿下这批古玩的决心,"老金家这批物件价值一千万都不止,有几件黄花梨家具,包括官帽椅,还有不少玉器,并且件件都是大开门,如果不着急卖的话,能卖个一千五百万到两千万。他因着急用钱,三百八十万就愿出手,而且还有砍价的余地。"李靖说:"你又想做教育,又在压货,自个儿拿主意便是,不必同我商量。"

薄维物色合适的买家,联系到在商学院结识的两位朋友,他们都曾参加过薄维分享的艺术品投资课程,薄维与他们大致讲了讲这批古玩,二人对此颇感兴趣。薄维说:"要不我们三个把东西要了如何?卖家不是要三百八十万吗,咱这两天一块儿过去,给他三百万,另外一人再拿三万块钱,也算帮卖家解了燃眉之急,如此低价入手,无疑等同捡漏。"

两下谈拢价格,商定交易时间。金宝生说:"薄老师,就按您说的三百万成交。您是我的贵人。有了这笔钱,我就能还清债务,不过我得从零开始我的生活。"薄维说:"冲着和你家有交情,我也得帮你,关键你的东西都是真品。但愿你日后远离赌博,因为吃喝嫖赌毒是最败家的行径,一旦涉足,必将贻患无穷。"金宝生说:"多谢薄老师教诲,我家这套房子在您的加持下好歹总算保住了。"

薄维说:"刚才不是同你划价了嘛,我跟他们说好了,一人再出三万,我出四万,另给你十万块钱。怎么说呢,能与你们一家人相识也是人生缘分一场,所以给你包个红包,希望你好好生活,一切顺利。"金宝生听罢感激涕零,"薄老师,大恩不言谢,过去十万块钱对我来讲可能就是一把赌注,如今在我最困难的时候,您愿意多出钱帮忙,我万分感动。"薄维说:"没事,小金,今后人生的道路还很长,交对朋友,脚踏实地,做好自己。"

薄维拿到这批大宗古玩，与两个朋友分了分，各赠一块和田玉把玩件，二人十分趁愿。薄维说："你们帮了大忙，我也不能亏了你们。海黄家具属于至尊货，未来市场还是看涨的，极具收藏潜力。"二人表达谢意，叫他们有这般捡漏机会。

在薄氏珍宝馆整理新收的古玩时，薄维见其中一只收藏盒中装有一件玉璧，玉璧直径近二十厘米，为新疆和田黄玉，且为满工，镂雕龙纹，正反两面有篆体字，砣工砣痕分明。起初薄维并未太在意，后来去博物馆参观，无意间看到博物馆展出的玉璧，与他收藏的那件极其相似。待回到家中，忙将自己收藏的玉璧翻找出来，细细赏鉴，觉得纹饰格外精美。薄维推测玉璧价值不菲，不禁感叹这般物件不知经历多少周折才流落到金氏家族，而今又以如此低廉的价格收入囊中。

薄维暗自庆幸之余，陷入沉思，一时间乐极生悲的心绪不禁涌上心头。古玩，到底玩的是什么？最终又将会由谁传承？薄维回想起身边多位收藏家的命运，上一辈人凭借智慧和努力积累了大量财富与珍贵藏品，然而到了下一代却无法掌控如此庞大的财富。多少藏家有钱时，将藏品视如珍宝，无论如何不肯割爱，而一旦缺钱，其藏品一时半刻难以变现，到底不得不以极低的价格转手于人。

中国有句俗话："富不过三代，穷不过三辈。"细细想来，这句话大抵是应验的，能够富过三代的人并不太多，爷爷辈有钱，老子有能耐，到了孙子辈兴许气数就尽了，多数人则经历着三穷三富过到老。薄氏珍宝到薄维这辈算得上四代收藏，那么第五代两个儿子是否有能力继承薄氏珍宝，或者孩子的下一代能不能传承薄氏珍宝，细想起来一切究竟是未知数。薄氏珍宝在薄维手头称得上品牌，但到了下一辈，孩子能否像他这般深爱古玩，这些古玩收藏最终又该何去何从？想到此，薄维不禁陷入深思与焦虑之中。

每年假期，薄维都会带两个孩子去天津博物馆参观学习。而在今年，爷三个再去博物馆参观之时，薄维惊讶地发现次子薄金桐成了家里个头儿最高的，老二比老大高出半头。曾几何时，薄维是家里最高的一个，如今最低的成了最高的，最高的成了最低的，他才意识到长江后浪推前浪，一代新人换旧人。

薄维带俩孩子逛市场，好多认识他的人会问："这是您两个孩子吧？"薄维说："是啊。"别人说："哎哟，孩子都长这么大了。"薄维说："可不，岁月催人老,孩子一眨眼就长大了,我们能不变老嘛。"每当这时,薄维总能感觉到旁人投来羡慕目光,这也让他想起一句俗话:"前三十年看父敬子,后三十年看子敬父。"

曾经有电视台记者采访薄维时问过一个尖锐的话题:"你有两个儿子,他们谁会继承你的衣钵?"面对这个问题,他有自己独特的见解。虽然两个孩子对古玩都有几分兴趣,但他们的偏好却有所不同。薄金瀚偏爱瓷器,而薄金桐钟爱玉器。令薄维感到惊讶的是,薄金桐悟性颇高,他能根据实物准确无误地判断出新疆料、籽料、青海料或俄料、韩料。薄维没有给两个孩子施加任何压力,也未将自己的意愿强加给下一代。他对记者说:"子承父业固然好,但年代不同了,凡事强求不得,不必非要孩子继承自己的事业,我完全尊重孩子的选择。"

如今,薄金瀚业已上了大三,有着自己热爱的专业。而薄金桐正在上初三,面临着中考。薄维趁寒假把两个孩子叫到跟前,与他们聊起对未来的打算。薄维说:"金瀚,金桐,你们将来有什么梦想,谁愿跟着爸爸一起做艺术馆或者博物馆,抑或开古玩店,我想听听你俩的真实想法。"兄弟二人对视一眼,并没太大反应,这也完全在薄维预料之中。薄维说:"我叫你们从小看青铜器、玉器方面的书籍和图录,其实是让你们看嘛呢?看的是美学,不管是欣赏色彩、器型,都是在培养你们的美学素养,用故宫老院长的话来讲叫富眼。多看,多学习,相信对你们今后生活当中审美鉴赏力的提升大有裨益。咱们家收藏了上万件古玩艺术品,将来与你俩各留几件作为纪念,其他物件应该属于社会。"

弟兄二人认同父亲说的话,虽然小哥儿俩也喜欢古玩,但并没有像薄维那般从骨子里深爱古玩收藏。薄维说:"我小时候是听爷爷讲家族收藏故事长大的,十几岁跟随父母去潘家园摆地摊,那阵潘家园古玩交易市场还没正式形成,属于初期萌芽阶段,过去环境与现在相比简直天壤之别。我干古玩这行赶上改革开放,见证了古玩市场从无到有的变迁历程,计划经济日渐式微,市场经济活力方兴未艾。可以说八九十年代属于捡漏的年代,那会儿到处有真货,而今假货泛滥成灾。眼巴前儿教你们练眼力还行,真让你们干古玩行当未必行得通。况且眼下全国各地古玩市场无不萧条,生意极其惨淡。前些年古玩这行很容易赚大钱,如今大环境变了,靠这个能活着不易。古玩不过是虚假的繁华,盛世的文化点缀。大千世界,真真假假,几多是人间清醒,又有几人能真正分辨清楚,甄别出真伪。你们要好生学习,树立远大志向,做一个于国于民于家有用的爷们。至于收藏,权当生活中的兴趣爱好便可。古玩承载着历史的厚重,镌刻着时光里的印记,通过古玩认知历史,重塑民族文化自信,这才是老物件的真正价值所在。"

与两个孩子谈完话,薄维又和李靖聊了聊今后的收藏之路。他对未来有着清晰的规划,聚焦鉴赏收藏领域,坚持走古玩收藏知识教育的路线,继续打造薄氏珍宝文化品牌,为薄氏家族扬名立万。凭借自身三十余载古玩实战经验,来帮助藏友在古玩艺术品投资道路上少走弯路。在人生下半场,薄维计划减少古玩收藏的数量,尝试多种渠道让真正的民间文物呈现于大众面前,与藏友推诚相见,探讨鉴赏艺术品的经验。

李靖对薄维的做法表示赞同,这也让薄维愈发坚定自己的信念。薄维做出一个大胆的决定,决计开办古玩教学,提高年轻人的审美能力,让众人懂得何为艺术,何为好物件。

多年来,薄维怀揣梦想并为之不懈努力,他梦想着建成一座薄氏珍宝鉴赏艺术馆,将历史的证物真实呈现给世人,让更多人有机会欣赏到不同年代民间文物的原本样貌。或许古玩带给后人的不仅仅是商业价值,更重要的是它们赓续中华民族数千年的文化血脉,体现着人类对传统文明的坚守与承诺,展现出民族文化的高风劲节与铮铮铁骨。

元旦过后,龙年如期而至,这一年对薄维而言意义非凡,因不知不觉间,他已迈过五十岁的门槛。

回顾前半生,事业尚未功成名就。收藏者达到一定境界,往往便会成为古玩的奴仆,喜欢之物件件舍得出手,平常吝啬为己花钱,但凡见了心爱之物,恨不得倾尽家财将其收入囊中。藏品积累一定程度,又想与这些物件寻个更为体面的归宿,建一座民间博物馆将其陈列,这几乎是每个大藏家的终极梦想,薄维亦有此念头。

常年往返于天津与北京两地之间,双城生活成为常态。幸运的是有妻子理解与支持,其妻持家有道,夫妻和睦,从未经历婚姻七年之痒与信任危机,因彼此赤诚相待,相互包容,坦诚沟通,多年之后,执子之手依旧恩爱如初。

一生得两子,可算得家族人丁兴旺。蒙承祖上庇佑,后辈身体康泰,天资聪慧,敏而好学,知书达理,从不必为其多操心。妻贤子孝,人生如此,夫

460

复何求。

五十而知天命,诚然不知余生可否有力了此夙愿,复兴家族文化,然旧梦依在,但求生命不息,奋斗不止。

薄维于生日这天做一决定,为博物馆捐献一件藏品来追忆渐逝的前半生岁月。此刻,他认为所有收藏末了命运亦是如此,传家之宝未必真正可以代代相传,且不过是今日主人姓王,明日易主姓了李,后日又归为姓张的家私。

或许,古玩最终的归宿并不在一己收藏,而在文化传承之间,证见历史,洞见人性。任谁也看不到珍品的前世与来生,不过是在历史的长河中,与之有过千丝万缕的因缘罢了。然而岁月不可欺,未来不可测,一切皆为宿命。多年之前收藏古玩的人业已作古,只有古玩尚存在于人世间,然而一切终将不属于自己,而今收藏古玩者多年之后亦将步入光阴里的尘灰。繁华落尽,何以相承?唯以文化传承,得以生生不息!

百年收藏回首遍沧桑,历史千载证见续相承。

附录

相关照片展示

西周青铜"仇"盘（薄维家传），2017年入选《中国民间文物档案》

薄维杭州收徒时在老虎洞景区抓拍留影

薄维六岁时与父母合影

1995 年薄维在潘家园旧货市场摆摊

1996 年薄维父母合影

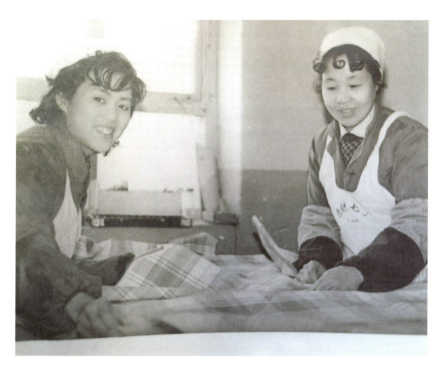

1985 年薄维母亲何淑琴（右）与同事合影

2005 年薄维父亲薄虎城拉二胡留影

1997年薄维（前排中）担任继电器厂团支部书记参加团建

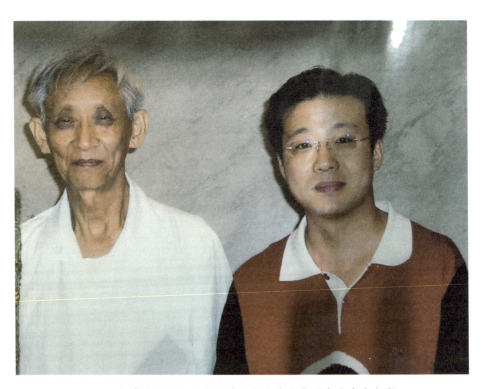

2015年薄维（右）与老师著名书画鉴定家刘光启先生合影

2023年薄维全家在浙江旅游留影

薄维与两个儿子合照

薄维与收藏家马未都老师合影

薄维在薄氏珍宝馆与故宫博物院原副院长陈丽华合影

薄维的抖音宣传艺术照

2020年薄维持生肖鼠年紫砂壶在故宫拍摄外景

薄氏珍宝馆镇馆之宝 "清招财珊瑚树"

和田玉八臂观音

薄虎城80年代天津天宝路鬼市1元买到宋代官窑水洗

清乾隆御题鎏刻纯金板子（薄维家传）